汤世杰散文选

把吟唱
和牵挂
留给高山栲

卷上

汤世杰 著

作家出版社

得到大家响应，于是，我们从这部散文集中，看到汤世杰的眼中笔下，大于他自己的寂寞、彷徨、纠结、追寻，也是当今很多人都具有的特别无奈以释然的情怀。

散文易写难工，写散文的人很多，写出好散文的人很少，这就是世杰的散到读者关注的原因了。一是真诚，二是精致，三是耐读。要是谈到中国文正宗，在我看来，最后的最后，归总要看一个作家所写的散文，能不能被关注。不求多产，但要精粹。尽管只言片语，能击中要害就行，哪怕三篇能打动人心即可，而且记其章句，脱口即出，如陈年老酒，历久弥新，足推敲，那才是真本事。

还记得曾经出尽风头的唐诗宋词吗？抢了几百年众人的眼球，直到今天，未尽。可在明代，茅坤等人提出唐宋八大家之说，轰然行世，竟成至今不定论。看来文学道路总是一步一个脚印走出来的，追求不可少，努力更重回顾世杰多年来的写作，先是写诗，后写小说，只是拥有足够的文学准备，静心地投入散文写作。所以，近年来，他敢于借鉴前人，创造自我，另辟走的是一条很难出彩的路，这部书的问世，便是他在散文天地里的初步世杰虽然比我小几岁，说话也是年过古稀，没想到在创作生涯中的这改敢的一搏，竟搏出来新高度，真是值得赞赏，为他高兴的事情啊！

汤世杰　　湖北宜昌市人，1967年毕业于长沙铁道学院（现中南大学）建筑系。客居云南半世，近年多居故乡。著有小说、散文等三十余种。作品曾获《十月》文学奖等多种奖励。云南省作家协会原副主席。中国作家协会会员。云南省文史研究馆馆员。

不求多产，但要精粹
——《汤世杰散文选》序

这是世杰近年来散文创作的汇总，也是他老熟晚成其文学激情，其写作才气，其驾驭文字的娴熟，都较以别三日，刮目相看，此话端的有理。尤其他对于这个世等等的认知高度，都在这些处于创作高峰状态下的作品读他的这些散文，长知识，见学问，懂事理，明大义。真理的强韧自信、追求完美的坚贞无瑕，加上观察的深远，以及入木三分的剖析、不动声色的品评，无一不显也无一不表现出他笔墨的得心应手。八个字的评价：琳想读过此书的朋友，当与我同感。

这些年来，世杰行色匆匆，忽而荆楚大地，忽而彩长江到滇池洱海这大半个国土上。走出去，一定会碰到然接触更多新问题。但是，一个有抱负的中国作家，扎着，激情在鼓舞着，责任感在提示着，于是，就要提笔勤劳的写作人，一路撒下种子，一路收获果实。上至有到街头巷尾，暮鼓晨钟，以及世风变异，物是人非，往一切的一切，都在他的散文中，顽强地纠缠住他笔头的本色。这世界并不大，识我者、知我者也并不多，但心

风中（自序）

风是一直地刮着，一直地，在我前行的路上，刮——着。

我从很远的地方来，吃尽千辛万苦，一步步攀到了这里。我得上到山顶去，那里，有一片我系念着的风景。

而风是一直地刮着，从我踏上这条路起，就开始了它的喧嚣。真的，我说不上这风的名字：春风，还是寒风？风暴，还是微飔？我说不出。这样的季节，是不该有这样的风了——说大不大，但绝不小；说刺骨又不刺骨，却显然算不上熏暖。那风是怪异的，因而人们对那怪异也生出了怪异。只都不说什么，默默地，只顾走自己的路——尽管行人比先前是渐渐地少了。

那风就一直那样地刮着，从垭口那边，从某个看不见的地方，一阵阵地刮来。对那风，人们陌生又熟悉——照例有迷眼的沙尘，吓人的噪鸣；照例把人们扔掉的烂纸片、破布条卷到空中，任其堂而皇之地做出旗帜般的飘动；而也是照例，行者稍稍埋下了自己的头，甚或微微地弯下了腰，顶着那风，拼着全力向上攀行。

于是，我从他们身上看见了自己。人是人的镜子。

风总是会有的，而且一直地就那么刮着，在我前行的路上。漫天尘沙弄得人难辨东西南北，但风本身就昭示着方向——顶着它一直走，就能上到山顶；这，恐怕是风没有料到的。

自然那便很艰难，便要付出几倍的努力。每挪一步，都得拼出全身的力气；每挪一步，都以为再也挪不出第二步。看哪，有人已转过了身，向来路趔了回去——那当然相当地容易，就算不动脚，风也会推着你下滑。我听见那些人欢笑着，喊叫着——他们在庆贺着他们的明智，当然也在庆贺着他们的胜利。

更多的人还在往上攀，还在往上攀去——山顶上，有一片我所系念的风景。只有一片风景。

路途是遥远的，又有着那样的风，那样的沙尘，但我得前行，为了领略我所系念着的那片风景。我是不会停脚的。或许我会倒下，倒下了，我的头仍将会朝着那片风景。

我感到了我的无力，而我挚信着我的到达。

——醒来时，阳光正好。我听见了生命美丽的歌唱……

目 录

意临山水帖

河边长谈 / 3

山川仁德 / 5

悬壶之地 / 8

旱季高原 / 16

绒赞卡瓦格博 / 20

界河记 / 28

十二岩子坡 / 47

高黎贡大城和它的郊区 / 51

在紫溪山看云 / 61

喀尔巴阡山的秋雪 / 71

黑戈壁 / 74

雕塑石林 / 77

喜马拉雅日出 / 90

金沙江行吟 / 93

澜沧江记 / 113

怒江：沉默的与尖叫的 / 123

滇藏路上 / 133

烟雨多瑙河 / 138

把和顺栏杆拍遍 / 145

亚历山大海滨的情侣 / 155

向晚雅静 / 158

抚仙湖的上善之水 / 163

白色的浪线 / 168

欧罗巴落日 / 171

有淡墨水印的手卷 / 174

捡回一块帽天山的石头 / 181

青绿山水普者黑 / 184

随手花木记

藏金的草甸 / 189

野栎树林记 / 199

读赫尔曼·黑塞《流浪·树木》/ 206

念彼大树杜鹃兮在高山 / 211

石榴的心 / 215

紫溪山古茶花记 / 219

丽江雅集的梅 / 233

贝雷斯落叶 / 243

遥远的落红 / 245

高黎贡"油"画 / 249

春行于野 / 253

晨昏之间 / 256

撒满杜鹃花瓣的小道 / 260

把吟唱和牵挂留给高山栲 / 263

依偎着，依偎着 / 266

虫子的诗 / 271

榴花照眼 / 273

人闲桂花落 / 276

罗梭江畔的青苔殊胜 / 279

笺记通海雨意 / 285

边城百衲帖 / 290

白鹭于飞 / 310

在河之洲 / 313

黄昏，思起于风霜 / 317

对一种沉静的怀想 / 320

夷陵有梅 / 327

诗意的蝉 / 331

失去天空的兀鹫 / 334

龙川江河谷的蓝蝴蝶 / 339

高黎贡羚牛的悲壮瞬间 / 345

意临山水帖

河边长谈

当我们正好被旅途的单调与寂寞弄得疲惫不堪时，那条小河出现在我们眼前，像一道清澈透明的闪电。

我们请司机在河边稍停一会儿，让我们伸伸腿脚，方便方便。随后，我们就在那条河边，开始了那既无约定也无目标的交谈。谈了些什么无关紧要，留在我印象中的，只是我和朋友站在那条河边交谈那件事本身。不一会儿，司机就按喇叭催我们上车了。谈话就要结束时，我突然对河边那场交谈若有所悟，此后便常常想起那个时刻、那条小河与那次交谈。

那是五月，河水在高原上流得哗哗响，鲜亮的水声与野花野草的气息在我们身边柔和地起伏回荡，一如青色的藤蔓把我们缠绕。水声、波光与色彩早已融成一体，我与我的朋友以及那场交谈则是在突然间插进那片和谐的大自然之中的，就像一个不速之客不请自到地闯入了某个盛宴。那甚至有些冒昧：在我们到达之前，河水已流了不知多少年。作为河水与大地的交谈，河水流淌的声响一如一次长谈，润湿过千万年时光。我们站在那里所作的那次交谈却是偶然的，或许还是无谓的。

秘鲁作家略萨写过一部《酒吧长谈》，说的是在酒吧，内里却充满了热带丛林的骤雨、激流、跳跃和梦幻，我那天的长谈却没有那样宏大的背景。长谈大多有着沉思的性质，比如两个哲人的长谈之类，那天我们也没有沉思，沉思显然不属于那个充满了生趣充满了快乐的世界。我们的交谈随意、即兴，东拉西扯，甚至前言不搭后语，反正与真正的、经典性的长谈相去甚远。不过，由于那条流淌着的小河的加入，那次原本非常平淡非常家常的谈话似乎悄悄改变了性质。

——我听着对方，却在河水中看见了自己。我想他也一样。而与此同时，我们都在那时发现了并倾听着我们渺小生命之外的世界与自然。回想起来，那样的交谈事前并没有设想过，却又像是梦想过百年。共同拥有过的时光，那些曾经被我们不屑一顾的往事被从远方从记忆中召唤回来，一如旅途的馈赠。对此，通常我们叫它是浪漫，或者品味。高原静静的。几团云朵静悬于天，亮得像银子。偶尔有一只鸟儿飞过，蓝天上便留下一道无形的划痕。河水一直在流动，不慌不忙地、轻快地流动，波光粼粼；四周林木葱郁，林间明暗斑驳；身前身后，杜鹃花正在盛开。我们被那一切簇拥着，就那样站在那条河边傻傻地笑着，谈着——具体的场景并不重要，重要的仍是交谈本身。

那时，小河边事实上流淌着两条河，一条真正的河，来自不知名的远方以及很早之前的某个时刻，直到现在才流到谈话者的身边；一条是话语的河，它可能因为偶然也可能因为事前某种冥冥中的约定，正在此刻成为一种梦幻般的事实。这个事实是不是打断了早先存在的那场河水与大地的交谈？我不知道。我希望我们没有打扰它们。偶尔的人生与永恒的大自然相比总是渺小的。人类只是大自然的路人，就像那天我们是那条小河边的过客一样。真正占据那个场景的是那条小河与那片土地，花草、树木甚至云朵。河水与土地间进行的那场主题不明的谈话，才是这个世界最永恒的交谈。我与朋友的交谈则是短暂的、稍纵即逝的，甚至是随风飘散的。即使我们谈到过某些自以为重大的话题，那样由两个人为消磨一段时光进行的交谈仍然是短暂的、稍纵即逝的，甚至是随风飘散的，却在我的回想中融入了那片大自然。大自然的美不仅总像空气一样偷偷地溜进伟大的行动之中，也偷偷溜进那些并不怎么伟大的行动之中。一个人的思索只要与大自然同样地伟大，大自然就会伸出她的臂膀来拥抱他。永恒的大自然给了那些融入其间的短暂瞬间一些慷慨的补偿和注入，那些短暂的瞬间才获得了长久一些的生命，在我的记忆中成为一次真正的、《酒吧长谈》式的长谈——至少我的感觉是这样。

山川仁德

人眼太低，目光太短，山川形胜非登高远望不可领略。那个秋日，噜噜噜才登上方山观景楼，刚劲山风便揉乱一头白发，亦吹皱我满怀心绪。极目四望，天地簇新：云天瓦蓝碧澄，云絮如丝如缕，潇洒如张旭的狂草写意；横断山群峰拍浪，无论苍翠焦秃，怎么都叫人心疼；远处山脚，金沙江似一弯小小江流逶迤而去，不见所来，亦不见所终——早年常去那一带江流寻游，深知看似潜隐而行的江流，其实倒有一种惊人的恣肆浩荡。顿时记起今夏出行湘鄂，崔颢的黄鹤楼上，已难见浩瀚江波，范仲淹的岳阳楼前，亦看不到苍茫洞庭。不意在这滇川交界的僻远方山，竟有一片寂寞静美的风景：晴空通透，视野阔大，江、山、云、树，尽在它怀中——它古名苴却，乃中国名砚苴却砚的原产地。

而眼前唯有静默。面对大地山川那片荒凉的美丽辉煌的寂寞，脑子里一时云雾蒸腾，万念潮涌，人却于刹那间缩成小小一团；幸运在比起身在凡尘时的无端膨胀，反倒自觉密实了许多，有了些分量。想开口，一时还真不知此时能说些什么做些什么，只能默默地静悟。

何谓方山？一座山取名如斯，最初或出于远睹时那四棱四角的方正外形。而华夏名山林立，不惟泰山、华山、黄山，连近处的苍山、玉龙等等，尽皆以意命名，何以唯方山以形名之？是古人词穷无以命名，还是今人笨到未解其意？细斟那两天行程，总觉以一个"方"字命名之无名山峰，绝非仅指外形，何况其外方，未必不是内圆。中国典籍中所谓"方"，常意指其浩大，品端，行正。而《易·坤卦》有云：地体安静，是其方也。《周礼·冬官考工记》称：圜者中规,方者中矩。《淮南子·天文训》更说,天道曰圆,地道曰方。足见"方",犹"道"也。如此一想,方山便是一座"道山",有大道深藏其中。而此"道"非道家之道,却是"大道之行"的道了。细斟至此,便喟然深叹:山川大地何曾错过?错的总是我们;该负罪的,也总是我们这些大地山川养育的子民。

"风流不在谈锋胜,袖手无言味最长。"天地无言,山川无言,却从来都既是我族生息繁衍的胞衣之地,也是人生循循善诱的良师益友。山川以其静默呈现天地之大美,有情无言,有爱无声,有理无争,有学无显;那静默其实既非落寞,亦非荒寂,倒在在显出别一种令人震撼的伟力。

说起来,友人明峰约我去永仁走走时,我还真弄不清永仁究竟在何处,有何可看。那名字陌生。慌忙查看资料,乃知永仁位于滇川交界处,乃为滇地之北大门,秦汉时南方丝路入滇头一关,皇皇大唐与南诏、大理交接争斗之要冲。其名乃由所辖之永定、仁和两处地名连缀而成;早先地域甚大,后为支援攀枝花建设,一纸公文,生生将所辖一半山河之仁和划入别家,如今倒成了滇地一个小县,唯沿用旧名。便心生怪异:大地山川若有痛感,那生生的割裂,是否留有伤疤?而"仁"既已划归别家,"永仁"一名还名副其实么?悬念在心,于是答应去!何况我笃信,在每个陌生的远方,都有生命的天堂。

一去果然。方知方山下的金沙江,乃蜀汉时诸葛亮南征渡泸之处,至今古渡犹存;而漫山荒草荆丛中,短墙堑壕营盘残垣仍依稀可见,传说乃诸葛亮屯兵之处;穿行于"诸葛亮小道"那崎岖小径,不时便见有石壁怒耸云天,藤瀑飞挂接地;且随处赫然可见深深浅浅的马蹄坑,盛满了岁月的尘埃历史的沧桑,叫人为之一叹!

去前友人曾告,这里有风景,只是没什么文化。错矣!当今许多地方熬不住"没文化"的痛苦,动辄凭想象生造、乱造所谓"文化",反倒忘了文化就藏于他们的生存之地。所谓文化,不过是生产方式与生活方式的总和;自然的、生产的、生存的、生命的文化,斑驳杂陈,无处不在;真没"文化"的地方并不存在。就说永仁,文化何止于那座方山?匆匆几天行程,先去看了一片万亩松林,郁郁苍苍,云气出入,让人感慨"才是世间凡俗子,转身云天望瑶台";旋即去到老迈的中河古镇,眼下半条长街虽已人烟稀少,却仍能想见当年蜀身毒道入滇后越嶲道上的繁盛闹热;张骞在西域所见之筇杖竹布,或曾在这里停留;李宓率军往攻大理时,或曾在此驻扎?一座夏家老宅,当初靠外运邻县白盐井之盐巴发迹,竟檐飞窗秀,苔色深碧,不知藏着多少世事风云人生坎坷。而此后看到的几方新老苴却砚,几位彝家绣娘千针万线织出的锦绣,一个个养蚕山村缫出的晶莹丝缕，听到的彝族老毕摩吟唱的《梅葛》长调，山村妇女即兴演唱的民间小调，不惟叫人称奇，更知这偏远山乡文脉之悠远深厚，恰如方方古砚。

制作苴却砚的苴却石，深埋于金沙江边悬崖峭壁，早经亿万年挤压；由制砚人辛苦寻得，方重见天日；又经敲打凿磨、剔易雕刻，遂有此相此魂。一方新砚尚无包浆，看似光彩灼灼，其实胸无点墨。而石砚磨墨，亦磨性情人生；新砚有幸去到文人墨客甚至寻常百姓家中，经年使用，代代相传，百年后才浮光退尽，既积淀了用砚者的生命心性，亦显出一方砚石的生命本相，方成老砚。细想，那已不是一块石头，倒是仁德山川奉献人类的至尊礼物。再看彝绣：一块家织土布，经深山彝家女千针万线的织绣，无须事先画图，只凭慧眼巧手，说要有花就有了花，说要有鸟就有了鸟……生生不息的自然百态，经此浓缩于一方小小绣片，百十方绣片再经拼接，便成一个彝家少女出嫁前对未来的热烈期待，美轮美奂。而每年元宵节的赛装会，更成了山里人艺术与生命的狂欢；且永仁乃国内仅次于拉萨之第二大阳光城，充沛阳光既给人温暖亦给人光明——你倒说说，那些阳光、石头、砚瓦、彝绣、衣装，到底是物，还是文化？正是无言山川，以它的富足与奉献，给了人足够的供养，人才能世代繁衍于斯！足见大地山川不惟生长粮食、棉花、丝绸、砚石，更生长歌声、舞蹈、刺绣甚至文脉。她以其敦厚温雅的仁德，滋养着我们，从生命直到心灵，说大恩难报，亦绝不为过也。

所谓"仁德"，非止于明君良治，更多的倒出于山川。山川仁德，乃大仁大德。《逸周书·大聚》有云："丘坟不可树谷者，树以材木。春发枯槁，夏发叶荣，秋发实蔬，冬发薪蒸。以匡穷困。揖其民力，相更为师。因其土宜，以为民资，则生无乏用，死无传尸。此谓仁德。"至此，那天我身在永仁方山，所思却远及天下。一个人，年少时什么都不服，大了才知道，人外有人，山外有山，天外有天。三十岁前我们无所畏惧，慢慢才懂得敬天、礼地、尊人。四十岁前，非亲眼所见我们什么都不信，年复一年才悟出，看见的未必是真，看不见的未必不真。山川施于人类以仁德之幸，我们对山川、对大自然又如何呢？人在做天在看。五千岁的中华应已年届不惑，更当深思慎行。《后汉书·鲁恭传》有谓："进柔良，退贪残，奉时令。所以助仁德，顺昊天，致和气、利黎民者也。"一个民族和一个人一样，不妨眼界放高一点，目光放远一点，恭行温和善良，远离贪心凶恶，遵时令，促仁德，顺天意，达和睦，这才有利于家国百姓；从而以仁报仁，以德报德，永世敬重这片生养我们的大地山川。

——思至此，寻思方山上那座无名观景楼，或可命名叫"万方楼"了。

悬壶之地

一

古有医者，悬壶于肆，药治世人。云南却"倒提悬壶"，让"九地黄流乱注"，赈济天下；这"是否意味着它是源而不是流，是本而不是末"呢？

——说此话者，西北汉子雷达也。对"云南实有倒掣天下之势"一说，他叹道："好一个'倒掣天下'！所谓'倒掣天下'，是否有点反弹琵琶、倒提悬壶的架势，是否有种'底事昆仑顷砥柱，九地黄流乱注'的景观，是否意味着它是源而不是流，是本而不是末呢？"（雷达《重读云南》）雷达从八十年代起几番到云南，我还记得他第一次到云南，邀了几个人在一间小屋里谈文学谈小说，何等畅快，没想他心里还装着一个他没读懂的云南。九十年代初他又来云南，刚到芒市，半路上因另有公务，被叫了回去。他说，直到近年他再到云南，才颇得了些云南的真谛，算是读懂了云南——历时已十多年。

感叹云南难读的自然不止雷达一人。同是西北人的贾平凹，1986年夏天来云南时，曾往昆明西山一游。在《游西山》那篇千字文里，说到昆明西山石崖上"疑心是文神所作"的"象形文字"时，他也深感"我亦没读懂"。那天在西山龙门极顶参悟了文曲星后，我们一起去了龙门背后的"小石林"，凝望着石崖上酷似象形文字的石纹，他曾久久伫立不语。四野无声，白云自行。他的模样颇像佛家人的入定。我问他怎么了，他说没什么。不久他才在那篇短文里回答了我的问题"我亦没读懂"——他说的是云南的山。其实，云南的江河也莫不如此——金沙江的浪，澜沧江的水，哪一处不是深奥莫测，流淌着无尽的玄机？

初，以为文化人也，"云南难懂"之说，不过行文中故作惊人之语罢了——云南阳光明媚，山河坦荡，并无隐藏，也绝无晦涩，有何难读，竟有读不懂之事？细细一想，我在云南多年，就读懂了么？三十年前我初来云南，当然没读懂，三十年过去，也难说就读懂了。这片孤悬于唐诗宋词之外的山地，其难读并不在于晦涩，而在于它的深奥。

——比如云南的大山大岭，还有它的大江大河。

二

江河永远是神秘的。

从小在长江边长大，我对长江大河总有一种天然的依恋。

长江的河滩上，我放过风筝；长江的波浪里，我泅过水；长江边的码头上，我用一副箩筐扁担，挑起过生活的重担。我爱它，也恨它，我靠近它，也疏远它。每年一度的水涨水落，也如同那个不更事的少年心绪的起伏。那时我问浩浩江流从何而来，到了云南，我又问江河向何而去。

日月经天，江河行地。相对说来，宇宙是"不动"的，如果没有行走的星体，我们所崇仰的天空，不知要少去多少魅力。而在我们这个地球上，一切自然之物，再没有像江河这样，以一种世代不衰的伟力昼夜奔腾的了。一动不动的、屹立千古的山岳固然让人崇敬，如果没有奔流不息的江河，人类恐怕就要少去许多智慧。偶临大江大河，常顿生一派豪情，也平添几许灵气。凝望片刻，明明是在大地上奔流而去的江河，转眼间会如同从我的身体和灵魂间穿越而过，源源不断的江水——浑浊的或是清澈的，冰凉的或是滚烫的——带着雪山、森林、大地和阳光的气息，訇然流进我的身体，浸湿我的每一片思绪。大地的血管与我的血管在霎时间连通了，我的血管成了江河最细小的支流。那一刻我会突然为人的血脉与大地的血脉如此相像而震惊！

神秘啊，每条江河都神秘得不可思议！往往，还没等我们掬一捧江水洗去满身的愚顽，江流就在顷刻间浇开了我们瘦弱的慧根，发芽的心情转眼就铺展开一片新绿，尽管最后生长出的是花是草，是低矮的灌木还是参天大树，还很难确定。"滚滚长江东逝水，浪花淘尽英雄"，作为人类面对江河时惯常心态的写照，我们从那样的诗句里感受到的，当然是时间，而"大漠孤烟直，长河落日圆"那恢宏博大的气象，那绝非经年蜗居书斋的人所能想象和描摹的壮阔，着意的无疑就是空间了。江边往往风景奇特，哪怕只是一道山中小溪，也包容了天地之灵气，日月之精华。沿大江大河而行，眼前有山、有水、有云；山里有峡谷，峡谷里有森林丛莽，有四时花木；江上有风有浪，有舟船帆楫，有放排人有纤夫也有拉纤人回肠荡气的森森号子……石头在呼吸。草木在生长。云彩在飘动。它们氤氲蒸腾，汇聚成一股浩然之气；江水奔腾，滔滔不息，从春到夏，从夏到秋，从古到今，又从今天流向未来。人世沧桑几千载，时光漂白了世间最美丽的颜色，岁月淘洗尽最壮丽的人生，但江河还是江河，很少改变自己的模样。它从不因人世的喜怒哀乐而有丝毫变化，它看上去冷酷无情，事实上却是人类心灵最大也最慷慨的施主。在这个意义上，世界上最长的就是江河——不管是大江大河，还是小溪小河——因为，江河的流淌最接近于时间的流逝。恰如日本作家德富芦花所说："站在大河之畔，要比站在大海之滨更能感受到'永远'二字的涵义。"

德富芦花的慨叹，是在读了孔夫子之后。两千多年前，孔夫子面对一条不知名的江水慨然叹道："逝者如斯夫，不舍昼夜。"那声慨叹穿越漫漫历史时空，如今依然响彻于耳，让我们感到某种水晶灯笼般的通透、睿智和哲思。那条"逝者如斯夫"的江水从何而来？

传说中的三闾大夫屈原，正是从长江三峡里的秭归走出来，开始他的"上下求索"的。那正是我母亲的家乡。而生于贵族之家的屈原对长江及湘、资、沅、澧的感同身受，无疑与他的流放生涯紧密相关。一首《涉江》，道尽了他放逐生涯中的愁苦、孤独和凄惨。那条浩浩长江又从何而来？

历史上几乎每个诗人、名人都与江河有缘，却并非每条江河都有这种幸运。浔阳江之于白居易，多瑙河之于约翰·斯特劳斯，密西西比河之于马克·吐温，哥萨克的顿河之于肖洛霍夫，都是一种永恒的象征。即便桨声灯影、仕女如云的秦淮河，也被朱自清悄没声儿地盖上了一方钤印。云南没有孔子，当然就没有孔子到过的江流，没有屈原，也就没有屈原涉江而过的河段。对云南的大江大河追根溯源，找不到名人文化的脉流与光辉。云南大大小小有一百多条江，翻开滇地的历史，却不见大江大河的波浪在历史的长河中波翻浪滚，有的只是南诏大理国的洱海帆影和滇池渔火。这多少有些蹊跷，也未免让人失望。

不知情者总道滇地乃山地，岂不知云南正也是江河之源，流水之乡。这里山大谷深，有山便有谷，有谷便有水，大江大河总与大山大岭相伴而生。有了滇西北的横断山，便有了金沙江、澜沧江、怒江"三江并流"之奇观；金沙江浩浩荡荡一路东行，汇入太平洋时已有了一个大号名曰长江；怒江接纳了恩梅开江、伊洛瓦底江和数不尽的亚热带溪流，一往情深地奔向印度洋；澜沧江流入东南亚，成为号称东方多瑙河的湄公河，最后汇入南海。而有了滇东南的乌蒙山，便有了滇东山谷中那毫不起眼的珠江之源，那里涓涓水滴如珠，一方水泽似镜，倒与珠江的美名暗暗相合。有了滇南的哀牢山，便有了一直南下经老街到河内最终注入东京湾的红河。至于大江大河的支流，更是遍布云南的山山岭岭，密如蛛网。造物虽然严峻，有时却又聪慧而公正。在云南，它竟把雄起与跌落、静止与流淌、无声与韵律、贫穷与富庶安排得妥妥帖帖，相得益彰。它让大山封堵了高原，让这片山地孤悬于唐诗宋词的磅礴与艳丽之外，却又对这片高原宠幸有加，让它凭借一条条大江大河与整个世界相连相通——不知那是不是造化有意为之的另一部诗篇？

于是，大度的云南，无私的云南，那古老而又生生不息的流水，那旺盛而又浓酽如酿的精血，便东出三峡，流溢在湘楚大地的笙歌琴韵和江南水乡的丝竹管弦中；又西越国门，挺立在缅甸、老挝遮天蔽日的原始森林间；它一脉往南，凝就了泰国、越南沉甸甸的谷穗和海岸线上一片又一片美丽的沙滩；而当它透迤东斜，便摇曳成了五岭以南的蕉风椰雨和渔歌晚唱。就像蓝色的多瑙河浇灌出了欧洲几乎所有的大都市一样，由云南出发的江河也滋润着重庆、武汉、南京、上海、南宁、广州，甚至金边、仰光、河内。可以毫不夸张地说，作为"亚洲水塔"的云南水系浇灌了几乎整个南中国甚至东南亚的大江大河，孕育了长江以南甚至整个东南亚的文明昌盛，甚至东渡扶桑，滋润了日本列岛的稻谷文明——近年来，一批又一批日本学者来到云南，探寻他们民族的源头。

三

在云南江河的家族中，固然有名门大家，更多的却是数不清的无名之辈。走在云南那些偏僻的、至今也没人命名的山地里，我常常会碰到一条又一条小溪小河。我在云南最早认识的一条河叫马过河，那不过是金沙江的支流牛栏江的一条支流的支流。它是那么土气，那么不为人知，又是那么荒芜和贫穷。可就在它的两岸，在不断改变着的道路上，却演出了无尽的人生故事——从秦开

"五尺道"到世纪之初的小火车路,从六十年代的铁路到九十年代的高速公路。在六十年代末那些日子里,它挟带着风雨雷电也挟带着万般柔情,无声地在我胸中在我枕畔流淌,至今我仍能感到它对我心灵的润泽、冲刷和淘洗。

普通的地图上当然找不到马过河的名字,认识它,必须走进云南的大山。头一次,我是在一列火车上看到它的,那时它正轰然穿行于1968年那个夏天,就像一张犁,翻开了两行时间的垄块。马过河悄然悬挂在我眼前那不足一平方米的车窗里,闪闪发光。透过肮脏的玻璃,我看见的是一条自在自为的小河沟,就像我在别的地方看见的某条小河沟一样。它的水流很浅,却很急,在满布于河中的大大小小的森黑嶙峋的怪石上激起惨白的浪花,显得野性十足。还在很远的地方,我就听见了它的水声,湍急、杂乱、仓促,仿佛一个没有经过调弦定音,就开始合乐的三流乐队的蹩脚演奏。岸边的回流里,漂着五颜六色的烂菜叶、腐烂的树枝、凋零的花瓣以及一些来历不明的灰白泡沫,河岸却一片金黄,臭菊花开得铺天盖地,叫人想起那些失去了主人精心照料,却还没有完全荒芜的花圃。车沿着那条河走了好几分钟,我的车窗里便一直被那种灿烂占据。那种疯狂的美丽显然是世俗的,但河边超然的宁静,以及它与四周的山峰、村庄极度的和谐,让它显出了某种超凡脱俗。那种气质深深打动了我。半个月后,我决定就在那里开始我漂泊异乡的生活。即使按照当时的标准,我也完全没有理由一定要把我的青春岁月交给它。在随后的两年里,清晨黄昏,我曾无数次地在马过河的岸边,沿着铁路走向远方,没有目的,也谈不上诗情画意,只是出于最起码的生存需要。我有时高兴,有时忧伤,但那并不能改变马过河存在着且一年四季都在汨汨流淌这一巨大的事实。我进入了那个事实,那个事实也进入了我。那种日复一日的进入,让我渐渐读懂了它。世俗与高贵,浅薄与深邃,在很多时候并不像我想象的那样容易区分。读来读去,我读到的只有两个字:生命。生命的艰难和苟且,生命的崇高和卑污。整整一部马过河的历史,就在马过河寻常的流淌中被创造着,也被改写着。一些人悄悄地生下,一些人悄悄地死去,更多的人在有限的欢乐和无边的忧伤中,一代又一代地繁衍着,艰难而又无可阻挡地活了下来。那条小河似乎在说,历史并不是我从前所知道的那种模样,并不是教科书、广播和标语告诉我的那种模样,不是由某些自以为如何了得的人创造的。历史的辉煌,常常包含着某些叫人深恶痛绝的肮脏、丑恶和卑鄙。凡在当时被命名为辉煌的,不定后来就是龌龊。而当时被命名为龌龊的,弄不好后来就是辉煌。生活的逻辑就是如此奥妙。

滇东北马雄山下，有一个毫不起眼的岩洞。头一眼看到它时，我无论如何都不敢相信，那就是珠江之源——在云南，那样的岩洞几乎到处可见。黑黝黝的岩洞顶部，无数的钟乳石下方，一滴滴水珠在缓慢地滴落，像是大地的乳汁。它们已滴淌了亿万年之久。它们从漆黑的岩缝里流淌出来，在一个个钟乳石的乳尖汇集，膨胀，终于——滴落，滴落得奋不顾身。起初，水滴只发出细微如鸣盘般的金属之声，可转眼就因岩洞巨大的回响，被放大成了天崩地裂般的轰鸣。听着那声音，人将灵魂出窍，仿佛亲临创世之初的时光。那是历史的解说：大地的乳汁在变成一条江河时，都要经历几次痛苦的分解与聚合——岩石里的潜流先被分解成无数弱小无助的小水珠，每滴水珠都要在一次惊心动魄的跌落中，被粉碎，被解构，被遗忘，完完全全地失去自己。日复一日，年复一年，一滴又一滴，细弱无助的小水珠在洞的下方聚成了一汪水潭，暗绿，清澈，没有涟漪，更无浪花——那无疑是一次重组。然后它们从那里流出去，一路吸纳，终于成了一条贯穿南中国的大河。那就是珠江之源。那个岩洞是幸运的——因为成了珠江之源的母体，它才被人们记住。

都是那样，江河的源头都是那样，很清澈，却都很不起眼，毫无张扬之意，要被人认识，就总不那么容易。甚至你面对它时，根本就想不到要对它歌唱，也找不到恰当的词语。生活的源头也一样。

我后来又见过无数云南的小河。在云南南部的亚热带丛林里，我曾在南溪河冰清玉洁的溪流里长久地浸泡，直到在气温高达四十摄氏度的炎炎夏日，感到一片让人周身舒爽的沁凉。在哀牢山里的哈尼山寨，我亲近过一条名为藤条江的小河——它像藤条一样细小，像藤条一样飘逸，也像藤条一样弯弯扭扭；在一些地段它眼看就要断流，却从乱石群峰中再度迸涌而出，对命运作着恰切详尽的解说。夕阳下的瑞丽江，一江河水如同一江融溶的金汁，波动着又闪烁着，夕阳就在那里沉入异国他乡，一派雍容华贵。而滇西北注入金沙江的硕多冈河，曾一次又一次地为我铺开陌生的行程，它所串起的草甸、花谷与雪山，它所奉献的歌唱、沉吟与咏叹，让我时时感受着生命的深邃与时光的一刻千金……

云南的江河，不管是小溪小河，还是大江大流，都在我心中成了一种人格化的存在。一条没有江河在场的土地不仅是乏味的，也缺少深度。风浪与漩涡。瀑布与死水。女人——河湾。男人——激流。人群——波涛。农耕。浇灌。汲取。孕育。河流创造着生存和死亡，创造着欢乐与忧伤，创造着文化。当我们说云南是一个生存文化的博物馆时，我们事实上是在说，云南是一条江河的博物馆——有的轻柔得像一首小夜曲，有的粗粝得如同一个流浪汉，有的如小家碧玉，纯朴温情，有的却似江湖游侠，豪放爽朗。

云南从来没把江河关在自己家里。云南自己的大片土地，不少至今都还处在干旱和贫瘠之中，宽阔的高原后院，真正留下的，只有滇池、洱海几方高原湖泊。世界上，几乎所有的大都市，都依傍着一条大江河，然而，有着无数江河的云南，就连号称历史文化名城的昆明，穿越市区的，竟只有一条细弱的、可怜巴巴的盘龙江。

如此气度，如此胸襟，却无人喝彩，无人圈点。

那又如何？

四

或有人说，云南的那些大江大河，其实并不都是云南的——它们大多发源于青藏高原，统统算到云南的账上，是不是有点贪天功为己有？

我的回答是：不！

就像人有祖籍，也有生长地一样，一条江河，如果只在它的发源地流来流去，那将多么可笑？云南的大江大河，确实有不少发源于别处，就像云南的许多人，并不都是土生土长的云南人，而是在几代几十代前落户云南一样；但他们却几乎无一例外地，都在云南这片土地上成长，长大，成了大江大河——他们最美好的年华是在云南度过的，也把他们自己献给了云南：从战国时的庄蹻开滇，到明代的屯垦戍边，从六十年代的支边移民，到七十年代的上山下乡……一茬又一茬地地道道的汉人——湖广江浙，北京四川，从腹地来到云南融合于边地，开拓云南，垦殖云南，才有了云南的今天。

江河同样如此。

可以毫不夸张地说，是云南这片土地，喂养了那些大江大河。

不仅仅是用从横断山间那一座又一座雪山流出的淙淙小溪；

不仅仅是用在亚热带一片又一片丛林里肆虐的、狂傲的风雨；

还用红土高原鲜红的血液，那浓得像盐一样的汗水，还用他们或欢乐或忧愁的泪水，用他们的情，和他们的爱……

几年前我就说过："我的'边地'，是在山野行止不期而遇的牧归少年眼里那半青半红的残阳暮烟，是那残阳暮烟里渐行渐远的、梦一样的村庄，是那村庄里一个双眸如星衣衫破烂的少女手里捧着、嘴里嚼着的那一枚青涩的橄榄，是她腮边挂着、喉咙里咽着的那一抹暗绿的液汁……"

无数那样的"一抹暗绿的液汁"流淌下来，汇集起来，就成了在大地流淌的小溪小河，当然也就成了浇灌整个南中国与中南半岛的大江大河。

——悬壶济世者常怀悲悯之心，却少有愤世之语。付出得太多之后，便唯有沉默。即便沉默，那也是多情的汉子的沉默。那沉默一旦被打破，或说被激活，就成了一曲豪歌。那样的汉子期盼理解，却从不以哭泣换取同情，他渴求帮助，却不会居功以坐待"反哺"。他依然豪爽好客，依然屹立在彩云之南，将一曲《小河淌水》和着自己的心血当酒，满满地斟给天下，不尽的情意流淌出去，也依然是惠及吴越惠及岭南惠及整个中南半岛的大江大河……

旱季高原

对于已被轻柔、呵护、缠绵、缱绻这类字眼宠坏了的现代人来说,"旱季"这个字眼听上去肯定不像"雨季"那么滋润入耳,它给人的感觉是干枯、燥热、汗流浃背、灰尘满天,无论哪一种都不大美妙。然而,高原的自然哲学是独特的、自成一家的。就像毕加索的作品,复杂或许会变得简单,而简单又会被弄得复杂一样,在高原,季节并不能按通常的逻辑去诠释。比如,春夏秋冬一年四季,就先被简化成了雨季和旱季这两季,一季就是半年。从头年十二月直到第二年的五月,干热的旱季是漫长的,就像阴湿的雨季是漫长的一样。高原的春天恰好就在旱季里到来,这时,湿漉漉的雨季早已成了遥远的记忆。但随后,当我们要对季节做出评判时,事情却显出了它复杂的一面。你会发现,已被诗人们津津乐道、翻来覆去写得体无完肤的雨季,并不像他们廉价赞美的那样充满了诗情画意。真正悟透了旱季之后,你反倒会从这个枯干的字眼里品读出别一种粗犷和湿润。不错,许多人喜欢旱季,一如他们喜欢春天,何况,高原的春天正值旱季呢?我正是那些人中的一个,为此我真感到无上荣幸。当我说春天适于远行时,我其实是在说旱季才是出行的季节。事实上,高原人在邀请远方的朋友来做客时总是说,你最好能赶在雨季之前来,一到雨季,你就寸步难行了——他们绝没有骗你、吓唬你,他们说的是实话,简直就称得上是真知灼见。

是的,春天是美妙的,但春天是多种多样的,此春天跟彼春天并不一样。当北方还没有脱下臃肿肮脏的雪袍,柳枝还只敢半睁半闭它柔嫩的芽眼,以防冷不丁扑来的寒潮凛冽、锐利的袭击;当杏花春雨的江南,飘洒的细雨像蚕儿吐出的缕缕丝线，执意要把江南织成一个精巧透明的蚕茧，大地伸出千万把花一样开放的油纸伞，小心翼翼地忍受着梅雨没完没了的淫虐，却依然四处一片泥泞……这时，春天早就沿着大大小小的山岭浩浩荡荡、大大咧咧地来到了高原。没有斜风细雨，没有莺飞草长，高原的春天是干热枯焦、风尘仆仆的，甚至可以说是粗糙的、丑陋的；尽管也有花红叶绿，石缝里也会冒出一茎倔强的新绿，但高原的春天永远不会像江南那样矫情放纵：满目皆是亮眼的绿，甚而连每个叶片上都挂着一个湿漉漉而又明晃晃的太阳。高原的旱季似乎从一开头就不怎么讨人喜欢，就像所有独具创意的艺术家一开头都会遭到世俗的非难一样。烈日如火，数月无雨，空气像一块晾得太久的毛巾，连最后一缕水汽也已被抽干吮尽，稍有扰动，便会发出唰唰唰的、撕裂一般的响声。远远看去，土地冒着淡淡的白烟，叫人想起锅里正在烤制的煎饼，似乎还能闻到一股隐隐的煳香味儿。柏油公路在太阳的熏烤下几欲融溶、流淌，看上去就像一条随时都会开动的肮脏的、黑乎乎的传送带。乡村土路上，牛车的木轮吱吱嘎嘎，把干硬得像卵石一样的牛粪、马粪和雨季留下的、蜿蜒如同长城的辙沟一起，精心地碾成盈尺厚的灰土，等雨季到来，便再一次被搅和成黏稠的稀泥。而从它们身边延伸出去的、蛛网一样的村寨小路则像被晒蔫了的蛇，迅速地风化着，一踩就是一团黄灰。无论走到哪里，空气里都有一股呛人的尘土的味道。而几乎在每一条路边，树木花草奋力抽出的鲜嫩亮丽都好景不长，转眼就蒙上了厚厚的灰土，变得面目全非，就像刚刚从地底下挖出来的文物。天气干燥，陡然来这里住上几天的外地人，或许会在某天早晨吃惊地发现自己的鼻子已开始淌血……

　　但旱季无疑又是高原最好的季节。傣族的泼水节、白族的三月街、彝族的采花山……节日一个跟着一个。当诸多民族都不约而同地在旱季举行他们一年一度的生命狂欢时，看来事情就绝非偶然，其间洋溢着的，无疑是对终于摆脱了雨季的庆幸和欢欣——唯有这时，他们才可撒开大步在高原自由地行走，自由地舞蹈和歌唱，他们再也无须顾及他们漂亮的发辫会被淋湿，也不用担心双脚会踩进淤泥而不能尽情地蹦跳，嘴里会被灌进冰凉苦涩的雨水而不能放开喉咙大声歌唱。他们深知这是他们最轻松也最自由的季节，一到雨季，那些挂在半空中、悬崖下的望天田将等着他们去耕种，那时他们会跟整个高原一样，被绵绵无尽的雨水淋得像只落汤鸡。乡村土路泥泞不堪，而且极有可能在某天早晨就突然变成一条乖戾无常、汹涌湍急的季节河，气势汹汹地阻断他们前行的道路；除了鸟儿，你就休想前行一步。污浊的积水在原野和丛林里汇成的沼泽和泥潭就更加糟糕也更加可怕，它们几乎每一个都是深不可测的陷阱。在那些阴霾潮湿的日子里，丛林里潜伏窥伺多时的刺棵子、藤萝、毒蕈像阴谋家一样地孳生蔓延、蜂拥而上，试图绞杀一棵又一棵参天大树……作为雨季的走卒，蚊蝇趁着潮湿疯狂地交配繁殖，一只蚊子也许在一个晚上就能变成一个庞大的"轰炸机群"，无论你走到哪里，都无法逃脱它们嗡嗡嘤嘤的围追堵截。雨季因而不是出行的季节，连最伟大最有经验的猎人也只能待在家里，一遍又一遍地擦拭他的猎枪。其实又何止猎人？多少年前，高原之南那场时有时无又没完没了的战争，一个个大战役都精心地选定在旱季开始，也在旱季里结束——战争的游戏如果安排在雨季，就再也不是游戏，只会变成一场真正的玩命；于是双方才以雨季的名义达成一项不成文的协议，各自偃旗息鼓，养精蓄锐，等着旱季的到来……

是的，雨季真的不是出行的季节。那时，人们眼巴巴地盼望着雨季的结束和旱季的到来。他们知道，跟雨季的拖泥带水、暧昧含混甚至阴险狡狯相比，旱季则要干爽明快、通达耿直得多——如果雨季像个阴险小人，旱季就是个顶天立地、说一不二的汉子。尽管酷热难耐，但作为对阴郁的、潮湿的、让人心都要长毛的雨季的反拨和补偿，唯有在旱季里，高原才有一年一度不可缺少的热烈、奔放与辉煌，人们才得以放肆甚至过量地亲近阳光，否则，他们就难以在随后到来的雨季中，凭着心中储存的热烈与光明，熬过那些阴沉、晦暗、不明不白、漫漫长夜似的时光。

这就是旱季和旱季的高原：空旷，赤裸，随时都毫无遮掩地展示在你面前，让你无论从哪个方向朝它投去目光，都能看到它真实伟岸的身影，而真实已是我们这个世纪最昂贵的奢侈品。雨季就大不一样了，淫靡的雨水把高原的每条沟壑、每道岩缝都填得满满当当，空气因充满了水汽而变得黏稠致密，高原开阔的空间转眼就变得拥挤起来；当这块粗犷的山地被雨季非常小家子气地"装扮"起来时，那模样就像一个彪形大汉被一些小花小草所包裹，显得不伦不类而又滑稽可笑。雨季是世俗的。在跟旱季高原的多年交往中我终于发现，对那种世俗的、廉价的、脂粉气十足的装扮，高原是鄙视的，弃绝的，它并不大喊大叫，只默默地隐忍着，等雨季一过，便轻轻一抖，将那些妖艳忸怩的小花小草扔得无影无踪。旱季高原钟情的是那种钟天地之灵秀的大智大美：如果它是一个正当盛年的壮汉，莽莽的原始森林就是它茂密的毛发；如果它是一个百战不殆的拳王，就只以金沙江、澜沧江做它搏击的腰带；而如果它是一个睿智而又历经沧桑的老人，那么，高原上空那满天的云絮才堪与它飞动的思绪媲美……旱季的高原总让我想起那些英勇无畏的、巨人般的斗士,即便焦渴难耐、浑身似火,也从不哼哼唧唧,向老天俯首称臣;它依然高高地挺立着,把头伸向云天之外,眺望着远方和未来;那姿势尽管有些笨拙,却在笨拙中显出了某种古雅的高贵……

自然,高原的旱季偶尔也会让我想起非洲,想起那里的沙漠和千里赤野,那些被干旱和饥饿折磨得骨瘦如柴的儿童,当然也会想起一本叫作《走出非洲》的书里那些美妙的文字和动人的故事。尽管我有时也担心高原有朝一日会真的变成又一个非洲(但愿我的这个担心纯属多余),但高原的旱季跟非洲的干旱毕竟不同。在高原,旱季里枯干的只是攀附在土地表面的野草闲花,那些参天大树则早就把根须扎到了像历史一样深厚的土地深处。高原从不会亏待那些正直顽强的生命,问题是你必须在到达了那个境界之后,它才会捧出在头年的雨季吸得饱饱的、憋了一冬的雨水让你渴饮。天边那些大团大团的云朵,正是它为那些生命上演的优美的现代舞,它们灿烂如银,轻盈自在,跟肤色深红、敦厚持重的高原相比,看上去似乎大相径庭,其实那才是高原真正的魂魄,纯洁,美丽,对自由充满了至死不渝的渴望。

……春天,撑一把油纸伞在西子湖边的霏霏细雨中散步固然惬意,我倒宁愿在高原的旱季里独自上路,从那里走向远方。一个没有在旱季里走过高原的人,不能说是真正到过这片山地。我的固执想拥抱的其实是生命中那种热烈的精神。我知道,毫无疑问的,生活里也有漫长的雨季。当你在人生晦暗霉湿的雨季中待得太长太久,以至手脚酸痛、肺腑郁闷时,当你在家庭柔情滴沥的雨季里待得腻烦生厌,以至觉得自己已是一块"注水牛肉"时,当你在温吞吞的书斋里面对稿纸而无从下笔时,总之,当你不想在生活的雨季里被潮湿无情地霉烂,不想在成就一番事业之前速朽时,你不妨出去到旱季的高原里看看走走。旱季有的是辉煌的烈日(它常让我想起凡·高的向日葵,想起那些金黄灿烂的色彩),能把我们渐渐稀释的血液晒得浓稠如初、滚热沸腾,也能把我们因缺少日照而苍白失血的面容、肌肤晒得像釉一样黝黑光亮;旱季那刮得人睁不开眼的、带着沙子的热风,能像铁砂打磨钢铁一样地磨砺我们生命的锋刃;乡野里更有粗犷热烈的山歌,能唤起我们的生命中原本不应丧失的豪情,让我们身心健康。如是,我们才会少一点江南似的纤弱、琐细,也少一点无病呻吟和目光短浅,变得粗粝、豪放、博大、开阔。是的,我宁愿在旱季里上路。我坚信我在这一季获得的教益,将足够我在人生雨季里那项庞大的支出。因而我想说,旱季尽管是干燥枯焦、风尘仆仆的,但它同时也是伟大的,不可替代的。

绒赞卡瓦格博

　　登上太子雪山的"明永恰"冰川时，诸神的宫阙突然在眼前显现。那是神灵的居所，冰砌玉构，金饰银妆，雄踞在海拔五千米以上的高处，真实，却又虚幻，就像一个晶亮透明的童话。冰川在我脚下。某个熟悉的人世悄然逝去，脸上拂过陌生的风。在一天的攀登之后我已筋疲力尽，大口喘息，像一条被扔在沙滩上的鱼。凝视，凝视，凝视……早上的太阳在冰雪之上舞蹈，为它镀上了一层金红。月亮尚未隐去，它一路与我同行。在刚刚过去的那个午夜，我在某个飘荡着酥油味儿的梦中见到过它，那个梦由藏话、藏经、经幡、玛尼堆和酥油茶交织而成，纷繁斑驳，一直做到我在清晨四点醒来，看见窗外挂着一轮月亮，瘦削，薄而透明。以至现在，当那轮月亮出现在我眼前时，我不知道它是不是真的属于人间。蓝天深邃如海，晓月如一块浮冰，很快就会漂向远方。

　　屏声静息是我那时的唯一选择——不慎惊扰了神灵，幻景就会顷刻间消逝。我想。金字塔形的卡瓦格博，那诸神之尊，刚从秋夜的宿睡中醒来，小头、宽肩，躯体庞大厚实，一身银甲，就像一个放大了亿万倍的卡通人物，一尊在现代艺术家手下夸张变形得十分厉害的雕塑，脸上——我说的是那像银制的锥子一样刺向天空的锋利的山尖——闪着初升太阳的血色红晕，庄重而又柔和。那个气血充盈的康巴汉子，看来昨夜没顾得上去与缅茨姆幽会——意为"大海神女"的缅茨姆峰，相传是卡瓦格博的妻子或是情人。守护是神圣的。当年，威猛强悍、倜傥风流的卡瓦格博随千佛之子格萨尔王出征恶罗海国（今印度一带），恶罗海国王出于缓兵之计，佯将美丽无比、艳若云霞的缅茨姆许配给卡瓦格博，不想却弄假成真，二人一见钟情，天地无双的卡瓦格博与绝世罕见的娇容合为一体，成了风雨与共的生死伴侣。卡瓦格博在缅茨姆的帮助下，很快就征服了恶罗海国。后来夫妻双双被格萨尔王派到那里统领边地。按照当地藏胞的说法，他们是很好的一对儿，却并不能夜夜相会——神灵也有俗愿，有时也照样不能如意，这会让俗人得到安慰。云从山肚子里生出来，白，灰，红，像一缕缕轻烟；纷乱的色彩与光流四处游动，飘忽不定，犹如某部神话电视剧里的激光造型灯和动不动就施放的人工烟雾，让人眼花缭乱。风在四周吹拂，一直吹进我的胸中。诸神聚集。钟鼓沉郁，琴瑟悠扬，环佩叮当，它们一起鸣奏在看不见的远方——我想那该是上界和彼岸。没有花。没有草。阳光下到处亮晶晶的。空中奏响了《绒赞卡瓦格博》[①]的赞歌——

  南摩古如。[②]
  在光虹交接的地界，
  南方察瓦绒河谷，
  "厄旺"[③]教法之垫上，
  雄踞绒赞卡瓦格博。
  山体如竖立的长矛，
  山尖似白色的多玛[④]，
  色彩如张挂的白绸。
  ——我向您祈祷，请悲悯。

  ……绒赞卡瓦格博
  拥有八座同胞峰，
  根本上师如云布，
  慈悲福佑似雨落。

[①] 《绒赞卡瓦格博》是流传在青海玉树地区的一份木刻祷文，据说由在公元1247年以前的十多年间曾在康区传教的噶玛噶举派黑帽系第二世活佛噶玛拔希（1204—1283）为不能前来朝山的信徒而作。原为藏文，由还建华于青海玉树藏族自治州志办丹玛·江永次称处收得并译为汉文。此处的祷文转引自《绒赞卡瓦格博》（云南格桑花卉有限公司编），云南美术出版社1997年8月第1版。
[②] 梵文的音译，意为"向上师致礼"。
[③] 梵文，代表方法与智慧。方法与智慧之教，即指佛教。
[④] 一种圆锥形面制供品，通常是几个一排地供神。

……我向您祈祷，请悲悯。

神灵躲在肉眼看不见的地方，冷冷地打量着我们这些凡夫俗子，猜想我们的来意——事情肯定是这样。他们雍容华贵，沉默威严，犹如帝王，静候着臣民的朝拜觐见。这是个让人头一眼见到就想五体投地施行大礼的地方。我想喊一声：卡瓦格博，早上好！却哑然失语，心咚咚直跳——在人间，即使真的面对一个一统天下、至高无上的权势人物，不管他是明主还是暴君，我也绝不会至于此。人的痴傻笨拙，在一无装饰、纯粹如斯的大自然面前，才会真正显露出来。我把目光从卡瓦格博峰收回来，定定地从下往上慢慢移动，那由上而下的冰川，转眼就变成了一个向雪峰斜斜翘起的、巨大的滑雪板，只要我奋力一跃，就会冲上滇西北湛蓝的天空，再从那里远遁彼岸……

很久以来的一个夙愿，就在那时变成了现实。就像以前一样，一个已经变成现实的夙愿，总会在实现的那一刹那受到尖锐的反诘：登上冰川究竟意味着什么？高不可及的雪山，万年不化的冰雪，那是亿万年时光的堆积、冻结和凝聚，冰雪里包含着亿万年前的空气、水分、尘埃，或许还有某些我们至今也无法读懂的、来自宇宙空间的信息。此刻它们都在我的眼前，在我的脚下。这么说，我已跨过甚至超越了漫漫时空，进入了史前和彼岸的世界吗？我不知道。

——在温暖的南方谈论冰川，就像在红尘滚滚的当今谈论远古圣贤，只能凭想象去填补话语中巨大的时空。对任何一个普通人来说，冰川都是神秘的，偶有所闻所见，无非某个古代冰川的遗迹，一块小小的冰碛石，一道必须凭借地质学专业知识才能辨认的古冰川擦痕，只鳞片爪，难窥全貌；跟大多数人一样，冰川对我更是一个神秘的、雪白得像一道闪电的空洞概念……当我昨晚借宿明永村，躺在藏胞的小木屋里，在一片浓重的酥油味里梦想此刻时，我一直在怀疑我是不是真能有登上冰川的欢乐——谁能想到，在温暖的南方，还能一睹现代冰川的雄姿？我因而是幸运的——在这个秋天，我凭着双脚，登上了卡瓦格博的现代冰川"明永恰"——它深藏在滇西北那片隐秘的土地，在世人向往的香格里拉的深处，在滇、川、藏交界，有着世界上独一无二的"三江并流"景观的德钦。

我的心在歌唱——旋律从踏上旅途的第一分钟就开始奏响。

秋天的迪庆高原，草甸红了，红得分外招摇，大地隽永明丽，古典味十足，展示着南方高原神奇的辉煌。几经辗转，我们从昆明去到了迪庆首府中甸，然后，在一个秋雨淅沥的早晨，乘车前往德钦。

　　一路秋雨不住，漫山红湿绿重，迪庆高原显得深沉凝重，如同大师的油画，别有一番情致。当天下午，我便风风火火地赶到离德钦县城不远的飞来寺，据说，那里是远眺卡瓦格博的最佳位置。一个人，如果从未领略过真正的壮丽与辉煌，只须在那里稍站片刻，生命之杯就将于顷刻间获得最丰盈的补给，最淋漓的浇灌。夕阳艳红，雪山如金，崇高、崇敬之情瞬间流遍我的全身。在我眼前，卡瓦格博与北段的梅里雪山、南段的碧罗雪山一起，组成了一个庞大的雪山群，在数百公里范围内，一座又一座雪山如巨浪拍天，冰峰雪岭从北方接踵而至，又向南连绵而去。晴空如洗，碧蓝幽深。白云轻拂，灿若莲花。在宝石般洁净的天空里，那一座又一座雪峰恰如一道硕大无比的银色屏风，横亘于天际。世界上最庞大也最为充满智慧的航船，正风帆高张，向彼岸世界全速行进。云来了，又走了。太阳时现时隐，大地忽明忽暗。卡瓦格博雪山则忽而刚毅，忽而温情，忽而神秘得如峨冠博带的山林隐者，忽而又纯净得像一身赤裸的初生婴儿。若非大自然有着巨大的神力，若非卡瓦格博自身所具的灵性，谁能营造出那样神奇的美景？云蒸霞蔚，变幻莫测，让人看得目瞪口呆。我屏神敛息——我不记得，在迪庆香格里拉，那是我第几次陷入那种欲语却无言的痴傻与震惊。于是我闭上眼睛，侧耳倾听，听历史的诉说，听自然的回声，听神灵的教诲……

　　那是一座通灵通神的山。那也是一座壮美卓绝的山。1923年，曾到过雪山脚下的美国学者洛克，在其著述中曾感慨地说，卡瓦格博是"世界上最美丽的山"。[1]民间流传的关于卡瓦格博峰的传说就更多，比如说它是吐蕃王松赞干布迎娶文成公主进藏的路上生下的孩子的化身。比如说它是格萨尔王的战将……

　　外来者一直想征服这座壮丽的雪山。早在1902年，英国登山队就试图登上梅里雪山，结果以失败告终。下山后他们用酥油做成卡瓦格博峰的模型，然后在模型下面加热让"卡瓦格博峰"熔化，表示他们已经征服了卡瓦格博峰。留下的只是一个笑话。中日联合登山队在梅里雪山的失利，更为它增添了无尽的神话色彩。从1987年至1996年，日本、美国、中日联合登山队相继三次试图登上梅里雪山，结果都以失败告终。

---

[1]　参见云南格桑花卉有限公司编《绒赞卡瓦格博》，云南美术出版社1997年8月第1版。

与外来者相反，据说当地藏民对怀有"征服"梦想的勇士，并无多大好感——他们视卡瓦格博为神山，自古对卡瓦格博只有崇敬，从没想到过"征服"二字。无论在这场尖锐的文化差异与信仰冲突中谁是谁非，卡瓦格博的神性都被表述得淋漓尽致。作为佛教圣地，人们将会告诉你山里藏有佛经，山上有佛、菩萨、本尊神等出没，石壁上有自显的佛像以及高僧大德的圣迹，等等。卡瓦格博雪山就被认为是"根本上师密密麻、本尊神众舞翩翩、飞天勇士飘荡荡"。这时的圣地，对于信徒所起的作用，就与佛经、佛像、佛塔、寺院等佛教设施之于信徒的作用相同了。因此，朝山礼圣活动既是崇拜着山神、接触着山神的领地，同时也在崇拜着佛，接触着佛土的一草一木。[1]

——区别就在这里，一个是去朝拜，一个是要征服，结局也就大相径庭。一些老外在惊异之余，开始设法理解藏民族对大自然的那份虔诚——在德钦县城，县旅游局的茨里尼玛告诉我说，一个年轻的美国人，连续两次从大洋彼岸来到德钦，加入了卡瓦格博峰下那壮观的、浩浩荡荡的转经朝圣者的队伍。不知那个并不信奉藏传佛教的美国人，在漫漫的转经路上，是不是多少体会到了一点藏族同胞对大自然与神明的崇敬，那澄明如水的心境？是否看到了冰川脚下的明永村那秀美的风光和淳朴祥和的民风？

事实上，那晚我们借宿在梅里雪山的明永村，几乎一夜都没睡着。

凌晨五点，我们从梅里雪山脚下的明永村出发，开始了向神奇的"明永恰"冰川进发的艰险旅程。

一轮晓月，万里清辉，伴我们同行。

此刻明月如灯，天地寥寥，委婉肃穆。卡瓦格博下的一切：夏日里葱茏的花草、密不透风的原始森林、悠悠小径、路边黑黝黝的怪石以及我们一行人自己的身影，都在迷蒙的月光下闪闪烁烁，如同一个千古梦境，显出惊人的神秘和美丽——黑暗只在陌生时才显得可怕，而自打进入迪庆藏族自治州的德钦地界，我们对梅里雪山早已梦绕情牵，有过几次神交，也算是熟人故知了吧。

山路沿着山谷径直往上，由海拔两千多米的明永村一直向海拔三千多米的太子神庙攀升，走起来让人气喘吁吁。明永村的藏胞虽为我们备了骡马，但人多马少，我一直凭双脚前往，借此表达我对梅里雪山的虔诚敬意。路渐行渐高，

---

[1] 参见云南格桑花卉有限公司编《绒赞卡瓦格博》，云南美术出版社 1997 年 8 月第 1 版。

天也渐行渐亮。熹微的晨光中，黑黝黝的原始森林如庞大的军阵，神色肃穆地簇拥着我们，让人总以为自己身在森林中心。林间小道旁，不时可见用就地寻来的灰色石片搭建的小房子，积木一般，以为是来此探险游玩的人歇息时随手搭来好玩的，一问，却道是每年秋冬季节，从四面八方来此"转经"、朝拜太子雪山的藏胞特意盖的，两层、三层、四层不定，为的是日后一旦听从神的召唤离开这个世界时，能让魂魄回到这里，与他们敬重的卡瓦格博太子一起守护伟大的太子雪山——那或许就是他们的精神家园？灵魂需要的地盘并不大，可这世上，有多少人至今仍不在意灵魂的归宿。放眼看去，密密麻麻的小石板房，一座座深藏在每一棵大树脚下，绵延无尽，无声却让人魂魄震慑。

路越来越陡，越来越窄，有时，路无非就是悬崖上的几块突起，当地藏民以木桩打进岩壁，铺以木板，我们的脚下，才有了栈桥似的窄窄一线。快到太子神庙前，骡马已无法载人而行。而我在那时反而增添了一些勇气——再坚持一下，我就能靠着自己的双脚，一直走上冰川了。

那十多公里崎岖山路花去了我两个多小时，比预计的至少晚了半个小时。如此，早上七点半到达太子神庙时天已大亮。抬头看去，蓝天坦荡如海，那轮一路随行的下弦月如碧蓝海水中的一方浮冰，正好悬在太子雪山上空。透过密密麻麻、五颜六色的经幡远眺太子雪山，耸立在我眼前的，是一座金字塔形的雪峰，冰清玉洁，沉静端庄，恰如处子。可惜我们迟到了一步，预期中血红的初阳将太子雪山染成赤金的瑰丽景观已然遁逝，太子峰如一座巨大的银雕，在阳光下熠熠闪光。雪峰脚下隐约可见一巨大冰湖，人说那就是明永恰冰川的发源地。

太子神庙四周，从快到神庙处起，到处都是藏民垒起的巨大的玛尼堆——那种源于藏族原始宗教中的山石崇拜和山神观念的产物，在佛教传入之后，因常有人将刻有佛教六字真言"唵嘛呢叭咪吽"的石块和印有佛教经文的旗幡堆放其上，最终才与佛教的玛尼堆合而为一。风化得发白的牛头骨，刻满了藏文六字真言的石块以及大大小小的佛像杂然相陈。信念在那里堆积。经幡如林，亦如网——神庙四周，彩色风马旗或垂直悬挂，或横挂于树木之间的绳索之上，晨风拂动，它们在丽日艳阳中飘荡如歌，咏诵着他们对太子雪山的无边敬意。我沿着太子神庙外的小路缓缓而行，领略着那种神圣，内心一片浩茫。太子神庙后面的一块柱状青石，在低矮的丛林中巍然屹立，幽黑如夜；却又被朝山的藏民涂满了酥油，于是在阳光下，那块看似寻常的岩石闪着金辉。以耳朵贴近它，似能听到冰川下汹涌的水流发出的潺潺之声，像是神灵的呼唤，也像是高僧在诵经。透过森林般的经幡仰望太子雪山，某种苍茫感油然而生。

——置身于如此壮观神奇的雪山景观之中，自由地呼吸弥漫于雪山下浓烈的宗教气息，我似乎被某种无以名说的神力催眠着，既觉得肉躯凡身已不复存在，又觉到那种灵魂出窍，翱翔飞腾在那片冰雪世界的轻捷与锐敏，心灵似乎在转眼间便得到了从未有过的纯净与超度。不知道那是不是就是成千上万的藏民每年秋冬都要到卡瓦格博转经进香的缘由，也不知道那是不是就是一个虔诚信徒在太子神庙所能领悟的最大的愉悦？无论如何，那都是我此生所能体悟的一种超出红尘凡俗的最佳境界。

从太子神庙到冰川，还有半个多小时的路程。那段路的开头让我再一次想起了我在昆明翠湖边悠闲的散步。不想离冰川越来越近时，面前突然出现了一个陡峭的山坡，我想它至少有六十度，比澜沧江峡谷里的那段路更加难行，幸好森林密布，我才得以手脚并用，拽着一棵又一棵树枝慢慢下滑——实际上，我差不多是像小时候坐滑梯一样地滑下了那道陡峭的山坡。

终于到了冰川的边缘，我的心跳变得急促起来：那是兴奋，也是出于对巨大冰川的无知产生的紧张。奇怪的是，我想象中的冰川，我在太子神庙那里看到的冰川，与眼前横亘在我面前的冰川实在出入太大——一片灰黑的冰川砾石，满满当当地覆盖着冰川的边缘部分，显得毫无生气。真正闪着银光的、雪白的冰川主体，还在几十米以外，那像是一条巨大的、生满巨鳞的鱼，一个硕大无比的菠萝，表面布满了乳头般的冰的突起，放射着刺眼的光。我们决定要到冰川的中心去。可向导说，那看上去只有三四十米的路程充满了艰险，真想上去，要做好充分的思想准备——一则在冰川上行走特别滑，它的表面堆积着一些碎砾石，碎砾石下面才是千年不化的、巨大的冰体；一些冰体看似坚固，其实并不稳定，很可能一脚踏空；冰体与冰体之间，常有看不见底的巨大冰缝，人一旦掉下去绝难生还。但那正是一种诱惑。我们齐声喊道：走，攀上冰川！绝不能留下终生遗憾。

那已是海拔四千多米的高处，呼吸困难，心情也更加紧张——那看似实实在在的冰川，随时都可能从我们脚下滑走，路，仿佛是浮在水面上的圆木，每时每刻都在转动，人根本就站不稳。尽管上冰川前我们每人都有了一根"拐杖"，稍稍帮了我们一点忙，但行进的速度依然很慢。翻过一道冰凌又一道冰凌，以为已经到了冰川中心，抬头一看，冰川真正的中心还在离我们更远的地方。于是再度踏上征程。一道巨大的冰墙横亘在我们面前，在当地藏胞的帮助下，我们每个人都被连推带拽地上去了。然而我们再一次发现，真正的冰川中心还在更远的地方，它通体透明，呈着一种美丽的淡绿色。而在我们与那更为壮观的冰川中心之间，一道深达五六米的冰沟，阻断了我们的去路。一个毫无攀爬经验的普通旅游者，要想穿过那道冰沟，登上更高的冰体，简直绝无可能。

空中突然传来隐隐的爆裂声，我的脚下滑过了一丝尽管轻微却能让人感到的震颤——像是夏天在远方滚动的沉雷，又像是巨人般的大山正在拔腿赶路——并不很响，却让人有一种真正的恐怖和战栗。抬头看去，雪山下那巨大的冰湖上空，腾起了一阵似有若无的白烟——倘若我看得不错，那就是高山雪崩造成的雪雾在飞扬。问向导，说那正是雪山脚下的冰湖发出的冰裂声——在正午强烈的阳光照射下，冰体在融化、崩裂，它们随时都可能从山上冲下来。

我们脚下的冰川，有资料说，冰舌面的冰壁尽管厚达八十余米，下面却布满了巨大的冰溶洞。来时路上我们看到的那条注入金沙江的汹涌的小河，就发源于我们的脚下。那看似一无声响，似乎永远也不会移动的冰川，随时都可能发生冰体崩塌，不能久待——德钦县旅游局副局长松金扎西如是说。是的，隐隐的爆裂声正是警告——大自然对人的警告。如此，我们最好还是往回走，尽管并不情愿。能手无寸铁地攀上海拔四千多米的明永恰冰川中部，对我们来说，实在已非常幸运；即便这样，如果没有德钦县旅游局局长茨里尼玛、副局长松金扎西，以及藏族少女布称、阿青拉姆和那个年轻的康巴汉子茨里江初的帮助，我们很可能连这一点也难做到——此刻我才想到，一路上，我们身上所有的负重，不知什么时候，早都"转移"到了他们身上：毛衣、挎包甚至相机。此刻，托住我们的，除了卡瓦格博峰亘古的冰雪，或许还有他们那能扛住一切艰难困苦的肩头。它让我想到时间，想到人类的渺小，想到现代人类在与大自然进行的数千年较量中，充当的实在是个十分可怜的角色。人不该自卑，却应该自重。是的，人类应该对崇高和圣洁葆有一种永恒的崇拜，这崇拜应该来自人对大自然的敬畏，即便是在人类已经进入宇宙的今天——当我终于登上明永恰冰川时所想到的，当我现在回想起那天站在明永恰冰川时最想说的，都是这样一句话——

对于大自然，我们还是少来一点"征服"，多留下一点敬畏吧！

界河记

　　界河突然变得不那么神圣了，它几乎成了一条任何一个旅游者都可以随意跨过去的小河沟——当然你得花几个钱。在我的感觉中，从昨晚听说今天要作跨境游时起，那种神圣就已不复存在。早就多次参加过边境一日游，只有南溪河会让我如此辗转反侧，整整一夜，我都没睡好。我对自己的失眠感到奇怪。还是清晨，亚热带的阳光便凶狠地洒落下来。南溪河桥头排队办理出境手续的人多得让我吃惊，从离桥头很远的地方，一直排到桥头边的边境检查站，就像流入南溪河的另一条小溪。他们的影子排成了另一支队伍。边境检查站那幢小楼的正面墙上，挂着一块大牌子，威严，神圣，与在它下面熙熙攘攘人头攒动的人群相比，反差强烈。我突然感到，成千上万的人跑到这个叫河口的边境小镇来，为的都是要越过界河，到对岸看看，到异国看看，想一想，这事儿本身就有点儿荒谬，有点儿不可思议。长长的队伍弯过来绕过去，蛇一样地蠕动着。人是那条蠕动着的大蛇的一只脚，一个鳞片。听说，有时你得在桥头排上几十分钟甚至一个钟头的队，才能办好手续。那句带有预警性质的话，对人们看来不会有任何影响——对习惯了不久前还得排队凭票买任何一件生活必需品的人来说，那又算得了什么呢？曾经沧海难为水。人们在那样的年代培养出来的韧性和耐力，足够他们用来应付眼前这不算太长的等待，尽管等待的性质的确有点儿不一样：那时为的是要买一样紧缺商品，现在要买的是什么？快乐？轻松？新奇？说不清楚。想到这一点时，我不禁暗自在心里笑了笑。世界不同了。亚热带早上的太阳在头顶照耀着，把一切都晒得暖洋洋的。天气热了起来。人们被那样晒着烤着等待出境时，举止近乎失常。几对年轻的情侣勾肩搭背，夸张地，比赛似的，当着所有的人相抱相拥甚至频频亲吻，仿佛他们花上几百上千元钱来到那个与异国一江之隔的小镇，只是为了在那里尝尝爱情的甜蜜——或许，爱情也只有在亚热带那样的地方，才会快速生长，流淌出黏糊糊的、让人终生难忘的蜜汁。更多的人，似乎也无法在跨过界河之前保持某种神圣庄严，他们一边焦躁地等着，一边做着与"出国"这个字眼毫不相干甚至绝不相称的事情，喝水，抽烟，啃甘蔗，嗑瓜子，吃刚刚在路上买的"越南小卷粉"，聊天，咳嗽，吐痰，擤鼻子，嘻嘻哈哈，打打闹闹，大呼小叫。那是一个充满了矛盾的地方。跨越界河这一曾经非常神圣的举动，正在被彻底地世俗化、日常化。他们为越过界河而来，原本应该为界河而兴奋而疯狂，可事实上他们却对那条就在他们眼前流淌的界河视而不见，平静如初。不管怎么样，看上去，即将越过界河这件事对所有那些正在等待越过界河的人，都不过是小事一桩，他们不过是在家里待得闷了，出来随便走走散散心而已，就像他们在当地等候进入某个风景区，随便走走看看一样。界河的价值不复存在。界河的神圣，正无情地被后现代消解。

　　不幸的是，我也在那个队伍之中。与他们不同，我并非头一次来到南溪河边。看着手里那个花几十元钱办来的临时旅游护照，我几乎没有任何兴奋。类似的跨过界河的边境一日游，在西双版纳的打洛，在瑞丽的弄岛，我早就领教过。我甚至知道，即便过去了，也就是那么回事：到那边空荡荡的街道上随便逛逛，看看那些从中国运过去的大大小小的商品，吃上一顿饭（六菜一汤或八菜一汤），然后有些勉强地买上一点什么东西作为纪念，买什么与不买什么，完全不是出于某种需要，而是一个人人都得经过的程序；然后，打道回府——一次边境一日游就算完成了。就像许多人说过的，那无非一次国际下乡。

　　但界河毕竟是界河。尽管二十多年来我曾几次来到界河边，越过南溪河去到对岸，仍是头一次。第一次永远是吸引人的，尽管我知道，最终也不会有什么真正值得回味的东西。

　　就那样，跟着那支长长的队伍，每隔几分钟甚至更长一点时间，我就向前挪动那么一步两步——走向边境的步子，事实上是相当缓慢的，如果算上其间经历的、充满风风雨雨的漫长岁月的话。不断有异国的男人或女人从对岸走过来，带着某种我们熟悉的日常生活的气息，轻轻松松地走了过来，就像我们在某个早晨看到的，那些去某个集镇做买卖看热闹的人一样。他们挑着，或用背篓背着，或用单车推着大筐大筐的蔬菜、瓜果或土特产品，从界河的那边走了过来，步子或沉重或轻松，脸上都带着一个为日子日夜操劳的人通常都有的那种神色，呆滞，木然，或者无所谓。那个瘦削的、穿一身黑衣的越南女人正从我面前走过，她胸前那个用一块蓝布兜着的婴儿，正抓着她袒露的、大得惊人的乳房拼命地吮吸；背上则背着一大背篓什么东西，一路东张西望地走着。她到边境这边来干什么呢？或许她唯一的希望，是傍晚返回对岸时，让那满满一大背篓木瓜什么的变成一沓人民币——那是一种在对岸也照样敢用的硬通货——装在她贴身的衣袋里，回家去。或者，用那些钱在这边买上她需要的东西，背回去，与她的家人分享。那让我再次想起云南山民在某个乡镇上"赶街"的情景。那些山民从很远很远的山里走出来，背着一大堆东西和一个简单的梦想，来到集镇上，回去时就成了一个或大或小的富翁。

二十多年后再次来到界河，感觉是奇异的。我终于明白，跨越界河为什么会让我整整一夜辗转反侧了。在即将徒步跨过南溪河之前，界河对我一直是形而上的，甚至是虚幻的，一如高天流云，似乎在我头顶流淌，甚至带有某种乌托邦的意味。当它此刻以一种日常不过的方式出现在我眼前时，我几乎有点儿认不出它了。一个奇怪的旅游者。我无所事事地张望着，到底想看到些什么，连我自己也不大明白。异国的阳光迎面照过来，异国的风迎面吹过来。界河就在我脚下。在二十世纪末一个寻常的日子，上午，那条界河就在我的脚下流淌。即将开始的这次徒步越过界河大桥，让我多少有点儿兴奋，我想，那与从空中飞越边境完全是两码事。从空中飞越边境，只是几秒钟的事，你连边境都还没看见，就已经身在异国。走路就不同了。走路有个过程，不长，也不短，能让你一步步地品尝越过界河越过边境的滋味。滋味都是品出来的，"品尝"是个慢动作，通常用舌头，现在我将用目光，加上双脚。目光和脚一起，将在那次几分钟的徒步行走中品尝那段距离，那座大桥，它的长度、形状、结构方式、体温以及沉积在桥面的百年时光。那时，界河和界河大桥既不在我的头顶，也不是云雾，它就在我的脚下。界河作为一条河，就像其他所有的河一样，它总在比我低的地方，一如山总在比我高的地方一样。永远如此。看一条河流时，我们都要垂下眼睛。与仰望不同，垂下眼睛那样的动作，带有某种轻慢的意味，即便看的是一条伟大的河流。河流与人永远不在一个层面上。人的目光，永远不可能在跟河流同样高的水平线上看它，即便是一条小溪。那样看到的是水，不是河流。只能在河岸上看，在河的上空看。俯视。"黄河之水天上来"纯粹出于诗人的浪漫，是那个爱喝酒的诗人站在下游看上游的黄河时，因河流的巨大落差造成的视角错误。其实，就在他站的那个地方，黄河依然在比他低的位置。当然那并不能说明什么问题，比如你似乎比河流伟大。河流摆出的尽管永远都是一副谦恭卑下的架势，哪怕是一条小河，一条小溪，却无一例外地总让人感到自己的渺小、浅薄与卑微，那正是任何一个站在河流边的人都无法自命为伟大的原因。

南溪河同样如此。此刻，我站在边境小镇河口看到南溪河时，它同样在我脚下。也就是说，南溪河就在我的"下面"。不管我身边那些人是疯狂还是无动于衷，同样都不能改变那件事的本质。何况河口已是云南高原的坡脚。横断山，怒山，哀牢山，从青藏高原喜马拉雅山东麓，从梅里雪山经过长途跋涉，逐渐低矮下来，到这里似已是强弩之末，海拔从六七千米骤降到只有几十米。细细一想，云南高原竟然最终变成了一个由西北向东南方倾斜的大斜坡。那样的大斜坡当然存不住水，云南所有的水，都顺着所有的河流那样流走了。河水成了云南最大宗的出口物资，尽管河水换不来外汇。河口已经够低了，南溪河比河口还要低，它在河口的下面。那时我站在河岸上，"河岸"作为高出水面的陆地，同时又是河流的宿命与规定，不管河流愿意不愿意都要认命都要遵守。河岸就那样规定着河流的形状与走向。没有河岸就没有河流，它们永远无法分离。世界上没有一条没有河岸的河流。谈论一条河流，势必谈到河岸。南溪河的不同之处在于它的南北两岸分属两个国家。

在漫长的等待中，我就那样站在南溪河的北岸，眼睁睁地看着异国。那已是河口的边缘。我的身后，是如今喧闹繁华得让人有些吃惊的河口，街道、房屋和与此相关联的，河口人的日常生活，炎热，繁忙。作为一座边境小城，河口与1910年滇越铁路通车时第一趟小火车开来时相比，早已变得面目全非。即便与二十多年前相比，河口也变得让人难以辨认。我已想不起二十多年前第一次到河口时的情景，只记得四个字：瘦骨嶙峋。河口的小街和满街的行人，都一样。丰腴的只有南溪河水，在裸露的、光秃秃的河岸上，河水的充沛与丰腴让瘦骨嶙峋的人们感到羞愧。现在，河口长胖了，长高了，在高楼大厦的映衬下，南溪河似乎变窄了，变小了。城市在膨胀。就像那些发育得有些过分的孩子，几天不见就长成了大人。我的眼前，正是南溪河越来越窄窄到几至于无的河岸。河岸上有临时搭建起来的街市。昨晚我们刚到河口，就在朋友的怂恿下去逛过那条街。铺面和小摊。灯光明灭，红红绿绿。招呼和吆喝。手势和媚眼。

飞吻在空中散发出让人惊骇的异国情味。来自异国的生意人在那里出售各式各样的东西，有形的或无形的，该卖的或不该卖的，五花八门。那些到边境旅游的男人和女人，就在那里买一些该买或不该买的东西，同样五花八门。那条街叫越南街。与其说是要去买点什么，不如说是想去尽早地领略一下那种异国情调——朋友说，不去逛逛越南街，你就不知道今天的河口。于是我们去了。货品都琳琅满目。几乎每个店铺门口，都有人在招徕顾客——或男或女，或坐或站，笑容可掬，热情有加。整个河口都在繁忙的交易之中。挑选。问价。砍价。扬长而去或成交。付款。提货……不同的人处在不同的交易环节之中。

事实上，那个边界小镇，从它出现于世的第一天起，就因那样的交流、交易、来往、衔接而形成，而存在。它就在那样的交易与交流中长大。那是中国近代最早出现的商贸口岸之一。从第一桩交易做成到现在，经过了一个漫长的年代。一百年，或者更长。河口依然在忙碌着，挥汗如雨。于是河口总是赤裸着。亚热带，天气很热，忙忙碌碌的人们都穿得很少。当我穿得整整齐齐地进入河口时，简直像个另类。对河口人来说，一条短裤，一件背心，一双拖鞋，已是一个男人的全部行头，有的索性光着上身，赤膊上阵。女人似乎没有男人那样的自由，尽管她们脚上照样是一双拖鞋，穿戴完整，但衣裙之薄之透仍让人不敢多看。道德让位于生存。在河口，我们经常能看到人的身体，腿、脚、胳膊、肩头，以及其他在别的地方并不总是露在外面的部分，在阳光下，在风中。在河口，身体即使被衣服遮挡，仍能让人看出一个人身体的形状，胖瘦与起伏。一个物质的人。人当然首先是一堆物质，水、碳、铁和其他一些什么东西。人首先是由那些没有生命的东西构成的，而不是精神。在别的地方，我们经常能看见的只是人的手和脸，别的部分都被衣服遮盖得严严实实。在有的地方比如新疆，看见一个人时，看到的只是一堆衣服，不仅肌肤，连脸也被面纱遮挡着。在另一些地方，代替面纱的是身份、地位、荣誉。可在河口，我们看见的首先是一个人的肉体，真实的、活生生的、散发着生命气息的肉体。那才是真实的生命。与河口到处都能看见的芭蕉、香蕉、橡胶和各种亚热带树木花草一样，他们都在生长着，生长得蓬蓬勃勃。生命就是那些生长着的物质。河口叫我懂得了这一点。那得益于河口生来就有的品格，热情、开放——对另外的国度，对另外的一些人。

而那一切，都因为它依傍着那条界河。界河流不停。

亚热带给人的感觉通常总是急急慌慌、匆匆忙忙的，土地、花草、树木、江流、空气、云彩甚至风雨，都处在分分秒秒的剧烈变化之中，仿佛都在争先恐后地去赶一个什么展示会，树木赶着长高，花草赶着开花吐艳，果子赶着成熟，蝴蝶赶着孵化，江水赶着奔流。你争我夺，快速短暂，是亚热带生命共有的特点，孕育、萌发、生长、成熟、繁衍、凋谢、衰老、死亡直至腐烂……生命过程被浓缩在极短的时间里，飞快地进行。它们都是智者，哲学家。老的生命还没完结，新的生命便呼啸着一拥而上，挤挤攘攘地，逼迫它们的前辈退出这个世界。死乞白赖与它无缘。在这里，任何生命都是匆匆过客，任何生命都只能炫耀一时，任何生命都只能在那样短暂的时光里，尽快地、拼着命地把生命调整到高潮状态，然后了其一生。生命飞速流转。腐烂加速进行。无数的生命过客，组成了亚热带那个花花绿绿、斑斓炫目的世界。所谓不朽，在这里从来都是一句空话。一切都是急急慌慌的、匆匆忙忙的，最灿烂的个体生命，在这里都是短暂的，昙花一现的，甚至越是灿烂的生命就越是短暂，而那片一年四季都浓得化不开的不朽的绿，正是由那些看似短暂的、昙花一现的生命组成的。

　　与那一切不同，亚热带的河流却是永恒的。我的目光也就在那时被它牵起，转向了对岸，转向了远方。

　　当我就要越过南溪河，抵达异国时，当然会自然而然地想起曾经越过的另外一些界河。我突然感到了神圣。

　　在另一条界河边，比如畹町桥头，界河与边境大桥给人的印象同样如此。那是一条更窄更小的界河，界河上的桥比我现在看到的南溪河大桥更小，更窄，也更短，走过去只要一两分钟。记得那一年，同去的一个身材矮小的青年诗人走着走着，无意中就那样越过了大桥中间那条看不见的边境线，他在那里站了一会儿。不到一分钟，等他转身返回来时，理所当然地受到了边防战士的盘问。边防战士向他行了一个礼，很正规的军礼，然后说，对不起，请出示护照。青年诗人吃了一惊：我没有护照，我是中国人，你不是看见我从这边走过去的吗？刚才，我还跟你说过话，你看看我的笔记本，青年诗人把他的笔记本递到边防战士面前，这里还写着你的名字。战士说，是的，我看见了，但你已经越过了边境线，按照规定，任何从边境那边过来的人，都必须出示护照。就在那一刻，我们突然间意识到了那条事实上根本看不见的边境线的神圣。青年诗人与那个边防战士僵持着。我们七嘴八舌地为青年诗人辩护着，却无可奈何。在那短短的几分钟里，青年诗人暂时成了一个没有国籍的人，那时他肯定无法找到诗意，后来我也没有读到他有关那件事的诗。诗人的浪漫在界河的威严面前一片尴尬。直到当地负责接待的朋友出面为他作证,证明他的确是中国人,刚才只是随随便便地走了走便走了过去,他才得以作为一个中国公民返回。事后人们问青年诗人,你不知道那是边境线吗,为什么随随便便就走过去了?他说,我当然知道,但我莫名其妙地突然就有了那种冲动,那种越过边境,走过去看看的冲动,于是我走了过去……

在江河纵横的云南,能成为一条界河,依然是河流的幸运。比如现在,我面前的那条南溪河,如果它只是一条远离边界的小河,显然不会有几个人知道它,它只存在于那些熟悉它的人心中。南溪河却是幸运的,它是一条界河。成为界河的幸运,从来都伴随着一种无可奈何。世事古难全。好处从来不会被某个人全部占尽。上帝在某种意义上是公正的。巨富者拥有挥之不尽的财产,心灵中却很可能缺少温馨的感情;清贫者或许没有香车美女豪宅,却会有一份宁静而又清洁的心境。江河因成为界河而扬名天下,但有些时候,也会因成为界河引来麻烦与纷争。能够成为界河的江河总是为数甚少,至少在云南,那样的河流并不太多。人总是择水而居。水是人类赖以生存的重要资源。一条江河能够成为一条界河,除了它天然具有的分隔作用之外,除了人们最终无法找到一个别的分隔办法之外,还在于生活在界河两岸的人们,最终都不可能离开那条河。那条河是两岸的人共同的母亲。可以说,一条河流在成为一条界河之前,存在着事实上的公共性、共有性,它是不同国度、不同民族共同拥有也共同吮吸的大自然母亲的乳汁。江河之所以成为界河,其实是某种妥协的结果——谁也不愿意轻言放弃,放弃一条养育过他们先祖以及他们自己、儿孙的河流,于是,最后只能资源共享,让那条河流既不属于你也不属于我,成为一条界河。

"你的护照?!"

我从遥远的遐思中惊醒过来,把护照递了过去。

验证。

"这是你吗?"

审讯似的、不信任的目光在问。

我突然有点儿忐忑不安,仿佛真是一个偷渡者。

"是我。"

"怎么不像你?"

他说得不错，照片上的我的确不像我。

但那不能怪我。护照上的照片，是一个钟头前在河口一个指定的照相馆照的。十元钱，快相。面目全非。能怪我吗？任何人匆匆忙忙在那里照出的相，都像个即将被执刑的囚犯：紧张，恐怖，睁着一双大而无神的眼睛。

他审视着。

我极目远望，一边想象着界河那边的异国，一边在那种尴尬中品味着界河依然拥有的威严。

异国在望。隔着界河，它近在咫尺。异国的山，异国的河，异国掩映在那片树林里的城镇——所有那些，我都既熟悉又陌生。阳光下的树林，几乎能看得见蒙蒙雾气一团团地升腾而起，那给异国蒙上了一层让人随时都想窥视的神秘。山不怎么高，就像个小山包。各种说不出名字的树木花草，在那里蓬蓬勃勃地生长。南溪河，那条既从我脚下的土地流过也从异国的土地上流过的小河，从对岸稍稍有些陡峭的山脚流过。南溪河在那里转了一个湾，我们可以把那个湾看成一个大弧，从源地流来的南溪河，只在那段"弧"上才是界河，然后，它很快就汇入了红河。同样临江而建的河口与老街，一个在弧里，在那个大弧的怀抱之中，一个在弧外，仿佛被放置在某个圆形器皿的顶部，总给人以某种不稳定的感觉。两岸的城镇，原来都不大，如今却都人群熙攘。

跟着，我看到的是南溪河上的两座大桥，一座老桥，它建于世纪之初，后来几经关闭、毁坏与重建，却一直就在那个位置；一座新桥正在修建之中，那将是边境上的又一个通道，暗示着边境的繁忙。在整整一个二十世纪的两头，在世纪初和世纪末建成的两座桥，相距只有几百米，整整一个世纪的漫长时光，统统压缩在那几百米的距离之中。那似乎说明了什么，有一种形而上的意味。人们先以界河为界，把两个国家分开，再建起一座大桥，让界河两岸相连。大桥否定着界河，界河的存在反过来又否定了大桥。它们互相矛盾着，又互相依存着。人也一样。边境是神圣的，不可随意跨越的。界河让人望而止步。反过来，作为一种人为的划分，界河在给出了边境两边的人们都必须遵守的某些规定之后，同时也会给人某种冲动，那就是越过边境，去了解那一边的种种情况。那显然是人们事先没有想到的。同样作为一种人工的存在，划在界河中间的那条看不见的边境线，目的显然在于分隔，而架于界河上的那座桥，其功用却在于联结，正是它，把人们越过边界的梦想变成了现实。实现那种梦想永远是一种隐秘的冲动。但是，与陆地上人为划分的、以界桩标志出来，事实上并不存在的边界线不同，任何一条界河作为一道事实上存在的"线"，在成为界河之前，就已天然地具有一种分隔的性质。当人们站在界河之滨，像看待任何一条他曾经遇到过的小河那样看待一条界河时，他已经犯了错误——比如那个在畹町桥头遭遇尴尬的年轻诗人。

　　此刻，南溪河上的界河大桥车来车去，人来人往。在南溪河，如今，界河两边或说大桥两边的人，差不多可以自由自在地来来往往了。通行无阻。一些人走了过去，再返回来；一些人走了过来，过些时候再返回去。界河上的那座大桥，功用就在于此。在外地，人们肯定不会对这种司空见惯的情景感到有什么奇怪，桥的功用就在于此。边境上就不同了。像我一样，一个初来乍到的外地人，站在大桥桥头，不可能不对那些从对岸过来的异国男女感到好奇。他们看上去跟我们没有多大差别，但对我们来说，他们永远是神秘的一群，属于异国。在我的印象中，边境那边的人，只是肤色要黑一点，也瘦一点——不知道那到底是因人种的不同，还是后天生长带来的差异。除此之外，他们和我们并没有什么大的区别。他们就住在界河的对岸，从此刻我能看见或看不见的那些异国的房子里走了出来，那些房子大多有一种浪漫的法国情调，黄、白或者灰，浅色，都不那么高，两层，或者三层，与我身后的河口近几年才盖起来的高楼大厦形成了鲜明的对比。细细一想，隔着一条小河，一条只有一两百公尺宽，一个稍识水性者便能只身横渡的小河，一片相连的土地就已分属两个国家，这多少有点儿让人不可思议。但那就是事实，就是历史。我不知道，在那些久居边境的人心里，那条朝夕相见的界河究竟意味着什么，但我知道，那条如果身处别处，看上去明明白白的小河，除了在夏日引来一些光着屁股的孩子的玩耍，除了供给长期生活在那里的人们须臾不可缺少的水，除了在人生之秋引发一些在那里长大的人日后无尽的回想之外，它是平常的，很少有人会真正知道它的名字。一条普普通通的小河，通常都会引发无数故事，从我学会阅读那天起，已不知读过多少以"家乡门前那条小河"为题的短文，关于故乡，关于亲人，关于故乡的某个清晨或黄昏，阳光或月色，河滩上的卵石，河边的树，一座木桥，关于河边的小屋，关于在那条小河边上演的种种人生故事，从嬉戏、爱恋，到离别、死亡……一条界河能够给予人们的，或许就更多。眼前，同样是一条小河的界河却是神秘的，难以捉摸的，就像它的每道浪花，每个漩涡，每道回流，都来无踪去无影一样……

我更喜欢看的，是那座老桥。它静静地横卧在南溪河上。不久之前，老桥还是车与人共同的通道，车走桥的中间，人走桥的两边。通常，界河两边的两座小镇都很难看到人。印象中，两岸的人都挤在大桥两边的桥头，那些被严格划定为某国公民的人，在等待着出境或入境。界河大桥于是成了与南溪河立体交叉的另一条河流，一年四季都在流动着。流动着生活。流动着梦想。铁轨两边，紧靠着桥的护栏，有两条狭窄的人行通道。这个世界，真正留给人的地方总是窄小的，其他的都是"物"。两岸的边民，不时从大桥上走过，更多的是从对岸过来的人，有的挑着担子，有的背着一个如同小山似的大背篓，有的用一辆自行车驮着两大筐蔬菜、热带水果和各式各样的山货——如果你不知道自行车除了骑人还有什么别的用途，不懂得怎样用一辆自行车装运堆积如山的货物，把它的功用发挥到极致，只要在河口界河大桥上站上一会儿，就一清二楚了。不管用什么工具，里面装的东西，都远远超出了那些工具的容积，以至你难以相信如此巨大的体积，怎么能被人如此轻易地操纵。"物"总是比人大，它们永远都在挤压着人。界河就那样被他们轻而易举地跨过，就像跨过自家门前的门槛。门槛作为一条界线，作为某个家庭某座房屋的边界，其实是既存在又不存在的，它几乎只是一种象征，一种标志，提醒你已经进入了另一个地界。在某种意义上，界河也是如此。由于桥的存在，眼下，对那些来来往往的人来说，南溪河几乎就不存在了，并不构成一种真正的分隔，更多的是标志着一种分离，而绝非阻隔。

一列小火车从对岸缓缓开过来了，沿着那条米轨铁路，由一台内燃机车牵引着，很快就从我面前开了过去——亚热带的一切几乎都有些异样，与铁路一千四百三十五厘米宽的标准轨距不同，米轨铁路的轨距只有一千厘米。当亚热带的树木花草都大得多时，那里一些人造的东西似乎都要小一号。油绿色的内燃机车漂亮醒目。与二十多年前我第一次到河口看到过的蒸汽机车相比，它当然轻巧得多，自如得多，却似乎少了一点历史前行的豪迈气势。多少年前，当我头一次站在界河桥头，看着小号的蒸汽机车牵引着一列火车通过界河大桥时，我简直就像看到沉重的历史到底是如何运转。黑乎乎的蒸汽机车，同样黑乎乎的冒着黑烟的烟囱，油腻腻的大车轮——它们统统被涂成血红色的曲柄推动着，一圈又一圈。那是个只有黑与红两种颜色组成的钢铁怪物。所有粗大笨重的钢铁部件，都在相互撞击、相互磨擦、相互牵引，哐当哐当哐当，那种响声沉重，蛮野，惊心动魄，仿佛历史在挣扎，在奔命、呼救、喘息。当一切都过去之后，越过千山万水，从1910年的巴黎、河内铺过来的两条铁轨，再一次静静地躺在大桥中央，从河的那头一直伸展到我的眼前，与横陈着的枕木一起，将那座大桥分隔成许多小小的四边形。那是一架铁梯子，在将近一个世纪之前，从海边一直搭向还没有从皇帝手里逃脱出来的中国。法兰西就从那架铁梯子上爬上来，大模大样，毫无阻拦地走进了中国。世纪之初的法国人，压根儿就没把南溪河当作什么界河。他们一抬脚就跨了过来。他们身后就是那架铁梯子。界河的神圣感从那时起就开始动摇。也是从那时起，作为中国第二条铁路的起点，小小的河口已无可避免也毋庸置疑地写进了中国铁路史。

如今，将近一个世纪过去了，铁轨已不知换了多少次，它仍被磨得闪闪发亮。整整一个世纪的岁月被轰隆轰隆的火车轮子碾得粉碎，枕木上大块大块的油污，一如岁月的残片。在那座新桥建成之前，任何时候，每当火车通过，人们都像一块烧饼那样紧紧地贴在大桥两边的栏杆上，侧着身子，让黑乎乎的小火车通过。呼啸着的列车带起一阵阵大风，带着阳光与风沙，吹乱了大桥两边行人的头发和衣服。人，随时都在受到物的挤压。小火车当然同样也是"物"。怪物。钢铁怪物。被挤在栏杆上的人们，脸上满是惊惧，生怕火车突然出轨，把他们撞到南溪河里。惊恐，惶惑，不安，正是世纪之初那段历史的表情，正是1910年小火车第一次从对岸开过来时人们的表情。

在土著的云南，在崇奉万物有灵的云南，世纪之初的人们相信他们看到的火车一定是个魔怪，然而，不管他们在自己的神灵世界里如何拼命搜寻，也找不到可资借鉴的参照，查不出祖先留下的任何与这个怪物相关的记载。他们对它既陌生好奇又惊恐害怕，不知道该亲近它，还是该拒绝它。只有一点可以肯定，那就是不管他们愿意不愿意，喜欢不喜欢，他们都无法避让，只能站在火车两边，眼睁睁地看着它从自己身边风驰电掣地开过去。他们从此必须与一个由洋鬼子带进来的魔怪共处于同一个世界。那个魔怪正是西方工业文明，它有钢铁的牙齿，以煤炭为食物，以石油为饮料。素食的中国对此闻所未闻。从那一天起，南溪河作为界河事实上已不再存在。在作为边境作为分隔的意义上，它似乎从此就只是一种象征，而不是实质。实质是在中国的云南，法国人搭起了一架长长的铁梯子，沿着那架梯子，他们可以由此一直走进中国皇帝高高在上的金銮宝殿。有红葡萄酒有香水有巴黎浪漫女郎的法兰西，也有铁血的拿破仑。从那以后，一批又一批法国殖民政府或别的什么国家的官员、传教士、记者、探险家，以及所有那些怀着某种新奇怀着某种探险渴望的人，都能方便地越过界河，进入中国——他们乘坐的，正是那条从河口开往昆明的小火车。六十年代中期，当我作为一个攻读铁路新线设计与施工专业的大学生，要从昆明前往正在施工的成昆铁路工地实习时，乘坐的同样是小火车。就在那时，我听说了河口，听说了界河与那条米轨铁路。河口与界河从此成了一个深藏在我心头的悬想，一个总想去破译的谜，一直在我心中喧嚣。那时我还完全无法想象南溪河，不知道作为一条界河，南溪河到底是什么模样。在我心中，那条界河既是神秘的、神圣的，也是难于理喻、难于想象的，就像那段历史。

滇越铁路通车后将近百年，法国驻云南府（昆明）第一任总领事方苏雅留下的几百幅老照片，让昆明人惊叹不已，那个第一次从广东经广西、贵州进入云南的法国人，若干年后在惊惶中离任回国时，坐的正是从昆明到河口再到河内的小火车，他正是负责勘测、修建那条铁路，引来那个钢铁怪物的总指挥。方苏雅的心中显然没有那条界河，他很可能把中国当作了法国在海外的一个区。在他之后，两个美国人一起，从河口进入了中国，一个是美国人类学家兼植物学家洛克，一个是大名鼎鼎的埃德加·斯诺。埃德加·斯诺最早的中国之旅，正是从河口开始的。在被红色延安了解之前，在成为著名记者之前，埃德加·斯诺从越南坐小火车经边境小城河口进入了云南。遗憾的是，他没有在他那本并不像《西行漫记》那样有名的《南行漫记》中，记下他越过界河时的感受。那时他还是个不为人知的小记者，初出茅庐，原打算与大名鼎鼎的美国人类学家兼植物学家洛克一起前往丽江，却因一路与得到美国农业部和美国《国家地理杂志》资助的洛克相处不大愉快，终于与洛克在大理分手，洛克依然去了丽江，埃德加·斯诺则去了保山、腾冲之外的野人山，那正是中国远征军在滇西抗日前线的一个重要战场。埃德加·斯诺那时显然也没有意识到，他跨过了那条界河。越过南溪河进入中国的外国人和越过南溪河离开中国的中国人，当然远远不止这些。有时我想，法国女作家玛格丽特·杜拉斯在《情人》那部小说中写到的，那个让她直到晚年仍念念不忘的中国情人，至少他的祖先，会不会也是在某个时候越过这条界河的？杜拉斯没有写到那条界河，但界河仍是那部小说中一个让人可以想象的隐秘背景。当我每次翻开那部小说时，仿佛都能看见南溪河在《情人》中流淌。那时，南溪河成了一条情爱之河。

对云南人来说，界河的名存实亡带来的痛苦当然是巨大的、深刻的，它表明偌大一个中国，已无力阻止那些金发碧眼的洋人的进入。门槛没有了，门当然也从此就无法关上。他们，当然包括我们，都可以"自由"地出出进进。从那时起，南溪河作为界河事实上就已不复存在。我们只是习惯性地继续把它叫做界河，真正的界河，那种神圣不可侵犯的、任何人都无权在得到允许之前越过它的分隔，事实上已不复存在。至少对方苏雅是那样，对那些去去来来的外国传教士、探险家也是那样。那是令人痛苦的。

奇怪的是，若干年后，人们对那头钢铁怪物便有些见惯不惊了。他们甚至有点儿离不开它了。他们突然发现，与腹地相距遥远的云南，由于那条铁路的出现，从此有了一条方便快捷的出海通道。人们可以凭借那个喷吐着白烟的钢铁魔怪，从昆明一直去到河口，再从那里去到越南，然后转向世界的任何地方。那种潜藏着深深忧虑的惊喜，被他们以风趣、怪异的方式表达出来。"火车不通国内通国外"，"云南十八怪"中的这一"怪"，指的正是这个怪异的事实。"怪"显然包含着对某种潜在的分离危险的忧虑。六十年代末我初进入云南后不久，听云南人说到这一"怪"，我断定他们的心情是复杂的，惶惑与自傲兼有，惭愧与夸赞参半。将它归之为"怪"，正好可以掩盖那种矛盾心情。那是云南人的幽默。幽默的一个法则是在被他人取笑之前，先自己笑笑自己，免去别人笑时那突如其来的尴尬。在将近半个世纪中，那个钢铁魔怪一直沿着那条铁路，在滇中、滇南那片赤红的山地间蹒跚而行，连接着云南南部最好的几个地区和城市：昆明、个旧、开远、蒙自与建水。在那片赤红色的阔大背景上，黑乎乎的小火车就像一个蠕动着的巨大爬虫。但它不时发出的是一声声令人惊悚的吼叫。那叫声响彻山野。它不仅从法国运来了传教士、葡萄和红酒，从德国西门子公司为昆明运来了至今还在发电的、装载在石龙坝水电站的水轮机，也运来了许多肉眼看不见的东西，比如某种悠闲的、耽于享乐的生活方式。到昆明的头几年，我所感到的昆明的悠闲、懒散、自由与浪漫，或许正是来自巴黎，是越过界河经河口进来的。那让我大吃一惊，让我感到，孤零零地耸立在海拔一千八百米高原上的昆明这座城市，绝不是一个封闭的内陆城市，早在一百年前，它就开始染上那种风靡世界的巴黎的时髦。我不知道，在抗日战争的四十年代，西南联大的先生们与学子们享有的那种自由与浪漫的空气，是不是多少与此有关。

与此同时，许多谋求进步的云南人，也选择了从昆明先到河口，再经越南绕道香港前往广州、上海，去见识整个世界的方式。音乐家聂耳，作家李乔，当年正是经过这样一条道路，经河口到河内、海防、香港再去到上海。另一些人，当他们无法直接进入云南时，往往先乘船到越南，再沿那条铁路进入云南。他们来来去去，都要越过那条界河。当年从袁世凯眼皮下脱身潜进云南发动护国起义的蔡锷，抗日战争中那些向往西南联大的教授和文化人，中山大学的部分女生，为了进入云南，走的也是同样一条路。河口以及那条小小的南溪河，因而活在无数名人的记忆之中。从那条铁路通车之后，整个二十世纪上半叶，边地云南一直坐着那趟小火车，在高原的大山间缓慢地、曲曲弯弯地前行。当我作为一个后来者，站在南溪河边，看着又一趟火车驰过那座大桥时，想起这一点，我有一种怪异的感觉。我知道，在某些时候，我们自己同样也没把那条界河当作界河。我们甚至把对岸的人们当作我们的兄弟，在最艰难的时候，勒紧自己的腰带，省下粮食，去支援他们。我们说那是我们的义务，直到突然响起的枪炮声把我们从梦中惊醒。

既是界河，它就永远是一片土地与另一片土地之间最为敏锐的神经。它可以被跨越，却不可以被亵渎，被侵扰。那天，看着南溪河对岸的老街，耳边响起的是那些枪炮声，是成群结队、拖儿带女、被迫返回故园的侨民。界河作为一种神圣不可侵犯的分隔，曾经被淡忘，那时再一次被凸现出来，就像某幅古画上被岁月磨洗得渐渐暗淡的线条，被重新描摹涂抹出来一样。那种描摹是粗暴的，不由分说的，用的不是画笔，而是炮声与枪弹。1979年3月，就在战事最紧张的时候，我赶到了河口。河口像座空城。界河一片死寂。心惊胆战地走近界河大桥桥头，我还不得不时时提防从对岸射过来的子弹，以至压根儿没有注意到南溪河大桥是不是还在。几年后，当界河边的枪炮声刚刚停息不久，南溪河两岸依然一片沉寂时，我又一次来到河口。到处是荒草瓦砾。南溪河无声地从断为两截的铁路大桥中间流过。大桥巨大的钢筋混凝土茬口，在阳光下像是一些砸断的骨头，让人多少有些恐怖。对岸，那些被炮弹摧毁的房屋，张着黑乎乎的大口，像一些阴森的野兽。我们沿着南溪河岸踽踽而行，小心翼翼地走向大桥桥头，随时都在担心突然从某个看不见的地方飞出一梭子弹。远远地，就在河口大桥的北岸桥头，有一座临时搭建的窝棚。硝烟早已散去，走近它时，闻到的是一股腥膻的马厩味儿。那让我非常诧异。一个男人就在那时从那个窝棚里走了出来，牵着一匹黑马。他牵着他的马走到河边，用河水刷洗他的马。夕阳把他和那匹马长长的影子，远远地投射到南溪河的北岸。远远看去，在那幅满目疮痍的背景上，那幅深黑的、剪纸般的洗马图却让人如有所悟。那匹马很健康，膘肥体壮，皮毛像缎子，在阳光下闪闪发亮。宁静。光彩流溢。问他，你怎么会在这里养马？不害怕吗？他说，怕什么？那句话让我们顿时从紧张甚至恐怖中解脱出来。许久之后，我才从那句话中听到了正在生长着的和平的声音，闻到了正在迫近的宁静安谧的气息。养马人和他的那匹黑马，或许早就听到了那种声音，闻到了那种气息吧……

　　远处，从老街越过一座架设在红河上的钢筋混凝土大桥，便进入了越南的谷柳市。事实上，老街正是谷柳市的一个区。现在，我眼前的老街同样很静，这里那里，又长出了那种异国风格的红墙红瓦的小楼，在一片翠绿之中，那样的红格外显眼。从世纪之初开始开行而来的小火车，至今还在开行。一百年来，河口并没有从根本上改变模样。南溪河依然谦卑地在河口的脚下，日日夜夜地流着，流进红河，流进异国，最后流进东京湾，流成了一条国际性河流，尽管它并不大。人世沧桑，老街与河口间的那条界河，似乎从来就没有什么变化，一年又一年，它总是那样既匆匆忙忙又从容不迫地流着。此刻，它是宁静的，和平的，有时甚至是充满了诗情画意的。就在离河口不远的地方，南溪河以它的清澈汇入了红河——那是一条真正的界河，沿着两国边界，流了几百公里。南溪河与红河在那里形成了一个"入"字。河口，就在南溪河那一撇与红河那长长的一捺的交汇点上。河口或许正是因此而得名。一个"入"字，或许就是河口的宿命——口岸也罢，开放也罢，都是"入"的同义词。

　　边境检查官继续审视着。审视再审视。
　　啪！盖章。
　　他挥挥手说："好了，你可以走了。"
　　我迟疑着。
　　"你怎么啦？快走啊！"
　　突然从某种浑浑噩噩的遐想中清醒过来，向对岸走去，走向异国。徒步。越过南溪河，一步，又一步……越过一条界河，看来非常平常，没有我想象的那样神圣，那样让人心情激荡。越过界河就是这么回事。出国就是这么回事。非常简单。复杂的只是那些手续，那些人为规定的手续。我希望我的感觉，正是所有现在正在界河上去去来来的人的感觉。但愿这种感觉是永远的，永远这样平静，这样平和，这样安全——在我们越过每条界河的时候。拂去飘荡在界河上的重重烟云，那才是界河的本质。

　　小小的南溪河，负担着太多的历史。更多时候，我宁愿拂去飘荡在南溪河上的历史烟云，看到那条河本身，看到那条赤裸的河。从本质上说，南溪河正是一条普普通通的亚热带河流。然而，春二三月的南溪河澄静如练，看上去完全不像一条亚热带河流，比如像亚马逊河那样，宽阔，汹涌，不可一世，似乎整个世界都在随它一起流淌，它也几乎能够裹挟整个世界，浩浩荡荡地朝大海奔去；甚至也不像同样位于边境附近的别的河流，看似平缓、散淡，一场暴雨掠过，马上就会露出本相。二十多年前我初次看到的南溪河几乎波浪不兴，它缓缓而流，多少有点儿不慌不忙。在亚热带世界里，那显然是个例外。世界上并不存在一条所谓的"亚热带河流"，就像世界并不存在一个无名无姓的人一样。人们在把所有位于亚热带附近的河流统统叫作"亚热带河流"时，实际上是从所有那些河流中抽象出了一个特点，那就是它们都位于亚热带。除此之外，这个名字几乎不说明任何问题。谈论任何一个话题，都要受到一些附加条件的限制。南溪河当然也是一条位于亚热带的小河，它同时也是一条边境河流。边境成了我们谈论的那个话题的一个附加条件。范围缩小了。我们不再谈论所有的亚热带河流，而是位于边境附近的某条亚热带河流，南溪河。边境河流最不可思议的地方，正是它的外表。它时而宁静如同处子，时而暴躁得像一头发情的母狮，不同的边境河流，甚至同一条界河在不同的季节，脾性也会南辕北辙，判若两人——如果它真是一个人，我们定然很难与它相处。

　　上一次看到南溪河已是二十多年前。到达河口之前，我先去的是离边境不太远的一个铁路小站。那一带的铁路小站都有一个奇怪的或是好听的、充满异域色彩的站名，腊哈地、蚂蟥堡、碧色寨、波渡箐，等等。前方正在打仗，蚂蟥堡是战时一个普通人可以到达的最后一个车站。即便如此，南溪河那时也显出了它的诗情画意。记得那一次，一个喜欢写诗的年轻朋友，路上曾兴致勃勃地向我夸起过界河。在他的记忆里——在我的记忆里也一样，界河是一条温柔、多情的山溪，还会唱歌呢。河水通常总是绿莹莹的，清澈透底。当你拨开密不透风的亚热带丛林，拨开龙竹、野芭蕉、臭梧桐、木瓜、芒果浓密的枝叶，撩起东盘西绕的山藤，顺着陡峭的河岸走向界河时，你会听到树林的低吟、唧唧的虫鸣；当你踏着河边那或卧或立、半隐半露在河水里，被磨洗得浑圆、铮亮的山石，沿着蜿蜒陡峭的河岸追逐亮晶晶的浪花时，你会听见河水的欢歌、山风的浅唱；甚至，当你经受了亚热带炽热的阳光整整一个白天的熏烤，傍晚来到河边，把双脚泡进清冽的河水，任凉爽的河风带着一丁点儿、一丁点儿的水星，向你脸上、身上轻轻拂来时，你还会听到一支夜雾般缭绕在水面和山间的无声的歌……这时，你才能领略到界河两岸特有的静谧和神奇，才能品味出界河那诗一样的优美和深情。你会赞叹，你会陶醉，会说多美的界河呵！

　　他说得不错。天气太热，为等待被允许去往前线的通知，我和那位朋友一起，在小站后面的南溪河里泡过很长时间。那里有几块半截子浸泡在南溪河水中的大青石。水流飞溅，水声清凉，我们就在一块大青石上躺着，任凭南溪河的冲洗。周围树木掩映，阳光在林子外面闪烁。那是一幅充满了亚热带情调的清凉画面。那里离边境还有一段不短的路程，在我的想象中，真正的界河不可能是那种模样。那时，我对界河，尤其是对位于亚热带的某条界河，有许多想象。世界那时正在对峙之中。想到一条界河，我想到的当然是铁丝网，钢筋水泥的碉堡，岗哨，荷枪实弹的巡逻兵，随时可能击发的枪弹，想起在某些看不见的地方，用树木花草掩饰着的窥视的眼睛。结果，在河口，我没看到所有那些我想到过的东西，看到的只是一派宁静，就像现在。长达十个月的雨季的到来还需要一些时日，眼下的南溪河水清澈如镜。有自高空飘落的白云在河水中洗濯，有树木倒映在水中的枝叶在河水中摇曳。偶尔，会有一群水鸟，比如鹭鸶、白鹇什么的，从水面优雅地掠过，在绿得化不开的、如同油彩太厚的油画一般的背景上，飘忽得像一行白色的精灵。它们通常都顺着河的流向飞去飞来，偶尔发现了什么，比如鱼呀什么的，雪白的身影便在一个迅疾的俯冲后又矫健地飞起，翅膀上淋漓的水滴便如珠玉撒落，在阳光下闪闪烁烁。黄昏时候，河口和异国的那个边境小镇都阴了下来。太阳在远处，还没完全落下。朋友告诉我，过去，傍晚时常常有一些人在南溪河里游泳——游泳这个字眼或许太文雅了，事实上应该说那是洗澡。北岸，南岸，都有洗澡的人。天太热，只有界河水能给人们带来清凉。不知你是不是能够想象那种情景：在一条界河的两边，那些几乎赤裸着的男人和穿得不能再少的女人，同在一条河里洗澡。有时，对岸会有两三个女人一起游了过来，游到离这边的人只有一两米的地方，甚至会到这边的岸上待上一会儿，再游回去。她们完全不在乎南溪河江心那条肉眼看不见的分界线，凭着她们优雅的泳姿，三下两下，便突破了那条界线。她们会在北岸的沙滩上坐上一会儿，仿佛就在自己家的游泳池边。笑声飞扬。晚霞惊散。然后歌声响起。她们重新投入南溪河水的那一刹那，夕阳把她们淋漓的身子照得闪闪发亮。夕阳穿透她们的薄薄的衣衫，勾勒出一道道曲线，几乎能让人看清她们的身子。异国女人的大胆、泼辣和美丽，我就是那一次看到的。他说。他描绘的那幅充满了异国情调的晚浴图，让我多少有点儿意外，那是和平、宁静与美的象征，绝无挑逗的意味，与色相无涉——尽管你差不多能清晰地看到她们裸露的肌肤，窈窕的体态。

我不知道，当年那些在南溪河里洗澡的越南女人，是不是昨天晚上我在中方一侧，在南溪河边的越南街上看到的那些女人的母亲，或是祖母？想起这一点，我的内心某处，感到了异样的疼痛。回想起来，那幅瑰丽的、有着雕塑效果的晚浴图，才是南溪河作为一条界河的本质，而昨晚我在"越南街"上看到的，只是一种扭曲。道德让位于生存，是个世界性话题。我希望看到的，是本质的界河，是界河的原初。这有些难，至少在眼下。界河作为远离人群的河流，通常都在两个国家最为边缘的交界处，那里人迹罕至，宁静理所当然是它最令人羡慕的财富。它最后被确定为界河，正是两岸之间的人们的一种默契、妥协和互谅。在那个意义上，界河再一次显示出了它的乌托邦性质。边境的每条亚热带河流，都有自己的个性，或汹涌湍急，或开阔迂缓，就像亚热带的花花草草，它们总把自己弄得与众不同，要么鲜艳，要么怪异。我们对亚热带河流的谈论，跟着还有一些别的附加条件，比如云南等字眼。那些条件给出了我们谈论的那条河流的具体性，它在使谈论受到限制也变得具体的同时，也让那条被谈论的河流显出了它的立体性，它的各个轮廓。南溪河正好满足了那些条件，位于亚热带，就在边境，甚至它恰好就是一条界河。那也是一条亚热带常见的小河，却因身在边境而显得有些异乎寻常：河道陡峭，水流湍急，河面常常因有不知名的花花草草漂荡沉浮而显得斑斓多姿。你会以为那是一条花的河流。尽管若干年前，南溪河也曾躁动过，甚至哭泣过，愤懑过，如今终于大彻大悟，重归于宁静。

然而，界河并非永远都是如此。任何时候，即便在耀眼炫目的阳光下，一条亚热带河流也会显出几分森严、神秘、阴险与狡狯。它们乖戾无常，桀骜不驯，让人难以捉摸。十年前，在西双版纳的打洛附近，我曾在雨季的8月跨过一条小河，去拜访江对岸的一块"飞地"。边境线就是那条小河的中心线，作为界河的小河却在那块"飞地"附近绕了一个弯，凸向了界河以南。我的意思是说那段边境线在那里突然南移，移到了那块"飞地"以南，伸入了邻国的土地。也就是说，那块"飞地"被界河整个地包围着。尽管"飞地"以北的那段小河已不再是界河，我在跨过它时，仍有一种强烈的越境的感觉。我是踩着一道临时搭建的藤索桥去的，去时那条小河还像个腼腆羞涩的少女，脚踩摇摇晃晃的藤索桥，让人多少还感到了一点诗意，回来时就不同了，一场暴雨过后，它竟成了一个脾气很坏的问题少年。水流转眼间便鼓突起来，如同一个发怒的汉子血红的、高高鼓胀起来的筋脉。风雨中的藤索桥那天带给我的头晕目眩、心翻作呕，直到今天想起来仍让我难以忍受。南溪河从来没有给过我那样的感觉。而在另一条界河，在瑞丽江边，我看到的却是几乎一眼看不到边的浩茫江水，它们发源于高黎贡山西麓，汇集了千百条溪流，一直流到那里，浩浩荡荡，恣肆汪洋。从瑞丽的弄岛到缅甸的南坎，通常都要坐船。瑞丽江的两岸，是一望无际的平畴。与南溪河不同，瑞丽江的河岸是一片宽阔的沙滩。偶尔，会有几丛凤尾竹，在宽阔的河滩上迎风摇曳，露出竹楼宽阔的大屋顶。即便在那里，瑞丽江仍在我的脚下。相比之下，南溪河则从来没有那样的宽阔与浩瀚。它几乎永远是平静的，即使在边境上不安宁的年代。

——在即将进入又一个新世纪的今天，人类或许有义务也有责任，小心地维护界河和平、宁静、友好的本质。

当我从谷柳市经老街跨过界河大桥回来时，我又一次看见了南溪河。它依旧在我的"下面"，在我们的"下面"。温驯。平和。自然。湿润。我在界河大桥上停留了一会儿——据说那是不允许的——体味着河流特别是界河的某种真谛。恍惚间，流淌的好像不是界河，而是大桥和大桥两岸的一切，不仅是我，连同那座大桥，连同大桥两边的城市。我想那就是历史，只有历史才能那样流淌。界河本身没有流淌，真的。我只是觉得它已竖立起来，升腾起来，在我的头顶，我必须仰起头来才能看到。无论何时何地，河流在让我们垂下眼睛的同时，总在精神上让我们抬起头来，让我们灵魂的眼睛向着高处，向着远方。界河终归也只是一条河流。于是那样的感觉几乎就有些奇妙，奇妙得无以言传，你得亲自去试试，才能尝到在界河上走上那么一遭的全部滋味：酸，甜，苦，辣，麻，甚至神圣与寻常，平静与喧嚣……

十二岩子坡

那片神秘的高山草甸和那座亘古不化的雪山,终于又凸现在我的眼前。前者如同一块从高天飞降的巨幅呢绒,沉沉地飘落在我的面前——当然该是那种厚重的,凝绿的,后者却无从比喻——你能说它是什么呢?就像往常一样,我深知人的语言在这类壮美非凡的自然奇观面前,远远不会够用。我能做的,第一件事是静默,第二件事是静默,第三件事还是静默。

比起嚣尘沸反的都市,那里确实是一块净土,雪山明丽,草甸坦阔,云空如洗,却依然铁色峻崖上岩裂如书,黑郁密林里雾缕若绪,真要读懂它,绝不是一件易事。从古至今,几千年时光匆匆流过,能读懂它的,不知究有几人?

在丽江,五月看雪山,只见白雪不见山。

在这里,七月看草甸,只见鲜花不见草。

我第三次到那里时,正是五月。山上雪线还低,甸子上,花还没开。

空气沁凉,四围却是一片柔韧温暖得如同母亲的臂弯,具有拥抱感的景观。耸峙的雪峰似乎就壁立在你的鼻尖,黑压压的千年老林直扑你的肺腑,它们从四面八方包裹你,逼视你,涌向你,有如一首《十面埋伏》的古歌;它几乎是强迫你面对它的存在。即便背对雪山,也无法背对它的凝视——那一道道凛然的雪光,正像箭矢一样地朝你飞驰而来,甚至,你似乎能听见它"嗖嗖嗖"的镝鸣。回过头来对它注目凝望,玉龙雪山在眼前拔地而起,铮亮如同一柄多棱的霜刃,深深地扎进了蓝天。它无疑叫人赏心悦目,顿生敬意。

我深深地呼吸着,尽情呼吸这洁静、清新的空气!

我彻底地放松了，一心融入这美丽、迷人的景观！

如今，从四面八方拥到这里来的人们，看重的正是这片雪山下的草甸那宁静迷人的风光。作为一个"新"开发的旅游区，作为一种据说将带来高额利润的产业，古城丽江，丽江的玉龙大雪山，雪山下的这片草甸，已经成了每个到丽江来的旅游者必到的景点，就像每个到拉萨去的人，都要去朝觐大昭寺和布达拉宫一样。而我的忧虑恰恰也在于此。随着我数年间一次又一次地来到这里，汹涌而来的旅游者也越来越多。

——我不知道那到底是好事，还是坏事。

他们之中，当然不乏真正的旅行家，更有带着敬意前来拜访雪山的学者和研究人员，但那毕竟不是全部，甚至说不上是大部。更多的，倒是如今充斥于世的那些轻浮浅薄的红男绿女，那些颐指气使的商贾款爷，那些装模作样的凡夫俗子，他们带着各种各样的方便食品，让一辆又一辆旅游汽车像货物一样地从丽江县城拉到玉龙雪山脚下，拉到黑水河边，然后又慌慌忙忙地坐上索道缆车，从雪山坡脚莽莽苍苍的原始森林的树梢上嘻嘻哈哈地掠过，匆匆地赶到这里，然后，在绿草如茵的草甸上溜达一圈，搔首弄姿地照几张相，然后便匆匆而去——是的，他们要回去了，要回到他们虽然有些讨厌，却实在无法离开的城市去了，他们到这里来，或许是出于在城市里待得实在太无聊、太烦闷了，或者是听人说某地某处有一片不错的风景，如果某某某某都去了而他还没去过，就掉价了，就有失身份了。他们不过是来走走看看，"到此一游"而已。

很少有人会真切地意识到，一片风景也是有生命有灵性的，匆忙的观光，很难对那片风景作稍稍深入一点的考察和了解；就像了解他身边的一个朋友、一个亲人一样。问题当然还不仅在这里，而在于人们已经很少甚至不能使用自己的心灵，再往下想，现代的都市人到底还有没有能够感受世界的心灵，很可能已是一个疑问。

记得有一次，我和几个朋友一起，在离丽江不远的泸沽湖上荡舟时，划船的正是几个非常漂亮的摩梭姑娘，大家一路说说笑笑，快乐非常；面对泸沽湖的山光水影，有人感慨地说，他的心可能就要留在那里了。

同行的、一直沉思着的青年诗人费嘉突然问道，城里人还有心么？他没说错。在云杉坪，就像在都市里一样，现代人一心想的仍然只是占有。金钱、权力、地位、女人、小轿车和高级住宅……人世的一切，无不是他们占有的对象，旅游提供给他们的，无非是一种新的占有对象，那就是风景。他们去过了，在那里留下了他们的足迹，或是一行歪歪扭扭的字："某某到此一游"。如此而已。对那片风景，他们将永远是陌生的，格格不入的。

——当今意义上的旅游就是这么回事：做一个旅游者的首要条件，是准备足够的钱，只要有了钱，你就能到任何你想去的地方摆一回阔！回来后便可以逢人便说，我去了什么什么地方，顶多再加上一句：那地方如何如何地了得。总之，他强调的是"我去过了"。于是，常常，当我在某个旅游风景区看到那样的旅游者，我会从心底里可怜他们。

玉龙雪山下的那片高山草甸，当然能给人以在城市得不到的轻松愉快，但它绝不是一个普通意义上的旅游景点，只想来这里寻找轻松、寻找快活的人，最后寻到的往往是沉郁，是无言，甚而就是羞惭与愧悔。

那当然是一片美丽得出奇的风景，那同时也是一片坚硬得具有挤压感的风景——

云杉坪。

我结识这片美丽的草甸已有多年。1990年8月，我第一次踏上这片草甸，便被它震慑得无言。从那以后，我三番五次地来到这里，就像读一本深奥的书，一次又一次地读它。我断言，"云杉坪"这个名字，绝非这块神秘草甸原来的纳西名字。这名字大约出自某个蹩脚的汉人脑袋，浸透了末流文人的酸腐、浅薄和儒道文化根深蒂固的腐臭。因而我敢说，对于那块草甸，任何轻佻的赏玩、醉眼蒙眬的打量都是亵渎。我宁愿固执地按照我自己的叫法，把它叫作"殉情草甸"，或者根据纳西族东巴经的记载，叫它"十二岩子坡"。

"十二岩子坡"，纳西人的情死圣地，纳西人的理想之国。在浩如烟海的东巴经里，它属于纳西语"舞鲁游翠阁"的一部分，另一部分叫"游翠鲁美拿"，意即"情死者（之地）的大黑石"，乃"舞鲁游翠阁"与外界的交界之处；二者合在一起，便是完整的"舞鲁游翠阁"。

按照记载，"舞鲁游翠阁"是个没有苍蝇蚊子的地方，住在那里的人，将永远相亲相爱，也将永远年轻。同样按照记载，"十二岩子坡"就在玉龙雪山的某个地方。也就是说，那个千百年来一直在牵动着整整一个民族的理想之国，就在玉龙雪山里。

置身"殉情草甸"，当然需要用眼睛，也需要用耳朵，更需要的是用心灵。

听见了吗？雪山下，密林间，风过处，殉情者那一阵阵热烈而又幽怨的歌唱。

一曲《梁祝》，曾让千百万人为之倾倒，这里却演出过千万支《梁祝》！

柴可夫斯基以一首《悲怆》，撼动过千万人的心，这里却时时都响彻着《悲怆》！

凄迷低婉，悲艳壮烈……

此曲只合天上有，偏在雪山草甸闻！

最早记载纳西人情死悲剧的东巴经叙事长诗《鲁般鲁饶》，就浓墨重彩地描绘过一个爱情和青春的理想乐土，那一理想乐土最早的名字，纳西话叫"陈尼久卡补"，意即"十二岩子坡"或"十二欢乐坡"；在较晚的东巴经殉情文学作品如《游悲》中，这个理想乐土叫作"舞鲁游翠阁"，意即"雪山上殉情者（居住）之地"，其中的雪山即玉龙雪山，"阁"指高山上草深林茂的地方。后来，一些民间诗人在收集整理纳西族的民间殉情调时，才将其译为"玉龙第三国"。

事实上，无数的纳西族青年男女，就从这片草甸出发，走向了他们心中的"十二欢乐坡"，走向了"舞鲁游翠阁"。

每当我站在那片草甸上时，我都会想到许多许多。纳西族是个信奉多神崇拜的民族，在他们眼里，世上的一切都具有灵性：山、水、树、木、岩、石、花、草、风、云、雨、雪，甚至石磨、杵臼、锄耙、牲口……人作为天地之间的灵物之长，应该永远与有灵的世间万物友好和睦地相处。

何况这里是玉龙雪山，又何况这里是雪山下的一片美丽的草甸。

玉龙雪山是有灵的。

殉情草甸是有灵的。

台湾诗人洛夫曾经写道："山灵往往以各种形象出现，以风，以雨，以冷冷的流泉，以苍苍的古木，以累累危石，以峭壁悬崖，以黄色的金线菊，以小鹿的足迹，以飞鸟的羽翼，以穿透翳郁的枝叶射出的阳光，以千年堆积的落叶。山灵也透过各种声音把我们呼唤，以鸟鸣，以蝉嘶，以松涛，以花开声，以露滴声，以唧唧的虫鸣，以悠悠的晚钟，以啄木鸟的敲打声，以夜枭的悲唱，以残雪辞枝的叹息……"

在玉龙雪山下的那片殉情草甸，这一切或许你都能看到，也都能听到。

甚至，你还将碰到某个情死者的灵魂。

高黎贡大城和它的郊区

市区与郊区

　　飞机盘旋降落时，舷窗外的大地总让人惊艳万分。滇西保山雨后小晴，暮色初降，机翼下那片鲜亮的浓绿稠酽胶着，一如刚收笔的油画将干未干的油彩几欲流淌。那一瞬间，保山坝子在机翼下突然飞毯般腾挪而起，精灵般地翻转飘逸，直看得我目瞪口呆——大地真是有生命的，要不怎么会那样灵动那样叫人心醉？

　　正是初春一月，北方早已千里冰封万绿隐退。新千年我的第一次出行，选定了高黎贡山。那个偶然的机缘来得猝不及防又让我惊喜万分——人与人的相遇相知靠的是机缘，山情水意亦如斯。这辈子注定了酷爱山野丛莽，总盼着行吟山林，浪迹江湖，终老在闹市红尘想想都让我害怕。可满眼江山，到底哪道山哪条江能够入眼，怎么说都靠机遇。作家周勇那时一个电话打来：你去过云南那么多山，也来高黎贡山看看啊！我答应下来，慌忙订了机票，先去保山，从保山去高黎贡山南段还有一段车路。那倒正合我意，能一路观山观水，欣赏风景。还没行走在山水之中，快乐已接踵而来。那样的快乐几年才有一次，一次就足够滋润几年的尘世时光。

　　翻开地图一看，高黎贡山在云南西部，云南在中国西部，高黎贡山当然就在中国西部的西部了。看多了西部片，西部总让人有一种荒凉的辽阔亲近的陌生感，只从电影上感受西部，以为一眼就能把它看穿，其实大谬。比如我，听说高黎贡山已是许多年前，总以为高黎贡山是一座具体的山峰，在地图上一看，才发现那绝非一座孤零零的山峰，倒是一道巨大的山脉。"横断山，路难行，天如火来水似银……"正是高黎贡山与怒山、云岭一起，从北到南苍茫绵延，构成了横断山的主体。如今，那里已是一个国家级自然保护区。

飞机落地。脚踏着保山大地，苍茫间绿意漫漶的坝子远方，一抹灰黑中灯光闪烁。周勇说那就是保山城。乘车行去，如在那块绵软的"飞毯"上穿行。问保山城离机场有多远，周勇说开车十多分钟就到，这里是保山郊区。远处一道山峰一晃而过，问那就是高黎贡山吗，周勇说不是，高黎贡山还远呢，开车去要将近两个钟头。这么说，高黎贡山在保山的远郊，远郊的远郊。

从那时起，我对市区与郊区的胡思乱想开始像云彩一样飘荡。此后我多次去高黎贡山，都是先去保山，穿过保山郊区进入市区，当日或次日再从保山乘车去高黎贡山。那刚好是进入一座城市的逆过程：先从保山市区进入郊区，再从保山郊区进入山野，最后到达高黎贡山的某一个点。感觉中，高黎贡山是在保山"远郊"的"远郊"。去得多了，有一次竟突发奇想：市区和郊区凭什么而定，又凭谁而定？当然是人。不管意识没意识到，在自然与人之间，人都是"人类中心主义"者，他们以城市为中心，把城市以外的地方统统叫作郊区。如此，城市周边所有的山山水水，都成了"城市"的附属，包括高黎贡山。如果换个角度，以自然山水为中心，比如以我要去的高黎贡山为准，事情就会完全颠倒过来，不仅保山市区、郊区，甚至四周所有的城镇，都成了高黎贡山的远郊。哈哈，这倒有趣。

相对于城市市区，郊区通常指城市周围的地区，其中本无褒贬。其实不然。郊区尽管在行政管辖上从来都属于城市，城里人却从不把郊区当作城市。提起郊区，他们不是摇头晃脑就是挤眉弄眼，满脸的鄙薄与不屑。在他们眼里，郊区等于落后与不洁，等于无序与落伍，等于文明的死角，藏污纳垢之地。"宁要市区一张床，不要浦东一间房"，上海人这么说。其实何止上海？即便在保山，一个地区级城市，尽管其郊区在我看来漂亮明媚，苍绿的"飞毯"上星星点点到处是村庄，市区被郊区的山水田园村落屋宅环绕其中，怎么说都算得上是一种幸运，但从来没人会说那就是保山，就像人们从来都不承认郊区是城市一样。

城市的历史似乎从来都只是市区的历史，没人愿意去为郊区立传。那不公平。城市的历史包括市区，当然也该包括郊区。只去过一座城市的市区没去过郊区，说不上真懂那座城市。跟郊区相比，市区总是太小。再大的城市和街区，跟郊区相比都小得可怜。何况现代城市的市区总是大同小异，无非高楼、街巷、银行、商店、宾馆、酒楼、住宅、公园、娱乐场所，诸如此类。后工业化时代，城市的市区像一次成型的铸件，让人难以分辨。苏联有篇小说讲过一个故事：主人公慌忙中上错了飞机，原要去甲地却去了乙地。在那座陌生的城市里，他居然找到了在另一座城里想找的那条街、那幢楼，还用钥匙打开了一个同样号码的房间，进屋才发现那不是他的家。城市与城市越来越惊人地相似，同样的街道、建筑、商品、风貌，就像连锁店——世界成了一座隐形城市，每座城市都是它的"连锁店"。

想想，幸好还有郊区，郊区还没沦落成某个隐形郊区的"连锁店"。在某种意义上，城市与城市的区别就在郊区。一个没有像样郊区的城市，就像一个没穿衣服赤身裸体的人，不雅。当城市市区变得千城一面时，郊区却千姿百态风姿绰约。套用托尔斯泰的经典名言：市区都是相似的，郊区却是各种各样的郊区。或是一片田野，有星星点点的村庄；晨昏雾霭弥漫，如着轻纱，夜晚月色清澈，如在水中。那样的郊区像市区宽大的睡袍，给人以飘逸神秘之感。或是一座山甚至几座山，进出那座城市要穿过峡谷或隧道，或长或短；山成了城市的屏障，城市的空中花园。或紧挨着一条江，一条河，江河把城市跟郊区区别开来，连接城区和郊区的，是一座大桥，不管古老还是新建，都是对那座城市的预告；古时候，一座干涸的没有江河的城池，会想方设法挖一条护城河，河上那些可以升起或放下的吊桥，是城市的真正入口。或靠着甚至拥有一个湖，圆弧形的水岸温柔连绵，划出城市的边缘，高楼和街道就此止步；疯长的城市可以以湖为镜，照照自己干净还是肮脏，漂亮还是丑陋；人会到湖边散步，嬉戏、游泳，呼吸新鲜空气，面对湖水，照照自己的嘴脸和灵魂。城边也可能什么都没有，只有一片荒野，长着各种树木花草。一座新兴的城市，情形常常如此。那种原始的未经修饰的郊区，连接着城市与大地，称得上是真正的郊区。

真正的郊区就是大地。如今那样的郊区已难得一见。原本美丽的郊区往往好景不长，转眼就被城市侵占，蹂躏得面目全非体无完肤。市区总是忘恩负义的，它们反过来骂郊区肮脏、杂乱、污秽、不文明，其实罪过不在郊区而在市区。真正肮脏的正是"看上去很美"的市区，水泥森林，拥挤狭窄，人满为患，垃圾遍地，空气污浊，臭烘烘闹嚷嚷，麇集着人世的各种丑恶与犯罪，偷盗、抢劫、诈骗、淫乱、钩心斗角、尔虞我诈⋯⋯郊区却清纯得多，也美丽、独特、令人难忘得多。一片真正的大地有自我净化功能。尽管有时也尘土飞扬，道路泥泞，那都是市区造成的。城市为了自己的体面，把郊区当垃圾填埋场，倾倒垃圾、粪便；当作坟地埋葬死人，当作污水池排放污水。惯偷、强盗、乞丐、逃犯在城里混不下去，就溜到郊区，藏匿在城郊接合部，最终的指向仍然是城市。经营有方的城市，郊区必定美丽。治理不当的城市，必有一个肮脏破败的郊区。郊区的形态，足够我们方便快捷地判定城市的性质，也总能让我们方便快捷地把一座城市与另一座城市区别开来。

如此说来，城市不能没有郊区。郊区是城市的母体，它的子宫和胎盘。城市从郊区生长出来，也一直靠郊区养育。任何一座城市，郊区既是它的历史基座和浪漫源头，又是它的伦理和美学的延伸。可从城市诞生那天起，市区一直在不断地吞噬着郊区，用它的那些高楼大厦、街巷屋宇；郊区则与城市市区拼死搏斗，顽强地抵御城市的侵袭，拒绝成为它的附属品。当城市被人类污染被现代文明践踏得一塌糊涂时，现代化的狂潮还来不及吞噬郊区的土地，郊区因而更多地保留着自己的个性。郊区的明媚风光对市区的人们永远是个诱惑。说到底，那是大地对人的诱惑。人从大地生长出来，回归自然是我们永远的渴望。当城市日复一日加重的拥挤、污浊和肮脏让人类无法忍受时，我们再也不愿挤在市区，总想从市区里冲出去，回到自然中去。我们既想占有城市的信息资源，又想享受郊区的空气与阳光，于是想方设法住到郊区：有钱的盖幢别墅，没钱也可以去农家乐消闲度假，躲躲城里无尽的烦嚣殷勤的访客。郊区似乎转眼就时来运转了。但只要人类没从根本上打消、抛弃以自我为中心的狂妄念头，只要人类继续按照在城里的方式度日，不摒弃我们早已习惯的思维定式，清新宁静的郊区便会再一次沦落，我们的那个梦想也将成为枉然。

"孔子过泰山侧"

山再大水再长，肉眼能看到的总是局部。"想要清楚看见地上的人，就应该和地面保持必要的距离。"卡尔维诺这话倒正合我意。我先是从地图上看到"高黎贡大城"的。赵晓东那间大办公室，真正充足的正是满墙地图：从世界的、中国的、云南的，到保山的到保护区的，常规图、航拍图、卫星遥感图大大小小五花八门，虽说眼花缭乱，到底让我看清了山之大城之小。等看到保护区的沙盘模型时，我更是吃惊不小——

高黎贡山在正中巍然耸立，保山和腾冲两座城，无非两个偎依在高黎贡山两麓的弹丸之地。保山在东麓中隔怒江,腾冲在西麓中有龙川江。山太大城太小,想用一句话道明山与城的地理关系怎么都难。山沉沉一线如巨龙飞舞纵贯南北,城像两个小小棋盘分列东西。保山境内那一段属高黎贡山保护区保山管理局管辖,我把它叫作南高黎贡山。

如此,无论说高黎贡山属于云南属于保山或者腾冲,都有些狂妄可笑:讲年岁,山在先城在后,论高低,山在上城在下,真要说只能说保山、腾冲在高黎贡山山脚,城不过山的附属。于是满脑子关于市区与郊区的胡思乱想渐渐清晰:世界的中心真不是纽约、北京、伦敦、巴黎、上海、莫斯科那样的大都市,倒是像高黎贡山这样的大山大江甚至整个大地。此说看似怪异,倒暗合了中国古代的法则:"天地君亲师",从来是天、地为大,天为父,地为母,人为子,天、地高踞于一切人事之上。混沌之初显然没有"城",就是有人也没什么了不起,真在人心中的只有大地山川。

汉语伟大。伟大在至少从诞生之日起便严守这一古训。古代凡涉及地理方位的记叙,都以山、水为据。山山水水是大地的原点。不说江山、河山、天下从来都是社稷的代名词,即便对日常生活的描述,大地山川也不仅无处不在,还时时事事都在中心。"关关雎鸠,在河之洲"(《诗经》),河中沙洲上有鸟儿啼叫,一场爱情就在那里生长,与城无关。"在河之洲"指明的看似爱情生长的地点,其实是爱情的源头;"河"的源远流长昼夜不舍,"洲"的云霞暖霼水汽氤氲,"雎鸠"声声啼鸣的清新灵动,共同道出了那场流传千古的爱情的灿烂景象和渊源所在。"孔子过泰山侧"(《礼记·苛政猛于虎》),不说孔子过某座城,只说他老人家从泰山旁走过,朴实无华中显出的是山的伟大。孔子作为"万圣师表",当然够伟大,一旦"过泰山侧",从真正伟大的泰山旁走过,无论那时阳光灿烂还是阴影浓重,巨大的山影衬托的看似是孔子的渺小,其实倒是他的伟大。那里没有城吗?有,却被搁置一边,足见泰山在人心中的地位,远胜于人类建造的几座小城。一个六字短句营造的画面看似模糊,却因泰山的在场而阔大生动,令人为之神往。"冬十一月己巳朔,宋公及楚人战于泓"(《左传·子鱼论战》),泓水是一条河,在今河南拓城西北,仗就在那里打。一场在泓水河边进行的战事,因为河流的千古不息而流传至今。

汉唐以降,人开始自大自恋,以自我为中心,封自己是天下之主,腔调当然也为之一变。大地山川退到意识的尽头,人心中除了自己还是自己,至多再加一点人工建筑。说到一座山一条河,总以城池建筑为中心为出发点,去标注山水的位置。即便那些伟大文人，也难逃时代的浅薄与局限。郦道元称："河水南经北屈县故城西，西四十里有风山，风山西四十里，河南孟门山。"（《水经注·河水·龙门》）眼中先有屈县，再以屈县故城为基点标定风山和孟门山。欧阳修一句"环滁皆山也"（《醉翁亭记》），风靡千古，细细一想，诗人无非置身滁州的醉翁亭，放眼四周都是山，人在中心，山在四周，山成了城的附属。公安派的袁宏道则说，"虎丘去城可六七里"（《虎丘》），虎丘离城大约六七里，城是它的着眼点，先于虎丘，从城里出去六七里才是虎丘，虎丘是属于那座城的。

人类一边把大地称作母亲，一边又把山水湖海划进某个城市，真狂妄可笑。还是上古春秋笔法好，山川大地在人心中至高无上，以此为据为凭为中心，去标定城的位置和人的行踪。数数中国的省名，山东、山西以山为据；河南、河北以河为据；湖南、湖北以湖为据；浙江、江苏、江西、四川、黑龙江、上海、云南，皆分别以山、江（河、川）、湖、海、云为据，怎么看都是大智慧，大手笔，比宣称自己是什么"京"什么"都"潇洒漂亮得多。依此当今许多地理概念都该有新的表述：天津在渤海北。上海在长江口。广州在珠江口。昆明在滇池之滨碧鸡之脚。环高黎贡山皆城也，曰保山，曰腾冲，曰龙陵；曰大理、芒市，曰昆明、上海、北京。怒江在高黎贡山东麓。伊洛瓦底江的上游龙川江在高黎贡山之西。汤某原居翠湖边，后迁至盘龙江畔。如此等等。

以山水为中心，正是以大地为中心。山河湖海从不属于哪座城市，反过来，大大小小的城市村庄其实都属于山水，是山水湖海的附属、郊区。一座山犹如一座大城，山下的城镇村寨都是山的郊区。去泰山大城，先到它的郊区泰安、曲阜。去长江口，先去它的郊区上海。去滇池大城，先到它的郊区昆明。去高黎贡山大城，先到它的郊区保山，再到怒江。这样的表达看似古怪，却不只是"换"个说法，而是整个思维定式的改变，整个目光的转换。世界先有山有水，而后有城。以山水为中心天经地义，理所当然。想到那里我兴高采烈，从此乐此不疲。每次去"高黎贡大城"，都先到高黎贡山的"郊区"保山，那是高黎贡山的"远郊"；再从"远郊"驱车前往高黎贡山。一路上有山岭、河流、坝子、田野、城镇，都是高黎贡山的近郊。最后汽车开始上山，直到没法开只能走路了——那才是高黎贡大城的"市区"。从远郊，到近郊，到高黎贡大城的"市区"，再去市中心去"闹市"，那个过程，正像我从外地回昆明，先到机场、车站，经过市郊，然后进入市区。

于是在那天的笔记中我写道:"孔子过泰山侧"。2000年1月,汤某过高黎贡山侧。

遥望"高黎贡大城"

真把高黎贡山看作一座"大城",进城前我还只能在它的"郊区"遥望它。我看到的,当然只是高黎贡山的局部,它的空间形态。空间形态容易看见,看到它的时间形态却很难,它无声无息,却在暗中支撑、控制和把握着它的所有空间。

高黎贡的空间形态,无非就是那些山岭、峡谷、沟壑和溪流。山是什么?《辞海》说:"①地面上由土石构成的隆起部分。②地理学名词。陆地表面高度较大、坡度较陡的隆起地貌。自上而下,分为山顶、山坡和山脚。它以较小的峰顶面积区别于高原,又以较大的高度区别于丘陵。"显然,那只是山的地理学解释。要了解一座山,仅只看到山的空间形态显然是不够的,犹如我们看一个人,不能光看他的身高和相貌,山也一样。一座山的历史,绝不只是山体的地理史、岩石的地质史、河流的流域史,就像一个城市的历史绝不止于几幢房屋几条街道。一座山,当然不止那些岩石、山峰、沟壑、溪流,还包括它的余脉所及,从它庞大的体量和空间辐射出去的,所有那些仅靠肉眼几乎无法看见的东西。山还会以它特有的方式,把它的精神、气韵和能量,指向山的四周,指向山坡、山脚和山下的许多地方。就像城市市区、市中心,那些最初的时尚流行,最终会以各种方式影响郊区人们的生活一样,经济的、文化的、风俗的,甚至娱乐的。一座山的大城也一样。作为大地真正的"闹市",它在成千上万年中,一直规定和影响着它的"郊区"人们的生活。那种影响深刻而又不易觉察。

从远处凝望,高黎贡大城磅礴崔嵬,气象万千。大城东西宽十余公里,南北长三百公里;日出月落,云起霞飞之间,群峦叠嶂连绵蜿蜒,一如城楼雉堞,蔚为壮观。高黎贡山至少造就了两条大江,东麓的怒江和西麓伊洛瓦底江的上游龙川江,两条江如两条护城河绕城而流,浩浩荡荡,千转百回,气象森严;怒江一直向南,进入缅甸后称为萨尔温江,在毛淡棉附近注入印度洋;龙川江源出腾冲县北,向西南流至云南畹町附近与芒市河汇合后称瑞丽江,最终流入缅甸,注入伊洛瓦底江的上游。它们最终都流出了中国,成为国际性河流。至于小江小河,则无计其数:山间崖畔,溪流横切,道道白浪翻滚,飞瀑直下,处处紫烟升腾。有时抬眼一望，遍山大树如亿万伏兵，密集拥挤；四时花草如庭院清供，葳蕤纷繁；而那些不断游走着的熊啊老虎啊羚牛啊麂子之类，则是那座大城的巡行者，或威严万端，雄镇一方；或灵性千重，行踪诡秘。肉眼不及之处，有成千上万种昆虫，羽翅蜂鸣，姹紫嫣红的花朵，争娇竞妍。

赵晓东告诉我，高黎贡山因南北狭长，地跨亚热带、温带、寒温带，垂直高差显著，地形复杂多变，由此造就出多样化的、千姿百态的局部生态环境，适于各类不同习性的动植物居住，千万年来一直熙熙攘攘，"人"气兴旺。它与著名的亚马逊河流域等地齐名，被全世界公认为"世界十大生物多样性重要地区"之一。一如北京被称为政治文化中心，南京被称为"金陵石头城"和"六朝故都"，高黎贡山也有许多惊世骇俗、让人肃然起敬的雅号："哺乳动物直选分化的发源地""世界雉雀类的乐园"，而诸如"第四纪冰川活动时期原生动物的避难所""地球南北生物交汇的大走廊"那样的名号，记录的则是当地球生命遭遇突如其来的灾难时，高黎贡山显示出的那种堪称大无畏的英雄气度和母性情怀。

远在地球冰河时期之前，已有数不清的动物、植物在高黎贡山栖息定居。相比之下，它们是幸运的：高黎贡山复杂多变的地形造就的多种多样的气候，为千千万万动物、植物提供了各种不同的生存环境和丰足无虞的食物链，即便在距今约两万至一万八千年前的新生代第四纪冰河时期，它们的日子依然过得无忧无虑。而对地球的众多动物和植物来说，那却是个灭顶之灾：不仅整个欧洲和北美，就连中国的不少地区都被冰川覆盖；大地冰封，气温骤降，食物断绝，一朝之间，南北许多动物部族都失去了生存的家园，颠沛流离无家可归。它们千里迢迢，向孤岛般的高黎贡山迁徙。雍容大气的高黎贡何等气魄！一如盛唐的长安，从不封闭绝世，不仅以它严峻的温情庇护着所有土生土长的"居民"，还敞开怀抱，欢迎、吸引、容留了来自东西南北多个动物、植物区系的"难民"，让它们在那安营扎寨，生息繁衍，成了地球上最大的一座动植物"避难所"。

如此，无论土生土长的居民，还是千里来奔的远客，经过那次严峻的考验和无情的淘汰，能在高黎贡山生存下来的，自然都绝非庸常等闲之辈。以至如今，高黎贡山的高山绝顶，密林深处，有的是谱系悠远的古老部落，身世显赫的华丽家族，禀赋特异的独行侠。诸如国家一级保护动物羚牛、小熊猫、白眉长臂猿，被称为活化石的国家一级保护植物桫椤、秃杉和红豆杉，二级保护植物云南山茶、云黄连，世界上独一无二的大树杜鹃、滇藏木兰，都世代居住于此。云南乃花的王国，高黎贡山正是云南八大名花山茶、杜鹃、木兰、兰花、百合、龙胆、报春、绿绒蒿原生种的原产地。据最新统计，高黎贡山仅种子植物就有四千三百零三种，特有或主要分布于此的达五百多种；竹类植物计有十二属四十余种；可食用真菌植物即蘑菇达一百四十一种，占云南全省三百五十九种的39.4%；有动物一百四十余种，仅兽类就有一百一十五种，占全国兽类种数的20.1%；鸟类三百四十三种，是云南鸟类资源最丰富的地区之一。两栖类爬行动物二十八种；鱼类四十七种；昆虫则无计其数。这里所说只是种类，一如说有一地有多少个民族，至于它的总数，想必是个天文数字。相比之下，整个保山地区（现为保山市）至今也只有十四个世居民族，总人口不过四百余万，根本不能与高黎贡大城相比。亿万生命祖祖辈辈住在这里，作为"高黎贡大城"的真正主人，抽枝展叶，开花结果，结巢做窝，觅食交欢，生儿育女，打斗嬉戏，闲游乱逛，自由行走，就像人在大街上自由行走一样。它们在那里生长、衰老和死去。那里是它们的天堂，正像城市中心是人的天堂一样。

想一想，世界上有哪一座城市，能与"高黎贡大城"相比，有它那样的辽阔与深邃，那样的富足与多姿，也有它那样的灿烂与辉煌？没有。自以为聪明的人类，在远离高黎贡大城的地方结庐而居，终于有一天，他们为此困惑了，遗憾了：只做高黎贡大城的"郊区"公民，他们并不满足，他们自诩为大地的主人，山脚是他们的，山顶也是他们的，"郊区"是他们的，"市区"也是他们的。可没有"高黎贡大城"的户口和通行证，他们只能住在它的"郊区"，它的下面和外面，山坡，山脚，山的四周和边缘。不知从哪一天起，自恃强大的人类，开始向"大城"深处进逼，他们身背猎枪、弩箭和斧锯，手提扣子和毒药，闯进"闹市"，要把所有的动物、植物赶尽杀绝。那种横蛮的闯入，无异于"入侵"。残酷的争战就此开始。曾经无忧无虑的乐园，如今风声鹤唳；自由自在的迁徙繁衍，如今成了奢望。偶尔它们想溜进故园怀想一下往昔的风花雪月，却惨遭驱赶甚至枪击。偶尔它们也拼死出击，或溜出山野，踏平几片庄稼，或潜入村户，咬死几只鸡鸭；遇到凶残的人，也胡乱咬上几口，还以颜色。不可一世的人类并未幡然悔悟，反倒变本加厉，以更野蛮更残酷更大规模的围捕与猎杀，向大山真正的主人报复……大山无言，却有心。面对无义的人类，大地发怒了：森林消失，鸟儿惊飞，浓荫不再；天气暴戾无常，暑寒无定；或暴雨成灾，或水源枯竭；泥石流肆虐，房地毁于一旦。人类这才意识到，高黎贡大城的一草一木，一水一溪，都与他们休戚相关。山上遭劫，明天之后就轮到他们自己。

痛定思痛，他们这才划定范围，禁止人类闯入。他们把那样一座山或一片大地，叫作自然保护区；把在那里工作的人，叫作自然保护工作者。高黎贡"大城"内外，一个崭新的格局从此到来——那是1986年，离高黎贡大城从地面隆起，已数千万年。2000年，当我在新千年初春一月看见它时，看到只是它的空间，对时间的触摸还有待时日。

在紫溪山看云

在紫溪山，我头一眼看到的并不是山，而是一朵云

紫溪山无疑是楚雄的象征、楚雄的标志，是楚雄彰显它的悠久历史与文化的一个窗口、一个品牌——可惜那都是我后来才知道的，去之前，我一直以为那只是一座普普通通的山，就像几乎每座城市都有的东山、西山一样，离市区近，便得了地利之便，占了风气之先，其实并非真有造化，狗屁不是。那样的山楚雄肯定想要多少就有多少。第一次到紫溪山的人想必都会那样想，我相信，我也就那样想着去了紫溪山，要是没什么意外，匆匆看上几眼，回去有人问起紫溪山怎么样，除了一声"去过"，绝对说不出个子丑寅卯。不料，那种先入为主的预测转眼就被一朵突如其来的云彻底打破。也怪，在紫溪山，我头一眼看到的并不是山，而是一朵云。一朵紫溪山上的云。如果事先我知道紫溪山是一座有着深厚佛性的山，如果我知道随后我还会看到彩云看到云海，那也不怪，可紫溪山神色不露，当时我对它又一无所知，意外，惊喜，便是自然而然的了——它派来迎候远客的，竟是一朵飘飘忽忽却亮晶晶的云。

那是在紫溪山腹地，一个普通旅游者常去的地方。车停下来，我走下去，伸了个懒腰，无意中抬头往天上一看——嗬，天上静静地悬着一朵云。一朵孤零零的，似乎有点儿寂寞的云——寂寞并非人的专利。天蓝得叫人生疑，那朵孤零零的云一片晶亮，亮得有些疯狂，一定张扬，却一动不动，像被人钉在那里。周围什么也没有，我看不出那朵云来自哪里，去向何方。依我的经验，云

南的云通常都成片成堆出现，前呼后拥，声势浩大，即便有时有一朵孤云，也是从大队伍里游荡出来的，就像一个开小差者——找到一个开小差者，你总能找到那支大队伍。那朵孤云却没有出处，没有根，孤零零地悬在天上。天空非常干净，一种非常非常干净的蓝。你甚至可以说那是纯净。世界纷纭复杂，纯净已非常难得。那朵白得发亮的云，把天空映衬得更蓝，更干净。我说的"一朵"，当然不是像一朵花那样的云，不管那朵花有多大。那朵云其实足够地大，或许是好几平方公里，但与天空相比，与一览无遗坦坦荡荡蓝得叫人生疑的天空相比，我就只能说它是"一朵"，而不是一片。我说"一朵"，还因为那朵云非常密实，是那种很纯净也很致密的云。那或许也是云南的云的特点。在云南，你常常碰到那样的情景，天上层层叠叠地堆着无数的云，它们厚实，持重，远远地堆在天边，却从不给人以压抑之感，一如云南的山，沉沉兮，浩浩兮，煌煌兮，崔巍诡谲，让人浮想联翩。

后来我想，在紫溪山看云也许纯出偶然，不过，只要想想紫溪山在云南，也就不奇怪了。在云南的每座山上，都有机会看到精彩的云。云到处都有，但是，看任何东西都得有一个背景，看云的一个隐秘而又必要的条件，就是要有蓝天作背景。在那样的背景上，还要有纯净的、变化万千的白云。阴天的云，连成一片、毫无堆积感的云，显然没有什么看头。那是乌云，谁会对一片既没有层次也没有形状，铅一样压在头顶的乌云感兴趣？那样的云作为某种恶势力的象征，常常是被诅咒的对象，比如《海燕》写到的那样。云南却到处都有明亮的蓝天，即便雨季，大雨将至，天上的云在坠落之前也仍然非常潇洒，非常有档次。你只要想想，云南的云基本上来自河源，来自那些原初的山野，就能明白这一点。即便如今那些江河的水有些浑浊，但浑浊与污染毕竟不是一回事。浑黄的是泥沙，而非别的。这与中国的其他地方完全不同，除了西藏。在那些地方，云是从那些污臭不堪的水蒸发出来的。水的质地不同，云当然也就不同。

同样是冬天，当中国的大地和山峰都笼罩在阴沉沉的乌云中时，云南却总是一片蓝天，白云飘拂

我上紫溪山时正是云南的旱季，那是我第一次上紫溪山。春节刚过去几天，天空一片湛蓝。在北方，在江南，那正是天寒地冻、阴雨连绵的季节，满天乌云死气沉沉。同样是冬天，当中国的大地和山峰都笼罩在阴沉沉的乌云中时，

云南却总是一片蓝天，白云飘拂。这就是云南与他地的不同。云南永远有灿烂的天空和白得耀眼的云朵。

　　但是，"在紫溪山看云"毕竟与在云南别的地方看云不是一回事儿。我的意思是说，在云南，紫溪山并不是看云的经典位置，那些地方都已上了旅游手册，被人们写成了诗文，拍成了照片，争相传颂。紫溪山在哪里却没几个人知道，更别说紫溪山的云了。到目前为止，世界上没有几个人听说过紫溪山，即便在云南也一样。"在紫溪山看云"因而算不得什么，绝不像泰山日出、峨眉佛光、黄山云雾那样尽人皆知。我说"在紫溪山看云"，不过是我的发现，命名当然是一种快乐，除此没什么别的意思。我强调的是"看云"，当然也强调"在紫溪山"。"在紫溪山"不过是要指明看云的地点。这个地点完全可能是云南任何一个别的地方。云南到处都能看云，在紫溪山看云是多种看云方式中的一种。我恰好在紫溪山看到了紫溪山的云。紫溪山的云是云南的云的一部分，即便还不是最重要的部分。只要你愿意，在云南的任何地方，任何一个从来没人说可以看云的地方，都可能看到在别的地方看不到的云。云是世界共有的，并非云南的更非紫溪山的特产，但看云却是云南贡献给人类的一大视觉享受。孔夫子说，"山川出云"。云南山岳瑰丽，江河涌流，巉崖无极，崔嵬接云，江涛有声，东流近海。如此的山川，如此的胸襟，当然该有朝云暮雨与之为伴。有些神秘、有些飘忽不定的云，正是云南这片大地的一部分，一个显在的部分，一片游动的土地，普通，日常。一片无云的天空会让云南人感到惊奇，难以想象。在云南，无论走到哪里，天上飘的是云，峡谷里流的是云；坐下来身边裹的是云，躺下去身上盖的还是云；连偶尔一顾的梦中，也同样是云。云挂在横断山上，像五彩缎带，铺在香格里拉草甸间，是藏人的牛羊。云南有许多云的故事，比如大理白族的望夫云。"在云南看云"因而是一件快乐而又有意思的事。

　　云南，云之南也。古往今来，云南的云迷倒过许多人，上至皇帝老儿，下到落魄文人。这或许与"云南"这个名字有关。中国所有省区地名中，唯独"云南"带有一个"云"字。云南的一些县名也与"云"有关，比如祥云、云县等等。"在云南看云"因而是一件天经地义的事。云南因"云"得名，"云"也就成了云南的专利，云南的特产。云南因这样一个名字变得远在天边，不可捉摸，从古至今对人都是一种神秘的、晃动不已的诱惑——想想看，云南居然在某片缥缈的、行踪不定的云的南边。这就有些古怪。中国的地名命名，或取当地特征，比如四川、贵州，或以一个确定的地名为准确定，比如湖北、湖南、河北、河南等等，分别以洞庭湖、黄河为准，从方位上加以判断。"云南"的得名，采用的完全是另外一种命名方式，并非以某个已知的、确切的地理实体作为方位判断的依据，比如，湖北的"湖"指的是洞庭湖，湖北就在洞庭湖的北边；河北的"河"，指的是黄河，河北在黄河的北边。等等。云南这个名字显然不一样，充满了浪漫与诗意——云与河、湖、山相比，就有点儿不好捉摸，后者是固定的，前者却是随时都在飘荡着、移动着的。说一片土地在一片随时随地都在飘动着的、行踪不定的云的南边，到底是什么意思？只有诗人才会有这样的表达，在这个意义上，云南人都是诗人，就像著名作家徐迟在《撒尼人》一诗中写的，"他们有三万个歌唱家／他们有三万个舞蹈家／他们有三万个诗人／不要以为他们有九万人／他们只有三万人"。理解"云南"这样的名字，理解"云南人"这样的称呼，看来需要一点儿诗人的想象力，一点儿诗人的浪漫。

古人的智慧令人惊叹，他们秉承的，是注重天人合一的审美传统。古代文人对宇宙中飘飘忽忽变化万千的云，有百代不衰的恋眷。那时的诗人——我说的当然是真正的诗人，比如屈原、李白、杜甫——度日于民间，行吟于江河，注重的是山河的壮美，留心的是时序的变化，对作为宇宙精灵之气，常在他们头顶飘拂的云，怎能不吟诵不绝呢？韩愈轻吟"纤云四卷天无河，清风吹空月舒波"，刘禹锡发现"断云发山色，轻风漾水光"，杜牧感叹"晴云似絮惹低空，紫陌微微弄袖风"，李白宣称"白云见我去，亦为我飞翻"。而杜甫一句"天上浮云似白衣，斯须改变如苍狗"，似乎是出自"白云苍狗"的典故。飘荡于天空的云，首先满足的是人自身难以那样轻盈地、随心所欲地飘荡的愿望。肉身从来都是沉重的，灵魂或许更加沉重。像一朵云那样，像一个风筝那样，自由自在地飘荡在空中，是人们从孩子时就有的愿望。但事实上那是不可能的。迄今为止，世界上还没有一个人能像一片云那样在空中飘荡。即便科技发展到了现在，人能够乘坐太空飞船飞离地球，那样的愿望也依然存在。人依赖科学技术上天，从来都是被装在一个密封的金属笼子里，比如飞机、宇宙飞船。身体和灵魂即便升上了天空，仍然无法真正与天空接触。我们不过是升上了天空而已，而不是飘在空中。我们随时都在梦想着像一片云那样飘在空中，我也一样。

那天在紫溪山，我却看到了一朵那样的云，它是孤零零的，又是沉甸甸的。那让我多少有点儿吃惊——吃惊是因为没有想到，也就是说，我完全没有想到会在紫溪山上看到那样的云。

那朵云在我的思索中慢慢地飘落下来，
以洛神的舞步，缓缓走下莲台

  云南有个楚雄，楚雄有座紫溪山，名字听上去很优雅，我却从来没有去过——在多山的云南，一座离昆明只有两百多公里的山，会有什么了不得呢？那天我最先被领到山顶被称为紫溪山森林公园中心的那片草地，四周是一片高大的、屏风般的云南松，那是我至今看到过的最好最健康的云南松。草地中央有一座八十年代建起来的雕像，一个彝族娃娃骑着一匹马，作弯弓骑射状，人们叫它"包头王"，还能讲出一个很长很长的关于"包头王"的民间故事；横七竖八的电线，从那片草地上空蛮横地拉过，把原本和谐透明的空间肢解得乱七八糟。几座近年紫溪山才建的仿古建筑，分布着商店、餐馆、小卖部和紫溪山树林公园管理处；那样的建筑尽管一律红墙黄瓦，似乎极力透出一点儿思古之幽情，细看却是与任何城市一样用瓷砖贴出来的，粗糙得要命。那显然是对自然环境的一种无声的破坏。不知从什么时候开始，凡仿古建筑都用上了昔日皇家禁宫才准许用的黄琉璃瓦，其实中国民间建筑极少采用。在浙江绍兴的兰亭，我见到的，反倒大多是粉墙黑瓦。看着那些琉璃瓦，我在心里暗暗叫了一声不好。如果紫溪山就是这副模样，我决不愿意多停留一分钟！天气很好，我在无意中朝天上看了一眼——我的天，那是什么？那是云吗？一朵我从没见过的、像是人工雕塑出来的云。

  目光是在穿过被现代人工建筑的琉璃瓦，穿过四周高大的云南松包围的那个小小空间后，看到那朵云的。阳光从离它似乎不远的地方射过来，给那朵云镶上了一道银边，光闪闪的，于是看上去那朵云就像是用银子打制出来的。它的下方，是人工建筑的琉璃瓦飞檐的一角，是由云南松组成的林海。视野中，有琉璃瓦的黄，有云南松的绿，有天空的蓝，然后，就是那朵静静悬于空中的云的白。它舒展，飘逸，在看似一动不动中，时时变换着形状。定定地看了那么一阵，那朵云在我眼中不再是一朵云，而是一个负有某种使命，在那个时候特意降临在紫溪山上，救人于俗世之中的天使。与那朵云的纯净、轻盈和浪漫相比，伸展在那片视野中的黄琉璃瓦以及云南松的顶端，似乎都过于世俗。它隐隐透出一种我暂时还无法理喻的神性。

  ——应该说，正是那朵云，救了紫溪山。我的意思是说，正是那朵不期而遇的云，让我开始改变对紫溪山的印象。

　　后来我才知道，大多数人不仅最先就被领到那里，包括到紫溪山春游或休闲的当地人，也只在那里待上那么一会儿，喝点儿茶，吃顿饭，打打扑克，聊聊天，就自以为对紫溪山了如指掌了。对于大自然，人的目光总是肤浅的，我们似乎已无力对任何一种事物进行哪怕稍微形而上一点的思索！后来我想，很可能，我也只会是他们中间的一个，幸好那天站在那片草地上，我有点儿无聊，抬头一看，看到了那朵云。

　　天碧如海，深邃莫测。目光的篙子太短，撑不到底。那朵云银子般地闪闪发亮，像是那杆看不见的篙子溅起的一朵浪花，白得精怪耀眼，正正地孤悬于我的头顶——如天宇中一个飘忽而至的精灵，书写着一个巨大、浑圆、结实的句号，打在天空那篇文章上，静静地预告着下一个文句的接续。天意难测，天书难解，那个短暂而又大有深意的停顿让我惊骇，但我知道，那理当是一篇伟大文字，以人的愚钝，我既无法知道它之前的那个句子，自然也无法为它续写下文。云天相映，蓝的更蓝，白的更白，纯净而又博大。不知从哪里射来的阳光，让它显出非凡的华贵。凝望在无意中开始，渐入虚静。它在那个时候光临紫溪山，不知是出于什么缘由——在云南，一切偶尔出现的东西，都有它神秘的缘由，这是我在这片高原上生活多年得出的经验。许多时候，我是无法探知那些真实的缘由的，至少短时间内不大可能。它们让我感到这片土地的灵性与神秘。在云南，当人心被世事碾磨得渐渐迟钝、麻木，灵魂变得渐渐沉重、污浊，失去往日的轻盈与纯净时，总会有什么东西把你从世俗中拯救出来——有时是一棵树，一丛花，一只从你头顶飞过去的小鸟，一行突然出现在你面前的麋鹿的足印，那天却是一朵孤悬在我头顶的云。云南山野里最平常的东西，都会在适当的时候显露出某种形而上的意义。在被风雨世事历练了这么多年之后，我对这片土地还葆有一点好奇心和敬畏心，是我至今还在这里待着的唯一理由。我相信那朵云是在向我，也向人世诉说着什么，到底诉说些什么却难以破解。那时我好像是在思索着，静静地，而又努力地，想读出那朵云的意义——我说"好像"，因为我已无法确定我是不是真的在思索，也许我只是感到自己在思索，思索只是一种习惯，其实却并非如此。那朵云在我的思索中慢慢地飘落下来，以洛神的舞步，缓缓走下莲台，走入一个凡夫俗子的心中，成为他思索的一部分，直至成为思索或者心灵本身。它在一个孤独的思索者心中舞蹈着，甩动着它的长袖，变换着它的舞姿，渐渐也显出了它的孤独。然后它弥散开去，渐渐变得松软，变得轻盈，成为一团稀薄如纱的云雾，一片浩大无边的云海，将我的意识以及人类的意识整个儿地笼罩，就像它在空中笼罩了某片大地山川一样。

一朵孤悬于我们头顶的云，最终就那样在我们面前消失了，消失得无影无踪。如果只是那样，我不会在事隔许久之后再次想起紫溪山的云。我的意思是说，我在紫溪山看到那朵云，并非完全出于偶然。翻阅志书，不仅古人早就为紫溪山留下了"孤云片石拟相知""峰锁长天一派云""宿雾顿消千树见，高云不动万峰安"的诗句，就连云南白族作家赵橹，在紫溪山上也同样看到了那样一朵云。在他眼里，那是"一片悠闲的云"，"从东部缓缓向紫溪山飘来，飘向我们的这片松林"，像"是苍茫归来的游僧"，"或者，是像陶渊明一样'性本爱丘山'的人，怀着'静念园林好，人间官可辞'的信念，幅巾归隐林泉，找到了自己的归宿"。如此看来，紫溪山的云也并非没有"出处"，而是早就进入了诗人们的文字。可我还是比他们幸运——我看到的那朵云，不过是紫溪山云的先导，更精彩的还在后头——那天我不仅在紫溪山看到了那朵云，还看到了彩云，看到了云海。当我们在紫溪山的林中小径穿行时，突然有人失声惊呼：那是什么？顺着他指的方向看去，太阳四周，出现了一团彩色的云。

在滇中的楚雄、在紫溪山看到一片彩云，完全出乎我的意料

时光已临近中午。就在刚才那朵云所在的地方，几缕彩色的云，呈现出非凡的美丽。基调是红色的，杂以绿、黄、紫、灰诸多颜色。它们在游走着，变幻着，仿佛是舞者的几管长袖，在那片纯净的天空中，尽情地甩动着，尽力地展示着。非常神奇。在滇中的楚雄，在紫溪山看到一片彩云，完全出乎我的意料。那离我从刚刚上紫溪山时看到那朵孤悬于头顶的云并没有多长时间。与其说原来那朵云飞走了，飘散了，我宁可相信彩云是那朵云的另一种形态，是它的幻化与演变。

那是我在云南待了三十多年后，第一次看见真正的"彩云"。那片彩云预示着什么，我说不清楚。依据古意，那该是一种吉祥之兆。据我所知，所谓"彩云之南"，是古代人们对横亘在古云南上空的云彩的美称，有"彩云南现"之说；而"云南"这一称谓，最早却是对如今叫作"云南驿"的一个小地方的称呼。

云南向来就有以下说法："昆明"越来越小，"云南"却越来越大。意思是作为地名，"昆明"和"云南"历史上经过了漫长的演变。"昆明"原是一个族群的名字，也叫"昆弥"，最早是众多原属氐羌的民族的总称。而据考证，"昆明"二字其实是彝语，意为彝族支系白彝"葛"（或"戈"）居住的地方。"葛"既是白彝的自称，也是彝族其他支系对白彝的称呼，原写为"昆弥"，后演变为"昆明"（《彝族文化》1997年第二期李红昌《"昆明"考》）。《华阳国志·南中志》说，昆明族是南中地区（今云南、贵州和川西南）的"大种"。在今云南西部，昆明族的一个部落演变为后来的"哀牢"；滇西昆明族的东北部，从西汉时的越嶲郡的姑复县（今云南永胜县）至定筰县（今四川盐源、盐边）一带，也有一部分昆明族人口；滇西昆明部落群的东部，即今楚雄彝族自治州一带，昆明族人口也不少，往东直至滇中地区，都是昆明族的居住区。滇池因而又叫昆明池，而今昆明附近的阳宗海，又叫"昆泽"。甚至，昆明族部落还向今云南东北一直延伸到味县（今云南曲靖）上下周围的温水（今南盘江）流域、朱提（今昭通）、堂琅（今云南会泽、巧家、东川）和牂柯郡西部（今贵州西部）一带，几乎分布在整个云南；"云南"则不一样，它最初指的是如今位于大理白族自治州的巍山、宾川一带，后指祥云县境内的"云南驿"，那是南方古丝绸之路的一个小镇，至今还有铺着石板的街路，成了一个小小的旅游点。随着时代的变迁，"昆明"渐渐变成了如今昆明市的名字，"云南"却反过来，成了一个省的称呼。"彩云南现，遣使迹之"是汉宣帝时的事情。据说那时有方士告诉汉宣帝，昆明有碧鸡神，飞时有彩云随之，光彩夺目。于是皇帝派当时在四川的谏议大夫王褒前去求取。从四川到云南有千山万水，王褒因在路上遭遇战争，再也走不动了，只好写了一篇《碧鸡颂》回复皇上，自己却病死在回去的路上。云南从此就被描写成一片彩云缭绕的土地，还将云南特有的多云的天象与传说连在一起，以歌颂皇恩大德，用以预示吉祥。每逢有彩云出现，地方官吏都要派人到京城报告。王褒的故事虽是传说附会，却也见诸史籍。从那以后，云南人对彩云就变得非常敏感。昆明历史上常有"彩云南现"的报告。据昆明人罗养儒回忆，1911年9月9日，正是昆明举行著名的"重九起义"的日子，正午，昆明的天空铺满彩云。入夜，清军第十九镇三十七协新军发动起义。彩云被看作是汉族推翻清朝统治的征兆。1916年1月，云南护国军出发当天，天空同样出现彩云，预示着西南人民倒袁胜利。1926年，云南军阀唐继尧立护国纪念碑在昆明近日楼下，外宾云集，英、美、法、日四国领事都在近日楼上观礼，突然彩云当空，宾客纷纷向唐继尧祝贺。

　　云南云南，云南确实多云，云南的云不知被多少文人骚客描述过。"春风先到彩云南"，云南"无月不有彩云"。就连大文豪沈从文也为云南留下了描写云南的云的文字。"云南的云似乎是用西藏高山的冰雪和南海长年的热风，两种原料经过一番神奇的手续完成的。色调出奇的单纯，唯其单纯，反而见出伟大"。但我敢说，没有人看见过那天我在紫溪山看到的那样的彩云。那天，"彩云"不再是一种抽象的表述，一个只剩下空壳的名称，而是一片实实在在的，就在我们头顶飘动的云彩。那时，我们正沿着一条小路，前往"护法公德运碑"，一块耸立在紫溪山上的摩崖石刻。我不知道，从那朵孤悬于我们头顶的云，到那片飘荡在太阳四周的彩云，到底意味着什么。我感到的只有幸运。紫溪山离古时真正的"云南"即"云南驿"已经不远。沿着新修好的高速公路，从楚雄驱车前往如今祥云县的云南驿，顶多一个钟头的路程。谁说最初那朵孤悬于我们头顶，随后又变成一片彩云的云南的云，不会是从古"云南"那边飘过来的呢？你甚至可以想象那是从南诏国、大理国飘来的。

太阳出来了，午后的云海像一片融化的白银，在我窗外的山谷里浮浮沉沉

　　依照主人的指点，我们后来登上了紫溪山腹部万松岭的最高点——望海楼。所谓望海楼，原来不过是为气象观测和收发通讯的一个制高点。多亏当年想得周到，把那样一个极具实用性的建筑，建成了一个隐含着观赏功能的建筑。从楼脚爬上望海楼顶，是总共近十层楼。风大。再厚的衣服，都旗帜般地被吹得哗哗响。每登上一层，似乎都有可能被风吹走，以至我们随时都紧紧地拉着楼梯旁的栏杆。站在楼顶极目整个紫溪山，眼前，近处是紫溪山的万顷松涛，一如绿色的大海，难怪叫作望海楼。远处，则是隐隐约约的群山，此刻它们都成了淡蓝的影子，像画家随意涂上去的几笔色彩，显得温柔恬静。但我知道，就在那些山所在的地方，人们还面对着由于大山阻隔造成的许多不便。而在林海与远山之间，则是一片沉沉隐隐的云海，就在天边涌动。

　　看云海，是云南给人的一大乐趣。我在云南游历时见过大大小小的云海。那是我从某座大山上下来时见过的，确切的地点却怎么也想不起来，像是在滇南，在哀牢山上，在历经数百年的犁耙、耕种与收割，如今被称为大地雕塑的

元阳梯田下；又像是在滇西北，在被称为最后的秘境的滇西北高原，在金沙江、澜沧江、怒江"三江并流"的横断山中，在某座大雪山上，或某片高山草甸之中。而最近的一次是在高黎贡山，当我乘车从火山林立、热海蒸腾的腾冲返回保山时，一场来自印度洋的亚热带暴雨刚刚冲洗过那片山地，然后，太阳出来了，午后的云海像一片融化的白银，在我窗外的山谷里浮浮沉沉……

　　在短短一天的时间里，我看到了紫溪山上的一朵孤云，一片彩云，随后又是一片云海。我的思索也从具象变得抽象，抽象成了一个问题，一片虚无。最后，连抽象也不复存在，我脑子里只有一片苍苍茫茫的空阔。等我从那一阵空阔中清醒过来时，我已经重新回到了紫溪山顶那片草地中央，但事实上，我已在那一瞬间走过了云南大地的许多地方，从滇南葱郁的森森丛莽，到滇西北的皑皑雪山，从高黎贡山里的茫茫云海，到头顶湛蓝无垠的天空。紫溪山上空一片洁净，一片湛蓝。天空已收去了那个庞大的句号和那片彩云，就像一张刚刚抽出来的蓝纸，准备着重新写点什么，画点什么……

　　许久之后我才若有所悟：那张巨大的蓝纸，或许就是紫溪山赠送给我这个远方来客的？我对紫溪山的漫长游历和思考，就从那朵云，从那片最终什么也没有的天空开始了。

喀尔巴阡山的秋雪

厢式缆车沿着喀尔巴阡山巨大的坡面缓缓上升。那是个足可容纳二三十人的车厢,那天除了我们却没有几个人。时间已是下午三点多钟,太阳正在西沉,大多来看雪山的游客早已返回山下。不知我们的翻译热丽亚选择这样一个时候安排我们去看雪山,其中深意何在。我一直在凝视着,看喀尔巴阡山的秋雪将以怎样一种姿态扑进我的视野。尽管年深月久,缆车车厢四面的有机玻璃已有不少刻痕,岁月似乎让它变得模糊不清了,就像一张年代久远的底片,可透过它,我仍能看到满山袅袅娜娜、密不透风的橡树林,那一片铺天盖地、生机盎然的绿色。缓缓而行的缆车带着一股温情,轻悄得像是从晶亮的树梢上滑过。无论我怎样睁大了眼睛,我压根儿就没看见雪。

我不免有些失望了:喀尔巴阡,你的雪峰究竟在哪里?

还是那天在贝雷斯附近橡树林绿荫簇拥的小道上漫步时,热丽亚告诉我们,过两天我们要去看雪山。据她说,喀尔巴阡山是全欧洲最好的高山滑雪场之一。每年深秋之后,它都要接待来自世界各地的旅游者。问喀尔巴阡山有多高,热丽亚说大约二千六百米。我想,对我这样久居于世界屋脊之侧的人来说,这个高度未免有点太小儿科了——我所居住的城市已是海拔一千九百米,而在那片高原上,最不起眼的山也在海拔两千五百米以上;但凡能称得上雪山的,海拔都在五千米以上。可想到那毕竟是我即将见到的第一座"外籍"雪山,我便一直对热丽亚的提议怀有一种并不寻常的期待。

我喜欢雪山,喜欢那由洁白的雪在人世间造就的最伟大的非人工建筑。伟大神圣的东西都需要高度。同样是雪的堆积，茫茫雪原不仅缺少起伏跌宕的情致，还让人感到无望和无助；雪山就不同了，它是大自然为自己建造的白色纪念碑；面对它，人会为之一振，赶紧把自己的脊梁骨挺直，而它的冰峰、雪谷，还让人感到无尽的曲妙和韵味。事实上，一座最普通的雪山，也会让当今最伟大的人工建筑相形见绌，让最自以为是最狂妄的人懂得自己的渺小和无知。

一直到了山顶才看见，嚇，原来不仅远处是雪山，连脚下也是片片积雪呢！山下和周围的树木都还郁郁葱葱，映衬得山上的雪格外地白，格外晶莹。那天我们去得晚了些，离最后一趟缆车从山顶开下来已时间不多，跨出缆车站口我们便慌忙往山上跑。凛冽的山风刮得呜呜地响。气温估计只有几度；山顶的平坡上，稀稀落落的积雪和大片嫩绿色的苔藓组成的美妙图案，如同天外来客的神秘绘画。天阴着，昨天还下过雨，空气中水分充盈，一派迷蒙；远处，真正的雪山与天空融成一片，几乎无法凭肉眼分辨。当我回头朝我们上来的，位于山谷深处的锡纳亚小城方向看去时，在远山那片美妙、明净的蓝色背景上，离我不远供冬天的滑雪者住宿的小屋屋顶却是绿色的，是那种耀眼得让人心疼让人想大声喊叫的绿，而我脚下，却是一片晶白的积雪。秋雪尽管没有冬雪那么厚重，那么威严，可它造成的色彩搭配之奇妙，直让我惊讶得说不出话来，那绝非任何自称大师者可以比拟，它让我顿生一种仙家之感，沉溺在一种无尽的艺术幻象和神秘美妙的联想之中。

山顶在飘雪了，雪花轻盈如梦。再过些日子，这里将一片晶莹，从欧洲各地来的滑雪者将云集于此，尽享大自然带给他们的福祉。对于这种要耗费大量金钱的运动，过去我似乎从未有过深思。那时，面对暂时了无人迹的高山滑雪场，我却发现了它的真义：那是对平庸的拒绝，是对世俗的抛弃。人在那种情况下所做出的种种高难而又优雅的动作，大回环、小回环、空中翻腾、长途越野等等，都无不是对命运的挑战。"自由常常表现为把自己逼入绝境。"有人如是说。我突然想到，就在那一年里，我竟有幸到过欧亚大陆的三座雪山：一月，去了云南丽江的玉龙雪山，八月，到了帕米尔高原慕士塔格雪峰下的喀拉库里湖，没想到，刚刚开始的这个初秋，我却到了罗马尼亚境内的南喀尔巴阡山。想到这一点我真有些吃惊，或许这就是前定，是天意和机缘，是雪山对我的报答吧？

我选择了雪山。雪山也选择了我。那种冥冥之中的契合，昭示于人成就于己的到底是什么？

雪山从来都是沉思默想者最好的朋友。面对雪山沉思默想一番，或多或少都能体会到纯洁、宁静、肃穆、严峻、美丽、永恒的真义。何况，雪山的外表虽然冷峻，它的内心却常常涌动着鲜红炽热的熔岩，因为，几乎所有的雪山都是地壳最新运动的产物，是一种新的崛起，新的高度，当然，它也就是一种新的、属于未来的精神。不知道海明威面对赤道线附近的乞力马扎罗雪山时想到了些什么，只知道他在那篇著名的《乞力马扎罗的雪》中，有过对生与死的精彩描绘，有过在物欲泛滥的当世对生命的终极思考；不知道川端康成在写他那优雅而又伤情的《雪国》时想到了些什么，只知道在经济高度发展的日本，川端康成在他的创作后期，以东方文化的传统为依托，着力追求和表现静美与纯情，以至他本身就成了日本精神现代化的一部分，成了现代日本国民的骄傲。对于我们这个世纪末的世界来说，没有海明威将是一种缺憾，就像没有川端康成的日本会是一个缺憾一样。君子不言利的古训已经成为过去，人类需要生存；可我笃信君子只言利的现代语录也不会成为当代所有君子或非君子的信条，尽管看起来它正在成为当代的某种流行。"我讨厌大势所趋之类的托辞。我相信一个人即使置身四面楚歌弹尽粮绝的文化困境，他也还能做点什么，也完全可以保持从容——何况事情还没有这么糟，还不需要预付悲壮。"韩少功的这段话，表达的不仅是一种信念。事实上，每次面对雪山，我都会经受一种刻骨铭心的震撼，生命似乎于顷刻间注入了一种新的力量。它的凛冽严寒、寸草不生，让你想到世事的严峻和历史的无情，它的拔地而起、高耸入云，让你想到时空的浩瀚和永恒的伟大，感到人世的那些争斗与算计，虚荣与功名，权势与富贵，随流与趋势是多么无谓、卑下和渺小；它的洁白无瑕、晶莹璀璨，让你对崇高的人格、完美的生命和美丽的爱情肃然起敬，心向往之，甚至，它峰峦间飘荡的云朵，它山脚下潺潺的小溪，它身边偶尔掠过的一只飞鸟，都会给你惊喜，给你睿智，为你带来一个美妙的梦境。望着一座雪山，你会不由自主地感到心生双翼，灵魂飞升，生命转眼就从你陷身其中的尘世拔出脚来。人在物质和精神生存上与大自然的融合，正是感受和获得与自然界亲近那样一种伟大情感的缘由。那时，自然因人的灵动而获得生命，人更由于自然的衬托而显得鲜活，那些伟大的信念和坚守，那些美妙的灵感和思绪，不就是由此而来的吗？

　　雪花还在飘飞。气温在继续下降。太阳已不见踪影。面对喀尔巴阡山的秋雪，我突然想到，下一次我将拜谒的，会是哪一座雪山呢？不知道，但我相信，我命中注定还会与雪山相遇。

黑戈壁

太阳尚未越过东边那抹隐隐的黑山，晨光却四溢散射漫逸在头顶那片浩瀚天空，渐次从紧贴黑山轮廓的深红，幻变到橘红橘黄粉红淡黄，直至融入一片雅致的黛青。戈壁远没被晨光照亮，灰灰蒙蒙，稍带点黑，比之优雅裕如的天空，不惟萧瑟寒伧，甚而单调寂寥，但吸引我的似恰在于此。听读自然早已成癖，以为凡山川草木，不意间总会似隐实显地征兆点什么，而那片萧瑟戈壁究能征兆什么，倒半天都没悟出来——"人类是唯一会脸红的动物，或是唯一该脸红的动物。"马克·吐温如是说，想想还真是！

万物呈现于世的方式大有殊异。或如闪电惊雷，刹那间横空出世，震天撼地；或如微波幽香，不觉间洇蕴濡染，等你察觉，已浸润渗透入你的身体发肤甚而思绪。那片戈壁当属后者。在我漫不经心地没把它当回事时，它先是慢慢进入我的视线，继而以它无声的素朴与寻常，吸引你试图从中发现点什么；没等你真发现什么，它已悄无声息地填满了你的视线与心思，让你为它苦苦思索，以穷尽它寻常外表下隐藏的秘密。我就那样沉迷进了那片戈壁的诱惑之中。

车自敦煌出发，正靠河西走廊北廊一带作西北向行，直奔玉门关。古人真大气矣。"河西"意为黄河以西，名为"走廊"，仿佛一道长千余公里的通道，不过自家园林中一条幽曲小径。西部的太阳起得晚——其实太阳无过，标准时间乃为人定，未必四海皆准——上午九点，大路靠西的戈壁半空，一镰弯月仍优哉游哉，浮冰般透明。友人告一俟太阳跃过黑山，便有日月同辉的灿美景象。那片戈壁就在公路与黑山间展开。南廊的祁连山远在我们身后，淡如一抹暮云。

原以为所谓河西走廊就那么一说，没想还真是道走廊，黑山为北廊，祁连称南廊。南北两廊据云宽处二百五十公里，窄处仅十五公里；而自敦煌出发往西的那一带，两壁相距百余公里；而后来看到的阳关与玉门关，相距仍有八十公里，目光哪可穿越？

　　光线渐渐明亮，戈壁上那些黑色砾石却如满天满地的黑琉璃，匀匀从眼前直铺到黑山脚下。看来那片戈壁之"黑"并非光线所致，缘系自身。戈壁怎么会是黑色呢？大小戈壁我也见过，概为灰褐色。一问，朋友说，呵，你眼力不错，那是大西北有名的黑戈壁，从敦煌到玉门关这一片，只是它的东缘。心想，既名黑戈壁，除却地理的特异，会不会与那一带曾是金戈铁马的征战地有关？

　　祁连山地处我国地势的一级阶梯和二级阶梯之间，紧靠青藏高原北缘，平均海拔四千米以上，要绕路南行，任谁都须历经九死一生。于是茫茫戈壁上那条长长走廊，便既成了军事要道，也成了商贸通途，留下了太多文臣武将的战功、高僧大德的大名，牵动过无数骚人墨客的诗心。通疆大吏张骞在这里跋涉过。西去求法的玄奘在这里踟蹰过。霍去病、卫青、严武在这里征战过。拼死与吐蕃作战却不惜士卒性命的哥舒翰，日后被朝廷封为西平郡王。即便一身征战也未得封侯的飞将军李广，亦青史留名。直至近代，黑戈壁、黑喇嘛曾在这片戈壁上上演了一出神秘的大戏！那一切历史功勋的成立，首要便在那片黑色戈壁已然畅通。而畅通，是无数无名者以血肉之躯拼杀开凿而成。想到那里，心中便自有一番冰凉的讶异血沸般的惊骇，历史的诡谲风云亦扑面而来！

　　其实，说那些砾石是黑色，却既非苍黑也非黝黑，倒有着某种玄秘的高洁，非比寻常的华贵，甚而宁静的诗性。绵密着，一如坠落的星星铺天盖地，配以左右同辉的日月，真个是日月星辰、森罗万象。晨光映照，一望无际的戈壁又如一巨大棋坛，还没摆定的棋子随意堆放，到底是在静待历史的辉煌开局，或已然面临惨烈的生死收官？天地悠悠，睹物思人，遥想人生如棋，恰是其时其境之必然。中国几千年的观念中，人与自然早已涵融钟毓，"人"内充满"自然"，"自然"中也充满了"人"，或该去寻那枚对应于我的，究是哪块沙砾？或说在历史与人生的棋盘上，我到底是一粒什么样的棋子或说沙砾？倒非奢望什么将士象或车马炮，在历史的棋盘上，一个人即便做一枚卒子，料想也非易事。

　　转眼间太阳早已升起。再看黑戈壁，竟隐隐透出了几缕血红。即刻我便如狂饮初醉，思绪翻腾。历史的静谧尽管悠长幻变，漫溢中的自然也与人一起经受着褒贬荣辱，那些并不见于文献的史实，尽由自然深爱珍藏。其生命之乐音除非不听，一听便醉万年。我笃信黑戈壁正是那样的智者。世事往往如此，所谓名人，无论生前名还是生后名，多少都已从人世得到回报，或官职、声名，或财富、荣耀。谁又记得那些随军远征的无名士卒呢？无论他们是抛洒一腔热血地从军行，还是在历史战事中偶尔地被裹挟，生命的真实与鲜活却无可怀疑。史家记载那样的人群仅几个枯燥数字，真能体悯的，反倒是诗人、诗心。王昌龄在《塞下曲》中喟然长叹："饮马渡秋水，水寒风似刀。平沙日未没，黯黯见临洮。昔日长城战，咸言意气高。黄尘足今古，白骨乱蓬蒿。"甚至白骨也早已风化成灰，零落成泥。可最后留在那片戈壁上的，毕竟还是热血洒尽却无姓无名的士卒。老子谓："无名天地之始，有名万物之母。"人来于自然，又归于自然，正是世间万物的必定之规。由是，面对那片黑色戈壁，我没法不肃然起敬。想想看，名人的声名也好财富也罢，都早已烟消云散，孤坟一冢，寂寥无边。倒是那些无名士卒，化成了那些晶亮黝黑的砾石，坦陈在天地之间，与日月同辉。如此，如一块砾石或一粒尘埃那样融入天地灵气之间，也是幸运。

又想，黑戈壁又何止那一处？不限于地理、地貌，放眼历史、社会、人生，黑戈壁其实到处都有。圣严法师有云：真正能忍受并安于、乐于以寂寞为其终身良友者，将必然通由寂寞之路，透出于寂寞的氛围之外。于此境界，人性已从孤单寂寞之中升华至深入于民胞物与，心胸充塞弥盖涵容无尽之藏，此真广大如虚空了。但虚空虽容受万物，且以抚育万物为职志，其本身却是寂寂寞寞无色无臭的。说到此，我倒并非让人人都散发山阿，白眼权贵，但至少那些权贵、名士和明星，倘能于静夜扪心一念，或会于鼎盛中看到危机，从而得意而忘象，将当下事业做得更人性也更为气韵生动些？人生一世，无非在忐忑中来往，人格却终会在寂寞中升华。如此，黑戈壁到底寂寥与否，已无关紧要，亦不言自明。

雕塑石林

一

　　一座城市，在离城不太远的地方拥有一座纯自然的景观，当然是幸运——事实上，那正是对过于人为化的城市的一种必要的补充。

　　出昆明往东南行，不足一百公里的路程，有个路南县，如今改名石林县，是昆明市所属的县区之一。路南县有个地方叫石林——名字可是取得真好，名副其实，那是一片石头的森林，走进去，就像走进一片郁郁苍苍的原始森林，会迷失方向——方圆几公里的范围内，全是那种铁青色的石柱，千奇百怪，嶙峋险峻，如剑，如戟，如笋。与那片巨大的石头森林相比，人在石林中辟出的那些弯弯曲曲的小路，未免过于纤细，也过于苍白了——每次走进石林，油然而生的，正是这种感觉。当然，那并不是土生土长的昆明人的感觉。

　　在边城昆明人的心目中，石林既是伟大的，又是俗常的。

　　对于石林，他们唯一不用的字眼是崇高，可崇高恰恰是那片石头森林给予我们的最宝贵的财富。不管人们把石林说得多么简单、寻常，说它不过是种露出地面的喀斯特地貌，三亿年前，那里还是一片茫茫大海，经过沉积而成厚实的海相石灰岩；过了大约二亿七千万年，地壳缓缓抬升，才逐渐形成陆地，沉积于海底的石灰岩层终于露出地面。又经过无数个百年的地壳运动，风雨剥蚀，才形成了姿态各异的石峰、石柱、石笋、石花……犹如一片莽莽苍苍的石头的森林；作为一片石头的森林，它没有任何情感色彩，永世的冰凉，永世的冷漠，永世的沉寂，这么多年过去了，无数人的目光，都没能把它焐热；说石林只可去上一次，顶多两次，再多就会因腻味而生厌；说石林只是孩子们的乐园，大多数的成人去那里，只是人云亦云地凑凑热闹；等等。

尽管如此，昆明人告诉他们的远方客人时总是说，没去过石林，不算来过昆明；就像说没到过长城，就等于没到过中国一样。

究其缘由，除了说它离昆明近，不足一百公里的高速公路，当天就可往返，去来方便之外，他们还能指出的，就是石林的独一无二。殊不知，他们列举的两条理由正好是矛盾的，相互抵牾的。由于近，人们一般很少在那里滞留，总是匆匆忙忙地去，匆匆忙忙地返回。一天时间，真能在石林待的，顶多也就两个小时。在那两个小时中，他们依照固定的旅游线路，走马看花地走上一遍，就以为他们已经看过石林了。他们把"独一无二"简单地解释成了"别处没有"，至于石林本身的独特性究竟何在，他们语焉不详。在如此匆匆忙忙之中，人们根本没有可能看到石林的独特。

总之，在人们的印象中，石林不可不去，但也不可多去。那地方似乎可看而不可流连。

可在我看来，对一个艺术家或任何一个渴望了解世界的现代人来说，石林不仅不可不去，还该多去——那是一座巨大的雕塑，是时光为自己建造的一座纪念碑，是撒尼人世世代代的家园，物质的与精神的……

二

石林作为大自然为自己建造的纪念碑，同时也是时光为艺术学徒们竖立的一座奥林匹亚神山，时时让我们感受永恒与朴实的真义，让我们体味艺术创造的奥秘与美的真谛。面对石林，回想世界突然静下来的那个时刻，我们难道不会感到时光之河的浩瀚，并因此而神往，而激动？沧海桑田，世事变幻，当地壳重组，海水悄然远退，退出了新月般的长湖，退出了碧水如镜的石林湖，以及石峰间那一汪清幽如许的剑峰池，一个伟大的雕塑工程便已露出了雏形。

事实上，当那些黑色石头还深埋于地时，那项伟大的雕塑就已经在隐蔽地进行。与当今许多艺术创作还没开始就大事张扬，甚至乐意于在众目睽睽之下进行创作表演不同，时光的创作从来不见有人围观。没有摄录灯光追踪，也没有新闻记者的采访，可大自然的艺术创造那时就已启动。伟大就在于此：当时光作为一位艺术家开始它艰苦卓绝的创造时,人类对此还几乎一无所知。一个真正的艺术家,从来不在乎人们对他的视而不见——他并不奢望刚刚开始的艺术创造,就会引来一片欢呼。何况,艺术创作从来就是一种创造性的劳动,带有强烈的主观色彩,在别人的七嘴八舌、指手画脚中进行的所谓创作,恰恰会让艺术家丧失那种独特的主动性,独特的目光,独特的思索。为了维护起码的一点主观精神,在一段时间里远离尘世,闭门谢客,甚至孤僻乖戾,让个性在那样的孤独中保持最大的纯净,总是必要的。怎么能够想象,艺术家会一边与客人品茗聊天,或是一边炒菜做饭,一边从事崇高的艺术创造呢?一个真正的正在创作中的艺术家,总是孤独的,甚至是不食人间烟火的,需要的是在黑暗中的摸索,是反反复复的酝酿与构想,是在自己灵魂的升华中,将那些转瞬即逝的雨丝风片般的生命火花赋之于形。涂抹,修改,推倒重来,一筹莫展,伤心,绝望,甚至为自己的笨拙而痛不欲生,都是常有的事。那样的过程并不像他的最后作品那样,总是充满了诗意,何况,他甚至无法知道最后的作品是不是真的会充满了诗意,闪烁出光彩。坚韧执着,孜孜不倦,毫不气馁,精雕细镂,埋头苦干,以自己的灵性与智慧,顽强地把自己认定的创造坚持下去,是一个真正的艺术家必备的品格。而我心目中那位伟大的艺术家——时光正是如此。

世界静悄悄的。真正注视它的,只有日月——日出日落,月缺月圆,辉煌或阴翳,显露或隐蔽,时而惊喜,时而闭上眼睛,似乎觉得不忍目睹——在一个创造者的心中,那正代表着神的关注。而对世俗的一切,时光总是旁若无人。它食不知味,苦心孤诣,把全部心血融入创造,几近痴迷,甚至有些古怪。那个痛苦的过程到底有多长?不知道,或许是一天、一年,也可能是千年、万年、亿万年。它苦苦追求,挥汗如雨,呕心沥血,绝不懈怠。它甚至谨慎地不弄出些许声响,对于一个雕塑家来说,那相当不容易。

历经千辛万苦之后,有一天它终于大功告成。此刻它已筋疲力尽。它拖着沉重的身子走到某个高处、远处,眯缝着眼睛,以一个旁观者的身份,一次又一次地,静静地打量自己刚刚完成的创造。真正的艺术总与神灵有关。那奇特的构想,栩栩如生的细节,令它自己也感到吃惊。对了,它想起来了,那一切都是依照某种神灵的启示完成的。它的功绩仅仅在于,它能在创造的过程中,敏锐地捕捉神灵给予它的那些启示,并将其赋之于形。也许在别人看来,它的创造依然有许多缺憾,但此刻它问心无愧。它相信它已把自己的全部心血、智慧甚至灵魂,都融进了那件作品。然后它走过去,虔诚地,小心翼翼地,把它在创造中残留在艺术品上的所有生命印记统统揩拭一净：血迹、汗珠、泪水、思索、目光甚至指纹。最后，呈现于世的只是艺术品本身。

——在石林，那正是那片巨大的，由阿诗玛照看的石头的森林，朴实无华却光芒四射，浑然天成，一姿一势都不可移易。你走进去，看到的是由各种各样的石柱、石峰，以及由它们的不同的配搭而组成的一组又一组石头的造像。它们似乎从来就是那样，也只能那样。漫步于其中，我们当然（至少是暂时）想不起那是时光的创造——那些石柱、石峰上面，并没有留下"时光"的名字。时光甚至没有为它的创造命名。石林里所有那些有名有姓的组件，都是人类依照自己的揣测，费尽心机想出来的，当然也就带有盲人摸象的性质。他们甚至把自己的名字也刻在石头上，似乎要借石头千古不朽，让自己也青史留名。但是，当那些命名者早已化作了尘土，石林却依然屹立，于是那些题刻便成了对人们的嘲笑。每次，当我在石林里偶一抬头，看到某幅题刻并轻轻地读出来，试图体味那些题刻的意义时，我总会听到时光的笑声。那是一个老人的笑声，一个智者的笑声，尽管充满了宽容，却也掩饰不住因人类智慧竟然如此低下而发出的轻微的叹息。

真正能够给石林命名的，是那些普普通通的民众。

当欢呼就要在圭山响起，当撒尼人即将在月光下开始他们的"跳月"，开始他们古老而又欢乐的歌唱，艺术家却已悄悄退场。他站得远远的，缄默无言——对于他的创造来说，此时他已属多余。一种艺术创造一旦完成，就不再只属于创造者自己——他把它献给所有关心艺术的人，献给所有在俗常的日子里，因生活自身的沉重而无暇他顾的人。他们需要它，需要从艺术为他们揭示的境况中，去校准自身的方位与处境。他们需要它，需要艺术的斧凿为他们的日子打开一个窗口，以探望尘世外另一个世界的精彩与缤纷。他们还需要它，需要在艺术给他们带来的那种美的享受与愉悦中，吸取并生发出面对明天的艰难困苦的力量与勇气。何况艺术正是艺术家的宗教，他的艺术品的生命就是他的生命，就是他的纪念碑。在艺术面前，一个真正的艺术家永远是自卑的，就像他在大自然面前永远都是自卑的一样。尽管人们会从他的创造中，读出生命的欢欣与痛苦，人生的短暂与永恒，也读出艺术的真谛、美丽的秘密，以及一个艺术家对于世界的全部梦幻、思索、理解与诠释。他悄悄地退场了，隐没于普普通通的人群之中。这时，也只是在这时，人们才惊讶地发现，一个伟大的艺术家和一件令人惊叹的艺术品诞生了，它魅力四射，如同太阳。他们开始询问那是谁的创造，开始寻找那位艺术家，而艺术家已经退场——一个真正的艺术家从来如此。

于是我们只看到了石林，而忘记了创造石林的那个伟大的雕塑家——时光。

三

每次陪远道而来的朋友去石林，我都颇费思量：能给朋友说点什么呢，关于石林，关于它的历史与未来？

迄今为止，人类陶醉的所有伟大的雕塑都出自人类之手：长城，敦煌石窟，金字塔和自由女神……人们愚蠢地以为，他们能够超越于自然之上，创造出较之自然更为伟大的作品。其实，那些作品不是有些微不足道，就是过于功利。石林比人类创造的所有雕塑加在一起都更丰富，也更伟大。何况在云南，石林尽管是独特的，却并不是唯一的。云南还有许多属于时光的雕塑，滇池、苍山、洱海、抚仙湖、三江并流、虎跳峡、玉龙雪山、梅里雪山、碧塔海、白水台……时光雕塑着它们，也雕塑着人类。人与它们一样，虽然都是大自然的创造，可人是痴顽的，愚笨的，对大自然母亲的艺术创造的伟大之处，至今究竟懂得了多少呢？

石林深深，游人如织。他们来看什么？寻找什么？面对石林，空叹"天下第一奇观"当然远远不够，但只是面对石林指指点点，说某个石柱像一个人，某块石头又像一头老虎、一头大象、一头狮子，或者一对夫妻，就够了么？一如当年改编的电影《阿诗玛》把阿黑与阿诗玛变成了恋人一样，在思想解禁的今天，石林中的那对"夫妻"也顺理成章地变成了一对情人。简单的象形思维，至今还在主宰着许多游人对大自然的审美。他们的结论，似乎永远处在像与不像之间。当我们在太多的自然景观中，像个幼儿园小班孩子似的，停留在某种"像"与"不像"中时，我们已离时光营造这片自然奇观的初衷十分遥远。

石头崇拜，不过是古代人类万物有灵观念的反映。石器无疑是人类最早学会使用的工具之一，而石器工艺作为人类最早的工艺制作，早在二百万年前就已经出现。或许正是因此，在古代人类的心目中，石头渐渐成了一种有灵性的东西。石柱很早就成了犹太教的专门用语，特指祭坛旁高台上的纪念物。在《圣经》之《创世记》第二十八章中，也早就有了这样的经文："雅各布清早起来，把所枕的石头立作柱子，浇油在上面。他就给那地方起名，叫伯特利（就是上帝殿的意思）。但那地方起先名叫路斯。雅各布许愿说，上帝若与我同在，在我所行的路上保佑我，又给我食物吃，衣服穿，使我平平安安地回到我父亲的家，我就必以耶和华为我的上帝，我所立为柱子的石头也必作上帝的殿。"埃及的金字塔，是用一块又一块巨石筑成的——或许它正是那种简单的石柱纪念物的复杂化和变异。英国南部索尔兹伯里巨石阵，作为一处史前巨石建筑遗址，虽然至今还无确切的解释，但作为某种纪念的可能性是难以排除的。英国作家洛根·皮尔索斯·史密斯写道："它们环绕着我的脑海永远坐在那儿，巨石阵那一圈年长的、非难的脸孔——是我年轻时皱起眉头望着我的大爷大叔，学校指导老师的脸孔。……随便什么也从来不曾抚慰过它们，随便什么也从来不曾使那圈风吹雨打、轻蔑傲慢的老脸激动起来，露出赞许的神色。"在1722年4月22日由荷兰海军上将雅各布·罗洛文率领的船队发现的，现属智利的复活节岛上，那遍布全岛，面向小岛、背对大海耸立着的五百多座石像"莫阿伊"以及一百五十多尊未经加工完成的雕像，正是居住在这个面积一百多平方公里的孤岛上的原始居民创造的举世瞩目的灿烂文明。无论中外，巨大的、高耸在大地上的石碑，从来都是神圣的象征。在古巴比伦王国时期，著名的汉谟拉比法典被刻在一块高大的石碑上，顶上为汉谟拉比的立像——那或许是人类第一次将社会法典与一块石头联系起来，如果不是出于人们心目中对石头的神圣感念，那样做就毫无道理可言了。

　　在作为世界上四大古文明发祥地之一的中国，勒石为记从来就是一种古老的传统。石柱、石碑，在古老的中国大地上几乎比比皆是。制作于两千多年前的秦国的"石鼓文"，被认为是中国最早的刻石文字。那年夏天，在西安，当我默立于武则天为自己竖立的那块无字碑前时，我感到的是一个古今少有的女人，借助石头对自己进行解说的勇气与信念。从云南大理大和村那块竖立于公元七世纪的"德化碑"，到西藏拉萨大昭寺前的唐蕃会盟碑，记述的都是一个地方政权与中原王朝的历史事件，带有某种指石为证的神圣意味。也就是说，凡是某种崇高的心思，或是某种须传诸后世的神圣文字，人类无不将它与一块石头连在一起——与其说那是基于石头的不易朽坏，不如说是源于石头通神亦通灵的古老观念。在中国文化中，美丽动人的神话传说、荒诞不经的世俗故事，无不与石头有关——补天的女娲借助的是石头，《西游记》中的孙悟空生于顽石，《红楼梦》又名《石头记》，贾宝玉更是诞生于大荒山青埂峰上的一块通灵宝玉。云南纳西族的守护神三朵，传说也是玉龙雪山上的一块白色石头。摩梭人在每天进食前，都要先以最好的食物祭奠灶台前的锅庄石。在最为世俗的人世中，人们也会将一块书以"石敢当"的石头置于门口，用以镇魔驱邪。至于为死者立一块石碑，借助那块石碑与死者对话，早就是中国民间用以怀念亲人的最寻常的举措。

何况石林是一片方圆百数公里的、天然形成的巨大的石头森林呢？它引起古今中外人们的注意，当然也就毫不奇怪了。石林所属的路南县（现已更名为石林县）全县面积一千七百二十五平方公里，其中喀斯特地貌为一千平方公里，占全县总面积的一半还多；而其中划为一级保护区的就达三百五十二平方公里。早在公元前三百年的战国时期，诗人屈原已在他的著名诗篇《天问》中，率先发出了"焉有石林"之问。古代的路南石林，已是古驿道上的一个驿站。当一匹快马沿着由云南通往贵州、通往广西的古道从石林边飞驰而过，透过云雾般的烟尘看到石林时，那片巨大的石头森林一定让马背上的人惊诧不已。明万历年间，今乃古石林已建有石峰寺。十九世纪末，法国人张国良（Paul Vial）在巴黎一家杂志发表了有关路南石林、路南路美邑彝族撒尼人的文章和生活照片，那是迄今所知的最早向西方世界介绍路南石林的文字与图片。二十世纪三十年代，云南省政府主席龙云为石林题字并拨款，开始了对石林最初的建设。与此同时，马融首次研究了石林喀斯特的地貌。二十世纪四十年代以来，先后到过路南石林的中外学者达上千人，关注的学科涉及历史学、社会学、经济学、人类学、文化语言学、地质学、地貌学、植物学、动物学、环境学、生态学、风景名胜学、资源学和旅游学；著名学者闻一多、李公朴、潘光旦、吴晗、张光年、朱自清等，都曾对石林一带的彝族撒尼人的文化和社会进行过考察和研究。五十年代以来，著名历史学家方国喻，著名作家李广田，古生物学家杨师健，中国科学院院士吴征镒、任美锷、袁道先等，都曾涉足过对路南石林的研究。1982年，路南石林成为中国首批国家重点风景名胜区，石林的保护与开发纳入国家级管理。近年来，在路南石林召开了第二届、第四届国际喀斯特地貌研究会，来自英国、奥地利、美国、加拿大、法国、新西兰的著名洞穴学研究专家、喀斯特研究专家相继对石林作过考察和研究，并确认了云南路南石林在国际喀斯特地貌中的重要地位。[①]

[①] 参见云南省风景园林学会地质地貌专业委员会、路南石林风景名胜管理局石林研究组编《中国路南石林喀斯特研究》，云南科技出版社 1997 年 6 月版。

与位于法国西北部的布列塔尼建于新石器时代和早期青铜时代、由许多直立的石柱组成的同样也叫石林的纪念物不同，云南的石林则是时光赐予人的，它无需人为的雕琢，当然也就有着更多的神秘和更多的灵性。全世界类似于云南石林的大型喀斯特地貌，有二十多片。云南石林不是最大的——马达加斯加的喀斯特地貌达五百平方公里——却是唯一一个从古至今都有人类居住、活动的岩熔地区。在整个石林及其周围地区，密密麻麻地布满了撒尼人的村庄，他们的日子与石头密不可分。石头是他们生存的障碍，也是他们生活的必需。

　　——石头是撒尼人的村寨，是他们的家。在路南的糯黑村，人们至今居住的，仍是那种全部以石头建造起来的石楼石屋。石板墙，石片瓦，石门槛，石头的街巷，石头的畜圈鸡埘，石头的阡陌……远远看去，俨然一座石头的城堡，古朴、坚固而又充满了生机。

　　——石头是他们的信仰。路南彝族撒尼人作为自称虎族的彝族的一个支系，至今仍按照彝族的十月太阳历，将虎月作为每年的岁首。在撒尼人一年一度的密枝节里，他们都要祭拜石虎。农历冬月的第一个鼠日，撒尼人要到密枝林里，取一枚人形的白石头，为它腰系五彩线，以此象征传说中那位被寨主老爷害死的撒尼姑娘阿尼。

　　石头还是他们的色彩。撒尼人崇尚黑色，而黑色正是色彩丰富的石林的主色调。撒尼人的"尼"字，正是黑颜色的意思。乃古石林即黑色石头，"路南"也是黑色的石头城。对黑色的崇拜，显然与石林的青黑色有关。每年的火把节，撒尼人都要在石林里点燃火把。火把的火红与巨大的黑色石林相互映衬，色彩上的那种鲜艳奇妙的搭配，显得庄重而又对比强烈，表达的正是他们对于石头的崇拜。

　　石头还是激发撒尼人想象与创造的源泉。可以想见，撒尼人的先祖，面对那片巨大的石头的森林，既是惊喜的，也是惶惑不安的。他们需要在石头与生命之间寻找到某种联系，当然也需要对那片石头森林作出他们最机巧、最符合人性的解读。于是，阿诗玛的故事便从那片石头森林里应运而生了。

四

　　然而，至今为止，我们是不是真的读懂了身背背篓的阿诗玛那朴素中透露出的清纯、善良与美丽，读出了阿诗玛作为母性象征所包容的文化意蕴？

走进游人们通常所说的小石林，阿诗玛肩背背篓眺望着远方，四周石峰如屏、如门，一如迷宫。她扎着撒尼头饰的头稍稍仰起，目光永远向着远方。远方有蓝天白云。风吹动着她的头巾。斜背着的方形背篓里，悄然露出了几枝生意盎然的野花。有清香飘拂。脚下的一汪碧水，是她刚刚搁下的梳妆镜。阿诗玛便隐身于那片石头的森林。所谓小石林的那个"小"字，或许是相对于莲花峰、剑峰池而言的，那里更清静，也更自由。特意把她安置在离石林中心稍远的地方，显然大有深意——中心从来都是帝王、权贵或是想做帝王、权贵者的居处。阿诗玛那样的撒尼女子，怎么会耐烦住在那样的地方，享受那种高高在上的供奉呢？

然而，作为石林的一部分，作为撒尼人的精灵，阿诗玛从来都不是一个真正的俗世女子。在最原始的关于阿诗玛的民间叙事长诗中，与恶势力对抗的阿诗玛曾被漫天洪水冲走，濒临绝境，直到最后，她才为来自神界的应山歌仙所救，变成了一片来去无踪尽管虚幻却又可知可感的回声。那样的虚拟，将一片纯自然的石头的森林，与一个美丽的传说联系在了一起——回声或许是短暂的，却无处不在。当阿诗玛的撒尼亲人与邻里因怀念而呼唤她时，山鸣谷应，阿诗玛会从天地的每个角落跑来，在每一个你能感知的方向作出回应。1978年，当电影《阿诗玛》被打入禁宫，甚至连扮演阿诗玛的女演员也被逼成了精神病。多年之后，陈荒煤先生的《阿诗玛，你在哪里》的呼唤，得到的回答就既是实实在在的（女演员的问题终于得到了解决），也是看上去有些虚幻其实却更加实在的、来自各个角落的回答：阿诗玛就在人们心里。

不过，平心静气地说，六十年代初，现代人以一部掺杂着俗念的所谓爱情电影对阿诗玛所作的解说，今天看来实在是过于肤浅，尽管那种打上了意识形态烙印的故事情节看上去是相当美满，却对原诗赖以成立的基础作了重大的修改，甚至有了颇大出入。在由公刘、刘绮整理的《阿诗玛》中，阿诗玛与阿黑仍是兄妹关系。据原诗整理者之一的刘绮先生所说，在他们作为原诗整理者搜集到的二十一个版本的阿诗玛故事中，只有一个版本把阿诗玛与阿黑二者处理成了恋人。而讲述那个版本的恋爱故事的，是个本人婚姻曾遭遇不幸的乡村干部，他向整理者刘绮先生一再申明，他讲的仅只是他自己心目中的《阿诗玛》。也就是说，让阿诗玛与阿黑变成一对恋人，只是他个人的愿望。可在后来的电影《阿诗玛》中，阿诗玛与阿黑还是成了一对恋人。

文化发掘中这种并非出于恶意的篡改，说到底，仍然是对文化遗产的粗暴糟践与阉割。即便从实例来看,为一己之爱献身的阿诗玛,与一个为整个民族的未来而献身的阿诗玛,不仅显然已经不是一回事,在艺术上也已失之牵强。如果那样的事情在那样的年代几乎比比皆是还情有可原的话,时至今日,某些自以为聪明的人对历史与文化的种种"戏说",无疑便是一种犯罪了。当一部又一部所谓的历史题材电视剧、宫廷戏,以调侃的口吻向人们讲述某个帝王某个宫妃时,打着戏剧情节需要的幌子对历史所作的随意改动甚至胡编乱造,已经对人们发生了严重的误导——他们到底是相信历史,还是相信某部电影、电视剧呢?

在我最初对石林的游历中,我猜想,在石林,阿诗玛是作为一种母性文化象征而存在的。当时光作为一个艺术家,把它创造的石林交付给像阿诗玛那样一个看似柔弱多情的撒尼女子时,其实它是把它交给了所有的撒尼人。时光的慧眼与匠心令人惊叹,那个时刻也因而无比神圣。它相信,她的至诚至善将惠及每个撒尼人,每个石林的朝拜者。沉郁苍莽的石头森林,与一个心静如水的撒尼姑娘,并不是格格不入的。事实上,看起来僵硬、冰凉的石林里,飘拂的却是一股柔韧的、温暖的气息。那样的气息属于母亲,几乎成了一种永恒的象征。当人们在圭山,在长湖、在石林的无论哪个石柱、哪方水域、哪个部位流连、行进时,不管是不是能看到阿诗玛的身影,都会面对她善良而又美丽的目光。阿诗玛与石林同在,与每个撒尼人同在,也与每个石林的朝拜者同在。作为石林的守护神,她是尽职尽责的。正是她,守护着时光的创造,也守护着撒尼人的精神家园。她从遥远的地方走来,从世界的原初一直走向地老天荒,走向世界的彼岸。她背上的那只背篓,盛得下整个世界:风雨、云彩、历史与未来。阿黑已经远去,男人只属于征战。世界在被交付给一个撒尼女子时,蕴含的正是一个古老的寓言:人是从母体中诞生的,也将永远受到母性的照拂……

不料,我的那个臆想竟然得到了证实。事实上,在通常人们所说的大石林以外,还有一处普通游人很少光顾的所谓"外石林"。即便我,尽管去过石林多次,也从没听说过大石林之外的那片石林。不久前的那个下午,当我由当地朋友领着,顶着烈日,在尚未辟出正式游路的巨石与荒草间穿行,到达那个连体石柱时,与其说我感受的是惊讶,不如说是惊喜。说是没有游路,其实却早已有了一条山民们踏出的小道,那条小路向着一片因一次从无记述的地震造成的变形的石林中蜿蜒而去,两边,与我平时看惯了的直立的石柱不同,尽是一些倒伏的、奇形怪状的石柱体。阳光被挡在外面,石峰间幽深崎岖的小路灰暗得近乎恐怖，如在地狱中穿行。一直下到底部，来到一座巨大的石山前，眼前才重现出我习惯了的石林景观。当一堵巨大的青灰色石岩如同两个相拥着的人体突然矗立在我们面前时，我突然感到了某种神圣与苍茫。朋友说，那堵巨大的山崖，正是传说中撒尼人世代崇敬的连体的石公公与石婆婆，早期的撒尼人常到此向石公公石婆婆顶礼膜拜，求子求福。就那样，撒尼人把自己的生育与繁衍和一堵有灵性的石岩连在了一起。

更让我惊异的是，就在那座山岩的下方，隐藏着著名的石林崖画。那是一片浅白色的山体，从上到下，隐约可见三十多个崖画符号，以赭红色涂料画就，显示出人、兽、物、星月等图像，以及一些意义不明的点画符号，笔触粗拙，形态古朴。据有关专家考证，那些崖画符号中，最早的可追溯到一千七百年前，晚期的则有"乾隆"字样。由于各个不同年代所绘符号的叠加与覆盖，清楚地辨认那些象形符号已很困难，但它证明至少从公元三世纪起，撒尼人就开始了在石林深处的生存活动。

石林的许多景观，大都为后世来自外界的文化人命名，但我相信，即便是那样的命名，也或多或少地包蕴着撒尼人世代演进的文化信息。漫步在石林，我们自会发出一连串的疑问：我们是不是领略了"母子偕游"中蕴合的那种人类共有，却又不是每个现代人都能理解的深邃的内涵？是不是深味过"双鸟渡食"所诠释的人与人之间原本应有，如今却变得陌生遥远的相亲相爱的情怀？是不是反省过"千钧一发"所预示的那种危机，并不仅仅存在于自然界，也同样存在于当代人类社会？就像夹于两峰之间、悬于半空的那块石头一样，人类的头上，也时时悬着一把达摩克里斯之剑：核武器、环境污染、生态恶化和艾滋病，它们随时都可能落下来，毁灭整个人类。我们是不是用大自然给我们的启示，学会了对自然的关爱、对艺术和艺术家的怜惜，也学会了对糟践艺术、破坏文明等恶行的深深的反省？甚至，我们是不是稍稍想过一下，世界在人类诞生之前就早已存在，人类并不真的是这个世界的主人，而只是一个应该与世界和睦相处的匆匆过客？

事实上，石林正是撒尼人为自己建造的一座精神家园。

想想这一点就会明白，在那个真正的艺术家——时光看来，为什么人类至今为止的艺术都还那么优雅。何况，时光一刻也没停止过它对石林的创造，它还在继续着它的追求，它的创造，还在修改，于是我们看到的石林才永远是复新的，就像每一次它都是刚刚诞生。甚至，八十年代中期，人们突然发现，在离古老的大石林不过二十公里的地方出现了一片石林。撒尼人叫它"乃古石林","乃古"是撒尼语,意为黑松林,于是那片新石林也叫黑色石林。当我初次走进乃古石林时,我再一次沉浸在那片石林从地层深处缓缓隆起的奇妙感觉之中。我相信那是时光在完成大石林后的又一个杰作。它甚至不愿意重复自己。是的,它们都是石林,却又是性格各异、风格不同的石林。如果大石林是一首隽永的诗的话(关于石林和石林里的阿诗玛,正是一首叙事长诗),乃古石林就是一篇纵横捭阖的大散文,气势虽更为宏大,布局却更为日常、散淡。时光完全懂得,随着人们的审美标准已经并还在继续发生变化,一个艺术家的创造也理当随之发生变化。那并不是对受众的迎合与屈就,而是出于一个艺术家对民众的尊重。

五

从初次造访石林,啧啧赞叹它的鬼斧神工开始,我就感到了羞愧。我至今羞愧,我想那也是整个人类的羞愧。在这个意义上,所有发奋用人类已经掌握的艺术形式——诸如摄影、绘画、音乐与文学等去诠释石林的努力,都值得称道——当我不久前读到五十年代就开始为石林照相的老摄影家杨春洲和年轻的摄影家张金明(其实也算是很年轻了)等人的石林摄影作品集时,我的感觉正是这样。一个摄影家,长期地、数十年如一日地追踪一片大自然的景观,一次又一次地在不同年代从不同角度去解读石林,希冀让自己对那片时光的雕塑解读得更为真切、迫近、准确,自然会让人肃然起敬。有人甚至说,石林的逐渐为世人所知,杨春洲的摄影作品功不可没。我想,摄影家们或许正是从时光的伟大创造中受到了启发,企图找到一种方式,去帮助人类理解大自然的非凡匠心,从而与它和睦相处。当他举起他的相机时,日光代替了时光,以便对石林作出新的解读。事实上,艺术家对石林的解读,也是一种雕塑,是对雕塑的再度创造,目光越高远、越独特,才越是逼近大自然的本真。然而技巧并不是唯一的,也不是最重要的,作为一个当代艺术家,更需要的是一种人类精神,是一种境界,一种胸襟,一种气度和一种情怀。恰如著名文艺评论家陈墨所说:"所谓境界,不仅是指某种相对固定的智性或能力的高低水准,还包括人的个性精神、价值取向乃至复杂的情绪心态。其中有常量,也有变量。"当代艺术家最基本的责任,就是通过自己的再创造,让人们更为深切地理解我们置身其中的自然的伟大与奥妙,激发人们对大自然的崇拜与爱心,思考人类自身的处境,思考人类在地球上的现实存在是不是合理的、和谐的。

不过，面对石林的艺术家们，尽管在对石林的顶礼膜拜和顶礼膜拜之后的潜心思考与师法造化中受益匪浅，但我确信我们永难探及石林的本真，我们对石林的所有描摹，不管是文学的、绘画的，还是摄影的、音乐的，说到底都只是石林留给我们的一个梦。梦虽然美丽，却不是石林本身；能向它的本真靠近一步，则功莫大焉——艺术的永恒是虚幻的，真正的永恒只归于石林，归于大自然本身。自卑当然是不必要的，一如我们不必过于自信。从根本上说，石林需要每个人自己去读，别人的眼睛毕竟是别人的眼睛。而真要读懂石林则需要时间，漫长的时间，正像石林恰是时间漫长的创造。当我们真正读懂了时间的那一天，一个艺术学徒才会真正地读懂石林，他的创造才有望臻于完美。在这方面，石林不仅永远是人们常看常新的一片自然景观，也永远是艺术家们的良师益友。

喜马拉雅日出

　　记忆不死，只会深埋于时光之尘。日前见到一幅喜马拉雅日出的照片，一眼便知那是在尼泊尔的博卡拉拍的。我记得那个地名、那个角度、那些山峰的轮廓。顿时，在博卡拉看喜马拉雅日出的记忆，便再度复活。

　　记得那次也是夜半起身，去博卡拉看日出。虽为出行中的一桩小事，却因喜马拉雅的即将出场，让人有些意外的兴奋。头晚我便套用一句名言玩了个游戏：黑夜都是相似的，不同地方的日出倒各有各的不同。日出看得多了，似乎就那么回事，但只要逮着机会我都不会放过。何况那次要看的是喜马拉雅日出呢？一份期待便早早预热，思绪一时也如白天在博卡拉费瓦湖边远睹喜马拉雅时的重峦叠嶂，横亘天际，气象森然，甚至蓦然想起喜马拉雅背后，西藏、四川的朋友，以及远在他地的朋友和亲人——那当然与日出无关，倒与凝望有关。

　　生命需要凝望，看日出，无论是面对太阳升起，还是阳光映亮的山川，正是一种凝望。当眼见世界从一片凝浓沉郁的暗黑中，分娩出一个婴儿般鲜嫩也婴儿般充满希望的日头时，凝望者掩蔽于尘世的内心，便和山川一起从黑暗中苏醒，有了一份瑰丽斑斓的激动。一番寂寞守候，为的是领略一轮太阳从远方纵身跃出，君临大地的辉煌。尽管有时任你熬过了黑夜与冷寂，到了太阳也没露脸，但紧张期待日出的那份心情，仍颇堪回味。

　　但喜马拉雅日出留给我的，似不止于此。先前多次看过的日出，不是在国内看到的"自家"的日出，诸如在泰山在南海在梅里雪山，就是在异国看到的"别家"的日出，诸如在多瑙河三角洲在印度恒河边的瓦拉纳西。唯独在尼泊尔，是身在异国看的"自家"的日出。心想那会不会像在太空看地球那样，因为远，便略去了当今世界诸如战乱、灾害、污染与贫穷诸多细节，看到的是个美得惊人的蓝色星球呢？便满心期待着，作为生命原乡的象征，在博卡拉看到的喜马拉雅，和它背后那些肉眼看不到的山川，或会有一番别样的美。

博卡拉北边地势渐高，看日出的最佳位置沙拉阔，海拔一千五百米，只是离市区五公里的一个小山头。二月的清晨天还甚冷，游人蔽于夜色，身心醉于守候。沙拉阔甚至尼泊尔和整个世界都一片静谧。但我知道，天体正高速运行，太阳已在路上。当凝望中那片东方的天空开始发亮、发红时，眼睛便慌乱地在东方与身子左边的喜马拉雅群峰间来回逡巡。曾巩那句"雪压群山雾色明"，正是对那个时刻的写照。可仅靠肉眼的凝望，想找出那种对应的光线变化还真难。当我再次将目光从东方转向喜马拉雅时，雪山如经画笔点染，已然晕出淡淡的曙红，且渐浓渐亮，转眼，如火阳光便将雪山一座座点燃。并不耀眼却新鲜悦目的金红，渐次从山尖披覆到山体，映亮了树草房舍、袅袅炊烟，和不远处一条小河的粼粼波光。雪山怀抱的博卡拉全新的一天重新开启，喜马拉雅也已是日照金山的满眼灿烂。

"遥吟俯畅，逸兴遄飞。"以为那次凝望当有深意在焉，却总难道出。慌乱中我也没能拍到漂亮的照片：云层太厚，霞光没后来见到的照片上那么明艳，却至今难忘在异国看喜马拉雅日出的那种感觉，既清晰又恍惚，很诗意又很世俗。对了，面对大自然的那种奇异，那时我想起的，尽是些琐碎的日常，是喜马拉雅以北的西藏、四川，和号称喜马拉雅东麓的云南，甚至遥远的腹地。阳光既已照亮了喜马拉雅，那些我牵挂思念的地方，是阴是晴？是雨是风？是已被阳光照亮，还是风雨如磐？一人一生，不会时时都容光焕发；一时一地，也不会每天都有日照金山。我的亲人们朋友们，此刻都在做什么呢？是否也像我那会儿一样，对由日出开启的新的一天充满了希望？不管他们看没看到我那天看到的太阳，太阳其实都已经升起。

这颗星球，有了太阳，方有了现存的一切。太阳崇拜，中外皆然，西方有太阳神阿波罗，中国上古便有了太阳女神羲和。但很多时候，我们似已忘了这一切。按说，一个人即便只活七十岁，也有两万五千五百五十个日子，除去年幼，少说也有两万个看日出的机会，但真能看到日出的机会倒少，常常身在太阳之下，却感觉不到阳光。阴雨浓云的日子自不消说，即便头顶着太阳，我们是不是真感到了阳光的照耀？

深刻的记忆从来不会没有缘由。自那以后我总在寻思,看喜马拉雅日出时的期待与激动,到底源于何处?大千世界,变幻莫测。在尼泊尔的佛教圣地蓝毗尼中华寺和鹿野苑,我曾欣闻一大喏如闻天籁:每遇困境挫折,内心难以平静时,且告诉自己今生就是最后一生,我或将永远告别这个娑婆世界,但请保持正念觉知,喜马拉雅依然横亘天际,太阳会照常升起。而日前一位友人则吟叹道:"走山,看云,观日,赏月,风敲叶响,云动鸟惊,这种让心灵愉悦的状态,滋润着心灵,让我们感受着生活的不厌,不腻,不绝。"想来,日出带给我们的,不惟那点视觉的美与愉悦,真该珍惜的,倒是宇宙的神奇精彩与运行不殆,是阴雨后总会重新穿透云层的明艳阳光。人心也是个小宇宙。生命倏忽,人生艰辛,每天都看日出固不可能,却可让希望像太阳一样每天从心中升起。那就多花些时间,去凝望内心的希望,让它每天都像一轮婴儿般鲜红也婴儿般可爱的太阳那样,升起。

金沙江行吟

我，是金沙江河谷的一个愚笨而又不倦的读者

金沙江河谷是一本那样的书，完全敞开，却不乏遮蔽；字句晓畅，又深奥莫测，就像古代哲人长长的手卷，漩涡是它的秘语，巉崖是它的符咒，江湾是它的起承转合，激流便是它的底气内蕴；它解说着一部刀剑铿锵、血肉横飞的战史，记载着亿万年前一场被叫作"河流袭夺"的伟大战争。

大自然的征伐杀戮也如人世，惨烈悲壮，胜者为王败者寇。而古代哲人对那本战史的解说，其逐段逐句的明白晓畅与通篇行文的山重水复、诡谲多变，却常常让我苦苦思索，无以索解；查遍整个手卷，竟查不出谁是那场"战争"的真正赢家。

无数次，我走进那本书里，读啊读，读啊读——在烈日中，在月光下——用眼，用心，也用我的全部智慧……

却总也没法悟透。

平原上是只有河滩没有河谷的——如果我们不把那一片干涸、宽阔的河滩叫作河谷的话。比如中原的黄河，那伸展万里的河水，铺展出了绵延千里的平畴，但我没法说那是河谷。河谷从来都是围追堵截的山岭与冲激奔突的河水反复较量留下的一个古战场。那样的战场随着河水的前行而延伸。真正的河谷，通常都是一个深凹的、瘦长的，横向由山峰阻拦而纵向随河流长短延伸的细长空间。除非从飞机上往下看，否则，站在金沙江边，一眼能看到的河谷就永远只是短短的一段，犹如一截刚蒸熟的香肠，通体透亮热气腾腾。它展现在我们眼前时永远都是局部的、片段的，甚至是破碎的——两端被火红的山峦阻断，或被干热河谷里常见的那层蓝色水雾深深地掩藏，若隐若现。一道又一道山梁深插谷中，在肉眼所及的尽头组成一个又一个倒置的"人"字，它们由大到小由浓至淡渐至于无。江水也就在淡淡的、倒置的"人"字里神秘地消隐。它让我想起天空中由迁徙的鸟儿用身体写成的"人"字，雁过无痕，在空荡荡的空中，它转瞬即逝。河谷里由夹岸的山峰写成的"人"字却难以涂改，它几乎自古就写在那里，还将永远写在那里。

——两个"人"字，一个在空中，一个在地上，一个倒置，一个平铺，一个飘逸潇洒，一个沉实厚重，都写得漂亮。作为"人"字的变形，它们都非由人所写，这不免让我稍稍有点悲哀——真正的"人"字，那个充满了人类灵魂气息、有着鲜活的人的生命意味的"人"字，无疑该是由人类自己来写的，却不知道人类自己是不是能写得好？

金沙江河谷常常空空如也，总让我想起那首名叫《一无所有》的中国式摇滚。河谷里的那首摇滚已经唱了亿万年，或许还要唱上亿万年。除了河水、空气和云朵在自由地行走，河谷里最常见的浪漫听众唯有兀鹰，凶猛的兀鹰很少在河谷上空悠闲地游荡，它们常常停在河谷上空一动不动，就像摇滚乐中的一个全分休止符；倏忽间休止符便一个俯冲，以雷霆万钧之势向地面坠落，转眼便逮住了一只正仓皇逃命的野兔。那只野兔呈褐色，跟河谷的颜色几乎完全一样。能目睹那个血淋淋的场景是一种奇遇，它惊心动魄转瞬即逝，却又矫健刺激永存心间，仿佛是那首名叫《河谷》的摇滚乐的精彩伴舞。在那个无声乐段的末尾，兀鹰再次凌空而起，飞向它悄悄营建的某个神秘的居所——某堵绝壁上连野物都无法抵达的岩洞，某棵凌风大树上与日月为伍的鸟巢，与河谷里偶然可见的山里人的小屋相比，兀鹰的巢似乎更精致也更让人叹为观止。然后，它一边慢慢咀嚼那首摇滚乐的内涵，一边准备享用它将要烹制的那顿美餐。那时，兀鹰想必会在心里讪笑那只野兔，以及一切过分美丽过分精制也过分娇弱的生命，那样的生命不属于金沙江和金沙江河谷。它们与金沙江的苍茫、粗粝和蛮荒格格不入。那样的生命不慎进入河谷，唯一的结局就是死亡，充其量也只能当一回匆匆过客。至于人，那些贸然闯入河谷的赵钱孙李周吴郑王，那些男男女女老老少少，常常以为他们才是河谷的主人，其实他们除了拉下几泡屎尿，留下一些转眼就被风吹散的喧哗和歌唱，甚至无法让他们的足迹有稍微长久一些的保留。

有时，河谷里的胜者看上去仿佛是岸边的那些树，我说的当然是攀枝花树。至于那些从古至今被人类歌唱描画的松柏之类，在那里似乎没有立足之地。唯有攀枝花树。它高大笔直冲天而起的树干，简捷到即便是高明的画家也难以用几笔就能勾勒的枝杈，它深褐的、既粗糙又难看的树皮，总让我想起金沙江边那些饱经风霜身躯佝偻一脸皱纹的淘金者。他们用最简单的器皿在金沙江河谷里编织着最灿烂的黄金梦，一旦进入那个梦就很难醒来，直至老死。与他们相比，与淘金者永远也开不出花结不出果来的梦相比，在金沙江河谷贫瘠的河滩和几乎没有任何表层泥土的山坡上，攀枝花树能长得那么高大简直是个奇迹，它竟然会开出那样恣狂无忌的花。高原的十二月滴雨不下，没等攀枝花树光秃秃的枝干上长出一片叶子，却转眼就开满了花——没有任何预兆也没有任何过渡，说开就开，就像一支支倏然点着的火把。它从不让人对它有所期待。那些花红得刺眼大得惊人，第一次看见它时我简直怀疑它的真实性，我以为它是假的，事实上它比真实还要真实。形容攀枝花的开放用不着含苞欲放和蓓蕾初绽这类美妙的字眼，但要描述满谷满树的攀枝花造成的既热烈又苍凉的气氛，却让我找不到词语。有时我想，如果攀枝花是个人，它一定是个性情乖戾独往独来的家伙。我从内心里不太喜欢攀枝花树，除了做枕头时会突然想到它果实里那灰白松软的绒毛，平时我很少想起它，而一个人一辈子并不需要做几次枕头。但我又不能不敬佩攀枝花树。只要想到金沙江河谷，我就没法不想到它。它属于那种并不怎么讨人喜欢，却又让人不能不想起它来甚至无法摆脱的那类角色。那样的角色还真不少，没有它们，世界或许会失去许多精彩，变得单调沉闷索然无味。我得承认，攀枝花开在冬天的金沙江河谷还真与那条河谷非常般配，换了任何别的花，比如春兰秋菊牡丹芍药之类，金沙江河谷势必会显得不伦不类贻笑大方，就像一个面目粗硬手脚皲裂却披着锦袍绸缎的农妇。

有一天我突然想到，河谷里真正的胜者或许是时间而不是攀枝花树或别的什么，尽管时间既看不见也摸不着。当我在那段河谷里漫游时，我充分而又深切地感受到了时间那种无声无响又叫人心惊肉跳的流逝。河谷里的时间总是过得飞快，一个上午一个白天甚至一个星期几乎转瞬即逝，同样的时间在城里，竟然那样地难挨，犹如北方漫长的冬季。我想那或许是山崖不动河水似流非流的缘故，其实河水永远都在流。在有些地段，金沙江以某种吓人的速度奔腾咆哮，白浪如雪涛声如雷。更多的时候它却无声无息，显得安详平和与世无争。

那无边的慈祥和巨大的悲悯让人油然想起千载修炼已成正果的法师长老。然而，我在每分每秒钟里看到的河水都不是最初的河水。当我盯着某个地方深情凝望时，河水早就流到了很远很远的地方。时间也一样，它不动声色地切割着山崖创建着河道。与其说河谷是河水冲刷出来的，不如说河谷是时间冲刷出来的。

金沙江河谷总是静悄悄的。死一般的寂静让人觉得在这个狭长的空间里什么都没有也什么都不会发生。关于这一点，只要看看河谷两边的山峰就会明白。那些风化得非常厉害的山，至少在我徒步走过的那一段，情形就是如此：岩石裸露，岩裂纵横，简直是千疮百孔；岸边光滑的岩壁上留有洪水肆虐的恐怖印记，在更上方的悬棺，却记录着人类的脚步所能达到的高度。那就是河谷，就是河水造成的河谷的奇观。

古地理学家声称，白垩纪时的长江与金沙江原是被川滇古陆山岭隔开的两条河流，它们互不相隔，长江向东，古金沙江向西，四川盆地和长江下游也远远没有沟通。直到白垩纪末期，青藏高原在喜马拉雅山运动中强烈隆起，四川盆地渐渐抬高，河流下切，长江的溯源侵蚀力陡然增强，它切穿山岭，袭夺了四川盆地的无数水流，形成了长江三峡大峡谷带，后继河流向源头发展，破坏了川滇古陆山脉间两条古代河流的分水岭，才让两河贯通。那就是距今六千七百万年至一亿三千七百万年间发生的一场"河流袭夺"，它无异于一场战争。河水终于胜利，而任何胜利都要付出代价。河水在袭夺了广大的山野间无数的河流，开创了崭新的河道之后，也把自己的每滴河水每道浪花甚至每缕水雾都死死地限定在河谷里。如此说来，胜利的似乎又是河谷。世上永远没有单方面的、完全一边倒的胜利。河谷决定着河水的流向，反过来河谷又受到河水日复一日年复一年的冲刷和侵蚀。终有一天，哪怕是在千百万年之后，旧的河谷将被河水冲决抛弃，河水改道，新的河谷便再次形成。如此反复，河谷与河水就在这种你来我往的游戏中彼消此长，不断地转换着角色。然而，河水永远是河水，河谷也永远都是河谷。

金沙江尽管没有穿过楚雄市，楚雄却一直习惯于把金沙江作为自己的象征

金沙江从青藏高原一路奔来，一路从遥远的雪山奔来，沿川、藏边境蜿蜒南下，穿越美丽的迪庆香格里拉，入滇，至丽江石鼓急转北流，在虎跳峡激起

令人惊异的浪花与想象后,再度南下,终于进入川、滇之交那片裸露的山地。八十年代中期,我开始了在那段金沙江边的游历,在那段地跨四川攀枝花市与云南永仁、元谋两县的狭长河谷,我和朋友们一起,度过了许多青春、激情、充满人生梦想的日日夜夜。那用双脚徒步走过的上百公里山路,那些我至今难以忘怀的日子,那些被风沙掩埋被江水溅湿,在闷热中蒸腾着的时光,至今仍被我作为珍贵的一页,小心翼翼地藏在我人生经历之中,成为我此生的一笔财富。心灰意冷之时,我会翻开它,温习它,重读那些我至今也没能完全读懂的章节。回想起来,我正是从那里开始认识金沙江,并从那里沿金沙江溯流而上,走向丽江,走向迪庆的。那是一段与我后来在丽江、迪庆看到的金沙江大不一样的江流。如果云南境内的金沙江是一部恢宏博大的交响乐,如果上游是节奏紧密急促、意韵铿锵的快板,音符飞溅,激情飞扬,这里便进入了沉郁、抒情的慢板,主题得以进一步的丰富、扩展与深化,我相信,在那里,金沙江水的本性得到了更鲜明的流露。同是金沙江,那段河谷两边,没有了梅里雪山、白茫雪山、哈巴雪山、玉龙雪山那样壮丽的雪山的护卫,也没有了一眼望不到边的原始森林的覆盖,甚至连给它增添了无尽神秘的高原云雾也杳无踪影,它赤身露体,毫无遮挡,是什么样就是什么样。由于两岸没有了那些令人惊叹的景观的映衬,那段江流被耀眼地凸出出来,显得更朴实,却更纯粹、更单调,也更苍茫。水流依然是湍急的,可看上去它却是平静的,甚至是温情的——不少初来乍到者往往因此对它掉以轻心,结果在那里丢掉了性命。与上游相比,它已冲出了横断山腹地的那片陡峭崎岖,进入一段相对平缓的山地,江水落差骤然变小,它已不再只是一味地奔流、奔流,偶尔它会突然在某片沙滩停下脚步,在某段回流翘首回望,稍事喘息,作些调整,甚至陷入某种神秘的沉思——一路奔突,实在是跑得太快了,许多事来不及细想深究,那时,唯前行是第一位的。经过那段奔行,它无意中裹挟的,或是打着各种旗号混进来的乌七八糟的东西,实在太多太多,泥沙、巨大的卵石、腐烂的树木草丛、沿江的垃圾污秽,甚至动物或人被泡肿泡胀泡得完全变形的尸体……一切皆假它之名耀武扬威,横行于世,招摇撞骗——世上,有一个英雄诞生,必有十个假英雄假它之名横行。金沙江于是稍稍放慢了脚步,以便抖落那些借它的冲激之势被裹挟下来的东西,轻装前行,开始一次新的远征——这次远行的尽头是大海,那里有它渴盼的朝阳夜月,狂风巨浪;它且行且歌,时而奔突跌宕,时而沉静如练,那种跃动与沉静、喧嚣与无声的交错与映衬,把那段江流显得更加多彩多姿,繁复斑斓。即便江水的颜色，也发生了改变——在上游，它的颜色是纯净的，要么因森林的覆盖变得苍绿，要么因雪山的映衬显得森黑，到了元谋，它变成不确定的了，混杂，捉摸不透，要么是土红，要么是一种让人说不清楚的青灰。海拔骤然降低。在上游，雪域高原赋予它的那种硬派小生般的冷峻，那种刀光剑影般的凛冽，暂时被收敛被掩藏起来，在那段窒闷得让人喘不过气来的干热河谷，尽管它显得大汗淋漓，呼吸急促，却多多少少显出了一点柔情，一点人间气。站在河谷里上下一望，江水依然前不见头后不见尾，四周，土红色的山峦一座连着一座，山上虽无大树林莽，却终年水雾蒸腾，那种弥漫于整个河谷中的蓝色氤氲，让金沙江河谷显出一派伟大的、奇特的、非人间的苍凉。

——那就是属于楚雄的那段金沙江。金沙江尽管没有穿过楚雄市，但楚雄一直习惯于把金沙江作为自己的象征，而那段金沙江盘曲的江流、复杂多变的水势，也正是楚雄那片山地的形象写照。事实上，穿越楚雄市境东北部的龙川江，正是金沙江的一级支流。至于楚雄境内最终汇入金沙江的小支流，就多得不计其数了。那些一脚就可以跳过去的小河沟，那些看上去随时都像要断流的季节河，是那么不起眼，但毫无疑问，它们依然属于金沙江水系，楚雄的文明因而也是金沙江浇灌出来的。就像一个人，即便远离祖居地千里万里，皮肤、相貌都发生了巨大变异，但身体里流淌着的，将永远是一腔祖上的血：豪放，雄阔，一往无前，所向披靡。

想到那里，我才明白
我和一位布衣智者的相约原是终身有效的

衣莫若新，人莫若故。我与锦堂相约去金沙江边行游，还是十多年前的事。那天他突然对我说，哪天，我们一起去江边走走！

我想，那当然就是一个约定了。

相约着是美丽的。

人的一生，几乎都在与人相约：幼时相约于父母，长大了便相约于兄弟，中年相约于知己，老来便相约于儿女。相约有长有短有虚有实，也有真有假有明有暗。就像侠士相约于江湖不如说是相约于气节，书生相约于诗文不如说是相约于清雅，悄然的地老天荒之约说穿了无非公然的私会情欲，政客的歃血会盟之约其实倒只在乎权柄；如果勋章是将军的相约，赃物是窃贼的相约，那么股市行情则是巨商大贾的相约，主子的脸色就是势利小人的相约了……相约有时是幸运是责任是生生死死，有时却也是阴谋是苟合是作奸犯科。锦堂是我的"布衣"朋友，他的相约当然也是布衣之约，不像时下的阔佬动辄发出的时髦邀约——或一帧大红烫金的请柬"恭请光临"，或一个"摩托罗拉"打来的电话"不见不散"，无非酒楼喝酒茶室品茶度假村度假之类，热闹一番而后作鸟兽散。锦堂乃性情中人，常常一诺千金，既没有轿车接送，事后也无要事相求，无非因了相投相知，便推辞不得。于是那又是性情之约。

问锦堂去哪条江边，答说当然是金沙江边。我便大喜：吾有此愿久矣。世人多知云南多山，不知云南也多江。那时，锦堂就在滇、川交界一带成昆铁路靠金沙江的一个小站做事。记得早年坐车路过，见山里有两条线逶迤而行，一条线在谷底，是金沙江，一条线在山腰，是铁路。我曾去过怒江、红河，去过瑞丽江、大盈江，一直没去过金沙江。可那段金沙江我总觉得眼熟，或许我前世去过，会在那里找到我的"三生石"。细想才明白，我是在长江边长大的。七八岁时开始到长江边嬉戏，一脉大江一片河滩，便是我的乐园。少年时，一根扁担两只木桶，趁着夕阳赤脚如飞地将江水挑回家中，入夜的水缸里犹有落霞满天的深红。母亲对常常弄得一身灰土的我说，你看你那样子，非跳到大河里才洗得干净！大河就是长江。黑手脏脚洗不脏一河长江水，而即便是夏日泥沙滚滚的江水，也能把我洗得干干净净。我就是在长江里这么"洗"出来的。稍长，听说生命的大半都是水，聪明的祖先便择水而居。又闻世上都市差不多都依江而建，即便穷乡僻壤的村寨人家，也离不开一道河湾、一片湖水甚至一孔泉眼。那么，我生于长江长于长江，便是幸运了。朦朦胧胧地想过，一个没有江河横穿而过的城市，大概是枯燥乏味的，一片没有流水如歌的风景，大概是没有韵味的，而一个没有水一般奔流的勇气、水一般连绵的韧性，也没有如水柔情的人，大约也是一个枯燥乏味的人吧。

锦堂说起金沙江，脸上会泛出一种光彩。如果一条江只能适于一个人，世上的大江大河则多属名人。多瑙河属于斯特劳斯和他的圆舞曲。某条无名江河属于孔子和他"逝者如斯夫"的咏叹，长江和湘、资、沅、澧属于被流放的屈原和《涉江》，浔阳江当然就属于青州司马白居易和他的《琵琶行》了，可金沙江未必就不属于"布衣"锦堂。他在江边一住二十多年，从胡子拉碴的小伙子变成想成家讨媳妇的男人，后来又变成俱乐部主任。而发出那声邀约时，他的身份只是一个普普通通的养路工。岁月如流，世事沧桑，锦堂还是锦堂。他会拉小提琴，会拉手风琴，会唱歌，还有一把木吉他，即便静悬墙角也兀自叮咚作响。但他最喜欢的还是写诗。看上去他绝不像个诗人，我是说不像那些特意把自己弄得很诗人的诗人，比如头发长衣服大裤脚宽说话阴阳怪气之类，但锦堂绝对是个诗人。有段时间我常常读到锦堂的诗。他写《梁祝》——

> 一首词被岁月拆散
> 一出戏唱了天空又演土地
> 小生旦角都老了
> 也未有最后的结局
>
> 那边十里长亭还在
> 在一张茶馆里乘凉
> 梁祝却早已化作双蝶往流霞里飞去
> 留下几句生与死的旋律
> 许多人就这样信了

　　我也就这样信了。我说那好吧一言为定，但我有个条件：尽量走路，不坐车或少坐车。锦堂满口答应我没问题，就看你怎么样了。问他什么时候去，他说时间由你定，来之前给我打个电话就行。

　　事情就这么定了：到江边去，到锦堂的金沙江边去。那以后我常和锦堂一起去金沙江边。我们没有任何目的，没有深重的历史感，当然也就没有什么负担。不必像孔夫子那样出口必是名言，也不必像屈原那样满怀忧愤地问天问地。在自古就是"流放之地"的云南，我们的行吟却不是流放。实在要说也是自愿流放——将我们被红尘包裹的心被欲望封堵的灵魂，流放于洪荒大野流放于自然纯真流放于大江大河。我们只是看山看水，和那里的人聊聊天，走走玩玩看看。我们没感到任重道远。当然也不是没有一点野心——想到那是金沙江上一处与名人无缘的河段，我们或许将能填补某种空白。如此，我和锦堂的相约便又是江河之约。

　　十多年后的今天，锦堂再次邀我去江边走走，我才明白十年前那个布衣之约还没解除。我还没找到我的三生石。我说倒是真想再去走走——现在江边怎么样了？锦堂说你去了就知道了。说那话时他的眼睛睁得大大的。他一说话眼睛就睁得大大的。对着那双大眼睛我从来不敢说谎，也不敢敷衍。锦堂说起"江边"时，样子总是很神秘。那种神秘只有天知地知他知我知，我们对此总是心照不宣。可我知道他说的江边跟我说的江边并不完全一样。他说的是一个确切的地点，专指金沙江边的一个小镇，我的"江边"要大得多，是沿成昆铁路靠金沙江那一段，中间有好多个小站，好多个村子。

什么时候你能去了，打个电话来，锦堂说。那声音恍惚从十年前传来，让我如在梦中。我以为真是梦中，后来锦堂说不是，他真的约过我，我也答应了他。我说我真想去，可一时半会儿还真去不了。等你有空能去了，就打个电话来，他又说，我会到车站接你。现在我管了一个舞厅，装修过的，我会叫好多姑娘来一起跳舞。你现在会跳舞了吧？他又神秘地笑笑。那是我和他之间的另一个秘密。我说好吧。

醒来我一下子想起了好多人好多事，淋淋漓漓，都是我几次去江边时碰到、看到、听到过的。当时不大以为然，现在忽然都想了起来——也用不着翻箱倒柜，稍一扒拉，就都栩栩如生地跳到了我面前。记忆这东西挺怪。我还想到，十多年了，江边的人和江边的事，好像从来都没有——至少也很少——进入锦堂的诗行，也就是说，一个常在江边行吟的诗人，竟很少为他身边那条大江写诗。他对长长的一条金沙江一直保持着沉默，对去了一趟金沙江回来能写几大本诗的人来说，那有些不可思议。锦堂为什么没写我不知道。智者总是沉默，沉默也是诗。锦堂虽是"布衣"，却也是个智者。

想到那里，我才明白我和一位布衣智者的相约原是终身有效的，那便又是终身之约了。

在镇子上瞎逛了半天，肚子饿了，眼睛也饿了

出了红江车站往北去，在山脚和田野里走上一个钟头，就到了金沙江边的龙潭镇，当地人叫它江边，那像是龙潭镇的绰号，就像人有绰号一样。那次我们一起去的有好几个人，临近中午前到那里，远远就见一片土坯墙的房子，东倒西歪，破旧不堪，犹如庞贝废墟或是吐鲁番附近的高昌故城遗址。正是旱季无疑，天干地燥，土地龟裂，小镇蓬头垢面，风卷尘土漫天飞扬让人睁不开眼。锦堂领我们在镇里转了一圈，没什么好玩的，我们大骂上了锦堂的当——这家伙太寂寞了就把我们从省城叫来陪他打发时光，有人说。锦堂并不分辩，憨憨

地笑笑，说我们到金沙江边去吧。我们就跟他到江边去。

从镇到江边要下一个很陡的坡，坡上尽是卵石和沙子，溜滑，一不小心就会滚到金沙江里去喂鱼。我们在江边站了一会儿，看江看船看船的撑船人，看江水蜿蜒东流，看远山如黛如烟，锦堂问，壮观吗？我们都不作声。事实上，那一带江边颇有些荒芜。阔大的荒芜无疑也是美，城里人习惯于精心侍弄的小花小草，习惯于小鼻子小眼小声小气的白皮嫩肉，对可靠与壮美似乎已失去感觉，眼光变得非常功利。我想的是，江边人守着一条大江，为什么要受干旱之苦？不知道。世上许多事都是一个悖论。

太阳越来越毒，晒得我们头晕眼花。回来时，小镇街檐下的狗，懒模懒样地躺在阴凉里躲晌午，又红又长的舌头像一道道火焰。我们饿了，到处找地方吃。找来找去，找到一家叫"为民"的小饭馆。我们兜里的钱不多，看到"为民"的招牌，立即有了信任感。

小饭馆其实并不太小，只是当街的灶台冷火秋烟，看得出生意不是太好——除了十天半月一次"赶街"，小镇平时都没什么人。店堂里三四张白木桌子，刀劈斧凿之痕犹在。苍蝇不少，食客却没一个。"热闹馆子冷清茶"，这样的饭馆按经验万万不能进去。我们却高兴得很，因为只有我们几个人，可以随便坐随便聊，没人干涉——多好！

——许久之后我才明白，那不是真正的理由，其实我们是看见了那个年轻的老板娘。要命的是她不仅年轻，还有点漂亮。美需要背景，大师笔下肌如凝脂的美人，背景往往是一片森黑或墨蓝。老板娘的漂亮只在那样的地方才被凸现出来，放在某个城市里，或许就没人要看了。我们在镇子上瞎逛了半天，见到都是些歪三斜垮的人、歪三斜垮的房子，肚子饿了，眼睛也饿了。要不，我们有什么理由走进那样一家小饭馆呢？

老板娘早就迎了出来。看样子她二十多岁，穿一套半旧天蓝色棉毛运动衫，男式领口半敞，裤管一直挽到膝下，露出两条白而结实的腿。不施胭脂粉黛，也不搞"微笑服务"，却"粗头乱发，不掩国色"，只淡淡地问我们是不是想要吃饭，口语也不像当地人。我们的眼睛转得骨碌有声，问她有什么好吃的。她说了些什么，我已记不清了，大约是说还有点肉和菜吧，那等于没说。其实她说什么都无关紧要，哪怕她说只有几棵白菜，我们也不会另寻他处。我们似乎就是冲着她才进去的。饭吃得正香，屋子里响起了娃娃的哭声。原来她都有娃娃了？不知为什么，那让我们很惊讶，很不情愿，却又无法回避那个事实。她把娃娃从里屋抱出来，隔着一张桌子，撩衣襟就给娃娃喂奶。我们的人瞅准机会，抓紧时间跟她说话。她很大方，很坦然，一边喂奶，一边跟我们闲聊。都是些不着边际的闲聊和瞎扯，只求跟她说话，不在乎她到底说些什么。我们问她生意好不好，是哪里人。原来她真不是当地人，家在离江边很远的一个县城，那里盛产白花花的大米。问她这里的日子好不好过，她说不好过。她毫无忌讳，口无遮拦，问什么她就说什么。有时我们没问她她也会自己讲起来，比如她跟她男人怎么相识怎么恋爱怎么结婚之类。看来她有点寂寞，寂寞总让人有倾吐的欲望。只有一句话我们一直没问，那就是她的男人是谁。我们似乎不想面对那个事实。那种心理有点古怪，有点不正经，有点坏，甚至有点"那个"，可那正好是我们那时的心境。明明她抱着孩子，明明她讲了她和她男人如何相识恋爱如何结婚之类的话，我们还是没把她当作已婚女人，潜意识里压根儿就不相信、不承认她有了男人，即使有也最好不要那时回来，回来了也别让我们看见。我们采取的是不承认主义。在我们眼里，她根本就不属于那个地方。

就在那时，一个粗壮汉子挑着一担空箩筐进来了。以为又是一个过路食客，一看老板娘那神情，就知道必是她男人无疑——她回过头来，眼睛一亮，连忙站起来，敞开的衣襟不及扣好，就迎了上去，连脚后跟儿都显着兴奋。那男人却冷冷地盯她一眼，有些恼怒地把担子哗啦一声摔在地上，扭头就进了里屋，砸在地上的扁担啪地跳了起来，差点儿打在我额头上。一会儿那男人又走了出来，像是被惹急了的狮子，在屋里转来转去，目光凶险脸色阴沉。他不时朝我们盯上一眼，然后就故意找岔子，大声粗气地训斥她，声若京戏里的花脸黑头。老板娘也不说什么，轻言细语地答着话，像是什么也没发生。直到最后我们才明白，那汉子是冲着我们来的。我们怎么啦？既没少给钱也没打破碗，不过没事找事地跟老板娘聊了聊天。再说，老板娘也乐意跟我们聊。可我们没法儿跟那头狮子作任何解释。如果知趣些我们就该结账走人，可我们就是不想动，相互努嘴咂舌挤眉弄眼，都一个意思：就不走，看这小子能把我们怎么样！当然，到最后也没怎么样。真要打架，我们显然都不是那汉子的对手。

后来，我又去过一次江边，也去了为民饭馆，老板娘还在，却没见过那个怒气冲冲的汉子。奇怪的是，老板娘竟还记得我。再后来，我就很久没去过江边了。锦堂偶尔来我家玩，说他们又去过老板娘那里了。说起老板娘，我们就互相神秘地笑笑。锦堂暧昧地说，老板娘有一次还问，那个高个子怎么没来了？我说我不相信，这话肯定是你编出来的！锦堂说，是真的，不信你去看看就晓得了。我虽然不信，心里却有点高兴：老板娘还真记得我？后来我写过一篇小说，主人公就是一个开饭馆的，年轻的，穿一件蓝色运动衫，后来又撩起衣襟给娃娃喂奶的老板娘。真正的老板娘当然不会读到，读到了她也不知道那是写的她。为此我偶然想起来会有点儿悲哀。我们都是俗人。即使不俗，也未必能目不斜视。记得读书读到日本小说家武者小路实笃写的一则故事，一个行人为了避世而入山苦修成道，一天云游经过某地，见一浣纱女足胫甚白，便为之目眩神驰，凡念顿生，飘忽间便跌下了云头。那故事简直就像是写的我们，只不过我们原先既没成仙，后来也没"跌下云头"罢了。

在那里看电影，看的其实不是电影而是"看电影"

金沙江边有两个大湾子，大湾子村和大湾子车站。站在车站站台上，可以看见金沙江，看见江对面的山，通红通红的，像大火烧过。金沙江在那里拐了个大弯，甩下一片沙滩；也能看见大湾子村——就在靠东边长着很少树的地方，有一大片黑乎乎的屋脊。

大湾子车站的人对大湾子村熟悉得要命。他们是邻居，邻居就要常常走动。听说铁路上有个工人就讨了村子里的姑娘做老婆。一亲带遍故，那个工人于是跟全村人都成了亲戚，他们都找他搭便车捎东西，俨然是大湾子村的驻站代表。他们是看电影时认识的。半山上的大湾子车站和金沙江边的大湾子村，都常常放电影，那就是那两个叫"大湾子"的地方的人交流感情的好时候。我头回去大湾子车站，正好赶上大湾子村放电影。吃晚饭时就有人来通风报信了，大声喊着"好消息，今天晚上……"。当然是露天电影。那时在城里，我也很少看电影，许多精彩的电影我都没去看，但那天一听说大湾子村有电影，我就很激动。我至今也想不通，我为什么会很激动。

电影在一所小学校的操场上放，操场四面都是一人多高的土坯墙。我们去晚了一点，场子里已挤满了人。大湾子村大概不会有那么多人，估计邻近村子里的人都来了。好容易找到一个人少一点的地方，我们就津津有味地看起电影来。是老片子，片名记不得了，看了一阵我觉得有点不对劲，银幕上的人怎么全都左撇子呢，吃饭、抱女人、打枪、纳鞋底……全都用左手。原来我们跑到银幕后面去了，还自以为得计。那样看，电影上的事，整个世界就都反过来了。反过来的世界是个非常幽默非常滑稽的世界。

很久以后，我听说有一首叫《露天电影院》的歌很流行，中央电视台播过好多次。我一边听，一边后悔怎么就没想起这个争议，生生让那些比我年轻好多的人白捡了一个便宜。不过也没关系，我看的露天电影《露天电影院》里是绝没有的。

大湾子村露天电影院人多，狗更多。不知道那里的狗为什么会那么多，好像全世界的狗都到大湾子聚会来了。银幕两边，靠前面的人觉得看电影太近的地方，一片片躺的都是狗。狗当然不看电影，电影里的事情再伟大再辉煌再缠绵，都与它们无关。开头，狗们还立在那里，眼睛瞪着那块充作银幕的巨大的白布，看着看着就没兴趣了。这一点在场的人和狗心情完全相通。在那里看电影，看的其实不是电影而是"看电影"。从这个意义上说，在场的每个人都是导演，都可以把别的人或是狗看成是电影里的人或是狗，也都是演员，可以成为别的导演拍的电影里的角色。这就比看那种看了好多遍的电影要精彩得多。

所以，我那天看的电影其实不是那部老掉牙的、银幕上不断像下着倾盆大雨一样出现擦痕的片子，而是那些狗。那些狗成了我正在看的那部电影的主角、配角和群众演员。那部"狗电影"的剧情可以简介如下：狗们正在一个露天电影场上聚会。白狗、黑狗、花狗，老狗、大狗、小狗，盛况空前。后来电影开始了，狗们开始看白布上那部人演的电影，它们奇怪那上面怎么没有它们的主人。一只老狗用狂吠宣示了它的抗议。几对狗情侣却漠然置之，正趁着黑夜调情，就像我们在真正的电影院里常常看到的那样。大多数狗觉得事情很无聊，连评论也没有必要。它们开始躺下睡觉，四肢撒开身子着地呼呼大睡，有时又从梦中突然醒来，像名人那样地干咳几声。为了地盘大些睡得舒坦些，狗们不时发生一点小小的争吵。一些狗在场子里疯狂地追逐奔跑撕咬，一些狗乐得看热闹也使劲儿狂吠。在这一点上"狗事"和人事没有两样。无心恋战的狗便起身在场子里走来走去，步态有如风度翩翩的绅士，满肚子的烦闷和焦躁，又满脸的深沉。隔了一会儿，一对狗情侣竟在众目睽睽之下毫无顾忌地做起爱来。那只爱发议论的老狗冲过来声嘶力竭地吠了几声，台词估计是"狗心不古"或"世风日下"之类。这就惹恼了一批爱情至上主义者，它们群起而攻之，围着老狗狂吠不已。老狗寡不敌众，仓皇冲出重围，落荒而逃。狗们各自回家。但通向四面八方的山路上，直到深夜也还有零星的狗吠……

多少年后想起那顿晚饭时，回味中除了米饭和鱼汤的鲜美，还有些别的什么东西

我们在金沙江边逛了一天回到江边时已是傍晚。河谷燠热的白天已经过去，太阳斜挂在对岸山脊上，红得像正月十五的红灯笼，像沾酒就会脸红的女人的脸。从江对岸抛过来一道金闪闪的光带，沿着它似乎可以走进另一个世界。但即使天堂就在眼前我们也再走不动了。我们几乎已整整一天都没吃饭，饿得要死。锦堂突然变得非常可恶，说龙潭镇是绝对吃不上饭了，所有的饭馆包括那个"为民饭馆"都早已关门，要吃只能回车站去吃。但要再走六七公里的路，我们准会都累得趴在路上。我们坚决反对。江边一片寂静，码头上还停着几条木船，最后的晚霞把那几条船衬得像几个薄薄的剪影，剪影尾部闪出的一点火光点燃了我们的希望。我们决定去碰碰运气。

不见船上有人。那是条小木船，顺着靠岸这边的船帮直走到船尾，才见有人蹲在那里烧火做饭。暗红的灶火由下而上照亮了那人皱巴巴的脸，看上去就像一个魔鬼，面目狰狞。那天锦堂一路都在给我讲"水大棒"的故事，那时我就想起了那些"水大棒"，他们因各种原因淹死在金沙江里，先是沉底，然后被江水泡得又白又大地浮起来，一直顺水漂流，遇到回水塘，就在那里不停地转圈儿，仿佛那就是地狱。幸好我的肚子那时还保持一点理智。我说，老人家，做饭吗？他抬起头来问，有什么事？我说没什么，看看你做饭。那话他显然不信，他翻腾了我一个白眼，一声不吭，继续做他的饭。

我们就找些话跟船老大瞎扯。他倒也还爱说话，跟我们讲金沙江，讲江边的往事，说那一带就是当年诸葛孔明南渡泸水七擒孟获之地；讲我们白天路过的一处江边陡崖下有道暗河，江水从那里流进去就不知去向，你说怪不怪！讲那里鱼多，也大，少说也有一丈多长，好几百斤。你怎么不去那里逮鱼？我们问。他说，哪个敢去？以前有人去过，结果船毁人亡，大鱼还是大鱼，鱼王还是鱼王。他说那些大鱼都是些鱼精，鱼精的头儿就是鱼王，每隔两年，从那里经过的船都会有年轻漂亮的女人莫名其妙地掉下水去。她们是给鱼王做媳妇的，他说，鱼王那个杂种也喜新厌旧——你信不信？你不信我信！他指着我们中的一个女士说，鱼王大概不喜欢你这样的城里姑娘，太瘦，要不……他讲得不动声色，我们听得毛骨悚然。为让他给我们做顿饭吃，我们必须经受那些惊吓，

要付出代价。我们小心翼翼地迂回前进。谈话越来越投机,但一提到吃饭,"魔鬼"就坚决拒绝。他说他根本就没有米,更没有菜,拿什么给我们吃?我们说我们会给钱的,他说给钱也好不给也好,没东西怎么给你们做饭?

一无所获,只好收兵回朝。沿着靠江水那边的船帮我们悻悻而行。就在那时我脚下突然被什么绊了一下,一看原来是根绳子,从船舱里牵出来,横过船帮,一直落进江水。绳子绷得很直,像是承受着什么重物。我们刚才是从另一边上的船,这才没看见那条绳子。我轻轻拉了拉,绳子下面好像有东西。再拉,竟拉起一个小尼龙网兜,兜里有七八条鱼,差不多都有一尺长,都还活着。我从没见过那些鱼,有的浑身没鳞,有的身上长满花纹,有的像全副披挂的古代武士,样子都非常古怪。这都是些好鱼,经常在那一带玩的锦堂煽动说,越是没见过的鱼越好吃。

我们小声讨论起来,各自寻找着理由,一心要吃那几条鱼。我们知道,如果明说要吃那几条鱼,船老大肯定不干,可不明说又别无他法,想来想去还是直截了当为上策。我们设想了各种可能性,准备了几套方案,不管船老大如何狡黠,今天晚上非吃那些鱼不可。

返回去,跟那个"魔鬼"谈判。"魔鬼"一听我们发现了他的鱼,就像做贼被人当场捉住,顿时哑口无言。他满脸皱纹爬动,嘴唇张张合合,却又无声。看来他农民式的狡黠毕竟有限,连我们为他设想过的那些理由也一条都没能说出来。他完全可以顺口编出一套理由把我们顶回来,但他没有。我预感我们已大获全胜。他嘟囔道:"我的米不多了,菜也只有一棵白菜……"我们说有多少就多少吧,谢谢他了,我叫他放心,我们会给钱的。他问给多少,我问他要多少。我想这回该他狮子大开口了,就像那个鱼王。他默默盘算着,末了说这些鱼都是好鱼,是鱼王的子孙,我自己都不敢吃,少了二十块钱,你就免谈。原来才区区二十块钱,我答应翻一倍给他四十。他吃了一惊:真的?我说,当然是真的。

他的灶是个铁三角,坐在一块铁板上,上面支一个黑乎乎的铁罗锅,年深月久,罗锅上积了厚厚一层锅烟。火苗如舌,舔舐着黑得发亮的锅底,仓皇而又贪婪,就像那时我们的目光。偶尔有几粒火星飞出船舱,转眼又在夜空消失得无影无踪。船老大告诉我们那些鱼都有名字,什么无鳞鱼啊,"花手帕"啊,"乌棒"啊……它们都是从鱼王那里偷偷跑出来的,他说,现在鱼王管得严,鱼越来越少,我已经很久都没打到过这些鱼了。

那天晚上，我们吃的是香喷喷的罗锅米饭、炒白菜和用金沙江水煮的金沙江里的鱼。那是我至今为止吃过的最香的一顿晚饭，味道最鲜的鱼汤。临走时我们如数给船老大钱，他只收了二十块。他说，算啦，我算是得罪鱼王了，我说清楚，我只收了米钱和菜钱，鱼是鱼王的，你们自己跟鱼王算账去。

多少年后想起那顿晚饭时，回味中除了米饭和鱼汤的鲜美外，总还有些别的什么东西，那既不是米饭也不是鱼的味道，而是有些更为悠长也更为甜美的滋味——其实那晚的鱼汤里，除了几条鱼，除了一点盐和姜丝，就没有别的东西了。

不知道鱼王什么时候来跟我们算账？

她几乎是在发抖，犹如一只刚在枝头歇落又被追赶者惊飞的小鸟。她到底害怕什么？

金沙江上游树多林密，砍下后大多数靠江水漂放，是谓"漂木"。漂木分两种，"排漂"和"散漂"。"排漂"扎成木排顺江而下，首尾不见，浩浩荡荡，放排人经年累月与江为伴，简直就是玩儿命；"散漂"则无需人力，独自一"木"无依无靠，却弄不好就会搁浅。顺金沙江而行，一路都能看到孤零零的漂木，埋在沙土中，泡在回水塘里的，没人营救就休想再转出去，成为孤魂野鬼。那些硕大的木头会引发一种欲望：一根好几方，足够一个家庭全部家具改朝换代。只可惜就是白送，我也拿不回来。

那天一路走去，远远见江边有个村子，又听见有钟声，估计有个学校吧，我们就朝那边走去。

果真有个乡村学校，校门前聚着一群孩子，都在朝我们这边张望。等我们快到了，他们竟一阵交头接耳后突然跑散，剩一两个站在那里，像是哨兵。也难怪，山里的孩子怕见生人。我们继续往前走，径直进到院子里，眼见一个孩子再次拔腿飞跑。他怕什么？难道我们是老虎？进校门再往前走，见一间屋子门口站着一个女教师，很瘦，面有惊惶之色。奇怪，她也害怕？阵阵浓烟从屋门上方飘出来，我立即想到了火灾，大叫：里面是什么烧起来了？她说没什么，她在做饭。她结结巴巴气喘吁吁，简直说不出话来。我们说：能进去坐坐吗？她摇摇头，伸开双手拦住我们。我们感到很奇怪，她是怕我们在她那里吃饭吗？我说我们吃过饭了，只想跟你聊聊天，她说："哦……不……屋里太乱了，也没地方坐。"她坚持不让进。我们当中一个女士上前公关，七说八说，她才让我们进去了。

的确很乱。除了一张木板床，也的确没地方坐。床头有个用旧木箱搭成的小桌子，上面有半截点过的红洋蜡、几节粉笔、几本书和厚厚一摞学生的练习本。即便如此，她也不至于害怕到那种地步——她几乎是在发抖，犹如一只刚在枝头歇落又被追赶者惊飞的小鸟。她到底害怕什么？我们不得而知。她让一直围在门口的学生找来几个草墩，我们终于能坐下跟她说话了。直到听说我们是从省城去那里玩的，不过是路过这里随便看看，她才惊魂稍定。看来，先前她是把我们当作手握某种生杀大权的人了。随后她又以为我们是视察民情的"工作队"，起劲地向我们诉苦，似乎每个住在省城的人都随时能跟省长见面，省长也会对我们言听计从。她恳求我们设法把她调到她丈夫那里去，说着竟哭了起来。原来她不是本地人，丈夫在离她几十公里的一个中心教书。结婚几天后，她独自来到这所乡村小学，两个星期才能回一次家。她丈夫曾经表示愿意到这里教小学，为的是跟她在一起，她没答应，怕影响了他的前程——他是正经的师范生，她不过是个初中生，让他为她丢掉中心的教职，那太可惜。

预想的闲聊已无法继续下去。同情有时正好与无能同义。我想，我们能帮她什么忙呢？我只好顾左右而言他。艰难可以让她落泪，不该让她发抖。我还是不明白她到底害怕什么，小屋是卧室兼厨房，贴墙根儿横着一根漂木，表皮泥沙俱在，地上犹有潮痕。木头已被劈开，茬口纹理分明，破开的小块木头正是她用来烧火做饭的柴火。炉子小柴火湿，屋子里烟雾腾腾，灶火时燃时灭；我的眼泪都要出来了，当然，那是柴烟熏的。

我一直在想她为什么那么害怕。门外小操场有的是地方，她该把柴火拿到院子里晒晒，做起饭便会轻松一些。我想。她见我们盯着那根漂木看，身子又抖了起来，说那是学生家长见她没柴火烧火做饭，帮她弄来的，她说她知道……可是……这么说，她的恐惧来自那根"漂木"？一个活人，干吗要害怕一根死木头？

直到离开那里很久后我才听说，江边真有人偷偷把那些漂木弄回去，盖房子做家具甚至卖钱；问题是江边也有林业部门的稽查队，"偷"漂木者一旦被抓，罚款会罚到让人心惊肉跳哭天喊地。看来，那个女教师是把我们当作稽查队了。真正的稽查队抓到她会怎么办？不知道。但她无疑时时都在被那个前景折磨着，一直生活在某种恐惧之中。

人最怕的是人。

为到那片沙滩，小船在金沙江上走了一条 S 形的路

那条小船是突然闯进我的视线的。

夕阳艳艳，晚照如火。江雾氤氲，暮色四合。在金沙江边溜达了整整一个下午之后，我正在江边那道陡坡上疲惫地往上爬。我突然有些迷蒙。金沙江在我身后流淌，看不见，也听不到水声，但我能清楚地感到它就在我的身后。在云南高原，它是那片山野至高无上的君王。通常它是狂暴的，凶险的，但在那段江湾却似乎是舒缓的，牧歌似的。坡太陡，我停下来想歇歇脚。转身，我告别式地想再看一眼那条大江。太阳西斜，红红地挂在远方——远方红光灿烂，水雾迷蒙，群山被水波光影搅得有些虚幻，有些模糊不清，江水就从那里流来。斜射的阳光有点炝眼，金光万道，一如千万精灵在江上舞蹈。对面的江边，那道陡峭的山崖背对着阳光，阴郁厚实，一片森黑，如同一扇巨大的屏风，静默无言。过了一会儿我才看清那道山崖是暗红色的，近于紫褐，某种深沉的紫褐。而在那道山崖脚下，江边一片小小的沙滩却闪着幽光，柔和白净，透出那个场景中唯一的一片柔情。江面很亮，一派金黄。而那片以金沙江、山崖构成的画面，那时都沉浸在一片似有似无的水雾之中。那是一片令人惊叹的，显现出古典情韵的景致，出自大自然的鬼斧神工——即使大师巨匠，也难营造得既雄浑深沉，又和谐柔静，隐隐透出一点灵动的禅意。没有人。人在那样的画面中似乎没有什么地位，我想。

小船就在那时突然出现了，在远远的对岸，像从江水里冒出来，从水雾迷蒙的半空中掉下来，来自光，来自水，来自那片迷蒙，带着一点虚幻的意味。

我没想到会突然出现一条小船——开始我甚至不相信那会是一条船。它只是一个黑点，一个很小很小的黑点，如同金沙江里常见的一块漂木，一片柴火。但后来我总算看清楚了，那真是一条船，一个人驾着，正从上游飞一般地向我所在的下游漂来，快得让我惊叹刚才看上去还沉静舒缓的江水其实竟那样湍急。江面是宽阔的，足够的宽阔，即便一百条那样的小船也可以容纳。奇怪的是小船没有径直朝下游驶来。它紧靠着左岸那道陡峭的崖子飞速而下，下，下，再下……眼看就要撞到崖子了，我一声惊叫——当然，无论怎样惊叫，它也听不见。它依然还在下，下，再下……差不多马上就要与山崖相撞时，小船突然一个转弯，在百分之一秒的瞬间改变了方向，掉头朝着我所在的江岸这边驶来。

我暗暗地却是长长地舒了一口气。

它是要到我这边的江边靠岸吗？是要过渡，还是要沿江而下，去某个我不知道的地方？无论如何，船将很快从我所在的江边经过。既然他冒着那么大的风险横过了大江，我倒要看看船夫究竟是怎样一个人。阳光跳跃，像精灵。光波水影把那条小船弄得闪烁不定。眼睛因一直追踪它有些发胀，却一眨不眨，生怕它从我眼前突然消失，就像它突然冒出来一样。但它再一次改变了方向，掉头朝江对岸划去。横越那段江面并非易事。江水看似迂缓，但小船应该知道江水绝不像想象的那样平缓，平静只是表象，内里却湍急凶险。他弯着腰，双桨起起落落，一如鹰翅有力地扇动。水花淋漓。尾对着我的小船，看上去也真像一只鹰，在江上起起伏伏。一边依然被江水往下冲，一边沉稳地朝对岸划去。它显然是借着某股江流之力，才能如此轻松——看不见船夫的脸。我在金沙江边见过那样的船夫。那该是一张平常的脸，与你我无异，被高原阳光晒成古铜色，除了双眼，双眼闪闪发亮。船夫显然非常熟悉那段江流，知道哪里有回流，哪里有暗流。他把所有那些可能阻隔他的江流变成了他的帮手。这个狡黠的家伙！大江在他眼里或许并非一条完整的江，而是由无数道水流组成。他用目光剔解了那条大江，把大江剔解成无数道我们看不见的江流。江之于他，犹如牛之于庖丁。小船很快便到了对岸，在那片柔和白净略显温情的沙滩那里靠了岸。为到那片沙滩，小船走了一条 S 形的路。再看金沙江，上面似乎有一个大大的 S。至于那条小船到那片温情的沙滩干什么去了，已不关我的事——至今留在我记忆中的，只有那条大江，那条小船和那个大大的、横亘于整个金沙江的 S。

"大漠孤烟直"与金沙江无关，
"长河落日圆"倒是对它的真实写照

至今，我仍然醉心于在金沙江河谷做那样的漫游。只要有空，有机会，我随时都愿意去金沙江边走走。作为长江的上游，它总让我想起远在长江边的家乡，想起那条从上游流去的故乡的河。金沙江边孤零零的火车站，站上几个每分每秒都在等着火车到来的铁路员工；一天只开两次船，然后就任龇牙咧嘴的石梯坎在那里晒太阳的船码头，铺满了沙子和脚印的木跳板，守着一盏孤灯熬过漫漫长夜的打鱼船；浩荡而又阴险的江水，乱石嶙峋的河滩边，那一个又一个彝族村寨。与别的地方相比，元谋的金沙江边有云南许多地方都没有的壮阔，

尽管是有些荒凉，有些贫穷的壮阔。但元谋却有一条大江，那才是真正的富有。你在山上行走，在江边跋涉，饥渴难耐，孤独无助，但只要想到身边有一条中国最大的大江随时在陪伴着你，你立马就会热血沸腾。"大漠孤烟直"与金沙江无关，"长河落日圆"倒是对它的真实写照。当云南后来有人提议徒步走金沙江时，我早已把从元谋到四川攀枝花的那一段金沙江游了个遍。我的筋骨在那段游历中变得粗糙、强健，思索却在那段游历中变得敏锐、沉实。任何时候，只要想起元谋如同桑拿浴蒸房般的干热河谷，想起冰凉彻骨的金沙江水，我都会血脉涌流。金沙江河谷是个绝好的天然桑拿浴蒸房，人在那里走上五六个钟头，无异于做一次漫长的干蒸，足以让你臃肿的身心脱去多余的水分和脂肪，那是方便而又让人懒惰的城市生活注进你身体里的，而流经元谋的金沙江又会悄悄注入你的心胸，涤荡你的胸怀，滋润你的灵魂，让你神速地恢复灵性。身体的减负和灵魂的澄澈，金沙江河谷总是让人双重受益。每次从那里回来，我总是文思泉涌，灵感飞扬。最终，它们都奇妙地化作了一行行文字。作为一个外地人，我与一片云南山水之间如此长久又如此之深的交往，正是从那时开始的。

澜沧江记

我不知道我是不是真能用文字描述澜沧江。澜沧江是一条神性的河,我相信,它的方向、流程和它的真正历史至今尚无人知晓——尽管它在地理学家的眼里早已确定无疑。澜沧江流淌在我们熟知的世界之外,在我们的意识之外。我相信,我们偶尔看到的澜沧江,只是那条神性的河在某个时刻,比如清晨、黄昏,或是任何其他时刻,借助我们熟知的物质世界的暂时显现,从来就不是它的真身。在讲述它之前,我的所有踌躇、怀疑和犹豫皆来源于此。严格地说,人从来就无力描写一个梦,从来都不可能准确无误地还原一个梦境。对于澜沧江来说,事情尤其如此。我担心我的笔力,太轻,会失之浮浅,太重,又流于矫情——从根本上说,澜沧江几乎无法言说,它甚至不属于我们早已习惯了的那套话语——那套被我们用熟用烂了的话语,早就变得陈腐不堪;我担心一旦把澜沧江三个字写在纸上,澜沧江就不再是原本意义上的澜沧江。虽然对于一个人来说,大千世界之中任何一个事物的存在于心,都已不是在原初的意义上,而只是它留给我们的一种心灵幻象,那也无法稍减我对澜沧江具有某种神性的深刻印象。我们的言说所涉及的,只是它们给我们带来的梦幻,就像我们从来就不可能真正地看清一团火焰。我终于决定要写写它,并非我在突然间把握了澜沧江的本真,而是因为澜沧江作为香格里拉的一道伟大血脉,让我无法回避。很难设想,一块没有像澜沧江那样伟大的河流流贯滋润的土地,会是真正的香格里拉。我只好勉力为之,即便如此,我也只能试试看。如此一来,出现在读者面前的,很可能不是那条真正的澜沧江,而只是我心中的那条澜沧江,是我借助澜沧江表述的对于那些伟大的江河的理解。

澜沧江就像一棵大树，一棵枝繁叶茂的大树，有无数枝杈般的小江小河注入其中，包括两岸悬崖上白练般的瀑布。雨季的澜沧江两岸，几乎每隔几百公尺，最多一两公里，就能看到一条那样的瀑布。古人"飞流直下三千尺"的诗句，正是它们的真实写照。云雾沉沉，山影模糊。它们从千仞之上飞流而下，细得如一缕云烟，似乎随时都可能被风吹断。吴昌硕、关山月那样的山水画家若能到那里看看，写写生，回家后的第一件事必是划一根火柴，将原先的画作付之一炬。那数不尽的支流和支流的支流的支流，就是那棵大树蓬勃的树枝和叶冠。对一棵树来说，仅仅看到它的主干显然是不够的，离开了它生长的土壤和环境，离开了它的茂密的树枝和叶冠，树干就只是一根孤零零的、死沉死沉的木头，哪怕是一棵大树。在德钦，当我第一次面对澜沧江时，我的感觉就是这样。我觉得它就像一根巨大的木头，虽然它是躺着的，但给我的印象却是耸立着的，正是它，支撑着迪庆藏区那座庞大而又无形的建筑，就像每座藏族民居，都有一根象征家运的神圣中柱一样。澜沧江就是整个迪庆藏区的中柱，至少是其中之一。一个能挺立于世的人，必有一根坚强的脊梁，迪庆却有三根那样的脊梁。那让我们想起星外来客，想起超人。

即使在德钦，汇入澜沧江的大大小小的江流到底有多少，也无以数计，尽管它的汇水面积说不上多大——横断山脉雪山高耸，峡谷深切，无数耸起的大山连绵而成的山岭，把那片土地分割成了好几个流域，每个流域中都有一条大江。澜沧江只是其中之一。流经德钦的澜沧江仅一百五十公里，属于它的流域面积才三千零九十平方公里，虽说占了全县总面积的百分之四十点七，但那实在说不上大。那里就是云南的迪庆。世界上还没有一个地方，会像迪庆那样，同时拥有三条大江。在莽莽苍苍的横断山里，金沙江、澜沧江和怒江起初一直肩并着肩，手拉着手，蹦蹦跳跳地编队而行，它们联袂吟咏出一首名叫"三江并流"的诗篇，恢宏壮丽，而它们各自都是其中的一个篇章。它们自然，流畅，保留着原生态的粗犷与蛮野，从来无需某种病态的精雕细凿，却所向披靡，极具冲击力，能在刹那间洞穿你的五脏六腑，让你瞠目结舌，哑然失语。它们从北向南，像三把利刃，冲刷、切割着整个迪庆大地。在德钦，当我第一次站在澜沧江边时，便突然想到，如果只能用一个词对迪庆加以界定，"博大"必定是肤浅的、蹩脚的，最恰当的词，只能是"深邃"——峡谷之深。林莽之深。云海之深。史实之深……事实上，为香格里拉创造着高度的是雪山，哈巴雪山、白茫雪山和太子雪山，它们探首云天之外，俯瞰芸芸众生，海拔都在五千米以上，正是它们，连接着人界与神界，俗世与仙境；而切割着迪庆高原的三条大江和数不尽的溪涧泉流，则为这片高原创造着深度，那种努力是世世代代的，不遗余力的。没有雪山，迪庆香格里拉会失去它的精神指向，失去那蓝得让人心疼的浩瀚天宇，和那让人变得舒展与浪漫的云蒸霞蔚；而如果没有金沙江、澜沧江、怒江，迪庆香格里拉则会失去它内心的阔大与深邃，失去那让人永远不敢轻浮狂躁的厚重与沉实，以及那让人变得素朴与平凡的田野与牧地。而雪山与峡谷一起，才构成了香格里拉的深邃。如是，迪庆香格里拉的千年史籍，不管是书页发黄的野史旧志，还是刚刚编就的新版史书，从古至今，都既永远飞扬着飘荡的云雾、漫天的风雪，也弥漫着一派氤氲的水雾，回荡着阵阵浩荡的涛声。甚至可以说，一个牧人内心世界的起伏跌宕，他情感天地中的悲欢离合，浮沉升迁，都与那些雪山与江河息息相关，在某种意义上，那正是它们留在人的灵魂里的精神幻象。那是一个大起大落的世界，也是一个骤热骤寒的所在。就那样，一个民族的历史、宗教与艺术，便与地理上的雄起与跌落、开阔与狭窄相耦合，变得神秘诡谲，多姿多彩；即使一个个体生命的人生、命运与思考，也与气候上的炎夏与隆冬、艳阳与飞雪相呼应，变得深不可测。

然而，世上没有不散的宴席，江河的友谊也极其有限。除了金沙江最终流成了横贯整个中国的长江大河，怒江和澜沧江都以某种不安分的姿态一直向南，向南，它们方向明确，毫不犹豫地冲出国境，让自己在最后一刻变成了一条国际性河流——在东南亚，澜沧江摇身一变，改名叫湄公河，怒江也换了一个名字，叫萨尔温江。金沙江却要忠诚得多，尽管它在那片大山里东寻西闯，似乎要效仿它的江湖弟兄，去做一个国际公民，但最后，它却在丽江的石鼓镇幡然悔悟，在一阵沉思之后，突然掉头向北，在冲过著名的虎跳峡后，便从此一直向东流去。金沙江是多情的，她对中甸一直恋恋不舍，她一直在中甸的边界上迂回曲折，绕来绕去，像一只温暖的胳膊，紧紧地挽着中甸那片土地。我称金沙江为"她"不是没有缘由的，她的确给人一种女性的感觉，在中国老百姓心中，她也千真万确地是个女人，要不，我们干吗要叫她"母亲河"呢？世界上只有母亲，才会那么依恋她的家。澜沧江和怒江却是男性的，他们野气十足，难以驯服。尽管如此，三条大江在横断山里的联袂表演，至今仍然让人称道。它们曾经那样地难舍难分——在迪庆境内，金沙江与澜沧江之间的最近距离仅七十公里，而澜沧江与怒江相距最远之处，也才五十公里。那就是著名的"三江并流"的壮观景象，虽然那样的壮丽只有从高空航拍照片上才能看见，但无论站在金沙江边，还是澜沧江边，人都能感觉到三江并流的浩大与壮美。

　　澜沧江是一条没有源头的河流——至少在我的印象里就是这样。多少年来，我一直在寻找它的源头，却始终没有找到——我的意思是说，我从来就没有看见过它的全貌。企图像在平原上观看一条大江那样，目睹它如何从天边奔涌而来，又如何向天边奔流而去，那样的机会，在云南的山里是从来没有的，哪怕你眼力再好，也不要指望你会站在某个地方，清楚地看见它从哪里流来，又向哪里流去。澜沧江从来就不会给你那样的机会，它吝啬，而且狡狯，似乎总是东掩西藏的，山峦阻挡着它，云雾遮蔽着它，雨雪笼罩着它，树木覆盖着它……所有这些，在某种意义上，似乎已经成了澜沧江的一部分，同时，它们又一起把澜沧江变成了一条神秘兮兮的高原河流，时而暴戾，时而温驯，时而蛮野，时而清澈，时而浑浊。它变幻莫测，就像一个喜怒无常、拥有无数种面具的多面人。在一百个不同的地方，你会看到一百条不同的澜沧江。即使是同一个江段，不同的季节，也有着完全不同的景观。不管你信不信，那至少是我的经验——不管在哪里，澜沧江在我面前出现时，总跟我想象中的、经验过的不一样，有时甚至大大出乎我的意料——无论我想象过多少次，哪怕刚刚在不远的地方我还打量过它思索过它揣度过它，满以为自己对它的基本特征有十足的把握，一旦我真正站在它面前，在咫尺之间面对它时，它还是会让我惊讶万分。我由此推断，要么澜沧江永远是狡黠的，它似乎永远都存心要让那些自以为是的人出出洋相，就像一头流淌着的斯芬克斯；要么它就真是一条神性十足的河流，一条经过亿万年修炼，早已得道的河流，只是偶然到人间来考察考察，从来就不会显露它的真身。

　　许多年前，为了对澜沧江做一次水电资源考察——就像一个真正的藏族男人一样，澜沧江蕴藏的水能大得惊人——我曾沿着澜沧江，从云南保山附近的永平桥顺流而下，像一片树叶那样，一直漂到西双版纳的景洪。在横跨澜沧江的永平桥上，我看到的澜沧江是湍急的，甚至是阴险的，江面很窄，它看似平静，其内里显然不像它的表面那样安分。人说那里将来将要建一座巨大的水电站。从那里往下，澜沧江一直在深深的峡谷里奔行，江面收缩成窄窄的一线，两岸峭壁怒耸，荒无人迹。水电专家们说，澜沧江的那一段，几乎每一处都是建造大型电站的理想之地。而后来我在景洪看到的澜沧江，简直就是另一条江——它似乎从男性变成了女性，温柔而又富于情调，在那里，你能经常看到在电影、电视和那些花花绿绿的画报上看到的情景：一群傣族少女赤足走进澜沧江，江水宽阔、平缓，就像诗人们说的，如同一匹绸缎。每天傍晚时分，当夕阳西下之际，落日熔金之时，婀娜窈窕的傣家少女，就从沿江的傣族竹楼里出来了，她们蹒跚而行，袅袅娜娜，成群结队地走进澜沧江，用那来自高原雪山的神性之水，洗浴她们的身子。她们一边走一边挽起自己的筒裙，红色的，绿色的，仿佛一群蝴蝶正在扬起它鲜艳的翅膀。筒裙渐挽渐高，直至将她们美丽的身体完全隐入江水。欢声笑语，像天边斑斓红紫的晚霞一样，变幻莫测，让人眼花缭乱。那是个令人想入非非的时刻——一个年轻男人面对那样的情景，回去后总会做些美丽而又荒唐的梦。1989年初夏，我们就在燠热之中来到了景洪。那年天旱，堂堂的景洪宾馆既没有电也没有水，闷热难当，熬到临近午夜时分，我们只好驱车前往澜沧江边，希图用澜沧江水洗去我们一天的疲乏。江流无声，四野悄寂。澜沧江流淌着梦幻。江边的卵石滩上，那些千里而来的石头还没散尽白天的热气，江水却有一种让人透心的凉爽。在历经白天的燠热和汗流浃背之后，那样的洗浴有一种让人的灵魂都得到安静的功效。在目睹过那种仿佛是诗人在诗篇里描写的浪漫情景之后，我当然已无法想象还会有另外一条澜沧江。但事实却并非如此。在另外一些地方，在另外一些河段，我看到的完全是一条我不认识的大江，汹涌湍急，荒凉险峻，面目全非。

1997年那个阴雨连绵的秋季，我在抵达德钦后的第二天，沿着澜沧江一直往南。在从阿墩子出发后的一百多公里山路上，我从车窗里看到的，只是一道深不可测的峡谷，其间只有满满荡荡的云雾，雪白、纯净，酷似天国，让人真想纵身一跳，投入那看上去柔软无比的所在。不见江水的踪影，当然更听不到想象中的澜沧江奔涌流淌的水声。澜沧江似乎已从世界上消失。偶尔云雾散开，我会突然发现那条大江就在我的脚下，在比公路至少低一千米的深深的谷底。大山如阵，因而我看到的是一条断断续续的大江。过了与著名的卡瓦格博峰为邻的缅茨姆峰，澜沧江在短短几公里之内拐了八道大弯，看上去就像一条随时都会被风扯断的细线。再往下去，对面江边有一条从山里奔涌而出的溪流。松金扎西告诉我，那是澜沧江的支流永芝河，里面有几处非常漂亮的风景，眼下正在修电站，过些时候，就看不到那片风景了。他建议我们渡过澜沧江，到那里看看。而唯一能让我们过江的，是一道晃晃悠悠的溜索，它从江的对岸一直拉到我们所在的此岸。同行的几个朋友悄然无语，驻足不前。面对溜索，你很难想象它会帮助人实现对澜沧江的跨越——与澜沧江相比，那种早先用竹篾，后来用钢缆制成的绳索，看上去是那样细弱，似乎只要有一阵风，就会把它吹断，何况还要挂上一个人？

　　差不多十年前，在同样属于迪庆的维西县中和村，我和几个朋友曾在一道溜索边，站了足足一个钟头，思索是不是能把自己挂在小小的溜梆上，飞身过江。那是一条正在使用中的、用钢缆做成的溜索，两端固定在两堵厚实的山崖上，细细的钢缆，在与澜沧江垂直的方向上，成为一条优美的弧线。溜梆是一个滑轮，那与早期用坚硬的栗木做成的溜梆相比，已坚实得多。即便如此，在那一个钟头里，我们也不再是男人，除了对敢于借助溜索飞身过江的人发出啧啧赞叹之外，简直无所作为。一个山里的女人背着她的娃娃走来了，准备过江。问她怕不怕，她说，怕哪样？她边说边用粗大的绳索把自己结结实实地绑好，动作熟练，神色镇定，就像在捆绑一个没有生命的物体。然后，她把自己挂在了溜索上——那种简单而又牢靠的绑缚，完全称得上是一门艺术——一个纵身，便开始了她跨越澜沧江的飞行。她的高超技艺让我们看得既目瞪口呆，又啧啧赞叹，轻松、自如得直让我们跃跃欲试。我倒真想亲自试试，一尝凌空飞行的乐趣，可我终于没敢上去——看上去一切是那么简单，也许我们唯一缺少的只是勇气。我的朋友、藏族作家查拉独几在一边拼命鼓动，说怕什么嘛汤大哥，男子汉大丈夫，过一趟溜索还不容易？你刚才不是看见了？容易得很！他说，在那样的溜索上，一个真正的男人，不仅可以带着他心爱的情人一起溜过去，甚至可以带着一头牛从溜索呼啸而过。一切当地人日常生活需要的所有必需品，粮食、盐巴、箱箱柜柜，巨大的、远远超出人自身体积的大背篓，都可以从溜索上过去。我当然相信那是真的，我说，这样吧，你先给我们表演一下。查拉独几，这个满脸胡子的藏族汉子，话虽然说得掷地有声，却死活不肯为我们做一次货真价实的示范表演。这个在维西长大的藏族汉子，看来未必真的过过溜索，我想。可惜我想错了。他说，溜索有两种，一种是单向的，一头高一头低，过溜索者只能从高的一边溜向低的一边；另有一种双向的，溜索两头的位置在一个水平线上，可来回过江，但人凭冲力溜到一半或更远的位置后，须凭借体力，沿着溜索攀到对岸。那天我们在澜沧江边看到的溜索，即属单向。过了一会儿查拉独几又说，危险当然也会发生——如果冲力太大，过江者会一头撞在对岸的挡墙上，头破血流——看见了吗，那边，溜索是固定在那堵崖壁上的，用力太大，人就会撞上去。用力太小，冲力不够，人又会在半中央停下来，挂在溜索中间，那时你就得完全靠自己的体力，手脚并用，一步一步地爬向对岸。

技巧就在这里。如此说来，溜索对像澜沧江那样位于深山峡谷的大江大河来说，毕竟只是一种原始的跨越，是人们在没有办法时想出的办法。它需要的是某种勇敢，更需要某种生活的压力——如果今天你不能从溜索上过去就无法回家，就不能为你的亲人带回去度日活命的粮食和盐，你就会冒死而行。从根本上说，溜索只属于男性的澜沧江，当然也只属于真正的男人，更属于那些在严峻的生活面前每天都必须面对生死的人。

詹姆斯·希尔顿在《失去的地平线》里，曾几次写到了溜索，一次是在康韦一行从雪山上下来时，一次是在他们离开香格里拉时。而我依据我有限的知识判定，除了云南的澜沧江和怒江，别的江河上至今没听说有溜索。而在藏区，溜索只属于德钦，只属于澜沧江，属于那条神性的河。对认为香格里拉就在德钦的人来说，这似乎是个有力的证据。其实，真正可以作为证据的，是澜沧江的名字。

从进入德钦开始，我一直在想，为什么会叫澜沧江？"澜沧"是什么意思？看样子那是那条江的汉名，那么它的藏名叫什么？滇西北高原上的三条大江，金沙江、怒江同样都是汉名，却都清楚明白，前者取其出产金沙之意，后者极言它的险峻、湍急与天怨人怒。唯独"澜沧江"让人费解。在从阿墩子到茨中的路上，松金扎西对我进行了一次现场教学。他告诉我，在德钦一带的藏语方言中，澜沧江的名字是"拉曲"，或是"达曲"；甚至"拉曲"在被说出来时，其音也近似"达曲"。在上游四川甘孜一带，澜沧江的当地名字是"昂曲"和"扎曲"，而在地名词典里，它又成了"昂曲"和"吉曲"。"昂曲"和"扎曲"在四川昌都汇合后，叫澜沧江。而在德钦一带的藏语方言中，"拉曲"与"达曲"中的"曲"，即江、河之意，与汉语相通；"达"，意为月亮。于是，在德钦藏语中，"达曲"便成了"月亮河"。让我吃惊的是，松金扎西告诉我，字面上的那个"曲"字，在德钦藏语方言中，实际上应读成"qia"。如此一来，"拉曲"的读音就变成了"拉恰"，与"澜沧"的发音非常接近。这是不是只是一种巧合，纯属偶然？不然。在我看来，"澜沧"很可能既是"拉曲"的汉话音译，也是"拉曲"的意译，只不过借用了颇富汉字古意的"澜沧"这两个字罢了。中国古文献中，对地域性的或少数民族地区的地名，常用的有两种方法，一为意译，一为纯粹的音译，云南边境小镇"畹町"，乃当地傣族地名的音译，傣话原意为"太阳当顶的地方"，即属此例，"畹町"两个汉字的意思，基本上与原意无关。另一种同为音译，但写成汉字时，会尽可能借用既在读音上与原音相近，又在字面上与原名属性相符的字眼，此法几为古文人的古雅传统。在汉语中，"澜"为大波，《孟子·尽心上》："观水有术，必观其澜。"李贺《巫山高》有句云："大江翻澜神曳烟。""沧"通"苍"，青绿色，如沧江、沧海。曹操有"观沧海"。"澜""沧"二字连在一起，有"波浪青绿的大江"之意，那与"月亮河"既有异曲同工之妙，又更具古意。更奇妙的是，詹姆斯·希尔顿在《失去的地平线》中，也曾怀着深深的赞叹，一次又一次地写到香格里拉的"蓝月峡谷"——

在康韦一行刚刚进入香格里拉不久，康韦想到，现在，"他生活的天地中，地平线会像帘布一样被拉起，时间得以延伸，空间得以限制。'蓝月'的名字具有象征意义，似乎这微妙而有可能的事一旦发生，只可能发生在蓝色的月亮之中"。而香格里拉的那位张总管告诉康韦："蓝月峡谷只有一个，指望找到另一个显然是对大自然的苛求。"如此，从地理条件（"地平线会像帘布一样被拉起"，"空间得以限制"）、时间概念（"时间得以延伸"）来看，所谓的"蓝月峡谷"，与现实中的澜沧江峡谷，也有许多相似之处。茨中天主教堂的外国神甫，都精通藏话，他们向国外或他们的朋友介绍澜沧江时，完全可能将"澜沧江"这个名字在地方语言上的深层含意，一并介绍给他们的同胞。

现在，在澜沧江边，对岸的一个男人正在准备过溜索。果然，人到半中间，就再也溜不动了。他开始手脚并用。一步一挪地向我们这边移动。我们这些看似无所畏惧的城里人，到底没敢去冒那个险。

当我们终于赶到茨中澜沧江大桥时，天已近晚。现在，那条著名的大江，此刻就平摊在我的眼前，如同一条被抖动着的带子。它毫不起眼地流动在一片很日常的峡谷里，仿佛刻意要把自己变得非常世俗。当我刚才还在那条溜索那里目睹了它的凶险，此刻我当然无法想象，澜沧江会在茨中大桥下，在我的眼皮子底下如此平静地流淌——我满以为，我正是跟江水一起，从海拔三四千米的云端高处狂泻而下——如果在那种惊险万分的旅程中我们没有葬身江底，变成澜沧江里的一团无名无姓的泥沙，大概只是万幸。可现在，我看不到想象中野牛奔突般的狂野，也看不到太空星云般神秘的漩涡。江水流得毫无声息，虽然那毫无声息中也不乏狡诈与阴险。南去的江水呈棕红色，浓得像血；峡谷里的风，送来一股淡淡的腥涩，我想那是峡谷里山野丛林的气息，与江水无涉，可江面上那一团团灰黄肮脏的泡沫，依然不屈不挠地让我想起从失血者身上淌出来的鲜血……那就是澜沧江，滇西北山地的一脉精血。走过茨中澜沧江大桥时，我的双腿突然有些发软。我以为我已认识真正的澜沧江了，其实不然。

就在那个秋天，我沿着滇藏公路，出德钦县城，经过著名的飞来寺，离开214国道拐到去明永恰冰川的乡村公路。沿崎岖的盘山路下到谷底，到了澜沧江东岸布称桥头。当地人说，江边那排冲天大树，据说还是远嫁吐蕃的文成公主当年路过此地时亲手留下的种子。传说也许虚妄，愿望却令人感动。那段澜沧江两岸，是一片光秃秃的河谷，几乎寸草不生。唯有那排大树，以它们的伟岸与葳蕤，证实着生命的执着。阳光在树梢上闪烁，我在那里久久凝望，心里升起某种说不清的崇敬。从那里开始，我们须弃车步行三个钟头，从深深的澜沧江谷底，爬上海拔两千多米的澜沧江河谷台地，再从那里前往太子雪山下的明永村。那段河谷，海拔大约只有一千米，没有风，闷热难耐，那是一段惊险的小道，也是一段边走边脱衣服的过程——峡谷里太热了，路几乎也没有，住在澜沧江西边大山里的藏胞为了生存，才在风化剥蚀得非常厉害的悬崖峭壁上踏出了一条路。它随时都可能消失，也随时都在诞生，也许你今天走了，明天，砾石流沙就会把走过的路冲击得再也找不到一点痕迹。双脚踩在那样的路上，常常会一步滑得老远，一不小心就可能滚下万丈深谷——作为一种生存方式的写照，它既饱含着艰辛，也显示着坚韧。在江边陡峭的山路上俯视下界，万丈深谷，云雾冉冉，赤红如血的澜沧江只若沉沉一线。目光停留片刻，便一阵头晕目眩，只得小心地把目光收回来，实实在在地面对脚下的小路，让它在我脚下一寸寸地缩短。

　　——那与我在西双版纳看到的，甚至与我在茨中看到的宽阔的澜沧江相比，都已大相径庭，前者是陡峭的，窄狭、湍急的，后者却是宽阔的、散漫、舒缓的。但不管在哪里，我在滇西北高原上看到的澜沧江，都既看不到源头，也看不到去向，它呈现给我的，永远只是局部——全长四千五百公里的澜沧江，在中国境内仅一千六百一十二公里，只是它大约三分之一的局部；而我能看到的，又是局部的局部。至于它的"来"龙"去"脉，我只能面对地图加以想象：它发源于中国唐古拉山脉，沿东南方向流经云南西部，穿行于横断山脉的高山深谷之间，到西双版纳南部出境，进入东南亚，经缅甸、老挝、泰国、柬埔寨，最后在越南南部流入南海。在那里，它叫湄公河，流长两千八百八十八公里，成为整个东南亚最大的河流，堪与流经整个欧洲的多瑙河媲美。对于湄公河流贯的整个崇尚佛教的东南亚来说，能以神性的澜沧江作为它的源头显然属于天意。它们非常般配。在澜沧江把丰沛的江水注入东南亚的同时，难道就没有把它的神性注入东南亚？那是完全可能的。在一次与泰国作家代表团见面，主客之间相互朗诵诗作时,毫无准备的我突然想起了澜沧江,想起了澜沧江的这种国际性。我即兴写下了一首诗,送给泰国作家朋友——

我在上游看到的澜沧江,很瘦,
流到下游,就叫湄公河,很胖。
我在北边听到的澜沧江,很响,
流到南方,不知是不是还在歌唱?
——生活总是这样,流得匆匆忙忙,
流出了富饶,也流出了寺庙的辉煌。
有空写封信吧,远方的朋友——
回答我,用你的歌,用你的诗行……

怒江：沉默的与尖叫的

一

冬日的怒江怎么说都是一条安静的河流。虽说怒江姓"怒"，倒听不到喧嚣嚎叫，就像一部刚打开的巨幅长卷经书，正在阳光下晾晒，完全没有声音。我真怀疑去错了地方——这是怒江吗？从来都以为怒江躁动不宁怒气冲冲脾气很坏，真到了怒江，预期中满耳朵的涛声如雷纯属乌有，还真让人有点儿意外甚至失望。其实出错的不是怒江是我自己。一个大错，低级，缺乏常识，就像以为姓"冷"就生涩冷漠，姓"寸"者只有几寸高一样。初冬十一月，乘车穿过怒江黄澄澄的阳光溯江而上，从六库到丙中洛，一路我没听到任何响动，连水声都很难听到。峡谷太深，两岸山高壁陡，直上直下，从山顶到江边五六千米，路在半山盘旋，车在云里进出，怒江只偶尔在下界亮晶晶地闪那么一下——那是光，不是声音。峡谷里的一切都静静地沉睡着。安静是怒江所有事物的属性。有些安静可以想象，大地本身就是安静的：高黎贡山很安静。碧罗雪山很安静。瀑布般的阳光很安静。油彩一样的云彩很安静。"石月亮"很安静。天上的鹰很安静。有些安静就让人不可思议了：江水很安静。森林很安静。小城六库很安静。丙中洛很安静。怒江岸边的"澡堂会"为时尚早，沐浴的人们还在路上走着，森黑的礁石泉塘很安静。悬崖峭壁上粗粗细细的山泉，大大小小的村子，斑斑驳驳的坡地，苦苦甜甜的日子，都很安静。怒江真算得上是世界上最安静的河流。多瑙河、尼罗河、密西西比河，都是些安静的河流。那一年在多瑙河三角洲，面对旷野蓝天苹天苇地，无边的寂静让人觉得整个世界都已不复存在，浩浩荡荡的河水像流淌在一个非人间的世界。一条安静的河流，才称得上是伟大的河流。那时我突然有些忧伤，为我们的长江、黄河、淮河、珠江、松花江……为那些曾经伟大而安静的河流如今的喋喋不休而叹息。幸好怒江还在。幸好怒江的安静还在。幸好怒江还是安静的。

二

一条伟大的河流没有发出本该发出的声音，或许就不仅是安静而是沉默了。安静跟沉默当然不是一码事：一个是本来就没声音，或有声音也没发出来；一个却是原该发出声音却忍着没有发出。怒江看来属于后者。怒江沉默着。峡谷里的一切都沉默着。比如"石月亮"。车在"石月亮"停了一下。江对岸的群山森黑苍郁，从一个巨大的岩洞里，透出来一块高原的云天，明亮如镜。说是岩洞其实并不准确，那是个穿透整个山体的空洞。傈僳人叫它"亚哈巴"，即"石月亮"之意。看着"石月亮"我有过一阵胡思乱想：怒江的月亮在天上飘着飘着，突然一发狠，穿过了那道山飘扬而去，月亮经过的地方，留下一个巨大的石洞。朋友的解释不是这样，他说那个穿山岩洞是欧亚大陆板块相撞时形成的。"石月亮"所在的那座山属高黎贡山中段，高达三千多米，那个大理岩溶蚀而成的洞深达百米，宽四十余米高六十米，堪称巨大，站在怒江岸边，百里之外都能看见，看见时它已小得像个月亮。生活中的美丽常常带有悲剧色彩，大自然的美景倒总会引发人们去编织爱情故事，演绎人与山水的关系。石月亮也一样。朋友说傈僳人也为石月亮编了个爱情故事。我请他讲讲，他说等有空再讲。望着那片浑圆透明的宁静，我想起了一些声音。最初是大地相撞天崩地裂的声音。随着那声音，峡谷那座山上无数巨石从山上滚落，出现了那个洞。另一种声音当然是风。气流通过口哨会发出响声。"石月亮"就是高黎贡山的一只大口哨，怒江峡谷的一只大口哨。峡谷的风吹着那只口哨，肯定会发出响声。两种声音我都无法听见，印象里的石月亮是安静的，沉默着的。

三

丙中洛让我想起的是另一些声音。傍晚时分，车停在一片笼罩着宗教气氛的静谧之中。我说整个怒江安静得像一幅长卷经书，就是那时想起的。丙中洛正是那幅长卷上的一个斑斓局部，一个精彩细节。发源于西藏那曲的怒江，流到丙中洛那里绕了一个大弯，留下一块平坝。那就是丙中洛。在那里，四周大山如屏，天空倒异乎寻常地开阔。其时我真看到的，是一个面对来路的悠缓的山坡，散落着块状的阳光，零零星星的屋舍。对一般旅游者，那是沿怒江而上能去到的云南境内最后一片山地。再往北，在著名的梅里雪山背后，西藏的察隅已不太远。田壮壮那部拍茶马古道的纪录片《德姆龙》，当初就在丙中洛开镜。在首发式的片子里，我看到的是丙中洛缥缈的早晨，一些看不清面容、衣着简单却飘逸的当地人，默默地收拾着马驮行囊，准备远行。驮马安静着，偶尔小声喷出的鼻息，越发加重了那种宁静。四周云雾缭绕，丙中洛呈现着仙境般淡淡的灰色。一种透明的高级灰。现在是黄昏，西斜的太阳把嘎瓦嘎普雪山映成一片华丽的金紫。那是高黎贡山的最高峰，海拔五千一百二十八米。雪山之下，丙中洛柔软的静谧无边无际，神圣却苍凉的暗金色，把那块高地装点得像一个教堂，巨大的穹顶直抵天庭，让人顿觉自己的渺小，四周云彩斑驳，像镶着彩色玻璃的窗户，又叫人想象未来的灿烂。在那个穹顶下，聚居着信仰各各不同的人群，原始图腾的崇拜，本土的喇嘛教，西方的天主教，一起在这里经营出一种贫穷的美丽与独立的和谐——当生存还有赖苦斗时，精神的富足和相互的支撑就成了必需。我的时间太紧，来不及走进丙中洛的人家、寺庙和教堂。将近十年前，我在迪庆香格里拉考察时，就听说了这个村子。我甚至知道有一条崎岖的"传教士小道"，从迪庆维西县茨中教堂背后的山上，穿过雪山与森林，一直蜿蜒到怒江边的白汉洛，再从白汉洛通到丙中洛。两地的传教士常常穿越那条"传教士小道"，在这边或那边定期聚会。此刻，那条我看不见的小道只能像条带子似的，在我的想象中飘忽翻卷。傍晚的风柔软地吹拂着，似乎送来了阵阵喇嘛教的诵经声，基督教的祷告声。它们像一首大型奏鸣曲的几个声部，在丙中洛交响。那个奏鸣曲的作者除了上帝，还会是谁呢？而我说的"上帝"，无疑就在当地的人们中间。

四

安安静静的怒江当然不是一无声息。一条大江流了那么远，左冲右突，跌跌撞撞，总会发出一些声音。比如在"怒江第一啸"。在那里，江面陡然变宽，中间礁岩嶙峋，上游江水汹涌而至突遭阻隔，便发出了吼声。我用"吼声"这个字是有用意的，我是说我并非在一般意义上使用"吼声"这个词。吼声从来是一种冲动的、激情的表达，赞同，或者不满。"怒江第一啸"的吼声却既非赞同亦非不满，它不是那种表态式的声音，到底是什么却神秘难测。那声音雄沉粗犷，密度很大，声源不止一处，像是从整个大地底下发出来的，最终弥漫成一片声音的汪洋大海，一场声音的漫天大雾，布满目力所及的整个空间。一时我的四周全都是声音，怒江的声音。它直往我耳朵里灌，就像水直往溺水者嘴里灌一样。我轻飘飘的肉身越来越重，直往下沉，往下坠，直到双脚触到了大地。那是我从没听过的声音，有着重金属般的质地，与我在峡谷外听过的声音完全是两回事，那些声音不是轻浮如缕转眼就烟消云散，便是声嘶力竭得像鬼哭狼嚎，却都难往人心里去。现在我"呛"了一耳朵怒江的声音，顿时五脏六腑都被震动。完全是出于本能地，无意识地，我想阻挡那声音继续进入我的耳朵我的身体，但根本就没有用。我成了一个"溺声者"——请原谅我生造出了这样一个字眼——完全掉进那片声音的汪洋大海，无以自拔。声音都该是有方向的，方向让人能找到声音的源头。"怒江第一啸"的声音却让人无法找到方向，它在我的四周，从四面八方涌来，环绕着我，包围着我，大耳朵大耳朵地直往我心里灌，直到灌满我的身体，再也没地方可供存放。那有点儿奇怪。那种声音真是太奇怪了。我听出那是很多种声音，高高低低大大小小强强弱弱，很多种声音在那里实现着你中有我我中有你的融合，融成了一个声音，怒江的声音。

五

那一刻我突然想到，沉默的怒江其实是有声音的。那声音一直存在着，从亘古直到如今，但直到那时我才听见。以前我离怒江太远，现在近了。公路跟怒江几在同一水平面上，我就在怒江边上，在怒江里面。封闭的怒江那时完全是打开的。浪头打来，我的鞋湿了，衣服也湿了，弥漫的水雾润湿了我的眼睛。看来当一个人真进到怒江里面，听到怒江的声音就是必然的了。我脱掉鞋子卷起裤腿走进江水，江水带来的雪山凛冽之气顿时漫过全身。怒江的声音沿着我的每寸皮肤每个毛孔漫进我的心中，直至把我完全淹没。一种愉快的淹没。愉快是一个溺声者和一个溺水者最大的区别。我充实而快乐，仿佛一朝醉饮了太多的玉液琼浆。我断定我是有幸在怒江遇到了天籁，宏大而深邃。天籁从来都被解释得虚无缥缈幽微纤弱，似乎只有那些来历不明的，似有若无的，处于可闻与不可闻之间的声音才是天籁。那天站在怒江边，身在"怒江第一啸"里面，我才真懂得什么叫天籁。天籁是一种宏大深邃的自然之声，是江的声音，也是山的声音，水的声音，是土地、森林、云彩、野兽、鸟儿和虫子的声音，更是所有居住在怒江峡谷里的人的声音……它们一起汇成了"怒江第一啸"，汇成了怒江的声音。怒江峡谷的人天天都能听到天籁。他们在天籁中诞生，成长，恋爱，结婚，生子，耕种，收割，吃饭，睡觉，受穷，衰病，直至终老。他们习惯了那种声音，听着听着就听不到了。天籁成为他们生活的日常，须臾不可或缺，又仿佛从不存在；天籁成为他们生命的一部分，成为血和心跳，藏在他们心里。他们的心声就是天籁，倾听天籁就是倾听他们自己。那时我才明白，怒江天籁的存在，只是为了映衬出峡谷的宁静。它为了安静而存在。难怪听过天籁的怒江和怒江人那么安静。不像都市里。不像外面的世界。外面的世界如今声音太多太乱太响，泛滥成灾。人们想方设法弄出各种各样的声音，机械的电子的高频率的大音量的稀奇古怪的，无所不用其极。我们一直生活在高分贝的噪声之中。以前是高音喇叭大声喊叫辩论口号宣言，如今流行的是摇滚蹦迪立体声低音炮高保真电子模拟，是大大小小的传媒虚虚实实的呼喊似真似幻的叫卖。唯一听不到的是自己，是人类心灵的声音。怒江和怒江人珍惜声音，从不轻易发出声音。他们懂得一切人间的声音与怒江天籁相比，都是轻薄的，小儿科的，无足轻重的，幼稚可笑的，甚至是丑陋不堪的。

六

在怒江，只有一种声音能与"怒江第一啸"的天籁媲美，那是傈僳人的无伴奏四声部合唱。人说那样的歌唱是傈僳人在教堂的唱诗班学会的，我宁可相信那是他们经怒江天籁千年教化后学会的，那是真正的原声，真正的"原声态"。听到那样的歌唱，人唯一想到的就是无声，就是安静——在这一点上，傈僳人的无伴奏四声部合唱跟怒江的天籁如出一辙，博大悠远，无边无际而安静异常。到怒江的第一天，在怒江边的小城六库，我头一次听到了那样的歌唱。一场大型庆典演出，十多个节目，从各种歌舞到传统民俗表演"上刀山下火海"，开幕第一个节目就是无伴奏四声部合唱。舞台搭在怒江边，背景是怒江边碧罗雪山的一座山峰。观众席背后是高黎贡山的另一座山峰。那样的歌唱只能在天地间进行。在我看来，有了那个无伴奏四声部合唱，别的节目都可以省去，那能为至今依然贫穷的怒江省去一大笔花销。何况听过那样的合唱，谁还想听别的合唱呢？大自然永远是人类的老师。那样的合唱正是对怒江天籁的模仿和模拟。没到过怒江的人，听不到那样的声音。到过怒江却没真正融入怒江的人，同样听不到那样的声音。"怒江第一啸"的声音是从怒江里面发出来的，就像傈僳人的无伴奏四声部合唱是从他们心里发出来的一样。你必须靠近它融入它，要不你根本不可能听到怒江真实的声音。除此之外，我在怒江没听到过任何别的声音，更别说喧嚣吵闹了。

七

与怒江的安静相反，怒江外却不断传来一阵高似一阵的尖叫。意识到那是些尖叫，最初就在怒江边，在一个叫普旺的村子对岸。我们在那里等着过溜索。从车上下来，站在普旺村对岸的怒江边上时，同样听不到任何声音。那时我突然想到，进怒江前为什么我会以为那是一条喧嚣嘈杂的河流？想来想去，都是传媒惹的祸——那些远在千里之外的吱吱喳喳鬼喊辣叫，那些顶着关心怒江保卫怒江之名的种种高谈阔论呼喊炒作。在离怒江很远的地方，到处都能听到关于怒江的议论。通常我们把那些议论叫作声音，人文的声音，科技的声音，环保的声音，政府的声音，开发商的声音，各种各样来自中国甚至世界的声音。谁都在谈论怒江。谈论怒江一时成了时尚。时尚其实就是尖叫。那当然不是怒江的声音。问题是恰恰是那些声音把怒江淹没了，让人以为那是怒江的声音。此前我对那些声音一直无以名之，它们纷乱杂沓千奇百怪，让人很难命名。在普旺等着过溜索时，江面上突然响起几声尖叫，或凄厉恐怖或沾沾自喜或自以为豪迈。那些尖叫听上去都发自内心，显得真诚无比。沉默的怒江竟引来那么多尖叫，真让人匪夷所思。仔细一想我明白了，那些尖叫不仅仅发生在当时，在怒江边上，它早就存在，存在于怒江之外，只不过那时它们才汇到了一起，汇集在怒江之上。于是我以为那些声音是怒江发出来的，以为是怒江发出了尖叫。其实，尖叫的从来不是怒江，而是怒江之外的世界。

八

尖叫不属于怒江，无论那些尖叫听上去多么真诚。怒江从不尖叫。溜索那时就在我的眼前,两根单向溜索,一去一来。怒江躺在溜索的下面,在我的身体和目光下面。普旺的怒江很温驯,灰绿色的江水很漂亮。路上有人告诉我们,到了前面那个村子,诸位可以尝试一下过过溜索,那地方叫普旺。车在普旺对岸停下。普旺在怒江那边一个山洼里,掩映在深深浅浅的绿色之中。峡谷里的阳光在江面蹦蹦跳跳,跌跌撞撞。同去的人蜂拥而上,跑到溜索开始的地方。那里有个小山包,固定着溜索的一头。我跟了过去。若干年前我至少有两次过溜的机会,最终都因害怕痛苦地放弃。现在是第三次,我不想再放弃。站在那个小山包旁,我看着怒江,看着溜索。单向溜索,去的那条靠我这头高,靠江那头低。这样的溜索凭着惯性可以哗啦一下从这边一直溜到对岸,用不着中途攀爬。前面两个人正把自己往溜索上挂。一个傈僳族小姑娘,瘦弱娇小,一个外地来的胖子,大腹便便,少说也有八十公斤。他们站在一起,让我没法不想起过度膨胀的城市和至今都贫穷瘦弱的山村。把人和溜索连在一起的,是个有粗麻绳系带的竹筻;竹筻兜在屁股上,再把麻绳绕回来,挂在溜梆上就行了。我听那个外地胖子惊叫着说,天哪这盛得住我吗?小姑娘看他一眼笑了笑说,我带一头牛都可以溜过去,你不会比牛还重吧?胖子哑口无言。我真想为那个傈僳小姑娘的幽默鼓掌。一阵熟练的忙活,姑娘转眼把两个人都挂上了溜梆,就像一根藤上的两个瓜,一个肥大一个瘦小。外地胖子狐疑地看着那个溜梆,两只胖手死死抓着溜梆不放。他心里肯定还在犯疑,七上八下。我倒相信姑娘的话。将近二十年前,我第一次看到的溜索还是竹子编的,溜梆是个硬木块,年深月久手摩汗浸,暗红的木块光润发亮,透出阳光和血的颜色。木块的一面有个绳槽,过溜时全靠手的力量,把带槽的溜梆扣在溜索上。一旦掌控不住,身子失去平衡翻转过来,就会摔落大江。如今溜索早已换成钢缆,溜梆也成了带钩的金属滑轮,溜索卡在滑轮里几乎万无一失。几个干部模样的人正在组织游人过溜,就像旅游公司的经理。我问准备带我过溜的一个傈僳姑娘:溜梆是你们自己的还是公司的?姑娘说没有公司,溜索和溜梆都是自己的,傈僳人家家都有个溜梆。看来溜梆只属于个人,属于那些想过怒江的人。公家不会有溜梆。各级政府,各种委员会,各种公司,都不会有溜梆。从古至今,溜梆都属私有,那是傈僳人的必备。

九

初冬的怒江水不大,一到夏天就变得汹涌澎湃。但不管什么时候,普旺人过怒江都要靠那两条溜索。他们择怒江而居，又必须超越怒江，超越它的阻隔。人的生活不可能孤零零的，总得跟人打交道。怒江峡谷里，最远的村子离怒江也只十多公里，再往山里去就没人了。生活就靠怒江。怒江是他们的母亲，也是父亲。对于他们，怒江不仅是一条江，也是一条生命的溜索，上面挂着大大小小的生命。如果生活是一条河，怒江就是一条溜索，怒江边上的人都要靠怒江这条"溜索"，到生活的另一边去。另一边是什么，不像我站在怒江边时这样容易看得见。生活的那边从来都是看不见的，必须到了那边才会知道。站在普旺村对面的怒江东岸，我能清楚地看见普旺村，看见它掩映在树丛里的木板房，当地人叫千脚屋。怒江边坡陡，人们用千只脚才能牢牢站住，站稳。生活就是这样，既要在那里站稳，又要时时跨过它，超越它。但我看不见普旺村人的日子。日子要过上了才知道是什么样的。我在普旺村对面看上那么一眼，其实什么都看不见。看见的只是普旺村的年轻男女都在忙着帮人过溜索。那天是他们的好日子，每带一个人过溜能得到十元钱。平时没这么多人，也没这种挣钱的机会。一辈子在溜索上溜来溜去，他们从小到大溜过成百上千次，从没人给过他们钱。过溜只是他们生活的一种手段，是他们超越怒江的一种手段，不是谋生的手段。为跨过怒江，他们架起了无数条溜索，却从不伤害怒江。怒江还是怒江，多一根或少一根溜索都无大碍。现在，作为生存方式的过溜，成了一种挣钱方式，那是傈僳人没想到的。

十

都准备好了，挂在溜梆上的那个傈僳族小姑娘，将带着那个外地胖子溜过怒江。小姑娘问那个外地胖子，好了吗？我们要过溜了！胖子战战兢兢地说，好了。只听那个姑娘轻喊一声，"抓好了，走！"就见她双脚一蹬，身体悬空，唰的一下，挂在溜索上的两个人像炮弹一样飞了出去。我听见溜索发出嗡嗡嗡的响声。眨眼两个人就到了江心。那时我听见怒江上传来了尖叫。尖叫的肯定不是那个傈僳族姑娘，只会是那个外地胖子。胖子肯定心存恐惧，问题是尖叫无法赶走恐惧。怒江人深知这一点。面对怒江，从小在江边长大的姑娘小伙从不尖叫。他们要么歌唱，要么沉默，从不尖叫。尖叫是那个外地胖子发出来的。去怒江的一路上，到处都能听到那样的尖叫。那是为该不该在怒江上修电站引起的。政府官员在尖叫，经济专家在尖叫，环保专家在尖叫，水电专家在尖叫，学者们在尖叫,不是学者的也在尖叫。不叫的倒是祖祖辈辈住在怒江边的那些人,傈僳族人,怒族人,独龙族人,苗族人,白族人,彝族人。他们从不尖叫。怒江是他们的老朋友了。一个人碰到了老朋友只会问候,打声招呼,不用尖叫。怒江给他们水,给他们滋润,给他们像江水一样悠远的历史和向往,他们干吗要尖叫?尖叫来自那些并不了解怒江的人。他们总以为自己能代表怒江人,其实未必。真有用的,是帮怒江做点实实在在的事,修路找矿,办学校,适度开发。但不能毁掉怒江。不能让那条与怒江人相处了几千年的怒江从他们眼前消失。我问准备带我过溜的傈僳小姑娘:"你想过没有,要是怒江不在了你怎么办?"她说怒江怎么会不在。我说如果在怒江上修一个大电站,怒江就不在了,会变成一个大水库。小姑娘说,那他们怎么办呢?没有怒江他们怎么办呢?然后她沉默了。她稚气的脸上神色凝重。然后她问我,没有怒江了,他们在哪里住呢?我说也许他们要搬家,搬到另一个地方。我没有说移民,我想她还从没听说过这个字眼。"那怎么行呢?"她说。然后她再次沉默,不出声了。没有声音其实也是一种声音。我想。可惜那样的声音从来没人去听,更没人认真地听。人们宁可去听各种各样的尖叫。这个世界真有些奇怪。但是,站在怒江边,那种刺耳的尖叫还在一声声传来。

十一

轮到我过溜了。带我过溜的小姑娘一声不响,教我戴好竹筢系好绳子。我突然想起问她的名字,她笑而不答。江心再次传来一阵尖叫。小姑娘问我你怕不怕,要怕你也叫吧,跟他们一样。我说你以为我会叫吗,她说你们不都爱叫吗,我说那你为什么不叫,她说我为哪样要叫,叫也没用。随后她沉默了。那种沉默里藏着某种自信和力量,让所有初到怒江准备过溜的人感到惭愧,包括我。不管怎样,等会儿哪怕我真的害怕,心惊肉跳魂飞天外,也决不尖叫。小姑娘说了,叫也没用。尖叫没用。尖叫无助于过溜,也无助于战胜恐惧。他们从来不叫。叫也没用。尖叫既无法赶走贫穷,也无法带来富裕。好日子无法靠尖叫叫来。小姑娘问我准备好了吗,我说好了。我们要过溜了,她说。我说好的。她双脚一蹬,我们一起滑了出去。风从下面吹来,从怒江吹来。溜索的嗡嗡声在耳边响起。怒江横着身子在我下面飞快地移动。对岸的大山迎面扑来。身边的小姑娘没有说话,依然沉默着。我从她的沉默中听到了她匀称有力的呼吸。正想跟她说句什么，我们已到了对岸。背对着怒江，我看见她朝我笑了一下。那是怒江的笑容，博大含蓄，就像一个宽厚温暖的嘉许。我没有尖叫。

十二

临离开怒江时，我去向那位怒江朋友告别。他说对不起，我欠你一个故事。我说，你——欠我的？他说你还想听那个石月亮的故事吗，我说哦当然想，我差点儿忘了。我为他点了一支烟，他便讲了起来：天地初创，怒江蜿蜒其中。天神见峡谷里荒无人烟，便用泥土塑出启沙、勒沙兄妹二人，让他们一起繁衍人类。这时一个第三者出现了，那是怒江龙王的女儿努娃，她竟暗慕上了启沙。龙王得知不高兴了，令江水猛涨。不料努娃的爱慕这时演化成了正义，她帮启沙兄妹造了一条船，让他们逃出怒江；临行前又送给启沙一把弩箭，以防不测。龙王恼羞成怒，下令堵住江水，峡谷里顿时水天茫茫，淹没了一切。汹涌的洪水继续猛涨，峡谷眼看就淹得只剩下一座山峰了。坐在小船上的启沙兄妹若再不设法，将被大浪掀到怒江峡谷之外，摔个粉身碎骨。启沙急中生智，挽弩搭箭，轻发三箭，其中两箭一起射中的山上，豁然出现一个大石洞，洪水转眼泻去。那个洞就是我们现在看到的"石月亮"……

故事讲完了，朋友沉默着。我说，你讲完了？他说完了。他说，你听明白了？我说听明白了，但没听懂——这故事什么意思？他说我只管讲，什么意思你自己去想。回家路上我一直在想那个故事。如此这般的民间故事实在太多太多了。直到有一天我才幡然领悟，那时那个古老故事的最后结局让我大吃一惊，茅塞顿开。我再次想起了时下有关怒江的争论：到底该不该在怒江修建梯级电站，让峡谷里出现一个地中海般的大水库。人们各执一词。傈僳人没参加这场争论，却早就为现代怒江预设了一个绝妙的隐喻，留下了一部有关怒江的《现代启示录》。故事就是声音，古代的声音，民间的声音，以心口相传的方式，一直在怒江流传。直到现在，也没人真听懂过那个声音，更别说对那个声音做出新的解读了。沉默着的怒江是有声音的，表面的沉默从来不能证明什么。朋友说欢迎我再来怒江，我说我要来的，我想听到怒江真正的声音。

滇藏路上

白　塔

　　越野车突然停在了半山上的公路边。司机说他累了，让大家伙儿休息十分钟。我走下车前，顺手拿了一瓶矿泉水。吹塑瓶上贴着的商标标明那是瓶纯净水——到底纯净不纯净，只有天知道。现在好多东西都是如此。俯瞰脚下那片开阔地，眼前一片山涛峰浪，威严苍劲，荒凉凝沉。肃穆。肃穆。肃穆。那样透彻心骨的肃穆到底是自古有之还是突然降临，我当然说不清。不知为什么，刹那间我便被那种肃穆震撼得说不出话来。那与信仰无关。也好，或许那正好让我回到我的内心——通常我们总以为心都在自己的胸膛里，其实不一定，其实诱惑太多，我们的心经常会在不知不觉间跑得不知所终，不再属于自己。我为我那一刻突然意识到这一点而一阵惊喜。以方位判断，澜沧江该就在我眼睛看不到的山脚下面流淌。听不到江水的流淌声，它当然该有声音，一种巨大而沉郁的声音，也看不到村庄人家——或许真有人家，或许没有。谁会在那样的地方住呢？如此，那片山地就有了真正的自在，似乎也就有了真正的荒寂。

　　正为那样一个萧瑟落寞的世界感叹着呢，突然，一小片醒目的近乎银色的白色在我眼前一闪——说是一闪，其实有些夸张，它一点都不刺眼，尽管它非常醒目。那是一种并不张扬倒很醒目的明亮，却又有着某种超凡脱俗的意味——想想我还真说不清。细细一看，哦，那是座白塔！那么宽阔那么严峻的山野里，在那片凝沉得如涛似浪的大山里，竟然有那么一座白塔，小小的，悄寂而立，显得多少有些孤独无助，可在夕阳中，它正以它明亮的银白与夕阳金红的艳丽相辉映。白塔成了那片山地事实上的中心——虽然与大山相比，它显得那么小。四周蜂拥而来的群山，既像是包围者，又像是朝拜者，就看你怎么看了。有一点是明白无误的：夕阳看上去好像怎么都无法把白塔映成红色。白塔依然是白的，沉郁而纯净的白。看来再艳丽再浓郁的霞光，也无法改变白塔的颜色。这让我觉着有些奇怪。可人们把白塔建在那里到底是为了什么？难道正是因为这一点？也许那是为了标志出那片看似荒寂的山野具有的某种神圣——任何一座山，都不会只是一堆岩石，至少在藏人心里是那样。或者也许，在那片苍翠那片红艳中，白塔无非倔强地以它醒目的白色，为大地也为它自己保持着某种原初的贞节。但最后我还是否定了自己所有的揣测，因为所有那些带有联想意味的比喻，对白塔好像都不合适。我真正知道的是，那绝对是藏人与大自然对话的一个节点。在我眼前，除了白塔，一切都是沉郁的。那是个沉郁的世界，除了白塔。山峰庞大无比，色泽浓重：深灰、深褐、土红、暗绿……仿佛随便刮上一铲子，就可以作为油画颜料，涂满画家的画布。只有白塔不能。任何一个画家要画一幅画，真正的白色都不可能用白颜料涂出来。何况你无法把白色从白塔上取下来。你可以瞻望，可以绕着白塔转经，就是不能取下白塔的那种白色。转念一想，白塔的白色，那么白那么白的白色，又是从哪里来的？那么白那么白的颜色来自何方？我当然知道，很可能那就是哈达的颜色。也很可能那就是山顶上积雪的颜色。甚至是天上飘动的云彩的颜色。云朵像乳白色的动物。藏人或许就是把那些白色统统加起来，糅在一起，才成了那么白那么白的白塔？

最后我断定，其实什么都不是，白塔就是白塔。白塔那种醒目的白色就是它自己，就是它自己的纯净与静穆……

野鸽子

一切好像都是凝滞不动的，只有我们的车抽风般地颤抖着，颠簸着，缓缓而行。一切仿佛也都不再存在，包括阳光、空气，甚至上帝——滇藏路的这一段，从云南德钦到四川盐井再到芒康，也许是世界上最难走的路之一。这样的时候，偶尔间人会突然就深深陷落在绝望之中，甚至也不是绝望，而是麻木。就在那种麻木中，我突然听见我们那辆车发出了一声怪异的爆响，声音不是很大，但足够被坐在后排的我听见。我大叫了一声：师傅，这是什么声音？是什么东西在响？我那么叫了一声后才发觉，我的声音多少有点儿恐怖。师傅听了说，什么声音？我说最好停车检查一下。师傅停下了车，走下去，绕车看了一遍。跟着是他大叫了：哎呀，右边的后胎爆了。我深深地倒吸了一口气，也大大地松了一口气。看来我为我们一行人立了一功：真要没发现再往前开，什么时候车毁人亡都很难说。我们帮着师傅换了轮胎。车继续向前走。眼前除了山，什么都没有。却突然地，有一只跟着又有一只鸽子在车前扑腾飞起——事后我想，事情总是这样，一旦危险到了极致，很可能就会突然掉头向另一个方向奔去。那时我想，刚刚发生的半路爆胎就是先前那一切的终结。那一声爆响和我的那声惊叫，宣布先前的沉闷与麻木暂告结束。紧跟着，鸽子就在那时出现。

　　鸽子似乎是灰色的、凝重的，说不上怎么漂亮的灰色。那显然不是和平鸽，白羽红喙，或者是那种漂亮的浅灰色，那些鸽子却是青灰色，带点儿蓝——就那么一点儿。它们没有我们打小就熟悉的和平鸽那样的洁净和高雅，也没有靠着养鸽人为它们精心装上的鸽哨，没法发出那样好听的声音，简直就没有声音。那是些海拔三千米以上的高原山里的鸽子——野鸽子，师傅证实了我的猜想。他说他经常跑那条路。说完他朝我暧昧地一笑。我没管他朝我那么一笑是什么意思。我只是看着鸽子，目不转睛。我完全被那些野鸽子吸引。天空很蓝。野鸽子是那片幽蓝天空中几个移动着的黑点。很快，野鸽子就变成了一群，从七八只，到十几只，到几十只——只是在眨眼间，野鸽子就变成了一群，哦，真不知道它们是在哪里栖居，又是从哪里飞来。现在，它们就在我的头顶。渐渐地，凝神中我甚至听到了它们翅膀扇动的声音，也听到了它们相互联络的叽叽喳喳声。它们似乎发现了我，发现了我这个与它们同住在一个星球上的注目者。想想这一点似乎蛮有意思：生命和生命。它们和我。我和它们。这个时候。这片山地……

　　师傅说上车了上车了！我说再等等。他说等什么，我说再看看那群野鸽子。他说那有什么好看的，我说哦，好看啊，很好看啊！说着那群野鸽子转眼就飞过了澜沧江，它们在我的想象中呼啸着向江那边飞去，没入江那边的山崖斑驳的沉郁，然后就不见了，就像一抹色彩融进了整个画布。那样的融合让我感到惊奇：五月的澜沧江水一派棕红，它肯定在流淌着，可远远看去却似乎一动不动；五月滇藏路两边的大山是苍郁的，固执地沉默着，好像在做着它每天的功课。野鸽子就在那时飞来，在我们头顶飞舞、旋转，忽上忽下，俯冲探底，然后再次高飞上扬,给了那个近乎凝滞的世界一种孤寂的动感。它们一直牵动着我的目光,当然还有我的心。问题是那些灰色的鸽子飞着飞着就不见了。它们有那种自由。自由是这个世界上最昂贵的东西。转眼它们就没入了那片苍郁的山野。我想我再也看不见它们了,那些鸽子,那些野鸽子,刹那间我甚至有那么一点儿惆怅。但过了一会儿,野鸽子再次冲破了那种沉郁,向着我们这边冲了过来。忘情中我突然叫了一声——啊!师傅回过头来问:怎么了?对不起,我说,没什么,那几只野鸽子又飞回来了——师傅暧昧地笑笑,没说话。

……在澜沧江边的那段路上,野鸽子就那样不断地在我眼前消失,又不断地在我眼前飞起,陪我一路同行。它们像在寻找什么。我也像在寻找什么。到底在寻找什么,我和它们的寻找是不是一样?我一时还真说不出来。我能说的是,如果我至今都能将那段记忆保存于心,那肯定是因为有了那群飞动着的野鸽子,是由于它们的牵引而整个儿活起来了的那片山野……

村　庄

江对岸的那些山,怎么看都陡峻得像刀劈斧削,几乎每根线条都如钢浇铁铸,近乎直立,顺势而上,说不定真能直入天庭——在这片山地上,天庭向来都是个神圣的字眼,总将人的目光牵引向上,以便与俯首即是的凡世红尘保持一点距离。车正开行在澜沧江边东岸那条通往西藏的公路上,颠簸不堪,我的目光总是被屏障般的大山一一挡回,只好去看那条与我们前行的方向反向而去的大江。如此我根本没去注意偶尔从车窗前一闪而过的村庄——我想一定是有的,只是我没在意。我在意的只是江流中那些山岭的倒影,随着我们车的前行,它们像一些百变精灵忽长忽短忽宽忽窄,却怎么都难改它的巨大与阴郁,如同一些深藏于斯的大面积的水草,在澜沧江里无声地流着,千年万年,流走了一茬又一茬,永远都流不完——有根的东西大多如此。

其时太阳就要翻过澜沧江西岸的山顶,看来它每天都在这片山地上健身,亿万年如一日,闲庭信步。想一想,无论太阳对于山岭,还是大山对于江水,那种千年万年的不变,或都出于一种执着的迷恋。那片山地也一样,千千万万年都执着于自己的执着。太阳一走,山地就整个儿阴郁下来。那种透明的阴郁,加上夕阳离去时如同亲人离别似的伤感,还真让人心动不已,突然就有一种说不清道不明的战栗掠过心头。山顶,以及那些阳光照不到的地方,残雪还没消尽，峡谷里，山坳间，沟壑中，皱褶里，那些白得耀眼，仿佛大师有意留给读者却又不露痕迹的飞白，显然大有深意——或许里面满满的都是大师的心思。只要你愿意，也会有那种能力，也能往那些飞白里填充些你想填充的某些内容——我对自己说，只看你做得到底是从容智慧还是粗糙笨拙而已。大师就是大师，大师与凡夫俗子的区别，就在于大师从来不向我们炫耀他的才华，凡夫俗子却会为一点小小的成功沾沾自喜。从山顶树林缝隙中漏过来的阳光，那时正有着浓酽的明亮——说不清那到底是因了残雪的映衬，还是高原上的阳光本身就有着那样的质地：坚韧，致密，而且浓稠。已是五月，春天离那片大江边的山野好像还有一段不近的路程。而在山崖的下面——我就从那里走了过来——沿着与澜沧江江流相反的方向，春天早已喧哗着到来。就在那时我突然看见了那个藏族村庄。那个小小的藏族村庄，生生给挤在一片薄得透明也翠得让人心疼的新绿之中。山村本来悄无声息地躲在大山的阴影里，那时却由我身后反射过来的斜晖，把那个村庄映照得晶莹剔透，连每块石头都像碧玉一样闪着光。太远了，我看不清也不知道那样的新绿到底是柳树还是别的什么树。还有那些赭红色的藏式窗户，像一些深沉的眼睛，惬意地睁开着，或眯缝着，看着你，那让我想起小时候老师的眼睛，就那么看着你，看得你终于明白犯了什么错，而不敢跟她久久对视，只让你低下头去想象她内心崇高的炽热……

　　山高水深，偏僻幽远，山里的春天来得或许太晚。可没准儿澜沧江边那个藏族村庄里的春天，才是真正的、自自然然的春天呢？而在我居住的那些地方，春天照样也有灰尘，有喧闹，有幽暗，掺杂着许多人工涂抹的、做作的绿色，没有那个小村庄那样的透明，那样的自信和深沉，当然，也没有那样一片宁静的、翠得让人心疼的新绿。

烟雨多瑙河

去罗马尼亚之前，我对那个遥远国度唯一知道的就是多瑙河。行前我读过的罗马尼亚文学作品只是一篇不足两千字的散文。早年我看过两部罗马尼亚电影，听过一首名为《多瑙河之波》的歌，可惜那都是"巨变"前的东西，不足以据此对现在的罗马尼亚做出任何判断，哪怕是臆测。除此之外我没能找到有关当代罗马尼亚的任何东西。报纸上很少有罗马尼亚的消息。我唯一知道的就是多瑙河。想想看，罗马尼亚好像既没有埃及的金字塔、印度的神庙，也没有法国的凯旋门、美国的自由女神像。除了多瑙河，我简直怀疑我在那个陌生的国度还能看到任何别的有价值的东西。我想，尽管人世沧桑，多瑙河大约不至于因此变得面目全非吧。

到布加勒斯特的当晚，我就急切地想看到那条伟大的河流，哪怕是它的支流。听说多瑙河的支流登博维察河正好从布加勒斯特蜿蜒穿过，将那个城市分为几乎相等的两半，市内的河段竟长达二十四公里。那当然是布加勒斯特的幸运。我对河流一向敏感。一个没有河流穿过的城市是枯涩乏味的，而多瑙河对于欧洲，就像长江对于中国，几乎浇灌出了整个欧洲的现代文明。遗憾的是，不仅那个夜晚我没能看到多瑙河，甚至后来我也一直都没能在布加勒斯特看到登博维察河，它仿佛从布加勒斯特消失了。但我告诉自己，放心吧，既已到了罗马尼亚，哪能不看多瑙河呢？

然而，五天后当我们在黑海边听说我们的罗马尼亚之行居然没有安排去看多瑙河时，我简直就有些愤怒了：是因为主人的疏忽，还是他们对那条著名河流心存怠慢？热丽亚告诉我们，都不是，唯一的原因是多瑙河三角洲一带条件差，如果一定要去，就得准备吃苦。我们的态度则是别的地方都可以不去，多瑙河和多瑙河三角洲却非去不可。于是热丽亚忙开了，通过几次电话联系，才告诉我们决定挤出一天时间，先乘车去多瑙河边的小城图尔恰，再从那里乘船去多瑙河三角洲，最后再从图尔恰返回黑海边的作家之家。往返一天，行程四百多公里，回到住地至少也是晚上八点多钟，但我们说值得。

早上七点出发时天气尚好，下雨是后来的事。从库普通到图尔恰一百六七十公里，路上须走两三个小时。越过康斯坦察附近的多瑙河运河，越过一个个小城镇之后，眼前是一片平阔的田野，那就是罗马尼亚南部富庶的瓦拉几亚平原。那里已临近多瑙河三角洲了。作为一条河流不可分割的一部分，一条伟大的河流在入海前总会留下一片富庶的三角洲。瓦拉几亚平原无疑是多瑙河在亿万年间精心炮制的杰作，它的开阔和富庶让我们有足够的时间去展开对多瑙河的想象。早就成熟了的玉米地密密麻麻，在已经收割过的地里，几个裹着鲜艳头巾的女人正俯身捡拾着什么，弯弯的脊弓让我想起米勒的《拾麦穗的女人》。阳光下的油葵地一望无际，一轮又一轮暗金色的葵盘，一直铺展到了云朵堆垒的天边，犹如一幅大气磅礴的大地艺术作品，似乎是用无数幅凡·高的燃烧的《向日葵》组成的。热丽亚告诉我们，多瑙河三角洲土地肥沃，瓦拉几亚平原丰收，便足够整个罗马尼亚放开肚子吃三年。几天前从飞机上俯瞰欧洲时，我曾惊叹上帝对欧洲是那么偏心，它很少高山峻岭，更没有戈壁荒漠；它气候温和，常年风调雨顺。而从地图上看到的中国，则大半是深褐色的山岭高原。面对瓦拉几亚平原我想，即便罗马尼亚除它之外再无长物，那也足够她引以为骄傲了。

到达多瑙河边的小城图尔恰已是两个小时之后。那里距黑海还有八十多公里，多瑙河在图尔恰附近进入三角洲，干流在图尔恰附近一分为三，一股是北支，基利亚河，一股是南支，圣格奥尔基河，皆因水浅沙淤而无法通航；中支苏利纳河经疏浚后水深达七米，可以通航。一般的旅游船只走的正是这后一条航道。

热丽亚在图尔恰费了好大的劲才租到了一条小型游船——岸边停泊着许多游船，要么太大，要么太小，条件也太差。热丽亚是个有心计的女孩，既要为我们营造舒适的游览气氛，又要尽可能地省下该省的钱。一艘空空荡荡的大船并不能带给我们愉快，一艘太小的游船又会让我们感到局促和拥挤。她凭她对情感的良好感觉选定的那条船可说是恰到好处，让我们终于能沿着蓝色的多瑙河顺流而下，尽情领略欧洲第一大河的种种美妙。从一般意义上说，那条船真是够小的，称得上是蚱蜢小舟，却刚好能容下我们代表团的五个人，加上我们的翻译热丽亚，作家之家的经理瓦西里和他的儿子，那个金色头发的小伏罗宁，以及游艇老板和一个水手，整整是十个人。何况船上还有上下两个舱，可供我们上上下下，犹如是在一个有着楼上楼下的家里。底舱有桌有椅有饮水，可供我们谈话聊天；上舱虽不是太大，却视野开阔，得以让我们贪婪的目光不受任何阻拦。一个刚从大学毕业不久的女孩的细腻心思，一个业余翻译兼导游的缜密思考，在选择一条游船时表达得淋漓尽致。

　　船在多瑙河上缓缓而行。清澈平静的河水几能照见人影。岸上有什么，多瑙河里就同样有什么。我们看到的是双份的罗马尼亚，她的底蕴在多瑙河的映照下变得更为丰厚。不久就开始下雨了。细雨如烟似雾，将一切都笼罩在一片清亮透明的烟灰色中。我强烈地感到，我正在进入一个用罗马尼亚方式和罗马尼亚材料描绘而成的中国画的世界——掩映在秋日烟雨中的多瑙河湿湿漉漉，隐隐约约，迷迷蒙蒙，全然是一幅墨迹未干的水墨长卷。水汽蒸腾，云天相接，目光几乎难以越过宽阔的河面抵达对岸。船与岸之间的水面沙洲，不时有一排排大树，露在水面以上的树干弯扭虬曲千奇百怪森黑如漆，像一些饱经沧桑的老人。有时船紧靠河岸，岸上的一幢幢木屋，巨大的人字屋顶和精致的百叶窗几乎纤毫毕现，衬在屋后及四周高大浓密的绿树之间，几乎每一幢木屋都像一幅水彩画。木屋顶或雪白或橙黄或墨黑，在飘飘洒洒的烟雨中显得宁静温馨。两条森黑的小木船系在岸边，船缆半挽，船尾高挑，随着波浪轻轻起伏跳荡，单纯而又优美，让人不由想起"野渡无人舟自横"的诗句。一个小小的码头，几根木柱，几块木板，与斜斜的河岸与水面构成一个惬意的三角形，等待着归航的船只。

　　这就是蓝色的多瑙河。那条牵动过斯特劳斯的河流，那条在每年的维也纳新年音乐会上都要演奏都要歌唱的河流，那条流经欧洲八个国家、喂养出了维也纳、布达佩斯、贝尔格莱德、布加勒斯特等欧洲大城市的河流，那条在公元前五千年就孕育出了多瑙河文化，又在十六世纪初滋润了多瑙画派的河流，那条曾在无数的画家、作家、音乐家心中流淌，激起过激情、想象和诗情画意的河流，那时就在我的脚下、我的眼前、我的心中流淌。只要想到这一点，我就很难平静。

我们当然不愿意被关在底舱里,虽然那里有玻璃窗。对多瑙河来说,透过玻璃的观看,当然是带有亵渎意味的。我们全都聚集在有着雨棚的上舱里,频频拍照,不放过每一个能够进入相机的画面。我感到胶卷不够用。同行者有没带相机的,说:"你的相机好,给我照张相吧。"我一动不动说:"对不起,今天谁也别想让我给他拍照。今天我要拍的除了多瑙河,还是多瑙河。"河水沉稳地流着,无声无响,如果不是断续传来我们乘坐的那条船的马达声,我们差不多难以感到它是一条活着的河流。我想起了那支我很早就会唱且一直非常喜欢的歌《多瑙河之波》——

当太阳升照耀在水面上,
白云飞,浪花跳,金光闪,风儿唱。
看,多瑙河滚滚流翻波浪,
给两岸安排了无限好风光……

啊,放眼望,河面广,河流长,
景色美,令人醉,乡土好,最难忘!
啊,多瑙河,有欢乐,有悲伤,
你永远流向前,奔远方,奔远方。

跟约翰·斯特劳斯那首著名的《蓝色的多瑙河》专一借多瑙河歌唱春天带来的欢欣心情不一样,《多瑙河之波》是一首纯粹的、将全部注意力都投注于多瑙河的歌。这时我才想到,歌中唱到的"多瑙河,有欢乐,有悲伤"是什么意思呢?很可能,多瑙河在罗马尼亚人心中不仅是一条伟大的河,那也是他们的历史,他们的生活,一直在流淌。罗马尼亚似乎从来就没有能按照罗马尼亚人自己的意愿存在于世过,她总是被夹在几个欧洲大国之间,成了平衡大国手中权力的砝码。最早进入罗马尼亚的是罗马帝国,罗马人与原住民达克人经过长期融合,形成了后来的罗马尼亚民族;后来则是土耳其人,再后则是强大的奥匈帝国,二十世纪中叶,又来了俄罗斯人,他们甚至要把罗马尼亚变成某个"大家庭"专事生产谷物的粮仓。那个拟议中的"粮仓"的主产地无疑就是富庶的多瑙河三角洲。从这个意义上说,早就化成了一抔黄土的齐奥塞斯库敢于跟强大的俄罗斯较劲,靠的就不仅仅是他的个人意志,而是整个民族的力量。伟大的多瑙河作为罗马尼亚人心目中的母亲河，既然一直在他们心中流淌，当然也会在齐奥塞斯库心中流淌。多瑙河三角洲地区的航道因泥沙淤积水深不够，原来的水运并不发达。早在齐奥塞斯库年代，康斯坦察附近就开凿了运河；我们曾几次横跨运河；船只从那里入海，不仅缩短了上百公里航程，还可通行大吨位的船只。作为罗马尼亚年轻一代思想激进的知识分子，热丽亚在谈到"巨变"之前她所谓的那段"阴暗日子"时，常常难以掩饰她的愤懑，言词颇为尖锐，但在给我们介绍了多瑙河运河后她说，由此看来，齐奥塞斯库当然也并非没做过一点好事。

正像那首歌中唱到的，多瑙河"你永远流向前，奔远方，奔远方"！远方就是一个国家的独立和自由，就是罗马尼亚的明天。在康斯坦察民族博物馆参观时，年轻的讲解员不厌其烦地给我们详细讲解了罗马尼亚的历史，以至我们原定的参观时间延迟了将近两个小时。我们饥肠辘辘地、耐心地听着他的讲解，直到最后他才抱歉地说，真对不起，耽误了你们太多的时间。我读过许多有关中国的书，知道中国有悠久的历史和文化。我今天想告诉你们的是，罗马尼亚虽然是个小国，同样也有悠久的历史和文化。他说得很对。罗马尼亚的历史当然跟他们的母亲河多瑙河密切相关。

从图尔恰到多瑙河的苏利纳入海口全长六十三公里，旅游船只一般行驶到途中一个叫克里山的地方，游客下船稍事休息吃过午饭后便折返而归。热丽亚在克里山旅游餐厅为我们要了多瑙河鲟鱼和鱼子酱（那里的鲟鱼产量占整个罗马尼亚的大半），她用那些著名的鲜腥对我们进行了又一次膳食袭击。返航时烟雨茫茫，克里山码头凄清无人，与它和它的鱼子酱告别既让人愉快又叫人有些伤感。我们的游船沿着一条与来时不同的航道，驶进了多瑙河三角洲芦苇丛生的河岔。那已是多瑙河三角洲的腹地。河面越来越窄。风雨越来越大。尽管十多公尺以外便已无法凭目力分辨，扑进视野的却是满眼的绿。雨中的那种绿显得既水灵又浓郁。多年前我看过一部罗马尼亚电影《多瑙河三角洲的警报》，是部反谍片，情节已记不太清，有个场面却至今在目：一艘摩托快艇在多瑙河三角洲芦苇丛生的河岔里疾驶如飞；水天茫茫，河岔两边的芦苇浓密得像一堵绿色的墙，墙一般厚的芦苇像被砍倒一般向后倒去，艇后的浪花翻滚如沸。那是一个惊心动魄的场面。那时我当然不知道若干年后我会真的来到多瑙河边，来到多瑙河三角洲，一头撞进多瑙河的烟雨，闯进那部电影。窄狭的河岔因我们那条船的到来水位陡涨三尺，浪花迭起，奔涌而去，狂怒地拍打着岸边那墙一般厚的苇丛和苍劲虬曲的大树。有时，河岔窄得伸手就能触到岸边凝绿的灌丛。丛林密树层层叠叠前堵后追，一眼看去，几已无路可行。而水回路转，眼前忽地又是一条水道。如此循环往复，没有穷尽。我们失去了方向，既看不见"前途"，也看不见来路，似乎陷进了一段与世隔绝的死河道。那是个让人迷惘的时刻，就像我们在历史中常常碰到的一样。

不知什么时候，衣衫单薄的热丽亚披着一条花格毛毯从底舱走了上来，静静地立于船舱的左舷，两眼直盯着前方。河风抚弄着她的金发，雨丝挂满了她的脸颊，颇像一个从上界降临的罗马尼亚女神，一个沉思中的女神。从第一次见到她直到那时，我很少见她会那么安静。或许她真在沉思，却不知她在思索着什么。在我的经验中，河流总让人想起道路，想起方向，想起永不停息的奔流，当然也让人想起大海、日出、远航和彼岸。不知道那时热丽亚在想些什么？我想她对这趟多瑙河之行肯定有所感触，就像我有所感触一样。任何一条河流都是要流入大海的，流入的方式却各不相同：或曲或直，或缓或急，或近或远。不管我们眼前的河岔是如何地纵横交织密如蛛网，也不管在图尔恰附近形成的三条支流是如何地分道扬镳南辕北辙，它们最终都流入了黑海。它们都是多瑙河的自然河道，大海是它们的共同归宿。人类当然可以改变河流的流向，比如热丽亚早先指给我们看的多瑙河运河。作为河流的人工河道，运河或许能缩短到达大海的航程，却无法改变多瑙河这条伟大河流的终极流向。我就那样朦朦胧胧地想着，心中既一片迷茫又万分感慨，就像烟雨中的多瑙河。我很想跟热丽亚聊聊，却终于没去惊动她——她是个聪明的姑娘，让她去沉思去领悟吧。

当我们终于驶出多瑙河三角洲腹地迷魂阵般的河岔，进入多瑙河主航道时，雨势稍歇，太阳却依然没有露脸。回头望去，河岸正急速地向后方远退，我看到的是一个宽阔清澈的河面。河水浩浩荡荡向南奔去，奔向黑海。那时我想，我们的多瑙河之行很快就要结束了。不料从图尔恰回黑海边的途中，在雨后的瓦拉几亚平原，我们意外地看到了迄今为止见过的最为壮观的日落。那是欧罗巴的日落，也是多瑙河三角洲的日落。尽管天色渐晚，我们还是大声喊叫着请司机马上停车，让我们能驻足观看。晚霞万丈，天与地一片火样的深红，还没收割的玉米和一望无际的油葵，都在夕照里灿灿闪光。让我惊叹的是，在瓦拉几亚，我们并没有感到日落通常都有的那种灰暗和伤感，恰恰相反，它不仅跟日出一样辉煌，甚至比日出还要激动人心：跟已成定局的日出相比，即将隐没的落日明天是不是还能照样升起尚属未知，明天可能是一片阴霾，也可能是一片晴明，于是落日的熊熊燃烧便显得更为惨烈和悲壮。就像《阿姐鼓》里一首歌唱到的：最后的死去跟最初的诞生一样，都是温柔时光；最后的晚霞和最早的晨曦一样，都是太阳辉煌。我在渐渐弱去的晚霞中寻找着多瑙河的位置，心中再次响起了那首《多瑙河之波》：

  当太阳升照耀在水面上，
  白云飞，浪花跳，金光闪，风儿唱。
  看，多瑙河滚滚流翻波浪，
  给两岸安排了无限好风光……

那时，多瑙河已离我们很远很远。

把和顺栏杆拍遍

一、终归是老庄子风流

　　终归是老庄子风流。去过一些"先富起来"的"新农村",欧式尖顶百叶窗,一如阔佬阔少,尽管满身洋装也难入眼——怎么看都脱不了一个俗。何如老庄子好看?浙江西塘江苏周庄安徽宏村,人刚一靠近那股气韵便悠悠袭来,高雅的率性潇洒的散淡让人从里到外地舒坦。街巷其实逼仄,楼墙也已敝旧,灰黑斑驳一脸沧桑,却一砖一瓦一门一拱都安排得井然妥帖——尽是些匠心的随意,一如旧时绅士暮年美人,老到满脸褶子,仍掩不住骨子里的气派风韵。也见过几本小书,出自江南文人之手,装帧精雅考究,文笔纤细入微,把些个江南小镇个个写得低回宛转大义深藏,不是史传深厚便是文脉悠远,占尽人间风流。想想,不就是些大村子么,云南有,高黎贡山下也有的,要论风光山水史迹文脉,足可以跟它们比试比试,怎么就没人写呢?比如和顺。

　　滇西腾冲号称"极边之城",和顺乡不远不近就在城边,去不难,花几毛钱招手拦一辆中巴车,坐上去眨眼就到,真要看懂却不易。古名阳温暾的和顺,相传旧时为佤族居住地,因有小河绕村而过初名"河顺",后又依"云涌吉祥,风吹和顺"的诗句定名和顺。

　　远看和顺,四周尽皆大大小小的火山锥,从东到西环山而建的房舍抗战时期得远征军保护幸免于难保存至今。那种渐深渐高的环绕错落有致的密集,先自叫人惊叹。乡前,清清亮亮的三合河绕村而过,牌楼村舍倒映于粼粼波光,风起处萦萦绕绕地波漾不止，仿佛天上人间。两座石拱桥连接村内外大路——据说村中大小道路甚而村外田埂都用火山石条铺就，晴不扬尘雨无泥泞。河边环村大路虽不甚宽阔气派，却是和顺的王府井抑或南京路。一路行去，大路与每条巷道交汇处，到处都有和顺人说的"月台"，半圆形或扇形，四围石栏，中置照壁，其间总有一株绿荫如盖的榕树或槐树，下置石凳，既可让休闲聚会的乡民跳出身居其中的密集房舍仄狭小巷反观自己，也是如我一般的来访者一睹和顺全貌的好去处：平展展的台面齐腰高的栏杆皆用火山石砌成，极尽玲珑精雅又若自然天成。平台可进可退，栏杆可倚可凭。身在"月台"手扶栏杆，远观半亩方塘外的文昌宫，明镜般波光粼粼的元龙潭波光倒影的元龙阁，杂树掩映紫气氤氲，近看鳞次栉比的老屋场，小巷纵横行人出进。止不住一时性起，手拍"月台"栏杆，道一声"好个和顺"，半响回不过神来。

　　往里走，穿过九曲回肠的小巷走进那些萧疏闲冷的大院，满眼是鲜亮的敝旧绮丽的沧桑，天井檐深方砖苔厚，木门半敞纸窗虚掩，俯首可拾民初小说的玲珑细节；宛转的回廊九曲的扶栏，一脚跨进丝丝入扣的连环情局，恐就再也出不来。真不知在那样的地方住久了，会不会连自己也成为一部传奇。大大小小的和顺传奇，绵绵延延的和顺故事，就在宅角院心的浓浓阴影里静静伏着，与飞檐斗拱间的密密蛛网一起挂着。远远就能看见的那座乡村图书馆，实足一部海外传奇，当年靠几匹骡马从缅北运来英国定制的大门美国的锁至今仍在，贴上去听听，大海的喧响犹若在耳；不说民国元老于右任，也不说滇地名耆李根源，上世纪初文坛骁将胡适亲题的匾额"和顺图书馆"，那五个笔力苍劲的黑底金字，极尽对一种乡村文化的褒奖，却随随便便挂在头顶，淡淡薄尘掩不住的，倒尽皆新文化的风雅。

　　和顺的风雅是自然的风雅，更是文化的风雅——说来这座中国乡村最大藏书最多的图书馆，原就是新文化运动的产物。和顺图书馆的历史，怎么看都是和顺新文化发祥传播的历史。得益于地处中原文化、东南亚南亚文化及西亚文化交汇融合的当口之便，和顺早已领风气之先。清末国难深重，新思潮遍及域中，和顺岂甘落后？先是留日归来的同盟会员寸馥清等于清光绪二十一年（公元1905年）在和顺创建"咸新社"，社址设于一经改建的古庙，购置成批新书供社内外人士阅读。民初，旅居缅甸瓦城的和顺青年寸仲猷、李清园等组建的"青年会"发展到和顺，于1924年创办"书报社"，自上海等地订购书刊供乡人阅读。"青年会"后改组为"崇新会"，会员渐多影响愈大，遂将"书报社"

扩大为图书馆，仍以"咸新社"社址为馆址。经在国内外乡亲中宣传鼓动，为图书馆捐款捐书捐物一时蔚成风气。据和顺图书馆十周年纪念刊《本馆经济史略》一文记述：图书馆"成立初期，经济方面既不名一文，对于书报的购定，也没有事前周密的筹备……"一切皆"由本乡募捐基金"：驻缅京瓦城商界巨子尹玉山省下做六十寿辰庆典的费用，捐赠图书馆建筑费三百元；本乡乡民张德善摒弃传统婚礼举行"文明结婚"，节省费用一百元亦全数捐出；寸秀芳女士捐赠图书费二百五十元及复印器一架；至于老人弥留之际遗嘱捐款、父子同捐、兄弟共捐、夫妇合捐者，更数不胜数，桩桩件件都令人动情。本乡则"由两毫起码，名人老财不过五元……全乡募化结果得到二百余元"；"一切图书报章，多由各方捐赠……各热心同志将所有新旧藏书或借或赠，陈列馆内"。而"建造书架所费不赀，亦皆由各同乡同志赠，本馆并未支出分文"。现馆藏诸多古今图书，如百衲本《廿四史》《武英殿聚珍全丛》《云南通志》《九通全书》《续藏经》《四部丛刊》《万有文库》《汉魏丛书》《佩文韵府》等等，尽皆那时募捐而来。图书馆的日常工作则"由热心赞助的各同志……轮流负责，每二人共同义务经理一星期"，所有工作人员都只尽其责不取报酬。但腾冲地处边陲邮传滞迟，报刊到和顺俨然已成"过时"之物，远难满足关心时事新闻者之需。恰本乡旅缅华侨尹大典在缅甸配制成短波机一台，带回乡后应图书馆请求，于1934年慨然捐出。此后尹大典与几位热心者便每晚收录，夤夜刻印赶制成新闻纸，以"和顺图书馆电讯三日刊"之名分送各处，甚而外县如保山、龙陵等均来函索取。"七七事变"后时局突变，电讯新闻由每刊一纸增至二三纸不等，更成为保腾一带供不应求的新闻资料。直至后来办起的《腾越日报》，也由和顺图书馆提供电讯新闻。至此和顺图书馆不惟是腾冲最大的文化中心，也成了腾冲最大的电讯新闻中心。

——有时我想，真不知那时和顺人有的到底是怎样一种锋锐的意气豪迈的风采？那些石刻线装的古书蜡纸油印的电讯，怎么看都透着他们对往昔揪心揪肝的惦念对未来如饥似渴的憧憬，不足万数的人口，竟恨不得将古今中外所有的精彩与无奈整个世界的风风雨雨都装在自己心中！

现存的和顺图书馆乃1938年建馆十周年时于旧址改建而成，那座中西合璧坐南向北的二层砖木馆舍，规模更大风韵更浓，新颖别致又完全融入和顺既有的古朴。大门沿用旧有牌楼式老大门，在本就坐落于团山脚缓坡上的和顺建筑群中，那组依山势而上层次分明的建筑气韵非凡，更为和顺增添了时代的动感，加上宝顶飞檐绿柳粉墙，馆前宽敞的花园外建一三孔平顶拱门，额上嵌有李石曾书"文化之津"石刻，正拱门头上悬胡适书"和顺图书馆"木匾。落成之际，腾人张天放当即为《和顺图书馆十周年纪念刊》上题词："在中国乡村文化界堪称第一"。

难怪当年和顺的年轻人在这里一朝读过赫胥黎的《天演论》、达尔文的《进化论》、邹容的《革命军》，出去便成了大倡科学民主的凌厉先行，或纵横学界或驰骋沙场，皆胆略惊人手眼非凡。如今外界商战激烈人欲横流，阅览室倒依然静悄悄的，本色的木制桌椅边，戴花镜的乡党农人手捧发黄的旧报线装的古籍，正孜孜地温习着历史——早上放的牛还在窗外的田野觅食，等太阳落山便和他一起归去。如今，全套的《万有文库》，木刻的《二十四史》，孤本、善本都老了，唯为添制它们募捐掏钱的侨领还活在后来者心里。于此再拍栏杆：和顺传奇太多，足够拍百十部大片，部部都该是大制作，非请大编剧大导演大明星才能搞定。去过好多图书馆，唯这间乡村图书馆让我从此对文字更加心存敬畏，不敢胡乱动笔，就明白许多所谓的文字，都是该扔进字纸篓的。

二、穿过和顺的那条古道

三拍栏杆，是夜晚。灯下研读腾冲和顺的史料典籍，恰像倚着和顺的又一道栏杆与历史倾心对谈——那栏杆尽管非以火山石打制，倒实实也是以血性凝铸用心智砌筑，足可让心久久依凭细细品读，将和顺深藏不露的人文风景一一深味。前人留下的典籍毕竟是典籍，靠得住多了，何似如今那些东鳞西爪玩弄感性的文字？和顺如今游人如织，去一趟回来谁都在写。虽说和顺那种热烈的幽静无处不在，转眼就能消弭外来者都市式的浮躁与轻狂，而当今借助流水线生产的出版物终于泛滥成灾，真能专意寻访潜心著述以自己的心写和顺的魂者，又有几人？看来看去，也只有女作家何真那本《驿路商旅第一村——和顺》。真喜欢她那柔韧的执着不言的坚持：以十年时光读和顺，最终也不敢大包大揽，精雕细磨拿出的那本不大的书，虽非字字珠玑却让人一读就放不下。于是日后再在和顺曲折的小巷阔大的宅院去来出进，便只一意地看专心地听，叮嘱自己少些声张多点恭敬，绝不可似游荡江湖的文化掮客那样见子打子现炒现卖。有时找个古旧院子摸进去，"弯楼子""三成号"什么的，遇着有人了无论男女老幼，端个小板凳往那里一坐，只满怀敬意地跟主人家聊聊家常款款历史。正午天井里，一方当顶的阳光，正和主人回想的眼神中那点睛光一起闪烁。夕阳投在古旧老院的彩花玻璃上反射过来，仿佛是和顺历史中那些明媚耀眼的光斑。聊着聊着就深深地沉到了海底——偌大一个和顺，看上去尽皆清清爽爽的青瓦白墙通通透透的阔门敞轩，殊不知那清爽通透间涌动着的，倒是一片看不见的历史之海人性之波，深藏着和顺几百年的夕阳月色代代人的苦甜辛酸，牵连肺腑也带着血丝。在那样的"海"里泡久了，方可得和顺的元气精华，提笔却依然小心翼翼，只掬沧海一瓢饮——那一饮就醉了；朦胧间像何真说的，将和顺宽大的历史厚袍轻轻撩开一道缝，只一眼便看尽了和顺满目的离情别愁："一个汉人的村庄，系在地老天荒的古道边，后面是天界一样的高山大江，前面是蛮烟瘴雨的夷方，中间一座座大大小小的火山脚下，只留有不多的田地。当弯腰躬耕而又收入微薄的和顺的先祖们从土疙瘩中直起背来的时候，总在想，山后面是什么呢？"

　　终知道和顺乡前那条土路，凝聚的正是南方陆上丝绸之路的一段灿烂，既紧连着中华历史的深厚血脉，也交融着与域外民族交往的风风雨雨。没准儿当年缅王象队前往朝贡中原皇帝扬起的滚滚尘埃，至今还飘荡在和顺老人的记忆之中。既是路，自然可进亦可出。那条携蜀风滇雨越高黎贡山迤逦而来的古道，伸展到和顺似已是天涯尽头，却如一支射出去的箭，掠过和顺时仍飒飒作响呼呼有声。内里的田土早已开垦殆尽，外面的世界到底有多阔大多精彩？和顺人于是有了止不住的冲动，竟收拾起行装随古道一起跨国而去。勤勉智慧能吃苦的和顺人秉承炎黄美德，不仅从此在异国谋得了生计，也在域外开创出了一番大业。最早始于明洪武年间，和顺已有多人在缅甸王宫里供职做事，从充任"宫廷通事"即翻译，到担任"鸿胪寺序班"即国家礼宾官，直至成为"四夷馆教授"即培养外交人员的先生；到二十世纪中叶统计，和顺"这个乡在'家'的有五千多人，在'夷方'的却有七千人"，东南亚、日、美、英、中国的港澳台，足迹遍及世界——读到那里我不禁伸了伸舌头。和顺的往昔千丝万缕，一旦从中理出了"走夷方"这个情结，再经经纬纬里里外外地把那些出走异国的男子、留守家园的女人的故事娓娓道来，字字句句，便尽是些令人肝肠欲断的悲欢离合，让人欲歌无声有泪难流的沧桑故事。看来什么书该由什么人写，多由天定。即便才子才女，也不是什么都能写写什么都能成的。不好让施耐庵写儿女红楼，自然也不好请曹雪芹做权谋三国。读懂了和顺漂泊的艰辛守望的孤寂，写幽怨则倍加幽怨，状悲壮便更显悲壮，再不是浮皮潦草的敷衍，也不是一无根基的感叹。心在如井的大院沉淀过，笔任异乡的风雨浸泡过，运笔方能圆润饱满，落笔处才总有风生水起花开花落。还是那个和顺，那些宅院那些人家那些故事，抓住了"走夷方"这根经，号到了文化这道脉，再看再读再写，都变厚了变浓了变醇了：雨洲亭前的别离，年年交织着风雨闯荡的艰辛与沉浮，尽管也有大斗金银伴着的声色犬马，说不尽的，倒是青石板路上代代漂泊者的悲欢离合；画栋雕梁间闪耀着的，何止是闯荡异国的动荡沉浮，更是中华一族生生不息的顽强生命；洗衣亭下的捣衣声，捣不尽凭栏苦守的清冷幽怨，怀旧的斜阳下是怎么都晒不干的湿漉漉的相思……

　　奇怪倒在，那样的年代，偏远的和顺也不乏时尚追求——与其说那是来自异国的豪华奢侈对简朴本真的浸润与覆盖，倒不如说那是和顺借着外来对象的装点演绎着自己固有的古老而又简朴的精雅。时至今日，尽管那些"百年前就落脚在这个山村"的，"来自罗马、英国、德国的百年老钟还在墙上摇晃着钟摆，三炮台、骆驼牌的香烟筒装着些纽扣、顶针，美孚洋行早已锈迹斑斑的铁桶装着泔水，一不小心踢着主人家的洗脚盆，上边竟然刻写着德文"，以至随处可见"那些被报纸糊裱着的雕花灯罩来自捷克斯洛伐克，美国的多用灶，德国的压面机，伦敦的牛皮箱、缝纫机、洋线、咖啡壶，更别说印度的托盘、缅甸的镜子，还有不知哪国的水晶玻璃砖镜子……"，但和顺骨子里流淌的怎么都还是中国的血脉：苍翠的山教会我们简静的端庄，幽碧的水让我们见习浑厚的透彻。讲到"在一农家晾晒着包谷棒子的厢楼上一脚踢到一对帽盒时，足足愣了有半分钟"，那是装英国绅士礼帽装贵族女子有羽毛丝带蕾丝花边的帽子的帽盒，何真说她"在《傲慢与偏见》中读过，在哈代和高尔斯华绥的书中读过"，其实我们也在《红楼梦》在《牡丹亭》中见识过。传统的简朴毕竟远胜于当今豪华的粗鄙，中国式的精雅怎么都不等于眼下无度的奢靡。那些舶来品诉说的无非是个梦，丝丝缕缕都缠着对古雅文化的怀想对现代文明的憧憬："和顺人就是这样把梦带回家的"，他们曾"把世界上三十多个国家的一百六十多种商品带回自己的家园，如今留下的只是当年生活品质的碎片，曾经的时尚和曾经前卫的残骸"。看来时尚不只是时尚，倒常常暗藏着文化品位和生活方式的梦想。古老的和顺绝不是抱残守缺的和顺，它敞开胸襟吸纳的正是来自五洲四海的精华。后来呢？又一次的闭关锁国，那些物件都成了"罪证"，耗费一个民族长达几十年的如金时光，终于演就了当今豪华的粗鄙奢靡的雕凿——于此怎能不再、再拍栏杆？

三、在熊熊的历史火光中

夜已深，放得下手中那些书，放不下的是对和顺的怀想。眼前尽是书上的铿锵文字，心里盈满了和顺的鲜活故事。当写就典籍的一支支笔向历史深处探去，我心也便往更深处游动，那一游便探及了心灵探及了良知与正义。一个村庄再怎么偏远，也无法游离于时代之外。说和顺，怎么绕得开曾在滇西翻卷的战争风烟？"时代的车轰轰地往前开。我们坐在车上，经过的也许不过是几条熟悉的街衢，可是在漫天的火光中也自惊心动魄"——张爱玲说的毕竟属个人感受，闪烁在和顺集体记忆深处的，倒正是历史真切的熊熊火光。小小和顺离京不止万里，近代中国的每次风云动荡，倒无不在此引来惊天回响。历史就那样造就出和顺的代代精英。和顺家喻户晓的名人多了去了，从曾做过缅王三朝国师的尹蓉，到辛亥革命作为滇南临安起义和腾越起义的策划推动者，蔡锷的"护国军"第一军秘书长，被章太炎称为"滇南一支笔"，抗日战争时拍案痛斥日军罪行忧愤成疾而亡的李曰垓，再到以一卷《大众哲学》风云中国的艾思奇，都是和顺的骄傲，其实和顺岂止这几位名人？倒有的是至今也不大为人所知，如今尽管蒙上历史尘埃，当年却也有被惊心动魄的火光映照得通体晶莹的魂魄。

——那幅绣有孙中山题词"华侨领袖，民族光辉"的金线寿幛的故事，初初一听，就叫人止不住有千曲百回的萦念百感交集的感动。那幅丝线手绣金线镶嵌以"八仙拜寿"图案为底的寿幛，怎么看都是一幅苏绣绝品，"文革"中倒硬是缝在一床破被子里多年，才侥幸躲过了那致命的一劫，保存到了如今。同时保留下来的还有两件宝贝：一件是影印的，由李根源代笔由沈钧儒公证的寸如东遗嘱，一件是民国革命军政府总裁岑春煊的"民国策勋"四字题赠。尽管历经风雨，那件寿幛一旦抖开来展示在新时代的眼前，不惟让满屋生辉众人惊叹，也抖开了老同盟会员寸如东的传奇人生：和顺少年寸如东十多岁到缅甸经商，因为人平和且做事勤勉，不到三十岁已是缅甸华侨巨商。光绪十一年，缅甸沦为英国殖民地，华侨商人备受欺凌，清廷却无力保护，血性的寸如东在山城四处奔走，联络广东、福建、云南华侨一起，会见英方驻缅甸统帅，义正词严地要求其保障华侨生命财产安全，英方迫于舆论压力，只好公开声明从此将约束自己的军队，不准侵害华侨利益。寸如东由此名声大振，被推为缅甸中华会馆会长。与此同时，寸如东在家乡提倡妇女解放，反对缠足，所兴办的和顺明德女子学校乃云南最早的女校，学生一律免收学费还免费供应早晚餐。世纪之交，寸如东有幸结识的革命党人居觉生、吕志伊和黄兴，皆"孙中山先生的左右臂"，从他们身上看到了新世纪的希望，毅然加入了同盟会，并利用自己的影响，与他人一起，很快就帮助孙中山先生在缅甸发展了一千余名同盟会会员。寸如东的家由此真的成了革命党人的家，凡革命党人到缅甸，不仅衣食住行概由他负责分文不收，还屡为革命筹集缴费：仰光《光华报》、留日学生的《云南》杂志皆由他捐资创办；保山起义、河口起义甚至广州黄花岗起义所用经费，都有他和同盟会员们捐赠的巨资。辛亥革命原拟在滇西起义，后因跨国运输军火受阻，才改到广州进行。1911年，为响应辛亥首义的腾越起义成立的都督府，因军饷无着向缅甸华商告急，寸如东与几位同盟会员一次筹集六万余银元，日夜兼程送回腾冲，才稍解燃眉之急。后蔡锷、唐继尧等邀寸如东出任高官，寸如东却坚辞不受，回缅甸继续筹集军费。一个商人，一生矢志革命，办报纸兴学校结社团捐巨资，说起来就连当年催生和顺图书馆的"书报社"，寸如东也是发起创办者之一——这一切到底是为了什么？换来的，无非他六十大寿那年，国民政府和孙中山、黄兴等人赠送给他的那面寿幛，再加一张孙中山亲笔签名的照片。这位一生都在经商的和顺人，说他堪称一位不折不扣的革命党人也决不为过。如此说来，那幅重新展开铺满了时代阳光的寿幛，展开的又何止是寸如东的百年传奇，也是侨乡和顺的整整一部近代史——到此再拍栏杆，再再再拍栏杆！

四、和顺版的《最后一课》

法国作家都德的短篇小说《最后一课》，曾让我和多少热血男儿一样读得泪流满面，殊不知多年后，真实得让人揪心的《最后一课》竟会在和顺真实上演。和顺荷塘边的雨洲亭，活脱又一块以烈火与惊雷铸就的火山石，让寸树声这个名字至今矗立在和顺人心中——雨洲正是寸树声的字。

1896年生于和顺的寸树声，青年时因学习优异，经李根源介绍于1918年获官费到日本留学，先后就读于东京师范大学、九州岛帝国大学，获经济学学士学位。其间他加入郭沫若的"创造社"，并与同乡张天放一起主编革命刊物《曙滇》，间或还指导正在日本求学的艾思奇等学习马列主义哲学和政治经济学。"九一八事变"后寸树声毅然回国，在北平大学任教，并兼校长室秘书、研究室主任等职，曾与邢西萍、张友渔、千家驹等自费出版《世界论坛》旬刊，译介国外左翼文章，宣传进步思想；又与马叙伦等发起组织"北平文化界救国会"，支持"一二·九"爱国学生运动。

"七七事变"北京沦陷，寸树声到南京寻求工作的幻想破灭。之后他到西安，在西安临时大学、西北联合大学等校任教授。不幸又因"支持民先，思想不纯"被教育部解聘。面对专制制度，心灰意冷的寸树声于1939年回到云南时，终日"徘徊在'到滇缅公路上去经商'呢"还是去干别的什么的苦痛之中。恰逢故乡和顺乡中学筹备委员会来电邀他回去任和顺私立益群中学校长。该校为腾冲宿儒李仁杰在缅甸华侨组织"崇新会"的捐助下创办，意在帮助当地穷苦学生读书，由李根源亲任校董事长。此时寸树声"对教育已经厌倦"，先是婉辞谢绝，禁不住故乡再三呼唤，方回乡就任该校校长，并兼任和顺中心小学校长、和顺图书馆馆长。恰如他说："事情的大小是在乎表现价值的大小，不在乎规模计划的大小"，"小的事情若把他内在的价值表现到最大限度，也算是一种才能"。到任伊始，他便委托吴晗、曹靖华在昆明聘到一批因抗战来滇的外省专业人士到校授课；又亲往缅甸在华侨中募集经费，从上海、昆明等地购置图书。一番苦心经营后益群中学、和顺乡图书馆在全国声名大振，社会名流、专家学者纷纷题词撰文，至今犹存。

回头看，仿佛从那时起，寸树声就已着手为"最后一课"备课——以他的才智也以他的血性：他的教育改革和乡村实验，强调"不应该使学校成为象牙之塔的特殊的存在，使学生成为高蹈的，与社会及生产脱离的特殊人物"，而是注重通过教育的影响达到社会的改革；他亲任"公民"课教师时摒弃说教，重在以现实社会现象和政治格局对照，让学生受到潜移默化的影响；他对学生要求极严，规定学生一律以地产土布为衣料，以抑制浮华之风；并要求学生关心社会，每周清扫住家附近环境，改善乡村卫生面貌，还组织学生消防队多次上山扑打山火；他重视学生的体育锻炼，亲自带头开辟操场、挖游泳池，让妻子出任体育教师，带着学生在操场上蹦跳，震动了当地村民；他顺应和顺华侨通商的需要，在校开设当时中国独一无二的缅语课程，让学生掌握对外学习的工具；还购置收音机，每天把国际国内动态抄录在纸上，分送邻近乡村和县城机关，并通过演讲向学生和村民传播时事知识。

当一切似都准备停当，寸树声为学生上"最后一课"的那一天终于到来。1942年初，入缅中国远征军失利后被日军尾追着向国内撤离，5月3日畹町沦陷，次日芒市、龙陵失守，日军兵锋直指腾冲。此时腾冲一带中国武装尚有千人，何况腾冲边民素有保土卫国传统，足可依险阻滞敌军数日待援军赶到。无奈腾龙边区行政长官得消息后不仅秘而不宣，竟加紧征夫拉马抢运亲眷财富，6日借口因公赴昆明逃之夭夭。迟至7日夜县长邱天培才开会宣布龙陵失守，当即有人提议派兵截断咽喉要道腾龙桥，在龙江西侧布防，还据此分配了任务，不料当夜邱天培即带上自卫队及警察潜逃。

　　5月7日日军逼近腾冲，消息传来时益群中学上课钟声像往日一样敲响。寸树声走上讲台，低哑沉重的声音满怀义愤也无异于誓言："时局的情形你们都已经知道了，我以为不能来到腾冲的敌人已经只离我们三四十里了。学校从今天起，只有停课。平时对你们所说的话，希望你们不要忘记。你们要在艰苦的环境里磨炼你们的精神，在斗争里发展你们的力量。我相信每一个黄帝的子孙，是不会当顺民的，不甘心做奴隶的……"台下学生尽管痛哭失声，倒也把老校长的话句句记在了心里。仁人志士与贪官豪强的区别就在这里。当官员仓皇逃命时，寸树声的"最后一课"为学生而上，也不啻为和顺、腾冲甚至整个滇西而上。5月9日上午，寸树声的"乡村实验"被迫夭折，匆匆离开腾冲徒步向高黎贡山走去。风吹乱了他的头发，吹不干学生送别的眼泪，但诚如他满眼泪水预言的那样，"在沦陷的日子里，和顺没有人当顺民和奴隶"。5月10日，仅二百九十二人的日军没费一枪一弹即占领腾冲，尽管群龙无首的腾冲此时只剩手无寸铁的百姓，但有骨气的腾冲人宁可舍家出走逃难，硬是只给日军留下一座空城、死城。逃难艰辛，侵略者也反复劝令迁回，许诺恢复集市解决民困，但始终没人愿意回到自己熟悉的古城里去当"顺民"。

　　——驿路上的和顺，商旅的和顺，曾经文化的、时尚的和顺，也是刚烈、悲壮的和顺。终归是老庄子风流——再再再拍栏杆，把和顺的栏杆拍遍。

亚历山大海滨的情侣

晨光早已远去，漫步亚历山大海滨，见地中海正举着如雪浪花，从闪闪发亮却又难看见的莹蓝深处，阵阵涌来。昨晚临海而居，如潮上涨的夜色，不知淹没过多少人的心思。此时，层叠的浪涌，圣洁得如同初放的白玉簪花，是要献给谁呢？是要献给号称"地中海新娘"的亚历山大城吗？

不动声色的钢筋混凝土防浪堤，黝黑地立于海岸，像一伙斜倚横躺的刁蛮恶汉。海浪一次次兴致勃勃地涌来，遭遇的都是它无情的粉碎，噼里啪啦的甩裂声此起彼伏。防浪堤强壮傲慢。它身上粗壮的钢铁吊环，如猎人警觉的耳朵坚硬的铁拳。海水依然不管不顾地涌来，再涌来，转瞬便精灵般地跃上半空，化作一场生命的花雨，在哗啦啦的跌落声中灿然绽放！

一年多前，我曾随一艘游轮打地中海北部驶过，靠在船尾向南部凝望，海天茫茫，目光无处停落，非洲、埃及、开罗和亚历山大，只能依凭往日的阅读在想象中勾画。其时我无法确知，什么时候能去那里看看，或许此生都难。孰料时隔一年，竟能站在亚历山大海滨北望地中海层层叠叠的波涛，心中自是别有一番滋味，仿佛老友重逢。海的腥涩。风的和暖。浪的幽蓝。一切都熟悉又陌生。在北面亲睹过她的万千姿容后，真该再从南面看看她的婀娜背影了。

法国作家福楼拜十九世纪中叶在亚历山大港靠岸时写道："一座拥有混杂领事馆的大城市，一半是阿拉伯，一半是欧洲。男人们穿着白色长裤，头戴土耳其帽。"这样一座古城，确是埃及的另类，可据说开罗的年轻人会开上三个小时的车来度周末。公元前332年由希腊马其顿国王亚历山大一世创建的这座城市，到公元前305年成为埃及托勒密王朝首都时，已是地中海和东方各国贸易和文化交流中心，商人、学者和诗人云集。也曾是座大城，据说神庙王宫竟占去全城至少四分之一的面积，史载一座亚历山大博学园，竟已拥有藏书七十万卷的图书馆、动植物园和研究院。直到公元前48年，罗马统帅恺撒攻占亚历山大，众多古迹方毁之一炬，以至如今的亚历山大，已几无古迹可言。那天上午，我只在亚历山大看到一个孤零零的罗马柱，和一个发掘中的地宫。曾经灿烂的文明，总在人类膨胀升腾的欲望之火中灰飞烟灭，让人黯然神伤。

幸好，大自然还在。非洲大地还在。地中海还在。"亚历山大"还在。

不远一处深深插入大海的海岬上，挤满了垂钓者，长长短短的渔竿，直指天空的蔚蓝。我能看见的，唯他们小小的身影和鱼竿，那根把他们和大海连在一起的细细钓线，倒杳无踪影。记得漫步于伊斯坦布尔一座大桥时，栏杆两边老老少少密密麻麻的，竟有成排的垂钓者。靠打手势使眼色，我自无法与他们倾心交谈，但他们的神情告诉我，哪怕从早到晚只钓到一条小鱼，甚至晚霞满天时鱼篓依然空空如也，心也是满满荡荡的——被海风吹满。被阳光浸透。被守候充盈……海浪在他们脚下波漾起伏。目光则在长久的凝神中变得纯净。性情从来都是人生的至要，他们爱的无非是那片海。如此，干吗非要那么在意最后的收获呢？

沉思默想中，我依然站在海滨。海浪依然。防浪堤依然。天色缓缓变幻，而我一无所觉。后来我才读懂，那些爱意盈盈的浪花，千里迢迢地赶到这里，无非是要在沙滩上做一次浪漫的散步。空气湿漉漉的，亮晶晶的水珠在空中悠游，我闻到了一股轻微的海腥味。

不知什么时候，一对情侣已站定在防浪堤上，大海是他们的背景。

那已是海浪不时漫过的防浪堤边缘。去到靠海那么近的地方，他们意欲何为？也是来垂钓吗？没见渔具钓竿。他们先是并肩而立。男子壮实宽厚的身躯，几可装进两个那样扎着头巾的娇小女孩，他倒只选了一个。姑娘那块红黄相间的头巾一角，正在海风中轻扬。倏尔，男子粗壮的手臂绕了过去，从后面搂住了那个姑娘。稍后他们坐了下来，坐在地中海边，天空与白云在他们头顶，防浪堤在他们身下。一只棕红色小狗，在他们脚边绕来绕去。那时他们正窃窃私语说着些什么。那时他们还面朝大海凝望过什么。那时我心如大海也涌起过些什么。刚刚还显得浩瀚深邃的寥廓海天转眼消失，只剩下他们，还有那份爱，那份情。

如果他们要待到地老天荒，我该怎么办？一直看吗？

一个巨大的浪头涌来，在防浪堤上激起几丈高的浪花，那对情侣转眼就被淹没，没等我叫出声来，浪花已然散去，那对情侣依然还在，身边细浪如雪白织锦，拂过黝黑的防浪堤石块。衣服会不会都浇湿透了呢？也许会，也许不会，爱的温馨，是他们最好的防水服！

而我的心，已在那一刻被淋得透湿。

难怪英国作家劳伦斯·达雷尔会借着亚历山大城之名，写出著名的长篇小说《亚历山大四重奏》。不管研究者们如何褒贬不一，作家自己则说，该书旨在探讨当代爱情的原委。爱是亚历山大的魂魄。有研究者称，达雷尔笔下的亚历山大城，已不是一个简单、无机的物理存在，它集历史、文化、文学等多重元素于一身，在宏大的历史叙述中获得了蓬勃的生命力。而达雷尔的研究权威、学者弗雷泽在其专著《劳伦斯·达雷尔研究》中则说："性爱与神秘主义是亚历山大城的两大传统，城市的灵魂是两者共同作用的结果"；亚历山大城只是"它"物化了的外在具现，"它"却通过可见或不可见的力量塑造或重塑着小说人物的各色自我。

如此，即便当今的亚历山大什么古迹都不复存在，也仍是个值得挥霍大把时光的城市。我也曾在亚历山大海滨餐厅凭窗而坐，品尝地道的海鲜，在著名的夏宫流连，眺望它迷人的晚霞。但回想中出现的，倒总是海滨、浪花，和那对被海浪浇得透湿的情侣……或许，这才是亚历山大的生活，是激发达雷尔写出《亚历山大四重奏》的生活——甚至，达雷尔不仅在自我流放中，凭借对印度佛教的感悟，完成了现实世界与虚拟文学世界的有机融合，还通过文学写作实现了作为"西方佛教徒"的自我救赎。

就像数千年前一样，在我离开土耳其不久后，伊斯坦布尔发生了爆炸，在我离开亚历山大海滨五个月后，那里的一个教堂也发生了惨烈爆炸。亚历山大海滨，那些被爱情之水浇得透湿的人，现在，都到哪儿去了呢？应该还在那里，我想。海还在那里，爱也还在那里。记得那对情侣离开后，我曾走上前去，细细打量他们待过的地方。湿漉漉的防浪堤石块上，没留下他们来过的任何痕迹。但那些巨大坚硬而又蛮横的混凝土防浪堤石块，在海浪日复一日的冲击下，已然显出深深浅浅的坑洼，狰狞的铁环也已有了不可逆转的斑斑锈迹。

那是一个见证。

向晚雅静

　　果真是天眼犀利天机锐敏，无时不能洞察俗世之人刚刚萌动的那点凡念？要不那几天怎么我刚刚想到些事，就频频有人事接踵而至，仿佛是受上苍指派，特来为我那点浅薄心思做个佐证？先是想起一年前在长江口看到的那片湿地，及几位师长朋友，心中已自翻腾；随后看到几则《白鹿原》拍电影的消息，一时兴起，顺手便给忠实发了个短信。不一会儿忠实打电话来，隔着千山万水聊了几句电影，他说，不知你最近怎么样，我现在反正是哪里都不去，就在家待着，读读书，写写字，想想事。我一惊，说呵呵我也是啊！料想那时的忠实或就像白鹿原上的一位老者，任指间那支他几不离手的咸阳雪茄化作缕缕青烟飘散，只顾望着莽莽苍苍的原上想心思吧？至此，早就在脑子里翻来覆去想着的"向晚雅静"一语终于圆润成果，差可与师友共享品尝。很想跟忠实聊聊去年夏天在长江口看到那片湿地时，一阵恍惚后便悄然遁入的那种沉实的雅静，终怕电话打得太长，只好不舍地挂断，心绪却再也停不下来。

　　那个夏日，或许注定我会在长江口亲睹一条大江历经几千公里奔行汇入大海时无声的壮阔。说起来，老友金雨时当初邀我去上海看世博会怎么都只是个由头，见面叙谈叙谈多年情谊，得空再去拜望几位师长朋友倒是真。情义如酒，藏久弥香。相识多年，从壮阔三峡初聚同享江天月夜，到云雾庐山再会共赴苍茫云水，直到半载京郊小住看满山红叶，几日香格里拉同游赏梅里神峰，一缕相知与牵挂串起的二十余年岁月既转瞬即逝，又分分秒秒尽在眼前。他知我心。头天到，翌日上午便应我之意，让人送我去看望钱谷融先生，回来后又问我还想去哪里。那一问还把我给问住了。久在边地终成山人,总嫌红尘太深闹市太喧美食太腻美人太媚,找个地方静静地说会儿话,领略领略师长友人的襟怀风采就好。可雨时的神情分明在问:来趟上海当真哪里都不去?骤然想起去时在飞机上随手翻过一本杂志,三两幅照片几小行文字,说的是长江入海口有片东滩湿地,目光一下就盯在那里:打小在长江边嬉水玩沙长大,从三峡口江花帆影叠映的懵懂少年,到金沙江边水激浪遏奔涌的多思成年,直到风静水平闲散的淡泊壮年,无时不想前往探访长江源头,或去长江口一睹大江入海时苍茫的雄阔,阴差阳错,总难成行,又总不甘。不改的痴心,或会让好梦成真?便告,方便的话去东滩湿地看看吧,听说在崇明岛。雨时一愣:听倒是听说过,怎么去我得打听打听——不瞒你说,我也没去过。

　　难为雨时,不日便成行。清早从市区出发,眼前一幢幢耸立云天的高楼飞驰而过,我方向莫辨。穿过江底隧道,渐至车少人稀;进入崇明岛,先去崇明森林公园逛了一圈——看惯了高原的苍茫老林,人工营造的森林公园绿得发亮,于我仍像小孩儿玩过家家;然后便直奔东滩。沪上七月酷暑燠热,倒有阵阵幽绿与清风扑面而来。终于到了,一辆电瓶车带我们穿行于无尽的苇丛荷塘,几分钟后,便悠然可见一片田野风光。及至一座仿古木构观景台伫立眼前,拾级而上,世界便突然变得阔大松弛,清亮通透,连呼吸也在瞬间变得自由舒展。苇浪连天碧,荷箭映地红!红红绿绿间,大片大片的水域清明如镜,照得见朵朵浮云。极目处不见任何人工建筑物。大海在远处,涛声亦在远处。偶有一群白鹭或是白鹳不知从哪里腾空跃起,舒缓盘旋,而后又翩然远去,让湿地那片巨大、寂静的空间陡然变得灵动、盎然,生机勃勃!想想,那是中国最长最长的大江长江的出口,长江三角洲的尽头。那样壮阔的湿地景色,多年前我曾有幸在多瑙河三角洲见识过一次,这次却是在上海,在崇明,在东滩。

　　所谓"三角洲",无非大江大河入海前最后的行程,怎么说那都是生命的尽头,再往前,就不是江、河,而是大海了。当一条浩荡大江瞬间遁形于无,成就那片阔大的湿地时,它自身到底是在还是不在?那与另一个问题一样,让我从多瑙河三角洲一直纠结到如今:奔腾如许的一条大江尚且如此,渺小如人者又如何?生命的归宿何在,晚景又该是何等情状?其时寂静无边。时空无间。倘将眼前的那片三角洲湿地,当作一位历经山高水寒,从青藏高原步步行来,早已阅尽人间风雨的耄耋老人,此刻他是在江口海边安然歇息,还是在静默中沉思？直面东滩的寂静，怎能想象长江在虎跳峡的跌宕与喧腾，理会它在三峡里的湍急与浩荡？曾经的冲杀突围、千回百转、奔涌喧腾、一泻千里都成过往，激越后的沉淀一如沉思，水波不兴，悄无声息；一听是寂静，再听也是寂静，却越发清亮越发透彻。细听，也正因了那寂静，不惟仍能隐约听见它平匀沉稳的呼吸，也能听见铺天盖地的芦苇、水草轻吟般的拔节，甚而水鸟的振翅、鱼虫的潜游……

这么说来，大江直到那时或也并非一无作为。先自携万里江山百代盛衰林林总总地沉积成那片沙洲，而后更将身子整个儿地敞开，自然地坦露于天地之间，昼接阳光，夜披月辉，以它无语的丰沃无声的慷慨滋润万物，任凭草生草长，鸟飞鸟落。生命最后的供奉，恰在那样的雅静无为中进行；湿地既是一片自然景观，又是一道人文精神境界：拦截污浊，蓄水固土，涵养水质，减少流失，保护生态，难怪有"大地之肺"之誉！甚至，几乎所有的三角洲，都孕育出了这个星球上最为灿烂的文明：古埃及文明孕育于尼罗河三角洲，印度文明与恒河三角洲密切相关……倘说相对于我们广袤的国土，那样的湿地不是太多而是太少，上海有一片正是幸运：一个大都市，哪能只有光鲜的新天地喧闹的南京路？也该有可让人休憩怡悦的景致，有叫人想吟咏《渔歌子》的所在；那么，人世间的"湿地"恐怕就更少也更其珍贵。而我，则有幸见识过几处那样的风景。

多年前与钱谷融先生相识，后也曾在昆明两度见过先生，一晃十多年，开门时钱先生竟还能说出内子的名字，让我大为惊讶。终于得见众多学人描述过的那间狭窄又宽阔的书房，到处是书，我只能侧身从书的山梁谷间穿过，落座于一个四周都是书的旧沙发。环顾四周，料想也只有钱先生自己才能从那样的拥挤、零乱与芜杂中，找到他心中秘存的阅读秩序，寻到与他思索对应的历史佐证——或许那就是人世间的一片"湿地"？人已九十开外，依然精神矍铄，交谈间不时有燧光石火闪现，映亮我的思绪。先生的"述而不作"早成学界佳话，晚年他很少为所带学生正经讲课，无非师生共聚于那间书房，品茶闲聊而已。还别说时下流行的什么上电视讲四书五经，托人评个什么奖当个评委之类现代"作为"，就连他数十年思索的成果，也是经弟子们一再催促方才编就。其实也非全然不"作"，而是少"作"，一"作"便石破天惊。上世纪五十年代，一篇《论"文学是人学"》在文界引发轩然大波；钱先生自嘲那全出于他的"疏懒"，其实该是早就深悟文化须"养"，文人该"散淡"、该"闲"之理：齐白石终生梦想"做个闲人",张充和也有一方清人赵穆所制"做个闲人"的印章,"襟怀无着处,寻梦到梅花"。

也想起白桦先生,听说那几天他小恙住院,想去看他却未能成行。前几年他到滇南重访他拾得山间铃响的旧时马帮地,聊天时我问他如今忙些什么,他说这些年凡老友相聚,我祝酒时都说:祝你不再写长篇!遥想当年,白桦先生以他的青春与才华,倚马千言,奉献出多少脍炙人口的佳作!而人生有时,术业无止,当老之将至,给自己一个合适定位最是要紧。曹孟德所谓"老骥伏枥,志在千里"固然壮美,可老了老了依然闲不住,以为天下唯我有才,奔跑蹿跳,到了也就落个心劳力拙,空疏俗滥而已。毕竟一人一时代,任谁都不必逞强斗能,做点自己想做也能做的事,为生命添点静雅方是正经。

其实雅静并非无为,甚至"懒惰"。比如雨时兄,先前做小说、传记做得风生水起,如今到一家独立研究院做点建筑文化研究,倒蛮对路,也蛮有意思。关键或在能否舍弃奢欲。庄子谓"其奢欲深者,其天机浅"。"天机"对应的正是"心机"。心机太盛甚或心机算尽者,天机自被堵死。人生晚来之美,美在忠于内心,天机由是或反倒更深。即便才高八斗,自信有能力穿行在宇宙无边无际的黑暗空间者,仍该双膝跪下,祈求"天机"之不弃。领衔雨时兄做事的那家研究院的张永岳先生,也曾有过在学界与市场叱咤风云的日子,如今年近六旬,虽慕名来求者众,也只静心带三两学生,做点学问,日子过得静雅、舒心,却越发有深度。初到上海当晚,小聚后回到住处,初识方几个时辰的张永岳先生,竟发给我一条短信:"没有独立的健全的知识分子人格,便不能真正建设起现代的健康的公民社会。"人格即心境与操守。有此则无论身在何处,天机依然。恰如新世纪音乐家雅尼所说,灵感与地点无关:"你不必在高山之巅俯瞰风景,也无需在草地上久坐。"他甚至"最钟情于黑暗":"我有很多作品都是在地下室完成的。那里没有窗户,很暗,也很静。灵感总能到来。"小说家麦家也说:"人最好是平平静静的,不为所动,内心有一个真正爱的东西。"所谓真爱,当既不是名也不是利,而是一种境界。"一个作家在他的书中必须像上帝在宇宙中,既无处不在又无迹可寻。"福楼拜如是说。其实也不止作家,不止在书中,人生向晚都该如此,就像那片湿地。

……记得站在东滩湿地那个观景台上时,有风徐徐吹来,说不清那是来自红尘鼎沸的上海,还是波涛翻涌的海上,人被吹得清明舒爽。大自然总给人以启示。或许我在钱谷融先生的书房里,在白桦先生的话语中,在雨时供职的那个独立研究院里,在张永岳先生发给我的那个短信中,在陈忠实打来的电话里体会到的清雅、宁静与温润,就像那天我曾身在其中的那片巨大湿地,绝不只是一道景观,更是一种品格,一种生命的存在方式。记得返回时眼见东滩湿地已渐在身后,但由苍绿、清新、阔大的东滩湿地引发的思索却如连天苇浪,至今仍在我脑子里翻腾起伏,波漾回旋,如同一群精灵般的白鹭……

抚仙湖的上善之水

丙申初夏,正平明将至晨光熹微,远山幽冥湖风和润,早早地,我便来到抚仙湖边,领受这世界慷慨赠予我的那一湖上善之水!

都说天下无处不蒲团,而天下恁多修行处,你能否于无处不在中,认出且找到,那一方真属于你的"蒲团"?说不好。唯赖天意。

其实,因了友人的诱劝,头晚微醺多梦,睡眠未实,虚妄纠缠如缕,云雾般翻腾:若夜闻涛声,晨起便把世事卸在岸上,邀清风同行,凭一舟一桨去渡仙湖,届时听木桨咿呀,浮兰舟于云上,兴起处,不妨悄然划入一阕宋词;平仄尽可随性,词牌不吝自定。是长调,或是小令,亦悉听尊便。所谓风流,说到底只是表象,真的潇洒,当以性情鼓荡魂魄……醒来看看表,竟不到六点。想再躺会儿,心觉有事,于是激灵一下爬起来,匆匆漱洗后便赶往湖边。刚出大门,便觉着了自己的浮躁莽撞——干吗这么心急火燎的?且慢慢走,慢慢行。

早已记不清,始自二十世纪八十年代初至今,去过多少回抚仙湖了,且有机会,便总是要去的——或居城市太久,偶然忆起,心不能禁,遂驱车前往;或友人、家人来访,须寻一清静去处,畅聊小憩。也无非禄充村、象山下、热水塘……这回友人相约,便再次前往。兴奋莫名。像一次幽会,像去见一个暗恋多年的情人。也弄不清,兴奋究竟来自何处。说来每去澄江,都日常得很,无非看看那方湖水,吃顿铜锅饭,在沙滩边寻一阴凉处,眼望湖水发发呆,看看水面偶尔驶过的蚱蜢轻舟,天上飘忽的白云苍狗。可一旦许久不见,竟有些许相思。而除了不甚知事的早年,后来再去,多是早饭后出发,将近中午抵达,从没见过清晨的抚仙湖。起个大早,原也没什么奢望,也就为了个心愿吧。

却见天日晴和,便再度放慢了脚步,让心平复下来,穿过一条大路,闪进一道虚设的栅门,缓缓走过湖边那片葱茏湿地白净沙滩,直至在湖边悄然坐定。顿时,满湖琉璃般的湖水,便哗地涌到眼前。世界静无一人,料那些俗常行脚,平日难到此处,此时抑或都还在梦乡。如是,除了我自己,我的肉身与魂魄,一线透迤沙岸,满眼浩瀚湖水,一世界的清澈澄碧,竟唯我独享!凝神那一派浩荡,波波漾漾间,我已恍惚而不知此身竟在何处。就着青草泥地坐下,远望,静思。未敢谓之"禅定",然如若"禅定"无非"安静而止息杂虑",进入身心"轻安"、观照"明净"之状,我是否已悄然逼近了呢?果如是,面对那样一个清凉娑婆世界,便可从心底涌出两个字来,轻叹一声:真好!此刻,红尘世界,有多少人无缘于此呢?就让耽迷于灯红酒绿者,继续耽迷,任沉睡于无知无畏者,继续沉睡吧!我正可于平明之时,独对一个大湖,独对一方波漾中的神明。

稍许,天光清亮了些。我方了悟,那是抚仙湖东一处我从未去过的湖岸。深蓝波光,从目光不及的远处蹀躞而来,从对岸那抹淡淡的青黛,从湖面那顷无涯的浩瀚,从已然越过背后山岭,拂照于浩荡湖水的嫣红晨光中,蹀躞而来。雾气恰如水彩,薄而透明,好看且超然地浅灰着,谦恭地氤氲漾开,仿佛舞台上为舞者专设的烟缕,说是遮蔽,毋宁说是巧妙的映衬。舞者自是那方湖水,正在从远方赶来的晨光中波漾,而不失宁静。在那带有冥想性质的宁静中,"山色如娥,温风如酒,波纹如绫,才一举头,已不觉目酣神醉,此时欲下一语描写不得,大约如东阿王梦中初遇洛神时也。"袁宏道写西湖的句子,移至此时此境,竟无一字不妥。于那样的宁静中沉入无际的冥想,便自然不过了。

观想中的抚仙湖,就那样,渐渐脱开了它实实在在的物性存在,完全敞开,显露出了它的虚幻抽象及深藏的神性。

这是在高原上。休说一个从未到过的人,很难了然群峰攒动的高原之上,何以会有这样浩瀚的大湖,连我心里,亦曾有过如此这般的疑惑:怎么会呢?昨天听说,那样一方水,居然是仅次于长白山天池的中国第二大深水湖,最深处 158.9 米,平均水深 95.2 米;中国的鄱阳湖、洞庭湖、太湖、巢湖和洪泽湖的淡水总量,加起来约 553 亿立方米,抚仙湖的淡水容量却达 206.21 亿立方米,占云南九大高原湖泊蓄水量的 68.3%,占全国优于 II 类水质淡水湖泊水资源总量的 50% 以上。或正是这样的疑惑,让我一夜难安。暗喜那时,当我从一个不知所起亦不知所终的梦中惊醒时,所作的那个起身朝湖的决定,是多么英明,其中近乎有点小小的神性——近些时日，我似颇得神明暗暗的昭示、庇护与关照。尽管早已知晓，抚仙湖沿岸，虽亦有几处道观神庙，而在一个自己不以为神其实却是的仙湖旁边，一切人工的神祇，再怎么清雅素静，都会显出它的刻意与矫情。更别说那些打着开发的旗号，肆意掠山夺水，对这个神明之湖的亵渎了！

曾以为"抚仙"二字，无非文人附会，细究抚仙湖的形与实，倒并非徒有其名。地图上的抚仙湖呈葫芦状。上古神话中，"开天辟地"的始祖盘古，"盘"与"爽瓠"之"爽"，古通用，"古"与"瓠"，则音相近，"盘古"即为"爽瓠"，而"爽瓠"就是葫芦。但为抚仙湖编一个仙人遗瓠的传说，似嫌太俗，亦太蠢。抚仙湖的神性，是自在的，无以名之，更无须编排。到抚仙湖滋润的周边大地随便走走看看，就会领略那样的神性，或就在旧城那沧桑的街道幽冥的老宅里，在老街那家据说卖了六百年的凉豌豆粉店里，在文庙那个悠古的大殿里和斑驳的石雕上，在许多我们从未留意过的山野村寨里，但我猜度，神那时只是出去溜达溜达，更多时候，它都住在抚仙湖里。或者，那就是抚仙湖本身，是那一湖上善之水。

老子谓："上善若水。水善利万物，而不争；处众人之所恶，故几于道。居善地，心善渊，与善仁，言善信，政善治，事善能，动善时。夫惟不争，故无尤。"这些话，我何止读过百遍？但那天清晨在抚仙湖边，我却像是老子一挥而就后的第一个读者。料想老子著《道德经》时，笃定面对过一方抚仙湖这样的净水。而我，正眼见抚仙湖那清碧如诗的水，怎样将老子那些古老的智慧，浸润得鲜活，柔软，明晰得纤毫毕露，直至显出本真。他将世间最美最真的善，甚至那"道可道，非常道"之"道"，比附为一方能容纳万物、滋润万物，又从不与万物相争的水；实则是在以水之德，喻人之德。水，是他为心中的"上善"找到的一个妥帖切当的喻体。反过来，真堪称"上善"的，恰是作为喻体的水本身。当水和空气、大地一样被弄得污浊不堪时，我们恐怕已难找到一方真正可以命名为"上善"的水了——幸好，抚仙湖还在，上善之水还在。

而中国十大湖泊排名中，竟没有抚仙湖。抚仙湖因而不是"名湖"，甚至不像滇池、洱海、泸沽湖那样叫响。那反是抚仙湖的幸运。做名湖，像做名人一样，是一种尴尬的遭遇，尴尬在当其时也，你必须"表演"，表演山水一色，表演钟毓灵秀，表演异域风情。抚仙湖从不表演，无须表演，它不屑，只一味地日常。我的一些朋友，正是因了它的日常，才长年住在抚仙湖边，泡泡温泉，游游泳，吃点农家饭，优哉游哉。先前我常去抚仙湖，也因了它从不让我去思考什么山水之道哲学奥义。它深藏在一个看似普通的坝子里，长年以它的日常蒙蔽着我们这些俗人。我们只把它当作一个游玩之地，一个无意识的所在。喜欢它的人看重的，只是自己的感官，眼耳鼻舌身意，色声香味触法，从没匍匐于地，于它的水面之下，静观过它，细究过它，深思过它。而此刻，只用了十多二十分钟，静静地看看它，我就发现，完全不是那么回事。不禁轻问，抚仙湖，是那样吗？

　　湖上起了点风，抚仙湖一时白浪若雪。巨大而又柔软的舌头，伸出或缩回，有时露个舌尖，有时却有铺天盖地的辽阔。便修行一生，又能否解悟那些神秘的诉说呢？我听，听涛于湖岸，于此刻，于浩瀚，于来到我耳边我心头的远古，于一种沉默了千万年的轻唤，那种蓝色的，从没想过也无法拒绝的倾诉。没有过晨风中那样的倾听，就没有资格说曾在抚仙湖边小住……

　　这么说，抚仙湖至今都是个活着的湖，是个有生命有情感有底蕴的自在之湖，神性犹在，能照见五蕴皆空。而许多人心正在溃烂，许多湖泊正在悲惨地死去。抚仙湖却在自净中，渐渐修炼得道，容与万物。常人所见，尽皆"今天""现在"，而不知有昨日与明朝。抚仙湖经历过的，我们从没经历过，也从没想象过。它懂得的，我们几乎一窍不通。对它的那些话语、情感、思索，我们都懵懂无知。这样一方上善之水，无疑是古海的一部分。它深谙生命起源之谜，了然离它不远的帽天山，藏着五亿多年前寒武纪生命大爆发时的纷繁与鲜活。它的衣襟上，佩戴着无尽的古滇饰物，江川李家山的青铜器，澄江的水下城池，江川甘塘箐旧石器遗址上百万年前有人类加工痕迹的木制品，无不惊艳世界。抚仙湖的上善之水，倒总是低调，深沉于道德的渊薮。所谓"德"，不是一种故作的表演，不是"走秀"，而是深藏于渊，是那种清澈灵魂自然显示出的深邃。一篇《道德经》，五千言，读了两千年，我们还在读。一湖抚仙湖水，二百亿立方米的清澈，我们何曾读懂？这方上善之水，由此理当成为当世之人行事的律条。生存发展乃此时代无法绕开的主题，究竟怎么发展，我们当请教抚仙湖。谁能说清，抚仙湖边，还有多少天上人间之大秘密？这样一方上善之水，唯澄江有，玉溪有，云南有。湖的四周，固然至今还有贫穷需要消除，但若那是要以抚仙湖的沦丧作为代价，未免太过沉重。你一推土机开过去，就会毁了那些秘密，那些文明。请远离颠倒梦想！那种我们习惯的、急进的、运动式的驱贫，最终带来的必是贫穷的重返。老子说："希言自然。故飘风不终朝，骤雨不终日。孰为此者？天地。天地尚不能久，而况于人乎？"请顺应自然吧！再大的风都不可能一直刮下去，再猛的雨也终有停止的时候。是谁这样做的呢？天地。天地所为都不能长久，何况于人？我无法想象，此刻我面前的那一湖清碧，转眼变成臭烘烘的泥浆，或是干脆枯竭消失。如果湖边的老百姓能安居乐业，我们真需要在抚仙湖边，建那么多的星级豪华宾馆吗？对小康、富裕这类时髦字眼，我们的理解肯定出了问题。这时不妨重温孔子的另一段话："宁武子，邦有道则知，邦无道则愚。其知可及也，其愚不可及也。"宁武子这个人啊，国家昌盛之时就表现自己的才智，无明之时就装作愚蠢。世人都会学宁武子的聪明，却不知在无明时保持独立操守，更是智慧。

面对抚仙湖的那段时光，簇新得如鸿蒙初开，亦古老得地老天荒。当初抚仙湖所属的古海叫什么，我无以确知。现在，那个古老的海就叫抚仙湖。那个古海肯定淹没过帽天山，淹没过我们去看过，正在发掘中的木官山考古现场。现在它正朝我涌来，渐渐淹没了我。我就在它之中，在抚仙湖的上善之水中。不知我是否能成为一块帽天山的化石。但愿能成。上善之水有此伟力。但愿你我都能成为一块完整的化石，供后来的人类思考现在的我们，就像我们现在思考澄江虫、抚仙湖虫和昆明虫。但愿那时，人们说现在我们身处的这个年代还是个文明的年代。

太阳升起来了，抚仙湖再度宁静如初，却波光粼粼。岸边青草茵茵处，坐痕犹在，乃我永世的蒲团。

2016 年 5 月 30 日　于昆明

白色的浪线

高原的初夏,抚仙湖早晨的那番清寂辽阔得无边无际,仿若史前。天上有云,是淡云;湖面有浪,是轻浪。如此古老浩大的清寂,即便我这样去过那里无数次的人,也还是头一回碰到——一切,或许都因有了那条新近铺设的临水栈道吧?

山在天边幽幽地蓝着,水在眼前粼粼地闪着,我在湖边栈道上踟蹰地行着。

沿着湖边那条栈道散漫行去,一任栈道蜿蜒曲折跌宕起伏的恣意游走,人也忽而高踞于临水之崖,俯首可见万顷碧波直迫于天,疑乎小小的自己,几近与远方的湖山一般高低,心想世界原来竟低于我,在我脚下呢,不觉就颇有一点得意了——那是有一年,行于长江出海口的崇明岛东滩,远望苍茫大海,觉着整个海天似乎都在脚下的感觉;忽而又深陷于连天苇丛间的逼窄水巷,如潜行于秘密满布的人世深处,迷迷茫茫间,一时竟失去了方向——那让我想起的,则是多瑙河三角洲浓密苇丛的那番多情的合围。栈道悠然蜿蜒着。那样的蜿蜒,约略等于优雅,偶然又近似于曲折,某些时候似乎又是暗喻,或者嘲讽,既仿佛权谋,又象征智慧,而对更多的人说来,如同一道需要让脑筋拐上好几个弯后才能读懂的数理考题,其解法不惟牵涉到公式定律,有时或许还会涉及深奥的人生。

说起来,栈道那样的蜿蜒,不管是贴水凌波还是稍离湖岸,高高低低的,倒是都好,却看来看去,总以为那毕竟不是一条高原临湖栈道原欲宣示的要义。直到历经几番岸曲路转,来到一段几与湖岸比邻的路段,一抬眼,见那一湖碧

168

水实非悠然远去，倒是正从远方从容地涌来，就那么轻轻地拍打着沙滩，才弄懂了那条栈道的隐秘心思。那些打由天边涌来的阵阵轻浪，在触及湖岸的刹那，通常都是断断续续的，此起，彼伏，只偶然会像约好了似的，连成一道完整的、雪白的浪线，直到那时，才真个觉出一道临湖栈道的好处：你的目光，几近恰与湖水处于同一个平面，于是可以毫无遮挡地、那么近地感受它缓缓涌来的亲昵，却又能丝毫用不着去惊扰打搅它，高看或轻贱它。脸上偶尔会有菲薄到几近于无的细密水雾拂过，有刚刚贴着湖面而来的晨风温柔地抚摸，身心在那样自然的吹拂与抚摸中，觉到的竟是某种如同与爱人相携相拥的亲近，那种人与自然间的暧昧，真不知该怎么形容才好了。

雪白的浪线，于我自然是种诱惑。友人说，湖水如此清澈，当然是先有天地造化，后有疼惜它的人们，在湖边划了一道防污治污的"红线"，无论你有多大的来头，都不得闯入——我听了，觉着那还是甚为人世甚为当下的解说。我却另有一些新鲜且怪异的心思，在那时开始涌现。那就让灵魂在清晨，用文字练练并无定规的灵魂瑜伽吧，让冥想中的人，秒变花木光影，暂与世界道别，让一切都暂与我失联，只剩下你我平匀的呼吸。

遥望间的柔美与近观的粗砺，显然是不同的啊，优雅的波动与汹涌的击打，亦属全然不同的两回事，心却会因为有了这样的磨砺而渐臻坚韧。

比如右手边的那两条铁船。初起的日光下，我已无法分清那样红艳的船身，到底是因为原就刷上了艳红的防锈漆呢，还是久久搁浅于岸边，风吹日晒，已然满身锈蚀斑驳。对于它们，穿越往事蓬乱且冷暖无定的时光荆棘终于来到水边，繁花之岸注定不应是它们真的窠臼，但久盼的入水起航，唯待命运最后的敲定。眼望着湖水就在不远处，心里的焦急笃定与日俱增。又能怎么办呢？午夜，回首向来萧瑟处，人是怎样走过来的，船又是怎样熬过来的呢？会不会想起，那时的好多日子，天空都没有阳光？主人是粗心到把它们彻底忘了，还是刻意要让它们经受风吹雨打的孤独与无助呢？无论一个人，还是一条船，心，或许早已凌波而去了，唯船和它们的影子因为太沉太沉，还留在岸上，于是这身边的世界，便满是沙砾与惆怅——远方有山影如黛，近处有水波徜徉，有薰衣草隐约的芬芳，日子真可能静好如斯吗？走着走着，有时，就跟那两条船一样，人，也突然就陷入了怅惘。

雪白的浪线，还在相跟着涌来，一道，又一道，只是怎么都到不了脚下，我的脚下，那两条船的脚下。

那些干枯、干渴得像要熊熊燃烧的船，定然看见了岸边的那块石头上，停着的一只鸟，或许是只鹭鸶吧。那小小的，正凝望远方的生灵，站得何止比我也比船离那道雪白的浪线更近些呢？它们，其实就是从那片湛蓝里生出来的一羽白。而不远处，一个身着红色上衣的渔人，不知是正在放网，还是收网？湖水涌向他身边时，还是蓝色的，一触及他的身子，便激起一圈白色浪花。浪花从来不是无谓的装饰，而是因了你的前行与水相遇而生。这么说，那些白色浪花，先是跟那只鹭鸶那个渔人入水有关，而那道白色的浪线，则是因了岸的邂逅而生的吧？白色的浪花，一串串，都是湖水对世界清冽的表白。看来，浪花与生命，与那只鹭鸶那个渔人，甚至与岸边那些石头有关——石头，是另外一种生命。选择做一块石头从来没什么错，在一顷碧波里，或更显得弥足珍贵，它的永不沉没，让许多的帆，终于看到了希望。

听说，最早的滇人是临水而居的。滇池，洱海，都是边地人文荟萃之地，抚仙湖自不例外。如今，许多人，包括行云飞鸟游鱼，都匆匆穿过许多座城市，越过了那些山脉和山脉，匆匆赶往这里，究竟所为何来？仅为那一番景色，还是另有灵魂的希冀？白色的浪线一道道涌来。我也和那两条搁浅的船一样，在忽而雨过忽而鸟唱忽而蛙鸣的初夏，想起我曾经披复过的雷击，曾经痛饮过的凋零，即便心怀一苇之青，亦是瀚海可渡吧？

及此，陡然便大梦初醒。友人说的那条红线，与我眼见的那道白色的浪线，一红一白，一隐一显，倒是都刻在我心里了——你的心里，也有一条那样的红线，又有一条那样的白色的浪线么？有了那条看不见的红线，才有我眼前那条白色的浪线，让人于空蒙清寂的生生不息中，想想与生命有关的事，那才是那条蜿蜒而去的栈道之深意所在吧？

欧罗巴落日

　　欧洲的黄昏是在什么时候降临的，我毫无觉察。等我们在苏黎世机场换了飞机，飞行在去罗马尼亚的途中，欧罗巴美丽的黄昏已将我们严严实实地笼罩其中。

　　北京时间二十四点三十一分，当地时间十八点三十一分，经过整整十个小时的飞行，我们终于到达苏黎世机场。那时暮色即将降临，可长途飞行已让我们完全忘记了时间，更不用说去欣赏欧洲的黄昏了。按计划我们将在苏黎世转乘另一趟瑞士航班前往布加勒斯特。巨大而又陌生的苏黎世机场静悄悄的，一条条自动扶梯上有不多的乘客在静悄悄地移动，听不到一点嘈杂和喧闹。安静是我这趟旅行最大的感受之一。

　　我们将要转乘的航班号是SR460，从随处可见的电脑显示屏上，我们很方便地查到了该在A69通道登机。离换乘登机的时间只有四十分钟，偌大一个机场，我们怎么才能尽快到达A69号登机口呢？担心被证实是多余的，在电子化管理的苏黎世机场候机楼，每个岔道都有指示牌告诉我们A69号登机口应该朝哪边走。五分钟后我们便按图索骥地找到了A69号登机口，还来得及在登机口外的休息室稍稍休息一下。当地时间十九点四十分，担当SR460航班的那架空中客车A320飞机准时起飞。我想，黄昏或许那时就已降临。

　　趁着天色未晦，我还来得及从空中拜访一下苏黎世——自从几年前它和我居住的那座城市结成了友好城市，这个名字已在当地家喻户晓，而直到那时，我才能一睹它的芳容。让我惊讶的是，与其说我看到的是一座城市，不如说是

171

一片森林，它的四周涌动着大海一般的绿色波涛，城中树林成片，以至看上去它似乎只有很少几幢房屋。难怪马克·吐温说，瑞士是一个巨大的、凹凸不平的土石块，其上薄薄地盖了一层青草。我看到的那层苏黎世的、当然也是瑞士的"青草"真是够薄的，薄得大约只有十来米厚，它就是那片森林。

如果苏黎世像现实中的童话，那么当飞机穿过了云层，我在飞机看到的奇异景象却像是童话中的现实了。即将沉落的太阳挂在西边的天上，柔和得像婴儿通红的小脸。那是我头一次在空中观赏落日。

不像在陆地上，落日至多跟你处在同一水平线上，从空中看到落在我们下方的太阳时我有一种上帝的感觉，原来那君临世界、备受人类赞颂的太阳不过是个红灯笼般的小火球。云层薄处，透过如棉的云絮，还能看得见瑞士的土地和山林。飞机一直向东南方向飞行。半个小时后，大地和夜空都已沉入夜色。宝蓝色的夜空如同绸缎，华贵得惊人。从一闪而过的云隙间，依稀能看得见人世间星星点点的灯光。而在远处的云际之上，一道漂亮的金红色的光带还在天边闪烁，那是欧罗巴的晚霞，就像陈窖百年的葡萄酒。实际上，那已是北京时间9月6日的凌晨，欧罗巴的太阳还没有完全沉落，云层却瑰丽斑斓，以诡谲的色块、流畅的线条、精致的色彩搭配勾勒出各种想象中的形体：古堡、城郭、教堂甚至透迤的长街。而那一切都如同日出前的大海，一片紫金，闪烁着某种保存得很好的古老铜器的迷人光泽，让人不由想起古希腊文明和欧洲辉煌灿烂的文艺复兴，想起音乐、绘画和艺术。那是巨人辈出的时代，也是艺术的狂欢节。从那以后，历史过去了一个又一个百年，那片美丽的晚霞却仿佛是一个伟大的空中博物馆，陈列着拉斐尔、毕加索的精彩绘画，演奏着施特劳斯、莫扎特的美妙乐曲，上演着莎士比亚无与伦比的戏剧。人类（至少是欧洲）的艺术活动在攀上一个高峰之后，似乎就再难逾越。当代欧洲尽管也产生过一些著名的艺术家，但其成就却难与他们的前辈比肩。波澜壮阔的二十世纪行将落幕，面对世纪的晚霞我们几乎没法不感叹唏嘘。由欧洲启程的现代化脚步正在整个世界震响，包括中国在内的整个人类，经常陶醉在人类创造的越来越丰富的物质文明之中，可追求崇高的古典艺术精神却被弃之如敝屣，作为人类与自然美妙和谐关系的象征，作为人类心灵之象和精神投影的艺术创造的式微，让人无时无刻不感到忧虑。新世纪的日出远远还没到来，我们依然生活在前人创造的、像太阳一样辉煌的艺术的余晖之中，除了惊叹那片艺术晚霞的瑰丽，我们几乎无所作为。我想那不仅仅是欧罗巴的羞愧和遗憾，也是整个地球人类的羞愧和遗憾。

可惜我没在空中看到欧洲的月亮。欧洲的月亮当然不一定比中国的圆，但欧罗巴的落日景象却委实让人惊叹。

几天后，在从多瑙河三角洲返回黑海之滨作家之家的途中，我再次看到了欧罗巴的灿烂落日。那是在罗马尼亚南部多瑙河三角洲附近的瓦拉几亚平原上。大片黑油油的休闲农田裸露着，间或也有大片大片的、一眼望不到边的向日葵，叶子已经枯黄，向日葵的葵盘沉甸甸的，一律低垂着头，再也无法随着太阳转动，就像一些伟大的智者和哲人。浑圆的落日以玫瑰色的余晖洒满了那片黑色的土地。我拉开车窗，连连拍照。车正在高速行驶之中，我很难真正让手中的相机保持平稳。这时，司机突然把车停下了，我们跳下车去，再次按动快门，一连拍了十几张。原想那应是一组非常精彩的照片，不料回国后冲洗出来一看，照片上除了一片玫瑰色的红光，简直就没有留下任何别的图像。或许匆忙中我没把照片拍好，但细细一想，那片玫瑰色的红光却正好是我对欧罗巴落日的印象。

有淡墨水印的手卷

一幅烟雨牛鹭图

一眼看见那幅大地上的水墨小品,我还真有些忘情:烟雨中一头灰黑的水牛孤零零地站在路边,脚下是无边无际待耕的田野。它怎么没有回家,回到主人身边,回到有草料的畜圈里?黝黑的身影像一具活体雕塑,"蹄子插在土中,凝视着双角倒影,忘掉了自身"。身后的木犁是另一件静物,犁把翘翘直指云天,晶亮的犁铧斜插进泥土。耕作像是在不该停下的时候骤然停下——高黎贡山西麓的雨来去无定,说下就下说停就停,农事却不能等待。阵雨初停自不必说,稍小些就要抓紧犁田耙地。农人大约直到雨下得太大才去躲躲——不知是躲在某棵大树下眼巴巴地等着雨停,还是蹲在自家老屋屋檐下抽着旱烟?只有那头老牛留在那里,忠实而又无奈。人有时真是太粗心,为什么就让牛站在雨里站在泥水之中?其实旁边就是一道弯弯的田埂,只几步就能让它站到干一些的地方。现在它只能一动不动,任如梭的烟雨把它淋得透湿,浑身的短毛紧贴在身上,看上去倒比裸体更像裸体。雨顺着老牛的脊背直往下淌。老牛的头、角、嘴、穿着牛绳的鼻子、无望的眼睛、牛轭、滚圆的牛肚子,都在淌着水;耷拉着的尾巴像一根水管,水流成线。

一群白鹭就在那时飞来,从荫绿模糊的背景划过,银白的身影如同闪电,在老牛四周上下翻飞盘旋。一动不动的老牛连眼都不眨。白鹭越飞越低了,通红细长的脚爪伸出来,像飞机降落前放下了起落架。老牛哞叫了一声,像给老朋友打着招呼：地我刚犁过，有的是虫子！白鹭叽叽喳喳地齐声欢呼，盘旋俯冲终至落定，一如几页湿透的情书，撒在老牛的四周。那只胆大些的竟在牛背落下，单腿而立，引颈而望，活像个临时风向标。然后它开始走动，以淑女优雅的碎步，在牛背上从尾部踱到双角之间，然后再次返回——或许它眼里的牛背根本不是牛背，怎么走都是一条宽敞的步行街。

不知道面对那个场景我到底看到什么？时装设计师或许能看到一场山野T台秀：高黎贡山西麓，牛和鹭的联袂献演，大与小的默契组合，既有静与动的古老元素，也有黑与白的时尚流行。诗人呢，说不定会在便条簿上记下突来的灵感：持重与轻盈相辅相成的野趣，敦实与机巧搭配的哲理，憨厚与灵慧共生的诗情；画家将一幅水墨在心头铺开，顺手拾起《老牛白鹭图》的几个细节：细雨如烟，老牛如定，木犁如船，白鹭如歌，翻开的土垄如波如浪……只有哲人没来，他们正在斗室里思索未来。我像什么都看到了，又像什么都没看到——我在想着那个农人。在远处躲雨的农人一直没有入画，但我相信他一直在场。眼前的一切都与他有关，他才是那个场景真正的主角。二十一世纪，风雨中的老牛木犁，暗示的是古老的农耕的伟大。大山下的土地是农人唯一的财富，其实不也是整个人类的唯一财富？那个场景尽管太古老太原始，一无"现代"文明的气息——没有拖拉机，没有化肥，没有杀虫剂，没有汽油味儿，没有订单农业，没有CEO，没有与污染一起抵达的富裕，有人在渴望它的改变，有人在期待它的延续——都在两难之中。但有一点倒是明白的：为什么一定要按某种"世界标准"，认定那就一定是落后是原始？正如汤因比所说：如果让我选择，我愿意活在中国宋朝。何况无论怎么说，"天然要比人工更美丽些；在一个动物身上，动作的自由就构成了美丽的天然"。一种生活方式只要让人快乐，就是合理的。

忘情地凝神，凝视，仿佛怕它转眼终会消失，就像它所象征的那种生存方式终将消失一样。拍一张照片吧，或者干脆就像我那样，用目光把它留在心中：那是少小离家的游子思念中的家园，在遥远的梦中看上一眼，暗夜醒来，泪水也会悄然洇湿枕角——一片自由自在充满闲趣却供养着我们的田野，怎么都是从简朴的远古出走的现代人永远的牵挂。

洇湿的红春联

风雨不解客意，竟突然来得大了。进村拜访一户农家，细数过先祖故人，闲话了油盐家常，正要向主人告辞，生生被檐下一道突然挂出的雨帘挡去了归路。车停在很远的公路边，小路泥泞难行，殷勤的主人便说，下雨天真是留客天，雨小些再走吧。于是在农家屋檐下倚门而立。眼前雨中的山野，已如电影中转换的镜头慢慢淡出。雨在近处，也在远方，从从容容，不紧不慢，如烟如雾如织。屋檐下的雨帘飘飘斜斜，掀起又垂落。有时太阳冷不丁探出头来，雨帘顿时给照得明晃晃的，像一挂水晶珠串。对面那户人家，门楣上的春联在风雨中半角翘起，半截红湿，只看不清对联上写了些什么，整整一个旱季过去，年前贴的春联尽管早已褪去鲜红，在那片灰而亮的背景里，倒像两方淡淡的闲章，深深地盖在农家的门楣，让贴它时的欢喜和希望，在那门前屋后一直弥漫到了如今——无论随后的一年是丰是歉是福是祸，有一副喜庆春联的日子，倒足足经得起一年三百六十五天的回味……

主人在身后的堂屋坐着，不时也走出来，望一眼门外。顺着他的目光望出去，大地明媚梯田闪亮，远处青山朦胧，有着湿润的沉静。同在一个屋檐下，主人和我看到的定然不同。秧已插过，水已放过，他看到的是秋天金黄的收成，我却在那时想起了家乡。汪曾祺游云南时说，"故乡无此好河山"。我家乡有这样的田畴，没这样的雨。记得当年只身初来滇地，生平头一回听说了旱季和雨季。转眼三十多年过去，早已鬓生华发，不知异乡羁旅何日能归。

身边一阵响动，赵晓东也走了过来，倚门远望。我感到了他平静的呼吸，回头朝他点头笑笑，都没说话，仿佛怕一不小心，搅乱了那场太阳雨的和谐与明亮。男人和男人间常常无须多言，一个习惯的手势，一个会意的眼神，足已代替千言万语。几次同行，早已了然这个守山人对雨季的那种旁人难以理喻的牵挂。一年到头，只有雨季他才敢出来走走——秋冬季节天干地燥，容易引发森林山火，他日夜难得睡个囫囵觉。其实，山不是他家的山，树不是他家的树，倒自愿地背着管理保护区那份无形却沉重的责任，一干就快二十年。现在他看着西麓的雨，不知思绪又飘到了哪片山地，落了在哪片森林。我也一样。风把星星点点的雨，拂在我脸上，洒在我身上，也吹进了我的心里。有一阵突然觉得那不像是季节的风雨，倒像是一场温润明媚的人生暗示。赵晓东站在那里，既为了陪我也为了他的事业，我站在那里又是为了什么？其实早已人过中年，曾经天高地远的心思情味都日渐简静。躲进小楼读读喜欢读的诗书，弄点或咸或淡的文字，是一种日子。走进山野走进现世，与冷风冷雨为伍与泥泞山路为伴，呓哑品味一下大地的酸甜苦辣，任轰隆隆的时代列车从心上碾过，留一行辙印做几篇短文,是另一种日子。经过二十多年的山野历练,赵晓东完全可以坐在家里,写几篇像模像样的论文作为后半生的装点——如今的科研也是讲究成果的年代。那样的文字对时代或许无足轻重,尽管对我对他皆字斟句酌发乎于心,但即便再有斑斓的文采天大的魅力,也像年年都贴的春联,总有风雨褪色的一天,留下它纯出一种自期的精神的富足。其实人和人之间,度日所需的物质就算有别也差得不多,区别只在精神。你关心了什么思考了什么,你的心灵生活就有什么样的质量,什么样的品位。赵晓东在保护区风风雨雨的二十年,关心的正是眼前这片大地的安危。那简直就是一种带有理想色彩的诗情。蓦地想起多年前读到梁遇春的一段话,倒很是切合眼前的心境:"所谓生活术恐怕就在于怎么样当这么一个临风的征人罢,无论是风雨横来,无论澄江一练,始终好像惦记着一个花一般的家乡,那可说就是生平理想的结晶,蕴在心头的诗情,也就是明哲保身的最后堡垒了;可是同时还能够认清眼底的江山,把住自己的步骤,不管这个异地的人们是多么残酷,不管这个他乡的水土是多么不惯,却能够消瘦地站着戛戛然好似狂风中的老树。能够忍受,却没有麻木,能够多情,却不流于感伤,好像楼前的春雨,悄悄下着,遮住耀眼的阳光,却滋润了百草同千花。"

　　雨终于小了,回头跟主人告别,不料那门楣上,也是一副褪去了鲜红却在风雨中嚓嚓作响的春联。于是那晚的笔记本上便多出了两行字:早见梅残候馆,柳拂溪岸,草熏风暖春联淡,乡愁渐远渐无,迢迢春水不断⋯⋯

龙川江的流法

　　雨中的龙川江持一把锈色长刃,划破了高黎贡西麓山野翡翠般的浓绿。我听见了中国丝绸被撕裂的声音。在雨季,高黎贡山西麓这条最大的江,伊洛瓦底江的上游,浩浩荡荡浑黄一片。翡翠般的山野间这泥汤一样的江水,就像如今的长江、黄河和大大小小的河流。小时候老家的长江水碧沙清,后来我再没见过那样的河流。中国的每条江河现在几乎都像龙川江,要么赤红如血高涨鼓凸,像随时都会爆裂;要么骨瘦如柴奄奄一息,似乎眨眼就会断流。我想其实那只是龙川江的一种流法。龙川江最古老的流法并非如此,那时它清碧透明,跟周围的山野完全融为一体。它就是一匹绸缎。现在它只偶尔还能那样流,比如冬天,雨季到来之前。那时临水而望,看得见江里的一切,覆满青苔的卵石,罗带般的水草,斑斓的精灵般的游鱼。它一路流去,神清气爽,优哉游哉,有的是乡村绅士的闲情雅趣;它从不大声喧哗,清澈的诉说像古老的长调一样优雅;一路还有夹岸的森林掩映护送,有不尽的花瓣草叶嬉戏逗弄,偶尔穿过一道乌黑的风雨廊桥,听到马帮行旅暮归农人零乱的脚步,才会用几道浪花表达它的欢愉。有时它一个侧转,分身进入一条灌渠,走进高黎贡山下的田野,摇动水车,推动石磨。现在它狂躁凶悍,涛声十里,粗哑沉闷,远近相闻。停车走到江边,圆弧形的江面高高拱起,几近直立,飞溅的水花水雾拂得我一头一脸。我指的并非单个的涌浪,是江面整个地抬升隆起。想想并不奇怪,那是高黎贡山西麓所有有名无名的溪流的汇合——龙川江附近的山野,不在自然保护区范围内。那里是集体林,自留山,树早被砍得差不多了。其实雨季的高黎贡山西麓,任何一片山野,都有千万条小溪,像千万条小蛇在脚下游曳、穿行;远山上看得见千万道季节性山瀑,像千万匹白绫从陡崖抖落。每道小溪每道山瀑,都是龙川江的上游和源头。我必须不停地跨过那些水沟小溪,它们最终都流进了龙川江。在城里我们也能看到江河,却从来看不到上游和源头,永远只有一小段,像整匹布上裁废的几尺布,死眯漾眼,毫无生气。现在我既能看到龙川江干流,又看到了它的成千上万个上游和源头。那让我想到山上,想到"从前",想到时间和河流的上游,远古和原初。那时的江水绝非这般模样,它有过许多别的流法:在树叶上滴落过,在森林里漫漶过,在草丛中沉思过,在覆满青苔的岩石上跌跌撞撞过,在无名小溪里蹦蹦跳跳过,但从没混进过泥石流,一路狂奔冲撞过。那样的小溪小沟都在上游。上游是个美丽的字眼。罗马寓言家费都拉斯有则寓言,"狼在上游,羊在下游"。现在好了,"狼"在下游,"羊"在上游。还有卡尔维诺,在给安贝托·艾柯寄书时在书上写道:"致安贝托:上游的读者,下游的卡尔维诺。"我们该向上游致敬。向上游清清的无名小溪致敬。向上游的时间和时间的上游致敬。那时它们清亮得像智者的思绪,不是在地上流,是在某个翡翠容器里流。在山泉水清,出山泉水浊。一到"下游",就浑浊不堪泥沙俱下了,裹挟着泡沫饭盒烂塑料瓶破塑料袋废旧包装口香糖纸安全套这些"现代"垃圾,进入时髦浪荡的人生。"下游"再也看不到石头和树,水草和鱼。鱼被打尽树被砍光,石头和水草也许还在,却再也无法看到。龙川江和所有的河流,都在痛苦地回想它的前世,思考着它失去的今生和来世。河流很早以前的时光,上游的时光,已是遥远的回忆。多年前我曾想变成高黎贡山上的一滴水,但我绝计不流入那样的河流,宁愿顺着大树的根系进入树叶,在阳光下蒸发,像一片云雾那样远走他乡,直奔海洋。

廊桥如梦

小河在那里拐了个弯。廊桥穿过渐浓的暮色横卧河弯,夕阳下如黄金打造,熠熠生辉。我知道我总算没有白来。听说那座桥纯属偶然。下午四点多,越野车一下爆了两个胎,没法走了。等着修车的时间像等婴儿降生,分秒如年。我们抽烟,闲聊,走来走去,等了一个多钟头,不知还要等多久。横在我们面前的,不是回家的路程,倒是慢腾腾流淌的时光长河。朋友就在那时说起了廊桥。我们如遇大赦,沿着那条与回家方向相反的路,欢呼着向那座桥飞奔而去——为了前行,旅人有时就得那样倒回去,倒回到时光的长河中去,隐隐觉得其中有点哲学,来不及细想。

说不清那天我们为什么执意要赶在天黑前去看那座老桥——它不属于那些名垂一方的标志性建筑,唯一的原因,或许是老旧的东西都容易消失,我们又想尽快跳出那段等待的沉闷。说起来,无非渴望见到一个让我们"跳"出那片山地、那种沉闷的随便什么东西——它既非从那片山地生长出来,又与那片山地有着某种联系,那或许就是那座桥。那座还没看到的桥,给我一种在绝望中获救的感觉,它在那时出现,简直就是一个前定,一个机缘。路难走。穿过雨后的田野,沿着泥泞不堪的小路,我们一路小跑着奔向那座桥。最后一段路要翻过一座不大的山,两边都是树。森林莽莽,暮色初降。乡间石板路只剩下一些孤零零的石磴子——那让我想起了穿行在重山峻岭中的古道,想起了在高黎贡山看到的所有那些有名或无名的桥,从惠人桥、双虹桥,直到在某段小道上跨过的一块石板,几棵老树……我真的无法判断会看到一座什么样的桥,反正只要是座桥就行。

爬上山顶,透过树缝看到的那座风雨桥,比我想象的要辉煌得多。夕阳辉煌,老桥如金。它脚下,在那条突然变得宽阔的小河上,玲珑娇小的廊桥简直像个玩具。河水浑黄,从很远很远的山里流过来,到那里突然变得舒缓开阔。背景是一座并不太高的山,暗绿着,小河穿过桥洞,沿着山脚流向远方。河水不时泛起几点亮光,银箔似的一闪,然后消失,几分钟后又在另一个地方出现,尽管比先前更暗淡,由于背景加深,依然有些耀眼。黄昏中的老桥是深灰色的,或说是黝黑色的——我有点儿说不清。傍晚的光线瞬息万变,如同这个世界。我频频按动快门,仿佛老桥随时都会从眼前消失。

然后,我们飞跑着下山,沿河岸而行,仿佛再晚一点,一切都来不及了。

"我怀着夕阳西下的情怀,追随着那沉浸在金光闪闪的感伤中的河流。……空气轻吟,恰似日落的景象,为傍晚发人沉思的美所触动的人在哼唱一首别离的曲子。大地化为一支歌,一支动听的死亡之歌。"从河岸上望过去,老桥竟突然高大起来。夕阳没入桥后那座小山,金黄的阳光,从山背后射过来,像从山里面喷出来那样,为老桥斜斜地打上了一道侧光。

现在我能清楚地看见它了,一座风雨廊桥,全木结构,新翻修过的雨棚是石棉瓦的,那就像穿错了衣服,多少有点儿失态。不知什么时候,两个乡村女孩已在桥头相向而坐,大红大绿的衣服,在渐渐暗淡下来的黄昏里,有些说不清是什么颜色。她们在说着话,还打着手势,就像某些电影里用长焦镜头拍摄的画面。靠我们这边,桥下的河滩地里,几头老牛在静静觅食。"老牛缓慢地、安静地过来喝水。它们把脊背挺直,喝着水。水在极轻微地颤动。最后,它们凉快了,似醉非醉,又同时抬起头,像来时那样,乖乖地离去。"两个姑娘,或许就是牛的主人。那个画面像一幅水墨,透露出浓重的古典情味。河边小路高低起伏,两个姑娘在我的视线中也就时隐时现。走近那座老桥时,她们竟不知去向,剩下的只有那些牛。又有一群暮归的牛,正好从桥的那边走上老桥。牛蹄敲打桥面,起起落落,轻轻重重,发出嘟嘟嘟的声响。牛铎深沉。牛铃清脆。那段"打击乐"一如天籁,那种单纯的丰富迫近的悠远,正是老桥的歌唱。

不像怒江上的铁索桥,那座风雨廊桥没有辉煌的战史,在高黎贡山东西两麓,它不过是上百座桥中的一座,倒几乎都曾给南方丝绸古道带来过某种形而上的、精神上的远方和明天。现在我在老桥上走着,双脚踩着老桥的木板,像手抚一位老人发皱的肌肤,轻微的吱呀声是他骨节的响动——临近暮年,生命正在离它远去。桥头一块石碑上,刻写着老桥的全部履历:小河叫孙家坝河,发源于高黎贡山,注入龙川江。桥名"通济",初建于民国八年,1989年重修。

天快黑了。返回时再次爬上那座小山,回头又看了一眼那座老桥。夕照完全消失,老桥在河水的最后几点亮光里,只剩下隐约的轮廓。它很快就将没入黑暗,时间的和历史的,倒突然在我心里变得清晰明亮:似乎在哪里见过那样一座桥,和一个与它相连的故事,隽永的、伤感的,充满了人性的——不是《廊桥遗梦》那个舶来的故事,想象中的那个故事只与滇西那片土地相关,与暮归的牛和两个放牛姑娘相关,与她们在那片晚霞中私语着的、她们的先祖父兄汗血交融的经历相关,与她们憧憬着的,完全属于花季少女的,像晚霞一样灿烂的隐秘心事相关……

捡回一块帽天山的石头

　　捡回一块帽天山的石头，乃刹那间事，一瞬。不时看看那块石头，思想那块石头跟生命的由来，倒从那天直到如今，不定会到永远。

　　世人都讲出身，山野间的石头，也未尝不是——一块路边田角的石头，自不可与珠穆朗玛峰的石头称兄道弟，而一块在大戈壁上聆听过《塞上曲》，叫凌厉漠风剐刮得尖锐干净的石头，也无法与大海边经浪涛磨洗得光滑圆润的石头归为一类。但无论怎样的石头，对一个人其实大多无关紧要，我从没想过自己与一块石头会有什么瓜葛——孙悟空、贾宝玉据说都出自一块石头，那是神话，常人岂敢奢盼？我的书架上，虽也有些从各处拾来的石头，多为随性捡回，小小的一块，或为一个偶尔去到料想此生再难去的地方留个念想，或是石头上有点好看花纹，一朝相遇，似觉前缘，便带了回来。要论一块石头与个人生命有什么关联，说有也有，说没有还真没有。

　　从帽天山捡来的那块石头，就有些不同了。那是一块藏着涛声、藏着我们无法想象的远古秘密的石头。

　　帽天山是云南玉溪市澄江县的一座普通的山。澄江还有个值得一去的地方，是抚仙湖。一山一湖，让这个滇中小县成了昆明的后花园。先前我也常去抚仙湖，去帽天山倒是头一次——帽天山的故事我听过好多，文章也读了不少，只是一直没能一亲芳泽。也不急，想来是机缘没到，强求不得，而那回，终于去了。

　　乘车从抚仙湖边的澄江县城去帽天山，不算远，十来分钟，眨眼就到。还没等人缓过神来,倏忽之间,恍兮惚兮地,一下就穿越了五亿三千万年的浩瀚时空,来到了寒武纪。

当我隔着一道护栏、一面玻璃,与澄江帽天山化石群首发地的那堵山崖咫尺相望,一时便心绪浩茫,肃然伫立在那道剖开的山崖前,似闻层叠的石片间,远古涛声隐隐。真想问神的使者,我是从这里走出去的吗?哪里,有我的胎记?

最早发现那种石头的,是个叫侯先光的人。1984年7月1日,从中国科学院南京古生物研究所硕士毕业的侯先光,为寻找曾经生存于寒武纪的高肌虫化石,在帽天山奔波了一个多星期,一直未能如愿。据说那天下午三点左右,他偶一抬脚,鞋跟不慎剐落了一片松动的岩层,顺手一锤子敲下去,一块形状奇特却保存完整的化石露了出来,以他的学识判断,那是块寒武纪早期的无脊椎动物化石,一时欣喜若狂。跟着他又发现了三块重要化石,后经进一步鉴定发现,那分别是纳罗虫、腮虾虫和尖峰虫化石……

侯先光是幸运的,他轻轻敲下的一锤,竟于骤然间打开了一扇古生物宝藏的大门。他没想到的,恐怕是随后世界各地的古生物学家,以及千百万像我这样对古生物学一无所知的业外人士的蜂拥而来。此后几天里,侯先光陆续发现了节肢动物、水母、蠕虫等许多同时期的古生物化石。返回南京,他与导师张文堂教授,撰写了《纳罗虫在亚洲大陆的发现》,并在论文中将澄江的动物化石定名为"澄江生物群"。这一多门类动物化石群动物类型众多,且十分珍稀地保存了动物软体构造,首次栩栩如生地再现了远古海洋生命的壮丽景观和现生动物的原始特征,以丰富的生物学信息为"寒武纪生命大爆发"研究提供了直接证据。1991年4月23日,美国《纽约时报》以头版头条并附图片介绍了中国帽天山动物群的发现。2001年1月,美国《科学》杂志全面介绍了中国古生物学研究的现状,认为云南澄江化石的发现,让脊椎动物的出现提前了六千万年,这些化石有助于古生物学者证实大约五亿三千万年前的寒武纪生命大爆发。

想想,那天我脚下的那片土地,真不知道到底隐藏了多少秘密!

而那天,我何其有幸,就站在侯先光发现那块化石的山崖前。

一眼看上去,那堵崖子其实普通极了:满眼都是那种灰黄色的、风化得有些厉害的沉积岩碎片,如果允许,伸手轻轻一掰,就能取下一片。但自然界的任一事物,都远不止于其表象给人的那样单薄。人和动物的不同,就在人总想知道自己的来处。生命究竟是从哪里来的?这样的问题实在太大。但总有一些人，比如侯先光，会去干那些看似无用的事，千方百计地从那些其貌不扬的石头中，寻找生命的秘密。关于生命的源头，世界上成千上万的学者在研究在探索，似乎至今也还说不大清楚。这么一想，便觉侯先光似乎是神派到澄江来的，然后，神又把他派到了帽天山。

当今世界，此前全球仅有两个与帽天山类似的，记录着寒武纪生命大爆发的地方，一个是加拿大的布尔吉斯生物群，一个是澳大利亚的弗林德斯山脉埃迪卡拉山生物群。以前所知道的最古老的保存软体的生物群，正是中寒武世的加拿大布尔吉斯页岩生物群，它比早寒武纪大爆发要晚一千多万年，因而不可能指出地球上最古老的动物都是些什么，以至之前对寒武纪生物大爆发所产生的生物和生物群落结构所知甚微。后者的地质时间比帽天山早，但所发现的化石种类没帽天山这么多，种类也没有这么齐全。巧合的是，二十八年后的2012年，澄江化石地被宣布列入世界自然遗产的时间，也是7月1日。

那天，我当然没敢在帽天山寒武纪化石群首发地纪念馆里拿走一块石头——纪念馆明文规定，那里的任何一块石头，都可以看，可以拍照，但不许动，连摸摸都绝对禁止。其实想摸也摸不到：一块巨幅的玻璃隔墙，横亘在五亿三千万年前的那座山崖和我之间，当然也隔开了第一个在帽天山发现寒武纪化石的侯先光先生与我，及同行的所有人。

直到走出那个纪念馆后，在路边，神不知鬼不觉地，我随手捡了一块小石片。对于科学研究者，那可能是一块没有什么意义的石头，但对于我，却是一块含有生命起源信息的石头。

看上去，那是一块普通不过的沉积沙岩——其实我也外行得很，有点说不清——淡淡的灰黄色，片状，上面有几处浅墨色水草花纹，从石头深处，又隐隐透出来一片氤氲的洇红。摸上去，并不像寻常的石头那样凉。块面当然也不大，放在别处，看见了也就看见了，没人会拿它当回事，而于我，偶然相视间，便总觉得会从中透出一片浩茫的沧桑……

从澄江化石首发地回来已经很久了，心情尽管早已平复，但偶尔看看放在书桌边的那块石头，禁不住又会想起那天的兴奋。现在，那块石头就放在我的书桌上，早晚相对，思绪便一下子又回到了那个夏日的午后。而每一次，我都会想起侯先光，想起他手里的那柄小锤，它撩动的，是我心中那缕最悠远的乡愁，血脉中最秘密的海啸，想起那晚从帽天山回到住地，五亿三千万年前的某个因子猛然发作，我狂饮三杯，泪涌如潮……

青绿山水普者黑

有些人，有些事，甚至有些山水，皆是可对个眼神，就一眼定终身的。

清晨，夜刚刚过去。站在高处，看一眼普者黑的山山水水，还真像一幅画：近处是一片芜杂的荆丛野棘，稍远便是一片游曳着天光云影的水域，清亮如同万匹白绫；而一方头戴葳蕤杂树羽冠的青色小岛，及一畴线条婉转流畅的绿野，已悄然伸展进那片水域，将其分割成了几个相互连通的图案。奇妙更在远方或说天边，在那片白绫般的水域后面，隔着又一片稍显深绿的田野，是一溜连绵的，摩肩接踵簇拥着的，蓝得近乎透明的山峦——那是一种无可抵达的蓝——正如花蕊一般绽放。后来，我一直把普者黑那些山顶浑圆、呈金字塔形的山峦，叫作峰林。我如此笨拙地描述的那片山水，就那样在我眼前变成了一幅画。

立马想起的，是苏轼的"江山如画"一语。当时苏轼四十七岁，经历了"乌台诗案"，几次濒临坐牢、砍头的凶险，后贬官黄州做团练副史，无非一个民间自卫队副队长，虽心灰意冷，却曾多次到黄州城外的赤壁游览，写下《赤壁赋》《后赤壁赋》和《念奴娇·赤壁怀古》等千古名作；公余还带家人于城东垦出一块坡地，种田帮补生计。"东坡居士"的别号，便是这时起的。千年过去，虽无法确知是何种幽微的因由触动了诗人情怀，而那片"如画""江山"即山水，想必怎么都是个中缘由吧？逃离喧嚣人世，行于山水之间，"道法自然"，"采菊东篱下，幽然见南山"。山水从来都既是中国文人置放肉身的理想居所，也是他们潜藏灵魂与良知的精神故乡。"大知闲闲，小知间间。大言炎炎，小言詹詹。"（《庄子·齐物论》）相比于"大知""大言"生生不息的天地山川，人间的、个人的一点忧乐，庶几渺小到可以不计。真能给无论得意还是失意的士子文人，以无言却触及心灵的教诲与启示的，恰是山水。借一方山水为蒲团，修炼灵魂，吸天地精气，浇心中块垒，便成了历代诗人墨客屡试不爽的自救手段。不妨说，正是苏轼于赤壁所见的那片"如画""江山"，成就了未来的"东坡"。

　　此事此情亦非鲜见。苏轼的偶像欧阳修，于景佑三年（1036年）被贬夷陵，即今宜昌。今春我回宜扫墓，行于长江边时悠然想到，欧阳修料必也见过我面对的江天，领略过那番情致吧？初到夷陵，他也曾郁郁寡欢。但就像我那天一样，心怀着私属的秘愿，转身看了一眼长江，世事或许顷刻便有了新意。夷陵任上虽仅年许，他却留有五十余篇（首）诗文。几年后所作《和对雪忆梅花》有句云："昔官西陵江峡间，野花红紫多斓斑。唯有寒梅旧所识，异乡每见心依然。"野芳斑斓，寒梅旧识，皆是与一方山水暗通款曲的知性知心，是那湾江天给予他的深情抚慰。《东湖县志》（宜昌曾名东湖县）亦有载：其主政夷陵期间，"为政风流""教民礼让"，夷陵迅即"风移俗易"。足见他后半生的成就，早在夷陵已打下根基。清人袁枚以翰林改官江南时，友人曾援引欧阳修驻足夷陵一事劝慰："庐陵事业起夷陵，眼界原从阅历增。"足可为证。

　　而那天我看到的普者黑，恰既是一幅真山水，又是一幅地道的山水画。

　　普者黑，位在滇南盛产红通通辣椒的丘北。何为普者黑？望文生义：普，普通的，寻常的；者，人也，事也，地也；黑，一种最强烈最霸道的，可以覆盖所有颜色的颜色，既是所有颜色的总和，也是所有颜色的母体。空即是色。色即是空。三个字连在一起，便是"普者黑"——你可以尝试各种解读，或"普通的人都没于黑色"，或"世人因普通而尽墨"，等等。结果皆属大谬。原来普者黑系滇南彝话音译，意为盛满鱼虾的池塘，或可译作鱼米之乡。但那就失去此名的神秘深邃，割断了它的历史血脉，变得毫无意趣了。还是叫普者黑好——语言的要义，是陌生化，让人先被吸引，而后驰骋想象，心中浩浩乎诗绪潮涌，穷天入地，直至看穿那个漆黑的夜晚到底有多黑，那个年代所有的黑都堆积在一处的恐怖夜晚，人到底是如何被淹埋的……

　　那天在普者黑跟友人闲聊，所说正是本文开头那句话。作家徐则臣随后便说，是啊，确认了眼神，就能定终身了。从名字开始，普者黑已诗意汹涌，有心人或可由此趟入故事，铺排小说，那是古老汉字与如画山水的另一种秘密联系。徐则臣的长篇小说《耶路撒冷》，据说最早便是"耶路撒冷"这神秘地名引发的；而云南的另一片山水，则诱惑他写出了一部童话。呵呵，词语和词语指代的山水，奥妙尽在于此。普者黑会让徐则臣写出又一部小说吗？一切皆有可能。

所谓"江山如画"，其实正是"山水如画"。我虽无法给我看到的那幅画命名，却可久久凝视，品读。以至后来，走过了普者黑许多地方，心里的普者黑依然还是那幅画。其他种种，无非那幅画的细节或补充，展开或放大，诸如菡萏妍艳的十里荷塘，轻舟如鲫的纵横水巷，隔苇相闻的轻歌笑语，桨起桡落的清白浪花……乘一叶小舟行于山水之间时，一颗尘心的摇摇晃晃，想想还真无法说予满天满地的云影塘荷；在舍得高山草场，面对绿得叫人心颤的山野，皮毛如同锦缎的牛羊，真想奉上我的一颗心于苍翠天地之间，却默祷许久，未闻回音。是的，想不想在我，允不允自然在你，而成不成，终归在天了。

后来一想，那样一片山水，虽无法命名，却可归类啊——那不正是中国艺术史上著名的青绿山水画的一个鲜活实证吗？

青绿山水画始创于唐，虽历经几代研习传承，已形成某些程序化手法，真要画好却难。清"四王"之一王石谷说："凡设青绿，体要严重，气要轻清，得力全在渲晕，余于青绿法静悟三十年始尽其妙。"不久前，闻听有北宋王希孟的绢本青绿山水《千里江山图》在北京故宫博物院展出，心向往而不得去。《千里江山图》据云乃青绿山水画的碑石，集北宋以来水墨山水之大成，是中国十大传世名画之一。后来听说排上五六个小时的队，进去只可观看三分钟，何似我在普者黑所见的那幅天然的青绿山水呢？看来，上苍精心布设的堪称大手笔的青绿山水，仍非大自然莫属！

长久身陷红尘如我等心有千般结之俗人，偶得面对那样的青绿与清凉，身心便于刹那间有了些通透。画中山水，与江山如画，原只是一块珠玉的A面与B面。"我们的生命，我们的精神，必须产生于我们自己的理解，我们自己的文化氛围。"（索尔仁尼琴语）若只把好山好水当作到此一游的去处，任心灵与天地互不相关，终归还是会如海明威所谓"获而一无所获"，对不住造化的钟灵毓秀，糟践了。人人如欧阳修、苏轼那样留下千古奇文虽是奢望，却多可自问：那方山水，撞响过藏于你心中的生命之钟，转而生发浩然之气吗？我无法断然作答，好在去前的许多纠结、苦痛与愤懑，多已瞬间释解而不知所向了，如此或也终身可定了吧？

2018年8月4日　于昆明

随手花木记

藏金的草甸

满眼都是草丛。青绿的，焦黄的，艳红的……从眼前一直绵延到天边，如同大海。迪庆高原的秋天悄然到来，那是高原草甸最美丽的季节。云空渺渺，洁净光滑，世界如在原初。偶有白云悠闲地飘过，雁群便在刹那间迷失了方向——秋天的草甸上没有鲜花，花都开到了天上。草甸的巨大辽阔，让远处连绵的山峰，也显得像屏风一样矮小。而与此同时，青稞已经金黄，秋风过处，起伏抑扬，浪接远山。远远近近的村寨边，镰刀正在打磨，牛车即将起程，准备着把又一个秋天运回村寨。而最终，沉甸甸的秋天将被晾晒在那些黝黑的、空空的青稞架上，在冬天真正到来之前，它们将一直与日月星辰一起，在高原每个暗蓝色的夜晚，窥视藏房里的那些梦，香甜的，或是苦涩的。

宣告中甸草原第一抹秋色已经到来的，并不是一望无际的青稞。高原的秋天，是从某个不起眼的草丛出发的——当我注目凝视秋天中的小中甸时，我突然这样想。我坚信这一点，尽管我可能永远也无法知道，那个最早染上秋色的草丛究竟藏在哪里，我又在什么时候曾和它相遇，但我坚信它存在着，就在我的视线之内，甚至很可能就在脚边，用它的草尖拂弄过我沾满了泥土、草屑和露水的裤脚，以及我那双每到野外就须臾不离的旧软底鞋，它的光滑的革面，早已被磨得失去了光泽，露出了它灰白的本相。对我曾在行走的路上与那个草丛相遇，我确信无疑；甚至，在有意无意之中，我曾弯下腰去，抚摸过它，踩踏过它。即便这样，我还是无法确定它的位置，想到这一点，某种迷惘与伤感陡然而生——一个人与他在人生之路上相逢过的许多东西，往往都会失之交臂，真能相识的，简直微乎其微。譬如草丛，在我们心里，它几乎永远只能是一种复数形态的存在，而复数化、抽象化了的"草丛"，事实上并不存在，就像世界上不存在抽象的、无名无姓的人一样。复数的草丛是空洞的，我这里想说的，恰恰是"单数"，是"某一个"，正是它，让我对草丛这个字眼有了某种亲切的血肉感。

我不知道它在哪里。我只知道，作为秋天来到中甸草原的第一个迹象，正是那个"单数"的草丛在某个早晨，或是某个正午、某个子夜，或是别的任何并不总是具有诗意的时候——从它的某一片肉实的、把整个夏天的阳光和雨水包容其中的草尖，面对着苍茫的高原上的天空，毫无声息地抽出了一丝猩红，那时，中甸草原的秋天就到来了。我看到了高山草原的秋天，看到了一片猩红的秋色，却始终没有看到那个草丛。那个荣幸的草丛并不像名人故居（真名人或假名人都一样）那样，会在自己的门楣上挂出一块耀眼的铭牌，用以显示自己作为季节知情者的神圣不可侵犯的夸张神情，更不会期待牧人和过往行人对自己的瞻仰与膜拜。

大地与天空之间，空气清澈，透明，适于远望。不远之处，一个牧人正在收拾他的行装——我不知道那是不是我的幻象——马驮子、帐篷、贮奶罐、毡子、茶炊以及手腕上的银镯子，在阳光下反射过来一道细柔的光。他抬起头来，手搭凉篷，朝远方凝望。目光毫无目的，季节正要远行。云空一望无际，没有鸟儿飞过。很快，那个牧人就将与他的畜群一起，像云彩一样地飘向天边——牧场上，最后一个牧人就要离去。他是什么时候来到牧场的？初春、仲夏，还是昨天、前天？经历了杜鹃如海的春天，度过了万物繁衍的夏天，终于就到了这个时刻。他已在草甸上多待了一些日子——为了让畜群再吃上一口已经有些枯干的牧草，再享受一次牧场上和煦的阳光。没有伙伴，也没有歌声。在他之前，性急的牧人已经离去，此刻，在巨大的中甸草原上，已看不到别的牦牛和羊群。那个正和季节一起收拾行装的牧人，成了草甸上的最后一个坚守者——坚守不仅是一种精神，事实上它无处不在，包括一个牧人。在最后一场在牧场上举行的"锅庄"之后，一切都将进入沉寂。现在连他也知道，当第一场薄薄的清霜铺上了草场，那些清冷灰白的晶粒开始反射初升的太阳，最好的、自由而又艰辛的夏牧季节已经过去，人生又一个热烘烘的季节也将与他挥手告别。风雪正在赶路，向着他脚下这片土地。起程吧，吆喝着自家的牦牛和羊群，在风雪到来之前，回到自己的家，回到成熟的青稞的浓香之中，回到母亲或是妻子打酥油茶的搅拌声和炉火毕剥作响的火塘边去；他站起身来，牧鞭一甩，在空旷的草甸上炸开了一个清脆的响鞭，那是他对草甸发表的告别演讲，简短，明了，充盈着眷恋。那声音因为质朴而动人，因简短而悠长。在我眼里，他模糊不清，只是一个影子，一道灰黑的色彩。但我看见了他的目光，牧人的目光总那么明亮。我相信他的目光带着几许依恋，那目光从他那顶积满了风和阳光的藏式毡帽下透出去，在向草甸投去最后一瞥之后，他和他的畜群便踏上了回家的路程。他的行进是悠缓的——朝着自己的家门，只把独自一人在草甸上唱过的牧歌、深夜里听着星星私语时对亲人的思念、一个个接踵而至的幼畜的叫声留在那里，留给草甸。然后，他走了。在生存的路走完一个段落之后，心灵与爱情的路却刚刚开始。在不久的将来，他将再一次踏上另一段旅程，遥远，神秘，尘土飞扬，却充满了热望——这回却不是去牧场，而是踏上朝圣和转经的路，把自己融进从四面八方——四川的木里、盐津，西藏的甘孜，甚至是从拉萨——汇集而来的朝圣队伍之中，一路磕着长头，一路摇着转经筒，用身子和灵魂丈量那漫长的旅程，跨过金沙江、澜沧江，翻过白茫雪山，去梅里雪山参拜他心中的伟大神明。

一个偶然到草甸来走走看看的旅人，从来不会对某个单独的草丛产生那样的依恋，比如我，我们的目光从来都是匆忙的，慌乱的，空洞的，至多只会在草甸上粗枝大叶地掠过，欣赏我们自以为是永恒的风景。我们的目光从来不会对某个草丛有稍微长久一些的停留。我们狂妄而又愚蠢地以为，一个阔大得边缘能与蓝天相接的草甸，竟然能只凭我们那样匆忙的一瞥，就能一无遗漏地全部收进我们并不善于接纳自然的心灵。草场曾因此而暗暗发笑么？草甸是大度的，并不责怪我们。如果它能开口说话，我想，它最多会说，嗨，这些孩子——那声音，那语调，会让我们忆起每个人心中都有的老祖母。

——在某些季节，草甸是华贵的，神圣的，属于彼岸的；而在这个季节，草甸是入世的，人间的，朴实无华的，枯荣任之。一个草丛，从来不会隐居在某个大草原深处故作清高，何况，草丛也许从来就没有什么深处，而又每一处都是深处。草丛总是自由的，随意的，也是不完美的，它可能藏着虫豸，沾着牛粪，生有锈病，甚至即将枯去。孤立地看，在草甸的大家族中，每一个草丛都不能说是它最为出类拔萃的子民，但所有的草丛汇集在一起，就构成了卓越。草丛，即便是那个最早染上秋色的草丛，也要多普通就有多普通，跟所有我们在高原随时都能看到的草丛一样，它毫不起眼，就像那个刚刚离我而去的牧人。

一个草丛的真正价值，正在于它与所有别的草丛一样，既无法区分，也不可或缺。"荒野旅行的最基本的朴实性是令人激动的，这不仅因为它们非常新奇，而且还因为它们能体现犯错误的充分自由。荒野使他们第一尝到了由聪明和愚蠢的行为所带来的奖赏和惩罚。"真的，在滇西北，美丽得让人惊愕失语的秋天，当它降临时，绝不是从我们想象中的那种金碧辉煌的艺术宫殿出发的，至少在中甸，情形只会如此。人，那些在都市里迷失了的心灵，怎么能区分一个草丛与另一个草丛呢？在任何一个草丛附近，能看到的还是草丛，几乎一模一样。我们无法分辨，到底是哪个草丛，最早有了那一丝美丽的嫣红，即便那里有某种特殊的标志，比如，夏天的牧人留下的脚印，或是一个像比萨饼一样大小的牦牛粪饼，甚至是几粒光亮黝黑得像珠宝一样的羊屎，那也不能让人记住。一个俗常的旅游者，或是一个按照人们早已习惯的方式到滇西北寻觅诗情画意的人，从来都不屑于去到那样的地方，去对一片无名无姓的草丛表达他的敬意。在他心里，艺术的辉煌从来就应该与高雅、纯粹连在一起。他不会想到，把一个普普通通的草丛与美丽的秋色联系起来。然而，滇西北充满了艺术精神和审美旨趣的秋天，就从那片沾满了牛屎马粪的草丛出发，开始了它美丽的奔行，一路义无反顾。

于是，高原上的草甸，在第一阵秋风吹过之后，开始悄悄地由绿转紫，一片又一片，然后——几乎在一眨眼间，整个草甸——那往往是成千上万公顷的土地，有时其中会包容无数个大大小小的、由藏式土碉楼组成的村庄，一座甚至几座山峰，一条甚至几条小河——转眼就成了一片媚人的嫣红。那种张扬放肆的、热烈奔放的，智慧深沉的，也是气势磅礴、铺天盖地的红，常常会让一个初入此境的人看得目瞪口呆！面对那片博大、广袤而又艳丽的秋色，你压根儿没法想象那是秋天的色彩。滇西北的秋天与传统美学意义上的秋天大相径庭，与预期的肃杀、萧瑟、清冷与枯寂相反，滇西北的秋天带给人的，恰恰是一种蓬勃的、热烘烘的感觉，就像火焰，跟通常意义上的秋天毫不相干。但事实上，第一场秋霜已经落过，天气是一天比一天冷了，秋天已打着唿哨摇摇摆摆地来了，就像一个吊儿郎当却充满朝气的康巴汉子。一切被人们千百遍描述过的秋天的意味，都无法用来描述滇西北的秋天。滇西北的秋天与文人骚客们耳熟能详的秋天毫无共同之处。萧瑟，落寞，哀怨，愁思……所有这些软绵绵的冷色字眼，统统与滇西北大草原的秋天无关。

在初涉中甸后，我在一个偶然的机会听说，火红的、热烈的滇西北的秋天，除了像其他一些地区一样，源于植物在秋天的逐渐变黄变红以外，更多的倒是源于一种叫"狼毒"的牧草。这种春天开着黄花的植物，到了秋天，就率先变得火一样地艳红。真让人难以置信，草甸上那种耀眼的、让人赏心悦目的红，其实正是一种病症，草甸之病。狼毒，正像它的名字一样，那是一种有毒的草，牦牛和羊群从来都不会吃它。牲口误食了狼毒，很快就会死去。狼毒在一片草甸上的出现和蔓延，预示着草甸的退化，甚至最终导致草甸的消失。此话让我一惊。至此我才明白，为什么那么多醉心于在中甸寻找纯美的人，在他们描述中甸秋天的文字中，常常不愿意提及它。

我更不明白的是，人们为什么不千方百计地从草原上铲除狼毒？后来我才知道，曾经有过一段时间，人们想凭借自己的力量，去清除狼毒的危害。问题是顽强的狼毒却更为放肆地蔓延开来。我甚至想，狼毒，这个带有人类强烈的感情色彩的名字本身，也再一次显示了人类的愚蠢和霸道——人们总是用他们自己的好恶，来为世上的万事万物命名。一种愿意以自己的热烈与鲜艳庆祝秋天如期而至的草，干人们什么事呢？事实上，我们完全可以给它取一个更好听的、高雅的名字，比如牡丹、芍药之类，而反过来，把现在的牡丹、芍药叫作"狼毒"。但狼毒是大度宽容的，并不因为人们由于浅薄无知而表现出来的厌恶，停止自己的生命。滇西北美丽的秋天竟与那种有毒的草有关，让人意外，但那却是事实。很难设想，滇西北的秋天如果没有红红火火的狼毒，会是什么景象。在中甸，正是这种长满了狼毒的草甸，使秋天变得美丽。于是我们可以说，在中甸，我们在秋天欣赏到的美丽秋色，其实只是草场在死亡前显示出的灿烂。我们不必忌讳狼毒，狼毒的存在，对人类正好是一致警告，一种规劝——我们现在还能看到的草甸，或许最终将变成一片荒野。

著名的环境保护主义者、美国科学家奥尔多·利奥波德曾在《沙乡年鉴》中指出，荒野是人类从中锤炼出那种被称为文明成品的原材料。当然，荒野又从来不是一种具有同样来源和构造的原材料。它是极其多样的，因而，由它产生的最后成品也是多种多样的。这些最后产品的不同被理解为文化。世界文化的丰富性和多样性，反映出了产生它们的"荒野"相应的丰富性和多样性。[①]与西藏本土既相联系又有着明显差异的云南藏族文化，正是在像中甸草甸那样的雪山下的"荒野"上生长出来的。中甸那长满了狼毒的美丽草甸，正好从这

[①] 奥尔多·利奥波德《沙乡年鉴》，侯文蕙译，吉林人民出版社 1997 年 12 月版。

一方面验证了奥尔多·利奥波德的这个结论。

"没有一个荒野不是和历史更紧密地联系在一起的，也没有一个不是在接近于消失。"[1]整个中甸草原或许正是一片这样的"荒野"。当我们在中甸旅行时，常常会忘记这样一点，忘记中甸草原是一片变化中的原野，我们今天看到的，已经不是昨天看到的，也不会是我们后天还能看到的。我们会以为，人类将永远拥有这样一片美丽的草原。当我们向远方的朋友介绍这片草甸时，我们真没有必要隐瞒这个事实：美丽的中甸草原，也处在一种可怕的蜕化之中，如果人类不珍惜它、爱护它、保护它的话，它终将从我们眼前消失。正像十九世纪法国诗人夏多布里昂所说：

森林先行于民族人民，
荒漠在人后面接踵而来。

奥尔多·利奥波德指出，在人类历史上，前所未有的两种变化正在逼近。一个是在地球上，更多的适于居住的地区正在消失。一个是由现代交通和工业化而产生的世界性的文化上的混杂。这两种变化中的任何一个都不可能被防止，而且大概也是不应当被防止的。但是，出现了一个问题，即通过某种轻微的对所濒临的变化的改善，是否可以使将要丧失的一定的价值观保留下来。

他指出，一个有机体的最重要的特点是它内部的能够自我更新的能力，这种能力被认为是健康水平。有两种机体，其新陈代谢的过程受制于人类的干预和控制，一种是人自身（医疗和公共卫生），另一种是土地（农业和保护主义）。在土地上，正如在人体上，病症可能发生在某个器官，而原因却在另一个上。我们现在称作保护主义的措施，在很大程度上都只能起着局部的镇痛作用。古生物学家提供了丰富的证据，说明荒野在极其漫长的岁月里，一直自我保养着，它所拥有的物种，很少有丧失，它们也不会失去控制，天气和水建造土壤的速度和土壤流失的速度一样快，或许还要快些。因此，荒野作为一个土地卫生研究实验室，是具有无法预测的重要性的。如此，人们常常采用的那种头痛医头、脚痛医脚的措施，很可能会打乱荒野自身的免疫系统。[2]简单地清除狼毒，正是那样一种措施，因而它才不能真正奏效。我们对荒野的任何"保护"，有时候都

---

[1][2] 奥尔多·利奥波德《沙乡年鉴》，侯文蕙译，吉林人民出版社1997年12月版。

会成为对荒野的侵犯。而荒野作为一种只能减少不能增加的资源，在如此这般的"保护"下，最终很可能消失。而荒野一旦消失，就不可能再生——要创造新的荒野是不可能的。

古老的印第安人在歌谣里唱道——

> 只有当最后一棵树被刨；
> 最后一条河中毒；
> 最后一条鱼被捕；
> 你们才发觉，
> 钱财不能吃。

对于正在劳动中挥汗如雨的农人和牧人来说，在他们的视力之内的荒野就是他们要征服的对手。所以荒野也曾经是拓荒者的对手。而一个优秀的拓荒者的最优秀的品格，是他对他的对手的尊重。在迪庆高原，我们看到的情况恰好如此。藏民并没有把所有的草甸都辟为农田，种上庄稼，就像在别的地方，比如江南、两湖地区已经发生的那样。相反，他们对荒野只是"适度"地开垦。一望无际的高原草甸，只有有限的一部分被开辟成了农田，更多的仍然被闲置着，也就是说，仍然是荒原。以为那是出于某种懒惰是荒谬的。而"适度"，正是詹姆斯·希尔顿在《失去的地平线》里，通过那个代表着整个香格里拉的张总管之口，反复强调的一个原则，或许我们应该把它叫作香格里拉的原则。如此，当秋天到来，家家户户的藏族家庭进入了休息的季节，每一个藏民都能在瞬间换上一副哲学家与艺术家的眼光，用以周密观察他们所生活的世界。赛马时，荒野是他们的朋友，跳"锅庄"时，荒野是他们的舞台。而赛马和歌唱，只不过是一种游戏，一种娱乐。这样，同样的荒野就成了某种招人喜爱和怀有感情的东西，因为它赋予他的生活以快乐、内涵和意义。按照奥尔多·利奥波德的说法，"这是一个恳求，是为了使那些在某一天愿意去看看，去感受，或者去研究他们的文化属性的根源的人受到教育，为了保留某些残留的荒野，就像保存博物馆的珍品一样而提的恳求"。①

说滇西北的秋天是红色的，其实并不是对那种颜色的准确描述，事实上，

---

① 奥尔多·利奥波德《沙乡年鉴》，侯文蕙译，吉林人民出版社1997年12月版。

那只是一种幽雅的、深浓的暗金色，华贵而又朴实，苍穹之下，到处都是那种暗金色迷人的光泽，令人目眩。在第一个草丛有了那种颜色之后，很快，整个草甸就像听到了号令一样，转眼就改换了色彩。那种暗金色在蔓延开来时，也真像席卷整个草原的野火。对草甸驻足凝视片刻，你会发现那种暗金色似乎会在阳光下奔跑，就能听到那种颜色呼呼而行的沙沙声，仿佛它们生着双脚。

我立刻想到，我进入的是个神的世界——只有神的脚步，才会那样无形而又迅疾。

——滇西北高原的世俗日子，通常都显得缓慢、悠闲，就像徜徉于草甸的牦牛，回荡在云端的牧歌，交接传递于藏民手中的铮亮的铜壶——那里面盛满了滚烫的、给人以温暖和力气的酥油茶；可与此相反，神灵在安排高原随着季节的转换更换它的色彩时，却坚决地摈弃了那种缓慢的、渐进式的、让人多少有些着急的方式，毫不犹豫地采用了急促的、争先恐后的姿态，让大片大片的草甸，瞬间便完成了那种让人吃惊的蜕变，如同T形台上的模特儿，一个转身，就换了一套新装。

那时我会想起春天——我正好在那年的晚春拜访过那片土地——和春天的草甸，草甸上开满了各种各样的杜鹃；我也会想起草甸的夏天，夏天的草甸，是一种不知名的小黄花的世界，灿烂得就像星星。整个春夏（生机盎然的美丽是那么短暂！），草甸都是葱绿的，那种葱绿像厚厚的油彩，浓得化不开，厚得让人觉得它已浸透了整个土地，它们充满了勃勃生机，每一棵树，每一棵草，每一朵花，都在最短的时间里，把生命调节到了生命的巅峰状态，发芽，开花，结果，尽其所能地履行着生命的职责，也尽其所有地展示着生命的真义；那种葱绿让人觉得它将超越时间的流逝永存于世，绝无发生某种变化的可能。那是生命的狂欢，生命的节日，而节日总是短暂的。

眼下，绿色正在迅速地消退，它好像在说，在阳光灿烂、转瞬即逝的夏季，滇西北高原每分每秒都在积蓄力量，绿，无非是一种过渡，一种间隔，蓬蓬勃勃的生机盎然，完全是为了完成那最后的转变。也就是说，只有那种暗金色，才是滇西北高原的基调和本色。

天蓝蓝的，云悠悠的，那久违了的阔大的美丽，那让人分外怀旧的暗金色调，与夏天形成了一种非常清澈的对比，让我想到，一如这片古老山地的沧桑岁月，我们面对的这片土地，显然至今还深藏着远古纯净的光辉，飘荡着原初的圣洁意味。春天总是有太多的生机和梦想，也总是让人容易忘记过去，可岁月并不因为每个春天的到来而被轻易遗忘。时光执拗地在被它浸泡过的每件物体上打下它深深的印记，就像随便走进哪个藏民家里，都可以看到的那把被岁月磨得锃光闪亮的铜壶，无论什么时候，它都散发出一股浓浓的酥油味儿。

那时，当今一个非常流行的字眼，突然从我心里冒了出来：收藏。

我一直非常羡慕那些收藏家，也一直在思考收藏的真正含义。有一天我终于明白，收藏与穷富无关，收藏者收藏的最终都是时光——不管你是什么样的收藏家，不管你最初的收藏出于什么动机，也不管你收藏的是名人字画、古窑瓷器，是红木家具、奇砚珍玉，还是邮品、烟标火花，甚至现代的信用卡、电话卡以及别的什么针头线脑，你最终收藏的无非就是时光的碎片。时光附着在那些珍稀古玩上，后者不过是前者一个显见的载体。

那么，谁能收藏时间——完整地，真挚地，不动声色地？

唯有大地。

最大也最成功的收藏家，不是那些大牌富翁，不是那些收藏爱好者，而是我们脚下的土地。

迪庆香格里拉就是一位那样的收藏家。只有她，才懂得收藏的真义。她不收藏金银——尽管迪庆自古就盛产金银。迪庆属怒江、澜沧江、金沙江三江流域产金地带，是中国重要的黄金产地。金沙江沿岸泥沙中多含沙金，崇山峻岭蕴藏岩金，可开采者多来自外地。《明史》记载，明嘉年间（1522—1566），丽江木氏土司调集民夫在沿江淘金，在小中甸甫哥、大中甸天生桥等地开采岩金。从清初直至雍正、乾隆、咸丰、同治年间，历代都有陕、赣等籍人士涌入中甸采金。至光绪年间，中甸全县已有十三家固定的采金厂，金沙江沿岸，零散的淘金者随处可见。民国《中甸县志》载："在昔每年输出纯金平均在五百两以上。"毛奇龄《云南蛮司志》载，中甸甚至有"有藏金四十库"之说。历史学家方国瑜主编的《云南地方史讲义》称：中甸"有金银厂、古学厂，即安南古厂，雍正三年（公元1725年），开户部则例：云南各银厂，古学等十五厂，以二万四千一百十四两零作为每年抽收总额……道光九年，报解课银一千二百六十二两三钱一分。"但中甸人自己，则如《失去的地平线》所写的那样，仅"适度的开采"。

于是，当世界每天都在日新月异地更替着自己，当中国用一幢幢没有个性的新楼装点着自己，将无数旧街区变成一堆堆建筑垃圾时，一片经济上看上去还不够发达、面貌尚无太多改变的偏远山地，在某种意义上，实在该为自己感到庆幸：它还没有被汹涌而来的现代化、技术化完全污染，也没被洪流滚滚的拜金主义所淹没。它竟然收藏了多到可供几乎整个世界慢慢品尝的旧日的时光！它因而是富有的，因为，时光就是金子。

——或许，那就是神的护佑！

而当今世界所要寻求的，何尝又不是那已逝的、像金子一样的时光呢？

野栎树林记

人常常会在不经意间，放过生命旅程中一些看似微不足道的景观，一般说来，那是一些看似卑微的生命，起码不大符合人类俗常、通行的愉悦标准。然而，作为与我们一样生存在这个世界上的生命，它们也是这个活着的世界的一员，不仅有着一般生命的形态，甚至有比在优裕条件下被精心呵护的生命更为可贵的、特异的品质。忽略了它们，我们对生命的体验很可能就是十分肤浅的了。

比如，一个衣衫褴褛、满面泪流的孤儿，一个腰背佝偻、踽踽而行的老人，甚至一朵秋风中就要萎谢的野花，一株酷寒后正在挣扎着返青的小草。

而我，差点儿就放过了滇西北高原上的那片野栎树林。

我是在骑马去碧塔海的路上，遇到那片野栎树林的。送我们的汽车开到简易公路的尽头后再也不能前行，前面据说就是碧塔海自然保护区，我们必须下车走路或是骑马。朋友劝我们选择骑马，他们那样说时神色严峻。七八公里，都是山路，他们说，骑马要一个半钟头，步行就费时更多。于是我们骑马上路，那片野栎树林就是那段路程的一个无法回避的开头。后来我才得知，尽管碧塔海自然保护区占地辽阔，但那片野栎树林并不在保护区的范围内，当然也就没有受到保护区的保护。

那是个瘦长的山垭口，长两三公里，长满了野栎树。人走进去，转眼就被野栎树林尽悉吞没。天空骤暗，眼前一片灰黑。那时我甚至不知道那是野栎树。

我只觉得它们长得过于低矮,模样古怪甚而畸形,就像一群发育不良的孩子。我们要去的那个风景点是个远近闻名的高原海子,据说它就像天神遗落的一块绿松石,硕大无比,在群山的包围中幽幽闪亮。我知道绿松石非常名贵,在西藏,藏民脖子上常有一串用小小的绿松石穿成的项链;我在拉萨八廓街买回来的几串冒牌念珠上都没少了它。我忘了真正的珠宝从来都藏在人迹罕至的深山里的某个设置了种种奇妙机关的山洞里,到达那里之前要演出一个又一个传奇故事。我忘了,因而在最初看到那片野栎树林时毫无思想准备而吃了一惊:它们黑压压一片幽暗,就像花和尚鲁智深险些遇难的野猪林,让人毛骨悚然。

除此之外我对它就一无所知了。和别的游客一样,我只想尽快到达那个传说中无比美丽的高原海子,满脑子都是想象中的盈盈绿意,对路边那片野栎树林全然没放在心上,尽管它一直都在眼前无法回避,但它从来就没有真正进入过我的意识,更谈不上去观赏它了——前往朝拜那个圣湖般的海子的人们出于无奈,才从野栎树林里经过,如果有另一条路,我断定人们宁可绕几公里路,也要想方设法避开它的。事实上,据我后来得知,从发展旅游的角度考虑,当地也正在修建另一条公路,不仅为缩短路程,大约也是要避开那片让人不快的野栎树林——何况路上有的是美丽的景致。沟两边山崖陡峭,云杉如阵,从沟底往上看,它们巨人般威武雄壮,不可企及,枝杈斜逸,树冠高耸,一概都向着高而蓝的天空,就像我们那时的目光,对山沟里的野栎树林不屑一顾。阳光从云杉林的缝隙间金黄地穿过,像一道道金色绶带,让它们显得伟岸峭拔仪表堂堂。终于走出那条山沟后,眼前是一片开阔的高山草甸,草芽绒绒,阳光融融,就像一块巨幅的江南丝绸,铺展在蓝天白云之下,柔韧细腻,叫人赏心悦目;马蹄在柔软的草甸上无声地踏过,我能充分感受到那片草甸的柔韧和弹性。一群毛色紫褐得发亮的牦牛撒在那片草甸上,疏疏落落的,装点着那片草甸怡人的宁静。

如果不是还要循原路返回,我就真要错过那片野栎树林了。回来时我才算真正看见那片野栎树林。与高大的云杉林、茵绿的草甸和那个处子般宁静的海子相比,那的确是一条阴湿而又逼窄的山沟,一道无名山溪穿沟而过。路其实是没有的,不过是马帮踏出的一串脚印。溪水清浅,却出没无常,忽左忽右地与无形的马帮路交叉缠绕得难解难分。马蹄常常打滑,好几次我差点儿被从马背上摔下来。哒哒的马蹄声一踩进那道山溪就成了一片吓人的水响,浪花飞溅,同时伴有马蹄铁敲打沟底溜滑的卵石时发出的金属声。后者只有细听才能听见。

进山时我就只听见了水响而对那种金石相撞声一无所知。

我突然发现野栎树林竟是那么低矮，骑在马上，视线越过野栎树灰绿的树梢竟能直抵远方。那已是春天，在那条山沟外的山野里，世界早就是一片葱绿。野栎树林里却没有那种润眼的绿，来来往往的马帮扬起的灰尘遮没了它们的枝叶，灰暗无神，森黑的树干毫无光泽，斑斑点点地长满了灰白惨绿的苔藓，就像一群没有父母管教和照看，满身都是泥巴和草痕的孩子。或许那并不是它们的过错：窄窄的天空早被高大的云杉占去，野栎树林自然很难与阳光亲近。空间是如此狭窄，野栎树也没有草甸那样宽阔的领地，以舒展它们的生命。它们密密麻麻地挤在那条狭窄的山沟里，你挨着我，我挨着你，一个个都只能侧着身子。由于过分靠近马帮路，一些树干被拦腰撞断，或白或黑的茬口像折断的骨骼。稍高处，有几棵野栎树已悄然死去，枯败的枝叶似乎划一根火柴就能点着。而在靠近溪流的地方，溪水掏空了几株树脚的泥土，树干歪斜着，随时都有倾伏的危险；它们的根须无可奈何地裸露着，像一些正在吁求着慰藉的蜷曲的呼号……

——我这才想到，野栎树林正在受难。

它们生存得很不容易，很艰难。

然而，它们并不是在等待着死亡，虽然死亡的威胁就在眼前。

为了战胜死亡，它们正在付出代价，惨重的代价。

突然想起福克纳在《喧哗与骚动》一书的结尾说过一句让人震撼的话：

"他们在苦熬"。

在那片无声无息的悄寂里，我骤然感到那句话的惊心动魄。

翻身下马，我开始步行。为我牵马的藏族小伙子奇怪地问道："你怎么啦？"

我不回答。

思绪骤然变得像野栎树林一样杂乱斑驳。

生命的历史，是一部发展的历史，也是一部受难的历史。受难是普遍的——很难想象，生存的过程会总是艳阳高照，和煦如春。苦难来自生存中的种种不幸、伤害、残缺和死亡对生命无处不在的威胁。而造成不幸、残缺和死亡的威胁的，既有大自然的变化，数千万年前恐龙在地球上的灭绝消亡，正是由于生存条件的骤然改变；也有因生命自身的失误带来的灾难，而且在某种程度上，后一原因造成的苦难常常更为惨重。人类虽然是生命的一种高级形态，可在有记载的文明史中，大大小小的战争，人类戕害了大自然而反过来又被大自然报复的事例，如大饥馑、大瘟疫等，更是数不胜数。然而，比起人类某些先知的个人和群体在意识、思想、观念等方面由于超前而被误解、惩罚以至面临死亡的威胁等等苦难来，那些苦难就简直算不得什么了。

面对苦难，人类向来有三种姿态，因而也就有三种结局。一种是殊死拼斗，战胜苦难以及造成苦难的某些社会力量，从而成为人们景仰的英雄。一种是被苦难折服甚至吞噬——当人类因为缺乏斗志而面对种种苦难时，这是一种常见的结局。前者是崇高的，被人歌唱的，后者则是卑劣的，被人唾弃的。而在崇高与卑劣之间，在被人歌唱和被人唾弃之间，还有一种姿态，或许还是更为常见的姿态，那就是苦熬。至今为止，对于苦熬，我们还缺乏更深入的了解，当然也就缺乏更准确的评价。

最深重的苦难是思想者的苦难。

而思想者对付苦难最常用的办法，便是苦熬。

苦熬自古就是人类生存的一种普遍形式。人类其实早就在感性上懂得，苦熬尽管不如殊死拼斗那般壮烈，而它的可歌可泣，却绝不在殊死拼斗之下。对于生活中的那些苦熬者，我们总是满怀着敬仰。艺术家们甚至早就敏感地创造了一系列苦熬者的形象。加缪的那个一直往山上推石头的西西弗斯是苦熬者（《西西弗斯的神话》）。海明威笔下那个与大海和鲨鱼搏斗的"老人"是苦熬者（《老人与海》）。《圣经》中那个在炉灰中边刮着毒疮边赞美的约伯是苦熬者。而我在那条阴湿幽暗的山沟里碰到的那片野栎树林，又何尝不是苦熬者呢？

苦熬者或许说不上是什么了不得的英雄，在我们这个世界上，真正的英雄总是凤毛麟角。但是，正是他们，在苦熬中顽强地维护着自己生命的意义和生存的尊严，也在苦熬中不断地鼓起了期待的勇气，为了那份信念，甚至不惜让自己成为一面指向未来和明天的路标。而路标，是看不到未来和明天的辉煌的。

我因此对那片野栎树林充满了敬意。

苦熬，这需要多大的勇气，多大的毅力！那是海拔三千米以上的风雪高原，长达半年的冬季，平均气温在零下十多度。我们去时已是春天，路边的田陌野地，杜鹃花已开得漫山遍野，一片灿烂。那条山沟里却阳光罕至，空气稀薄，连野草也很少见到。野栎树就选择了这样一个地方繁衍着它们的家族。环境如此恶劣，它们对这世界还充满着微弱的信心。细看，在它们那片灰蒙蒙的、似乎已经枯死的枝叶间，一粒粒小小的、淡黄色的花苞正在孕育之中。我相信，野栎花开放的日子不久就会到来。那时，它们将为这个越来越单调也越来越没有信心的世界奉献一份小小的色彩，一缕淡淡的芬芳，也奉献一份小小的自信。凝视那些小小的花苞，我想起了安徒生童话中那个卖火柴的小女孩，天寒地冻，漫天风雪，她手里突然举起的那朵小小的光焰，却差不多温暖了整个世界，从我们的父母，到我们的孩子，从我们的父母的父母，直到我们的孩子的孩子。

而我那天面对的并不是一则童话，而是一个生动的、活生生的事实。

生命当然并非为苦难而生，生存却常常与苦难相伴。环境无法选择，爱心却无以摧毁。在苦熬中建立起来的这种爱，这种对于生命和人世的自信，让所有苦熬者的生命充满了殉难的光辉。我之所以说那是"殉难的光辉"，是因为他们的牺牲未必总有结果。也就是说，他们为对抗那些苦难而宁可献出的热血和生命，却对战胜那些苦难未必能起到某种直接的、立竿见影的效果。更多的，倒是他们在那种奉献中所显示出来的精神，以及为维护生命的独立、自由、尊严和纯净而进行斗争的意志，鼓舞着、激励着、鞭策着他们的后继者，让后人把那种斗争、那种努力继续下去。而生命的独立与自由，生命的尊严和纯净，永远是人类为之奋斗的目标。

那种精神的光辉，是生命在那种苦熬中像被放在巨大的铁砧上的锻件，经过了反复的锻打和锤炼之后，质地变得无比结实和柔韧，从而自然而然地显示出来的。那种光辉与那些被功勋、名声与荣誉包裹着的胜利者头上的光环显然不可同日而语。苦熬着的人们面前几乎很少有鲜花与美酒，很少有闪光灯和头版头条的大幅照片，当幸福到来时，他们往往已长眠地下，享受着幸福喜悦的人们，甚至大多都不知道他们的名字。然而，苦熬者却体验着真正的幸福、自由和高尚。从古至今，许多人所体验所追求到的幸福、自由和高尚都是廉价的，它们不是金钱的附庸，就是权力的奴仆。而真正感人的幸福、自由和高尚从来都不是唾手可得的，必须付出代价，有时甚至是惨重的代价。

一棵树就像一个人，如果绝望是它不要也不屑的，在那样的苦熬中受难似乎就是唯一的出路。苦熬当然不是刀光剑影的战斗，不是以恶对恶以牙还牙的对抗，没有人为它擂鼓助威，摇旗呐喊，当然也就不可能战功卓著，名垂青史。苦熬似乎只是默默的忍耐，其实却不尽然。野栎树林既不是花园里地位显赫的住户，也不是保护区里备受关照的宠儿，它们只不过是一群在荒郊野外自生自灭的生命，唯一能依靠的，除了它们自己，还是它们自己。它们的每一缕根须，每一片树叶，甚至每一股筋脉、每一滴液汁都被调动起来，生命的能量也在这种境遇里被最大限度地激发。它们苦熬着。苦熬着的野栎树林，一面向下悄悄地、尽可能深地把根须扎进瘠薄的泥土，一面又向上伸展着它们的枝杈，它们伸展得很慢，尽可能长得结实，以抵御不断袭来的风雨雷电，抗击着随时都可能降临的意外伤害。它们或许算不得魁梧挺拔，有些时候，它们摆出的甚至是一个匍匐的姿势，就像一个个趴在战壕里的士兵。但在那样的环境里，它们却显示着生命最强悍的伟力。活着是那么艰难，它们让我们懂得了那种难以言说的艰难。它们在毫无声息的生存困境中创造出了一个有关忍耐的寓言和在忍耐中生存壮大的神话。

有人说过，生命的独立和自由，生命的尊严和纯净，永远是人类为之奋斗的目标。生命向这些事物挺进到了什么程度，就意味着生命有多大的勇气和信心。对生命的认识深入到了什么程度，才会对生命珍惜到什么程度，对生命尊严的捍卫才会到达什么程度。

六十年代初的一个秋八月，我在高考后因为担心难以考上大学已经找了一份工作。那时，我的几个弟妹都还幼小，因而尽管工资微薄，我却能为父母分担一点艰难。事实上那时父亲的工资也很低，而且经常出差在外，靠母亲经年做些十分低贱的临工，我们全家才能勉强度日。回想起来，那就是苦熬。而在我们那个苦熬着的家里，真正在精神意义上承担着全部苦难的，是我的母亲。不仅因为只有她掌管着全家的吃穿日用，在每天煮饭时，都要面对那个总是露着底的米柜，而且她每天都要强忍着孩子们吃不饱时那一双双贪婪的眼睛对她的呼唤，只有她才最深刻地知道这个家的八条生命每天都在面临着饥馑。对于我能找到一份工作，母亲自然表现出了她应有的高兴。不料几天后，我突然接到了高考录取通知书。母亲得知，既高兴又悲伤。高兴无须说明，悲伤则是因为她无法为我准备一套行李，拿出一笔去上学的路费。那几天她一直是默默的。默默地为我准备行装，默默地东奔西跑，为我向亲友们说明情况，以便尽快凑齐那笔路费。我要走的那天，母亲坐在里屋，抽咽着哭了。她说："听说你要上五年的学，我们还要熬五年。"但是过了一会儿她又说，"你还是好好上学吧，我们会尽量按月给你寄点钱，不要管家里，家里是个穷坑，填不满的……等你毕业出来，工作了，就好了。"我也对母亲说："您等着，五年后，您就不会这样受苦受累了。"

五年，那是一个约定，一个诺言。在约定与诺言兑现之前，母亲还得苦熬，也许还得更深地沉入苦熬。然而，期待让她对那种苦熬后的日子充满了信心。

自此，每次离家远行，从船舷或是车窗回头一望，看见的总是母亲那双忧郁的眼睛。

一个默默承担着苦难的生命，犹如母亲，我们只有在长大后才会从她身上读出那种屈辱而又伟大的高尚。

然而，在一个为我们提供了巨大的精神消解机制的现代社会里，有谁还在为生存的尊严挺住？有谁能告诉我们不幸、残缺和死亡的威胁在何种程度上是有意义的？其实，芸芸众生的生命大多如此。内心的无比坚韧，在苦难中迸发的巨大勇气，拒绝在俗常生活中以小恩小惠表达出来的廉价的安慰或是由此做出妥协的坚决……所有这些，比起那种虚假盲目的乐观主义来，我更愿意亲近这种受难的精神形式，因为它再现了生命的辉煌。

离开那片野栎树林已经很久了。我庆幸那天我没在回来的路上匆匆走过，因而错过那个庄严的时刻。我庆幸。

读赫尔曼·黑塞《流浪·树木》

这个春天的早晨，阳光精灵般地在我的窗台上跳跃，把窗玻璃映照得像一块浮动的薄冰，似乎随时都会融化。我的思绪正在解冻，流水潺潺。我的耳边充满了各种各样乱七八糟的声音——虽说这是城市里一个相对安静的地方，汽车喇叭声仍不时传来，附近建筑工地拆卸脚手架的金属碰击声不绝于耳。那些声音干涩刺耳，把我面对的这片美妙空间击成碎片，迸裂飞溅。流浪中的赫尔曼·黑塞就在这时从远方走来，走进这个过去有很多树如今多少有些荒凉的院子，一边拍打着长途跋涉留给他的满身尘土，一边跟我侃侃而谈："树木对我来说，曾经一直是言词最恳切感人的传教士。当它们结成部落和家庭，形成森林和树丛而生活时，我尊敬它们。当它们只身独立时，我更尊敬它们。它们好似孤独者。它们不像由于某种弱点而遁世的隐士，而像伟大而落落寡欢的人们，如贝多芬和尼采。"

许多优秀的作家写过树，许多诗人为树慷慨地抛洒过诗情——树是人类最伟大最富于智慧的朋友，几乎每一种树都在以自己的生命解说着这个世界，诠释着文字与艺术的真义。树木总能给我们灵感。德富芦花喜欢栗树，甚至对杂木林一往情深；东山魁夷借《一片树叶》絮絮叨叨，充满了日本式的伤感；于·列那尔醉心于《一个树木的家庭》，那当然属于法兰西，因为那里"没有任何争吵。他们只是和睦地低语"；普里什文徜徉于俄罗斯某片《树林的墓地》，竟觉得已是一片废墟的采伐之地"美丽如画"；美国的苏珊娜却在温哥华岛上对四株《巨木之死》，表示出了更为巨大的惊诧："我在树墩上细数它的年轮，数到七百零三时，这些圆圈也就是最近时代的记录，已经细得肉眼辨别不出"，他慨叹"只有用犀利工具的现代人，才能了结一个享年七百多岁的生命"；郭沫若思念《银杏》与《石榴》，字句里透出的是他对这两种树的果实——白果和石榴的馋涎欲滴；至于茅盾赞美白杨，苏雪林惋惜于一株《秃的梧桐》，丰子恺说"我爱杨柳"，都无非一种寄托，一种譬喻。

赫尔曼·黑塞却在《流浪·树木》中，惊人地剥离了所有强加给树木的意象，最大限度地逼近了树木自身，把树木还原成了原生意义的树木。这个瑞士人，他的全部思考都立于这样一个基点之上：树木是个自在之物，它与人类完全平等，是树木赐给了人类幸福，而不是反过来。他对树木有着最为客观的理解，借助树木之口，他说："我对我的父母一无所知，我对我每年从我身上产生的成千上万的孩子们也一无所知。我经一生到了就为了这传种的秘密，我再无别的操心事。我相信上帝在我心中。我相信我的使命是神圣的。出于这种信任我活着。"如此而已。

但神圣就在于此，因为上帝所造的万物都是神圣的。我们对树木唯一应存的是敬畏之心。在很长一段时间里，人类总是狂妄地以为世上万物皆为人而生，都要为人所用。但树木绝非人类的臣民，它的存在于世乃上帝赐给它的权利，人对树木和由树木组成的森林出于功利目的的爱护都显得矫情虚假滑稽可笑。对每一株树木，我们需要的都是敬畏而非居高临下的爱护。流浪中的赫尔曼·黑塞这样说，尽管旅途劳顿，谈论起树来声音倒一点也不沙哑。他平心静气，却理直气壮。他说："再没有比一棵美的、粗大的树更神圣、更堪称楷模的了。"赫尔曼·黑塞耸了耸肩，身上的尘土在阳光中一片片飘落，犹如一些闪亮的金屑。这样的话，只有走过远路的人才说得出来。他走了很远的路，终于走进了二十世纪末的这个春天的早晨。他能在人生的旅途上从一个天涯海角走到另一个天涯海角，没准儿正是因为他一生的行走中结识了一株又一株树，他一直怀着敬畏之心思考着树——尽管树木似乎从来都不行走，只是待在原地一动不动。

我从赫尔曼·黑塞的话中抬起头来，我想，事实上树一直都在走，一直在时间的大道上行走，穿越所有的季节，所有的年代，清晨黄昏，风雨雷电。肉眼看不见的时间之路是世界上最漫长的道路。正是在这种无休止的行走中，树木成了赫尔曼·黑塞心中的楷模，也成了所有行人心中的楷模。

一个孤独的行人需要的恰好就是这样的楷模，它"以它们全部的生命力去追求成为独一无二：实现它们自己的、寓于它们之中的法则，充实它们自己的形象，并表现自己"。一个像赫尔曼·黑塞那样，能在旅途中与树为友的旅人是幸运的——没有比茫茫旅途中的孤独行路人更寂寞的了，那种寂寞难以排解，即使你是坐在车上。那种寂寞与时空的浩大无垠有关，与人自身感到的某种渺小无助有关。如果四周是巉崖峻岭，没有炊烟没有人家，如果四周是灰黄的沙漠或是戈壁滩，回头看不到自己的脚印，抬头也无法预测未来的道路，如果眼睛早已因为单调而疲劳，昏昏欲睡，这时，身边突然出现的一棵树，就会成为旅人最好的朋友和旅伴。旅人无暇顾及那里怎么会有一棵树——有时我们看见，那里没有河流没有湖泊当然也就没有水，没有花没有草也没有矮小的灌木，却莫名其妙地有一棵树。那棵树似乎一直就在那里等你，那种等待好像从前世就开始了，差不多已等了你一生，就为了这个时刻的到来。它站在那里，一直在朝你来的方向眺望。它的双脚高高跷起，身子站得很直，又像微微有些前倾，头戴一顶巨大的翠绿色草帽，叉着腰，树叶发出某种甜蜜的声音，像是在向你表示问候。它的身子在那片干涸的土地上留下了一团影子，从远处看去，影子把它脚下的土地湿润了。于是你想到了水。你可以在它身边歇上一会儿，甚至可以摘下一片叶子，折断一根树枝，从中嚼出一点水分，或苦涩或清甜，以滋润你的舌尖和灵魂。思索在那种咀嚼中重新到来。歇息了一会儿后你开始研读那棵树。"当一棵树被锯倒并把它赤裸裸的致死的伤口暴露在阳光下时，你就可以在它的墓碑上，在它的树桩的浅色的圆截面上读到它的完整的历史。在年轮和各种畸形上，忠实地记录了所有的争斗，所有的苦痛，所有的疾病，所有的幸福与繁荣，瘦削的年头，茂盛的岁月，经受过的打击，被挺过去的风暴。"那棵树很哲学，也很禅。如果认真你甚至可以从它身上读到整个世界——它的前天、昨天、今天和明天。不管你的悟性如何，你或多或少都能从中读出一点什么——一棵树总是比一个哲学家懂得的更多。"世界在它们的树梢上喧啸。"赫尔曼·黑塞说。然后你站起身来，拍拍身上的尘土，踏上新的路程。当你回过头来一望，你看见那棵树正在默默为你送行，它的叶子像千万个巴掌，正在为你再次迈开的双脚鼓掌致意。那时你会泪流满面。你会想起你出生的那个小村庄，你的家园。那里也有一棵树——一棵大树，冠盖如云，或是一棵老树，千虬百结。那棵树比你的爷爷的爷爷还要老，你的父亲、母亲和祖辈都曾在那棵树下走来走去；或者是一棵你亲手种下的树，种下它时你没想到它会比你长得更快，现在你已很难想象它已长成了什么模样。那也没关系，那棵树就在你的心里。

"树木是圣物。谁能同它们交谈，谁就能倾听它们的语言，谁就能获悉真理。它们不宣讲学说，它们不注意细枝末节，只宣讲生命的原始法则。"赫尔曼·黑塞如是说，这位德国血统的瑞士人一直把瑞士叫作他的"第二故乡"。前年秋天乘飞机在苏黎世降落前，从"空中客车"舷窗往下看，几乎看不到房屋，我看见的只有树，高大，密集，像一团团沉甸甸的绿云，波动无边。说那是一个城市，不如说那是一片森林，四周涌动着大海般的绿色波涛。马克·吐温曾说，瑞士是一个巨大的、凹凸不平的土石块，其上覆盖了一层薄薄的青草。我看到的苏黎世当然也是瑞士的"青草"，真是够薄的，薄得大约只有十来米厚，它就是那片森林。树木，森林，是那片并不大的土地的主人，人只是受到它的恩惠才能在那里入住。

那时我没法不想到家乡和家乡的某棵树。有人说，想到家乡，你首先想到的并不是某个亲人，而是某种小吃，某种口味。我的思乡之情却总与那棵树有关。家乡那幢小屋前一直种着一棵树，一棵泡桐树，永远是一棵泡桐树，仿佛是我的家族的标记。我在邀请某个初次见面的朋友到我家来玩时总是说，你来吧，很好找，我家门口有棵泡桐树。夏天，泡桐树以它巨大的树荫庇护着我们，冬天，泡桐树的枝杈就成了天然的晒物架。离家多年，每次回家，我最早看见的依然还是那棵泡桐树——虽说那早已是我当年见过的那棵泡桐树的儿子或是孙子。我相信别人也一样，无非泡桐树换成了杨树柳树和别的什么树而已。孩子总爱在某棵树下玩耍——树让那种玩耍充满了梦想；长大了又会在某棵树下与恋人幽会——树使那样的爱恋充满了诗意；老了又会在某棵大树下乘凉或是晒太阳聊家常——树让那种休憩充满了温馨与宁静。在不知不觉中，树总在为我们单调的生活营造一片最家常的场景。如此说来，人的生命总是跟一棵树纠缠在一起。因为有了树，我们才能在这个世界上"诗意地安居"。

在人类以外的自然界，树木是所有存在中与人类关系最密切的生命。当我们的一位大名鼎鼎的祖先有巢氏，突发奇想地把自己的房子筑在某棵大树上时，人类就和树结下了不解之缘。我想，或许那与我们最早的祖先类人猿喜欢栖居在树上有关。树木和森林，从一开始就是人类的家园。树是一种最容易让人激动最能激起人热情和想象的生命，虽然它很少说话，更不是个演说家，可树的语言就是大自然的语言。我们并不怎么理解山，也并不怎么理解江河，唯独对于树，我们有一种与生俱来的亲近之情。当我回想起我在大地上的行走时，我问自己，你在这个世界遇到最多的是什么呢？是树。后来我们走进了社会，走进了生活，也走进了争斗，陷入了烦恼。我们慢慢忘记了那棵曾经陪伴过我们的树，那棵给了我们欢乐、智慧和庇护的树。让我们操心的事太多太多，我们似乎再也没有心思随时随地地想到一棵树，（一棵树算什么呢？）直到我们在寂寞的旅途中重新与一棵树相识。那很可能不是你心中的那棵树，但仔细想想，不是它又会是谁呢？

——那或许就是流浪中的赫尔曼·黑塞的经历，也是我自己在大戈壁上的经历。南疆，塔克拉玛干大沙漠的北缘，茫茫戈壁一望无际，汽车跑上几个钟头不见人影。一直与我相伴的，除了树还是树。那些树有个阳刚气十足的名字：钻天杨。树尖直抵云天，成排地站立在公路两边，在灌渠两侧，在星散于大漠黄沙间的村落的四周，笔直，威武，潇洒，构成了整个大西北最壮丽的景观。在单调得让人烦躁不安的长途旅行中，我常常惊讶于钻天杨非凡的气度，一个人就应该那样活着。钻天杨以自己的身子指引着我的前行——既是此岸的，又是彼岸的，既是物质的，也是精神的。在与钻天杨将近半个月的相处相伴中，我一直在沉思默想，想找到一句话来表达我对它的敬意。某个午后，我终于从心底里喊出了这样一句话：世界上最美的是树。大漠当然是美的，那是一种博大的凄美。大漠上的落日当然也是美的，那是一种转眼就会消失殆尽的辉煌。如果大漠上没有一棵树，没有钻天杨，一切景观都会失去生动与活力，变得死气沉沉。最美的还是那些树。至于那些屹立在沙漠边缘的古老苍劲的胡杨，那些据说寿命三千年，站着不死一千年，死后不倒一千年，倒了不烂一千年的树，更是让人类羞惭不已。每到一处，朋友们总要拉我去看胡杨。那些屯垦戍边者说，在最艰难的时候，那些曾经自诩为英雄的人，总是早就逃到了很远的地方，只有那些沙漠中的树时时与人为伴，给人以生命的坚韧，让你想到希望与明天的辉煌。我突然发现，真正能在艰难中挺住的，原来不是你自己，也不是某个人，而是一棵树。树作为大自然最骁勇的儿子，最美丽的女儿，永远是人类的楷模。在这个春天的早晨，当我重新想起这一点，我没法不再次感到欣慰。

念彼大树杜鹃兮在高山

人生倏忽得让人惆怅。某些转眼即逝的瞬间，一经岁月浸润，便愈显滋味悠长——时光太强大了，不经意间就将一瞬演成了经典。晃眼，与那株大树杜鹃已告别十年。曾经的那个春夜，凡俗如我者何其幸运，竟于山泉叮咚声中与它共享永夜，观其巍然，听其絮语；又闻经考察证实，眼前那株大树杜鹃花王，已然高龄三百六十岁，主干高五十余米，粗达两米多；随手拾起的花朵大如花冠，直径达二十厘米；一片树叶，竟长达三十八厘米、宽至十七点五厘米。如此说来，我所看到的那棵大树，正是凝固在大树身上的三百六十年时光，是它在漫长岁月中走过的艰辛。临行却忽生担忧，倘他年再去，还能见到它吗？如今城里移栽大树成风，每见无数移栽进城的大树远离故土家园，虽密密麻麻地挂满营养袋，也依然无法存活，终至杆枯叶萎，客死他乡，满心悲悯而又深感无助。喧繁的当下，无所敬畏的人们什么事不敢干呢？没准儿也会把那棵杜鹃花王挖来，当作景观树，供俗世之人亵渎赏玩？立马打电话去问，得知老树至今无恙，这才放心——说是放心了，想想又何尝能真放心？

那样的怀想与杞忧，自然远不止那株大树杜鹃，更是它植根的那片森林与山地，及与它血肉相连的沧桑过往与悠远文明，失之，则历史会疼，时代会痛，未来将悔。当生态的日渐恶化与文明的濒临毁断一起扑到眼前，一个即便仅略知其根底与渊源者，也怎么都要泪盈满眶了。

于是一棵大树的命运，就那样跟文化的命运联结在了一起。

细斟一时一地之自然与文明，皆历经万千年方至成形，遂称家园。岁月悠悠，其间冰火雷电交替，动荡波折频仍，能绵延存活至今者，无不堪称传奇。思兹念兹，让人怎不感从中来？那株大树杜鹃花王是幸运的，其所在之高黎贡山腹地，于亿万年前之冰河期作为"避难所"，凭借其独特地貌与气候，让无数古老动植物繁衍至今，遂成世界十大生物多样性富集区之一。而大树杜鹃能繁衍至今，既有赖那片山地自然，亦难离其地于数千年中养成的文明。远在秦汉，那里便已是通达南亚、西亚甚至欧洲的蜀身毒道之要冲，行经其间，马铃蹄声至今犹闻；汉代置郡的永昌府，记录着华夏一角的悠远史实；近至滇西抗战，多少男儿为御外辱捐躯疆场，血沃大地。千万赤脚赶马人、屯垦戍边者、外走夷方闯荡者和抗战老兵的故事，正是华夏民族史诗中的壮烈音符。马帮文化、侨乡文化、抗战文化与自然文化错杂融合，方成就了极边之地的灿烂文明。究其本质，那样的文明是一种农耕文明，却融合了多种外来文化，包括来自中原的汉文化，来自域外的东南亚文化甚至西亚文化。然作为主体的、以自然经济为支撑的农耕文化并未受到根本冲击，反因新营养的注入得到了某种丰富。农耕文明特有的靠天吃饭，造就了民间一直奉持的与自然的协调与融合，而相安无事。大自然是他们的衣食父母。尊重自然也就成了他们奉行的自然哲学——无论有意无意，也无论假以神灵之名。

那样的协调与融合，当然建立在生产与消费水平相对低下的层次之上，人与自然处于某种脆弱的平衡之中。数千年的文化得以在那样的平衡中传承。

然整个杜鹃花王之家族，却在二十世纪初遇险遭劫：来自英国爱丁堡皇家植物园的"植物猎人"乔治·弗瑞斯特，曾将其最大一株伐倒后锯下一大圆盘，与万千植物标本一起运回英伦。遥远东方的植物基因由此汇聚欧陆，成就了欧洲花园的斑斓与绚丽；而在其祖地，大树杜鹃倒从此湮没无闻。幸得几代植物学家不懈踏勘，直至上世纪八十年代，方重新在那片山地寻访到"大树杜鹃"的华丽家族。而我所见之花王，亦曾遭雷电劈袭，主干半毁，所余半枝仍顽强生长，遂有所见之奇美。显见一株大树杜鹃凝结的，既是自然经典，也是文化传奇。而时至今日，仍不乏有将枝干较大的普通杜鹃称作"大树杜鹃"者，连纪录片《美丽中国》也犯下美丽的错误，将"植物猎人"名号加于洛克头上。足见当今世界倡导的，关于"生物多样性与文化多样性保护应同时进行"的要义至理，已紧迫到不可稍缓施行。

自然造福于人类，及所造就的人类文明，原就以其丰富与多样呈现于世。没有两片相同的山川，亦没有两种相同的文明。而放眼域中，伴随着这片生养我族的大地生物形态日见缺损的，正是滋养我族心性的传统文化的日见凋残。梭罗曾说："当我看到春天的景象，我以为自己拥有一本完整的诗集，然而当我知道手中的诗集其实是残缺不全的，我感到极度地痛苦与懊恼，因为，我的祖先已经把诗集的前面几页，以及诗集当中最精彩的片段撕毁了。"至于我们读到的那部"诗集"，当今究竟还剩几页呢？

当下中国的生态恶化已无须我多嘴，但对其深远影响的担忧却远非共识，仍需饶舌。研究表明，生态恶化不惟直接影响人们的当下生活，更关乎到人类文明的进程。古埃及、古印度、古巴比伦、古玛雅，全球诸多古文明所以失去昔日辉煌，消弭于历史风烟之中，究其根本，即在生态结构的破坏与失衡；战争、政变之类事件，对历史进程的改变有亦甚微，结构性长期约束历史进程的，倒是地理气候、生态环境、思想传统之类更深层的因素。中国岂会例外？竺可桢先生的研究早已证明，历史上几个气候变冷时期，恰与北方民族的铁蹄入侵年代吻合。社会的剧烈动荡，几乎总与自然的异变失衡一起到来！

当下中国，无论生态还是文明，仍难免让人揪心。卫星鸟瞰地图上的这片大地，几近一片令人揪心的枯黄，文明那株大树如何生长？我们呼唤文明建设、可持续发展久矣，情势却仍未见逆转。2007 年以来，因强行拆迁与无序开发，已有三万多处文物史迹遭毁，其所负载之历史文化信息亦荡然无存。几乎每时每刻，这片凝结着先祖心血的大地都在遭到无情的糟践。长此以往，GDP 即便上去了，成了全球第二大经济体，但大地却新得像一片破布，月色亦混浊如蒙羞少女，这片原本有着《诗经》《离骚》唐朝宋词、对诗意充满敬畏的大地，到底还能否让人心安顿，让远行的诗魂安身？所谓"诗意的栖居"，已遥不可及得像是梦幻。

个中原因或一言难尽，但我们心太急，走得太急，必是其一。始于二十世纪初的图强似有些慌不择路，一意追赶世界潮流的艰辛之旅，内耗外侵连连，不可不谓之壮烈。然世纪回首，虽路追上了一截，却代价昂贵，几近家底掏空：精致兑成了粗鄙，风雅换来了艳俗，流行代替了经典，礼仪演成了拳脚；过度简化的汉字让人啼笑皆非，古老优雅的词语正在消失，传统、精美的艺术面临灭绝。我们不再会用古琴弹奏高山流水，不再会在八行笺上用美丽汉字书写信函……十多亿人成了世上最最奇怪的一群。"大跃进"，"跑步进入共产主义"，"继续革命"，GDP 翻番……不一而足。我们先是把人往乡下赶，一心让城市乡村化，如今又一意让乡村城市化，自由的乡村转眼变成整肃的方阵，结果城市不像城市，乡村不复乡村，最终必二者皆失。而一个文明国度，如印度当代思想家阿希斯·南迪所说，"只有同时具有城市和乡村的文明才是丰富的"。

　　生态养人，文化怡心。说到底，文明正是一棵五千年之大树，须有自然与文化的丰厚土壤供其生长，方能福被华夏，幸及子孙。山川河流、生灵万物构成的大自然乃生命的本源，文明亦依附自然生存，原应对其心怀感恩，即便欲望缠身的人们已无暇顾及，又何忍加害甚至糟践于它？自然的荒芜蔓延到人心，传统文明的凋敝反过来更加剧生态的恶化。现代化进程确能带给我们种种便捷，却也让许多地域性传统文化迅速消亡；物资愈显丰裕，我们却愈加揪心地感受着失却文明根柢的无根之痛！

　　记得那晚在森林中蹒跚而行，空气清冽，鸟儿啾鸣，山泉淙淙，满眼幽绿。然那并非大树杜鹃的独家天下，万千生灵都在自由自在地生长：可如大树杜鹃高耸云天，也可如苔藓地衣匍匐于地；可如白眉长臂猿攀援跳跃，也可如红腹角雉碎步踟蹰。自由，是森林赐予万物的最好礼物。没有自由的生长空间，无论生物还是文明，多样性都无从谈起。西双版纳的热带雨林，一经开垦成橡胶林，其他植物尽悉铲除，便不再是森林。我非一味鄙夷外来的先进，但既然大自然本身是多样化的，文化无非人在某种特定自然条件下生存、发展的一种独特方式，当然也就没有一种可供全球一致仿效的文化。这与我们认同的诸多普世价值并不矛盾，它本身也正在成为普世价值之一。

　　想起那棵大树杜鹃花王，也想起尼采所说"一切美好的事物都是曲折地接近自己的目标，一切笔直都是骗人的"那句话，欲速则不达。一如任一生物都只是整个生物链上的一环，当下也无非文明传承中的一环，是合格甚至优秀，失败甚至毁断的一环，怎么都值得深思。对了，如今在我去过的那片森林，大树杜鹃的华丽家族在方圆三平方公里范围里，已达二百四十余株。而那整整一片原始森林，也依然郁郁葱葱——乞愿华夏文明的大树亦枝繁叶茂，永续如斯。

石榴的心

总是这样：蓦然到来的旧地重游，让人既心怀温润的期盼，又叫人担心一切都已变成了华丽的陌生，任归来的心像惊飞的小鸟，再也找不到歇脚之处，只能被置于尴尬与不堪的境地。不堪在既非时光的流逝叫人有如对荒野残梦的恍惚，也不在曾经的沧桑履痕竟至无处捡拾的隐隐伤痛。都不是。最不堪的倒是原先设想的轻松惬意还没寻到，却一脚跨进那些斑斑驳驳带着丝丝血痕的日子，深陷进看似早已愈合实则仍未复原依然湿软得容易陷落的记忆沼泽，再怎么都拔不出脚来，尽管极力地挣扎，到底也只能任自己无可救药地往下沉，往下陷……

怎么看，生命对往昔都有一种依赖。人，其实永远都无可救药地要在新境遇中回味旧梦的凌厉与荒谬，去从过眼烟云般的经历中，品尝人生的酸甜苦辣，去吸取些即便不能让人高歌猛进，也独自背负着生命的行囊，继续前行的力量吧。

——真不相信，人到了蒙自，又怎么绕得开那片石榴林呢？

四十年前，我正好就在蒙自待了整整半年。那里自古是出石榴的地方，但那整整半年里，我从没吃过一个石榴，甚至也没听人说石榴——那是大砍什么尾巴的年代，里面的艰辛，你懂的，不说也罢。而现在，那里几乎年年都在办石榴节，你愿意怎么吃就怎么吃，有的是。

说起来，在林林总总形形色色的水果中，早先最让我没放在眼里的，就是石榴。吃起来太麻烦，有如一项国家重点工程：先得用劲儿地，有时甚至得借助小刀，才能剥开那层厚厚的壳；然后，对不起，别以为你就能狼吞虎咽大快朵颐了，千万着不得急。须得小心翼翼地，一颗一颗地，把那些密密麻麻、让人眼花缭乱、像粒粒钻石一样的石榴籽拣出来——石榴奉献于人的，或许正是那些石榴籽。

每拿到一个石榴，我都有种无从归类的困惑。事物都是要归类的，人从生下来学着识事识人，靠的就是归类。归类是人认识事物最好的方法。牛马羊是动物一类。小猫小狗小兔子是宠物一类。桌椅板凳是家具一类。米麦粟面是粮食一类——不能混淆，混淆了就会出错。你不能把属于建筑一类的某座大楼归类为时装，也绝不能把那些个不学无术的混蛋、小人归入专家学者、正人君子一类，哪怕他有大得吓人的头衔或官职、使不尽的阴谋手段。归类一旦出错，就会失之万里，贻害终生。面对一个石榴，我的困惑恰恰是无法归类。石榴据说是水果，但它真是水果吗？是，又不是。把石榴归入水果似乎是牵强的，它与别的水果大不一样：水果通常都可以削皮吃，即便按最时尚的办法，也可以洗干净后连皮带肉一起吃，大口地咬，啃，然后咀嚼，吞咽。可你倒试试，能拿起一个石榴洗洗就大口地啃、咬、嚼吗？不行，从来没人这样吃石榴。由此看来，石榴不是通常意义上的水果。石榴或许更像核桃或花生，核桃要敲，花生要剥，石榴也一样，得先剥开它的外壳，然后才能从里面掏出它可吃的那一部分。我们从来不会把核桃和花生归入水果，它们是干果或坚果，由此看来，石榴似乎不属于水果，但它同样也不是干果或坚果。坚果或干果，核桃、杏仁、白果、开心果等等，内里都不再含有水分，即便是新鲜的、刚摘下的核桃一类，剥开后也不会汁水盈盈，你能干净利索地把那些果仁丢进嘴里。可剥开一个石榴，去掉硬壳，里面的每粒石榴籽都汁水丰盈；即便放置了许久的石榴，剥开后密密麻麻的籽粒依然饱含着水汁——你不能去碰，一碰就汁液四溢。剥石榴总是弄得我满手是黏糊糊的液汁。

我的困惑就在这里：石榴，外表坚韧的石榴，内里却柔嫩得像一团凝聚的水滴！在单一、完整的外表下，一个石榴的内里，却是多元的——千千万万颗石榴籽，都小心地掩隐在它的外壳里。我的结论是：在所有的水果中，石榴是最为大有深意的一种。它既不是普通的水果，也不是一般的坚果。石榴就是石榴，就是它本身，无法类比和归类。实在要说，那也只是一种果子，带有某种让人目眩的哲学意味。

如是，剥开了一个石榴，你仍然不能像吞咽一块西瓜、一个梨、一个苹果那样狼吞虎咽。石榴的每颗籽粒都很小,像一些小粒的玛瑙。你就慢慢地剥,慢慢地捡吧。直到手里已攒了一大把石榴籽,可以一整把地丢进嘴里,也不能放肆地咀嚼,只能抿、吮。你不可能吃到大块的果肉,能吞咽的只有一点儿水汁,不多,最终,嘴里剩下许多无法吞咽的籽。

真的,石榴十足是果子中的另类。一个放在各色瓜果中间的石榴,外壳坚硬粗粝,色彩黯淡,既没有苹果的滋润光鲜,也无梨桃的浑圆细腻,甚至也没有樱桃小家碧玉般的乖巧诱人,芒果皇妃贵人似的丰满华贵,葡萄珠串玉琢般的玲珑剔透,香蕉象牙骨雕般的美轮美奂;它简直是最不入时,最下里巴人,也最不能登大雅之堂的!而当我多次尝试之后,才终于发现,一不小心,我就掉进了陆游的《钗头凤》:错,错,错!

吃石榴,天生是个充满诗性的过程。这个诗性的"另类",自有它的非同凡响之处:剥开一个石榴,当密密麻麻的石榴籽突然出现在眼前时,面对它的晶莹、红亮与璀璨,你不免会感到吃惊,它激起的是你的一番诗意的想象:千房同膜,万粒如一,像一个人丁兴旺的大家庭,它自古就象征着子孙满堂、和睦吉祥;如此,它被当着古典中国常见喜庆馈赠之物,或许正好是它的题中之意。甚至,你会想到浩瀚的宇宙,夏夜的星空,想到家族的绵延,亲友的聚合,想到生活在地球上的人类和民族……世上几无任何别的水果,会像石榴那样,在一个坚硬的外壳里面,包含着一个如此柔弱多汁的内核;在那里,成千上万个半透明的、玛瑙般的籽实,既紧紧地挤靠在那个狭小的空间,又井然有序地排列得如此整齐。一个石榴,简直就是一个小小的宇宙。剥开一个石榴,它那看似简单却又复杂得要命的内部结构,总让我想入非非:那成千上万颗甜蜜的籽实,到底是依了一种什么样的方式,把自己结构起来,安排停当,既各就各位,又相亲相爱,俨然一体的呢?我断定:石榴是上帝思考哲学问题时创造的,要不,它怎么会充满了如此丰盈的哲学意味?

打开石榴那个既哲学又有诗性的世界,我们面对的是一个令人惊艳的、奇异万分的世界,一如一个一朝敞开的宝石库;一旦凝视良久,它的每一颗籽实,都像一颗颗鲜活的、有生命的心,在向你诉说,向你致意,向你坦露和奉献……石榴把它真实无邪的心,毫无保留地捧献给每一个钟情于它的人,献给每个不辞辛苦种植它打开它的人。石榴把一切都藏在里面,在内心之中,在灵魂之中,无须借助任何华丽的包装。没有任何一种瓜果会像石榴那样,在粗粝、黯淡、绝非时髦的外表下,有着那样的丰盈,那样的细润,那样的密实,又那样地柔嫩，那样地甜蜜，那样地让人回味！石榴总是把自己的心掰开，分成千份万份，让你慢慢地品味，慢慢咀嚼。它从不企求你的一口接纳，也不指望有人会爱它爱得像荔枝，以至诗人只好感叹："长安回望绣成堆，山顶千门次第开。一骑红尘妃子笑，无人知是荔枝来"，那样的迢遥，那样的费事。有人把石榴叫作"多籽丽人"，诚然如是。

那就是石榴的心——一种果子的内里，一种果子的哲学与诗性。而真正懂得石榴之心，在我，一晃就花了四十年。

紫溪山古茶花记

一

惊愕想必是我看到那棵古茶花时的第一表情——惊愕于眼前会突然出现一棵茶花,也惊愕于那棵茶花那么大,花又开得那么繁,那么艳。我是在完全没有思想准备的刹那间看到那棵茶花的,它几乎是在突然间,简直有些强行地,甚至是蛮横霸道地,突然就挤满了我的视线——用它的张扬,用那种简直有些俗气的红艳。我想起,从听说要去楚雄紫溪山看看,直到从楚雄坐车上了山,直到就要走进那扇大门,从来没有人告诉过我们紫溪山上有茶花,我们将要看到那棵古茶花——原来说是让我们去参观杜鹃园,我压根儿就没想到最先看到的,会是什么古茶花。于是,我感到了惊愕。事实上,惊愕,正是一个不大了解云南的人常常会遇到的事。惊愕,是紫溪山对一个从没与它打过交道的人进行的一次成功的偷袭。云南的山山水水惯于进行那样的偷袭,它常常得手。你总是被它震惊,被它俘虏,被它出其不意地抛进一个事先没有任何预兆的感情的漩涡。茶花不过是紫溪山派出的一支先头部队——在西双版纳,那可能是一幢竹楼,一座缅寺;在丽江,那可能是一曲纳西古乐,一个深藏在四方街的小院;在中甸,那可能是一片高山草甸,一群在草场上觅食的牦牛;在高黎贡山,那就可能是一条古道,一棵大树,或者一片云彩了。紫溪山派出的,则是一棵茶花。事情就是这样。在云南待了三十多年后,我原本不该大惊小怪,但我还是感到了惊愕。惊愕是我在看到那棵古茶花时唯一可能有的表情,不惊愕反倒会有些奇怪了。而紫溪山的神秘，紫溪山的不可小觑，也就在那时开始出现在我心头。

那是春天。在云南，春天是杜鹃的季节——几乎所有的山山岭岭，春天都被杜鹃占据。原先看上去一片葱绿的大山，转眼间就开满了各种颜色的杜鹃。花开如云霞，这句早就被用俗用滥了的话，在春天的云南却是唯一一个可以用来描述它的句子。按说我应该想到这一点，问题是我好像总是没有记性。

远远地，看见那个园子的大门虚掩着。那是一道铁门，在一座古意盎然的山上，在一个种满花花草草的园子装上一道生硬的、冰冷的大铁门，让我没把那个园子放在眼里——那跟我在城市里看到的几乎所有公园的大门都一模一样，而我对那样的公园从来就没有多少好感。错位也就由此发生。我想很可能我又上当了，我曾被人告之某某地方是一个非常非常好的地方，去到那里一看，却让人大失所望。生硬冰冷的大铁门，正是所有那些所谓公园的共同标志。

后来我听说那个园子叫杜鹃园。杜鹃这种花，不择地方，平坝山坡，到处都能活，你当然可以说它贱，也不妨说它有一种顽强的生命力。栽在园子里的杜鹃，弄得陡然富贵起来，真还叫人有些摸不着头脑。我想，那座园子无非人工种了些杜鹃而已，而杜鹃，从来都是漫山遍野自生自灭的。把一个处在山野间的园子叫作杜鹃园，实在有点儿矫情。再装上一个大铁门，就别说让人多恶心了。我相信那个园子里没有什么真正值得让人一看的东西。我的第一印象正是如此。我感到香味与色彩。那些寻常的花花草草，带着菲薄的春意，正从山野中的那个园子悄悄溜出来，到处张扬炫耀。二月的云南已经很热，高原的风被太阳晒得暖洋洋的，正满园子地东游西荡。尽管园子四周被砖墙围得严严实实，逃逸仍无法阻挡。世界充满了诱惑，轻薄正是时髦。铁门怪叫着被打开。我漫不经心地走了进去，准备遭遇一个没有任何特点的、人工营造的公园的折磨。如果不是有人指点，我们就与那棵立在大门边的古茶花擦肩而过失之交臂了——对那棵古茶花，那当然丝毫无损，对我，不定就会多少有些遗憾，是一种损失。那是后话。当地一位特地被请来为我们做导游的老人说，那就是紫溪山上的古茶花。说实在的，我对那位老人的介绍没怎么在意——现在，动不动就给一棵什么树什么花一个高贵的头衔的事，我碰到的实在太多太多了。我只是看着它，看着那棵古茶花。

它一动不动，就像个孤独无助的守门人。老是显然老了，但它似乎并不怎么孤独——那是我后来才知道的，它身后大蓬大蓬自生自灭的马缨花——那正是杜鹃的一种——是它真正的朋友,血红的、粉白的或者嫩黄的,已经或将要开放。纷乱的色彩在整个园子里喧闹着,古茶花依然默默无语,就像罗丹笔下的沉思者。看那模样,它好像一直在思量着什么。听说它有过高贵的王者身份,曾在某段显赫的历史巨变中叱咤风云,而现在,它终于老了,老得似乎连话也不想说了。

我就那样站着,默默地看着它,就像突然见到一个乖僻老人,素昧平生,却似曾相识,陌生,尴尬,着急,又无力相助。我甚至有些手足无措。我的两只眼睛,面对着的是它成百上千只眼睛——我说的当然是那些花朵。说真的,除此之外,它似乎没有任何让人过目难忘的特别之处,那棵古茶花,无非花更艳也更多而已,甚至红得有点儿过也艳得有点儿俗,叫人想起那些大白天也浓妆艳抹的女人,如今在城里,那样的女人随时都会碰到。阳光当然很好,那是春天,可阳光下的古茶花并不像追光下的明星那样通体透亮,光彩照人。它的枝叶太浓太密,即便在阳春二月的阳光下,能被照亮的也只是它的外缘部分,靠近主干的地方,在树的枝杈间,我看见,一只蜘蛛正在一片残破不全的蛛网上,静候着它的猎物。有些叶子上落了薄薄一层灰土,有些叶子甚至有点儿发黄——听说好久没下雨了。败落的花瓣,零乱地撒落在树冠投下的阴影里,衬着一片黏糊糊的阴翳,那种转眼就消退得近乎苍白的红,让人想起某种奢华之后的洗劫,富贵之后的破落,隐隐透出一种《红楼梦》结局式的不堪……

——就凭那么一副尊容,说实在的,我很难对那株古茶花说出什么古雅高洁之类的蠢话。站在那个缤纷的、满园芬芳的杜鹃园里,无论我怎么看那棵古茶花,都觉得有点儿不对劲儿——那种无法掩饰的过来人的失意、仆仆风尘和满目沧桑,与满园子精心打扮、光鲜透亮、魅力四射的树木花草相比,完全不是一回事儿——后者就像一群西装革履、大背头油光水滑的男人,一群裙裾飘逸、浑身散发着名牌香水味儿的女人,正要去出席春天的某场盛宴。如果这棵古茶花真的出身高贵,怎么不是走在那群赴宴者的中间,被大队人马簇拥着,或是像所有那些豪华演出中,身价最高的演员曾最后出场一样走在最后呢?它好像并没有打算起程。那让我有点儿奇怪。它怎么不收拾收拾,一块儿去赴春天的盛宴?春天的聚会缺了茶花,还能叫什么盛宴?我的思绪就在那时候发生了变化——对生活中所有那种被刻意冷落者,我总有点儿不平。而对那些从来就对世俗的名利掉以轻心者,我又会莫名其妙地满怀着敬意。古茶花是从来就没进入过现代上流社会呢,还是没接到春天的邀请,或是尽管接到了,却压根儿就没法与那些混上了高级职称或处、厅级别的树木花草搞在一起？不知道。那么，它干吗不离开那里，另谋高就？后来我才知道，事实上，它早已进入了古树名录。它当然不能走，也不会走，紫溪山如今被叫作杜鹃园的地方，正是大理国时的石桑城遗址，八百年前那棵古茶花就住在那里，算得上是元老了。如此说来，该走的当然不是它，而是那些真真假假的所谓名花了。

就那么看了几眼，几眼就注定了我与它的缘分。

那当然是一棵树，也是一蓬花，是我几年前在虚拟与想象中看见过的，那种怪异的植物，既有树的高大挺拔，也有花的娇艳迷人。我没想到会在紫溪山看到自己的梦——那纯属个人的梦想多少有些荒诞不经，眼前它却像我梦中见过的那样生长着，活灵活现，以至我以为自己还在那个梦中。正是在那个梦中，我突然想到了树想到了花，想到了同在一个世界里的树与花的种种不同。树是彼岸的、立体的、属于男人的，花却相反，是此岸的、平面的、属于女性的。稍加注意就会发现，任何一棵树，只要它是一棵树，都有着明显的彼岸性，并不完全属于人间。一棵看上去实实在在、伸手可触的树，指向的却是某种精神与思想的层面，总会把人的目光从匍匐于我们脚下的大地，引向我们头上深邃浩茫的天空，让人无端地陷入冥想与玄思——树让人理智，花给人诱惑。花永远是此岸的，现世的，某些时候它甚至是肉感的，它以短暂的、缤纷的色彩表达出来的世俗欲望，常常激起人们的梦想，那或许与花是任何一种花卉植物的生殖器官有关；千奇百怪的欲望如色彩艳丽的花一样，在人世间绽苞怒放，但欲望说到底还是欲望。与此同时，与树给人以超越具体时空的立体感不同，花却是平面的，即便是漫山遍野的一片花，也很难给人以恢宏壮阔的空间感，更不要说穿越漫长的时空，从远古直抵未来了。对于花，我们从来不用诸如"浩渺"之类的形容词。在一台无论怎样高档的照相机或摄像机镜头前，花无可救药地总是没有景深，它缺少的永远是树那样的深度，那样的形而上。各种各样的名花，不管是牡丹、芍药、菊花、兰花还是郁金香、玫瑰，皆为草本，它们永远长不大，离地三尺已属罕见，难有树的高大挺拔之姿。反过来，树尽管是美丽的，却没有花那样的娇艳。我梦想的是一棵能开花的树，那棵树开出的花甚至比真正的花更鲜艳，也更美丽——它既有树的高大挺拔，也有花的娇艳迷人。我渴望把树的崇高与花的美丽结合起来——毫无疑问，这种梦想是荒谬的。

没料到，那天我还真碰到了那样一棵树，它简直让我有点儿始料不及。当一个原以为根本就不可能实现的梦想变成现实时，我的惊喜是当然的。与此同时，一个在我心里蕴藏了很久，一直模糊得难以表达的想法，就在那时冷不丁地冒了出来：云南这地方小觑不得！山高水远的云南，不仅有的是凡夫俗子读不懂的山水自然，一不小心，你就会在无意中撞上它，随后便会有意无意地陷进一片看似平平淡淡无所深藏，其实却丰厚幽深的历史沼泽；那样的历史，并非我这样的人可以梳理。于是我挣扎、呼救，一次又一次地想离开它，最终却越陷越深，不能自拔——比如，那座我从来就没有放在眼里的紫溪山，还有那棵其貌不扬的古茶花……

二

人说，那棵古茶花叫"相国茶"。

"相国茶"，这个名字似乎充满了诗意，也充满了沧桑感，让人想起悠远与古雅，想起平平仄仄的诗词曲赋，想起中国的古典智慧。可细细一想，不对了，什么叫"相国茶"？这个听起来相当不错的名字，其实包含着太多的含混，让人有些不得要领——那到底是一棵由某位"相国"种下的"茶"呢，还是某个相国喝过的"茶"，或者是由某个相国命名的"茶"？名字作为一个符号，在突出它的某一方面的同时，是不是会遮蔽它的另有些或许是更本质的特征？它的确是一棵"茶"，但此"茶"并非彼"茶"。我的意思是说，一棵能摘下它的叶子泡茶喝的茶是"茶"，一棵供人观赏的茶花也是"茶"，"相国茶"到底是前者还是后者，是供观赏的，还是供饮用的？我无法从那个名字得到解释。在茶的原生地云南，这种区分无疑是必要的。在西双版纳的南糯山，在高黎贡山的西麓，至今还生长着几百上千年的古老的原生茶树。"相国茶"却并非那样的古茶树，而是一棵活了八百年，至今还在开花的古茶花。至于它到底是不是由某个"相国"种的，也大大值得深究。

那是春二月。从彝州楚雄驱车二十余公里，拐了几个弯，我们便被淹没在紫溪山的万顷林海之中。一路上，那些高大的、长得非常健康的云南松，已经让我吃了一惊——自由不仅对于人，即便对于一棵树，也是须臾不可缺的。在一片陌生的、略带紫红的土地渐渐隐去之后，出现在我面前的，正是那棵枝干已老迈虬曲，多少有些孤独的古茶花。

最初我甚至不知道那是一棵茶花，更没想过要稍微认真地看看它——事实上，那个园子里有的是茶花，就像我后来知道的，在那棵"相国茶"的旁边，紧靠着围墙，一棵名为"色奔"的野茶花正在灼灼而开，它至少有六七米高，就像一个顶天立地的彝族汉子——色奔正好是茶花的彝名。然而，对一个于茶花从来没有什么知识的人来说，这一株茶花与那一株茶花有什么太大的区别呢？何况对那天的紫溪山之行，我原就没抱什么希望。在山川秀丽的云南，楚雄在我的印象中，似乎没有什么真正值得一看的东西。说不清为什么会有那种印象，二十年间我几乎跑遍了云南的山山水水，却从没在楚雄停留过三天以上，总是行色匆匆。即便这次，我也是应尊敬的芮增瑞先生之邀，才前往紫溪山的——那当然是一种错误。醒悟到这种错误已是后来的事。

三

天蓝得让人生疑，像个美丽的陷阱。悬在空中的云朵亮得晃眼，看似纹丝不动，实则转瞬之间变化万千。云天渺远，春阳如金，这样的好天气，在初春的云南几乎都能碰上，上天显然不是为了一棵古茶花才特意做出那样的安排，相反，那样的天空似乎成了一幕严峻的、具有反讽意味的背景。古茶花高达四米，看上去与戈壁大漠上高大挺拔的白杨仍相去甚远。事实上，它就如一个历经世事沧桑的老人，腰背佝偻，枝叶在岁月之风的吹拂下，怪异地扭向了一边——那显然是它长久以来为不被风把它吹倒所习惯了的姿势，完全说不上美妙。能随时以美妙姿势示人的，只有模特儿，古茶花当然不是模特儿，敢以那样笨拙的姿势出现在群芳争艳、赛着优雅的园子里，当然需要一点儿勇气，也许恰恰是那种勇气，引起了我对它的注意。一时间，我只能呆呆地仰望着它，屏声敛息，说不出话来。

生命的劫难或许是无所不在的，古茶花也一样，我一眼就看出了它的劫难所在。比如，一棵正常生长的树，主干与支干之间的粗细当然应该是渐变的，匀称的，成比例的，可构成古茶花的那截老桩和几枝新枝，就多少有点儿奇怪，如果不说那是畸形的话。老桩是粗壮的，饱经风霜的，从地面到顶部顶多三四十公分，还爬满了斑驳阴绿的苔藓和疤疤癞癞的树疙瘩，外缘部分甚至已有些腐烂。正在开花的"新"枝就从那截斑驳黝黑令人吃惊的老桩上长了出来。与老桩相比，新枝细得多，也光滑得多。老桩与新枝的交接处，是几个鼓凸的树瘤，如果不看整个树形而只看那里的话，古茶花无论如何都显得有点儿丑陋。我的目光和思绪就停留在那里。显然，那是令人惊异的，叫人想起它的生命在遭受一次重创后曾经濒于死亡。但那到底是刀劈斧砍留下的疤痕，还是自然洗劫造成的促使，我不得而知。反正，疤痕记下的那个多劫的时刻，让我直到今天看到它，依然触目惊心。

想象着那种情景，那场劫难，我感到了濒于死亡的古茶花活过来时的惊心动魄：那时，赖以生存的基本条件已尽悉丧失，已经生长了数百年的茶花突然枯蔫潦倒，枝萎叶败；它再也开不出花来了，风、蝴蝶、鸟儿和阳光再也不愿意在它的枝叶间停留，更谈不上舞蹈和歌唱。与任何一截面临那种危机的树枝一样，它显示给人的只有绝望，蓬勃的生命宣告结束，除了人们面对它时偶尔的叹息，没有谁会指望它能重返这个世界。一个月，两个月，一年甚至两年，老桩没有萌发出一茎新枝、一片新叶、一朵红花。然而，生命却仍在那截看似行将寿终正寝的老桩上留存着。它在思考着，反省着，聚集着再度抽芽展枝的力量——难怪在最初的一瞥中，它会留给我一个沉思者的印象。直到某一天，新芽终于拱破了岁月厚厚的老茧，艰难地从老桩上抽出了一丝新绿，跟着，就是一茎、两茎新枝向着蓝天的再度伸展。又过了一些时日，从老桩上长出的新枝终于开出了花朵。至此，重获生命的古茶花，以再活一次的百倍珍惜与对往昔的某种张狂、轻率的深深歉疚，把根须狠狠地扎进地里，拼命地从地里吸收着养分……

那一切到底是怎么回事？又是为了什么？我静默着，任某种难以名状的思绪在心中涌流。久远的时光碎片，突然从某个遥远的过去纷至沓来，在我心中层层堆积。深邃沉重拼命挤压着一个现代人的灵魂。说不清到底是为它庆幸还是肃然起敬。我仰起头，再一次定定地看着它。周围的人在拍照，在啧啧赞叹，我却一言不发。一个人与一棵树之间发生的这种神秘的感应，在我当然已不是第一次，即便如此，我对自己的那种反常仍然非常诧异。目光上下搜寻着，企图找到历史的答案。那样的目光一定冷峻得让我害怕，如果我真能看到自己的话。从上到下，又从下到上，从花枝招展的树冠到它躲在下面的老桩，再从它虬结的根部攀援直上，停留于那在蓝得令人生疑的天空背景上轻微摇晃着的枝丫和花朵。那是数百上千朵花，艳红如血，其大如拳，在阳光下灼灼如炬，张狂放肆，仿佛它的整个生命，就是为了这个时刻，叫人血脉偾张。人说那并不是它的盛花期——茶花可以从头年的十一月，一直开到第二年的四月，算得上是开花树木中花期最长的——我不知道那是说那已不是一棵茶花生命力最旺盛的年月，还是指已经过了它每年花事最繁的季节。想想，那又有什么要紧呢？

至少在我看来，那正是那棵古茶花为自己举行的一次生命的狂欢。一般的规律毕竟只是一般的规律，而一蓬花或一棵树必有它个性化的生命，有它自己的理由，不必按照教科书里的定律生长。它可以在任何时候，把自己的生命调整到高潮状态。

严格地说，那些花似乎开得过于完美，在我们这个年代，过于完美过于精致都有假冒伪劣之嫌。但千真万确，那不是假花。眼前的一切，都与诗词歌赋中记载的文人雅士们的赏花场景毫无共同之处。那是一种稍有些愤怒与血性的美，与士大夫们的清雅高贵无涉。枝间的叶片是浓密的，尽管不大，却厚实得极富肉质感，仿佛山野娃娃的耳朵、嘴唇、手掌和脚板——如果他们的身子像一棵树的话。在阳光的映射下，似乎有生命的液汁不断地从那些叶片渗出来，就像那些满面灰土却流光溢彩的少男少女，如同他们的青春和青春的喜悦；花叶相映，枝叶间似乎有隐隐的红光漫延四射，天边也仿佛有清幽的绿霞奔涌而来。它呈现的，是一种虽不古典却极尽艳丽与奢华的姿态——在所有我曾见过的花中，茶花似乎是最浓艳也最世俗的，而那棵古茶花却是浓艳中的浓艳，世俗中的世俗，我说不上对它非常喜欢，但我绝对无法说我对它没有敬重。

就在那时，当地朋友讲起它的身世。

四

云南茶花甲天下。

可对茶花，我好像一直不怎么喜欢——听好多人说，茶花娇贵，难养，水少了不行，多了同样不行，弄不好它就根烂叶枯，甚至一命呜呼了。从那以后，我甚至时时都对茶花怀有戒心。我不知道那到底是为什么，直到那天看到那棵古茶花后，我才明白其中的缘由——花的优美，第一就在它生命的自由生长，自由开放，人类常常借各种名义，干预甚至改变花的自然生长。而在所有的花中，茶花或许是遭受人类侵犯最严重的一种，不是在形体上，便是在精神上。

昆明有茶花。遗憾的是，作为昆明的市花，实际上人们很难在街头看到它。倒是在昆明金殿，那座吴三桂为他的情人陈圆圆修建的铜房子里，年年春节前后，都有大型的茶花展。昆明人爱花。二月到金殿看茶花，三月到圆通山赏樱花，都是昆明的一景。李广田先生早年所作《花潮》，说的正是昆明人每年春天到圆通山赏樱花的事。不过，恕我不恭，每逢在金殿看茶花，想起吴三桂与陈圆圆之间那一段并不怎么让人愉快的"爱情"故事，我都会从生理上生出某种厌恶，甚至反感——不仅仅因为吴三桂曾经引清军入关，也不仅仅因为他后来在政治上的朝三暮四，出尔反尔，即便一个通常意义上的所谓"坏人"，当然也可以演绎凄艳绝美的爱情故事；而是因为那种所谓的"爱情"，由于当事人并不真正懂得什么是爱，有意无意地让它带上了权力、权术的色彩，因而是畸形的，甚至是变态的，而所有畸形的甚至是变态的"爱情"故事所能给予人的，显然就不过如此。我当然知道，茶花与吴三桂和陈圆圆毫无牵扯，但在那里，红山茶看上去总如吴三桂手上的鲜血，而白山茶也一再地让人想起早已削发为尼的陈圆圆临终前苍白失血的脸。去金殿看过那么一次茶花展后，我就再也没有去过。丽江也是有茶花的。苍苍玉龙雪山下，玉峰寺里那棵著名的"万朵茶花"，原是由并生一处的红、白两株茶花，缠绵绞结在一起才形成的，每年春节前后，都要引来数万甚至十数万人的朝奉，而玉峰寺几代住持喇嘛对那棵茶花的殷勤照看，更时时都在搅动赏花客们的那片惜花爱花的情怀；直到现在，玉峰寺那位那都喇嘛，还在以他生命的最后时光，照料那株茶花，引来了多方游人的激赏，为他留下了许多诗文。遗憾的是，"万朵茶花"昭示的，并不是人与自然间的和谐关系，也从来就没有真正引起过人们对花与人与自然之间和谐关系的体认与思量，那被人工扭结盘曲而成的怪异模样，一如某些被世事扭曲得变了形的苦难灵魂，常常引发我对生命深深的叹息。而对那些动不动就煞有介事地把茶花当作国运象征、当作民族精魂化身的所谓"经典"，我想，茶花是恐惧的，人更是恐惧的；花不堪重负，花将非花，人不堪重负，人将非人——如果一棵茶花没有自由无羁的灵魂，没有为捍卫个体生命的自由而坚韧不拔百折不挠的勇气，如果"祖国"和"人民"真像那些茶花，艳丽的生命竟然那样短暂的话。花就是花，茶花就是茶花，给人的无非一种美的享受，与任何人世的兴衰变故无关——花的繁盛不是王权永固的预言，花的衰败也不是朝廷崩析的异兆。细细一想，茶花的遭际，或许是百花中最惨也最不堪的。

所以，我对彝州朋友告诉我那是一株茶花的反应，最初显然是有些不屑也不敬的。

彝州楚雄的紫溪山森林公园，我早有所闻，据我的经验，大体上，那样的"公园"不过是对当年某个林场的现代利用——为了招徕几个游人，在那里随便建起几座造型拙劣、粗陋不堪的亭台楼阁，然后就宣称那是什么什么公园，我对那样的招徕早已失去了信任。听去过那里的当地朋友说，紫溪山？去过，一般。"一般"对那些并非为了保护自然，而是急于用自然景观的破坏性开发招徕游客的经营者来说，无疑是个不小的打击。

或许正是因此，当地朋友特地请来了在紫溪山工作过多年的张方玉先生，为我们带路兼做导游。那是个号称紫溪山第一导游的山东汉子，年近七旬，却壮实、粗朴、豪爽，看他一眼，就会喜欢上他。面对他，你绝不会想到有什么阴谋。我对他的第一印象正是那样，而事后想来，他至少是有"预谋"的，或说请他来的人是有预谋的，否则他就不会在领我们进入紫溪山的最初一刻，便径直领我们去看他珍爱的那株名为"相国茶"的古茶花。很自然地，我们就落进了那位老人预先设下的美丽圈套。

说起来，紫溪山并非什么闲地野山，历史上，紫溪山一直是兵家必争之地。千年之前，当地处彩云之南的大理国与大唐王朝、宋家江山对峙时，包括紫溪山在内的整个滇中地区，都处于大理国的控制之下。种下那棵茶花的，正是曾任大理国相国的高量成。世人皆知统治大理国的段氏家族，殊不知段氏天下，正得力于高家。高氏之盛，始于高量成之祖高升，而曾为大理国君的高量成之父高升泰，死后还位于段氏，从此有了子子孙孙世袭相国的特权，余子分封云南各地，管辖过今云南楚雄、保山、腾冲、东川、昆明及滇池四周的晋宁、嵩明、昆阳、易门、禄丰、罗茨、秀山等大片土地，甚至权力直达滇南地区。于是，史载有大理国后期尽管是"段氏称王"，却是"高家天下"之说。作为南诏国后续政权的大理国，一直举国崇信佛教，《段思平传》所谓"思平好佛，岁岁建寺，铸佛万尊"，言说的正是这段早已湮灭的辉煌。作为一国之主的段氏，一门二十二传，竟有八人避位为僧。与其相应，权倾一国的高氏家族，仅以佛号为名的相国，就有高观音妙、高观音政、高阿育等数人。崇尚佛教的高氏子孙，遍封府、州、县，有"名山大川皆其所创"之谓。高氏后人似乎都与佛教精神有说不清的瓜葛与缘分，佛教精神似已深入到了高氏家族的血液之中。在云南各地，至今尚存的高氏家族后人创下的历史遗迹，无不与佛教精神相关。昆明筇竹寺的八百罗汉，相传即为宋代大理国时期高氏家族后人、鄯阐（今昆明）侯高过及其弟弟高智所建。在今楚雄的姚安，高氏家族的分支、后人高映曾任姚安知府，在吴三桂入滇后因不愿为其效力而去职，转至姚安西北二十里外的结璘山，潜心于著述与教授，留下一方美谈。说到底，幼时嗜书成癖、过目成诵的高映，晚年却遁入深山，那是道家清静无为思想的变异，中国的知识分子，年轻时热衷于功名，遵循的是儒家"达则兼济天下"的教诲，一旦失意，便"穷则独善其身",信奉的是道家无为的思想,一儒一道,一进一退,互相补充,构成了他们的共同命运。而在中国历史上,天子主国前后,总要为自己的权力添加些神秘色彩。拥有天下之后,更要尊崇佛道,以显自家的仁慈与悲悯。或归隐山林,或深居古寺,似乎天性中从来就不曾有过权欲与奢靡。宗教的兴盛,其实正是统治者为江山王国埋下的另一种隐性根基。紫溪山的极盛之日,正是高氏归隐之时。相传那时的紫溪山,有"六十六座庙七十七座庵八十八座寺",古寺满山,重檐连云,烟火缭绕,钟鼓鼎鸣,一方滇西名胜,遂成佛家之天下。

然而,任你千处暮鼓晨钟,万束香烟烛火,都无法掩饰人世间王权争夺那血淋淋的历史真相。社会不公的激化,觊觎王位的争夺,从来没有停歇过。或兄弟残杀,或天怒人怨,或民族纷争——中国历史上重复上演过无数次的权力争夺的闹剧,也在云南这方土地上一次次排演。对于高氏家族苦心经营的紫溪山来说,命运同样如此。紫溪山众多寺庙其后便尽毁于清末一次回民起义的兵燹战火之中,仅存部分遗迹。农民起义推动历史前进的结论,有时是要打个问号的,至少,农民起义的巨大破坏性,对中国历史文化的延续与发展,是一种灾难。那天初睹"相国茶"后不久,我曾再一次前往紫溪山,强请张方玉先生领我避开通常的旅游线路,从紫溪山南坡,沿山间小道攀援上山,去寻访"六十六座庙七十七座庵八十八座寺"的遗迹;张方玉先生是早就去过的,他领着我穿行于幽暗的历史之中,随之便是连声的叹息——几乎每走一段路,便见有断壁残垣掩映于参天古木之下、荆丛巨藤之间,让人油然而生一段思古之幽情。面对早已毁圮的历史与依然苍莽葱郁的山林,谁不会想到,存活于经史子集中的大理国和高氏家族,是多么短命呢?一切权位注定都是短命的,不管你姓张姓李,是出身卑微还是系出名门,是"真命天子"降临还是草莽英雄出身,是名正言顺的全民大选,还是靠宫廷政变阴谋起家,都是短命的;永恒的只有天地山川,只有大自然,即便是紫溪山上的一棵草,也是自由浪漫而长寿的啊!

寺庙毁了,茶花却留了下来——譬如所谓的"相国茶"。

自古"天下名山僧占多"。名山有名寺,名寺有名花,几成规律。归隐山林的高氏僧俗,在宝殿灵刹院前院后种下几株茶花,原也只是为实现他们在血与火的征战和暗藏杀机的争夺之后的那清静无为的梦想。他们累了,权力总是很累人的。在拥有了大好江山之后奢谈修身养性,于统治者也是极自然极寻常的事。不意紫溪山山林茂密,原本就多原生茶花,是个极宜茶花生长之地,至今穿行于由张方玉先生命名的"茶花箐"中，依然不时能见自生自长、自开自谢的红花油茶、云南连蕊茶及云南茶花等众多野生茶花种属，一路素花拂面，暗香拂动，真令人飘飘欲仙。归隐的高氏相国随手种下的茶花，便也得了天时地利之便，开得如火如荼。原来，所谓"相国茶"，正是当年在高氏兴建的石桑城里的一棵茶花。如今庙毁殿圮，城已不城，却茶花依然。细细算来，迄今已有八百年之久，而我们那天见到的，则是三百年前从已种下五百年眼看就要枯死的老桩上生出来的新枝。主人道，植物学家不承认它有八百高龄，但不承认又有什么关系呢？那株新枝，总不会是从天上掉下来的吧。

我的疑问在于，所谓"相国茶"，果真是因千年之前由一位大理国的相国所种，才格外得了些灵气，繁衍至今的么？

我不信。张方玉先生其实也有些不信。

据他考察，"相国茶"是用大理人工驯化的茶花种苗，以紫溪山原生野茶花为砧木，嫁接而成的，花瓣披复重叠达二十多瓣，历经近千年而不衰。细细一想，倒也是。一切在大自然中野生野长的东西，都有着一种豪迈的生命力，比起那些娇生惯养的宠儿与得到特别呵护的供品，它们不仅独具一种抵挡伤害的能力，还能在自己的生长中不断地调整自己。原生茶花据说一般都为单瓣，而在紫溪山，张方玉先生却一次又一次地发现过重瓣的原生茶花，从十六瓣到二十四瓣，再到二十八瓣，让他感到一次又一次巨大的惊喜——要知道，那并非人工所为，靠的只是大自然自身的造化。名为"相国茶"的千年古茶能枝繁叶茂至今，正得益于此——根是土著，吃得万般艰难困苦。能将千头万绪的根须深扎进它所熟悉的那片山地，这才有了既富顽强生命力，又能开出灿烂花朵的那株逾千年风雨而不衰的"相国茶"。可知相国茶的幸运，并非相国给那株茶花带来的，幸运只在它生在紫溪山，只在当年种下那株茶花的人的独具慧眼的目光，将在大理栽培的茶花枝条与紫溪山野生茶花嫁接，这才有了那棵既枝干挺拔又花色浓艳的茶花。没有紫溪山的土壤，没有紫溪山属于茶花生长的气候，任是什么天王老子种下的仙树奇葩，也难活到今天。

何况，种下"相国茶"的，真是那位高相国么？难说。一如当今常见的某某领导在某地亲手植下一棵什么什么树之类的报道和消息，我们看到的，往往是事先已挖好树坑，备好树木，领导只需装模作样地铲几铲土，那棵树便被命名为某某亲植。至于那棵树是不是能活，全在领导走后是不是有人精心侍弄。如果那里根本不适合那棵树的生长，它是断然不会多活几天的。高相国关心的，是那棵茶花所象征的某种有关权位的寓言与宣示，而真正操心、照拂那棵茶花的，则是那些生存无着的普通百姓，为的是以侍弄那棵茶花换来的一份口粮。在"相国茶"动人传说的名义下，是我们如今难以想象的某个普普通通的老花工起早贪黑的辛苦，某个在佛寺里做杂役的小沙弥初春寒冬的浇灌，是他们以自己对那棵茶花日复一日的精心照拂，所换取的艰难生存，是那个美丽的传说隐藏着的人间不平这一严峻现实。看来身份并不重要，也无以长久——身份算什么东西？人的本分是人，树的本分是树，一棵树跟一个真正的人一样，要在这个世界生存，为这个世界留下一点什么，靠的是自己的德性，从来用不着什么头衔。

另一个该提及的，或许是紫溪山浓郁的宗教氛围。当其时也，紫溪山佛教盛行，人们敬奉茶花，不过是秉承佛的教诲，将世间万物视若神明，不敢有丝毫怠慢。而紫溪山所在的彝族地区，彝人自古便敬重、崇拜自然，包括所有的树木花草。春天，紫溪山漫山遍野的杜鹃花，在他们眼里是神圣之物，从来不去采摘。那种敬重与崇拜，源于自然崇拜这一原始宗教。只有在那样的环境里，一棵树才能在人们的呵护甚至关爱下，凭着自己的能耐自由无拘地生长。后世之人借着对神明的敬重，也在相当长一段时间里延续着那种对花草树木的呵护。不错，宗教尽管有时有可恶之处，但在保护自然方面，却常常显示出它惊人的智慧。功当然并不真在所谓的佛法无边，而是宗教所激发出来的人对自然的敬畏。当年由寺庙中各路僧人种下的茶花，因为有着王权极富威慑力的保护（那并非为了保护那棵茶花，而是要保护那种威权），又连带着某种宗教的神秘，才能保存至今，否则早已化为尘土。同样的古茶花，另一棵位于离石桑城遗址不远的清静林的古茶，便难免遭受厄运了。那棵古茶花早先一直由寺院的出家人照管，其后又由一位曾参加过"二战"时中国远征军在缅甸作战、受伤归来的老兵殷勤照看，直到八十年代末、九十年代初，一直郁郁葱葱，每年花开似锦；却被几个毫无生命意识的野蛮无知之徒，假开发、保护之名，先以一圈离古茶花仅三四米之隔的石砌短墙围住，修建短墙、开挖墙基时，又伤了古茶花的根系；进而在古茶花已显出衰颓之象时，竟在古茶花根部连"浇"两袋化肥，生生把已奄奄一息的古茶花送上了黄泉之路。今春，那棵古茶花只开了为数不多的几朵花，我站在那里，差不多能闻到死亡的气息。当对大自然的敬畏与崇拜，已经变成了功利的利用时，最终的糟蹋就是不可避免的了。树木是人类最亲密的朋友。糟蹋树者，无异于谋财害命，砍伐树者，则无异于杀人了——这或许该是另一篇题为《古茶之死》的文章了，但其中蕴含的深意，难道我们不该认真吸取吗？"相国茶"至今没有遭到那样的厄运，已是它的万幸！

历史总如散去的烟云，灿烂的或是黯淡的，唯有大自然才有着非人间的伟力与永恒。世事之间，其实也就这么简单。面对着那棵佝偻着身子抵挡风雨的古茶花，凝望之中，它也真如一位饱经风霜的老人，似乎要向我们讲述些什么——当然，那需要认真深情的倾听。相国对一棵古茶花的关爱是不存在的，或有，也非民众对它的照料真诚长久。至此，我想说，当我们要为紫溪山那棵古茶花立传时，到底该叫它什么好呢？在我看来，是为那棵古茶花正名的时候了，附会历史与权贵，不如尊重自然造化。与其叫它"相国茶"，让人误以为它系出名门，倒不如还它紫溪山土著的真身，就寻寻常常地叫它"紫溪山古茶花"吧？！

丽江雅集的梅

一

话语的分量从来不在语调高低，而在心灵的质地。当人沉湎于叙说中，忘了自己，有些话，即便如丝绸般轻软绵柔，如微风起于青萍微末，倾心听闻间，也会如有飓风掠过，让人心禁不住轻轻摇晃——

"……他在院子里种了三株梅，一株胭脂梅，一株绿萼梅，一株美人梅。虽说都是梅，可三种梅的花期、花色和花形，到底都不一样啊；冬腊月间，在小院的那个角落，梅花已星星点点地开了，有时，就算我没站到梅树下，只在远处想想，心都会醉……"

屋子里静悄悄的。八月的丽江，雨也婉约，正不大不小地下着，细密平匀，而无声。天光柔白如玉。其时雨中万物的清晰明净，或已接近完美。衬着恍如画境的时空，屋里的几个人似乎都成了影像，动作以及声音，却平添了一番古雅与温润——略高于日常的言说，便让日子有了略高于度日的诗情，让房子有了略高于居住的诗意，让树木花草有了略高于观赏的情怀，可以触摸，遑论感悟？梅，或就是魅，开或没开，阳光下或晨昏间，一样摄人心魄。习梅英就那样说着，嗓音透出些微的古典；也没抬眼，只顾泡茶、斟茶，看似琥珀色的茶牵引着她的目光，细看却是她的目光牵动着那如饴的茶水。离梅花绽放甚至含苞的日子虽远，倒想去看看那几株梅，雨不停，话未竟，身难起，只好心仪。

说来还真是老友重逢，却没有久别后的刻意寒暄，或一惊一乍的欢喜，一切都有赖无言之缘,自然到无一不妥帖、不舒服。上好的普洱,一经她手,便格外有了神韵与格调,让人不愿大口牛饮,只想细细地品。品的是茶,更是情分。相识已然多年。十多年前我经丽江去香格里拉一带寻访,去来都少不了她的关照。那是有理想的年代,她也年轻,正像一枝将绽未绽的梅,只在某个角落,将暗香悄悄地送往世间,任其飘逸消散,不问回报。她当然不会想到,就是她刚才那几句话,轻言细语间,合着一盏盏老茶温润地穿肠过肚,竟直抵心胸,搅动肺腑,叫我像多饮了一杯陈年老窖,在一阵摇晃后,便略略有些醉了。即便醉了,眼前晃动着的,倒怎么都还是那几株梅,以及那时涌上心头的诸如疏枝横斜、暗香浮动一类经典的词语,心却在不由自主地颤抖。

所谓美,真就是一种感觉,常来自心灵的一点颤抖,来自瞬间涌来的一点冲动;不意间获得,瞬息间袭来,又瞬息间退去,而后便一去不复回,方让人在当时和事后,有了深永恒久的回味——如同拍打礁石的浪花,从不曾在空中停留,却在浪过之后留下余波渐远,涟漪无数。美,是不是就藏在这浪与波之间呢?

梅英那会儿说的,当是她那个名为"绿雪斋·丽江雅集"的小院,是她对那个小院空间的苦心经营,也是她对那个小院的满怀依恋;而此前,当我轻轻敲开"丽江雅集"嵌于土坯墙间那道轻红暗紫、老旧得毫不起眼的大门,一脚跨进那座小院时,清雅之气便迎面袭来;绕过当门一道屏风般的太湖石,踱过以旧桥木板搭成的"九曲"小径,随着他们的引导,我已在小院里上下前后地走了一遭。完全出乎我的猜度。原以为"雅集"那样的宅名,不过是附庸点风雅,结果倒全然不是。早年在丽江古城游历,不知敲开过多少风雅别致的小院大门,如"丽江雅集"这样的院子,即便那时也并不多见,此刻我竟身在其中,不知今夕何夕。在我听来,梅英那些仿佛自言自语的叙说,倒远远超出了小院那个空间,变成了时间,是一份长途跋涉后的回望,演成了思绪,是一番坎坷颠沛后的淡定,幻作了灵性,是一份甘苦自知的情愫……

二

相聚是缘亦是雅。种下三株梅的那个"他",其时就在茶案当头,对窗而坐。窗外,丽江不卑不亢的雨,斜斜飘落时长长的划痕,丝缕般晶莹。他凝望雨空,我却不时看一眼他。暌违丽江十载,梅英的一切我皆无所知,更不知他是谁,来自何方。心结转得急：是一个同时到达的朋友？或一个临时来访的熟客？他一直没言语，我也不便探问。梅英或以为一切我都已了然，竟忘了介绍。于是那段短暂的时光，我便多少有点儿尴尬无措。

他倒是自在的，惬意的，静若一尊铜佛。丽江的阳光，早将他的脸晒得红红黑黑。落肩的长发，是很柔的那种，起身落坐间，飘散流荡的尽是风度。以 T 恤牛仔裤那副家常的穿着，走在人流如织的丽江街头，人只会当他是个观光客，来自哪里，却无以判定。言谈间，他随手拿出一块石头状的什么，和一支香，终于说话了："这是上好的沉香，香气轻盈，深幽。"随即便将那支沉香稳稳插进那块石头——石头中间正好有个眼儿。石块稳重笃实，恰与沉香的纤细互为映衬。一根火柴骤然划亮，点燃了沉香。馨香缕缕，转眼便如天界神韵，在屋里袅袅回旋，飘溢弥散，让人有缥缈凌虚之感，真好闻。原来那石块竟是个香台，看似朴拙，却蛮有格调——水令人远，石令人古。石的滞重，一与香的空灵相构，便成艺术。艺术的度日并不遥远，往往呈现在不经意间。心里想起有人说过的一句话：这是不是你一直想要的生活，只闻花香，不谈悲喜，喝茶读书，不争朝夕。阳光暖一点，再暖一点，日子慢一些，再慢一些……于是恍然而有所悟。问是特意做的吗，答曰不是，无意间捡来，觉着好看，当间恰有个小孔，用作香台正好。

倒真是正好。便应景似的，夸赞着梅英的茶道，他倒接过话说，其实喝茶就是喝茶，喝茶有什么"道"？如今什么都讲"道"，茶道、花道……好复杂！生活就是生活，简单点的好，没那么多的"道"！说完哈哈一笑，声若古钟。我有点儿窘，却终于找到了应对：你的无"道"，或许是最高的"道"了。他不语，只盯着那支沉香出神。

或许他的目光既是诱惑，也是点化，注视间便有神奇：那一痕燃尽的香线，正慢慢地蜷曲，蜷曲成花蕊藤蔓，也不掉落，只缓缓地绕着圈儿，先是半个，再是一个，而后又是一个……直待绕出两个小小的圈儿，他才淡淡地说："好的沉香，燃尽后的香线都是这样。"

我一惊：丽江，如今拥挤不堪的古城，喧哗不已的四方街，也有这样清雅的日子？我在心里问。

三

十年暌违丽江，真是太久。一个外来者，有谁，曾像我那样迷恋丽江，深陷其中，且无力自拔？上世纪九十年代初，在人生最疼的那些年头，丽江曾救我于水火。去梅英那里之前，匆匆去古城走过一遭。曾经静谧、温馨得让人难舍难弃的丽江，如今已喧嚣得既无处不叫人血脉偾张，又轻薄得无处不叫人叹息。那里是这个世界的缩影。所以我不敢去，怕去。怕曾经的记忆再无着落，再无依栖。但有些事，有些人，那些真懂丽江者，倒如梦醒后的惆怅，雨巷中的落英，欢乐后的缱绻，依然如故，过着那种清雅的日子。先前我没有料到，亦无以设想。直到接到梅英的电话，我仍无法想象绿雪斋是个怎样的所在，有怎样一种境界；一旦走进去，忧戚方得平复。

　　回昆明后，偶尔跟朋友说起"丽江雅集"，说起于涌与梅英，朋友便一言盖定道：神仙眷侣，世外桃源。其实他俩既非神仙眷侣，绿雪斋也非世外桃源。骤然想起英国作家、2009年世界级文学奖奥康纳奖获得者西蒙·范·布伊的短篇小说《爱，始于冬季》，讲了一个大提琴手和爱人邂逅的故事：各自带着忧伤回忆的男女主人公，机缘巧合地在男主人公住的酒店相遇，往后的故事，便充满了爱情萌生的偶然和奇遇。或者，正因两位主角都背负着无法忘却的经历，也才会彼此惺惺相惜。

　　于涌与梅英，正像那样的一对，内心充满且涌动着的，尽皆深爱。只是他们邂逅的场所不是酒店，而是丽江。而我所谓的爱，或说他们之间、他们共同拥有的爱，比那些口口声声要去丽江寻找艳遇的人，不知要宽阔多少倍——那是大爱。尽管大爱这个字眼，已因滥用而近乎艳俗，用在于涌与梅英身上，倒算名至实归。

四

　　人生即旅程，走得有多累，遭遇的历练就有多深；走得有多远，散发的智慧就有多远。以为永无尽头的长路，或只是一段首尾可见的过道短巷；以为过后便无须回望的过道短巷，或是一段终生也走不尽的长路。

　　于涌的那条路，起于他与著名学者、台湾故宫博物院原副院长李霖灿先生的结缘，且至今仍在途上。

　　霖灿先生我虽无缘谋面，却因机缘巧合，亦有过书信交往，是以为幸。六十多年前，抗战时期，年轻的李霖灿作为杭州艺专学子流落昆明，毕业前曾往丽江写生；震撼于雪山草甸之美，以及东巴文化之深邃，由是而永怀一颗绿雪情结之心。尽管世事难料，最终恋恋着一去多年，先是祖国台湾，后是加拿大；却无论身在何处，仍无时不怀念丽江，怀念玉龙雪山的绿雪奇峰；不惟早就编纂了国内首部《么些辞典》，堪称国内东巴文化研究之先驱；且将自家书房命名为"绿雪斋"；晚年更郑重剪下一束银发，托请丽江籍学者杨福泉，瘗发于丽江的雪峰之下。那番拳拳之心，想来还真令人动容："玉龙大雪山在我最艰苦的时候接纳了我，在我生命中最茁壮的时候，保育了我度过了逝水流年最美的一段时光。一个人的一生中只要能有这么一点凝聚，也就可以死而无憾了。金沙玉龙美艳人寰，我愿为此山川立言立志，更希望玉龙山灵莹莹待我，愿我的苍苍白发撒落在玉龙山皑皑白雪之中。"

而于涌的行旅，仿佛就是李霖灿先生的后续。

祖籍山东烟台的于涌，1957年生于台北，打小酷爱艺术；早年学工，却对父辈精心安排的人生，不依不从到执拗。上世纪九十年代初于涌来云南旅行，机缘凑巧，竟在昆明结识了李霖灿先生的老友、当年同登玉龙共赏绿雪的周善甫先生，返回时，善甫先生特修书一封畅叙旧谊，请于涌代交李霖灿先生。从此，于涌便恍然而成了分隔两岸的两位老先生的文化信使，常有机会聆听霖灿先生的丽江经历，对丽江的风土人情、文化艺术心向往之，直至怀着先生的那颗绿雪情结之心，而后又背着李霖灿先生的几箱书稿，以及先生的书房匾额"绿雪斋"，和先生中风后以左手写在东巴纸上的诗句："泠泠七弦上，静听松风寒；古调虽自爱，今人多不弹"，直奔丽江。其时住得离周善甫先生不远的我哪会知晓，于涌也曾轻轻敲开翠湖边那道我稔熟的小门，仄身穿过一条大白天也暗黑难辨的小巷，走进善甫先生那间不容三人同坐的蜗居呢？那时，善甫先生作为一位民间文化学者，正倾心撰述他的《大道之行》。对善甫先生，于涌无疑当执弟子礼，同时带去的，还有霖灿先生的隔海问候。当于涌说"现在我终于能跟您说上话了"，说起我们曾在翠云楼几次相聚，而我竟懵然不知时，我的羞愧无以言表。人生竟有这样的奇巧？从那一刻起，在我心里，于涌便不再陌生，而成了老友。

原本只为替李霖灿先生了却一桩心愿而来丽江。而从1998年至今的十多年里，从开办"绿雪斋·茶与艺术馆"，到白马龙潭的"民俗旧器私立博物馆"，又从博物馆到"绿雪斋"八号餐厅，再从餐厅到"丽江雅集"，于涌的丽江之旅，既与李霖灿先生一样满怀着乡情，却又多少有些不一样。所谓文明，恰由精神与物质两界构成。而从来的史志记载，都会打上记录者的选择印记，唯物质文化作为无言的史书,无法修正与篡改。李霖灿先生抢救的,是已濒临失传的非物质文化,耗费的是心血智慧;于涌着手的,是那些凝聚着先贤心血智慧的古旧器物,需要的是眼光,也须有财力。于涌钟情的,恰在于此。踟蹰在丽江雅集那个小院,有水,有石,有花,有草,更多的是些不起眼的物件:一块木雕,一块匾额,一个石狮,一个龟驮……都小;他粗犷的外表下,掩藏着一颗怜物的心。那让我想起台湾作家张晓风,经过罗马的时候,朋友执意带她去喝咖啡。咖啡放在小白瓷杯里,白瓷很厚。她捧在手里,忍不住讶道:"咦,这杯子本身就是热的哩!"侍者转身,微微一躬说:"女士,好咖啡总是放在热杯子里的!"他的表情既不兴奋,也不骄矜,只是淡淡地在说一句天经地义的事。是的,好咖啡总是该斟在热杯子里的,凉杯子会把咖啡带凉了,香气想来就会蚀掉一些,其实好茶好酒不也都如此吗?"原来连'物'也是如此自矜自重的,《庄子》中的好鸟择枝而栖,西洋故事里的宝剑深揳石中,等待大英雄来抽拔,都是一番万物的清贵,不肯轻易亵慢了自己。古代的禅师每从喝茶喂粥去感悟众生,不知道罗马街头那端咖啡的侍者也有什么要告诉我的,我多愿自己也是一份千研万磨后的香醇,并且慎重地斟在一只洁白温暖的厚瓷杯里,带动一个美丽的清晨。"于涌与梅英,经受的恰恰是那样"一份千研万磨"。

按说,丽江文脉深厚,史韵悠远,一个钟情于文化与艺术者,身处其中,应有如鱼得水之快。梅英年轻时做的是旅游,很理想,很朴实;而于涌醉心的是艺术,很执着,很有才;看上去恰可互补——都说没有文化的旅游,会因失去灵魂而苍白空洞,而没有旅游的文化,亦会因少了流动而失去活力。可那段日子,他们实实在在感到的,却唯有行于沙漠中才有的干渴。世俗的不解、阴郁的怀疑、隐约的白眼,如炙风狂沙铺天盖地,汪洋恣肆,几欲把他们掩埋;回头细数那一行歪扭、断续的足印,便兀自叫人唏嘘……

上世纪中期的"文革",对中国传统文化的横蛮腰斩、对道德的踩躏涂炭、对信仰的毁灭和辱没,堪称是颠覆性的。丽江虽未能幸免,毕竟地处偏远,即有亦稍轻。它真正受到的冲击,恰在之后。伴随三十多年的超速发展,让被束缚的筋骨得以舒展,却又使中国的都市文明在自我重构和外来影响中消化不良、变形和夹生。旧的价值体系不复存在,新的价值体系尚未健全,道德空气稀薄,人心难免迷失。如同瞬间膨胀的气球,其有价值的核心,其实远不如想象中那么大,而旅游一旦被粗俗的时尚裹挟绑架,也让原本那些有价值的留存或者移位,或者过度商业化,或被抛弃。于涌与梅英面对那个穿着得体甚至时髦的"空心人"，其出发点虽全属善意，却与流行反格格不入。他们的那种尴尬，最终就演成了惨烈的失算。

对于于涌与梅英，那是一段艰难到让人长叹甚至绝望的时光，仿佛迷失在玉龙雪山荒无人迹的原始森林，呼救都无人能听，更别说伸手相援。无论他们怎么奔走、告白，都白剌剌没有回应，四野悄寂到如在蛮荒；一不小心，就会踩着"地雷"，弄得遍体鳞伤：身体的，更是心灵的。王安石《千秋岁引·秋景》一诗，或可透露他们那时的心情："别馆寒砧，孤城画角，一派秋声入寥廓。东归燕从海上去，南来雁向沙头落。楚台风，庾楼月，宛如昨。无奈被些名利缚，无奈被他情担阁！可惜风流总闲却！当初漫留华表语，而今误我秦楼约。梦阑时，酒醒后，思量着。"

万幸所有那些伤痛，无论大小、深浅，都难伤及他们那颗执着于艺术的心。十多年时光，一直在丽江做事的习梅英，从开始受朋友之托关照于涌，最终成了他的伙伴。说来无人能信，即便是在丽江，两个为艺术而忘我的人，竟落到耗尽积蓄、举债为艰的地步。于涌最终也因买不起一张去加拿大的机票，永远失去了定居加拿大的机会……

——生命的话题恒永久远。倘以时间为量度，人或如树，都长于大地，盛开，绽放，然后凋落，枯索，最终如同可以打包的一地落叶，将自己寄还给大地。声色光影，交互错杂，潮起潮落，番番轮回。人生的两种境界他都有过，或痛而不言，或笑而不语；前者是智慧，后者是豁达，且留一抹微笑，任他人作评。

五

可那又怎么样呢？生命不止，艺术不息，跋涉虽无尽头，地平线却在远方召唤。恰如那天相对而坐，于涌指着那件创意奇异的雕塑作品所说，他将其命名为《跋涉在文化沙漠中的一只小狗》，且自嘲道："我的人生里，只有两极，没有中间地带。我是一只跋涉在文化历史沙漠里的小狗，走在漫无边际、苍茫无极的沙漠里，我渴望绿洲，如果走不到绿洲，我宁肯在沙漠里死去。"梅英闻之，莞尔一笑，会意而不言。我站起身来，先是一一拜读于涌即便在最艰苦的日子也未言弃的艺术创作：逶迤与妖娆同在的《紫藤》，朴实与变形兼俱的《木勺》，近乎天成，却匠心独运；浓缩地道丽江风情的《三眼井》，灵性丰润气韵生动的《天界蘑菇》，巧思淋漓，倒韵通自然。惊异的目光，难以读透他的几十件作品，凭窗眺望，丽江初秋的雨，正用心地敲打着那个幽僻的小院——恍然想到，其实那才是于涌与梅英一件最大最好的作品——丽江雅集虽藏于深巷，却开轩如展画卷，一窗便有一景：玉龙在北，捧绿雪一抔；古镇坐南，屏红尘万丈；东倚象山龙潭，摄天地之豪壮；西眺文笔塔影，携文化之昌明。像一枚典雅胸针，即便别在衣衫褴褛的母亲胸前，也让人顿思青春之华彩；或如一支古曲，声声合韵合辙，真实的旋律，却怎么都让人有点儿拿捏不住。一件优秀的艺术作品，情形大体如此：你惊异于它的奇特，却把握不住它的要旨；你思绪纷纭，心却晃动不已，难以确认。于涌的许多作品，都须细细品味，方能悟出深藏于中的人生况味。小院从土坯墙体，到屋架结构，从园景、曲桥到础礅、石狮，或是来自自然，或是老旧对象，尽皆他们从民间——寻访搜集而来，以至为打破曲尺形院房过于平面而立的、丽江特有的那根晒粮架立柱，都来自民间。却一经其匠心组合，便还原出了一个较丽江更丽江的古老院落——这样一想，那倒真是个"雅集"。当初为搜集这些东西，他们没少遭白眼与怀疑，以为他们或会将丽江古董运出境外，以谋高价。凡·高曾谓："如果有一个画家用眼看到了他们没有看到的色彩，他们就说这个画家疯了。"可真疯了的，究是谁人？

此刻我终于明白：任何艺术形态，无论艺术家怎样有意无意地将其思绪隐藏，透过受众和批评家对其作品的解读或诠释，必能挖掘原作者所以如此构思和表现的"原生态"——作者隐遁于作品背后的动机或原念。当丽江许多古雅院落都被改造成客栈、酒吧徒有其表时，眼见先祖的宝贝散落一地，他们心疼得要命，才悄悄搜集、积攒，终于蔚成大观。恰如培根所说："真理是时间的产物，而不是权威的产物。"

如今，看中于涌的作品包括那座小院者，不在少数，皆许以高价，而于涌绝不待价而沽，无论怎样劝说，他皆铁心以待，执意不出："一个倾心艺术者，总要留几件东西给自己，这才是立身之本。"那个小院，是他们的栖身之地，灵魂家园，可邀约三朋四友小聚，亦可受人之托接待访客，但无论来者何等神圣，皆不可喧哗吆喝，打麻将甩扑克。他痛恨那些乱往地上丢烟头吐痰扔瓜子壳的恶行俗举，一意让那小院成为一个真正的文化"雅集"。这片大地，曾经的清雅与精致，正可悲地沦入艳俗与粗鄙。而他们，却因多次婉拒财大气粗者来此聚会，失去不少挣钱良机。是的，真正的艺术与浪漫，与我们当下生活中的僵硬、窒息、恶俗与无耻，也与财富、地位、名利等等，相隔遥远，甚至无关；恰恰只在荒僻、宁静之处，靠着性情、靠着想象，自己生长。凭着那份赤子心意，浪漫情怀，于涌与梅英，演绎的其实是远远超越男女之情的大爱，是在与世风日渐的粗俗与粗鄙顽强地较劲、决斗，更是在进行一场旷日持久的生命突围：丽江，这个殉情之都、浪漫之都，需要的绝不只是日进斗金，而是要保住纳西族古老文化的精髓，让那些曾经支撑先祖自在度日的精神与器物永世长存。若说当年无数纳西族青年男女的决然殉情，更多的是为个体生命的抗争，于涌与梅英心心在念的，却是为文化母体的延续而奋斗。这种突围的艰难，虽非对生命的断然舍弃，却是对灵魂的惨烈磨炼。包括他们在内的众多有识之士所经受的，正是如此。对于他们，其心或许太大，其力也显单薄，但能做多少就做多少，早已是他们的信条，也正是他们的大气所在：静得优雅，动得从容，行得洒脱；如一朵花，花香淡雅而悠长；如一棵树，枝叶茂盛而常青。只安心做个本分的角色，用心干点手头的事情，不为名利争斗，不为钱财纠结，心可足也。

好在如今，于涌与梅英的十年苦熬，终于得到一些有识之士的认可，且赞许有加。一个包括东巴文化艺术及于涌和多位丽江本土艺术工作者在内的艺术作品展，已在筹备之中，即将赴英国展出。这回，来自台湾的于涌，倒真有幸成了一个"丽江人"。

于涌与梅英的故事，无非是当代丽江文化里的一个个案。我的诠释，不仅可能流于个人的主观与狭隘、肤浅与局限，也完全可能因我体悟的支离破碎、七零八落，而难于触及事情的本真。想到这里，我甚至有几丝惶惑，但我的真诚却毋庸置疑——

丽江，我愿为你祈福！

六

时光倏忽。直到临离开丽江，我仍没能一睹"丽江雅集"后院里的三株梅，殊为遗憾。但恰如梅英所说："有时，就算我没站到梅树下，只在远处想想，心都会醉……"她为情为意而醉，我为人生为艺术而醉。可"梅花香自苦寒来"那样古雅的诗句，我们或能一起吟诵吧？每每在远离丽江的昆明想起他们，从我心里甚至嘴里不经意冒出来的，正是那句诗。日前通过电话，梅英告诉我，三株梅都是梅，却有不一样的个性：胭脂梅，即俗称的红梅，普通，常见，养好它却不易；绿萼梅则珍稀得多，其花白天看为玉白，月光下则呈淡绿，雅致到让人心疼；美人梅花期较晚，复瓣，开起来一片闹热。三株梅都会结果，胭脂梅、绿萼梅的果子都是绿色，看上去略显青涩；美人梅的果子却为红色。梅子皆可泡酒。上好的梅子酒，经多年浸泡，梅子小小的身躯，竟能将酒中的火辣暴烈悉数吸附，将烈火惊雷般的白酒，酿成甘甜怡人的琼浆玉液，俗人饮之，亦大有益。

  由是想起一件旧事：多年前，著名学者陈墨来云南公干，事毕，说想去去丽江，一则为看望他多年未见的小舅母，一则为对拙作《殉情之都》所述探个究竟。我甚疑惑：生于安徽、成于北京的陈墨，何以有个住在丽江的舅母？陈墨道：上世纪五十年代初，他的小舅随军到了丽江，与其小舅母成婚，倘无事变，或会终老丽江。惜乎小舅因言祸罹难，被遣返回乡，小舅母亦随之同行。但心灵的创伤终难靠乡情疗治，小舅终于英年早逝。而小舅母亦在坚持数年后，重回丽江。记得那回临行之时，陈墨的小舅母拿出一坛梅子酒，执意让陈墨带走。却之不恭，他只好答应，路上却告诉我：足足十公斤一坛酒，别说他不善喝酒，就算会喝，又怎么带回北京？就那样留给了我。其时那酒已浸泡十年，琥珀色的酒液中，满满荡荡尽是梅子。一放又是多年。有天兴起，将罐打开，舀出一杯，稍稍抿上一口，其清醇甘冽便沁透心胸。就想，于涌与梅英的"绿雪斋·丽江雅集"酿的，或是另一大罐"梅子酒"，已经泡了十多年，一朝启封开饮，那香，那浓，那味，真不知会怎样地醉人了。

2012 年 8 月 30 日 于昆明

贝雷斯落叶

借用罗马尼亚人如今常常用以说明他们当前所处年代的那个字眼"过渡",喀尔巴阡山里的秋天,恰好也属于过渡的季节。时维九月,序在三秋。山色朝暮之变,喀尔巴阡山谷尽管已是"树树秋声,山山寒色",却总也离不了一派明丽斑斓:山顶有雪,白皑皑的一线,如上苍的神来之笔,在阳光下晶亮得像一句玄秘的祷语;山下有树,整个山谷浓翠欲滴,让人觉得森林至今也没打算跟季节作一丝一毫的妥协;半山腰似乎就复杂些,苍绿中偶尔会有那么一两棵树,像是饱蘸了柠檬黄或是赭石红的画笔,在林海之上傲然举起,正寻思着要往哪里涂抹;不过,那一点点黄或那一点点红,又能把山林怎么样呢?它似乎并没让人感到秋之将至,反倒把整个山谷映衬得更加葱茏了。真让人感到秋天的逼近的,恐怕还是贝雷斯四周的林荫小道,和小道上嫣红如血的簌簌落叶吧。

从喀尔巴阡山谷深处的旅游小城锡纳亚坐车,到半山上罗马尼亚最后一个皇帝费尔南德苦心经营的贝雷斯夏宫,最多只要十分钟。那是一座被人誉为堪与巴黎卢浮宫媲美的艺术之宫,趁着秋色来访的游人络绎不绝。我们住的埃卡洛玛特宾馆,当年乃贝雷斯夏宫的护卫古堡,如今正好成了旅游车辆的终点站,为保护环境,大小车辆到此不准再往前开,游人一律下车步行——好在路已很近了。从我住的埃卡洛玛特宾馆三楼一个房间的窗户看去,贝雷斯夏宫的金色尖顶几乎就在眼前,宫门前台阶上几尊铜绿斑斑的古炮似乎也伸手可触,但真要走去,路却是可近可远的:近路宽敞,只几分钟,绕道则半小时也未必就能到达。如果并不要赶时间,我是情愿绕行的,那样,就能看到贝雷斯的落叶了。

大路上是难得看到落叶的，只有走在沿贝雷斯河蜿蜒而去的林荫小道上，才能一睹它们的真容：这，就是它与别处的不同之处。森林里静静的，光影闪烁不定，走着走着，没准儿会有一片红影悄然从眼前拂过，或是飘落在肩头，没等你弄清那到底是落叶呢还是一块光斑，就已经与它亲昵过了；低头看去，嗬，那些大树的根部，层层叠叠的，不都是落叶么？原来它们都像隐士，懒得出山哩。直到起了风，霜黄嫣紫的橡树落叶，才会如同霜黄嫣紫的潮水，簌簌地涌到面前，转眼就没过了脚背，让人有了被海水淹没的凉爽和快意……那当然只有在午后，而且须连日天晴，阳光能穿透厚厚的树叶，把漫山高大的橡树林晒得热烘烘的，橄榄形的落叶变得干薄轻盈，几近透明，一如歇憩于林地花草间的蝴蝶，一经山风的招惹，便忍不住又跑又跳，满林子地乱跑起来——即便这样，它也不会跑到林地以外去——如此，我真疑心它们就是喀尔巴阡山里的精灵，是有血性，也通人性的。

　　清早或黄昏去看落叶，又别是一番情味。山里露重，小道上，露湿的落叶将林地染成一片浓重的湿红，像是刚泼上去的油彩还没干透，恍惚间便透出些温暖而又哀伤的情思。小心翼翼地捡起一片来，叶子似乎特别地厚，也特别地红，托在手心，沉甸甸的，早已不再透明，而是有些浑浊，像是困惑。再看满地的落叶，静静地躺在那里一动不动，一片与一片也挨得更紧了，像是聚在一起沉思。真不知这些大山的精灵动起脑子来，会思考些什么问题？至少，像我这样的凡人是猜不出来的。

　　临离开贝雷斯的前一天，山里下起了雨。人临窗前，听秋雨淅沥，敲打山林，如泣如诉。那是三楼，高大的橡树比我住的那幢楼房还高，眼前仍是一片浓绿，我却突然想起了那满山或焦脆或红湿的落叶。这时它们当然都被秋雨浇湿透了，不会像晴天的蝴蝶那样满林子地飞跑；甚至秋雨打在那样的落叶上，也只会发出喑哑的声响，不会发出迷人的簌簌声来了。但我想，在真正的冬天到来之前，喀尔巴阡山里一定会有更为爽朗的晴天。那时，贝雷斯满山的橡树，满地的落叶，都会再一次变得轻盈透明，如同美丽的蝶翅，在罗马尼亚的大地上飞舞……

　　秋天是过渡的季节。过渡，意味着旧的还没完全退去，新的也还没真正到来——贝雷斯红艳如血的落叶当可为此作证！

遥远的落红

人道北京的秋天好，北京的晚秋，是看香山红叶的好时候。那个秋天，在北京，我也看到了红叶，不是在香山，倒是在我临时住的那幢楼外，一面朝南的墙上。

那面墙上长满了长春藤。原先，我不知道，长春藤也会落红——潮润的南方，长春藤一年到头，都绿汪汪的。刚去时，满墙藤叶还汪汪地绿着。我是晚上九点，在朦胧的夜色中，从千里之外，去到那幢楼前的。跟着接我的朋友往前走，感觉中，整整一面南墙上，除了亮着灯的门厅和窗户，都满满地长着些什么，毛刺拉叉的，看不清楚。旅途劳累，只想早些安顿下来，也无心多问。但头一夜的睡眠，因了心里似有还无的怪异，终于不大安稳。次日下楼一看，呵，好一面长满了长春藤的墙，藤萝攀援，枝叶铺展，由下而上，纠集着拥挤着，几乎将那灰白的墙面遮去了大半。问人，道是长春藤，土名爬山虎。

爬山虎我当然见过，却从未见过如此明朗如此壮阔的架势。

第一次见爬山虎，还是读初中的时候。暑假，外出打工，跟着一个泥瓦匠师傅，在一个幽深的院子里盘片爬高下低，捡漏、补墙。院子里几幢小洋楼，盖的时间都早，现在想，大约都在二十世纪初，中国刚刚被迫开放门户的年代，而我的家乡，正是一个被列在不平等条约中的江边码头，到我进那个院子时，差不多已过去了六七十年。墙面斑驳，屋瓦失修，只有那一面面墙上的爬山虎，长得汪洋恣肆，不屈不挠，很有些气势。那时我想，什么时候，能在那样的洋房里住上一住，就好了。那时，我刚刚读过几本新式的小说，料定在那样的屋子里，弄不好，就会生出些故事来，委婉的，缠绵的，细腻而又伤感，叫人很难放下。

不料一晃几十年过去，那年秋天，我竟意外地住进了那样墙上长满爬山虎的屋子，尽管那只是一幢盖了没几年的公寓楼，四方四楞，远不及旧式小洋楼的幽深阔绰，也没那种古色古香的韵味，我仍感到了某种命运的促狭。分配给我和一位朋友的居室，恰好是朝南的，玻璃窗的外面，赫然可见的，是爬山虎粗及小指的枝条和肥阔的叶片。那已是四楼了，爬山虎能蹿到如此之高，叫我多少有些吃惊。甚至，有两三根叶条，就从窗户框缝里挤进身来，将弯曲缠绕的细嫩梢头，示威般地摇曳于我的卧床之上。晴天尚好，阳光虽稍稍受了些遮挡，庶几能穿透进来，洒下些斑驳的光影。一遇阴天下雨，屋里就有些黯淡了。好几次想探身窗外，除去那些枝叶，一则因为楼太高，不敢造次，二则料定，三个月后就要离去，何苦呢？于是与那满墙的爬山虎，倒也一直相安无事。

每天早晨七点，我和我同房间的朋友，照例要在大楼与餐厅间那块细长的空地上，打半个钟头的羽毛球。那是一段轻松快活的时光，渐凉的空气清新洁净，球拍的击球声短促清脆，在清晨的静谧中，显得十分悦耳。我和朋友快活得又喊又跳，总要打到出一身小汗，才肯罢手。有时，抬头去看飞行于半空的羽毛球时，会看到那一面长满了爬山虎的墙，见许多窗户，被遮得比我们那扇窗户还要严实，只是不知道窗里的住客，是不是也有过我那样的冲动，一心要除去挡住窗户的藤萝枝叶？于是格外地注意起那些窗户来，一天天的，到了也没什么动静。

不知是从哪一天起，一个清瘦明净的女孩，总在我们将要打完球的时候，准时地，从大楼里面走出来，斜斜地，倒也是暖暖地看我俩一眼，也不言语，闪身从飞来飞去的羽毛球下穿过去，径直走进对面的饭厅。等我和朋友收了球拍走进餐厅时，她已独自坐在某张大圆桌边，静悄悄地吃着她的早餐。说不上为什么，那个宽敞得足可容纳两百人就餐的饭厅，就只有那个女孩独自进餐的情景，总叫我觉得有些寥落，仿佛是在一个空旷无人，却险象环生的山野里，走着一个独行的女孩，无缘无故地，就有些为她担心——弄不清，她是孤独惯了呢，还是出于高傲，抑或还有别的什么原因？

日子长了，与她似乎有些熟悉了，尽管一直没说过话。有一天，当我和朋友也端着早餐，坐到她坐的那张圆桌旁时，她很礼貌地朝我们点了点头，笑了笑，尽管很拘谨。我说："你真早，好多人，到现在都还没起床呢！"她说：

"你们才早，你们不是早就在打羽毛球吗？我是听见你们打球的声音，才起床的——总是七点。"我们便突然醒悟了：也许一大早我们又喊又叫的，吵闹了别人？便忙致歉意。女孩却说不要紧，也该是起床的时候了。从此，跟她就算认识了。原来她住的那个房间的窗户，就在我们楼下，是被爬山虎遮挡得分外严密的一扇，密不透风的藤叶，很可能会把那间屋子的光线挡绝挡尽。我开玩笑说，没想到，那么浓密的爬山虎，依然挡不住窗外的吵闹声。她说，那能挡住吗？挡不住的。

往后的日子，我无端地就注意起那扇窗户来了。有时想起年少时去过的那些深宅小院，主人在长满了爬山虎的墙里面，意图找到的那种与世隔绝的宁静，其实也是不容易得到的。户外的声音，总要穿透瀑布般的藤叶，进入到里面。于是早晨打羽毛球时，每当我快活地喊叫，禁不住会朝那扇窗户看上一眼，仿佛担心那里有斜斜的目光投来。却没有。晚上跟同室的朋友散步回来，也会看看那扇窗户——被爬山虎遮挡的窗户，灯光淡淡的，在隐约的波漾中，透出的，是别一种情味的幽秘。

秋渐渐就深了，许多人开始结伴去香山看红叶。我和我的朋友，也辛辛苦苦坐了几十里路的车，慕名去到香山，见到的，只是一片攒动的人头。不堪那样的拥挤，扫兴而归，心里沉甸甸的，尽是没有看到红叶的遗憾。不料第二天早起，见我们窗外的爬山虎，竟不知在什么时候，也悄悄地红了。晨光中，窗外的枝叶，有几片，已是玲珑剔透的嫣红。慌忙跑到楼下，看那墙上的爬山虎，正一簇簇火苗似的燃烧着。而那个女孩的窗口，爬山虎红得格外浓艳，简直就有些灿烂了。这么说，看风景，赏红叶，其实未必非去香山那样的风景区，身边不就有么？吃早餐时，我顺便告诉了那女孩，她并不怎么惊喜，只淡淡地说，是么？爬山虎红了，就要落叶了，大楼墙根那里，已堆了厚厚的一层落叶哩，全是红的。

花草树木秋来落叶，本是极寻常的，经她那么一说，事情似乎变得格外严重，仿佛那是一个让人从未想到，也无法接受的变故，终于发生。于是那天的餐桌上，有了从未有过的沉闷。早餐吃得小心翼翼，像是怕无意中惊动了什么。

后来的日子，我已不大记得详细的情形，反正在餐桌边，我们再也没提到过红叶。有时从楼外走过，总忍不住要看看大楼的墙根。爬山虎的落叶，已沿墙根一线，堆成长长的一垄。遇到起风，焦红的枯叶，被吹得四零飘散，把大楼前的那条路，也铺得满满当当，脚踩上去，会发出轻微的嚓嚓声，仿佛骨节在隐隐断裂。偶尔有另一阵风吹来，将那四散的落叶，重新收集到墙根，再度垒成长长的一垄，如同农人精心修整的菜畦。大楼的墙上，爬山虎的叶子，差不多已凋落殆尽，黝黑盘曲的藤条，光秃秃地裸呈于灰白的墙面，像极了一幅大有深意的抽象派绘画，让人去揣度思忖。唯有那女孩的窗前，往昔我们生怕惊扰却累累惊扰的窗前，还有几簇焦红的藤叶，在灼灼地燃烧——它能一直留到深秋，也许是在夏天，比别的树叶更努力地生长过吧，有了夏日的浓密，才有了深秋那孤傲的美丽。它像在坚持什么，可坚持的又是什么呢？那天我从楼下经过，一阵大风刮来，那扇窗前的红叶，便有几片从枝条上脱落，被风刮得忽上忽下，飘来飘去，终于也要落下了；只是那姿态有些特别，不仅看不到落叶飘零的凄然与无奈，倒仿佛在作一种旋风之舞，呼啸之吟，迟迟地不肯坠落。有时，眼看就要落地，忽地又腾上半空，发出一种如同金属的声响，叫人感到诧异，诧异中又有着敬重。直到风小些了，那几片落叶，才悠然从容地落地。

　　许久没见到那个女孩，后来才听说，她提前走了，又说她走的时候，穿了一件绛红的风衣。到我准备离开那幢大楼时，北方已降下初雪，她那扇窗前的红叶，也已落尽，枝条后面的窗户，显得一片敞亮。看上去，在我们那扇窗，也是她那扇窗下，落叶堆得好像格外地多。墙根的爬山虎叶，覆在莹莹初雪之上，红深湿重，分外耀眼。料想那些红叶的飘落，不会是无谓的吧？一层层堆积起来的，或许既是夏的记忆，也是春的梦想。来年，当光秃秃的枝头上重绽新芽，人会想起那个秋天吗？

　　也许会有的——听说，临走时，那个女孩，就带走了几片爬山虎的红叶，是在墙根那里捡的。

高黎贡"油"画

很想像诗人那样，说"让我告诉你我所在的位置／我在二月和三月之间"，而我能说的，只是我在春天，在极边之地盛开的油菜花和红花油茶林里。火山立着，河水流着，也在火山与热海之间，在柱状节理的陡峭笔立和北海湿地的葱茏波漾之间，在翡翠玉石的坚实润泽和手工抄纸的绵软柔韧之间，在冉冉春光的蜂飞蝶舞与国殇墓园的庄严静穆之间；但我最想说的，是我在高黎贡山的皑皑白雪和山下金黄金黄的油菜花与火焰般红的茶花之间：透过大山豁口作为前景的一片油菜花，可见高黎贡山上晶亮的白雪。在碧蓝天空和镶着乌银边的云朵下，依次是高黎贡山雪白的山顶，苍绿连绵的山峰，再往下，便是金黄的高黎贡油菜花，红得火焰般的红花油茶林。

真遗憾我不是诗人。可即便诗人又能怎样呢？其时，高黎贡山正与我一道，一直往北，再往北。无论何时，不管何人，往北行走在那条路上，高黎贡山都像一架会行走的屏风，总是立在人的右边。春色一路，诗意盎然，却让语词黯然、诗人噤口。画家或会好些，他们懂色彩，而画，正是色彩的错杂组合光影的灿然搭配。那时我正在走进的，或许就是一幅画。我说"或许"，只因那时还没想到那是一幅"油"画。只知那是一些花，油菜花，红花油茶花。都是农人种下的作物，不起眼，从没进过花谱。初时零零星星，一小片一小片的，像飘落的风筝纸片，静躺于斯，而后便大片大片地扑来，眨眼间已前后左右都是花了。天色晴碧，白云荏苒，菜花金黄，春光明媚，明媚到即便一个幽灵身处其中，也会变得灿烂甚至芬芳。人是不是常常身处某物之中而不知其为何物？在色彩中不知色彩，在音乐中不知音乐，在空气中不知呼吸，在人群中不知自己是其中一员。行走在那片磅礴烂漫的花海中，我竟不知那是一幅画。一幅巨大的画。

多年前，我曾在高黎贡山乡野来往穿行，自觉已深得其妙。那些山间小道，腾冲世世代代的老百姓走过，三征麓川的王骥和他的十万大军走过，伟大的地理学家徐霞客走过，英国植物学家弗瑞斯特走过，埃德加·斯诺走过，抗日县长张问德走过，几十万抗日大军走过……但他们或都没见过我眼前那片油菜花。那既非刘禹锡"百亩庭中半是苔，桃花净尽菜花开"的淡雅，也不是温庭筠"沃田桑景晚，平野菜花春"的清新，或杨万里"儿童急走追黄蝶，飞入菜花无处寻"的谐趣、范成大"梅子金黄杏子肥，麦花雪白菜花稀"的伤怀。那是春二、三月高黎贡山下的油菜花，姿势狂放，铺天盖地。苍绿甚至黝黑的高黎贡山，用它的轻雪莽林，谦恭地陪衬着其实是守护着那片花海。

远远看见有人正在油菜地里劳作。花海无边，那只是一个小点，暗红色的，小到可以忽略不计，且不时让起伏翻卷的金黄色淹没，就像一株变异的油菜花。一株单独的油菜花是低调的，甚至卑微的。偶尔也见有那样的一株，在大块地边，寂寞地摇曳，柔弱，无助，甚而落寞，而一旦汇聚成一大片，那种盛大的纯净狂放的单调，便兀自让人自惭形秽。我不大喜欢空旷无人的风景。远远地，慌忙拍了几张照片，将那个小点收于其中，很小，小到无法分辨。但她无疑就是那个画面的主人、核心，想会会她聊聊天的念头便油然而生。待我慢慢走过去时，她正好从那幅画中走了出来，满身灿烂。一个画中人。一个不知自己身在画中的中年女人。人说每个女人，都是天降的奇迹，她却寻常到极致：暗红色的衣服，满脸的阳光掺和着自足的幸福，层层摞叠，仿佛一道油膜，让我能看见厚度。侃谈中她以一种轻缓的语调告诉我，她四十三岁，这一季，她家种了十多亩油菜，刨去成本，能挣七八千块钱，足够她供一个正上大学一个在上高中的儿子。我们就站在那幅画的画框边聊天，声音无关艺术，却轻微得像两个艺术学徒，面对一幅千古名画窃窃私语。但我知道，话音会沿着油菜花地一直飘到很远很远的远方。那三分钟，最多五分钟，或足够我回想一生：草本土禾作物能越冬者不多，是什么，让秋天撒下的油菜籽，冬天长出绿叶，一任霜侵雪覆，等到春暖花开，又最早挺起生命的枝叶，织就耀眼的灿烂？

我还想告诉你，当我还在回味跟那位画中人闲聊的滋味时，第二天竟踏着任落花铺就的山间小径，走进了那幅画。跣足的阳光站在花径上，将一道透亮的斜梯，穿过红花油茶林的枝叶，一直搭到天上。那是个古名就叫"和睦"的村子，在漫山遍野高及云天的红花油茶林里，一家院子门口，在一块小小木牌浅刻的凹槽里，用深红苞谷籽镶出了"青山绿庄"四个字。原来，是个藏在红花油茶林中的农家小店。一个正在屋外井边洗完衣服的女人见我们走来，问要找哪个。朋友回头道："想来你家吃饭呢！"她惊叹说："哎呀，怎么不先打个电话来？"一番忙乱中，她给我们现做荞米线，做罗锅饭，和好些闻所未闻的乡土菜肴。餐前随处走走看看，见那农家小院或明亮或幽暗的旮旯角落，堂屋的老式陈设，地上的斑驳树影，短墙上的枯荣瓜蔓，墙角的盎然花草，一旦摄进镜头，都是一幅人文小品，温暖，又不失清雅。陶渊明的田园诗，或就诞生在这样的乡野。恍然觉得那样的小店，说是为游人开的，其实倒是为主人自己开的。挣钱算什么呢？那些简洁寻常的摆设与装饰，全不为取悦顾客，泄露的只是主人自己的心性，那是属于他们每时每刻都能享受的、一个小小的自由天地。

当我后来站在高处鸟瞰那幅巨大的"画"时，突然想到了"油画"二字，顿有"亲见本尊"之感。那是一幅油画，一幅"油"的画。菜籽可榨油，红花油茶果所榨茶油，甚至好过橄榄油。害怕吃油的城里人看过那幅大画，就不再害怕。那样的油干净、清亮、透明，是营养，是滋润，是润滑。生命与大地间，人与人间，心与心间，劳作与收成间，都需要"油"，都不能像缺少润滑的钢铁齿轮那样干转，相互磨损。在日见强势的现代化与全球化重叠、欲望与现实强烈冲突的当今，那幅"油"画透露的油的浸润性，能让许多深藏于内的物质渐渐析出。云南人爱吃的油鸡枞，就那样做成，里面满满都是鸡枞的鲜香。那个"青山绿庄"小店，或正是红花茶油浸润出来的？那是时代的秘密：普通人的劳作，方是这个社会的润滑剂。油菜花是油菜的劳作，茶花是红花油茶的劳作。笑容是那些农家女心里开出的花。这样的花不为观赏，只是果实的先导。唯劳作是世界的本义，也像油一样滋润着我。当投机取巧的现代毒瘤正在滋生蔓延，自足的劳作乡野的芬芳，却能让人转眼回到生命的原乡，品尝生命和生活的滋味。身在那幅高黎贡"油"画中，沾得满身花粉，赢得半袖花香，何止惬意，更是一次醍醐灌顶的净沐。何况我还得到一幅足可珍藏的高黎贡"油"画呢？

恰如诗人所说，当"第一只燕子飞过很久／后面的鸟才陆续跟来"。我想向你说，我等着你来，一起进入那幅"油"画。那是一幅可触摸的画，能闻其香，感其色、其灿烂、其波动、其摇曳、其热烈、其清雅，甚至可走进走出，变成它的一个点，或一部分。那样的画，基质恰是那片土地，一片火山熔岩流过的土地，一片落满火山灰的土地；一片洒满了抗日将士的血，埋葬着他们的骨殖供奉着他们英灵的土地；一片种下了农人的梦想，滴落过农人的汗的土地。它寻常又名贵，柔软又坚韧，是历史，也是现实，是艺术，也是真实的日子。每个季节的风，在吹进人心之前，都先会在这幅画里小憩一会儿，打个滚儿，再往前行。阳光也一样。至今，或许永远，我都将深陷于那幅"油"画中，在那种干净却富有"油"性的劳作与自足之中。

春行于野

刚刚过去的这番冬去春来,如杨万里所谓"也思散策郊行去,其奈缘溪路未干",我几乎哪儿都没去,早晚只在院子里随意走走。回头一看,一冬一春看似无事,倒一直在为花忙,想着的,尽是些树啊花啊什么的。偶尔犯痴,竟以为是我走过去时花才开的,可分明见花摇晃着,似在说:"不,我是自己想明白了才开的。"她们悄然而开,我则偶尔路过,便酿成了一场艳遇。见即便只是些嫩苞细叶,也正极尽全部的斑斓,去演绎生命与季节的辽阔——比起那些总虚幻地活在自拍里的人,花们倒实在多了。

开得最早的,是楼下一株高大的冬樱花,年前还只零落开了几朵,一到新年,便盛放如一蓬温柔的火焰。想用手机完整地拍下来,离得远了怕拍不出气势,近些吧毕竟树太大,拍完一看,好些枝杈没拍进去,发到朋友圈里时戏言:"糟了,这棵冬樱花要撑破我的屏幕了!"引来一众友人围观。方方甚至说:"哇,已经撑破了!"

稍后才见到蜡梅。院里的梅本来就少,且多在旮旯拐角处,等我看到时已然凋零,亏欠它了。匆匆别了梅,去寻花期长的紫叶矮樱,那花倒真是莹白透红,一嘟噜一嘟噜的,爱死了人。山茶乃南国冬日最殷勤的主,秋末冬初一路相随,开到眼下还在开。到了这时节,紫叶矮樱已花谢叶繁,举着满树透亮的紫红嫩叶,花倒只剩几朵,想看新花,只好等着三月桃花开了。

如此一想,辞冬迎春之际,许多朋友东奔西跑到处去寻花,我虽没跑得很远,却还是看到了冬去春来的全过程,何也?凭持的,唯一点静心的等待而已。

等待其实并不轻松,间或更有焦急,甚至失落。行走已成习惯,看不到预想的花,焦急便突然来袭——心想还不如不去,或不见天都去,过几天,花不就开了吗?也是,每个轻松的早晨,人都有两个选择:或回去蒙头大睡,浑浑噩噩地慵懒一天,或不管阴晴雨雪,起身追逐一点小小的梦想。选择困难而又深刻,那是生命的选择。迷茫时,或该选那条更难行的路吧?走出去,终归比不走的好。树们花们,不都经历过风雪严寒么?它们都有过屏息的等待。前方的险阻谁也无法预料,没人能给你明确的许诺,细想,那终是自己依着灵魂的前行。据说,你每走一步每走一天,都只需要比一个人更好,那个人就是现在的你。

有一天,原本是想去回访昨天见过的,那群在樱花丛中寻寻觅觅的蜂,一大早赶去,哪知它不知为什么爽约了——料想是忙着赶往别处去寻阳光了。天阴着,花照样开着,但蜂没来,错的是我,不是它,我忘了天气。

"天何言哉"?其实大地、树木、花朵,都在等待。大自然对季候、时令的等待,从容而有耐心,不分季节也不分日夜——在冬夜一次偶然的等待中,我才明白了这个理。那时,我坐在没于黑夜的车中,等着女儿——年末加班,她的车被人撞坏,不方便回家。说好是晚上八点,却一直不见她来,只好继续等。夜色并不因人的焦急,变得丑陋或好看,依然故我。寂静是它的唯一嗜好。毕竟已是深冬,没有蝉鸣,遑论秋虫。诗情画意已逃得无影无踪。那会儿我待的地方,离城市北边当年西南联大的先生们居留过的司家营,已然很近。梁思成、林徽因、金岳霖,闻一多、朱自清、冯友兰,都在那里待过。朱自清就说:"我和闻一多先生全家,还有几位同事,都住在昆明龙泉镇司家营的清华文科研究所里,一住两年多。"那时他们都在等。直到 1944 年 5 月,才相继搬离,但清华文科研究所仍留在那里。到抗战胜利,朱自清复任清华中文系主任,文科研究所才迁走。早先,那里都有点偏僻。先生们当年要去联大上课,或骑马,或步行,须次第穿过我所在所居的那片田野。如今那一带早已高楼林立,让我和许多人,对先生们旧居的去存,一直有着揪心的焦虑……

我久已没有过那样长时间的等待了。我说的当然是现实的等待,生命中那种长达数十年的,另一种焦急的等待,于我也记忆深刻。那样的等待既叫人窒闷,又叫人满怀某种似无着落的热望,生命的耗费就那样无声地消磨着时光。其实那晚我等女儿,拢共也不过两个多钟头,不长也不短。好在是坐在车里。可以听到风在外面散步。四周是些工地,墙篱高筑,显得既森然又还尚觉是在人间。把车载音响打开,蔡琴的女中音反复地唱着,好像有"再爱我一次"之类温情又如同梦呓的傻话。那离我那时的心境似乎过于遥远。再想,或许又不尽然——你就没有期盼过什么么?这样想时,不禁自己都差点笑出声来。人是复杂的。更复杂的是人的那些不可理喻的动机!比如,早就听说联大先生们的旧居,因年久失修,少有保护,面临坍塌。媒体呼吁了多年,也不了了之。直到最近,才听闻那里终于要复建、还原那个古镇了。至于何时建成,建成什么样子,当然还要等。

人是复杂的,就像花是复杂的一样。当古希腊哲人提出"人是万物的尺度"时,他们想的是理想的人;连拿破仑称赞歌德说"这是一个人",也是在重申古代关于人的定义,即堪作事物尺度的、完整的人;《论语》中"子路问成人"的意思,"成人"就是成为人。那么,成为一朵花,不也一样吗?

等待并非无能,只是对天道的顺应——有的事属人力可为,却非尽皆人力可为。那晚直到终于接到女儿,已是晚上十点半了。风已回家。月亮压根儿就没出来过。女儿说让我久等了,我倒想谢谢她让我重温了一下等待的滋味,还在那样偶然的冬夜里,重新品尝了一下孤独和寂静,以及某个遥远又遥远的夜晚。以及另一个北。而关于人到底是什么的答案,或许还须在此番等待后继续等待。

今晨再去院子里走,最先看到的照例是一朵山茶,在清晨的阳光下艳红着。也许那已是最后一朵山茶了,居然从冬一直开到了春,宛若故人。花繁柳密处,拨得开才是手段,风狂雨急时,立得定方见脚跟。我已全力以赴,尽管一事无成——那样普通的生命,却总是最叫人牵挂。久久凝视那朵山茶,转瞬间仿佛就把这世界看了个透。三月的天,幽蓝着,而幽蓝的空旷,终归还是空旷。当花枝悄然地探出头来,你才被明媚地看见。此刻,南国已春光浓似酒,足可证花可醉人;若今宵夜色澄如水,堪任月来洗俗。料想等桃花开时,思绪或会再飞出些蜂蜂蝶蝶来吧?

2019 年 3 月 12 日　于湖光里

晨昏之间

有点年纪，不用起早贪黑地上班了，清晨照样醒得早。"人老去西风白发，蝶愁来明日黄花。回首天涯，一抹斜阳，数点寒鸦。"读元人张可久《折桂令·九日》，每到末尾这句，便陡生感慨。也未必尽可归咎于年岁，早年无论于公于私，晚睡早起地赶工，家常得很——也不知哪来那么多的事，仿若世界都在肩头，怎么做都做不完。直到去秋，某个清晨与一枚枕头一起醒来，见眼前突兀的一朵菊，一直深秋不写花黄，那时却一苞鼓胀、纷繁的紧致，就要撑破王维的南山了，倒依然隐忍着欲放非放。抟气致柔，能婴儿乎？半晌方有所悟：一株菊，一年就开一次花，着什么急呢？那样的清醒从容，顿时就让我有些羞愧——它醒得更早也更勤勉，似乎在说，别以为你什么都能，一生能做好一两件事就好，最好的时光，自当留给该做也必做的那件事——绽放，余下的，就莫去费那个神了。

记着那话，转眼春去夏来。季节变换着，不变的唯晨昏间的些许清雅。忆起普鲁斯特说"生命只是一连串孤立的片刻"，一时间，朝暮晨昏见过的种种，便倏然涌上心头——

比如某天早晨散步，见有一只正在花间忙碌的蜂，振翅声虽细弱如无，倒专注得叫我倾倒，就在心里说，愿你永记我注视你的目光——瞬间从来都是永恒。又如，某个晨光和花儿一起映红天空的日子，许久后想起，似乎连自己至今也仍在那些枝头，随风摇曳着。更早些，有一次在腾冲清水乡，清早出去，原说是去看茶山，路过一个村子，见晨光拨开浓密绿树斜斜地照过来，似乎缕缕都伸手可触；人家的灶屋炊烟冉冉，几畦菜园子清霜如雪，皆腾腾冒着热气，日常的人间烟火，一下就把我击倒在自己心里。又有一回，是在元阳梯田，摸黑起床去迎候日出，当几抹带彩的云从头顶飘过，放满水如同大地心镜的层叠梯田里，倏地便凝满了云影霞彩，作为那个时刻的见证，心绪一下就斑斓了起来……

"生命中真正重要的不是你遭遇了什么，而是你记住了哪些事，又是如何铭记的。"（加西亚·马尔克斯）清晨与黄昏，乃一天中至情至性的时段——白天的明亮通透，夜来的幽暗壅塞，大体恒定不变，招致事物层次尽失，唯朝暮时分光影明暗浓淡的匀匀变化，才叫人可见大千世界立体而又悠然的显露或隐匿，真切地觉出时光如何一点一滴地匆匆流逝。时光本无区别，区别只在光影。那时，你才能探得日常难见的深邃、宽阔与某些无人触及的隐秘。于是，李白谓"画堂晨起，来报雪花坠"，杜甫吟"小雨晨光内，初来叶上闻"，苏轼谓"暗香浮动月黄昏。堂前一树春"，闺中的李清照更是心细如缕，道是"梧桐更兼细雨，到黄昏，点点滴滴"。这个自有地球有人类就在着的道理，我却直到老来才明白，真是愚钝得可叹。

一夜休憩后，清晨总是清醒的，思绪有纷纭的活跃，就像早年忙碌一天后，午夜常陷于疲惫与混沌一样。如今踱步于早晨清癯的时光，思绪倒丰腴得似总难找到位置安放，偶尔加快步子，无非让它跟腿脚一样，变得稍稍坚韧、结实一点。南国的清晨总是披纱而起，那些云纱雾幔，间常都带着一抹糖色；经夜的沉思后即便有梦，凸显的也是轻盈，要不，整整一夜的苦思苦熬，又哪里值得？这时走在树影草丛之间，眼见着清晨如同锦缎一般的光影，其色可餐，其质可抚，其味可沁，其情亦可以心与共呢。

细斟，原来对于人，每个日子的开始，是晨，它的将要结束，是昏。晨昏之间，便是我们的人生了。不知晨昏，何以了然人生呢？这么一想，几乎把自己也吓了一跳！原来几朝几暮间，一生便倏忽而去，如此，晚上的沉思与清晨的清醒，或就不只是个人的一点小事了。

春来夏去，万物的心醉神迷，百花的争奇斗艳，皆隐于无声，潜于肃然，连流水都摒弃了无谓的奔腾，宛然若梦。与人间动辄鞭炮齐鸣的节庆剑拔弩张的较劲不同，与浮华的浅薄空洞的喧嚣有别，自然世界常有的，多是无声的狂欢。太多为闹腾而闹腾的闹腾，太多为表演而表演的表演，实在不是智慧生命该有的举止。平常人犯下自己不能理解也无法承担的错，固然叫人悲哀又同情，也就罢了。偶见被著名的著名者的浩然冲天，也不知是否真有点儿底气？学着像那朵菊一样安安静静地做好一件事，或许更好？说来无论你我，都非万能，无力包打天下。如若你一幅将万水千山都涂满虹彩的巨幅画作背后，掩藏的竟是岁月的褴褛与黎民的悲愁，就算得了大奖，又怎能心安？希腊神话中尽日迷恋自己水中影子的纳西瑟斯，最后可是坠水而亡的。

相对于清晨，我似更喜欢黄昏薄暮。索福克勒斯曾说："只有在黄昏时分，才能欣赏到白昼的壮丽。"想着当寂静降服了整个夜晚，回望烟火缭绕的世界，影子总在我之先就已睡着，而翌日清晨，我则总会先于它醒来。偶尔翻看几幅旧时照片，往日的霞光，便又在眼前晃动不已了。透过夜色看到的日常，褪去了虚浮炫光，方更真实。活得旧些，或是对太过新炫的今朝善意的反拨吧？清晨日间的太多思绪，有时连我自己都不知起于何时，盘桓何处，这时便都沉淀得清澈明晰了。孤独于此，听鸟鸣微雨，见花开残春，方知世事间那些隐隐的牵连，尽是些生命的秘密——某日在西双版纳，当那片最为隐秘幽暗的林地，也透出一抹如血夕阳时，一种无以言说的美才显现出来——上苍的智慧，何止叫人惊叹！

也不只在远处。傍晚偶尔路过院子北门，路灯下那片方寸空地，间常就有卖水果卖鲜花的小贩。芒果、香蕉、柑橘和菠萝蜜，都摆在小货车后厢里，鲜亮诱人；成束的玫瑰、月季、百合……则插在自行车后架上马驮似的竹篓中，各自芬芳。一遇有人驱赶，转眼便作鸟兽散，待那些人走了，瞬时又是一派琳琅。偶一回眸中的果味飘香，花色迷人，灯火可亲，总叫人蓦然感动于人间的辛苦与不易，有时忍不住，也不问贵贱，要上两斤水果一束花，慢慢踱回家去。

——如果幼年对应早晨，老来便是黄昏了。人的一生，家事国事天下事，白天为生存奔波，夜来便交予睡眠，真属于自己内心，值得日后反复咀嚼的，也就那么几个有意味的晨昏。古人是极谙个中滋味的：渭城朝雨，长河落日，庭树晓禽，老树昏鸦，清晨古寺，日暮乡关……无数千曲百回的经典瞬间，尽皆晨昏须臾间的点滴人事。该做当做的事，自然要做，可闻鸡起舞，可秉烛夜读，但人非万能，世界亦绝非一根柱子就能撑起，不妨把清晨黄昏，留给一己之心吧。甚至不如就做一片树叶，湮没于茫茫林海，无关名姓，只面对朝暮日月与风雨，自然地生长和消失……

夏天到了。凭谁道已是红了樱桃，绿了芭蕉？虽春行辽远，赏花亦仅一人，倒不寂寥。古来匆匆，时光倏忽，世事料峭。尝记苏子《行香子·述怀》有云，

"清夜无尘"酒"满十分",面对"浮名浮利,虚苦劳神",亦堪"叹隙中驹,石中火,梦中身"。而我等又算得了什么呢?"虽抱文章,开口谁亲"?不妨也学东坡先生,"且陶陶,乐尽天真"。虽亦难如他那样,问"几时归去,做个闲人",至少也可于晨昏间,"对一张琴,一壶酒,一溪云"吧?

　　何况,记得前秋那晚,也是须臾之间,那朵菊鼓胀、纷繁的紧致竟终于完全打开,于无声中绽放得有些惊天动地了。隐隐约约,我似能听见它绽放的声音,安静得如此嘹亮,连最卑微的生命,似乎也能听到它一声声秘密的呼唤:盛开再盛开,绽放再绽放……

2019 年 4 月 26 日　于湖光里

撒满杜鹃花瓣的小道

　　那一幕来得怎么都有点儿突兀：拐过一道弯，尽管大树如屏林荫幽深，倒一眼就见半干半湿的小道上，成堆成团撒落的，尽皆红艳艳的花瓣金币般的光斑。那种简洁的奢华粗犷的精雅，顿时叫我看得目瞪口呆，让再狂放无羁的浪人也不忍去踩——无意踩下一脚已后悔不迭，再踩或许就是罪过。反正我跨出去的脚就那样停在了半空，硬是把原本轻松惬意的林间漫步，演成了一场为避让花团的惊惊乍乍的蹦跳。小道不宽也不窄，刚能容一人一马——真不知是谁在小道上撒满了杜鹃花瓣？花飞花落，一阵阵，是夏日倾盆大雨般淋漓倾泻，还是春时细雨般润物无声？"花径不曾缘客扫，蓬门今始为君开。"原以为"花径"无非诗人的想象，真要有，又扫它作甚？同是古人，不是也有"落叶满地红不扫"一说么？是我就不扫，就像眼前这条小道，多好！

　　是初春滇西，车在高黎贡山的赧亢小停，主人说可顺便进深山老林走走。"蓬门"似无若有。沿路旁山坡攀上去，原只想随心看看，哪知进去了就不想出来。以前也在赧亢停留过，倒从没走过那条小道——那是自然保护区的核心区，修新公路时一番开山辟岭之后，古道才敞露出来。南方陆上丝绸之路一线，小道密如蛛网，多不为人知。可元明戍边的十万王朝大军在那里奔行过、呐喊过；狼狈逃亡的明永历帝在那里喘息过、哀叹过；"二战"时抗日将士在那里鏖战过、欢唱过；"文革"中插队知青在那里踟蹰过、彷徨过……轮到跟我一样的现代人悠然踏上那条小道，最后一队马帮恍惚已走过千年，想起小道险些就湮没在山涛林浪和人类越积越厚的记忆尘埃之中，倒不免有点劫后余生之感了。

——最早踏出那条路的当是马帮。马帮在群山中穿行,脚下不是陡峭山崖便是嶙峋怪石,怎么走都高一脚低一脚地踉踉跄跄,未必也会走进这样美艳柔软的小路?马铃含烟,马蹄凝血,一路的远行先是出于生存的无奈,可大山合围密林深锁,想走出那片大山谈何容易?有人哀叹,有人退缩,片刻犹豫之后,赶马人终于咬咬牙踏上了新的旅途——生存怎么都是创造的发动机,惊喜却在无奈的坚持中到来。当第一片杜鹃花瓣在头顶飘落,赶马人惊喜地拾起,端详,而后随手一扬,任风将花吹去,撒得一路都是。风景总在路上:不止山水,那样的人生也让人惊艳。血花与汗珠、叹息与歌唱一路洒去,年深月久,也都成了生命之花。他们或不知"爱"这个字眼,倒定然了悟"爱"的真谛——是这样吗?

而我那时想起的倒是个现代爱情故事:高黎贡山自然保护区的两个年轻人,分属相邻又相隔的两个管理所,几年前偶然相遇便一见钟情——就在那条小道上。巡山的路千条万条,从此他们最爱走的就是那一条。日后他们常常主动要求去"巡"那条山路,机会到底不多,爱的冲动却如山花烂漫。终于有人发现了那个美丽的秘密,日后凡要巡查那条林线,分别派出的人必是他俩。偶尔,他们甚至会在难得的轮休日,沿着那条巡山小道走十多公里山路,热汗淋漓地去看望对方。记得听着那个故事,凝望满山郁郁苍苍的森林,我只能想象在那条看不见的爱情小道上,他们究竟怎样品尝那种艰辛的甜蜜。他们共同爱着那片森林,也爱着对方。小道,就那样联结着两片山地和两颗年轻的心——他们走的,或就是眼前这条撒满杜鹃花瓣的小道?不管他是不是用花枝为她编过花环,她是不是用花瓣覆满过他全身,为爱而行者,留给小道的怎么也都是爱吧?

跚蹰在那条撒满杜鹃花瓣也撒满爱的小道上,惊喜中面临的倒怎么都是现代人的尴尬:小道的新近"发现"甚至开放,到底是幸还是不幸?成百上千年了,无数人走过那条小道,至今花树没遭侵扰,花瓣纷纷扬扬,一旦游人如织车水马龙,路边还会有杜鹃花树,路上还会有杜鹃花瓣吗?再好的地方如今一修路,就花也没了树也没了,只剩一条光秃秃的路。迷恋"速度"的现代人习惯了光秃坚硬的路,正任"速度"驱赶着一路狂奔,我们边埋怨路边没有风景,边毁坏着路边的风景,何况那看不见的爱?对于道路,我们没有爱,既不能像赶马人那样一路绽放生命之花,也无法像那两个年轻人那样,像珍惜爱那样珍惜那些花瓣。就连人行道上秋天的金黄落叶,也被以干净整洁的名义统统扫除。什么时候，我们的城市道路也能成为那样的"花径"，一路撒满花瓣？于是蹦蹦跳跳的每一步，都成了小心翼翼的思忖和反反复复的考量——真想永远都走不完那条撒满杜鹃花瓣的古道！可除了脚印，我注定不能为那条小路留下什么，唯愿能将一点感慨思索，权充山野花径的几片花瓣，奉献给那些至今还在那条小道上踟蹰的英魂，那对看守、怀念着那片森林的年轻人，也奉献给跟我一样的、"富有"而又贫穷的现代人……

把吟唱和牵挂留给高山栲

她真是太高了,至少三四十米!我无法拍下她的全貌——从根部直到顶端。我弯下腰,教徒般虔诚地俯下身去,再俯下身去,直至能闻到大地的气息。尘土在正午的阳光下飞扬,有种呛人的微甜。我几乎已趴在地上,但她实在太高了,连白云都飘在她脚下,我怎么都没法把她全拍下来。

那是直苴彝寨千年赛装场旁最漂亮的一棵老树,少说也有几百上千岁了。那里原有一圈十多棵伟大的老树,堪比智慧长者,见证过直苴的数百年沧桑。或如彝族汉子般挺拔,或如彝族女人般妖娆。唯独这棵,如舞者般婀娜多姿。每年的赛装场上,每个身着彝绣盛装的舞蹈者,都会从她身上,读出自己作为一个彝人的灵魂。

我也一样。始自几年前,已见过她四五回了,却从没在意——不就是一棵老树么?这回不同。旁边的几棵老树,已都老得不像样子。上一次看到时还都郁郁葱葱,这次却只这一棵举着她的绿叶,让二月开放在她枝头。另外几棵,至少眼下还光秃着枯索着。我心里咯噔了一下,心想我们该小心了。那天是元宵节,又恰逢雨水节气,但那几棵老树还没返绿。我有些犯疑。老毕摩抖勾若会怎么说呢?那时他正在赛装场上忙碌着,准备为直苴第一千三百五十三个赛装节做开场法事,我无法穿过层层人群挤进去跟他聊天。他就在那里,我却不好去打扰他。

几年前,我曾在直苴村他的老屋里,透过一团蚕茧般的灶烟光影,聆听他的吟唱,品尝他烤的荞粑粑,跟他喝酒聊天。两年前再去直苴,事先约好的抖勾若毕摩,即兴唱了一首长歌,彝语,开头我没听懂。秋日,天青风暖阳光熏黄。在赛装场旁的山坡上,抖勾若很彝族很毕摩的脸上,依然有刀凿斧劈般的凝重,却既无面对陌生人的紧张,也没听闻是特意去拜访他的惊喜,他自在自若,如一棵老树,一塘秋水,一片行云。农夫的打扮。通灵的眼神。人世的一切他都经过了,正在或即将发生的一切,都在他心里。他和助手静静地砍削着祭桩,搓制着绳索,然后从一个口袋里拎出一只公鸡来,开始血祭……我静静看着,眼里只有他悠缓的动作,耳边是他用彝话念诵的经文……蓝天在上。抖勾若就那样唱起了梅葛调。那嗓音沙哑低伏,大山们却娴静如同婴儿。人,那时或就该低下自己的头来……我看得出来,他脸上的阳光已非昔日阳光,仿佛重现的一切,亦非真正意义上的重复。我似有所悟,又无以确认。

直到法事做完,问他今天是在祭拜什么时,他指着不远处一株只剩下光秃秃树干的大树说,雷公电母劈坏了那棵老树,法事是为老树做的。那时那些活了几百上千年的老树正浓荫覆地,荫庇着赛装场的那片山地,而那株枯树却已绝命尘寰。抖勾若在为前者祈福,为后者安魂……我乞愿他能成功,尽管今日之天地,已非昨日之天地。他眼里的世界与我们一样又不一样。我们看到的是风景、表皮,他看到的是大地、神灵。或许他至今都说不清"阅读"为何物,却每时每刻都在阅读那片山地!一次次祭拜与吟唱,看似重复,却是与大地山川日渐知心的侃谈:贫穷是真实的,欢乐与忧伤同样真实。

那时我见他眼里已盈满泪水,梅葛调里的忧伤亦飘忽如缕,叫人揪心。问了问方知在他心里,那些老树跟祖先一样,是该敬重的先贤,是他心里的经典,这才真读懂了他的忧伤。整个直苴村的彝绣与赛装活动,都与那群树那片大地相关。他深知她的神圣,深知千百年的直苴赛装离不开那些大树护卫的山地。他跟那些大树一样,内心柔软如弦,稍有风雨就会发出声响。

"某西班牙画家说,他望着雅典的帕德农神庙,感到世界上一切文明文化都是从这八根石柱中出来的。"(木心语)彝山没有神庙,那些大树或说神树就是直苴神庙的伟大"石柱"。她们的记忆,既刻在老树的年轮里,也早已融进抖勾若和乡亲们的骨血。爱护她敬重她,皆是本分。在他心里,那不只是一棵树,一道风景,更不是道具,而是生命,一部活生生的历史,植根在直苴,在彝乡的山山水水。老树们看着直苴赛装场上的舞蹈,如看儿女们的狂欢,有时亦不免聊发少年狂,一起舞蹈起来。儿女们把山水四季穿在身上,于是山水季节也开始舞蹈。她们注视着赛装场内外所有的绣娘绣女,每个舞蹈者都得到过她的恩惠，披覆过她的浓荫，吸取过她的滋养，而后才从她身下走了出来，成为当今惊艳现代服饰 T 台的奇葩。她们是所有绣娘的大地母亲和导师。你可以用各种方式，繁衍她的子孙，但不能无视她，轻贱她，让她枯竭，或变成另一种无法识别的怪物。

那棵老树，俗名红叶栲，官名高山栲——怎么叫都好听！可看着那些还没发芽的老树，谁知寿限几何？她原就是那片山地茂密森林的遗存，如今已身处险境。而没有大地、大树、山风在场的赛装，让人无法想象。

临走时，在远处，偶尔回头一瞥，庆幸我终于看到了那个古树舞蹈者的全貌和真相：她寻常，也灿烂，和光同尘，泯然众人。不要太过贪婪了——我说的是我自己。从明天起，少关注些人造的"网红"，少搭理些酷炫的"晚会"，就像抖勾若那样，多心疼心疼那片山野，把吟唱和牵挂都留给那棵高山栲！

依偎着，依偎着

依偎着哀牢，一夜眠觉所见的晨光，是查姆湖上几只水鸟凫于一碧清澈的悠游。秋日的天光水色，叫水鸟徐徐蹚开，身后拽着一道消没于远方的扇形波纹，细密，且闪亮。偶尔，它们会倏然飞起，带着些淋漓的水滴，发现了什么似的，轻掠湖面，而后再次降落，依偎或独行，游弋秋水长天——不知怎的，有一些遐想，好像那时就已悄然启程。

哀牢，这字眼藏诸史籍，少说也有几千年包浆，既是坐北朝南绵延千里的大山，也是个散作云烟的古国，还是一串有别中原的神话，"虎笙文化"至今潜行乡野。而双柏一名，倒像以两株翠柏搭起的哀牢山大门。古国神话虽已杳远，山却仍在身边。那些天，我每日依傍哀牢而行，夜来依偎哀牢而眠——对于明天的一抹微亮心思，就在天地行将沉落暗夜时，升腾于一片幽寂与朦胧中。

依偎，或作偎依，二者同义，皆为紧挨着，或亲密地倚靠着。想起这两个字，原意只是"紧靠着"哀牢山驻足或行走。久违于这显见亲昵的字眼，细读竟有些耳热心跳。如今的俗常人事，真称得上依偎的依偎，大抵已属奢望。而"天生烝民，有物有则。"（《诗经》）"里仁为美。择不处仁，焉得知？"（《论语》）念及以一行人之微末，行于哀牢山之磅礴，及曾经铃声叮当的千年马帮，来自江南融于边地之先民的筚路蓝缕，心思便顿时浩大起来：曾经的依偎早成往事，如今的人们，与那座大山又是怎样相处的呢？

头一站落脚处，是爱尼山乡大岔口一个素朴院子，"爱尼山药膳庄园"。真好，依宋代学者蔡元定"为人不可不懂地理和医药"一说，欲读懂哀牢，从药入手或正是捷径？爱尼山乡的李冬梅女士，把庄主杨国飞请来喝茶聊天。他四十出头，魁梧壮实，眉目间倒一眼就能读出机灵。原先他有车有房，跑跑运输，亦略有积蓄。几年前他偶尔得知了点中药材的消息，连药名皆可入诗的重楼、续断、黄精、佛手、砂仁之类，就出自生养他的大山，返乡的心思骤然萌动，便漫山遍野地去寻。父亲和妻子闻听此事，责怪他是要败家。新哨箐村老家的伙伴见了也笑说，你是不是疯了？他倔，直奔深箐老林，终算挖回五千株野生重楼小苗，着手人工栽种。又花了二万多元购得十公斤重楼种子，出苗十万株六天售罄，获利竟达六倍。

传统世情中亦可觅出梦想。土地、种植，乃生命之本。中国文明原是农耕喂养大的。然世事轮回，贫弱中国为百年追逐的现代化之梦，择路心切，回头一望，还真亏待了土地。所谓"礼崩乐坏"，药即乐也。繁体的药字，乃乐字上面加个草头。岂料中医中药亦曾面临被废黜的荒谬。近几十年外出打工大潮汹涌，土地撂荒，耕种成了落伍的代名词。杨国飞幽隐的一己寻求，演绎的恰是历史借助个体生命开启的一场返回乡土的大剧。他或不知道，回归乡野早成世界潮流。由超模莎宾娜 Sabrina 担当主角，引发票房旋风的意大利电影《你去过月球吗》，表达的正是回归乡野的纯真感动，唤起的是对乡野山清水秀的向往之情。当乡村人去屋空，土地终以母爱般的慈祥，引发了杨国飞们反拨式的冲动，诗意便已隐藏其中：土地不只生长林木庄稼，更是诗、文的原乡。《诗经》《离骚》，唐诗宋词，传统文化之根皆深扎于土地。重返土地即重返诗文，重返中国。要不，我们的后人或将永世不知屈原王维李白杜甫李时珍孙思邈竟是何人。

亲近乡土的执拗其实亦藏于民间，隐于血缘，那或可上溯至远古，耕读传家遂成传统。几天后我方获知，多年前爱尼山岔庆村二十岁的张国华，已揣着父亲喜欢重楼的种植梦，"脱却儒冠着羽衣，青山绿水浩然归"。一生偎于山间的父亲去世后，他试着扩种，却因不谙重楼喜栖林荫，未能成功。经验要靠积累，如同重楼，花果艳丽，但药用的根茎深埋地下每年仅长薄薄一层，方因累积而上状似层楼得名。如今每年他仅出售种苗，也有大项收入。但防晒网下那几丘半人高的野生重楼，品质优良，有人出价近百万他也不卖，说一则是父亲留下，舍不得，二来岔庆乡亲也急需好种苗，便从此得了个"张百万"的名号。

逐富之梦，人皆有之。当贫困一语叫人闻之心惊摆脱艰难时，杨国飞张国华们深藏山间的身影，倒如一缕光，重启了我对"依偎"的思考。

所谓依偎，即人与人与天地的共生共处。"夫大人者，与天地合其德，与日月合其明，与四时合其序，与鬼神合其吉凶。先天而天弗违，后天而奉天时。天且弗违，而况于人乎？况于鬼神乎？"双柏经济先前多靠砍树，砍去的乃生养我者哀牢的手足毛发。违逆天意时序的"与天斗"或遭天谴，遑论成功？"先天"乃自然创造，所谓天道有常不可违；"后天"虽掺有天、地、人意，唯体察、尊重，奉于天时地利自行调校，方可恒久"依偎"。天无需斗，况乎于人、鬼？

但身在乡间，也未必真亲近了土地。真正的重返与回归，从来都是跌跌撞撞地寻觅，不只身体，更在心意。那天在爱尼山，跟三十一岁的苏贤宝也聊过几句。他话少，倒坦言一百八十亩佛手今年陆续挂果，只是销路难测。几天后，我穿过大片森林几座大山去到刘家村他的佛手林，方知他虽从没外出打过工，却因忙于种来钱快的烤烟，曾撂荒过十多亩土地。三年前经一位乡干部指点，又请人实地考证，才起心种佛手。那是一种食药两用，状若拈花佛手，也堪作供品的美丽果子。三百七十亩自有山林，先开一百八十亩。他个子小，每一锄都用尽"洪荒之力"。然头一次试种因管理失当竟告失败，亏了七万。但他心已笃定，知道地没错，错的是自己——你真用心了吗？面对那片佛手林，料想当初，他也曾像我那天站在同一位置眺望如黛群山时，觉着叫山色洗亮的目光，一低眉便看到了近处，再低头更看透了自己。恰如伊朗诗人阿巴斯所说：

  我丢失了
  曾经找到的东西
  我找到了
  曾经丢失的东西

人生总是如此，觉悟之后先陷入困境，爬起来才找回自己。他坚持施用羊粪，自家百十头羊的不够就买。前两天，他已卖出的两吨鲜果经检测无任何残留物，远销台湾，收购者过两天还要再来。小山村就此向远方伸出了美丽的"佛手"，将依偎之情，播撒得远达天涯。

哀牢山严峻，却不乏温情。山若巨人，湿地为其肾，森林乃其发，巉岩为肌肤，溪箐是经脉，乃至有手足眼耳鼻舌身意。不同处的依偎亦自不同。那天午餐后，在与爱尼山一箐之隔的独田，听说全乡已告整体脱贫。问有何妙招，回说独田少田，倒地广人稀，森林覆盖率达百分之九十三以上，人均数百亩山林，有的高达上千亩；就偎着这座大山，搞林产、畜牧、林果和林药种植。有些人家，每年仅靠捡野生菌，就可收入几万元！去年，全乡五点二万亩核桃二万亩挂果，产量七百多万吨，户均仅核桃收入五万余元。小干田村的李才珍种了百多亩，乃全乡核桃种植大户。恰逢旺果期，她家核桃每年都增收四五吨。她笑呵呵地说，今年她的核桃干果会有十七八吨！

　　山野何慷慨！但依偎从都不是单向的。如同恋人的相依相偎，先自得两情相悦。谁愿依偎一个瘦骨嶙峋的丑八怪呢？地处哀牢山国家级自然保护区内的双柏深知于此，除了引导农户"靠山吃山"，每年为生态保护的付出，亦有惊人之巨。

　　从古镇鄂嘉去海拔三千米的黑竹山保护区，到平和管护点时突遇大雨。山陡路滑车不能行，只好就近小憩。管护点十三个人，那天除休假和外出巡山的，就护林员王炳富在。泡一壶粗茶，他以大碗热腾腾相斟。说绕过院子边的篱笆，有小湖清澈如镜，可惜雨大不便前往。想起电影《你去过月球吗》里也有个小湖，夜里萤火虫聚集，亮如月亮。此刻在檐下，听山雨哗哗落向林地，它们何曾听说过梭罗，却早就熟悉护林人高于梭罗的心思。天地冥寂。料想天堂门口也有一道那样的篱笆吧，不知何时插下的红白小旗静垂如花，岁月在那里似也驻足不发。

　　王炳富二十四岁上山护林，转眼十六年。家就在半山，还有土地，媳妇和两个孩子，两个老人。逢休假回家，他是主劳力。每月扣除"五险"后仅有九百多元补贴，却以近乎无偿的付出，守护着那座大山。而双柏全县像王炳富这样的护林人员有近千人，每月须支出上百万。世界就这样相互依偎着。即便你人在远方，也同样在领取着那份心意，包括我。没有鲜衣怒马，唯有贴心的依偎——不只于身体的互靠，更是心的相通。张国华所在的岔庆村山路崎岖，县领导闻讯去看了看，当即促成为岔庆铺好一段硬化路面。种植中草药后，来往爱尼山的人多了，杨国飞起心，乡上支持，"药膳庄园"方应运而生，爱尼山就此敞开大门，杨国飞的日子也热闹起来。早先他独自在山里奔波，孤独如影随形，家乡已然陌生。孤独乃一种"现代"病。重返乡土得以让他与家乡团聚。老家新哨箐村二十三户人家，眼下二十一户由他提供种苗，无偿帮扶，还签有最低保护价收购合同，三年可收回成本。前不久，当年说他疯了的小伙伴专门请他吃饭，说也要动手了。初秋之后，乃种重楼的黄金期，他两次开办种植培训，村民邻里哗啦啦来了二三百人，把个庄园回廊挤得满满当当。他免费讲解土地、时令、重楼、黄精，都忙疯了，哪里还有孤独？因金钱、权力遭损的人世生态，正悄悄修复。真能抵抗人生不完美的，正是相互依偎着的温情。平时，附近村子和老家，几乎每晚都有他被俗世冲散的兄弟到庄园来，谈笑歌唱，聊天讨教。暗夜灯火，温暖的正是人心。

  离开爱尼山恰是午后。再过查姆湖，没看到那些或亦返回乡土的水鸟，唯见白云袅袅依偎山间。依偎着，依偎着……我心里回响起的，竟是那部意大利电影的名字：哦，你去过月球吗？

虫子的诗

那次滇南出行,返回时路经一座小城,北方正天寒地冻,窗外山野倒一派青葱。突然记起一个久无联系的年轻诗人,便顺手找当地另一朋友哈尼族作家黄雁问了电话,试着发了条短信,无非问候一下,却许久没有回音。原是一点随心之念,不料没回音反倒让我好奇起来。便电话询问告诉我电话的朋友,她说:"要不她是到山里去了吧,有时没信号,很可能没看到你的短信,你再等等。"好吧,就再等等。过了一会儿,还是没有回音。心想,那条短信就像一片树叶,飘落在莽莽大山丛林里了,她哪会看得见呢?

过了一会儿,电话突然响了,声音大得叫我一惊,转而一喜,诗人是不是终于捡到了那片突然飘落的带电的树叶了?果然,诗人说她正在小黑江边拍虫子。于我,拍虫子是个新鲜话题,听说现在好多人喜欢上了博物,拍花草树木,拍虫子,热闹得很。她并无半句寒暄,开口就是虫子,说那天她拍了许多虫子,说了好多虫子名字,俗名,昆虫学里的分类名,有的我听说过,有的闻所未闻。记忆里的虫子是美丽的,小时候谁没喜欢过一只小金龟子呢?红的,红底黑斑的,宝贝似的装在一个火柴盒里……有些虫子也叫人害怕。某些毛毛虫,数不清的脚蠕动着,看了叫人恐惧。可不久前读到一篇文章,说现在不是虫子叫人害怕,是虫子害怕人了。各种农药、杀虫剂被滥用,人类正大规模地伤害甚至杀灭虫子。这样说来,在人和大自然间,拍虫子那事本身或许就是美丽的了,要不,一个原来写诗的女孩,怎么会想到去拍虫子呢?

听她在电话里说,那天她是在滇南山里,两县交界处,能看到一座桥,桥下有条小河，叫小黑江。听到这名字，我耳边顿时响起了哗啦啦的水声。桥边有座寺庙，寺庙有斜斜的飞檐，云飞雾裹，影子会不顾一切地扑进流水。没有扑通声，只能听到千年不变的木鱼笃笃，和僧人含混不清的诵经声。间或还有一个拍虫子的人，频频按下的快门声……听着她的话，一时间，我竟让想象弄得有些出神了。

只不知这个原先爱写诗的人，现在还写不写诗？好多年前，她的诗写得蛮好，读来叫人喜欢，《鱼的梦》《在城市边缘听蝉》之类，不就是诗性的博物吗？电话里我没好问她。后来，告诉我诗人电话的黄雁说，诗人拍虫子已拍了十多年了，诗也还在写，只是不出手，宁可跟人谈她拍的虫子。而说起虫子，那条小黑江就像挂在诗人的嘴上哗哗流淌。虫虫简直就是她的神啊，朋友说。

这么说，拍虫子或许要比写诗好玩些吧？天空，云影，森林，小黑江，水流，寺庙，虫子，和一个拍虫子的人……后来我一直在想象那山里的一切。不久前，台湾诗人洛夫去世，拍虫子的诗人突然在微信朋友圈里，晒出了她与洛夫先生的三封通信，字字句句都是诗情，说"三生有幸，在我学习诗歌的早年认识了他。""今晚上网，忽听他已去世；如果这位前辈在世，要请他看看我拍的昆虫……"还是离不开虫子。

虫子是诗吗？但至少拍虫子的时候，诗人本身就是一首抒情诗吧？洛夫是应能看到那些精灵那种天地造化之美的人。可惜跟我一样，至今没看到她拍的虫子。那些美丽的，可爱的，或惊悚的，叫人毛骨悚然的虫子，都埋伏在她拍的照片里，她的诗里。等那些虫子某天孵化成蝶，从那些诗里飞出来，或就是一番天雨流芳的景象了……

2018年5月26日　于昆明

榴花照眼

一些不经意的小事，你或没看到，或看到了也没看明白，没往心里去；比如，那些正在开放也正在凋落的石榴花。

早晚在院子转转，间常会走过一段僻静小路，一边是所小学，往日下课时有欢快的笑闹声，逢到上课就一片安静；一边则是一排榴花树——后来琢磨过好多回，不知当初在那里种下那么多榴花树，到底有什么讲究，是不是跟学校有关？疫情期间，学校停课，那里就一直非常安静。最早刻意注意去看那些石榴花，是在网上听到那首流传一时的《汉阳门花园》，里面有两句歌词唱道："冬天蜡梅花，夏天石榴花……"南国天暖，年后不久，石榴树叶就绿莹莹的了，一进四月，榴花耀眼红，已开得满满一树。我知道那不是会结果子的石榴树，只供观赏，花朵也不大，却密密麻麻，仿佛要以此弥补花朵小的遗憾。又过了几天，树下的小道、草坪乃至苔藓浓绿的偏僻处，竟已铺了一地凋落的殷红榴花。即便如此，我也还是没怎么在意，只偶尔觉得落在地上的榴花，在透过枝叶洒下的斑驳光影里，倒也好看，余则皆没去多想。

石榴树我早见过，却一直没见过石榴花。上世纪七十年代，我在滇南蒙自一个自古就出石榴的村镇待过半年，其时因老嚷着"砍尾巴"，村村寨寨，很难见到石榴树，加上季节不对，就算偶见一棵，也没见过榴花盛开的景象。十多年前再去那里，刚好碰到石榴节，登上一座新建的观景台，见漫山遍野已是石榴的海洋，可惜仍没见到榴花如云的盛况，再往后，也就把榴花的事忘了。

前些时再打那条小路经过，见有两位女士正在树下捡拾榴花花瓣。人本已走了过去，转身轻问，捡这些花瓣去做什么啊？回答却有一股无名的豪迈：可以晾干了泡药酒啊，也可以焯焯水炒来吃——这点我当然信，春夏之季，云南有吃花的传统，攀枝花、玫瑰花、苦刺花、棠梨花、大白花、荷花等等，以及好多我叫不出名字的花，都可以吃，我差不多也都吃过；滇南蒙自、开远有菊花米线，热腾腾的大汤碗里，飘着瓣瓣金黄色菊花，煞是诱人。有一回在小城通海，我甚至在一个朋友那里，吃到了现时摘下软炸的兰花：将兰花洗净，薄薄裹一层水芡粉，稍见热油便起锅，如此便保留了兰花优雅的姿态和幽远的清香，吃起来简直叫人奢侈得咋舌。榴花倒从没吃过。又问，榴花入药泡酒，有什么功效呢？一位女士说，能舒筋活血，延年益寿啊！

如是，就觉走过五月榴花照眼明处，那落了一地的斑斑残红，仍在默默地昭示着它的美好呢！本来，花开过了，凋落了，使命就完结了；而能生于热烈又藏于俗常，即便凋零也是一种再生了吧？

我也算就此长了点见识。突然想到，古人会不会吃榴花，甚至用榴花泡酒入药呢？查了一下，还真有——《南史·夷貊传上·扶南国》载，今缅甸南端之丹那沙林附近的"顿逊国"，有酒树似安石榴，采其花汁置于瓮中，数日便自行发酵成酒，后人便以"榴花"雅称美酒。往后，写榴花酒的诗就多了："榴花聊夜饮，竹叶解朝酲。""御筵陈桂醑，天酒酌榴花。""渴愁如箭去年华，陶情满满倾榴花。"想必，那样的榴花酒不光口感好，也有活血化瘀祛风除湿的功能吧？梅尧臣"赠以榴花酒，沉清贵隔年"句，说的则更是纯度比上一年更见清澈的榴花酒了。

至此，造景供观赏、入食入药甚至酿酒，榴花的价值仍在实用。而真有价值的"有用"，其实是那些看似虚无的"无用"。更多诗人说到榴花，与酒无干，却另有一番疏通心结的功能。李商隐那首《回中牡丹为雨所败》有"浪笑榴花不及春，先期零落更愁人"句。韩愈更在那首《题榴花》里写道：

五月榴花照眼明，枝间时见子初成。
可怜此地无车马，颠倒青苔落绛英。

在描摹出五月榴花盛开的繁茂与烂漫后，诗人却借晚春的榴花无人游赏，美景寂然零落的孤独，表达了他的另一番心境：榴花并没有赶上繁花似锦的初春与仲春，几乎直到百花开谢，才姗姗来迟。"可怜此地无车马，颠倒青苔落绛英。"那正是我在那片榴花树一带见到的情景的写照。寂寞吗？似乎有点儿，但那又怎么样呢？它让无数捡拾过榴花花瓣的人惦记过、欢喜过，也让像韩愈、李商隐、梅尧臣、王安石那样的大诗人感叹过、吟咏过，作为一种花，也算从药食的实用，进入了令人喟叹的诗学，那是榴花的造化。

返回的路上我想，等有机会，要去找个山村吃一回榴花，抽空也多读几首写榴花的诗，也不妨想想《汉阳门花园》那首歌里，反复出现的"冬天蜡梅花，夏天石榴花"，到底是什么意思——在那些悲情日子里，想起家乡父老，歌里的石榴花温暖着世道人心，至少是不会凋谢的吧？

2020 年 5 月 15 日　于湖光里

人闲桂花落

长江岸边，桂花开了。

说起来，桂花乃一种既寻常又不寻常的花。说它不寻常，在中国，它几乎一直活在古老的神话里，比如活在月亮上，跟吴刚、嫦娥为伴。月亮上的那株桂花，吴刚砍了千千万万年，也没砍尽；世界上没有一个民族，有如此非凡的想象。这想象的难点，在把一株桂花树，与人类从未抵达过的月亮联系在了一起，此事既无法证实，也无法证伪，它就那样飘浮在我们的头顶，飘浮在月亮上，一飘几千年。又比如，它一直活在唐诗宋词里，那是一片诗的汪洋大海，生长着数不胜数的桂花，几乎每一个诗人，都有一株甚至几株属于他自己的桂花。当然，更多可观可嗅可触的桂花，终归还在烟火人间，在一个个寻常的庭前屋后，也在某个笙歌款款或荒败落寞的院子里，孤独地生长，无需任何竹石花草的陪伴与亭台楼阁的布置。它甚至成了某些普通女性的名字——在中国，我估计至少有千千万万女人叫"桂花"。至于带有"桂"字的女性名字，恐更无以数计。

平时，桂花从来都是不怎么显眼的，它花朵细碎，在花形上并不具有与百花争艳的资本。它只是自言自语地活着，在风里点点头、晃晃身子，在雨里无遮无盖地淋个透湿，鸟儿会不打招呼地随意歇落在它的枝头，虫子也可以在它身上悄无声息地爬来爬去……直到秋天，到了秋天的某一时刻，它才被人们悠然地甚至突然地想了起来。所谓的"某一时刻"，便是秋天。其实，那是一个古老的农耕民族，忙完了农事之后，这时的人，才大多都有点儿闲暇了，那时他们突然闻到了桂花的香气，也看到了桂花。作为诗人，王维似乎最早发现了这个秘密，于是那则与桂花相连的名句，便在一千多年前的唐代诞生了——人闲桂花落！

在那首《鸟鸣涧》中，他写道：

  人闲桂花落，夜静春山空。
  月出惊山鸟，时鸣春涧中。

闲不闲？夜半三更的，他也许睡不着，便踱进山野。因为"夜静"，他竟能听到桂花的飘落。

这个秋天，当我在故乡临着那条浩浩长江的一条步道上缓缓而行时，也想起了桂花——其时，我自然也是闲着的。

沿滨江步道缓缓而行时，开头我并没有注意到沿江一带密密匝匝的绿植里，也有桂花树。我根本就没去想过，有，或者没有桂花树，都不奇怪。但那个清晨，不时就有幽隐的桂花的香气，迎面扑来。淡淡的秋阳下，我一抬头，就看到了高大的桂花树，挂满了一嘟噜一嘟噜淡金色的桂花。而放眼望去，那样的桂花树，不是一株，而是一株又一株，一直地绵延开去。其实早些天的傍晚在那里溜达，就已闻到了淡淡的幽香，料想是该有桂花树的，只是到了清晨，才发现江边的桂花树，竟有如此壮阔的阵容——一边是浩荡却无声的长江，一边是一道隐形却博大的花香，如是行于其间，让人感到的，便是这样的秋日那一种有些特异的魅惑，以及甚为开阔的舒爽了。

那时，我当然是闲着的。而闲是什么呢？闲，并不完全是个时间概念，首先是个心理概念。欲得闲，先得要淡。淡，据说是一种品味。比如孟浩然。当他的功名心渐渐淡了下来时，那首《宿建德江》便问世了——

  移舟泊烟渚，日暮客愁新。
  野旷天低树，江清月近人。

作这种近乎白描的诗，是孟浩然的拿手好戏。闻一多评价说："淡到看不见诗了，才是真正孟浩然的诗；与其说是孟浩然的诗，倒不如说是诗的孟浩然。"

诗如此，花亦如此。

桂花，正是开在闲的季节的花。

那是我头一次在桂花飘香的季节，走在家乡那条滨江大道上。与其说那是家乡之魅，不如说那是拜大自然的恩赐！

在远方，我住的地方也种有桂花，据说还是一种新品种，叫四季桂花，一年到头都在开。我时常都会从那里走过。平时几乎没人去搭理它，我也一样——人们走路时脚步匆匆，好像总是忙。有一天，也是偶然，在桂花开花季节路过那里，闻到了桂花香，一愣，想想才知道，哦，桂花开了。记忆中的那种桂花香，似乎远没长江边的这些桂花这么浓烈，这么博大——也不知道是否品种有别？但至少，我想，谁叫它一年四季那么无休无止地开呢？我宁愿相信，毕竟，大江边的桂花，硬是慢慢地生长、蓄积了整整一年，让花香一直憋着、憋着、憋足了劲，直到这时，到了秋天，到人们大体都闲了下来，或至少在心理上闲了下来，它才尽情怒放。

何况，那一带长江边，唐宋以降，走过了无数诗人。我猜想，如果是在秋天，那些乘一叶扁舟"千里江陵一日还"的诗人们，不可能不闻到江岸边的桂花香吧？我的一个住在江边的老同学就说，长江边沿江的那些桂花香，能飘进江边的千家万户，那些时，往往他夜半从睡梦中醒来，闻到的便是窗外飘进的桂花香，他很抒情地说，桂花熏香了江风，熏香了夜色，也熏香了晨雾！

桂花跟梅花一样，花都是细碎的，它们以香气取胜，所谓"桂魄梅魂"是也。我们真的很少去注意它们的外形。我们享用的，只是它们的芬芳。那天从江边走回来，路过菜市时，一个估计是来自近郊的老农，蹲守在一个大提篮后，篮子里面装满了细细碎碎的暗金色的东西。我一愣，问是什么，回说是桂花。问多少一斤，说五十。想想，一斤就是一大堆桂花了，卖五十元也不算贵了吧？老农说："这桂花好，我才撸下来就卖了五斤！"我犹豫了一下，没买。犹豫什么，我自己也不清楚。回家告诉妹妹，她说，贵了，三十元一斤就蛮好了。

转身又想，那个老农，大约也是秋后得闲了，才去采摘桂花的吧，但他的闲，跟写"人闲桂花落"的王维，肯定是不一样的了。如英国作家约瑟·康拉德所说："支持这个世界的，是一些非常简单的观念。"

罗梭江畔的青苔殊胜

后来我才知道,还没等我从景洪出发,青苔早就在那个清晨醒来。在二月的那个清晨,青苔已在曼梭醒傣寨边的罗梭江里,自然地醒来。

照傣家人的说法,清晨是佛祖传播智慧的时间。

青苔选择了那个时候,我没赶上,此刻须先补上这一课。

罗梭江其实一点都不啰唆,流水潺潺,清而冽。青苔醒来时,太阳或还没起床。青苔是一群欢乐勤快水灵灵的女孩,喜欢跳舞,不贪睡。她们知道,去大海的路也还远,赶路的江水从来不睡。夜深人静,青苔或会打个盹儿,睡一小会儿,但从不贪睡。

那时我还在去勐腊的路上。雾大车挤,我们中午才从景洪启程。没想过,会有一次与青苔的不期而遇。罗梭江的青苔或许早就了然这一切,不知是不是有些神性?

说青苔在那时醒来,并不怎么恰切。世人正在酣睡,世界正在酣睡,青苔倒一直醒着。西双版纳的冬日温煦如同阳春,但刚刚过去的这个冬天,寒潮凶猛,版纳也冷过几天,早晚气温只有几度。那天的雾真是很大,大过了山,大过了江。澜沧江上雾气蒸腾。大雾把傣家的山山水水村村寨寨,一起严严实实地包裹起来,就像包裹一个婴儿。青苔比婴儿更婴儿,深藏于罗梭江的江水里,任何一点轻微拂动都难敌它触觉的锐敏。我猜它笃定感到了雾在河面的拂动。雾是不是从江面升起的,青苔不知道,江面以上的纷纷攘攘灯红酒绿,它从不关心,关心的只是身处其中的江水。但它知道,雾对江水的拂动,和一只水鸟偶尔划过河面又蹦又唱弄得水花四溅的搅扰，完全是两回事，雾轻柔得多。雾的脚，或是用来跳芭蕾的。

这样的季节，通常都是雾的天下。

从头年十月，到次年四月，西双版纳正值旱季，干燥，有些年头几乎滴雨不下。恰在这时，大雾漫了起来，大地一片迷蒙，空气变得湿润。前些年，当整个云南让干旱折磨得几乎奄奄一息时，白桦先生在上海的一家报纸上忆旧，说他五十多年前在西双版纳时，大雾常常直到中午才慢慢消散。诗人公刘在一首诗里浪漫地写道，哨位上的值勤士兵，可以扯把浓雾擦擦刺刀。没人追究一团雾是不是真能擦亮哨兵手中的刺刀。如今，雾似乎比以前小了。但小了些的西双版纳的雾，那种真正的雾，依然很大。上天悲悯。雾是对西双版纳的旱季，对那种干燥酷热的一点补偿，柔软而且湿润。

曼梭醒的青苔，就在那时的罗梭江里醒来。

都说岁月是时间之河，河里流的，当然就是岁月，是时间。时间无休无止，就像江水无穷无尽。人却不懂。青苔笑了，我猜。青苔笑了：人看似聪明，整天在忙，死忙活忙，却无法即时感受时间细微的流逝无声的抚弄，只会在时间过去之后大呼小叫，直到额头嘴角多了几道皱纹，才发觉青春已逝。青苔倒可以。常年栖居于时间之河中，青苔无惧甚至喜欢时间那种近乎游戏略带暧昧的抚弄。在这一点上，青苔的聪慧远甚于人。人娇气，怕火怕水，怕冷怕热。青苔不怕。无论冷热四季，青苔都在水里舞蹈——那可能是一个湖，一条河，一片湾塘，或一泓浅水。

罗梭江的青苔更是幸运，世世代代都住在那条江里。罗梭江大名鼎鼎，我听说它已过去了好几十年。这条外界少有人知的江，从因茶而名声大噪的普洱流来，一路曲曲弯弯地流经景洪、勐腊，最终方汇入澜沧江的苍茫，一直奔向大海。罗梭江也因身在不同地方名字各异：在景洪市勐旺乡，叫补远江；在勐腊县象明乡，叫小黑江；在勐仑镇和关累镇一段，叫罗梭江，曼梭醒寨正好就在这段罗梭江边，江面开阔，水流舒缓。多年前我头次去过的，正是罗梭江环绕中的葫芦岛。我在那里度过了一个神秘果一样神秘的夜晚。曼梭醒寨边罗梭江里的青苔是不是听说过葫芦岛和神秘果，我不敢肯定。那次在葫芦岛吃了一个神秘果后，再吃任何东西，不管酸苦辣麻，统统变成了甜的。那时我还不知道，吃过新鲜的青苔后，味觉也会大变。

青苔或许那时就笑了。可惜我没听见。等我见到罗梭江的青苔，已是曼梭醒寨的黄昏，太阳已然西坠。

黄昏似乎注定是与青苔相见的最好时刻。中午从景洪出发，雾大车挤，快吃晚饭时，正好到了掩映于丛林中的曼梭醒寨。年轻的朋友沙明说，就在这里吃晚饭了。他是勐腊本地人，家在望天树附近，当地的事无所不知。他说好吃的地方肯定好吃。一行人于是相跟着，走向曼梭醒寨。

那时我依然没想到青苔，没想到傍晚时分，正是傣家女到江边洗青苔的好时光。

先看到的是曼梭醒寨的护寨神树，高高耸立在一个不太高的小山上，枝丫自由舒展，像在画中，祭祀水井则就在路边，一派家常。沙明抄起水瓢，从井口舀起一瓢瓢清水，让我们一一净手。井水清凉，如一道小小飞瀑，从天上倾泻而下，冲洗净我们的一路风尘。当我摩挲着手上的水渍，那个初看上去十分寻常的傣族寨子，瞬即变得明洁而神圣。仪式不仅是仪式，仪式总让人通向神明。而当我们穿过一片割痕累累的胶林，沿着一截土路走下去，在一家傣族人家旁的凉亭刚刚落座，夕阳余晖中闪闪发亮的罗梭江，便倏然越过树丛扑到了眼前。隔着四五米距离，我把目光投向罗梭江，头一眼看到的，正是挂在一根竹竿上的长长一串青苔！

那俨然就是一幅画了——罗梭江的青苔是有福的。

矮树下。江流边。竹竿横架。夕阳西沉。那是个荫翳透风的去处——后来我才知道，洗净后等待制作的青苔，须慢慢晾干，不可暴晒。如此，那便是个晾挂青苔的好地方。江水由下而上，把落日余晖亮晶晶地抛回来，如几道底光，柔柔地打在竹竿上，竹竿霜黄，打在那串青苔上，青苔油绿。每挂青苔，刹那变身为一个绿荫荫的桃。背景是夕阳中的罗梭江。清冽江水，不时翻起几片浪花，带着罗梭江特有的那种淡淡腥涩，顺着每挂青苔那个桃形的底尖，滴里搭拉地往下滴，滴，滴，其声可闻，如笑似嗔。每滴水珠，都如一个音符，晶晶亮地好听。

那样的青苔，湿润，透明，柔弱。而我起先看到的，只是绿。

那个绿，那个晶晶亮亮的绿啊！

但那只是绿吗？我的眼睛，我的心，是想看进去，看到里面去的。

我听见青苔们在笑，继以窃窃私语。

我来自众声喧哗不胜其烦之处，逢此清凉境，仍忍不住欲独自喧哗。

猫身走出凉亭，我走向罗梭江边。

几个中年傣族女人，正在江边清洗青苔。水声哗哗，如诉如歌。

江边水浅的地方，两床摊开的布单上，青苔堆成小山。女人们站在齐膝深的江水里，佝着的腰弯成了蜷曲的虾，拎着一把把青苔，在江水里涮啊涮。粼粼清美的画面下掩藏着的，似有她们无言的辛苦。

涟漪远去。青味漫溢。

罗梭江贴着她们的身影，淙淙流过。

身边刚好有个小伙子，敦厚壮实，是个典型的傣族年轻男人。我试着跟他攀谈。他说捞青苔的，一般都是男人，有时也有大胆的女人，就看家境了。捞一挑青苔，少说四五个钟头，多则五六个钟头。能捞到青苔的地方，大多水流湍急，水底的石头或锋利或溜滑，人难站稳。即便在西双版纳，冬日江水也觉冰凉，很辛苦。遗憾在他既腼腆，又不大听得懂汉话。当我问他有没有上过学时，他突然跑开了，离我远远地站着，顺手指了指我的右边。这时我才看见，不知什么时候，一个傣族姑娘，已站在我的身旁。

我不知她叫什么名字，依常俗，我可以叫她玉喃（读 nang，一声），或玉罕。我听见青苔们说，叫她玉喃吧！好的，就叫她玉喃——在心里。

玉喃说，曼梭醒寨只有 67 户人家，不算大。天色已晚，原只想在那里吃顿晚饭，没顾得上去看寨子里成片的竹楼。如今的景洪已高楼林立，车流蜗行，欲望之兽冲破樊篱，早把世界撞得支离破碎。曼梭醒这样靠近公路的傣族寨子，传统竹楼也已少见，汽车却多了。玉喃说，寨子里几乎有一半人家，都有了汽车，以面包车、农用车多。玉喃个子不算高，倒眉清目秀，水灵得就像一缕青苔。她说，捞青苔，洗青苔，只是制作青苔的头两道工序，随后还要晾晒，撕开，再稍许加上点盐、姜、香草和辣椒，摊成或圆或方的青苔片；做得细的，还会在青苔片上撒些芝麻，用油煎，吃起来更香。一挑新鲜的青苔，经过无数道工序，两三天时间，最后送到集市上，能卖二三百元钱。也有专门收购青苔的人到寨子里来收，价格就更低。

玉喃穿一件白衬衫，外面套着一条无袖暗绿短裙，是改良过的筒裙装。她的嗓音好听，正如每个傣族女孩说的普通话，糯软清亮，有点儿全然出自天性的"嗲"，就像唱歌，像我隐隐约约听到的青苔的窃窃私语。

夕晖已然浓得化不开。

问她读过书没有,她说读过,在勐仑,一直读到高中。记得读过一则消息:在离曼梭醒寨不远的勐腊县勐仑镇,同样是罗梭江畔,曼俄寨有个叫依庄防的傣族姑娘,2007年7月毕业于中山大学,后考入葫芦岛上的中国科学院西双版纳热带植物园,成了一名硕博连读生,师从生态进化生物学研究组组长、美国生态学家Charles H. Cannon Jr(中文名:柯仁卓)博士,成为柯仁卓在中国招收的第一位研究生,在当地传为美谈。我问玉嫡:后来没考大学吗?她说没有,能读到高中,已很幸运了——老人说,傣族女人不用读那么多书。至今,整个曼梭醒寨还没一个大学生。初闻此言我有点儿伤感。又问她捞过青苔没有,她说没有,奶奶舍不得让她去。奶奶说,捞青苔,洗青苔,会把女人的手磨坏的。青苔会老,女人也会老。那你奶奶呢,会去洗青苔吗?玉嫡微微笑了,是美得像青苔那样的笑。她指了指我先前最早看到的那个正在江边洗青苔的老人说,那就是。

　　那天,正是丙申年的大年初三。一个六十岁的老人,正在罗梭江边洗青苔。我无言。

　　天将黑定。天,是什么时候黑下来的呢?

　　被我叫作玉嫡的那个傣族小卜哨,真的该去读大学吗?

　　吃饭了。其时又一拨洗青苔的人,已踏着夜色而来,或打手电筒,或戴矿灯帽,以夜色为衣,只露出眼睛,借着微弱的光亮,一直走到罗梭江畔。黝黑的罗梭江水,斑斑点点光影闪烁。我能清晰地听到罗梭江水哗哗而流。青苔依然醒着。似乎,我也能更清楚地听到青苔的窃窃私语。

　　晚饭时,桌上正好有一盘油煎青苔。不知为什么,我却很不敢下箸。偶尔撺上一筷子,细嚼慢咽间,似有一种先前从没尝过的滋味。油煎过的青苔,颜色转为深绿,薄而酥脆,送进嘴会发出轻微的嘎嘣声。青苔在说话,但我无法听懂。我说不出那是什么滋味,尽管我一直在回味。我试图从所有那些有关青苔的诗文中找到那种滋味,但我发现不对,总是不对。

　　中外古今,总有人怀想青苔,或曰苔藓。王维如是写:轻阴阁小雨,深院昼慵开。坐看苍苔色,欲上人衣来。是在说,这个雨天,不想开门纳客,只在庭院枯坐,忽觉绿荫荫的青苔,像要从地上跳起来,依偎到衣襟上来吧?现代那些有觉悟的人,也如是。日本摄影师杉本博司,索性把自己的书命名为《直到长出青苔》。美国诗人艾米莉·狄金森也曾写下这样几行诗:如同亲人相见在一个夜晚/我们隔墙交谈——/直到青苔长到我们唇上/且淹没了我们的名字……

想想，他们言说的青苔，与我的青苔，不是一回事。他们看到里面了吗？好像没有。

人类已经进入后现代。世界正像美国人马歇尔·伯曼（Marshall Berman）的一本书名所说，"一切坚固的东西都烟消云散了"，这个充满矛盾和暧昧不明的现代世界！现代性为我们带来的，是坚硬、快速、海量的理智，及一串让人进退两难的填空、选择和判断。悠缓、柔软被无端排斥。可总有些看似柔弱的美，依然隐忍地存在，以它们有意无意地修行，柔韧地抵抗着这个俗世。

傣族人家大都傍水而居，喜欢就地取材，偏爱以鱼类和水生藻类植物为菜肴。青苔乃自生自长的自然之物，无须种植，而种植恰是现代农业的必需。种植从来都要预先"清场"，即便最古老的烧荒播种也如此，先行排斥另一些自然之物。在江河里捞取青苔显然与"现代"无关，那是傣族人敬奉自然的另外一种方式，是一种古老技艺，无须科研与推广。青苔的学名叫水绵，属藻类植物，生长缓慢。傣族人不用知道这些，只叫它青苔，每年一到四月份就可收采。一切都在自然进行。罗梭江边的傣民收取青苔只是顺应了自然，是另一种"道法自然"。收取青苔当然艰辛，但因了它的"自然"，而成了一种践行自然美学的劳作。他们从不指望青苔会"速生"，更不会定规划下指标，年产多少多少，只靠其自然生长。青苔在那样缓慢的生长中，与傣族百姓达成了默契，他们的采集、加工同样悠缓，慢手慢脚。这样的生活方式与青苔惊人地相似。青苔本身即美，收取青苔的劳作，为青苔平添的是另一种人性的美。蒋勋说："似乎'美'存在于宇宙之间的每一个角落，无处不是美"，"但是，似乎没有人不对花有美的感动"。青苔虽不是花，亦因此而有了超越"现代"的自然之美。那晚的鱼来自罗梭江，鸡来自神树周围，菜来自自家园田。甚至可不用碗筷，用洗净的手抓一团糯米饭，在手心里揉啊揉，揉成一个白白胖胖的小饭团，轻轻蘸上几丝绿色的烘干青苔，绿白相映，你咀嚼的正是自然的原味……

当罗梭江边的那个黄昏已落在身后，青苔从此就与黄昏连在一起，成了一个自然的美意。人成其为人的路途不只在课堂。细细一想，傣族姑娘依庄防去做研究生没错，玉婻没去读书而跟青苔一起成长，同样没错。

我或很难从这个俗世拂袖出离，却对罗梭江畔的青苔殊胜满心欢喜。

担心唯在明天，是不是能跟罗梭江畔的青苔一起，在智慧的清晨醒来呢……

2016年2月19日　于昆明

笺记通海雨意

一

通海无海。小城有雨。去通海小住几日，几乎见天遇雨。雨不大，也不小，如做客友邻的家常叙谈，怪好听，说了些什么，方言音韵铿锵，初时竟没听得太懂。

明人唐顺之谓："西北之音慷慨，东南之间柔婉，盖昔人所谓系水土之风气。"通海既非西北，亦非东南，而在西南之南。其声铿锵，而有韵。

清人钱沣，字南园，当年到通海，留有写通海的《雨宿通海》诗一首，云："孤城临水背依山，忆在江南烟雨间。"见识过通海的雨了，他想起的虽是"江南烟雨"，道出的却是烟雨通海的迷离。再雅的情致，高明的诗人亦断不会写尽写绝。"隐藏着的才是真正的花"。南园先生语焉不详处，深读，是留下诗意了，只管去寻。

二

从来的出行，都选择不了天气，天气却已选准了你。

主人似早有所料。秀麓苑院子里，备有老式长柄弯把雨伞。

便拎上一把，悠悠出门，去逛小城。

街叫文庙街，以前来过也走走过，昨晚又走。无论往哪边走，回头一望，聚奎阁总在视线尽头，灯光隐隐，想躲是怎么都躲不开的。

此刻是清晨。同样躲不开的，是雨中文庙街幽幽反光的青石板路。灰调子，深浅不一，深浅都和雨搭配得恰到好处。那光有阴翳的柔和，如同老人眼神，以为已让时光磨砺得有些许迷蒙，倒温润慈祥满是爱抚。光至清雅，不管开不开口，都在说话。说的，是小城的古老过往么？

三

拐进财神街，迎头便是早市。早市放在"财神街"，缘由未及考证。想到卖东西的人做买卖得点"财"，与街名倒还般配。街很窄，两边原本都有商铺，加之沿街小贩云集，一路熙熙攘攘。我入眼的，唯满街的各色蔬菜：白菜清白水淋，如白石笔下笺纸小品；豇豆紫红齐整，仿若刚从《红楼梦》里掐来。西红柿却长得威武火红，早非常见形状，有着凡·高的浓郁——把照片发上朋友圈，冠名"小城的幸福生活"，北京友人立马惊呼："西红柿咋长成这样了？"他不懂边地，也不懂通海。我就懂么？问了问，说那叫"狮子头西红柿"！

小城的地，小城的雨，夜来是怎样殷勤地充盈宠幸那些"小菜"的呢？那样的得宠，虽宫中贵妃、飞燕玉环一类，恐也不及。难怪西红柿也长成了"狮子头"！

雨水确乎既古老，也清新。——许多年了，我从没这么早地挨近过晨光，也从没这么早地倾听过早市清朗的市声。

四

最得雨水宠的，要数菌儿。没雨，就没有菌儿。一场雨过去，山里的菌儿便刷刷刷地直往上蹿。

菌儿即蘑菇。云南话，蘑菇不叫蘑菇，叫菌儿——儿化音，透着爱怜与亲昵。一如把"宝贝"叫"宝贝"就太生硬了，须叫"宝贝儿"。

菌儿的种类繁多：干巴菌儿，牛肝菌儿，青头菌儿，"见手青"。汪曾祺先生说过，"有一种菌子，中吃不中看，叫做干巴菌。……颜色深褐带绿，有点像一堆半干的牛粪或一个被踩破了的马蜂窝。里头还有许多草茎、松毛、乱七八糟！可是下点工夫，把草茎松毛择净，撕成蟹腿肉粗细的丝，和青辣椒同炒，入口便会使你张目结舌：这东西这么好吃？！"

那篇短文叫《昆明的雨》，说是通海的雨，也一样。

一路走去。看中一中年妇女筐里的牛肝菌儿。问了价，不贵，况复回答的音调那么好听，叫人不好意思还价，便请她留着。她说："你真要啊？"我说："当然真要。"她便将那筐菌儿搁到旁边，以青幽蕨叶覆之，说你要来的啊！我说嗯。几个友人找个铺子吃了早点，又一直往前逛，逛到尽头，已半个时辰，突然想起那筐菌儿，必要赶快回去，否则会坏了许给庄户人家的千年道统。只见那筐菌儿还好好放在那里。

　　财神街，不光有财，还有信。

　　也幸好没还价。那天去中铺看古道，中午返回时见一妇人正在自家门口收拾刚采回的菌儿。说是一大早出去的，刚回来。五颜六色的菌伞菌把上，晶晶莹莹尽是雨珠。问妇人多大年纪了，她羞涩一笑说："我还年轻呢，才五十多。"那笑容羞羞涩涩湿湿漉漉的，跟那些菌儿一样，料也淋过雨了。

　　有菌儿的地方是鲜美的。

五

　　秀色可餐。细雨拂面中，蓦然想起一件小事。

　　某年春节，在通海，作家杨杨领去葛道林先生家串门。同行尚有画家李秀、陈绕光。宾主一见如故。道林君执意留饭，坚辞不过，唯有遵命。葛先生先领我们在他院子里赏花，见一溜儿十数盆通海剑兰开得甚好，我等赞不绝口。葛先生忽然大发雅兴，说，今天我们尝尝兰花。我等一听大惊——兰花岂是吃得的？葛先生说，不碍事，这些花已开了些日子了，过几天就会谢，今日请诸位尝尝，是它们最好的归宿！

　　那天的餐桌上，上浆软炸的兰花，呈金黄色。下箸时，我小心翼翼，念念有词，生怕得罪了花魂。

　　现在想来，那天吃的其实是通海的雨——正月开花的剑兰，或正是夏日的雨。——自此每去通海，风中都似有幽然兰香！

六

　　雨中的蔡家山，淅沥雨声里，迸出丁丁当当的敲打声。

　　人说，蔡家山是个铜匠村。

走进一户人家，天井里，檐雨丝缕飘飞，滴滴答答。年轻壮实的从良师傅，正在天井旁幽亮的雨光里做活计。明明是他的目光与敲击一起落在了铜器上，我们竟粗率得只能听到后者咣咣咣的敲响！

一问，他什么都会打：炊锅、锣锅、铜瓢、铜盆，专门用来做小锅米线的小铜锅，大大小小的铜壶，铜勺……

同行者开始大把地掏钱。某诗人尤甚！什么都买。见什么买什么。买到疯狂。转眼，他却随从良上二楼去了。我紧追几步，见有三把小铜壶，他已拿了一把在手里，我也赶快抓了一把，以及铜茶铲、铜茶针。

回头细看，那把通海手工一体小铜壶，憨厚、朴拙，冰凌般的捶打纹里，时光如从良家天井里的雨水，层层徜徉。壶底、壶把上，都打上了"从良"的戳印。一柄不大的铜茶铲背后，除了"从良"的戳印，还嵌有"夏流"二字。真好意绪！

在这个一切都找不到出处的年代，通海的一切，倒都有出处。

回去路上，望着窗外的雨，想起刚才的购物，没人讲价，卖家说多少就多少，顿觉惊异——那哪是在买什么铜器？买的明明是另一种根本看不见的东西，千年时光。

七

通海夏日的雨光，叫人目光恍惚——

我的心，一直在烟雨之中，滋润着。那时"匾山联海"的秀山，想必也在雨中。想到此，得句云：

　　秀山仰高宜大理
　　通海揖远不思平

杞麓湖莽莽苍苍，烟雨迷蒙。远远地见有人正以一支细竿，垂钓一个大湖，或可叫《烟雨垂钓图》耶？河西文庙，红墙外那株唐柏，虬曲枝干一身沧桑，不多的枝叶恰在雨中；从各地收回来的石鼓，那些石鼓文字，曾经，是不是也淋过雨呢？园明寺的石狮子，料想必是淋过雨，也饮过雨的狮子了。某诗人说那是云南第一狮。另一老友说，难说是中国第一狮。据说那两头狮子，一名"笑天"，一名"恨地"，于是联句云：

远寺笑天石径润

　　重门恨地花影深

　　河西镇忠训街湿漉漉的。纳忠、纳训两位学者的故居，都是地道的老院子，天井里，檐口的雨水正嘀哩搭拉地往下滴。知道纳训么？正是名著《一千零一夜》的翻译者，幼时即先往昆明，继而又往埃及，学得一口纯正的阿拉伯语。又想起兴义村的那条秘密小径，如今已然不在。而一个正在发掘中的贝丘遗址，另一条秘密的历史小径，当是历经了千万载风雨的……

　　——俗人如我，在通海碰到的何止万千，但这回感受最深最想说的，唯通海的雨意。那场雨，是什么时候开始下的呢？

八

　　雨外的荒芜之地，人心早已枯焦、板结，变得无趣。

　　通海的那场雨，一下就下了几千年，从古滇一直下到了如今，养眼，养心，还养精神……

　　归来，想起住过的秀麓苑，午夜不寐，得小诗云——

　　筒瓦绿苔堪入画，

　　棂窗红影半若花；

　　小院一角夜听雨，

　　误将边城当吾家。

　　通海至今未通高速，邑人引以为憾，先前我也常觉不便。这回才明白，幸好未通高速，幸好她一直躲在高速路步步紧逼的那块三角形阴影里，不然，又能到哪里去寻小城淋漓的雨意？幸得如此，"老中国"方幽幽闪亮在通海时有时无的雨意之中……然，高速路听说终于是要来了，通海将如之何？不知通海人是不是已然有好法子了？

　　通海无海。但通海"通——海"。何况，还有淅淅沥沥的雨……

2017 年 7 月 18 日　于昆明

边城百衲帖

> 在边城，你休想把茶和咖啡
> 从人们的桌子上，拿走
> 也不可能把小叶榕和冬樱花
> 从这里的大地上，拿走
> 更不可能把云雾从山头
> 把温暖从屋子里，拿走
>
> 但上帝把冬天从这里拿走了
>
> ——《普洱》

远　山

　　早起，匆匆洗漱完毕，喝上几口水，也等不得吃早餐，头一件事，便是去推窗远望。

　　窗外，远山如黛。

　　有时起得早，东山的太阳还没升起，西边的一脉远山，常常云雾袅绕。云雾似极有智慧，每日都变着花样出台，疏密浓淡，形状大小，都不一样；有时在山下，浓浓的，山便像腾地飞起，飘飘地浮在半空，大地于转眼间变得似格外轻盈；有时又一小团一小团地，率性地嬉游山间，如同一群淘气娃娃，你追我赶,乐此不疲;有时又像一匹精致绵柔的白缎,在山腰率意地缠绕飘拂;那情景,颇有些舞台上造势烟云的味道。这么一想,那山或是大角儿了。至于东边,有时起晚了,又兼天气晴和,太阳已越过山脊,窗外便早已是一片金光耀眼。但不同的天气,晴也晴得并非一模一样:有时阳光炫目,亮闪闪一片让人睁不开眼,有时竟能看到一个浑圆的、融融的太阳,像一枚巨大的蛋黄。更有些时,雾太大,窗外什么都看不到了,如《红楼梦》所说,眼前只剩下白茫茫一片。

山一样,日子一样,多看了几眼窗外,时光就有些不一样了。

这是间借住的朋友的屋子,有一扇南向大窗,把头探出去,东西南三向视域通透。往东,目光越过层层高楼,是日出之处。正南是一小片湿地,西南方,是另一片阔大的湿地。目光越过那片湿地,越过湿地外零星的几幢楼宇,就是那道青山了。很自然地,我把西天那一脉青山分成了上中下三段:上段是日落之处。下段间常有雾。中段处于上下段之间,看似一无特色,却也朝夕都在变幻之中。靠北的上段,山势高峻,山后或也是山,只是被挡得什么都看不到了;往南,山势渐矮渐远,山后还是山,山山相叠,两三重,或三五重,愈远愈淡,直至与云天融成一片,归于无。"空"恰恰溢满在那样的"无"里,然后生发且阔大开来,让我为我们心中那太多的"有",感到渺小卑微,羞惭到无处躲藏。

遂想,天地茫茫,我们于窗外的一切,却常常浑然不觉,茫然无知。住在城里的人,每天盯着的,只是几幢楼,几个人,或几个铜板,几分名利。或偶尔也去看看山,看看水,却只把那当作无感的风景,并没真正看进去,看到里面去。

依我简陋的地理知识,我在窗前看到的,西南向那脉青山,当是哀牢山余脉。说起来,梅里雪山,哈巴雪山,玉龙雪山……我去过云南那么多大山,哀牢山的北段也算去过,却从来没有过这样长久的细细凝望,对它也就知之甚少。如今能每日与它朝夕相对,堪谓有缘。

原以为我想看的,无非那些山,多看了几次后方明白,或许远远不止那些山,那些阳光,那些云雾。

王维有句云:"白云回望合,青霭入看无。分野中峰变,阴晴众壑殊。"

他说的是终南山,我面对的是哀牢山。

青山,从来是避俗归隐之处。正值秋日,四时之变,岁暮何速!但愿我是锐利的,可穿透时光厚重的薄翼,预先窥破下一段时光甚或下一个年头里,那些或会叫人痛心不已的事体。而当你学会如山那样沉思时,大雾弥漫如思绪腾腾，甚至一不小心就淹没了自己，卷裹进无涯，方悟出便认真活过的一生，或也是轻浮。

多看几眼窗外，看看那些远山吧。

也多看几眼那些"无"，那些"空"。

云　天

于是，独自行于湿地，绕过池塘，行于夹道的不知名的树木花草的葳蕤之间，行于重重叠叠的阴翳与斑斑驳驳的光影之间。

这林中宁静的清晨，初阳、露水与白雾，这微风与鸟鸣，是给予那些孩童般清澈的心灵的吧，而我，怎么说，都已是个羁旅异乡、黄昏独自愁的旅人。

偶尔仰头，见天蓝如水。如梦。如散淡的无所事事。太蓝了。蓝到单调。蓝到空洞。蓝到虚无。蓝到让什么都变蓝，如同一场美丽的欺骗。唯一的解救，据说是一场淋漓或磅礴的雨水。独自一人，面对那样深邃那样无底线的蓝，有时候真有点儿"细思极恐"！看似坦荡无垠的碧蓝深处，到底是些什么又有些什么呢？仿佛，你随时都会凭空陷落，陷落于那样的蓝里，那样的空之中。

友人却是为这片天空骄傲的。好吧，面对这样的云天，我真的只好梦入膏肓！

有一天，我恶作剧般地想起，蹲下去，以深邃的蓝天为背景，拍下一朵花，一片叶，一丛草，红的，绿的，黄的，粉的……叠印在蓝天上，然后对着那样的蓝天不怀好意地喊一声，哈，看我给你点颜色！

然，再看天，天仍无痕。天无痕，时光亦无痕。曾经潜伏在黎明前的一切，此刻竟灿烂得如此落寞，又如此阔大。人少极了。静极了。于是能听见时间。想想，即便把手指攥得生疼，仍能感受到时光流沙般逝于掌心的无力。

有时，头顶是妙曼的云朵，如梦，如蕈，如羽，如飞鸟，如走兽，如飞毯，如群山，动荡不已，变幻莫测。一切都在转瞬之间。那时会陡然想起自己，想起一个已年届七旬的旅人。自古道，浮云游子意，何以会把浮云与游子连在一起呢？是浮云像极了游子心里最深的不甘，像极了梦里最漂泊不定的风景？

其实，浮云哪懂得游子意呢，哪懂得他夜夜煎熬的梦魂？

但这时，真的无须去想念大江、大海，遑论涛声？风已远游去了，在与我不同的方向。凝视这林间斑斑点点的金黄吧，那或是迷路的阳光。

"迟迟"

边城普洱，乃茶的故乡，好茶多多。头一回在边城自斟自饮，冲泡的是友人送的一小方"迟迟"。友人说，那是款新上市的熟茶，算不上名品，却出自一位年轻的女艺术家之手——她的微博竟有几万甚至十几万粉丝，无论做一款茶，一款咖啡，都会引来一片欢呼。缩微版的小小茶砖，压成巧克力状，不用茶刀茶针，轻轻掰下一块，刚好是一泡茶的量，透出女儿家细密的心性。至于浓而不涩的口感，琥珀般浑厚通透的汤色，不细品是说不出来的，我虽喝了几杯，还是说不出来，不是不好说，而是说不好——世上，凡好东西都会让人陷于"无言"；唯一能说的，是喜欢，无论实感或意韵。而喜欢只是事实的陈述，无关评判。

据年轻的女艺术家自己说，作为一款茶，所以叫"迟迟"，缘于有天跟朋友聊起过的，她所醉心也理想的喝茶状态：冬日暖阳，人困狗乏，窗外的芭蕉树昏昏欲睡，而我坐在房檐下，喝茶。

带着性情做事，"迟迟"，便是个既与茶极般配的字眼，也是对"慢生活"最恰切的注释。"慢"是明镜似的秋水，没有波光，却有透澈；"慢"是观照白云苍狗的妙曼姿势，沧海桑田，我自巍然；是风狂雨骤中练就的笃定，唯独不是老僧入定式的看破红尘；是对现实最平静的应对，也是对往昔最妥帖的回味；是从容中的从容，优雅中的优雅……

但说到底，那也只是制茶人自己面对并寄寓于那款茶的一点心情，"人生到处知何似？恰似飞鸿踏雪泥"，作为一点记录，自无不可；而辛辛苦苦做出一款茶来，毕竟不只为留给自己，倒是要让更多人品饮的。好在她的话算是开了个头，可以让人顺着她的提示，往远处想，也往深处想——

"迟迟"一语，屡见于古人诗词，意蕴宽泛，境界博大。白居易"迟迟钟鼓初长夜"，说的是柔情；欧阳修"暖日迟迟花袅袅"，说的是时光；姜夔"市桥携手步迟迟"，说的是友情不舍；柳永"长安古道马迟迟"，说的却是羁旅挥别了。这么一想，这款"迟迟"便超越了一个小女子的眼光，可与人生不同时光里大相径庭的心思与境况相搭。这就有点意思了。

比如，我的"迟迟"，是在三十多年前，对普洱的前身思茅的唯一一次造访后，迟迟又迟迟的重访。那是去西双版纳返回昆明前的一次短暂停留。从那以后，我记住了这里的湖山，和在这里遇见的人，却在三十多年后才再到普洱，也真算得是一种"迟迟"了。

三十多年时光，都去哪儿了？偶尔回望岁月山河，无论风起云涌，还是月明星稀，那大把的时光，早已不见踪迹。但生活还在继续，就像博尔赫斯说的："生活是苦难的，我又划着我的断桨出发了。"

嗯，一切，似乎都要经过时间的淘洗与沉淀。

"迟迟"。

无 秋

人到了边城普洱，有两样东西怎么都没法避开，一是如今尽人皆知的普洱茶，一是一本知之者不多的书，《滇南散记》——说来，倒都是些远离了腥膻油腻，堪可视为清欢的佳好之物。但把二者联系到一起，是在边城并无秋色的秋天，遇到的一个友人。

"雪沫乳花浮午盏，蓼茸蒿笋试春盘，人间有味是清欢。"东坡笔下的"清欢"，说的是春天，甚或是初春，午盏里的雪沫乳花，当是春茶，春盘里的蓼茸蒿笋，应是春芽。我到普洱时已是十一月初。虽说已是边城的深秋，按理该是大地凝重长天萧疏之时，可一路走去，哪有一点深秋初冬的萧瑟呢？除非偶尔去到水边，或会见到一丛两丛芦苇或蓼花，它们的样子总让我有点朦朦地分不太清。读宋人张升那句"蓼屿荻花洲"，不知为什么，向来都以为"蓼"是长在水里的，荻则应在岸边，其实那样的错误，都是上了古人遣词造句总爱错迭交置的当。刚到普洱那两天，先是在梅子湖边见到了那番清雅的摇曳。领我去的黄雁，曾是作家，今为教授，还兼着哈尼族学会会长，文史皆通，在普洱有一呼百应之慨，其时指着水里几枝状似芦苇的灰白色穗状花序，随口说道，这不是芦苇，是"荻花"，白居易有句诗，叫"枫叶荻花秋瑟瑟"……黄雁心细，不经意间藏着的，是一番隐隐的关照——或许早见有人弄错过，生怕我这样长年混在城里的人，也因出错而尴尬吧？

管它呢！反正，在边城，秋日里若步行穿城而过，笃定沾不到几许秋色，倒会于不意间，在臂间步下，跟风一起，缠裹上几缕幽幽茶香——文人携诗，侠客带刀，茶人岂有不带茶香的？而这座边城，走在大街小巷，几乎迎面而来的每个人，都可能是茶人。喝茶，既是数百年间养成的习性，也是这些年营造出的气象。早些年，我曾听人当江湖故事说过的，是那些嗜茶太深太久者，倏然进入一方静室，即便茶席未开，也会散发出缕缕异样的茶香。当我后来偶在住地周边闲逛，见那些迎街开店卖小吃的、洗车的店面前，都有个小而全的藤箧茶桌——似是傣族地方常见的制式，轻捷方便，一只手就能拎起来——上面摆放着全套透明的玻璃茶具，一壶几盏，另有一壶烧好的水。茶已泡好，酽红的茶汁，在阳光下闪着诱人的光，店主自己或与他的客人，就在那里悠闲地喝着，品着，聊着。

突然想到，边城无秋，莫是因了有茶吧——最好的茶都是春茶。酽酽汤色，无非春色，缕缕茶香，端的就是春香——是山野里百代不绝的悠悠清香，也是那些采茶、揉茶的纤纤手指、豆蔻青春吧。

没两天，应约去黄雁家小坐，一盏我从未听说过，却据说来之不易的困鹿山"摇青"，似乎从里到外，都清香在唇，清幽在心。几位老友新知，见面就讲茶、赠茶，生普，熟普，青饼，以及各种专意制作的茶饼。如今，它们都已置于我的茶案，可晨昏相对。热心的黄雁和她的朋友们，一时带我去老普洱府，去磨黑，去那柯里古驿站，去困鹿古茶山，一时又邀我去逛茶马古城，去参加那渣箐村村民间聚会，去拜访普洱有名的草根茶专家，"茶怪"先生……没准儿过些日子，我这样于茶粗疏不已的人，也会成个半吊子的茶人了。

文　脉

闲暇无事，想找点书看。不日，黄雁就送来《普洱往事》，厚厚的一大本，里面除了梳理、收录有上世纪四十年代，几支由法国人组成的湄公河—澜沧江考察队成员加内和亨利·奥尔良留下的考察文字，路易·德拉波特的铜版画，庶几难得；而特别收录的马子华先生《滇南散记》的几个名篇，倒是我早该料想到的。

自打想去边城，自然就想起了早年读过的，马子华先生那本《滇南散记》——在那本书里，边城叫作迤南。早年，那书我不知买过多少本，都陆续送了人。好东西都该大家分享。家里应还有一本，懒得去翻去找，干脆在来之前，就网购了一本直接寄到边城。可惜新版封面上，没了马子华先生的亲笔题签，便无端少了些亲切感，却多了些所谓冗长的"序""跋"，分明还在用某种啰啰唆唆的陈年套话，生硬且有些离谱地解说那些原本味道纯正的文字，想想，就多少有点失敬于先贤了。

说起来,我对边地对滇南最早的、属于本土作家而非外来者留下的文字印象,正是来自那本小书。从那时的某一天起,对于这块土地,我突然就有了文脉意识,以至日后说起来,以我的浅薄的认知,就以为一是以马子华、艾芜、李乔为代表的云南本土作家的为人生的文学,和后来的一批部队作家二十世纪五十年代创作的、有着浓郁民族风情,为巩固新政权,也曾风行一时的文学。而上世纪七十年代末八十年代初,你要弄文,必先选择道路,有所皈依与继承。于我和许多人,无疑会选前者,对《滇南散记》一类作品,便格外亲近。在普洱澜沧县长大的佤族女作家董秀英,后期得到汪曾祺先生指点,写出了《马桑部落的三代女人》《背阴地》那样出色的作品,走的也是这个路子。

那天与黄雁聊天,她说至今还记得有一次在昆明我说过的,要多读点地方文献的话,其意也在于此。那是三十多年前,在为她的处女作《阿佤山的孩子》在昆明开研讨会时说的。那时,年轻、多才的黄雁,就为人们奉献了那样清新的文字,那样动人的故事,其中暗藏着的,正是那样的文字血脉。她说,自那以后,她不知从那些老书的书页缝缝里,抖擞出了多少既好看又温润的文字。

我自然相信她说的话。那是肺腑之言,不读书的人是不知其味的。

滇　南

广义的滇南,指昆明以南的阔大地域。我心里的滇南,则是除了迪庆、怒江和丽江以外,云南的所有地方。但文学意义上的滇南,因为上世纪四十年代的那本《滇南散记》,所指似乎就是边城这一片了。马子华先生那时三十多岁,以禁烟大员之身,轻裘跋马,风风雨雨一路南行,自称他那些文字,写的几乎都是"耳闻目睹的事实","并不是虚构的小说",却写出了那个年代滇南惊人的真实。《西瓜皮》《三道红》《芫城赋》《糯扎渡口》《一朵罂粟花》……那是些怎样漾溢着生命的自由、血性与欢乐,也浸透了人性的卑劣、无耻与残忍的众生相啊!那样的文字,与某些大红大紫的文字大不一样,几无修饰的朴实,却能给人予惊心动魄的震慑!

近日,边城一直天阴,时有丝丝小雨,并不冷,空气反更湿润。想着如今这以茶名世的边城,当年曾经历过那样的苦难,心里有种隐约到说不出的触动。不知一盏盏先涩而后回甘的茶汁,那种内敛的味道与香气,与边地往日那些过往，是否有着内在的关联？想来是该有的吧。土地是有灵性有记忆的。而像马子华先生那样一个人，当年面对那些惨烈到九死一生的命运与世事，想必也是热血沸腾的。何况，马子华于二十世纪三十年代，就在上海加入了"左联"，是位左翼作家。当这位白族作家凝目三迤大地，以深受新文化观念洗礼的新式青年，与根深蒂固的滇云之子的双重身份，去叙写种种世事时，却与一般作者拉开了距离。

他在为谁而写？为了那些鲜活、卑微的生命，那些人世的不义、不公！他是独特的，全无矫饰或妆点，即便对那些蝼蚁般的劳苦者，他虽明显倾注了哀悯，却仍不耻直笔道尽其愚昧痴顽。有缠绵爱恋，也有嫉妒与仇杀，有月白风清，也有盘剥与凌辱……他从不去卖弄风情。他的爱憎，也从不借助意识形态与口号，而是深藏于文字之中。再读《三道红》，你可以当那个死于相好刀下的阿芙，是受害于与他一同死去的年轻行商的勾引玩弄，但也可推想到，阿芙虽已订婚，难道就没有了追求个人幸福的权利？她的死，是否也可释为死于那个部族男人王德的狭隘与愚昧？《西瓜皮》叫人思索的，与其说是老板的残忍，不如说是人性的残忍，因为类似的视生命如草芥的事，现在也不时还有所听闻。马子华给予读者的答案总是多义的，结论要凭你自己的认知去分辨、界定。这是那种启发人思索的文字。认真的读者，不会因为看似没有明确指向而迷途，定会从他的描述中得出自己的结论。这才避免了成为廉价宣传品，是真文学的方式。

下午出太阳了，虽说云层还厚，但仍很暖和，早早晚晚，都可以进湿地逛逛了。

谁人敢说，由来自是烟霞客，已看尽世间晴晦？细细思量，此生倒唯愿遍交天下有趣之人，遍读古今有趣之书，埋首于诗酒之间，将旭晖落霞都当寻常事，唯在心中，留下一点真淡然。

秋　风

时令已是深秋，边城的秋风却不易老。如此，便总似少了一点尖锐，一点锋利，一点摧枯拉朽之势，无法把满山丰腴富态的树啊草啊，炼成如铁蒺藜那样的削瘦与坚劲。四季于是便有些模糊了，偶尔，只能从果实的多少上，约略看出一点端倪。

但据说，有些树木是一年到头都在长叶，都在开花，也都在结果的，它把分明的四季，掩藏在了自己生物学的身体里面，掩藏在了自己漫长的一生里面，并不怎么以外表的变化，去迎合季节的律动与抽搐，如此，你便奈何它不得。它的心也在那个身体里面，它用它的心在那个身体里面，与季节的变动交谈着，也互相凝视着，对峙着。一切都在内里无声地进行。那种状态，在某种意义上就像一些人。那时，他的身体看不出什么明显变化，但实际上，那比只用身体去应对时光的变化，或许更惊心动魄，也更伤筋动骨。胜利或失败在里面。欢笑或哭泣在里面。河一般的血流也在里面。它用外表的冷峻，掩饰或说抹去了内里变化的剧烈。

　　不是么？光再暖，也穿不透浩瀚宇宙，能量或多或少，都会被黑洞吸收。那些看似轰轰烈烈的盛举，看来也注定都难以久长。便偶尔纵饮千杯，也无非是对自己内心苦涩的问候。

　　我欲敬重那样的树，和那样的人。世界需要一些那样的人。即便一个初来乍到者，会因外表的不变，而傻了眼，陷入某种美丽的混沌，不知今夕何夕，也没关系——世界，有时或也需要几个这样傻乎乎的人，比如我。

"穿过……"

　　在边城，一件事，无论起因为何，绕来绕去，最终都会牵连、缠绕、演绎成一席茶饮。

　　那天，原是邀约着先去了旧时出产磨黑盐的古镇，如今那里虽不再以盐为重，可旧时那些咸咸淡淡的故事，依然还在古老屋宇间缭绕。那里的一个大盐商，虽不大通文墨，却在上世纪四十年代创办了当地唯一的新式小学、中学，还以重金请西南联大的刘文典教授，专意从昆明越过群山峻岭，去为其母撰写墓志铭，也就此引来了西南联大的几个学生，以做老师的身份来到此地，将一个偏远古镇，变成了地下党的秘密联络点。吃过午饭，又驱车去距磨黑不远的，古茶马驿道上的孔雀屏老村走了一趟。可惜村子如今只空有其名，凋敝到没几户住家。于是悻悻而归。回来路上快进城时，一直在开车的方建突然说，一起去吃个饭吧。就去吃饭。吃过饭他又说，再去喝杯茶吧。于是又去喝茶。

　　走进他工作室里的茶席时，套用流传已久的诗句，我突然冒出一句话：

　　"穿过半个普洱去喝你！"

不是么？从新普洱去到老普洱，又从老普洱返回新普洱，最后到那间茶室，其间，岂止半个普洱啊？

话虽是戏言，但茶室主人方建，是安徽桐城派名士方苞的后人，却真实不虚。他一家辗转来到偏于一隅的遥远边地，说来更是让人唏嘘。

上世纪四十年代，吴宓在写到西南联大羁旅蒙自的日记里，曾这样评说过滇南：

> 昔人以滇南为瘴疠蛮荒，今则绝非是。此地但无烽警，便是桃源。长年气候温和，如春秋。花木终年盛开，红紫交加。树木皆长大，不凋不黄。……苟能国难平息，生活安定，在此亦可乐不思蜀也矣！

其实，滇南不惟自然条件极佳，论其文明，也像任何文明一样，都是各民族共同的营造。相比旧时长期实行土官制的滇西北，阔大的滇南，虽民族众多，风习杂异，汉文化的融入却更广，更深。一路数来，几乎县县都有文庙，耕读传家，文墨兴盛，向来文事葱茏。建水文庙，规模仅次于曲阜，堪称国内第二；古老的朝阳门始建于明洪武二十二年（1389年），不惟形制酷肖天安门，比天安门还早建二十八年，至今已有六百多年历史。云南最后一位状元袁嘉谷出于石屏，中国著名数学家熊庆来出于弥勒，当代彝族文学的开创者、著名彝族作家李乔出于石屏，著名翻译家、《一千零一夜》的翻译者纳训出于通海，著名演员、电影《五朵金花》《阿诗玛》的主演杨丽坤，彝族，乃老普洱府今宁洱县磨黑镇人——都出自滇南。

即便如此，居然在边城碰到桐城派名士方苞的后人，还是让我大吃一惊。

相逢何必曾相识！

那整整一天，我原只知方建是位电视艺术总监，那天是应黄雁专请，开着自己的车来陪我们出行。一个人的品格，可从他对朋友的朋友的态度去判定。方建个头瘦高，精勤明敏，听口音不像当地人，我一时又辨不清到底是何方人氏。一路上他专注于开车，我自不敢跟他攀谈。直到那时在茶室坐下，黄雁问我，您知道他是哪里人吗？我遂问他是哪里人，他说安徽。心想安徽是出人才的地方啊，便又问祖上是安徽哪里，他说安庆，桐城。我倏然一惊，问：那是与方苞一脉吗？他说，正是。

茶味一下子就厚了起来。

名士方苞的一位后人，居然就坐在我对面。

清代散文家、桐城派散文创始人方苞（1668年5月25日—1749年9月29日），乃江南桐城人，生于江宁府（今江苏南京六合留稼村），为桐城"桂林方氏"（亦称"县里方"或"大方"）十六世，与明末大思想家方以智同属"桂林方氏"大家族。方苞与姚鼐、刘大櫆合称桐城三祖。数到方建这辈，已是"桂林方氏"第二十二代。从他祖父那一辈开始，寰中大兴科学救国，方家人便转投科技，其祖父曾留学日本，归来出任过津浦铁路局局长。其父方寿永，1949年后历经坎坷，大半辈子怀才不遇，虽没上过大学却给大学生上过课。直到上世纪90年代，才被千万里外的澜沧县聘请过来，教了十年书，如今早已退休，八十四岁高龄，所幸身板倒至今硬朗。

饮了几杯茶，回来睡意全无。我虽于桐城派文字略有所知，却向无更多关注，能在边城与方苞后人相遇相聚，不知是何时攒下的缘分。欣喜，亦惶恐。桐城派文人当年倡导淘洗杂质，让语言"雅洁"，反对行文的俚俗和繁芜，力造清真雅谨朴质文体。这等旨趣，不惟当时堪称是对唐宋古文运动的继承，在文学批评史上有积极意义，即便于当下文界，也不无裨益。

这世上，总有一些人，一些灵魂，一些文字，一直在很深很深的地方埋伏着。他们埋伏在那些深处，隐秘到与你似终生无缘。只要你自己活不到、想不到那样的深度，就算你听说过他，明知他在那里，就在某本书里，甚至你也曾拿起过那本书，翻阅过，却一辈子都不会跟他真正相遇。我说的相遇，当然是灵魂的相遇，是在灵魂的层面上，真正懂得那个人，与那个灵魂那些文字共鸣共振，融为一体。你或许也懂得他经历过的那些历史，那些过节，那些情感。但你不清楚他与那些历史、过节的关系，更不懂得他的情感因由与出处。他把自己埋伏在那些文字里，埋得很深。当你在某个山巅挥斥方遒时，他藏于深箐。当你冲浪于大海时，他藏在海底。当你年少轻狂，浮皮潦草，一瓶子不荡半瓶子晃时，当你做事蜻蜓点水，花里胡哨，马屎糊墙外面光时，当你以为你可以立马千言一挥而就时，你都无法感知他的存在，遑论他曾以深厚的膂力，以自己肉身的肩膀扛住了时事因袭的铁闸。你根本就不懂得那样的"扛"究为何物。直到有一天，你在运命的撞击里突然被震醒，你骤然感到他就在那里，就跟你在一起，他似乎知道你会来，且早已在那里等候着你。这时你才明白他是你真正的朋友，他一直在暗中支撑着你。

是的，不到那个深度，你无法与他相遇，更无法与他相知，相许。

有些人是这样。有些文字是这样。有些茶，或许也是这样。

玉　兰

连续好几天，无意间，看到了一朵小小玉兰花绽放的过程。开始是个极小的花苞，弱得叫人怀疑它到底能不能开。心情忐忑：既盼它早些开，又如宋人叶梦得《江城子》句所谓："说与化工留妙手，休尽放，一时开。"但它终于还是到了挣脱硬且粗粝的深褐色胞衣，在蓝天下开放的刹那。花形典雅如杯，花色美若少女。想想，一个生命的诞生，谈何容易啊！不知它经历了怎样一番挣扎、痛苦与突破，才达臻那样的绽放？只是默默地做着，没有宣言，没有造势，一切都在悄然进行。开放只是它自己的事情，并不为取悦谁。生存当然是生存，但生存也是艺术。人类的许多事情，大抵如此，或大抵都应如此。至于此举对于世界、他者的意义，你尽可自己去推演，去阐释。

柏拉图说，我们一直寻找的，却是自己原本拥有的。你所经历的所有不堪、痛苦、挣扎与抗争，都是为了完成一个更好的自己。此中的艰难，王鼎钧说得更透彻："我们遭逢的劫难只是名称不同、时间不同。我已经修完了你正在艰难钻研的课程。你是昨天的我，我是明天的你。我们都有癌需要割除，有短路燃烧的线路要修复，有迷宫要走出，有碎片要重建，有江海要渡。"

黑塞这样说起过他的一首小诗："随信寄上我一首新诗的最后一次修改稿。说真的，当全世界都已挖掘好坟墓和避弹室等等，打算彻底摧毁存在迄今的人类世界之时，我还整日忙碌于把自己的一首小诗修改得好些，简直滑稽可笑。诗原本有四节，现在剩下三节，我希望它因而更为纯朴优美，却丝毫没有损失其内涵。第一节的第四行诗，我始终很不满意。我把诗稿抄写给朋友们时经常逐字逐句再三推敲，看看有无可删改之处。

"我的绝大多数读者根本不会注意到一首诗有这一种或那一种文本，而我从刊载作品的报社那里获得的报酬，至多也不过是10法郎左右，不管它是这一稿或是那一稿。对于现代世界来说，这类工作简直毫无意义，甚至有点滑稽可笑，倘若还不说作者精神错乱的话。人们有理由怀疑：一位诗人为什么如此重视自己的几行小诗，还甘心为之浪费光阴？人们也许会回答说：首先是诗人所写下的东西可能确实毫无价值，因为他似乎不可能恰恰写下了一首在他全部微不足道诗歌中可以流传一百年和五百年的佳作，——主要还在于这位滑稽可笑的人想做些有益的，无损人类的，值得期望的好事，不同于今天多数同时代人的所作所为。他撰写诗句，把字词排列成行，但是他既不开枪射击，也不轰炸破坏，也不施放毒气，也不制造弹药，也不击沉船只，等等等等。

"人们也许会作出如下答复：一位诗人生活在一个明天可能即将遭受摧毁的世界上，他却如此细心雕琢，组合，推敲自己那些小小字词，因为他的作为与那些今天盛开在全世界一切草地上的白头翁，樱草花以及其他绚丽花朵的情况完全相同。它们生长在世界上，也许明天即将被毒气窒息，今天却依旧小心翼翼地孕育着自己的花瓣和花萼，不论是五瓣，四瓣或者是七瓣，不论是光边的或者是锯齿形的，永远认认真真把自己打扮得尽可能的美丽。"

一朵花，一朵玉兰，一个生命，就是一首诗。

所有的艺术之杯，亦乃生命之杯。

乐　声

清晨空阔。湿地里人很少。他并不是每天都在这里，我也没见过他几次。但记忆里好像只要他到这里来，笃定就在此处。那是个用型钢、玻璃之类现代建材建成的亭子，造型古雅，双层，在该覆以草顶竹篱处，却以玻璃覆顶，四周通透，视野几可通达那片阔大区域。有时，会有好多人聚集在那，唱歌弹琴，热闹非凡。更多时候，是三四个喜爱萨克斯的人，在那里聚会，切磋技艺。

那天，人还没走近那里，已听到萨克斯的吹奏声，丰盈，悦耳，滋润，辽阔。心想，必是那几个萨克斯爱好者，又聚到一起了。

走近一看，竟只有一人，潇洒地占据了那座亭阁，吹着他的萨克斯。

就是那个他。

原来，只要有一个人，一只萨克斯，就能让偌大一片树林花草乐音回荡，余韵袅绕。我估计，换成笛子不行，笛声太尖锐。小提琴不行，琴声嫌单薄。钢琴也不行，钢琴太喧闹。萨克斯正好，像女中音，浑厚，内敛，不乏激情。凡事都需适度，恰到好处。萨克斯清醒地懂得这一点。清晨的幽静，于是在夜来残余的沉郁里，渐渐显出了那种并不张扬的活力。不知神奇的是那个人，那件乐器，还是那种声音？或者是他和它们的全部？

日前，应友人之约，去当地音乐厅，听过一场弦乐四重奏。那是个不小的音乐厅，四位演奏者却拒绝使用电子音响设备。他们相信自己的能力，只想奉献原声。而要让你的声音充盈于它能抵达的每个地方，每个角落，每个最细微的空间，你先得让你自己灵魂充盈，气息饱满，有足够的力量。那靠不得乐器，也靠不得扩音机——电子的无限放大看似有力，却会让声音变形跑调。

最好的音响也难于还原某个源自血肉之身、带着某个特有的呼吸气息的人声。

好听的，从来都是生命。

冬樱花

友人们早就预告，边城的冬樱花快开了。某天乘车穿城而过的那条路，据说正是边城的樱花大道。可惜时日还早，枝头的樱花，只星星点点几朵。我说，樱花昆明也有啊！"紫陌红尘拂面来，无人不道看花回。"李广田先生那篇《花潮》，说的就是昆明人每年到圆通山赏樱花的盛事！友人生怕我小看了边城樱花，说昆明的樱花，是人工培植的，是关在公园里的，我们的樱花，是本地野生的，开在大自然里的，不一样——不信你到时候看。

日子，有时还真不如一行波德莱尔那般精彩，在那里，你至少还能挑开隐蔽的真相灿烂的破败。樱花就晚点开吧，好多人到现在都还没赶来。

事后，每天早上去湿地溜达，便注意着，见冬樱花开得好了，走到几株盛开的樱花树下，如对满天云霞。拍了好多照片，发给友人看，回说还可以，但还不是最好的，等哪天带你去山上看。

不日，就说要去营盘山看樱花了。我应酬着。心想，我俗人一枚，虽也爱花，却并无对花团锦簇的期待，真在渴望的，只是和风，初阳，以及那些个如粥一般平常的温暖，以及大地上的自由行走。但我没吭声，怕扫了友人的兴。

原来，所谓山上，那是一处叫茶博园的地方。上得山去，远远就见高阁耸立，一问，道是云盘山茶博园问茶楼，斗拱飞檐，四周樱花绚烂，多植于茶园间。正是午后，西斜的阳光殷情浓艳，随意走去，真是一步一景，目不暇接。登楼而上，见远处是更为阔大的茶山、茶园，殷红的樱花，点缀在道道曲线流畅沿山势而行的茶垄间，更远些，是远山，云岚，村庄，人家……心想，这样的山里人家是有福了！

友人说，澜沧景迈山古茶园的樱花，比这更漂亮！

路太远，就只能想象了。

原来，科学种植的现代茶园，喜阴而又不能没有阳光的茶树，须有高大树木荫庇陪伴。生态、植株的多元，方有利于茶树生长。那样阔大壮美的风景，非为景观而为的景观，倒是茶树生长的需要。正想着，人是不是该从中颖悟点什么呢？就闻听友人以茶余饭后的随性，讲了几个与那片茶山、茶园及那座问茶楼的故事，皆与其开发、建设相关。其中有人暴卒。有人触刑。有人坐牢……都说是为了茶，可一路走来的各色人等，冥冥中之各自作为，皆忘了茶，忘了老子不为之训，如此，结果便是命定了。回头再看问茶楼，何妨问茶于天，于地，于樱，于云，于一方边塞大地，于一部悠悠茶史，于几个人生沉浮，于每个寻常人的内心，心不在心该处自处，何以能得安顿？"十目所视，十手所指，其严乎？"（《礼记·大学》）十只眼睛看着，十只手指着，难道还不令人畏惧吗？

浮生若梦，梦初醒；抬头赏花，花半落。一个人，怎样，才能在回眸烟雨云雾的尘世时，一转身间，不再是千年以后？怎样，才能当所有的花朵叶片都凋零时，我还是那一片岁月的新叶，挂在人们不屑一顾的枝头？

黄雁曾说她的老外婆说过："每棵小草都会有属于自己的一颗露珠。"你急些什么？

汪曾祺先生说："赏花赏到气息，氛围，情怀。隔江看花，隔窗听雨，隔着人世中一层一层占有的标签，轻启那古旧又明润的光。如同，浴一回月光，落两肩花瓣，踏一回轻雪，活着，走着，看着，欣喜着，却没有患得患失的心情。"

赏花、品茶、问茶，皆如是，回归内心，才能美得惊人。

黑头公

清晨去湿地，天蓝如水，阳光一篙子就撑到了底。我抬眼就看见，有只大鸟高高站在不远处的树枝上，正不时骄傲地转头四顾。那鸟个头硕大，身长怎么也在15公分以上，其美不可方言：颈部以上，整个头，是深黑色，像深夜那样的黑。颈部，仿佛戴着个连脖儿防寒帽。朝我这面的腹部，是淡褐色，阳光映照，成了柔和好看的淡黄色。翅羽尖端——我看不见它翅膀的正面——也呈黑色，是黎明前的那种黑。尾羽却殷红如血，十分耀眼。而它长如扇柄的尾翎，却由淡黄缓缓渡到深黑，最终又变成了雅白。就凭那身不俗的打扮，它应该骄傲，值得骄傲。

除了白鹭，我还没见过那么华丽的鸟。

那会儿我根本没想到它会一直站在那里，十分配合地给我做了一早上模特——至少没想到它会配合我那么久。那是一株山梨树，叶子椭圆，宽阔肥大，跟那只鸟的个头倒十分般配。我原来无非好奇，想拍幅照片好玩。连拍了几幅，却难说满意：一是鸟拍得太小，显不出它的华贵，二是手老有点儿抖，图像不清晰。其实按我的这点摄影水平，一个连手机摄影家协会都入不了的人，也就那么回事了。只是我却怎么都有点儿不甘心，觉着这样也对不住那只鸟。

回来一看，那早上我拍了四十多幅照片，好的没有几幅。

庆幸只在，我认识了一位"黑头公"。

"黑头公"是那鸟的俗名，真漂亮！于是当日有记——

拍得翠鸟一枚，查为"黑喉红臀鹎"。活剥《诗经·野有蔓草》以咏之：

野有翠鸟，零露漙兮。有美一羽，清扬婉兮。

邂逅相遇，适我愿兮。野有翠鸟，零露瀼瀼。

有美一羽，婉如清扬。邂逅相遇，与子偕臧。

《晋书·诸葛恢传》有云："恢弱冠知名，试守即丘长，转临沂令，为政和平。值天下大乱，避地江左，名亚王导、庾亮。导尝谓曰：'明府当为黑头公。'"晋人诸葛道明，年轻有为，王导称他"当为黑头公"，意为头发未白即可升为公侯。原来，"黑头公"竟是年少头发尚黑便居高位之喻。

如此，那只鸟已早居高位了——难怪那么神气。

我知道，自由飞翔，自由歌唱，无非你的天性。难道你是个值守的哨兵么？站得那么高。小心哦，有些无良的枪口，没准儿是瞄着你的，我目睹过那样的牺牲……

一棵树

嘿，我看见你了——在那丛看起来裸露刚劲其实柔弱的树枝上，你刚刚收落羽翅，轻轻歇落。那歇落是侵略性的，你没顾及树枝的感受。这个看似宁谧的婆娑世界，只要你凝神静气，便知其实无时不处于欺凌与悸动之中。宇宙由无数个大千世界组成。所有的大千世界都在成、住、坏、空的过程中迁流变幻、循环不息，没有片刻静止。我们所在的只是其中之一。渺小，而你自无处躲藏。我也一样。躲藏是一种懦弱。天空辽阔。风轻云淡。树枝轻微地摇晃过一阵。那是一种喜悦吗？喜悦至战栗。又或是一种不堪忍，沉重到气喘吁吁。你从哪里飞来，很近，还是很远？树枝问过你，很轻，但我听见了，仿佛前世。你叽叽喳喳了几声，算是回答吗？简洁。哲学。玄秘。飞行总是必要的，一只不飞行或不会飞行的鸟儿，不可理喻，也并不"存在"。飞行即鸟儿的存在。鸟儿的道。道可道，非常道。庄子问道于北冥，于鱼，于鲲鹏。两千年后，我们不妨问道于南山，于鸟，最后是不是也要问道于鲲鹏？鲲鹏也是一种鸟吗？庄子没有回答。庄子不在了。庄子也没逃过"成住坏空"。我们都逃不过。但答案在《庄子》里，肯定在。

而它们在大自然里的一次随意歇落，便成了清晨奏鸣曲总谱里的几个音符，唤醒了我生命的自由灵性。

枝头，或许是冬日团聚的好去处呢，这是个宽阔舒畅的庭院！天那么蓝。风那么轻。云已去远方游冶，带着它满身湿漉漉的雨。"白发悲花落，青云羡鸟飞。"哈哈，我们或还正是让青云羡慕的时候？这里清静，没人打扰。你就叽叽喳喳地，愿怎么唠叨就怎么唠叨好了！日子可能未必舒心，但也未必没有一点快乐。我们就聊点快乐的事情好了。冬天正一天天地过去，我们喜欢的春天想想也就不远了。当然，在冬天真正过去之前，也许还会有一两场黑风暴，它是终归要来，也终归要过去的。它不是曾经要把我们赶尽杀绝的么？结果呢？结果我们又在这里团聚了。请记住这个日子，这个曾经诞生过黑风暴的日子。趁着好天气，我们就多聊聊快乐的事吧。比如，读读美国诗人玛丽·奥利弗那首著名的《你能想象吗？》：

  例如，想象树，
  不只是在电闪雷鸣的一刻，
  在夏夜湿漉漉的黑暗中，
  或者在冬天白色的罗网下，
  而是在此刻，此刻，此刻——我们看不见的
  无论哪一刻。你一定无法想象
  它们不跳舞，内心渴望着
  去旅行一小会儿，而不用这样挤成一团，争夺

一个更好的视野和更多的阳光，或者贪图

更多的荫凉——你一定无法想象

它们只是站在那里，爱着

每一刻，爱着鸟或者虚空，黑暗的年轮

缓慢而无声地

增长，除了风的拜访，一切

毫无变化，只是沉浸于

它自己的心境，你一定无法想象

那样的忍耐和幸福。

是啊，真希望自己也是一棵树，安静，向光，笃定，感知敏锐，不轻慢最缥缈的流云，能亲昵最细微的山风，任最卑贱的泥土没过脚踝，依然踏实，淡定。还有，每一天，都怀有隐秘的爱。

白　鹭

"振鹭于飞，于彼西雍。"不是拜伦的西雍古堡。那片湿地正好就在西边。白鹭起飞了。白鹭飞行的姿势，看一眼就注定让人销魂。你无法想象一只天鹅的凌空翱翔，也不会期待一只野鸭子的突然腾飞。只有白鹭。想想那情景就是销魂的，那种飞行的姿势，以及它选择的开始飞行的地点。飞行需要智慧。绿色的背景，有些许一点薄雾，如同现代舞台上烘托气氛的烟雾，让观者与实物产生了距离，明明很近，感官却变得遥远又遥远。

我就在那样一个早晨，透过薄雾，看到了那只白鹭。不是偶然。事实上我已等了许久，从前几天开始，一直在等。在今天之前，我已看到过它，却一直没能拍摄到它。拍摄需要耐心。你得守候。我知道它们就在那里。那是一片四面草丛环绕，水域稍显宽阔的地方。在第一次偶尔看到它之后，我就发现，它常会在那里出没。不止一只，也许是三只，或者五只。打那以后，凡路过那里，我就会举起手机。可惜我智慧不够，没能算计过它。它们总在我以为它们不会飞起而放下手机时，突然飞了起来。等我再次打开手机时，它们已无影无踪。今天运气。我刚刚打开手机，它们就飞了起来。

目睹白鹭的一场完整的飞行，是幸运的。想起诗经，那些古老的诗句。它们似乎是从那样的远古飞来，飞到现在，此刻。两千年前后的两个场景，让它们的翅膀衔接在了一起，重叠在了一起……于是你可以吟诵《诗经·振鹭》了：

> 振鹭于飞，于彼西雍。
> 我客戾止，亦有斯容。
> 在彼无恶，在此无斁。
> 庶几夙夜，以永终誉。

诗，何必一定要拘泥于原诗涉及的历史恩怨呢？"作者未必然，读者何必不然"。一行白鹭冲天而起，在西边的湖水边高高飞翔。我的客人也在那时到来，穿着跟那些白鹭一样雪白的衣裳。他在别的地方大受欢迎，到我这儿也会一样享受荣光。让我们一起日日夜夜勤勤勉勉地，永葆这无尽的美誉吧！

愿这山河永远是青葱的，湿润的；
愿这云雾永远是洁白的，自由的；
愿这世界永远是愉悦的，自在的……

晚　霞

那个午后，与几位友人一起，随方建的朋友刘先生同往黄龙山。刘先生路上说，那里是茶山，他弟弟在黄龙山茶园门口承包了一个酒坊，还养了些鸡，可以做饭吃。

那是一块靠近山顶，四围皆是茶园的平地，建有几幢仿傣式竹楼，听说其中几幢的主要构件，是从远山买来的竹楼老料，比买同等现代建材贵得多。新技术新材料多的是容易找到，旧时东西如今要价日渐看涨，变得如此贵重，这年头你无可回避。往日的时光，珍贵。

开头，是在那里喝茶——在普洱，所有事情都是茶事。茶既是先导，也是结局，而氤氲其中的，永远是一缕绵绵不绝的茶香。人一走进那间茶室，阳光便迎面扑来，楼板上留下的窗棂格花影，好看得要命。平日所说的"金色的阳光"，在那里成了一个无可辩驳的、金晃晃的事实，叫人舍不得下脚去踩。

喝好了茶，出去逛了一圈。不远处，有树龄四五百年的老茶树。再远些，是漫山遍野的茶园。空气清凉。茶树在孕育着新芽。

开饭了。餐桌摆在屋檐下不宽的土台阶上。菜食生态：鸡是自己养的，可以满山遍野地跑，晚上不是"鸡栖于埘"，而是飞到树上，像鸟儿一样，择枝而栖。朋友戏言那样的鸡叫"飞鸡"或"跑步鸡"。要去他那里吃饭，吃鸡，须至少提前一天跟他打招呼，不然白天根本无法抓到鸡。我们去的时候，鸡已在一个陶罐里炖着，通红的柴火火苗，像柔软的舌头舔舐着陶罐。菜是自己种的，要吃了，到地里随便拔几棵就好。酒是自己酿的，窖藏几年后才拿出来喝。我们去看了那些酒窖，巨大的酒缸，半截埋在地下，缸口覆以红布，扎得紧紧的，但依然酒香扑鼻。

天渐渐黑了下来。少顷，眼前忽然一亮，一道红光铺满了餐桌。抬头，见是渐渐下沉的落日，刚刚绕过了那座傣式竹楼翘起的檐角，于是，一缕光，携着一团殷红的晚霞，正正地蹭上了屋檐下的餐桌——哇，那或是那晚最好的一道菜吧？出自天公妙手。

其时，见上苍正在天边信手涂鸦。

新月已生飞鸟外，落霞更在夕阳西。

把落满晚霞的半碗鸡汤端起来，一饮而尽。

最好的东西，据说都是超现实的。

想起有一天，在洗马河后山湿地偶遇的，另一袭硕大无垠，也浓稠得如油画颜料的晚霞。那也是晚餐后，一行人踏着落霞漫步时，涨满天池的山后霞光漫过山脊，瀑布般洒落在路边荷塘、苇塘里的一幕。一时大大小小片片水域，或淡紫，或深红，或鹅黄，在四周渐渐暗下来的黝黑中，显出了惊人的魅惑。光斑跃动，光影错杂。晚霞对于大片大片的，尽皆可以入画的，残荷的枯茎散叶，苇丛的秃秆飞絮，既有如爱的亲昵辉映，亦有如母的抚弄慰藉。与其说那像艺术家的行为艺术，不如说恍然若梦，看得我目瞪口呆——清清楚楚地看见一个梦，弄不好是会吓着人的。可有些时候，大自然真会以他远胜于人的创意，让人突然就在无意间，走进他创造的梦幻，那可比许多虚假的许诺强多了。须知，有些人早已记不起清晨黎明，便只能无休无止地谈论晚霞，谈论已经发生而无可挽回的败局，谈论时光怎么那么快就陷落成了昨日。

离开那里时，晚霞隐去，天呈暗紫。一盏孤星高悬的夜天，已消融于时光的流水。假如梦有颜色，暗紫该是最佳的搭配。而这喧嚣不已的人世，少的既是那份宁馨，也是那份浓酽。

309

白鹭于飞

白鹭终于飞了起来——身影如燕山之雪，飘飞，俯仰，迂回，穿行在碧蓝如水的天空，在湿地那片森绿与苍黄间杂，色彩斑驳浓郁的油画里。

"草长平湖白鹭飞"。我已在那里恭候多时。每次开头都要等，都要凝望。那时你根本不知它藏在哪里。待你稍一走神，突然，一只或几只白鹭便唰地飞了起来——太远，我听不到声音，"唰地"只是我的感觉。可这里不是燕山，而是边城普洱。目光任那些雪花牵引着，顿时超越了俗世，去到了某个纯净自在的世界。我注重自在。那是灵魂最美好的姿态。万物都既有它自在的缘由，也有它自在的时刻。飞行是白鹭的自在。而自在，有时是生命的华彩时段，有时又是生命的安静时分，却都是生命最为生动的姿态。其时，套用《诗经》在心里默诵一句"白鹭于飞，翙翙其羽"，倒是蛮应景。

最早见湿地里有白鹭飞过，还是刚来边城不久。开头我以为那是哈尼族长诗里常常出现的白鹇鸟，友人说不是，是白鹭。那会儿的白鹭好像也就一两只。有时路过那片水域，我会静静注视它们一会儿。那时它们还小，加之边城的秋天来得既晚亦短，周遭水草丰盛花木繁茂，本就不大的水域让苇丛隔成了几片，小白鹭刚一起飞，就像支持不住，立马藏进了另一处苇丛。几次想用手机拍下它们，都没成功；但在远处看看它们的起飞与栖止，慢慢也成了一件乐事。渐渐地，它们飞得高了些远了些，但想拍下其翩翩姿影又谈何容易。它们的起飞与回旋似都无定规，或有我也不懂；加之离得远，再好的手机也不够使。但只要看到，在边城深秋初冬翠绿与苍黄夹杂的背景上，那飞动回旋着的白色精灵，心就有了一种无名的安顿与愉悦。从它们面前，当然也是从我面前掠过的，既是深紫秋红也是碧绿幽蓝，小小湖面波光粼粼，星辉成串，着白色舞裙的白鹭雀跃着，无论低空飞翔，还是脚尖触水的刹那，都会让人心随之荡漾。

很难想象，位于北回归线附近的普洱，与我们的台湾和遥远的古巴，竟在同一纬度线上。往西南方向百多公里，就是西双版纳，边城却冬天比昆明暖，夏天比景洪凉。这是座温暖亦温和的城，不惟天气，还有人心、人情。温和是一种品行一种气质。白鹭喜欢这里，缘由就不言自明了。

大多时候，白鹭是歇着的。那是另一种自在，而我注重自在。飞行不是目的。再华丽的飞行，最终都会归于一次寻常的歇落。长空翱翔只在某些时候才是必需。白鹭不时飞上一阵，或正为享受飞行的快感，择良枝而栖方是终生的日常。那时，它们一溜地临水而立，像是约好了一起晒太阳。太阳真好。阳光下的白鹭，像都披上了金色大氅。四野悄寂，似能听见它们说：偶尔看不见我时，千万别以为我已收敛了翅膀！我从不属于尘埃，即便哪天再也回不到空中，也会悄悄练习飞翔。偶尔，能看到它们在苇丛间游动，其姿娴雅从容，似乎在说，又一年，你哪知我舞蹈般优雅的游动，靠的是我双脚在水下拼命的划动，是在穿越了内心一场场狂风暴雨之后……

有一次，几只白鹭正相跟着游向一团艳红花丛。我以为那只是花的倒影——水域四周，冬樱花正开得灿如云霞。直到看不见它们了，才确信真是花，不是倒影。我盯着那丛花，那些白羽，一时仿佛晴空如海风如浪，许久才回过神来，才发觉生命在刹那的失控中，人竟会在冥冥中实现一次悄然重启。白鹭乃中国文化的经典意象。"振鹭于飞，于彼西雍。"《诗经·振鹭》以白鹭起兴，鼓吹吟诵以迎嘉宾。"漠漠水田飞白鹭"（王维），"西塞山前白鹭飞"（张志和），"一行白鹭上青天"（杜甫），"三山半落青天外，二水中分白鹭洲"（李白），白鹭一直飞翔在唐诗宋词的格律与音韵之中。这个小小词语唤起的，从来都是喜庆、高洁、典雅与清明。

如此说来，我是有多幸运呢？始于十九世纪初，中外曾有无数人出没于这座边城，几人有过这样的幸运？为弄清能否打通一条从云南到湄公河入海口的蒸汽船贸易航路，1867年10月，随着著名的法国湄公河考察队进入这座边城，写下过《加内报告》的加内先生，尽管在进入当年的思茅如今的普洱时曾说："天空湛蓝，万里万云，连绵起伏的山丘上有一点晒得干枯的植被。红墙或白墙旁会有几棵树，很吸引人的目光。我们恍惚到了普罗旺斯。"但他肯定没有看到过这种景象。那之后，1895年随另一支法国湄公河考察队进入这座边城，写下《从东京湾到印度》一书的亨利·奥尔良，尽管"感觉到澜沧江就像一片巨大的叶子，那些细小的支流是澜沧江的叶脉"，而他们则"围绕着澜沧江这片叶子的主干，行走在那些更加细小的叶脉里"，大约也没看到过这种景象。他们都心不在焉，觊觎的只是这片大地与物产。而上世纪四十年代到过边城，著有《滇南散记》一书的左翼作家马子华先生因忙于禁烟，西南联大教授刘文典先生则因急着为人写墓志铭，体悯的无非都是人生甘苦，料想也都无暇顾及几只白鹭，去深味生命的自在了。

想想，白鹭跟我一样，也该是幸运的吧？自在，是生命万物毕生的追求。白鹭在这里度过了一个温暖的冬天，没人去打搅它。儿女都长大了吧？就要过年，它们要回家吗？等春天到了，它们还会在这里飞翔或栖息吗？

离开那片湿地时回头一望，随着一阵花枝颤动，碧蓝如水的天上，白鹭又飞了起来……

在河之洲

幼读《诗经》，开篇一首《关雎》，"关关雎鸠，在河之洲"，吟诵间仿佛总能听到咕咕咕的鸟鸣，连河中那片水汽氤氲的洲子，似也微茫可见。那样的诗真是足够美好，遗憾在偶尔会觉着时空距离实在太过悠远，缥缈得遥不可及，不知此生会在何时何处，能有幸遭逢一片那样古雅的"在河之洲"？于是从小到大，对那片洲子的想象，几乎成了一个心结。

不料这回在边城普洱，独自去了几次湿地公园，有天悠然想到，"在河之洲"的"洲"，会不会就是今天人们常说的湿地呢？

"湿地"一语近年大热，据说是从国外传来的，号称"大地之肾"。按《国际湿地公约》定义，狭义湿地指地表过湿或经常积水，生长湿地生物的地区。湿地生态系统是湿地植物、栖息于湿地的动物、微生物及其环境组成的统一整体。说得民间些，"湿地"就是某片经常或间歇性积水的陆地，生长各种水生或旱地植物，并常常成为各种候鸟的栖息地。我们的古文诗词里，尽管偶尔也有"卑湿地""湿地"这类字眼出现，如杜甫的"爽携卑湿地，声拔洞庭湖"，白居易的"配向东南卑湿地，定无存恤空防备"，但所指多是某个低洼、潮湿的地方，与现代意义上与森林、海洋并称为三大生态系统之一的"湿地"，毕竟不是一回事。于是以前走在湿地，我曾有些莫名的失落，心想先民怎么会从没注意过这片大地上，有这样一类半水半陆的美妙去处呢？

那天在湿地公园走着走着，想起不远处就有一条普洱河，而那个长几公里宽几百米的湿地公园一带，早先除了不多的水田，多是些鱼塘、野水塘，自然就是那条河的汇水地吧？慢慢地，才成了那样一片"洲"。突然灵光一现，觉着那片曾经遥远的"在河之洲"，或许就在身边，真就是现在我们常说的"湿地"了。

《关雎》是名篇，通常的解说是在描写一场美好的爱情，往开里说，"窈窕淑女"或并非确指某女，而是泛指一切美好的人事。既如此，它歌咏的难道不也可能是那片河中之洲，那片水域，那些鸣声悠扬的雎鸠，以及它们共同构成的那个诗意的存在吗？对了，诗里跟着还说，"参差荇菜，左右流之"，"左右采之"。荇菜就是一种水生植物，茎细长柔软而多分枝，匍匐生长，节上生根，既可浮于水面，也可长于泥土。可见那个"洲"既有水而水又不深，荇菜可以在那里自由生长。一个有水草有鸟鸣的河边之洲，不活脱就是湿地么？即便《关雎》确在歌咏爱情，那也是一场发生在一块"洲"上即一片湿地上的爱情。"在河之洲"里的"洲"，至少直到那时，还是一片地地道道的湿地。《尔雅·释水》也说："水中可居者曰洲，小洲曰陼（同渚），小陼曰沚，小沚曰坻。"而许多所谓的"洲"，最初就是一片半陆半水的湿地。早年我去过的多瑙河三角洲，上海崇明岛的东滩，都是慢慢淤积，最后成为洲，成为岛的。而我更早些常去的香格里拉的碧塔海、属都湖，丽江的拉市海，周边也都有大片那样的湿地。

在汉语里，"洲"除了指大片陆地或用作地名，更多时候所指即"在河之洲"那样的地方。屈原"朝搴阰之木兰兮，夕揽洲之宿莽"，张九龄"犹有汀洲鹤，宵分乍一鸣"，李白"三山半落青山外，二水中分白鹭洲"，杜甫"请看石上藤萝月，已映洲前芦荻花"，温庭筠"斜晖脉脉水悠悠，肠断白蘋洲"，崔颢"晴川历历汉阳树，芳草萋萋鹦鹉洲"，苏轼"拣尽寒枝不肯栖，寂寞沙洲冷"；这些诗句里的"洲"，都与水禽、水草相生相伴。而丰茂的水草、翔游的水禽，加上天空下那种广袤的空阔、宁静与寂寥，正是各类湿地的特征。足见先贤们早在上千年前，就看到了那些"洲"的自然自在之美，不仅没去糟践它，还将其纳入心灵视野，作为一个审美对象，负载着他们无边的情思，成为流传至今的美好意象。不妨说，"在河之洲"那样的"洲"，作为中国古老的"湿地"概念，较之国外的科学定义，熔智悟与美趣于一炉，人文意韵更深厚，也更富有诗意。

于是恍惚间，我在边城那片湿地的行走，便如同行于"在河之洲"了。隐隐地，时光顿时古典起来。荷虽已残了，野茨菰青绿的剪状叶子还明媚着。薄雾冉冉。冬阳融融。鸟儿深藏于树。虽不见白鹭来飞，却见错落有致的各种亲水植物，蓝花草，水芋，风车草，香蒲，肾蕨什么的，这里那里地摇曳着，起伏着。高大的池杉枝叶清雅挺拔。凤凰木上串串皂荚般的果实，仿佛足可用以清洗世间所有的污浊。腊肠子树则以一吊吊青绿色的"腊肠"，暗示着年节的即将到来。水边，纸莎草正举着灯笼状的叶簇，炫耀着它的轻盈与美丽。大片大片的粉绿狐尾藻，则在贴近水面的低处，默默地等待着游鱼……

原生的野湿地起于天作地合，要变成公园，怎么都要有人操劳。冬日边城，连阴初晴，阳光依然很浓，只是旱季雨少，后植的花草树木就有些渴水。每次我去，都见管护湿地的师傅，早已拧开各处预埋的旋转水龙头，正在浇水。当一些人在炫耀所谓精致的"模范生活"时，他们却在无声无息地做着那些琐碎的事。水声唰唰，仿佛在说，我愿我是轻盈的，如一片羽毛，却愿把一个更重的世界留给你，我又愿我是沉重的，把一个轻盈的你留给世界。在我眼里，那正好是湿地一景。阳光下水花喷溅，偶尔会有小小的虹霓，突然闪现在眼前，煞是好看。走在弯来绕去的小道上，有时会有不知从哪里突然转过来的水花，喷得人一头一身。初去时曾遭遇过一次那样的尴尬，却不会恼，仿佛熟人间开了个不大不小的玩笑。后来我甚至会专意在小道里穿行，地上湿漉漉的，脚要当心踩进积水，眼要善观八方，防止突然转过来的水喷你一身。于是那样的行走，便东藏西躲地有了舞蹈般的跳跃，可以自得其乐。

行走间必经的一道石拱桥，阳光格外的厚，可以靠着栏杆，把背脊晒得热烘烘的。另一处常去的，是一片辟有几条小道的原生湿地，中间有条由两行狗尾巴草夹道的小路，最招人喜欢。路不宽，已然转黄甚至转红的狗尾巴草，毛茸茸的，就在身旁摇曳、拂动。面对那仿佛有些灵性的殷勤，不免有些意外的感动。狗尾巴草小道不足百米，平时也就走上一趟，那天来回走了好几趟，似是要弥补前两天的缺憾。几番碰到一个管护工，正牵着一根胶皮水管，四处转悠着喷洒浇水。那些绿植让他一浇，顿时水淋淋的，精神了。真想说我也想跟这片灌木丛一样，每天在这里抵抗时光，既不高攀也不低怨，更不献媚，我就是我自己，只默默地生长——只要你给我浇浇水就行。在初起的阳光下，他的身影拉得很长，亮晶晶的水花仿佛从他身体里喷了出去；而人、人影和水花构成的图案，明暗兼具，有光，活脱是幅好照片——这一天的前奏，这十二月的序曲，这以阳光晨雾绿叶与深影写就的时光开篇，遇到你或就是前缘。

走出狗尾巴草小道，是另一片湿地。水面更大些，树木也比别处高了许多。林中有座风雨亭，往里还有一小段回廊，成了一些喜欢音乐、歌唱的人聚集的去处。头回去那里时，就见有弹吉他的，吹黑管的，练声唱歌的，像个小小的音乐团队。悄悄问过，说都是临时聚集，也没什么组织。这天路过时，风雨亭里至少有三把吉他在合奏，乐声悠扬得还真有些气韵了。"林下风致"这个字眼，过去常用来形容女性的美好，《宣和书谱》说到薛涛就称其"以诗名当时，虽失身卑下，而有林下风致"；其实这话用在湿地里这些弹琴唱歌的人身上，似乎也没什么不妥。如此，湿地，"洲"，不仅生长爱情，也生长快乐，生长艺术了。

　　往回走时，管护湿地的师傅们不见了，但湿地上的水龙头还亮晶晶地旋转着，喷洒着。心想他们是到别处忙去了。随手拍照，仰起头来，才发觉天蓝得简直叫人惊心动魄。一个有湿地有蓝天的小城，真是太奢侈了。再怎么平凡的骨子里，也会流淌着山河，重逢几千年前"在河之洲"上的美好。我随手把那些人啊山水啊花草啊拍下来，不过是要更清晰地看见。没人规定，什么时候才是灵魂出行的日子。其实每天都可以一骑绝尘，跨越千山万水，去寻找自己！心里于是蓦然涌出两句话来——谁才能配得上你的余生？我是你从没遇见过的蓝！

2019 年 12 月 6 日　于普洱

黄昏，思起于风霜

黄昏到来的时候，我总想写下几句话，不是写给刚刚过去的白天，和白天飘落的枫叶，也不是要写给明天的清晨，和清晨那些化了浓妆的云朵。罗素说，你能在浪费时间中获得乐趣，就不是浪费时间。这话我信。譬如此刻，当我跟一些词语混在一起的时候。那些话，像是要写给某人，也像是要写给自己，或二者兼而有之？后来我似乎明白了，那些话起于风霜，或也是要写给风霜的——再想，好像又不一定。

十二月的天，阴着。连日的寒潮，正掠过这个南国之城。虽不至于像北方那样天寒地冻，倒是早晚已有风霜了。倚窗而望，那些入秋后的树叶先是转黄，继而变红，叫人赏心悦目的日子，已成昨日。春城的冬，还是说来就来。这样的时候，我已不大愿意出门，宁可猫在家里，翻几页闲书，想些乱七八糟的事体。中国的农历节气，大约是以中原天气为准计算的。大雪那天，这座远离中原的高原之城，当然没有雪。而天气，终于还是凉了下来。其实，以我这样从外省来的人看，号称春城的这里，并不是没有冬天。每年的十一、十二月，正是春城最冷的时候。十一月飘雪的日子，也曾有过。

黄昏，电视的国宝节目里，竟突然看到了曾侯乙编钟。节目里说，也突然忆起，曾侯乙的编钟，自从发掘出来，只响过三次，已久未敲响。两千四百年前的青铜之声，那些没拿去锻刀铸剑的青铜，沉默着，再没颤动，那一钟两音的楚地之音，早已没于荒野。没有编钟敲响的声音的世界，会不会一片凛寒，一片凄清呢？这样的问题，好像不关我事吧？

我曾对朋友说,我怀疑过夜色,也怀疑过白昼,倒从来没有怀疑过清晨,日初升麦抽穗霜轻覆的清晨,风雨雷电的清晨,我来到世界的那个清晨。但是后来我发现,我没说也从没怀疑过黄昏。薄暮的黄昏,还不是夜色,没那么深邃,那么狡诈,那么深不见底。清人黄图珌有《看山阁闲笔》一册,说"蒲团一个,安顿于烟霞之最深处,出金经静诵数过,不觉白云一片迷我去路也"。烟霞之最深处,除了早晨,便是黄昏。甚至,我也无需蒲团,就在日常里,一张靠椅,斜倚着,凝目窗外,就已足够。

其时,就见黄昏里,阴影在大片地袭来,那些明亮的青葱,仿佛正节节败退。但看到有些地方,那种黝黑深浓到近乎地狱之处,还有几片叶子在孤傲地闪亮着,我便会忍痛告诉自己,黄昏并不是末日。末日还没到来。但风霜,还是说来就来了。这时,我想起了风霜。

风霜,原只是个说法,唯有数九季节,风才真冷,霜才真白。鸡声茅店月,人迹板桥霜。但一旦来到人世,也只有人世里的风霜,才会让人真的觉着冷到彻骨,白到惨淡,比真的风霜还要风霜。我,当然不希望会有那样的日子。

十二月,南国的薄凉中,适于思念三月,或者四月——不管往后怀想,或是向前张望,都行,都好,都可见有莺飞草长百蛰俱萌的明日,当然,不妨加上一丝丝梦想。那样,薄凉就不至于变成凉薄。尽管丰收的季节,我从秋尾冬头那里捡回的,只是一篮满满的空,却没有失望,因为里面盛着的,尽是些看不见的有,以及喜或愁。那一切,其实都不归我,真归我的,只是那些既非有亦非无的几十年今昔。

日子纷纷飘落。日子就是用来飘落的,如秋冬的落叶,先是淡黄得如一蕊新芽的头一片,飘落;不知什么时候,有第二片,第三片……那是浅绛如似陈酿的酒一样颜色的一片,那些酒,曾让人醉卧街头的液体;然后,落叶纷纷如雨,不是落红,却红得像血,像爱,像夜里梦醒的哭泣……落,落,落,落到无叶可落,落到枝条凌乱如绳,系不住晓风夜雨,枝干无法弯曲,却可系千匹奔马。任它落,落成神,成寂,落到一低头,往事已覆满根土,没过脚踝,也不惧怕那些从不落叶的树偷偷的笑。笑什么呢?日子就是用来飘落的,且待,斯人斯心跟春天一起到来,那时,落叶将如蝴蝶飞回枝头。

落叶,是一种爱。

小雪过去。大雪过去。曾经想象,通往云心鹤性的空灵,大雪,纷飞着酷寒,花蕾失色,道路堵塞,是谁在葬送稚拙的童真,再无清逸,唯一双泪眼见泪洒寰中。结果，小雪大雪，皆未雪。倒是白发染霜，过往如雪。"月落乌啼霜满天，江枫渔火对愁眠"的情境太过雅致，我或可借些如雪白霜，垒一雪人，待冬阳熏暖化流水，汩汩而逝，任双手间，留几许淋漓的思绪。

  这时，终于到了这时，我会想起山里的秋天，想起秋天的果子。果子们大多都已下树，被一筐筐一箩箩地摘走了，然后，它们乘上车，光鲜靓丽地去到一方。我曾为它们庆幸，为那些早落的果子伤感。转念一想，若反过来看，前者却是被转卖贩运，一眨眼，就到了那些遥远陌生的远方，在街头，无辜地裸露着，展示色相，出售它们苦苦地经春越夏度秋，方才酿就的浑圆的甜蜜。而那不多的几个早落的，说不清是侥幸漏网，还是有幸逃脱，还零落于枝头，或坠落在地上，它们正思忖着，该怎么把果核深深藏进凌厉的风雪，偷渡到下一个春天。

  那，似乎还是一种爱。凡生命，就有爱。

  爱，这个单音节的字眼，说是复杂，其实简单，需要的，只一点点道理，比如爱你的才华，你的俊朗，你的笑容，昨晚去聚会。我听我尊敬的一位比我更老的先生夫人说，她爱他，是他的话少，他的慢条斯理。而有时，一位朋友在微信里说，爱甚至不需要一点点道理。不爱也是。我看了，一时竟不知该怎么好。那个晚上，城市睡去，唯月亮依然醒着，"床前明月光，疑是地上霜。"月色，是有些像霜的。好像在那个浩渺的世界，常常有人忘了随手关灯，但耗费了无尽心力，却难照亮一个个长夜，要一直地等，等到天明。幼时唱过的儿歌说，月亮走，我也走，我给月亮提笆篓……却不知山也会走，一直想走到山那里，走了那么久，远处那个山冈还在远处，路还长，不知抵达会在什么时候。

  于是，想起了另一个朋友。想抄起电话对他说，你是不是已经睡下？要不，我们可以温酒回灯，侃侃嗜酒的过往：漫天风雪，半碟酒菜，一缸烟蒂，几箩话语……想想，放下电话，对自己说，太晚了，我知你已梦入洪荒，我愿你已梦入洪荒，无有风霜……

对一种沉静的怀想

一

生命常常从想象之外开始。想象之外的世界，作为非经验的未知世界，也在等待着意识的闯入。

二

认识那棵树，是一种冒险。看上去那相当容易，其实有许多未曾预料的风险。那几乎酿成一场事故。真正的冒险，从来都是在没有意识到时发生的，已经做好准备的闯入，无法称得上是冒险。比如认识一棵树。我喜欢到大自然中随意行走，背着灵魂的行囊。有时我会把那只行囊放下，连同里面装的太多的俗见，放在某个我后来能找到的地方，轻装前行。那时我常常感到愉悦，遗憾的是，那种愉悦往往因为我对大自然的一无所知而大打折扣。许多花草树木我都叫不出名字。指着一棵不认识的树或从没见过的树，问问朋友那是一棵什么树是常有的事——如果身边有朋友的话，而我很少独行。朋友会告诉我说，这是桤树，这是榆树，这是高山栲，诸如此类。或者，朋友主动为我介绍，说这是一棵什么什么树，叫什么名字，那就免除了我的尴尬。从此我就知道了它，也就算认识了一棵树。那个过程大约只要一分钟，所谓转瞬之间。知道了一棵树的名字，就认识了一棵树。我原来就是这样想的，就像知道了一个人的名字，就认识了一个人一样。后来我才明白，事情远不是这么简单。一棵树跟另一棵树，其实有很多的不同。一棵长在缥缈虚无之境的树，与一棵生在嚣天红尘之中的树，一棵在自然保护区某道悬崖上艰难生长的树，与一棵在庭园中消闲度日的树，就像生长在两个不同的星球。即便是同一种树，一棵与另一棵之间，也是不一样的。辨别一棵树与另一棵树，我们通常靠的是外形，不会去触及它的灵魂。我们会先看到一棵树的树冠，浑圆宁静的，或张牙舞爪的，端正笔直的，或长得有点儿畸形的。随后我们还会看到这棵树的枝叶，枝叶是不是繁茂，密集，是不是每片叶子都长得生机勃勃，瓷实，有光泽；跟着，还会看到这棵树的树干是长得笔直，挺拔，还是歪歪扭扭，甚至弯腰驼背。对一棵树来说，那都只是它的外形。要认识它，还要走很远的路程。

三

那天，我就那样知道了那棵树的名字，朋友介绍着，用一种夸张的语调。但我对它并没有什么特别的感觉，尽管那个名字好像有点不大一般，很少见，很少听说，也无非一棵树而已。它长在那条我知道的大路边，似乎还紧靠着森林，恍惚很多年前，我到那里去过，至少我的魂魄去过，那时我没见过这棵树，或者见过也没往心里去。也许它那时还太小，一棵小小的树苗，瘦胳臂瘦腿的，枝叶还没完全长开。现在它却出现我眼前。我还没有想到"亭亭玉立"这个字眼，想到这个字眼是后来的事。在我的眼里，事实上也是这样，它比周围那些树长得要稍稍高一点，或许那只是一种感觉，那一带的树大部分好像都有点矮，不知道它们生来就是那样的树种，还是它们还没完全长大。那棵树有那样的高度，却并不给人以瘦弱之感，事实上它是充盈的，丰润的，像唐人画像中那种多少有点儿丰腴的仕女，但它又是匀称的，匀称就是一种美。在那些树中，它高出它周围的树的那么"一点儿"，让它有一种亭亭玉立的姿势。那样的姿势是让人愉悦的，我的目光总想踮起脚尖，就像跳舞，与另一道目光。

四

即便如此，开头我的感觉也无非如此。我对那棵树有深一层的感觉是后来的事。那时起风了。它的枝叶在风中飘动着，就像一些长发在舞蹈。"玉树临风"这样的字眼，说的不知道是不是就是这种情景。它的枝叶从头顶从额头上纷披而下，多少有点儿像一个少女飘动的长发，那就更令人愉悦。那些长发不时会遮住它的脸，它的眼睛，于是我看到的只是它的两只眼睛的中间那一部分。有时，风会把那些枝叶吹开去，吹到与我相背的另一面去，看上去就像一个少女不经意间把它的头发往身后撩。那个姿势很日常，也很优美，在自然而然中稍稍显出的那么一点矜持，给那个动作增添了一种艺术性。艺术往往是一种形式。那个稍带一点矜持的，自然而然的撩头发的动作，就是一种艺术的形式。我想起意大利画家安格尔笔下那个肩扛着一个陶罐的裸体少女，清亮的水从罐口泻下来，在深黑色的背景上，像一缕冷冷的月色在流淌，叮咚有声。对了，那幅画叫《泉》。如果没有那个动作，没有她扛在肩上的那只陶罐，没有从陶罐口泻下来的月色般的水，我们感到的或许就不是那样一种美了。

五

后来我甚至听见了它的歌唱。我知道，树叶不会出声，它只在与有质地的物体相遇时才会发出声音。不错，出声的是风。风那时正在它的树叶间穿行，犹如人在森林中行走，会发出响声，那好像是歌唱的声音，正是风在树叶间穿行时发出的。这么想着时，我觉得世界变得更加神秘起来。我想到我的目光那时也在它的树叶间穿行，目光是不是也会发出声音？如果能，它应该是会听见的，那棵树。从此我的目光就常常在那棵树的枝叶间停留，或上或下，或里或外，我好奇，总想多看它几眼。我在那里认识的那棵树，是我从未见过的。我想多知道它一点，不管它的什么，我都想知道。初看上去，它与别的树好像也没什么不一样，区别只在，当别的树在喧哗时，它却一动不动。更多的时候，当别的树、别的花都在放肆地喧哗，弄得我觉得多少有那么一点儿烦燥时，它却是沉静的。我不大清楚在那样的情况下，它怎么能保持那样的沉静。更奇怪的是，当别的树安静下来，故作娴淑状，一声不吭时，它却开始了小声地吟唱。它的歌声是轻柔的，似乎从来不想在大庭广众之中，让人特别地记住它。那反倒造成了一种别有韵味的姿态，让人难以忘怀。后来我走过去，一只手扶住它深褐色的树干，一只手握住它垂落的枝叶，默默相对。那姿势有点像跳舞。我就那样与它面对面地待了好一会儿，那一会儿显得很轻松，轻松到能听见自己的心跳，我听见它好像也那么说过，但它真实的感觉是什么，我至今也无从知道。

六

　　那当然是一棵南方的树。我说的是真正的南方，一个比我所在的南方更南方的南方，小城，或小镇，出产某种闻所未闻的亚热带水果，红得像火一样的，辣得让人发出嘘声的小吃。我知道那个地方。我去过。与那样的南方相比，我所在的南方，只是千百万片南方树叶中那片夹在某个记载着某段失败的爱情经历的日记本中，开始有点儿泛黄甚至开始枯萎的衰朽的树叶。空气不好。而在真正的南方，就像一本尼采的传记里写到的，意大利之行在尼采那里引起的转变，"肯定不曾有过别的人被太阳照得这般通红，变得如此香醇和充满南方情调，变得如此轻盈，像异教徒一样自由"。那样的阳光那时就洒在那棵树上，树上结有浆汁充盈的果子，椭圆形的，好像随时都会爆开，酸甜酸甜的浆汁溅满一地，就像一个印制着少女脸庞图案的手雷，充满了诱惑。一棵自由的、无忧无虑的、《圣经》里的树。但在我的初意识中，那棵树又披着一层面纱似的东西，褐色的，紧贴着它的身体。南方的阳光穿透它身上那层褐色的纱，让它从那层薄纱后面显现出来，玲珑剔透，比它直接让我看到的更清晰，更诱人。南方总是让人陷入那样的悖论。神秘也就在那时出现。一种柔软的神秘。神秘正是一棵南方的树给人的最初印象，那印象也是柔软的，像一个陷阱。我就在那时掉进了那个柔软的陷阱。好几次我试着从那里面爬出来，没有成功。

七

　　一棵那样的树，为什么会出现在这里？一棵那样的树长在这里到底是为了什么？那个问题一直在我的脑子里盘旋，如同一只在空中觅食的鹰。不是一个生物学问题，更像是个哲学问题。一个哲学问题当然无须我来多嘴饶舌。我不是一个哲学家。但人总会不知趣地发出各种各样的疑问，恰好我就是一个那样的人。就像卡夫卡，也会在一篇小说里对遥远而又与他毫无关联的中国长城感到疑惑："……长城的建造意在防御北方民族。但它造得并不连贯，又如何起防御作用呢……"我对一棵树的疑问，显然也无道理可言，"那棵树是为谁而生的？如果它是为了自己而生，它又何必非站在那个总能让我看见的地方？"那像是个游戏，游戏规则需要我与它自己制定。太简单的规则是没意思的，如果只是像小时候玩过的捉迷藏那样，不管你躲在哪个地方，别人总是能很快地找到你，不过就是柴垛后面，或是某段长着青苔的墙根，就没意思了。我希望游戏规则稍微复杂一点，复杂生趣。

八

但那个无形中形成的游戏规则太复杂了一点，因为我最终也没能回答我自己的问题。临离开那里之前，我甚至请人为我和那棵树照了一张相。其实照相是没有意义的。任何时候，人都不能指望一张照片能代替对方在你心中留下的印记，不能指望百分之一秒的瞬间，能代替那种永恒。快要走了，我最后回头一眼望见的，还是那棵树，它的枝叶飘动，好像是在跟我说再见。我听到了它的枝叶发出的那种声音，在我认识那棵树后，我已熟悉了那种声音，一种柔韧而又锐利的，能直往人心里钻，很能打动人的声音。这时我看到了它的根。我突然觉得，那棵树的根已长到了我的心里，悄悄地，在那个被叫作心的地方，隐隐有一种什么东西在往深处掘进、往四周伸延的感觉，既疏松又有些紧张，既有点痛楚又有点快乐。

九

那种感觉让我很难对那棵树掉头不顾。当我在森林里走来走去东张西望时，我常常会不由自主地回过头去，寻找它。我总想确定它的方位。寻找的目光偶尔会与它的目光相遇——如果它也有目光的话，相遇了，我会微微一笑。有一次我的电话响了，我掏出手机，准备接听电话，就在那时，我发现一点光影从它的树干上闪过，就像它真的朝我笑了笑，尽管那样的笑不能说明任何问题。我不大明白那个微笑的含意，就像森林中忽明忽暗的光线，那个微笑既明澈又深幽。阳光从头顶密密麻麻的枝叶间透下来时变成的千万个闪烁不定的光斑，总让人心神恍惚。按照通常的情况，那或许就叫喜欢。喜欢无非是一种好感，就像我喜欢色拉，喜欢牛仔布长裤。我不知道，我的那种感觉是不是真可以叫作"喜欢"？我在心里说，也许事情真是那样，我喜欢上了它，喜欢上了那棵树。"喜欢"有时候又有点儿暧昧，那是一个模糊不清的字眼。对那一切，那棵树当然是不知道的，对我的那样一种感知，一种没什么道理甚至也毫无意义的感知，它完全不知道，没有一点儿察觉。对它来说，也许我的那种感觉多少有一点儿唐突。不过我知道，喜欢并不是别的什么，喜欢就是喜欢，喜欢与拥有不是一回事，尽管它有时候确实有点儿暧昧。有人喜欢一片云彩，有人喜欢一座山，我喜欢一棵树，就这么回事。你不可能把一棵你喜欢的树移栽到家里，那里没有足够它生长的空间，也没有能供它生长的土壤，更重要的是没有那样的自由。

十

何况，你对那棵树知道些什么呢？关于它从小的生长，关于它有过怎样的经历，关于它是不是曾经在某个漆黑的夜晚被狂风暴雨敲打过，撕扯过，关于它是不是也曾在另一个月明风轻的黎明，与它身边并立的另一棵树一起送走过月色，迎来过太阳，甚至，关于它此刻是不是在沉思着它的生命，对我总是向它投去的目光感到疑惑，诸如此类，我一概是不知道的。它一直在那片森林里自由自在地生长着，唯其自由自在，它才显得那样的潇洒，那样的健康，也那样的沉静。当我离去之后，它还将那样地生长在那片森林里，当然，也会生长在我永远的怀想之中，我想。

十一

离开那棵树后，我常常想起美国"天鹅"乐队的领军人 Michael Giraz 说过的那句话，在宣布 Swans 即将正式解散之前，Michael Giraz 以一种无法自控的声音说道：

我如此抱憾，
为未做的一切，
但我还是谅解，
你的漠然离开。

十二

那也是我想向那棵树说的，何况它并非"漠然离开"。

十三

　　生命从想象之外开始，却在想象中结束。或许真是这样？那场想象由钢琴先发出场、清脆悠缓的金属之声，为那场梦境般的想象铺平了道路，草棘纷纷倒下，簌簌之声清晰可闻，阳光，南方的阳光照亮了那棵树。一阵微风般的风铃划过之后（或许风铃就挂在那棵树的枝丫之间，摇晃着），荡气回肠的弦乐演奏便精彩地展开了，丝绸般的声音，恰如丝绸，即使撕裂，也会发出清脆的响应，如泣如诉……终止时钢琴再一次出场，这一次它显得要沉着得多。事故已被避免，尽管，今后的日子会发生什么还很难说。但我知道，曲末的钢琴声既是出场，也代表着隐退……

夷陵有梅

小寒节气前一天，天气预报说气温高可达七八度，那是说的中午，早上走在长江边，还是冷，虽只二三度，我还是忍不住想去看看江边那片蜡梅——在我心里，那该是欧阳永叔先生看过的夷陵梅。

顺着滨江步道往上游走，左边是长江，右边是一片梅园。时不时地，见哪株梅花开得好，就岔进去看上几眼——梅花的好就好在这里，天气这般凛寒，它有的也只是些细碎花朵，从不大红大绿地惑人，有心者须走到近处，去细细地看。那些将开未开的小花苞，拳拳地骨朵着，紫褐色胞衣尚未脱尽，胀开的花苞却已莹黄地咧开，露出几丝酽红花蕊，柔媚得盈润欲滴，晶莹如剔透蜜蜡，恍若双双眉眼，探望着这个世界，让人轻易不敢去碰，只能看；且任你怎么挑剔，它也经得住你远近正反翻来覆去地看，萌萌的怎么都是个好——一代代人画梅写梅咏梅，姿态花色万千，各有经略，却都好看；梅不声不吭，还是那样好。你说不清那是怎样一种好，反正觉得就是好。

那天，我就那样地看着梅，看得惊喜、贪婪，用个雅词，就该叫赏梅了。

离乡日久，幼时我只在小城公园见过梅，人小，纯属凑热闹，不明就里。半世归来，我竟不知江边有个梅园——那早已不是我幼时嬉戏挑水打工时，宽阔寂寥的江滩，想起来甜美，更多的倒是苦与累。这回我的住处，出门几步就是长江——正应了黄山谷那句"出门一笑大江横"！沿江辟出的滨江公园，宽不过百十米，上下却有十多公里，满植各式花树草木，从春夏到秋冬，栾树桂花红枫银杏轮番地开开落落，还真像一条花带，或斑斓或清雅，时时都是供奉，献给一江流水，也温润一座小城。只当它是个休闲绿化带，就看低了。有2500年历史的小城，不说离市区稍远些的，李白、杜甫游历过的三峡，白居易元稹盘桓过、苏洵苏辙苏轼父子吟咏过的三游洞，陆游、范成大停舟踱步过的下牢溪，白居易泊岸歇息过的乐天溪，仅城区从上往下随便一数，就有欧阳修公园，有祭祀江天水神的镇江阁，有三闾大夫屈原纪念铜像，有抗战期间宜昌大撤退纪念碑、和平公园，还有据传为晋代文学家郭璞始建的天然塔，三国吴蜀大战留下的猇亭古战场——在在有史可查。我常去的这一带，一座跨江大桥直通江南，两座桥塔的人字形吊索，早晚总把影子或整整齐齐或疏疏离离地投进大江，任亘古流水将之化成波动不已的影像，让人于回眸间，总会无端地浮想联翩。

　　川有余水，海无满波。原以为，这年年月月奔流不息的大江，船有船的航道，人有人的码头，唯有船和人互为看客，哪知那几百株蜡梅，正静静地看着大江，也看着看大江的人呢？

　　某天我从街边往滨江绿地走，迎面一块巨石，竟刻着硕大的"梅园"二字，心想这里有梅园么？原先我每去江边，大抵不是为看看江天和对岸青山，就是为看看银杏，读罢石上那段铭文，方知蜡梅竟是小城市花，植有大几百株蜡梅。原来，以古名夷陵的宜昌为核心的三峡一带，土壤、气候皆适宜蜡梅生长，早被植物学界认定为世界蜡梅原产地，夷陵、秭归、神农架等地皆有分布。宜昌近郊山野，就有几处大的野生蜡梅群。车溪蜡梅谷甚至还有第四纪冰川时期遗留的野生蜡梅群落——不选蜡梅为市花，能选谁呢？

　　说来也真是人老眼拙，在温暖的云南，看多了红梅白梅五彩梅，初时找来找去，竟没认出哪是蜡梅。寻寻觅觅，终于见到一株挂苞的，正想细看，一老乡亲走过来说，去那边看，梅都开了。过去一看，果然，花斑斓，香袭人。心想，一片有阔大江天作背景的梅，是幸运的；一道有梅陪伴的流水，也同样幸运。浩荡江天与疏影梅园，真乃绝妙搭配。从此便常去探看，时有感叹，即兴思绪亦纷至沓来——

　　江天雾晨，银杏谢幕，蜡梅登场，想起李白所言"屈宋长逝，无堪与言"之句，不免从心里发出一声轻轻的叹息……

　　上苍作画尽皆天成——背景阔大，江天隐约，浓浓晨雾中，一切都成虚幻，唯一树蜡梅泠泠香；

　　愿有一枝梅，覆我之额，伴我之身，也将缕缕幽香弥漫天地，氤氲魂魄，如此，这残生这世间或将多些回味；

如果硬要我佩服点什么，我当选梅，就一枝，几小朵，可诗可画，可让人愣愣地看上半晌，那缕幽香，还会让人没齿难忘……

就那样，有一天我突然想到，千年前，被贬到小城夷陵做过一年多县令的欧阳修，见过那些梅吗？

官场落魄横遭贬谪的欧阳修，也曾视夷陵为畏途，赴任路上，初到夷陵，都心情郁闷："闻说夷陵人为愁，共言迁客不堪游。"（《望州坡》）"春风疑不到天涯，二月山城未见花。"（《戏答元珍》）足见当时心境。"现实与美好的理想之间，总存在一种古老的敌意。"（里尔克）诗友梅尧臣等也无不为他担心："谪向蛮荆去，行当雾雨繁。黄牛三峡近，切莫听愁猿。"（《闻欧阳永叔谪夷陵》）

欧阳修毕竟是欧阳修。时间顺流而下，生活逆水行舟。他不是只飞不过沧海的花哨蝴蝶，而是只鹰，不会坠落荒岛，溺于时波；他一直飞，飞在极致的孤独与辽阔里，也飞在爱与梦的微光里。"楚人自古登临恨，暂到愁肠已九回。万树苍烟三峡暗，满川明月一猿哀。殊乡况复惊残岁，慰客偏宜把酒杯。行见江山且吟咏，不因迁谪岂能来。"其《夷陵九咏》的这首《黄溪夜泊》，透露的已是另一番思量，及对自己的勉励与告诫。大自然最能疗伤。我甚至相信，在夷陵，某个冬日，永叔先生定然曾独自面对过一条大江，漫天浓雾，满树梅花；凝神间，也势必想到了很多，思索至深。"群花四时媚者众，何独此树令人攀"？哦，蜡梅奉献出那些细碎花朵，虽只是它生命的必需，你去看它，倒既是对那生命的造访，也是对自己生命的反躬自省。夷陵冬日，浓雾如缕，他会问，谁将从雾色中走出来吗？波涛隐没，我不会尝试成为真实的我以外的什么了。我确认，蜡梅一样的我，才是我最终的归宿。谪居夷陵一年零六个月，欧阳修除为小城夷陵带来了革故鼎新的改变，还留下了五十多篇诗文；日后人虽远离，仍不时提及在夷陵的日子，不时吟咏梅花。"去年残腊，曾折梅花相对插。"何也？在《和对雪忆梅花》一诗里，更大泼墨般地大写夷陵梅花："昔官西陵江峡间，野花红紫多斓斑。唯有寒梅旧所识，异乡每见心依然。"那绝不是没有缘由的。人生逆旅，谁非过客？诗中那样的自负与自信，正是他在孤寂与沉思中催开的，蜡梅一般悠香如缕的诗魂。

难怪向来洒脱豁达的苏轼日后在《夷陵县欧阳永叔至喜堂》里写道："夷陵虽小邑，自古控荆吴。形势今无用，英雄久已无。谁知有文伯，远谪自王都。人去年年改，堂倾岁岁扶。追思犹咎吕，感叹亦怜朱。旧种孤楠老，新霜一橘枯。清篇留峡洞，醉墨写邦图。故老问行客，长官今白须。着书多念虑，许国减欢娱。寄语公知否，还须数倒壶。"把欧阳修在夷陵的清苦日子，行旅作为，一一描述得摇曳多姿，赞颂之余，还劝先生倒壶续杯了——看来，这世上，没有哪一种生活是微不足道的。

千年过去，梅花依然。如此说来，梅花的好，不独是姿态的萌，花色的雅，香气的幽，更是欧阳修悟到过，我正在领略的那种好：蜡梅不惧寒，暮岁才放花。流水浮幽香，一江送远槎。

——江边梅园的蜡梅，还在开。说来可笑，那之后，恍惚中忆及孟子所谓"予未得为孔子徒也，予私淑诸人也"的话，再去江边，那偌大一片梅园，竟以为是我私淑的，一座开满"夷陵梅"的，可与永叔公闲聊的园子了。一如《和对雪忆梅花》末句所言，"长河风色暖将动，即看柳色含春烟。"待青山再添一分绿，流水更多一分蓝，春天就扑到眼前了吧？那时或可说，我眼中大江边的冬春夏秋，胜过你见过爱过的一切山川与河流……

2021 年 1 月 6 日　于长江边

诗意的蝉

　　想起蝉，是在这个夏日。这座高原之城，没有蝉鸣。没有蝉声的夏天，是真夏天吗？不知。回想中，打小，人仿佛就是在蝉声中长大的。叫"蝉"太过文雅，家乡只叫它"知了"。知了、知了，知什么了？不知了——那句顺口溜还真像诗。长江边的家乡小城，盛夏酷暑，几乎时时处处皆闻蝉鸣，猛烈阳光下，蝉声沸盈起伏，如风雨大作，喧哗一片，叫人恍然如在水底。看不见的蝉们，多居于街巷两边高高白杨树上，目光须拨开密密枝叶细细寻觅，方可得见。天愈热，蝉声愈锐，愈令人躁动，只想凉快些就好。如里尔克所说，"他们的桌上是丰富的白昼，而我意在充满图像的远方"。顽皮少年一心探个究竟，常将蛛网团成的黏球缚于竹竿尖上，循声以之捕蝉，几从无失手。少小离家，再难闻其声见其影，想想竟心有愧念。

　　岁月水般流去。人大些了，学读唐诗，见多有以蝉入诗者，不知那时是否蝉更多，叫得也更生猛？少年心性，起初爱的是虞世南那首："垂緌饮清露，流响出疏桐。居高声自远，非是藉秋风。"那只姓虞的蝉"高洁""自信"甚至自傲；稍长，世事坎坷，方知骆宾王的蝉是艰难、受困的，"露重飞难进，风多响易沉"。轮到李商隐的蝉，却是怨恨而无奈了，不然怎么会"本以高难饱，徒劳恨费声"呢？一只只蝉，就那么有了不同心性，伴我半生江湖巡游。蝉在心里，只如青春的呼啸，倏忽几声而已。

　　再碰到蝉，是一则消息，说有日本电影《第八日的蝉》将在中国放映，且该电影如何好评如潮。又是一段不伦之恋，造成两代人的人生悲剧。野野宫希和子无法得到情人的身与心,被迫杀掉了腹中的孩子。一个瓢泼大雨天,万念俱灰的希和子走入情人的家,抱走了他们尚在襁褓中的女儿惠理菜。往后的岁月中,她带着"女儿"辗转各地,只为寻求"母女"安身立命的宁静之所。此去经年,长大成人的惠理菜经历了人生的种种,似乎正在走一条几乎与"母亲"希和子相同的路。虽不堪回首,却仍依照宿命的指引,追忆着与希和子共处的那段短暂美好的时光……电影据以改编的女作家角田光代的同名原著,据说获奖多多,颇得渡边淳一等人称赞:"能将如此长篇巨作以安定的文体描绘得淋漓尽致,角田小姐的笔力令我佩服。""朋友问我最近有什么好看的书,我马上推荐《第八日的蝉》。我给它三颗星,'好看极了'!""贯穿全书的母性让我一想到就会哭。谁看了都会忍不住泪水啊!"

　　那部电影里有没有出现蝉?不知了。原以为蝉只是一只中国的虫子,看来不对。不同民族、不同文化背景下,蝉似乎都会受到艺术的关注。一只蝉,据说在土中要待上七年,出土后倒只能活七天。当蝉蜕空空,蝉却无如蛹化蝶的款款飞行,因此才执意于歌唱,直到声嘶力竭?那样的鸣唱恣肆无忌,不是欲冲决酷夏滞闷的拼斗,便是已然感到了秋的逼近?也是,如米兰·昆德拉所谓:"没有一点儿疯狂,生活就不值得过。听凭内心的呼声的引导吧,为什么要把我们的每一个行动像一块薄饼似的在理智的煎锅上翻来覆去地煎呢?"活到也唱到第八天的蝉,是什么命运,可想而知。小说和电影恰据此展开艺术的讲述。故事至此到底如何编织似已无关紧要,仅此立意,便给人意外的警醒。那情形,犹如夏去秋来季节转幕时的悠荡,秋蝉之鸣于空寂澄明中的几许寂寞缠绵,唱出的乃是一份迷失于爱后的挽留,对生命离开的瞬间那种自责的倾诉与挣扎——尽可留给正用心倾听蝉鸣的你我。

　　生活与艺术不一样,又一样,比如,都不能没有诗意。文学样式多种多样,各有千秋,最高境界恐怕还是诗。年纪大些了,不再写诗,就像年岁大了不再谈恋爱,唯相依为命,过日子。但必要读诗,要有那样一份爱,一份爱心,否则你活不下去。真让人活不下去的,从来都不只是没吃没穿,而是因为没有了爱,而潦倒绝望。写小说就像过日子,或说过日子就像写小说,所有的琐碎繁杂、无聊无助、快乐忧伤,事无巨细都囊括其中。小说似能包容一切,长篇小说尤其如此。但好的小说,怎么都离不开一份隐藏其间的诗意。没有诗意的小说,读起来就是一堆事件,如同粗粝的劈柴,没有燃烧,也就没有火焰,没有光。已故诗人骆一禾当年写信给我说,把小说写得像诗,是高明;把诗写得像小说，是拙劣。社会、人生本身就有许多故事与周折，尤其当今，也许比小说家写得更复杂、更隐喻，也更有嚼头，但生活或说过日子的艰难常让人品尝不到其中的诗意和爱。普通的过日子因此不可能是小说。优秀的小说家应该也必须从那样的日子中提炼出诗意。这很难，很考人。角田光代看来深谙此道。

在网上狂搜了一阵，终未见电影《第八日的蝉》到底何时放映。也不遗憾，期待的已不是那个故事，只是其间隐藏的那缕时光的诗意——尽管还难确知，角田光代的那份诗意究竟是虞世南的、骆宾王的，还是李商隐的？或都是，又都不是？知了，也不知了。是诗的就好。

对于游子，家乡乃诗意的渊薮，一只蝉给他的，或只小小一缕，却充盈此生。我更喜欢的，是读蝉为禅。晋人陆云《寒蝉赋》讲："头上有緌则其文也，含气饮露则其清也，黍稷不享则其廉也，处不巢居则其俭也，应候守节则其信也。"如今"在充满图像的远方"，斯人已老，也走得太远，料想那份享用着"丰富的白昼"的诗意，应还在小城，依然年轻。无奈四季轮转，不因人闲，即便老去，捡一枚蝉蜕入药，亦或可稍慰乡愁。

失去天空的兀鹫

一、飞行是一种姿态

　　天蓝如水。两只鹰盘旋着，忽高忽低，忽远忽近，在那个垭口上方。飞行是一种姿态，盘旋也是一种姿态。有时编队飞行，像长机和僚机，一前一后或一左一右，如影相随；有时又大拉开，各自掉头而去，瞬即又大交叉，相对绕行；突然一个俯冲，眼看直落地面，又骤然拉起，如箭离弦，消失于云中。

　　其时，小艾正朝一个护林员小屋走去——他说他去看看那个护林员，让我等他。山在眼前。云在脚下。风刮得呜呜响，像某种呼号。空中那场精彩的飞行表演继续进行，我看得如痴如醉。人有时并不如鸟。人永远羡慕鸟。清碧的蓝天是永恒的诱惑。据说飞行能让心胸愉悦视野开阔，在这一点上，飞行与音乐可以类比。一代"指挥皇帝"卡拉扬，就热衷于驾机遨游蓝天，那时他就像个音符，在蓝天的谱表间自由地穿越、滑动与飞翔。美国乡村音乐巨星约翰·丹佛也一样，毕生酷爱飞行，"像鱼儿嬉游水中，像鸟儿飞翔蓝天"那样抒情美丽的歌，正是他的心声。他的另两首歌，《乘着喷气式飞机离去》和《飞向远方》，最终成了他生命的注释——一语成谶，他最后因驾机失事，虽大不幸，但能与他心爱的蓝天白云融为一体，或许正是冥冥中的前定。艺术从来是自由的创造，飞行提供的正是那种感觉。听一首乐曲，有时也像看一场飞行表演，不妨抓住某个音符某个乐句，听它如何在旋律中来回穿行，就像注视一个飞行器，如何穿梭于云层，上下翻飞。比翼齐飞还是一种爱。化蝶的故事太古老，真正的经典是那个叫"雷鸟"的飞行表演队。在一次例行飞行训练中,"雷鸟"的一对战机,做着各种姿势,种种高难动作,看上去惊险万端,让人眼花缭乱。在飞一个俯冲动作时,不幸终于发生了:长机发动机突然失灵,飞机失去控制,一个倒栽葱,从万米高空笔直坠向地面;奇怪的是,与长机同一高度,一切正常的僚机,那时竟毫不犹豫地直冲地面,事后检查,僚机没有任何机械故障,它的坠落,完全出于爱,出于主动,心甘情愿……

二、老去的斧子

现在,我走到护林员跟前。握手时,发觉他的手很烫,像一团火。一套旧军装,一顶旧宽边草帽,那模样很西部。在整个高黎贡山,那是我碰到的第一个护林员,魁伟,壮实,脸色红润。以前他在林场干砍伐,一把斧子,砍倒过无数棵树。林场划归高黎贡山保护区后,他受聘当了护林员。每个月250元,钱不多,责任不小:吃、住都要在护林点,要按时出去巡护,发现偷捕、盗砍、滥伐要及时制止,重大案件要及时向保护区管理站汇报,不能擅自处理,没有处罚权。有事离开,由他请人代值。角色身份的转换总是很难。以前他看一棵树,想的是有多少方木料,该从哪里下斧下锯,让它朝哪个方向倒下。现在他再也不能伐木,只能巡山,一步步,一程程,在山里悄悄地行进,严防偷伐的斧锯。他用过的那把斧子已经老去,躺在旮旯里生锈。夜晚油灯昏暗,记忆清晰,他会抚着斧子又锈又钝的刃口,独自回想往事,如同老去的剑侠午夜凭栏,听剑在匣中铮铮作响,雄心依旧,豪情依然。剑侠没有悔恨。刀光剑影,替天行道,仗义疏财,即便九死一生,也会给他安慰。一个放下斧子的伐木者却不行。人生在懵懵懂懂中被愚弄过,被浪费过,被抛撒过。那不是伐木者的错。放下斧子的伐木者,听到斧子的铮鸣无法安睡。唯一的安慰,是斧子不幸山有幸。现在他不再需要斧子。斧子正在生锈,心不能生锈。赤手空拳,火眼金睛。阻止偷伐盗猎,有时甚至要跟他们搏斗。那很神圣,日子却变得艰难。守护从来都很艰难,守护一座大山尤甚,那不像守卫一道大门,一座仓库,"一夫当关,万夫莫开"。大山没有门,保护区没有围墙。护林员满山巡护,把七尺血肉之躯,变成一道流动的山门,流动的围墙。没日没夜,风雨无阻。他们在山里悄然行进,不为世人所知。有几分寂寞,几分孤独。"它是孤独的,这又和狮子一样,它住在一片荒漠地区,保卫着入口,不让其他飞禽进去打猎"。①但不会再有悔恨。他突然对我说,只要后世还有人知道,我们是在怎样的情况下工作,就足够了。

三、受伤的兀鹫

小艾突然问那个护林员:那两只老雕呢?他说都在后面山上,它们不肯走。小艾说我们去看看。是那两只鹰吗?我指指天上。小艾抬头看看说,不是。绕过那个院子,向后山走去。小艾说,老雕和鹰不是一回事。老雕的学名叫高山兀鹫,本地人叫它老雕,或秃鹰,其实不是鹰。南北走向的高黎贡山,东西窄,南北长,像一道生命走廊,各种生物在这里自由迁徙。高黎贡山的价值正在这里——现在许多自然保护区都孤零零的,四周被人类包围,动物只能在小范围内活动。高黎贡山不同,范围很大,北边连着青藏高原,南边延伸到小黑山,伸展出去直到缅甸。山地高大陡峻,从南到北,分属亚热带、温带和寒温带,土壤和植被各不相同,既有许多动物在这里定居,也有许多动物在保护区南作季节性迁徙,从北到南,又从南到北。兀鹫正是这条走廊的常客,夏天在北边,藏东南,秋天飞往温暖的南方,春天再由南往北飞,返回西藏——在那里,它们被奉为天神的使者。

院子后面的山坡树木密集,一片阴翳。刚靠近,腐殖土的气味,松香的气味,禽兽的气味,一起随风飘来。护林员指着一棵树说,平常它们就在那里。他说的是那两只兀鹫。现在我看不到它们,那地方很隐蔽。他从喉咙深处,发出一种奇怪的声音,呼唤它们。没有回应。四周静悄悄的。有风刮过,草木簌簌。树叶摇动,光影闪烁。"风清露冷之夜,就在这林子边走一走吧,听一听松虫、铃虫、纺织娘等的鸣叫。百虫唧唧,如秋雨洒遍大地。要是亲手编一只收养秋虫的笼子,倒也有趣得很。"②那是文人的心情。护林员不是文人,没那种心情。我也没有。等了一会儿,兀鹫还是没出来。护林员说,说不定它们又出去玩去了,过一阵就会回来。他再次发出那种怪里咕咚的声音。草木开始骚动,哗哗响。它们终于出来了。灌丛草木遮去了它们的身子,能看见的,是脑袋和颈子。脑袋很小,颈子也细,却很柔韧,顾盼自如。长颈子轻轻一扭,让

---

① [法]布封《鹰》,《世界文学随笔精品大展》。
② [日]德富芦花《杂木林》,《世界文学随笔精品大展》。

人想起水上芭蕾，身子在水下，只把两条腿伸出来晃晃。它们东张西望，目光怪异，像在辨别什么，终于转朝我们这边。我想它们不是在看我，是在看护林员。他是它们的朋友，它们认得他。最凶猛的动物，也有柔情。事情也许就是这样。

四、珍惜翅膀

我问护林员，它们怎么到这里来的？你逮的？他说，兀鹫是Ⅱ级保护动物，哪个敢逮啊？！那是犯法的。小艾说，是检查站送来的。这两只兀鹫被人抓过，检查站例行检查时被堵了下来，可惜翅膀、飞羽都被剪掉，不能飞了。原想在护林点养上一段时间，等羽毛长好了，再放飞。他不敢把它们放在院子里，每天他出去巡山，万一他不在，被人重新偷走怎么办？想来想去，他把它们放在这座小山上，这里有树林草丛，很隐蔽，不容易被发现。他每天喂它们，给它们一些吃的。兀鹫的胃口太好，食量大得惊人。两只兀鹫吃掉的东西，足够两个人吃。没人给他报销那笔花费，都是他自己掏钱，尽义务。钱不算太多，但他每个月也就250元钱，还得拿回去，养活一家人。老实人，倒从没说过什么。有时我们从这里过，多少赞助他一点，等两只老雕的伤好了后，再放掉。哪知道，它们不想走了！是这样吧？小艾说。护林员一脸无奈，说它们就是不走。原以为养了一段时间，翅膀该长好了，想把它们放了，轰它们走，它们飞了起来，慢慢看不见了。过几天它们又飞回来了，再轰它们，它们又飞起来，过几天又回来了，回来就躲在树丛里，它们把这里当成家了……

从后山下来，重新走进阳光。天上那两只鹰还在盘旋——它们是不是发觉，那里有它们的同类，该有一次救援？与护林员收留的那两只兀鹫相比，它们幸运，自由。蓝天白云，海阔天空，都属于它们的翅膀。一只鸟必须有一对翅膀，不仅要坚强有力，还要随时保持警惕，不被歹徒剪去。一旦剪去，重新恢复就难。收留两只兀鹫的护林员，当然出于好心，却对两只兀鹫说不定又是灾难——为让翅膀长好，它们有了依赖，最初是被迫，慢慢成了习惯，总在等待他的施予。即使翅膀长好了，想飞，也无法飞得远——至少在精神上，已失去飞翔的自信。飞不远，失去自己觅食的能力，只能重新回到护林员那里来。豢养就是这么回事。豢养是个令人恐怖的字眼。一只鸟，即便凶猛强健如兀鹫，一旦被豢养，就只能是这个结果。那是兀鹫的悲哀，也是人的悲哀。那两只受过伤的兀鹫，什么时候才能重返蓝天？没有翅膀，飞不上天空。失去翅膀，就失去了天空。两只受过伤的兀鹫，也许将永远失去它们的翅膀，也永远失去天空……

　　天上那对鹰，还在自由地盘旋、飞翔。翅膀有时平伸开来，一动不动，气流通过那对翅膀，支撑着它们的身体，也支撑着自由的灵魂。有时又上下扇动，柔韧有力。隔得那么远，我也能感受到它们翅膀扇动时产生的气流。它们从我额前轻轻划过，在我耳边发出阵阵轰响。要永远珍惜翅膀，我想。不管是它们的，还是我们自己的。

龙川江河谷的蓝蝴蝶

一、河谷里的浪漫舞者

　　那个郁闷的午后江水无声草木蒸腾，河谷里到处是那种喧响的沉寂。烈日下的万物，给晒得蔫儿吧叽无精打采，连江水也黏糊糊的流淌不动。那是在高黎贡山西麓，伊洛瓦底江的支流的支流龙川江边，整个上午我们一直在不停地赶路。按说，鬼斧神工般的"柱状节理"刚刚带给我的兴奋与讶异，怎么也不该这么快就消散平复——那是怎样怪异的石头啊！在上游不远的河谷里，江边密集拥挤的岩石既不成层也不成块，倒借助"上帝之手"，一根根全都竖了起来，那种粗壮的直立放肆的裸露，怎么看都像一排排擎天巨柱密密排列在江边。岩柱尽皆清一色的六菱状，一如经过锻压轧制的钢材，堆放在那里准备吊装启运。高峭陡峻的崖壁上，坚硬的岩柱却突然变得似有绕指之柔，或弯曲成一柄半开的折扇，或披覆如一朵初绽的秋菊，尽皆硕大无比，如天神的爱物。

　　我的惊吓是显而易见的。美国诗人玛丽·奥利弗说到诗人华兹华斯的那些话，正好可用来说明那时我的心情："自然世界的辉光与安详他永远热爱着，此刻他同样崇敬世界的膂力和神秘，它超出我们的理解能力——甚至无法命名的——种种密谋行为。"到底是些什么力量经过千万年"密谋"，造就了那样的奇观？带着那样无解的震惊，我们顺着龙川江左岸一直往下走。江边有条小路，隔着或高或矮的林木，那边是龙川江。走着走着，突然就陷入了那种郁闷。郁闷正是这个年代的流行语。真后悔没沿着江对岸那条新辟的游路走，何况路边还有条黑鱼河,河水清澈如镜,水草浮动花开灿烂。要说这一路有山有水有树有花,大自然似乎完整无缺,倒又总像缺了点什么。想想可不,河谷里缺的正是一点儿灵动一点儿生气。要是有一群鸟,哪怕几只蝴蝶飞过,世界便会立马显出它生动的圆满轻盈的滞重——

> 我思想,故我是蝴蝶……
> 万年后小花的轻呼
> 透过无梦无醒的云雾,
> 来震撼我斑斓的彩翼。

造物还真的无所不知无所不能。正那么寻思盼望着,一只蝴蝶突然那么一晃,从我眼前飞了过去——我真的没法不对造物心悦诚服。在这个爱说百分百的年代,我相信它百分之百是受造物的差遣而来。面对那个浪漫舞者,那种美丽的挑逗斑斓的引诱,我顿时精神一振忘情地追逐而去——它狡黠地时飞时停,我也又追又赶,就那样它停我停它走我走,一只蝴蝶成了那段时光那段生命的全部价值所在。为什么呢?不知道。好像是想向它说点什么,献献殷勤表表爱慕,可惜语言不通,只能贪婪地凝视远远地观赏——靠得太近吓着它了,它或会弃我而去。它会不会也在凝神我?也不知道。它没弃我而去远走高飞,说不定已知晓我的善意——一个活的生命,终会察觉他者的欣赏。

突然想起很多事情。也许,世界有欢乐与郁闷之分不只是我的或者整个人类的判断,而是某种更古老的东西——羚牛的判断,蚱蜢的判断,也是蝴蝶的判断。一只蝴蝶真算不了什么,真没有它你倒试试看?一只那样飞舞的蝴蝶,至少是对大地的一个安慰,对旅人的一种抚爱。原本有些郁闷的小路,就那样转眼变得兴味盎然了。

二、不带地图的旅人

那只大蝴蝶的双翅伸展开来也许足足有十公分,那种晶莹优雅的宝石蓝,没准儿是它从天上偷裁下来的、一小片高原深蓝的夜空;翅膀上有几何图形般的花纹,大小不一的环斑间绕着的那几道模糊抽象的白色弧线,肯定是它临出门时顺手带上的数学作业,真不懂它怎么能边飞边演算那道难题?或许它早先就停在那里，像一朵娴静的野蚕豆花；一旦飞起，倒更像乡间某个穿蓝底碎花裙的小姑娘，一路蹦蹦跳跳。尽管早就盼着看到一只蝴蝶的飞舞，一旦它真来了，我怎么都有那种忍不住的意外的惊喜。何况那是只罕见的蓝蝴蝶——原想不管怎样只要有一只蝴蝶就足够了，斑斓如金凤蝶还是单调如枯叶蝶，我都不会挑剔，都会让我对那片景致留下长久的记忆——尽管除了它那对舞动的翅膀河谷里并没增添什么，真是一点什么都没增添，出行的感觉却在刹那间彻底改变。原本的郁闷一扫而光，代替它的是冥冥中与某个异类生命相逢的快乐。弄不好或许它最终会飞进我的记忆，成为我那趟旅行中一枚飞动的彩色书签。

现在，怎么说我与那只蝴蝶都算相识了吧，有时稍微靠它近一点，它好像也不再在意——至少我的感觉是那样。它就那么在花叶草丛间飞来飞去，有时停在野花上歇上一会儿，真说不清它到底是在注视欣赏什么呢，还是在询问打探什么——这个不带地图的旅人，倒真是个浪漫的自由主义者。我注意到，停下时它的翅膀稍稍收拢，扑扇着，我说你在干什么呢，是在采蜜吗？蝴蝶说哦？看看你错了吧？采蜜酿蜜可是蜜蜂的专长，我只是出来溜达溜达散散心，饿了就吃点花粉花蜜聊以充饥，也解解馋。看来在这一点上，蝴蝶没有蜜蜂伟大，它的工作不具创造性，无法创造财富。蝴蝶或许是个彻底的消费主义者，尽管一个纯粹的消费主义者，在人类眼里很难得到尊敬，但它们照样活得自由自在。人为什么总要用是否能为人提供有益的产出去衡量一个生命的价值呢？其实世上许多东西都不创造物质财富，它们提供的只是某种精神慰藉。蜜蜂尽管与人要亲近得多，也享尽赞美，但那种赞美总有些功利、实用和廉价——人要的只是蜂蜜，不是蜜蜂。狡猾的人正是利用了蜜蜂的虚荣，以赞美这虚假的蜜糖去换取真正的蜜糖。人们把蜜蜂收进蜂箱，让它乖乖地酿蜜，省得到处跑来跑去地采割。他们把蜂箱搬来搬去，放在野坝子里，酿的是野坝子蜜；放在油菜花地里，酿的是油菜花蜜；放在紫云英地里，酿的是紫云英蜜——蜜蜂对这一切毫无察觉，不知道自己已被牢牢控制于人类的股掌之中，看似自由的蜜蜂享受的其实只是有控制的放逐，它们糊里糊涂地辛勤劳作，直到发现人要攫取它酿制的蜜时才奋起反抗，拼死一蜇。不过那时怎么都来不及了，蜇过人之后它很快就会死去。尽管悲壮，到底还是无法改变命运的实质。蝴蝶不会。蝴蝶从不携带武器，它是个和平主义者，只以美丽示人。即便你无法忍住诱惑想伸手去捉住一只蝴蝶，它也无法还击，更说不上置你于死地。它只是张开翅膀飞走而已——顶多。

时至今日，蝴蝶是我们还能亲密接触的不多的美丽昆虫之一。人早就成了凶狠可怕的动物，除非万不得已，大大小小的动物绝不敢与人主动接近。鸟总是躲得远远的，偶尔在我们头顶转几个圈儿，却轻易不敢飞到人的身边——你手里或许并没有一支猎枪，子弹上膛扳机随时都可能扣动，但无意中举起的一只手臂一根木棍，都会让它避之唯恐不及。野兔松鼠羚羊啊什么的，见人更如临大敌，看见人的影子它们便撒腿就跑。那些大型兽类，不管凶猛或温驯，按说完全不该怕人，如今哪怕只要闻到人的气息便逃之夭夭——如果它一时性起没有逃的话，最终就轮到我们自己逃了。蝴蝶，唯有蝴蝶至今还会与人近距离相遇，近到能让人看见它翅膀上斑斓的花纹，瘦长的身躯，细细的触须。

　　我一直弄不明白的，正是蝴蝶为什么不怕人人也很少去伤害它？想来想去，唯一的理由是蝴蝶的非可吃性。天上飞的地下跑的水中游的，在什么都可以大吃特吃的美食主义时代，至今还没听说有人会去品尝一盘红烧蝶翅，或一锅清炖蝴蝶汤。世上生物有千万种，不管生物学家有多少种分类，美食主义者倒永远只把它们分成两大类，可吃与不可吃——除非它们已经灭绝，比如恐龙，或虽然活着却没法吃，比如蝴蝶。连蜂蛹蚕蛹蚂蚱竹虫都成了下酒的好菜，连剧毒的河豚都敢冒死去吃的美食主义者们，怎么偏偏放过了蝴蝶？难道人们至今还没研究出到底该怎么去吃一只蝴蝶？该怎么烹制？用什么佐料？聪明如斯的人类，创造过各种闻所未闻的吃法，何以面对一群蝴蝶竟不知该从何下手？原谅我的孤陋寡闻，或许早有人尝试过了，最终却发现蝴蝶的身子太小，既没有肉也没有骨头；翅膀尽管稍大，却花花绿绿得让人生疑。除此之外，蝴蝶身上还有什么可吃的？没有了。蝴蝶因此得以安生了。

三、自由的蝴蝶

　　或许正是蝴蝶的这种"不可吃性"，让蝴蝶赢得了国人的另一种青睐。与西人向来钟情于啼唱爱情与欢悦的夜莺相反，国人对鸟似乎一向都不大恭敬，除了虚拟的凤凰被奉为神明，寻常的鸟鸣鸟唱不是啼血的杜鹃便是寂寞的鹧鸪，尽是些无端的伤感莫名的忧愁，声声叫人断肠。唐诗中那个无名的闺中少妇，听到枝头鸟儿的自在之啼，也会涌起说不清的愤懑，要"打起黄莺儿，不叫枝上啼"。在这块土地上，从来不会歌唱的蝴蝶，命运似乎要好得多，总能激起人们或浓或淡的一份深情——不管来自文人，还是民间，那样的深情都带有某种精神快乐的性质。即便有些轻佻的"蜂飞蝶舞",也暗藏着对自由浪漫的渴念。我亲爱的同胞们不惜让蝴蝶充任多种多样的角色,寄托各个不同的心思:飞入庄周之梦,成为那只哲学的蝴蝶;飞入老杜的诗,"穿花蛱蝶深深见,点水蜻蜓款款飞",成为一只清新闲暇的蝴蝶;飞入李商隐之思,"战功高后数文章,怜我秋斋梦蝴蝶",成为一只困窘、迷惑的蝴蝶;飞入民间,成为"梁山伯与祝英台"千古传说中,那对美丽、凄婉的爱情蝴蝶。在一部流传很广的电影里,有首歌唱道:"蝴蝶飞来采花蜜哟,阿妹梳头为哪桩?"蝴蝶似乎是个爱情使者。其实蝴蝶与爱情无涉。蝴蝶的美丽,蝶翅上那千奇百怪的图案,以及那些图案与人工世界里某些图案的巧合,纯属人的臆想,一厢情愿。奇怪就在,梁山伯与祝英台这对千古恋人生前难成眷属,死后倒化做一对蝴蝶翩翩而舞——"梁祝"传说的伟大正在于它没按照思维的惯性行事,让他们作一对"比翼之鸟",而是让他们成了一对蝴蝶,怎么说那都显示出了最大的智慧:鸟终归会受到伤害,只有与世无争的蝴蝶才是他们最好的出路永远的归宿。固然那一切都出于无奈,却也是出于对蝴蝶自由飞翔的认同与向往。鸟会叽喳而鸣,蝴蝶却不会,它们只默默地生活在自己的天地之中,最终却成了人们的至爱:除了蜻蜓,蝴蝶正是一个孩子懂事前最早接触的昆虫,原因就在它的美丽,它的自由飞翔。任何一个年轻的母亲,都不会向她的孩子指认一条毛毛虫,那形状、颜色都过于怪异可怖,甚至可能有毒。蝴蝶不会。从小,一只蝴蝶给予我们的,除了美丽,就是轻盈与宁静。

四、谁是那只蝴蝶

面对龙川江边"柱状节理"那些耸天巨石,尽管我哑然无语噤若寒蝉,想象中却能听到某次火山喷发时,山体于瞬间轰然隆起的惊天巨响。相对于"柱状节理"历经千万年的孕育和轰隆隆的诞生,小小蝴蝶自然不可同日而语。对于那些石头的诞生,整个大地曾以波动、翻转去表达它的庆贺与狂喜,而任何一只蝴蝶诞生时恐怕除了它自己,也不会有任何人知道。记得那之前在西双版纳野象谷一个蝴蝶养殖场,我曾目睹蝴蝶孵化的全过程,那同样让我惊异万分——不是因为它的轰轰烈烈,而是因为它的默默无声。透过一排玻璃橱窗,我最先看到的是小得肉眼难以分辨的蝶卵,然后是同样细小的蝶蛹,它们一动不动地躺在那里,毫无声息。那时我的第一个反应是,天哪,给过人类那么多美丽想象的轻盈的蝴蝶，诞生时怎么会如此缺少浪漫和诗意？一粒蝴蝶卵要赢得一只真正的蝴蝶的轻盈与美丽，必须在二十多天时间里忍受一条蛹的全部郁闷。郁闷是这年头的流行词。它不吃不喝也不动，像死了一般地躺在那里。对一只蝴蝶的一生，那段时间长得像几个世纪，甚至长过了它来到世间自由自在飞舞的时间。尽管生命在大多数时候都是无为的，丑陋的，喧闹的闪光从来都只是一瞬，但那样漫长的孵化怎么说都过于郁闷。研究者告诉我，在整个孵化过程中，一只蝴蝶唯一需要的，只是合适的温度。经过二十来天的苦苦孵化，蝶卵从最初那粒小小的、像尘埃一样无足轻重的小黑点，慢慢变成一条小虫子，再慢慢长大，一直一动不动，就像一个没有生命的东西，直到最后，它才突然间成了一只色彩斑斓的蝴蝶，飞舞于大地，给我们带来美丽、想象和感悟。但是，柱状节理与蝴蝶到底有什么不同呢？没有。它们都是大地上的生命。大地上不能也不该缺少任何一种生命——不管它多么伟大多么神奇，比如柱状节理，也不管它多么微小多么寻常，比如蝴蝶。生命与生命永远都是平等的。

　　稍一走神，那只蓝蝴蝶不见了，从我眼前消失了。思绪错接——闹不清，我在龙川江边碰到的那只蝴蝶，是不是在西双版纳看过蝴蝶孵化全过程后碰到的第一只蝴蝶，是，或不是，都一样。那只梦幻般的蓝蝴蝶已被我收藏，在我生命的记忆夹中，存之永远。回想起来，那次龙川江河谷漫游从"柱状节理"开始，最后以那只蓝蝴蝶的消失结束。有人说，在我们生存的这个地球上，一只蝴蝶振动的翅膀，最终可能引发万里之外的一场风暴。反之，一场风暴也可能最终打湿万里之外一只蝴蝶的翅膀。如此说来，那只翅膀上带着斑状圆环与复杂线条的蓝蝴蝶，并不是一个不好好在家做数学作业而到处闲逛的顽皮学生，倒是一个循循善诱的先生，是它在那个郁闷的午后无声地给我上了一课，那节课的题目就叫生命。课上完了，先生走了，回去我得好好做我的作业……

高黎贡羚牛的悲壮瞬间

一、讲故事者的故事

青年动物学家艾怀森怎么看都是个讲故事的高人，听他讲高黎贡山的故事讲动物的故事，我的五官关的关睡的睡，只让听觉醒着，结果倒耳朵听到眼睛看到鼻子闻到口舌尝到的都是他的声音："在他的嗓音继续刺激我的耳膜时，所有欲望的光辉，所有的阳光，全从地面上暗淡下去。我看见世界上辽阔的景色变得昏暗，像在日食时那样。"更别说他的嗓音，尽管带着浓浓的腾冲口音，但那种明亮的圆润素朴的浑厚，怎么听都富有柔韧的磁性让人甩不开的亲和力。上帝给人嗓子一用于说话二用来唱歌，他倒用它来讲故事，山的故事动物的故事，活脱人和山和动物间的翻译与传媒。真喜欢他的嗓音。有的嗓音根本没法听，听了浑身起鸡皮疙瘩，要多讨厌有多讨厌。嗓音的敌人不是嗓音本身，倒是卖弄、夸张、自以为是、居高临下、言不由衷、故作高深。"一个人的言谈永远是他的家庭背景和社会地位的告示牌"，或如本·琼生所说，"语言最能表现一个人。一张口，我就能了解你。"艾怀森的嗓音本色到不加修饰，既好听又让人信赖，以至我相信他讲的无论什么故事都是真实的——其实任何所谓的真实都可能经过了讲述者的创造。艾怀森的故事也一样，为了讲得好听他肯定动过一番脑筋。后来我想，他的故事到底有多大的真实性并不重要，重要的是他总能找到讲故事的契机，他抓住那个契机表达他的情感，最终完成他对某种动物的观察。在山间小路在小旅馆在某次行车途中，当我刚有点儿寂寞有点儿郁闷时，他就会顺口讲上几个故事。我从他的故事里认识了种种动物，也认识了他——所有的故事和讲故事的人，最终讲的都是他自己："故事，通过讲故事，她把内心的独白串联在一起了。"

于是想起艾怀森我最先想起的总是他的嗓音。听他讲故事我总是忘了他的脑子正在思索，眼睛正在眼镜后面闪闪发光。他一边讲故事一边注视着你，那样的目光清澈而有穿透力，像遥感器那样搜集着你的反应。那双眼睛见过的许多场景许多动物如今都已很难看到，至少像我这样的来访者很难看到——

看见过翩翩白鹭，歇在高黎贡山西麓火山台地的田埂上，落在庄稼地里悠闲觅食的牛背上——水牛黝黑，白鹭雪白，一黑一白，相映成趣；或黄昏时候，从他家门口的天空成群地飞过。他喜欢那些白鹭，白鹭飞来时下田干活的父母就该回家了，可有时白鹭飞过去好久了父母也没回来，小艾怀森只好独自倚在大门口朝远处张望，直看到满脸鼻子眼泪地睡了过去。白鹭飞过时翅膀的拍击声总让他渴望也有一双翅膀，带它飞到他想要去的任何地方——兴许从那时起，他心里就埋下当一个动物学家的种子。看见过滇西那场战争，蜿蜒在他家后山上的日军战壕，地里被雨水冲出来的炮弹、刺刀和人骨，从老人嘴里讲述出来的鲜血横流的屈辱涕泪俱下的悲愤，以及胜利后鞭炮齐鸣的欢乐。还看见过那个年代家乡界头的饥饿、浮肿与死亡，看见过孩子见别人吃东西时怎么都止不住的口水，看见过高黎贡山西麓漫山遍野竹子开花的怪异，人和牲口大吃特吃竹米的惨烈。也看见过到保护区工作后单独外出考察时遇到过的野兽，熊、狼、麂子、山猫，它们的身影、蹄印和粪便；那头在山道上与他狭路相逢的熊，跟他近距离对峙了好几分钟，每分钟都长如百年，他一动不动直到熊断定他并无恶意径自离去；当然也看见过野外考察时那些长在帐篷旁的小草，它迎风摇曳时惊人的轻盈与美丽让他身心发颤；以及山里各种珍稀名贵的树木花草，它们的繁茂、枯荣和死亡；有时十天半月远离人世风餐露宿，等从山里回来，远远看见人家屋脊上的炊烟，眼里顿时噙满了泪水……

一个人只活在此生此世是不够的，可惜大多数人都只活在眼前活在人世，艾怀森不，他至少还活在另一个世界，那就是动物的世界。那无疑让他获得了另一种立场另一种视觉，能从那里反观人类，体味到别一种生存的滋味。我真的有点儿羡慕他，羡慕这个青年动物学家。

二、羚牛在高黎贡山奔跑

听艾怀森讲故事我从来都很平静,那天他开始讲羚牛时我也一样。一群羚牛在高黎贡山上奔跑着,他就那样开了头,那是秋末冬初,羚牛开始转场。那个完整的羚牛群约有二十头。喜欢集群生活的羚牛每群八至二十五头不等,最大的羚牛群据说能到四十至五十头。奔跑着的羚牛群向来纪律严明,雌性无论老幼都在中间,它们是被保护的一群;分列两边的是青壮年雄性羚牛,就像两排护卫或是保镖。跑在最前面的是头牛,作为羚牛部族的首领,通常那都是一头雄性老羚牛。它边跑眼睛边警觉地直视着前方。除了它,每头雄性羚牛都一只眼睛看路一只眼睛斜向牛群外部,犀利明亮得像一串警灯。山上什么事不会发生呢?警惕总是必要的。它们奔跑着,一副神圣不可侵犯视死如归的样子,一旦遭受侵犯便会与对方决一死战。它们年轻,以它们的体力完全可以跑得更快些,但它们是克制的——领头的老牛已年老体衰,但它有智慧,认得路。冬天到了,雪线正在下移,为了过冬它们必须往低矮温暖的地方迁徙,那里有它们喜欢吃的食物:青草,树枝,鲜嫩的竹子、竹笋。

我说等等,羚牛长得怎么样好看吗?艾怀森说羚牛体形高大,一般长达两米左右,短尾,浑身长毛披复——背部是黄褐色的,背脊线有深黑色花纹,体侧、腹部和四肢都是暗褐色——那身漂亮的皮毛最终成了对人类的诱惑。它的双角尽管不算太大却姿态优雅:先由角根部向上直立长出,然后突然转了个弯,再向外前方伸出,而后角尖处又一次向内弯——它的角在头顶那样扭来扭去,有人因而也叫它"扭角羚"。羚牛的眼睛周围是一圈黑,远看像戴了一副黑色玳瑁眼镜。羚牛通常栖息在海拔三千至四千米的高地,夜里外出觅食,以青草、树枝、竹笋为食。高黎贡山羚牛,是高黎贡山地区和西藏东南部的一个特有亚种,属保护区内最重要的国家 I 类保护动物,本地俗称野牛,也有人叫它牛羚,还有人叫它"阿额"——那是它的傈僳语名字。

我说羚牛我从没见过也没听说过,只听说过羚羊。艾怀森一惊,说:"你是说你见过藏羚羊吗?"我说不是,我知道的只是"羚羊挂角",那是个古老的成语。古人品诗凡意境超脱语涉玄妙者,便以"羚羊挂角"喻之。古书上说羚羊那对角盘绕如画,夜里为防范别的野物侵扰伤害,就用那对弯角把自己悬空挂在树上。这事儿好多古书上都有记载,旧时"诗话"一类书论诗就以"羚羊挂角"比喻诗的意境超然洒脱，比如《沧浪诗话》就说："盛唐诗人惟在兴趣，羚羊挂角，无迹可求，故其妙处，透彻玲珑，不可凑泊。"看来中国古代文人早就学会从大自然寻求灵感了，汉语中好多词语都与动物有关，"羚羊挂角"只是一例，余如"万马奔腾""逐鹿中原""狼吞虎咽""亡羊补牢""惊若脱兔"什么的，多了去了。哦对不起，我说，刚才你讲到哪里了？后来呢？

艾怀森回头继续他的故事：那时另一群羚牛从对面，从与它们相反的方向朝这边冲了过来。先前那群羚牛不但没放慢速度，反倒加快了奔跑步伐，对着迎面而来的那群羚牛不要命地冲去。我完全没想到会碰上这样的情景，紧张又兴奋：能在高黎贡山上看到一群羚牛已不容易，看到两群简直是天大的幸运！但对两群相向冲过去的羚牛间到底会发生什么事，我一点都没底，顿时担忧甚至害怕一起袭来。眼看两群羚牛的距离越来越近，一百米，八十米，五十米，三十米，二十米……我的天，它们好像谁都不打算为对方让路，弄不好肯定会引发一场厮杀火并。我没法不为那些羚牛捏一把汗！要知道高黎贡山上羚牛过去虽然很多，但是经长期围捕猎杀剩下的已经很少，大约只剩四至六群，真要那样要死多少羚牛？我万分焦急又无计可施，无法阻止那场即将发生的灾难——在大自然面前，人其实不仅笨拙还软弱得可怜。我既想闭上眼睛，又不愿错过那个千载难逢的机会，那是我第一次在山上碰到两群羚牛，不管怎样我想我即将看到的必是精彩壮观的一幕……

三、精彩而又悲壮的瞬间

至今我还会一再回想起艾怀森描述的那种情景和气氛，想起他近乎颤抖的嗓音：两群相向而行的羚牛越跑越近了，十米，五米，三米……它们各不相让，更快更勇猛地向对方冲去。我屏住呼吸，真不敢想象眼前即将发生的事情：惨烈的拼杀殊死的搏斗，尸横遍野血流成河……我当然不愿看到那情景真的发生——上世纪九十年代的一次科学考察发现，高黎贡山羚牛如今大约只剩四至六群。现在是不是多一些了？不敢说。就算按最大种群数每群四十至六十头计算，整个高黎贡山最多也只有不到四百头。一场火并双方都将伤亡惨重，弄不好甚至会同归于尽。如果我亲眼看到那场让近百头羚牛惨死的悲剧，我就是这个世界上最不幸的人了。我只好在心里为羚牛向上帝祈祷——哦你能理解我那时的心情吗？记得我说我当然能理解，后来呢，你怎么办？艾怀森说我能怎么办？我无能为力，即便有再多人，又怎能阻止动物界即将发生的那场悲剧？生存就是竞争——再说，优胜劣汰适者生存，或许那是羚牛为了种群强健作出的自觉选择呢？

惊天动地的一刻终于到来，刹那间两群羚牛已正面遭遇。奇怪的是，预想的种种血腥场面，火并格斗厮杀统统都没有发生。在两群羚牛相互靠近的刹那间，双方的青壮年雄性羚牛转眼互换了位置，属于甲种群的跑进了乙种群，属于乙种群的跑进了甲种群。只有一点没变：它们依然忠于职守地跑在羚牛群两边，依然是整个种群的护卫或保镖，无非保护的是与它们没有血缘关系的另一群雌性羚牛。从此它们就成了新羚牛群的一部分，成了新种群的"生产力"。艾怀森说那时他恍然大悟：动物并不像人们想象的那么愚蠢无知，它们真是太聪明了，甚至比人要聪明得多！我说你说的聪明到底意味着什么？他说，那就是说，两群羚牛以那种特有的方式成功地避免了近亲繁殖，避免了种群里可能发生的基因退化，完成了不同牛群间的基因优势互补……

哦，太戏剧性了，简直让人难以置信！我说。你没看到它们火并，但你看到的那个场面倒更壮烈，更发人深省。艾怀森眨眨眼说，要不是亲眼看见，我也难以相信，神奇的动物界会有这样奇妙的事！那和足球比赛上下半场两支球队要交换场地完全不同，两个羚牛种群雄性羚牛在刹那间完成的位置互换绝非交换场地那么简单，它要深刻得多。球队交换场地只是为了竞赛公平，球队还是原来的球队，并没改变两支球队的实质。羚牛群雄性羚牛的位置互换却是一种实质性的互换，它摒弃了惨烈的弱肉强食，牵涉到生命的强壮和纯净——为了强壮就不能过于纯净。但弱肉强食不是自然界的基本原则吗？我说。艾怀森说你说得对，那是一个原则，但不是唯一的原则。大自然还有另一个神圣法则，那就是生命必须繁衍，种群必须强大。任何一种动物都要有强健的体魄以避免伤害，战胜外敌，但它首先要战胜的还是它自己。

我突然懂得，艾怀森为什么要讲那个故事了。我说谢谢你了小艾，这个故事真让人大开眼界……艾怀森说到此为止我的故事还没讲完，事情本身也没有完。我说冲突化解，两边的雄性羚牛不是已交换位置了吗？艾怀森说，完成了种群交换的羚牛群并非万事大吉。你没注意，前面我已为自己留下了一个伏笔，我说的是两个种群中的青壮年雄性羚牛相互交换了位置。同时两群羚牛还在转眼间有了自己新的头牛，原来的头牛在那一刻被"抛弃"成了独牛，它离开自己的队伍向着与自己种群相反的方向踽踽行去。在那之前，种群中的青壮年羚牛与老头牛间发生过公开的争斗，它们，那些年轻力壮的雄羚牛向老头牛发出了挑战。那头曾经威风凛凛的老头牛已经老了，在那场比试中完全处于下风。它明白它已经老了，必须让位给那个战胜它的年轻羚牛。我说那它怎么办？就此离开自己的种群？艾怀森说，老头牛意识到它的生命即将完结，它选择了坚决而又孤独地离去——尽管独牛大多性情凶猛，遇到人或别的动物时极具攻击性直至战死，但它决不会去骚扰自己的种群。它把死亡留给了自己，心甘情愿把生的希望和对种群强大的期盼留给了自己的子孙……

听到那里我简直目瞪口呆感慨万千。那是艾怀森讲过的故事中最精彩的一个。我突然明白了，对羚牛来说那几秒钟究竟意味着什么。我想说羚牛不仅伟大，还是一种极富灵性的动物。我也明白了艾怀森为什么要给我讲那个故事，在那样的讲述中他最终完成了他对羚牛经年考察的升华——不仅从科学从动物习性的层面上，还从动物行为学动物社会学的层面上。或许不久我们就会读到他有关羚牛的研究论文，而我听到的这个羚牛故事，无非是那篇论文的科学普及版……